田仲一成 著

香港粤劇研究

――珠江デルタにおける祭祀演劇の伝承――

汲古書院

【帝女花】奏章：長平公主と周世顕
（2023年、香港石澳村天后誕、222頁、389頁）

【鳳閣恩仇未了情】惜別：耶律君雄と紅鸞公主
（2023年、香港石澳村天后誕、223頁、238頁、342頁）

【雷鳴金鼓胡笳声】碧霞公主と夏青雲
（2023年、香港石澳村天后誕、本文223頁、259頁）

【双仙拝月亭】相逢：王瑞蘭と蔣世隆
（2001年、新界坪輋村天后誕、229頁、311頁）

前　　言

　まず、本書の書名【香港粤劇研究——珠江デルタにおける祭祀演劇の伝承
——】について、説明する。戦前においては、粤劇の劇団は、広州、香港、澳門
のいわゆる「省港澳」を自由に移動して、共通の劇目を演じてきたが、新中国成
立後は、広州と香港・澳門は分断され、広州の粤劇は、政府の「破四旧」の方針
のもと、封建制の残滓とみなされた劇目が淘汰され、所謂、改良劇目のみが上演
されるに至った。これに対して、香港、澳門の粤劇は、政治の影響を受けること
なく、旧来の伝統を維持し続けた。かくして両地の粤劇は、はなはだしく面目を
異にするに至った。本書が研究の対象としたのは、大陸の改良粤劇ではなく、旧
来の伝統を保っている香港粤劇の方である。書名にあえて「香港粤劇」と称した
のは、大陸粤劇と区別する必要があったからである。また副題に「珠江デルタに
おける祭祀演劇の伝承」と題したのは、旧社会の慣行である祭祀演劇が大陸で
は、「宗教迷信」として禁止されて消滅し、香港地区のみに生き残ったからであ
る。香港では、粤劇団は、劇場での上演のみならず、域内の80以上にものぼる郷
村において、神に献上する祭祀の一部として粤劇を演じている。其の年間上演日
数は、300日に達する。劇場演劇をしのぐ日数であり、劇団と俳優は、これに依
存して生活している。この点においても、香港粤劇は、戦前からの祭祀演劇の伝
統を継承している。つまり、演劇の環境、機能、劇団、俳優、劇目、劇本のすべ
てにわたり、戦前と変わらぬ自由主義経済という大状況を背景として、香港粤劇
は、今日まで伝統を守り続けてきたと言えるのである。

　次に粤劇の研究史を概観しておく。戦前の研究では、先駆的業績として、麦嘯
霞『広東戯劇史略』(1941)、欧陽予倩「試談粤劇」(1957) の二書があるが、いず
れも概略の説明にとどまり、系統性に欠ける。戦後では、大陸で、60年代に、劇
目の編纂が始まったが、やがて文革のために中断された。その後、90年代に編纂
が復活し、着手以来、40年を経て、その成果が『粤劇劇目綱要』(2007) として刊
行された。1500種を収録するが、すべて改良粤劇であり、香港粤劇は、2 - 3 の

例外を除き、収録されていない。しかし、その後、多少方針が変わったらしく、続いて出た『粤劇大辞典』(2008) では、収録数500種のうち、香港粤劇を35種収録している。これに対して、香港粤劇については、香港大学の黄兆漢教授が粤劇の花旦、陳非儂氏（男）所蔵の粤劇劇本202種について、書名、分類、上演劇団、俳優、刊行事項を記載した『香港大学亜洲研究中心所蔵粤劇劇本目録』(1971) を刊行した。黄氏は、劇本を内容別に俠艶奇趣劇、愛情劇、現代劇、忠烈節義劇、家庭倫理劇、歴史劇、神怪劇、社会風刺劇の8類に分けて，各本に注記している。これにより香港粤劇の劇本の研究が画期的な進歩をとげた。この黄兆漢教授の編目作業を手伝った香港中文大学の梁沛錦教授は、更に広く劇本の収集につとめ、11360種を収録する『粤劇劇目初編』(1979)、『粤劇劇目通検』(1985) を刊行した。この目録は、香港粤劇だけでなく、大陸の改良粤劇をも網羅しているが、分類はしていない。目録本文は、劇名を列挙するにとどまるが、その後ろに索引の形で、時代別目録、編劇者別目録、劇団別上演目録、演員別上演目録を、本文番号を示して、提示している。これは黄兆漢教授の目録の索引に倣ったものである。分類がないため、劇目の内容を知ることができないのが欠点である。筆者もこの梁沛錦の目録と同じ時期に刊行した『中国祭祀演劇研究』(1981) に香港で祭祀演劇として上演された粤劇劇目100種を載せたが、戯単に拠って内容を紹介できたのは、わずか20数種にとどまる。

　これに対して、劇目の内容を研究して成果をあげたのは、香港中文大学音楽系教授、陳守仁博士である。陳氏は『香港粤劇劇目初探（任白巻）』(2005)、『香港粤劇劇目概説1900-2002』(2007) の両書において、香港粤劇60種の詳細な梗概を提示した。大陸で前述の『粤劇劇目綱要』、『粤劇大辞典』が出た時と、時期が重なる。この時期から、粤劇研究は、故事内容に関する文学史的研究の段階に入ったといえよう。

　筆者は、1978年から1987年まで、香港の祭祀演劇を調査したが、粤劇よりは、海陸豊劇や潮州劇など、福建系劇種の方が元代の雑劇や、明代の戯文など伝統的な演目を継承する作品が多いことから、所謂「東南沿海地区」に属するこれらの劇種に研究の重点を置いてきた。これとは別の「嶺南地区」に属する広東劇（粤

劇）については、研究を怠ってきた。自分の広東語能力に限界があって、歌唱よりせりふの多い粵劇を理解することができなかったことも、このような偏向の原因である。広東系の祭祀については、神誕祭祀、太平清醮祭祀、元宵祭祀など、かなり調査を蓄積し、その傍ら粵劇の戯単も収集してきたが、肝心の粵劇そのものについては、ほとんど研究の手が付かなかったのである。ただ幸いに、2000年代に入って、陳守仁教授が主導する「粵劇研究計画プロジェクト」から、『香港当代粵劇人名録』（区文鳳・鄭燕虹、1999）、及び上述の陳教授の両書が相次いで公刊され、香港粵劇の劇団、劇作家、俳優、劇目に関する、基本情報が提供された。これによって、黄兆漢目録、梁沛錦目録などの先行研究の内容も理解できるようになり、門外の筆者にも香港粵劇の全体像がはじめて見えてきたのである。

　以上の諸資料を背景として、70-80年代の香港粵劇の劇目について、陳氏の二著に収録された40種のほかに、筆者自身が現地で収集した戯単60種を加えて、合計100種の粵劇劇目の梗概を示すことができるようになった。全体の傾向を通観すると、歌唱を主にした古典劇というよりは、せりふで人物の心理を表現する近代劇に近い。また、江湖人、俠士の世界が多いのも、かつての本地班の戯船の生活が江湖人と連続していることを反映しているものと思われる。逆に近世戯曲史の主流をなしてきた科挙を目指す書生、その家を守る貞婦などの伝統的な家庭劇（南戯）は、極めて少ない。まれに題材を南戯に取ることがあっても、原典のまま忠実に上演することはなく、概ね俠士劇、恋愛劇の方向に換骨奪胎している。登場人物は、英雄、盗賊、義士、悪人、悪女など多種多様であり、筋も千変万化し、万華鏡のごとき、色彩の豊かな世界を展開している。潮劇のような勧善懲悪の指向は乏しく、結末も伝統的な南戯の様に徐々に団円に向かうのではなく、急転直下、意外な結末を迎えることが多い。結末は必ずしも伝統的な団円ではなく、主人公の破綻に終わる悲劇も少なくない。映画化される作品、逆に外国映画から題材をとった作品もある。映画との共通性を持った近代的な時代劇とも言えるように思われる。古典劇と近代劇をつなぐ過渡的位置を占めていると言ってもよい。その意味では、中国の演劇史が今後、向かう方向を示唆する点があるともいえる。

iv

振り返ってみると、黄、梁両氏による粵劇の劇目編纂から、その故事を紹介された陳氏の研究が出るまで、20年間、筆者は、粵劇研究の発展を傍観してきただけであるが、今回、上述の2005-2008年公刊の諸書を手掛かりとして、81年以降中断していた粵劇研究に再挑戦する形になった。従来、日本の学界では、粵劇について、その内容を分析した研究は、全くなかった。しかし、粵劇は、中国の地方劇としては、京劇や越劇に比べても、格段にスケールの大きい長編戯曲であり、中国戯曲の一翼を担う特色のある劇種である。中国演劇史の観点から見て、研究の価値は、極めて大きい。本書は、ただその一端を紹介するにすぎないが、いわゆる「瓦を投げて玉を引く」役割を果たす幸運に恵まれることを願ってやまない。

本書の執筆にあたっては、多くの方々のお世話になった。まず、1978年の香港渡航以来、粵劇に関して、門外の筆者に、多くの著書を下賜され、激励を賜った香港中文大学講師（当時）梁沛錦博士に感謝したい。『粵劇劇目初編』、『粵劇劇目通検』の二書は、本書の基底を支えている。

次に、香港中文大学音楽系教授、陳守仁博士に感謝したい。陳教授から下賜された『香港粵劇劇目初探（任白巻）』、『香港粵劇劇目概説1900-2002』の両書がなかったとすれば、本書は成立しえなかったであろう。

今世紀に入って、広州から刊行された『粵劇劇目綱要』、『粵劇大辞典』をお送りいただいたのは、中国人民大学教授、呉真博士である。呉真博士は、従来から、筆者が必要とする新資料について打診すると、いつも敏速に探し出して送ってくださっていた。今回も脱稿間際に一読を希望した両書を、即時に探査して、電子データをお送りくださった。いつもながらのご好意に深く感謝申し上げる。

また、これも呉真博士を介して、黄兆漢『香港大学所蔵粵劇劇目』を送ってくださった中山大学の周丹杰博士に感謝したい。筆者は、所蔵していた本書の初版本（1971）を紛失し、今回、改めて再版本（1997）をお送りいただき、参考にすることができた。

校正に関しては、これも従来から何度もお世話になってきた、専修大学教授、廣瀬玲子氏のご支援を煩わせた。戯曲研究の専門家としての助言もいただいてお

前　言　　　　　　　　　　v

り、感謝に堪えないところである。

　最後に、本書の刊行をお引き受けくださった汲古書院の三井久人社長のご好
意、および、編集長の小林詔子氏のご尽力に感謝申し上げる。同社のお世話に
なって刊行した書物は、これで 3 冊目になる。先代、坂本健彦社長以来の恩義に
深く感謝申し上げる。

　　　2023年 3 月25日

　　　　　　　　　公益財団法人 東洋文庫研究員　　田 仲　一 成

目　　次

口　　絵

前　　言 ……………………………………………………………………………… i

第 1 章　粤劇の祭祀環境

Ⅰ　広東宗族祭祀の儒礼性 ……………………………………………………… 5

　一　問題の所在 ………………………………………………………………… 5

　　（一）　寝室前の迎神賛礼 ………………………………………………… 9

　　（二）　中堂賛礼 …………………………………………………………… 10

　　（三）　神位回送の礼 ……………………………………………………… 12

　二　村落祭祀における儒礼の浸透 ………………………………………… 14

　　（一）　神誕祭祀 …………………………………………………………… 14

　　（二）　建醮祭祀 …………………………………………………………… 15

　　　（1）　縉者の諸神に対する儒礼儀式 ………………………………… 16

　　　（2）　道士儀礼の儒礼化 ……………………………………………… 18

　三　宗祠儀礼における演劇の導入 ………………………………………… 20

　　（一）　新年団拝の祀祖演劇 ……………………………………………… 21

　　（二）　進主入祀の演劇 …………………………………………………… 25

　　（三）　中試祝賀の謁祖演劇 ……………………………………………… 27

Ⅱ　太平清醮の構造 …………………………………………………………… 34

　一　準備段階 …………………………………………………………………… 38

　二　設営段階 …………………………………………………………………… 44

　三　執行段階 …………………………………………………………………… 47

　　（一）　陰気の抑制 ………………………………………………………… 48

　　（二）　陽気の注入 ………………………………………………………… 50

Ⅲ　香港の英雄祠と英雄祭祀 ………………………………………………… 52

一 問題の所在	52
二 英雄祭祀の重視	52
（一） 朝　廷	52
（二） 村　落	53
三 英雄祭祀の儀礼	55
四 中国辺境地区での英雄劇の残存	59
（一） 小姓雑居	59
（二） シャーマニズムの習俗	60

Ⅳ 広東太平清醮に見えるイスラム商人の影 ……………………… 62

序 問題の所在	62
一 広東郷村祭祀の中の説唱儀礼	62
二 小幽に登場する売雑貨──イスラム商人	63
三 西北回民と広東小幽売雑貨の関係	78
四 江南地区流行歌謡"売雑貨"との背景	80

Ⅴ 図甲制と村落祭祀の関係 ………………………………………… 86

一 広東村落の図甲制	86
二 新界宗族村落に見える図甲制の痕跡	88
三 新界宗族の太平清醮における図甲制の影響	91

第 2 章　粵劇の発生・展開・伝播

Ⅰ 早期酬神粵劇演出小史 …………………………………………… 95

一 広州外江班の歴史	95
二 広州本地班の歴史	103

Ⅱ 民国初期より1930年代 …………………………………………… 117

一 吉慶公所のギルド規約	117
（一） 公所と戯班の関係	123
（二） 公所と顧客の関係	125
（三） 戯班と顧客の関係	126

目　　次　　　　　ix

　　（四）　戯班と俳優の関係 ……………………………… 129
　　二　戯船の行動範囲 …………………………………… 131
　　三　清末民初の粤劇の変遷 …………………………… 144
　Ⅲ　粤劇の戯神……………………………………………… 148
　　一　贛粤系田竇二将軍 ………………………………… 148
　　二　田竇元帥から田都元帥への転生 ………………… 151
　Ⅳ　南洋の粤劇 …………………………………………… 152
　　一　シンガポール・摩士（モスク）街 ……………… 152
　　二　シンガポール・牛車水 …………………………… 161
　　三　ペナン・大順街 …………………………………… 165

第3章　香港の粤劇

　Ⅰ　香港の祭祀演劇 ……………………………………… 175
　Ⅱ　香港粤劇の祭祀拠点分布 …………………………… 179
　Ⅲ　粤劇劇団の構成 ……………………………………… 183
　Ⅳ　香港粤劇の劇作家 …………………………………… 186
　Ⅴ　香港粤劇の俳優 ……………………………………… 195
　　一　正印文武生 ………………………………………… 200
　　　1【林家声】……200/ 2【羽佳】……203/ 3【文千歳】……205/
　　　4【羅家英】……206/ 5【龍剣笙】（女）……206/ 6【梁漢威】……207
　　二　正印花旦 ……207
　　　1【呉君麗】……207/ 2【陳好逑】……209/ 3【南紅】……211/
　　　4【李宝瑩】……212/ 5【梅雪詩】……213
　Ⅵ　香港粤劇の儀礼演目 ………………………………… 214
　　　1【祭白虎】……214/ 2【八仙大賀寿】……214/
　　　3【小賀寿】……215/ 4【跳男加官】……215/
　　　5【跳女加官】……215/ 6【六国大封相】……215/
　　　7【天妃大送子】……216/ 8【天妃小送子】……217/

9 【玉皇登殿】……217/10【香花山大賀寿】……218

VII 香港粤劇の流行演目 ……………………………………………… 219

1 【帝女花】……222/ 2 【征袍還金粉】……223/

3 【鳳閣恩仇未了情】……223/ 4 【雷鳴金鼓胡笳声】……223/

5 【燕帰人未帰】……223/ 6 【双龍丹鳳覇皇都】……224/

7 【洛神】……224/ 8 【金釵引鳳凰】……224/

9 【火網梵宮十四年】……225/10【梟雄虎将美人威】……225/

11 【獅吼記（醋娥伝）】……226/12【紫釵記】……226/

13 【桂枝告状】……227/14【旗開得勝凱旋還】……228/

15 【龍鳳争掛帥】……228/16【再生紅梅記】……228/

17 【牡丹亭驚夢】……229/18【双仙拝月亭】……229/

19 【鉄馬銀婚】……230/20【碧血写春秋】……231/

21 【宝剣重揮万丈紅】……231/22【双珠鳳】……232/

23 【珠聯璧合剣為媒】……232/24【戦秋江】……232/

25 【風流天子】……233/26【一柱擎天双虎将】……233/

27 【魚腸剣】……233/28【衣錦還郷】……233/

29 【虎将奪金環】……234/30【枇杷山上英雄血】……234/

31 【蓋世英雄覇楚城】……234/32【紅了桜桃砕了心】……235/

33 【跨鳳乗龍】……235/34【無情宝剣有情天】……235/

35 【連城璧】……235

VIII 香港粤劇の劇本（文辞挙例）……………………………………… 238

1 【鳳閣恩仇未了情】……238／ 2 【紅了桜桃砕了心】……242

第 4 章　粤劇100種梗概

1 【宝蓮灯】(神話)……249/

2 【盤龍令】(別名【蟠龍令】)(神話)……250/

3 【柳毅伝書】(神話)……250/ 4 【白蛇伝】(神話)……251/

5 【九天玄女】(神話)……252/ 6 【跨鳳乗龍】(春秋)……254/

目　次　　　　　　　xi

7　【梟雄虎将美人威】（戦国）……255/

8　【虎将奪金環】（戦国）……257/

9　【双龍丹鳳覇皇都】（戦国）……258/

10　【状元夜審武探花】（戦国）……258/

11　【雷鳴金鼓胡笳声】（戦国）……259/

12　【刁蛮元帥莽将軍】（戦国）……265/

13　【連城璧】（戦国）……267/14　【漢武帝夢会衛夫人】（前漢）……269/

15　【枇杷山上英雄血】（別名【英雄碧血洗情仇】）（前漢）……270/

16　【無情宝剣有情天】（前漢）……275/

17　【一曲鳳求凰】（前漢）……277/

18　【英雄児女保江山】（前漢）……278/19　【昭君出塞】（前漢）……279/

20　【龍鳳争掛帥】（前漢）……279/

21　【飛上枝頭変鳳凰】（前漢）……280/

22　【春花笑六郎】（前漢）……281/23　【一把存忠剣】（後漢）……282/

24　【洛神】（三国）……283/25　【珠聯璧合剣為媒】（南北）……287/

26　【燕帰人未帰】（南北）……290/

27　【蓋世英雄覇楚城】（南北）……292/

28　【桃花湖畔鳳朝凰】（南北）……293/

29　【随宮十載菱花夢】（南北）……296/

30　【春風吹渡玉門関】（唐）……297/31　【紫釵記】（唐）……302/

32　【白兎会】（五代）……306/33　【李後主】（晩唐）……309/

34　【劉金定】（晩唐）……311/35　【双仙拝月亭】（北宋）……311/

36　【胭脂巷口故人来】（北宋）……315/

37　【蝶影紅梨記】（北宋）……322/

38　【風火送慈雲】（別名【慈雲太子走国】）（北宋）……326/

39　【蛮漢刁妻】（別名【虎将刁妻】）（北宋）……329/

40　【獅吼記】（北宋）……331/41　【狄青与襄陽公主】（北宋）……338/

42　【林冲】（北宋）……339/43　【続林冲】（北宋）……340/

44【鳳閣恩仇未了情】(南宋)……342/

45【牡丹亭驚夢】(南宋)……344/

46【再生紅梅記】(南宋)……350/47【朱弁回朝】(南宋)……355/

48【辭郎州】(南宋)……356/

49【風流天子】(別名【孟麗君】)(元)……356/

50【鉄馬銀婚】(元)……357/51【梁祝恨史】(明)……358/

52【十年一覚揚州夢】(明)……364/53【英烈剣中剣】(明)……367/

54【刁蛮公主莽将軍】(明)……368/55【唐伯虎点秋香】(明)……369/

56【百花贈剣】(明)……376/57【碧血写春秋】(明)……379/

58【英雄掌上野荼薇】(明)……381/

59【一柱擎天双虎将】(明)……388/

60【萍踪俠影酔芙蓉】(明)……389/61【帝女花】(清)……389/

62【九環刀濺情仇血】(清)……394/63【金鏢黄天霸】(清)……398/

64【龍鳳奇縁】(清)……398/65【胡蝶杯】(清)……399/

66【清官斬節婦】(清)……400/67【艶陽長照牡丹紅】(清)……400/

68【光緒皇帝夜祭珍妃】(清)……406/

69【情俠鬧璇宮】(明清間)……408/

70【玉龍宝剣定江山】(明清間)……410/

71【一剣定江山】(明清間)……410/

72【香羅塚】(明清間)……411/73【搶新娘】(明清間)……412/

74【俏潘安】(明清間)……413/75【万悪淫為首】(明清間)……414/

76【鸞鳳還巣】(明清間)……416/77【穿金宝扇】(明清間)……417/

78【紅菱巧破無頭案】(明清間)……423/

79【桂枝告状】(別名【販馬記】)(明清間)……429/

80【戰秋江】(明清間)……435/81【征袍還金粉】(明清間)……436/

82【金釵引鳳凰】(明清間)……437/

83【花落江南廿四橋】(明清間)……437/

84【状元夜審武探花】(明清間)……438/

目　次　　　xiii

85【旗開得勝凱旋還】（明清間）……439/

86【双珠鳳】（明清間）……439/

87【珍珠塔】（明清間）……440/88【全家福】（明清間）……440/

89【全家福（新編）】（別名【七賢眷】）（明清間）……441/

90【花染状元紅】（明清間）……446/

91【一代天嬌】（明清間）……447/

92【紅了桜桃砕了心】（近代）……448/

93【龍鳳呈祥】（近代）……455/94【青衫客】（近代）……455/

95【胡不帰】（近代）……456/96【花好月円】（近代）……458/

97【十二美人楼】（近代）……459/98【喋血劫花】（近代）……459/

99【花開富貴】（近代）……460/100【程大嫂】（近代）……460

総　結　粤劇の特徴——侠艶　……………………………………　527

附　録　……………………………………………………………　537

　　附録Ⅰ　香港粤劇団上演表（1979-1988）……539

　　附録Ⅱ　香港粤劇上演回数順位表（1979-1988）……561

　　附録Ⅲ　麦嘯霞（1903−1941）『広東戯劇史略』

　　　　　　所載粤劇演目表（主演者別）……569

　　附録Ⅳ　広東の戯船について……599

　　附録Ⅴ　【参考資料目録】……602

　　あとがき　……607

　　索　引　……611

香港粤劇研究

珠江デルタにおける祭祀演劇の伝承

第 1 章　粤劇の祭祀環境

Ⅰ　広東宗族祭祀の儒礼性

一　問題の所在

　一般に中国郷村祭祀においては、宗族祭祀は、儒教儀礼により、村落祭祀は、道教儀礼によるという分業関係が成立している。特に儒教儀礼は、専ら宗族の宗祠での祖先祭祀を担うに止まり、村落祭祀には関係しないのが原則である。これは儒礼の「礼は庶人に下さず」という建前から当然であり、また郷村の縉士礼生としても「怪力乱神」の跳梁する村落の祭祀に関与することを潔しとしなかった。この点では仏教の僧侶も必ずしも野外の村落祭祀に出仕することには積極的ではなかった。仏僧は、村落内の富裕層の法事に出仕することを本務と考え、野外祭祀に人目をさらすことを好まなかったからである。かくして村落祭祀の儀礼を担うものは、結局、日ごろ村人の葬式や法事などの儀礼の執行を業として生活している道教の道士、あるいは巫師ということになる。

　ただ、このような一般的傾向とは別に、広東の大宗族村落にあっては、神誕祭祀や建醮祭祀などの大規模祭祀の場合、村民や道士団が行う祭祀儀礼が儒教の影響を受けて形成されている面がある。これは道士団が主催者たる宗族の儒教指向を尊重して、自らの儀礼構成を儒礼風に加工した結果であると思われる。

　一方また、本来、儒礼のみで行われてきた宗族の宗祠儀礼においても、宗族がその分支間の結合を強化して組織を拡大してゆく段階で、儒礼のほかに俗礼、即ち演劇（元来、道教儀礼に関係が深いもの）が導入されてくる。

　つまり、広東の大宗族村落では、本来、俗礼（道教儀礼）を本則とする村落祭祀が、雅礼（儒教儀礼）の影響を受ける一方、雅礼（儒礼）を本則とする宗族祭祀に俗礼（演劇）が導入されてくるという、いわば、雅礼と俗礼の相互浸透が起ている。宗族祭祀における演劇の導入とは、どのような点でつながるのか、が問題となる。以下、この問題を広東（香港を含む）の郷村宗族について、追究してみる。

香港新界の錦田鄧氏は、この地域最大の宗族で、水頭村、水尾村、祠堂村、錦慶囲、吉慶囲、泰康囲、永隆囲など7カ村に約3000人の人口を擁する。その中心は、水頭村、水尾村にあり、この2村の中ほどにある祠堂村に、錦田鄧氏の遷徙祖（十五世祖）洪儀とその4子を祀る二つの祠堂がある。遷徙祖洪儀とその長子広舎の子孫を祀る思成堂、洪儀の次子鎮、三子鋭、四子鋼の3子とその子孫を祀る茂荊堂の二つである。両祠堂は、大きさもほぼ同じ、構造も同じ三進構造である。最も奥の寝室（第3進）の中央神龕に始祖から十四世の連名牌版と遷徙祖十五世洪儀以下、十六、十七、十八世4代の神位を安置し、向かって右に十九世以下の穆祖たちの神位、向かって左に昭祖たちの神位を祀る。

この2つの祠堂のうち、茂荊堂の祖先祭祀については、族譜に【春秋祠堂儀式】が収録されており、その大体を知り得る。以下、これによってその祭儀の概況を述べる（表1）。

春秋の祀祖祭祀は、祠堂寝室内に奉祀されている神位群を祠堂の中堂（第2進）に運び出して行う。排列の形は図に示した通りである（図1）。

祭祀の順序は、次の通りである。

　　（1）中堂・寝室への進饌
　　（2）子孫の招集（斉班）
　　（3）寝室前で神位を中堂に迎える儀式（迎神）
　　（4）中堂に神位群を排列（迎神排位）
　　（5）中堂にて賛礼・飲福
　　（6）神位群の寝室への回送儀式（送神）

これらの祭祀の各節目については、それぞれ細目があり、構成は、かなり複雑となる。これを表示する。（表1：茂荊堂春秋祠祭儀式次第）

以下、このうち、最も中心をなす（3）（5）（6）について、その式次第を略説する。

I　広東宗族祭祀の儒礼性　　　　　　　　　　　7

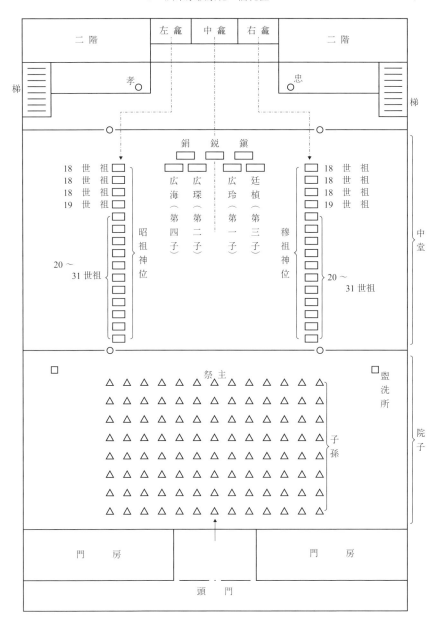

図1　錦田鄧氏茂荊堂春秋祠祭儀礼配置図

表 1 の内容：

区分	1	2	3	4	5	6	7	8	9
（一）排壇	排列祭品	査点斉備							
（二）斉班	吹手掌炮	赴祠（携袍帽）	赴中堂（整粛衣冠）（二炮）（頭炮）	赴寝室（三炮）					
（三）迎神賛礼	排班	上香	初献（啓文）	亞献	三献	焚幣			
（四）迎神排位	迎出神主	排位							
（五）中堂賛礼	排班	盥洗	整粛衣冠	上香	初献（祝文）	再献	三献（假詳）	飲福・受胙	焚幣
（六）送神	初献	回送神主							

表 1　茂荊堂春秋祠祭儀式次第

（一）　寝室前の迎神賛礼

通賛の号令で、主祭、衆孫が位に就く。三跪九叩首の礼をおこなう。

1．上香の礼

　　主祭が3回、香を捧げる。斝を進め酒を酌み、地に灌ぎ、一跪三叩首の礼を行う。

2．初献の礼

　　主祭は、香案の前に跪き、斝を進め酒を酌み、斝を持つ。衆孫みな跪く。主祭は、迎神の祭文を読む。次のとおり。

　　　維に民国△△年歳次二月朔日（八月望日）、越えて△△月△△日、奉祀す。裔孫○○等、謹みて清酌・果品・香楮・幣帛の儀を以て敢えて昭かに○○等列位祖考の神位の前に告ぐ。曰く、恭みて惟うに、我が祖よ、主を迎えて中堂に就かしめ、敬しみて奠献を伸ぶ。虔しみて告げ謹しみて告ぐ[1]。

　　以上、読み終わると、酒を祖先に献じ、次いで「食」を献じる。

3．亜献の礼

　　主祭は、香案の前に跪き、再び斝を進め酒を酌み、祖先に酒を献上、次いで饌を献じる。

4．三献の礼

　　主祭は、香案の前に跪き、三たび斝を進め酒を酌み、祖先に酒を献上、次いで幣（紙銭）を献ずる。ここで「食」を侑め、3度叩首する。

5．焚幣

　　祭文と紙銭を焚く。

　　以上で、寝室前の迎神賛礼を終わり、すぐ神位を中堂に排列し、中堂賛礼に移る。

---

1)　維民国△△年歳次二月朔日（八月望日）、越△△月△△日、奉祀。裔孫○○等、謹以清酌・果品・香楮・幣帛之儀、敢昭告○○等列位祖考神位之前。曰、恭惟、我祖、迎主就中堂、敬伸奠献。虔告謹告。

（二）中堂賛礼

1．排班

通賛の号令で、報鼓を3回うち、大楽・小楽を奏し、炮を放つ。主祭及び衆孫は整列して位置につき伺候する。

2．盥洗

通賛の号令で、主祭以下、衆孫は、1人ずつ、盥洗所に至り、手を洗い浄める。

3．粛衣整冠

通賛の号令で、全員、1人ずつ、粛衣整冠し、一跪三叩頭の礼を行う。

4．上香の礼

通賛の号令で、主祭以下衆孫は、香案の前に至り、3度、香を献じ、斝で酒を酌み、酒を地に灌ぐ。

5．初献の礼

通賛の号令で、主祭は、一跪三叩頭、次いで香案前に跪し、執事が主祭に代わって斝を進め酒を酌み、斝を持つ。衆孫は、みな跪し、読祝が祝文を読む。祝文は、最初に中央の7神位に向かって読み、次いで右譁並ぶ穆祖群、最後に左に並ぶ昭祖群に向かって読む。まず、中央神位に対する祝文を示す。次のごとし。

維れ民国△△年歳次△△二月朔日（八月望日）、越えて△月△日、奉祝す。裔孫○○等、謹しみて清酌・香楮・果品・剛鬣・柔毛・庶羞・幣帛の儀を以て祭を十六世祖考、処士諱鎮府君、妣淑徳夫人鄭氏（中略）の列位祖先の前に致す。曰く：序は三房に列し、同に一室に居る。二伝して宴して鹿鳴を賦す。八世にして栄え、豹変を膺す。棣萼芳を聯ね、［葉は］孔懐の雅に叶う。荊花競いて秀で、蔭は垂れて長く其の祥を発す。茲に春祀（秋嘗）の日に値い、緬として反恭を前人に想い、爰に明徳の馨を薦め、共に仁者の深恩を展べん。伏して願わくは、英霊爽かに格り、実に式に憑依りて佑けよ。<u>科名は鵲起し、玉堂に金を啓きて馬は風に嘶かん、甲第は蟬聯し、玉尺もて金を量りて甌は字［字］を覆わ</u>

ん。虔しみて告げ謹しみて告げん[2]。

　下線に示したように、一族から科挙の合格者を輩出することを祈願している。続いて穆祖群に向かって祝文を読む。次のとおりである。

　　十八世祖考、処士諱璁府君、（中略）の列位祖先の案前に致す。曰く：根の深ければ末は茂り、源の遠ければ流れは長し。祖に大宗と小宗の別あり、序に昭たると穆たるの殊あり。俔として見われ、優として聞こえ、之に臨めば、上に有り。右を有［佑］して左に宜しく、之を質せば、旁にあり。茲に春分（秋分）に当たり、祇だ歳事を薦む。腆からずと云うと雖も、尚わくは鑒みよ。茲にありて、伏して願わくは、厚沢は旁に流れて階下に芝蘭の秀を競い、深仁は遠く逮んで庭前に玉樹の祥を開かんことを。尚わくは饗けよ[3]。

　以上、読み終えて、更に左側の昭祖群に、ほぼ上と同じ祝文を読む。終わると、主祭、執事は、祖先に酒を献じ、衆孫もそれぞれ分献し、終わって主祭は香案上に饌を献ずる。

6．亜献の礼

　　通賛の号令で、主祭が香案の前に跪し、執事が主祭に代わり、斝を進め酒を酌み、祖先に酒を献上する。衆孫も続いて祖先に酒を献上し、終わって主祭は香案上に「食」を献上する。

7．三献の礼

---

2)　維民国△△年歳次△△二月朔日（八月望日）、越△月△日、奉祝。裔孫○○等、謹以清酌・香楮・果品・剛鬣・柔毛・庶羞・幣帛之儀、致祭於十六世祖考、処士諱鎮府君、妣淑徳夫人鄭氏、（中略）列位祖先之前。曰：序列三房、同居一室。二伝宴賦鹿鳴。八世栄膺豹変。棣萼聯芳、［葉］孔懐叶雅。荊花競秀、蔭垂長発其祥。茲値春祀（秋嘗）之日、緬想反恭於前人、爰薦明徳之馨、共展仁者之深恩。伏願、英霊爽格、実憑式而佑。科名鵲起。玉堂啓金馬嘶風、甲第蟬聯、玉尺量金甌覆字［字］。虔告謹告。

3)　致十八世祖考、処士諱璁府君、（中略）列位祖先之案前。曰：根深則末茂、源遠則流長。祖有大宗小宗之別、序有為昭為穆之殊。俔見優聞、臨之、則在於上。佑右宜左、質之、則在於旁。茲当春分（秋分）、祇薦歳事。雖云不腆、尚鑒。在茲伏願、厚沢流旁、階下競芝蘭之秀、深仁遠逮、庭前開玉樹之祥。尚饗。

主祭は、香案の前に跪坐し、執事が斝を進め酒を酌み、祖先に酒を献上する。終わって主祭は、「幣帛」を献じる。

8．飲福・受胙

通賛の号令で、大楽・小楽を奏し、炮を放つ。門を閉める。主祭は、祖先の神位の前に至り、「食」を侑める。次いで門を開き、楽をやめる。ここで、通賛の号令で、主祭は、「飲福の位」に至り、跪坐する。執事が斝を進め酒を酌み、斝を手に執る。衆孫はみな跪坐する。ここで「嘏辞」を読む掛が次の辞を読む。

祖は工祝に命じ、茲の多福の無疆なるを承け、汝、孝孫に語り、汝、孝孫に来れり。汝らをして禄を天より受けしむ。田を稼するに宜しく、眉寿は永平ならん。子々孫々、替わることなく、これを引け[4]。

およそ中国の祭祀関係文書に、田土や農耕のことが出てくる例を見ないが、ここでは、珍しく、「田を稼する」という文句が出てくる。非常に古い文献（詩経の類）の系統を引いているものと思われる。以上、読み終わると、みな福酒を飲む。「郷飲酒」の礼である。

9．焚幣

主祭は、3たび、三叩頭の礼を行い、幣帛、祝文などを焚化して天界に送る。以上で中堂の礼を終わり、神位回送に移る。

（三）　神位回送の礼

主祭以下、香案の前に跪坐、主祭が「寝室に回頭するに先に代わりて祭るの祝文」を読む。次のごとし。

維れ民国△△年歳次△△二月朔日（八月望日）、越えて△月△日、奉祝す。裔孫○○等、謹しみて清酌・香楮・果品・剛鬣・柔毛・庶羞・幣帛の儀を以て敢えて昭かに南陽堂上鄧氏歴代祖先の神位の前に告げて曰く：恭しみ

4）祖命工祝、承茲、多福無疆、語汝孝孫、来汝孝孫、汝等受禄於天、宜於稼田、眉寿永平。子々孫々、無替引之。

I　広東宗族祭祀の儒礼性　13

て惟うに我が祖、積むこと厚くして光を流す。世沢を前徽に振いて、創成の美を済し、家声を後裔に啓きて、善慶の芳を伝う。念うに我が後枝、実に英霊の福を叨く。この春露（秋霜）を撫し、敢えて追報の誠を忘れんや。豆觴を粛陳し、敬しみて祭典を承く。伏して願わくは、精神の感じて格り、几筵に降りて暽せんことを。千年にして俎豆縣たり、累世にして簪纓を慶せん。尚わくは饗けよ[5]。

　ここでも「累世にして簪纓を慶せん」とあって、科挙の合格者の輩出を祖先に祈願している。以上、読み終わって、神位を寝室に回送する。

　以上、要するに全体として、三献の礼を2回、一献の礼を1回、合計、七献の礼を行い、三跪九叩頭の礼を4回も行っている。繁文礼辱の周到を極めたものと言えるが、正統派の儒礼とみることができる、なお、右の儀式終了後、衆孫による宴飲が行われ、終了は深夜に及ぶ。

　ところでこの春秋祀俎儀式は、祖先祭祀を通して、子孫の繁栄と、一族の結束を祈ることを目的としていることは疑いないが、極めて具体的に、田土の農耕、科挙合格者の輩出を目指している点が注意を引く。非常に経済的な利害を意識した儀礼である。地域の権力を握る郷村宗族、所謂、郷族として、田土所有を通して地域社会を支配するとともに、科挙合格者の輩出を通して、国家権力との結びつきを強化することを意図しているといえる。単なる同族結合の維持の範囲で自己完結している台湾の宗族とは全く異なった広東宗族の「郷族」的特徴が出ているといえよう。科挙が消滅した現代においては、大学がこれに代わり、この祖先祭祀に大学生が参加している。祭祀の目的が、祀俎にとどまらず、外部に対する自族の政治力を誇示することにあることがうかがわれる。

---

5)　維民国△△年歳次△△二月朔日（八月望日）、越△月△日、奉祝。裔孫○○等、謹以清酌・香楮・果品・剛鬣・柔毛・庶羞・幣帛之儀、敢昭告南陽堂上鄧氏歴代祖先神位之前、曰、恭惟我祖、積厚流光。振世沢於前徽、済創成之美、啓家声於後裔、伝善慶之芳。念我後枝、実叨英霊之福。撫茲春露（秋霜）、敢忘追報之誠乎。粛陳豆觴、敬承祭典。伏願、精神感格、降几筵暽。千年俎豆縣、累世慶簪纓。尚饗。

二 村落祭祀における儒礼の浸透

さて、上述の如き、宗族の勢威を外に向かって顕示する意味を持つ宗祠儒礼の形式は、村落祭祀の場にもその影を落としている。村落祭祀には、当該村民の範囲だけでささやかに挙行される豊穣儀礼としての社祭や、逐疫儀礼としての儺舞・儺礼など、いわば基層的な小規模祭祀と、多数の村外の賓客を招き村の社交能力を高めようとする目的を持った神誕祭祀、建醮祭祀など、いわば多層的な大規模祭祀とがある。儒教儀礼は、自己顕示の必要のない、賓客が来ない基層祭祀には、あまり登場しないが、賓客の集まる神誕祭祀、建醮祭祀には、しばしば、その威厳に満ちた姿を現している。以下、香港新界の例をあげる。

（一）神誕祭祀

現在、香港新界では、天后、北帝、洪聖、車公元帥、金花夫人などの神々に対し、その神誕日に大規模な祭祀が挙行され、特に演劇が奉納される場合が多いが、今では、演劇が主役になって、村民による献供儀礼は、見られなくなった。しかし、かつて神の誕生日の前夜祭には、儒礼による献供が行われたらしい。例えば、新界沙田山厦村の曽氏一族（客家系）の族譜には、車公元帥の誕生日に当たって、その前夜祭に読まれた「祝旦預晩暖寿祝文」が採録されている。

　　恭みて惟うに降誕の良辰、届れるの期を待ちて、乃ち粛す。荇馨の微忱、預日に当たりて、彌々深し。既に諸朝を俟ちて祝嘏の文を行い、遂に預晩に宜しくして献觴の礼を尽くす。敢えて九如の句に擬して、用て三祝の私を申ぶ。道範に向かいて以て牲を陳べて、礼は九叩を行い、徳容に対して暖寿して、爵は三康を進む。伏して願わくは、微忱を暗亨し、更に衆信に階投せんことを祈る。来朝は戯を演ず、道徳に憑りて俳優を鑒みんことを願う。此の日に桃を献ず、神恩有りて、紳士を庇せんことを懇す。欣びて五福を歌い、預め千秋を祝す。尚わくは亨けよ[6]。

6）　恭惟、降誕良辰、待届期乃粛。荇馨微忱、当預日彌深。既俟諸朝、行祝嘏之文、遂宜

この祝文に見える儀礼は、「九叩の礼」（三跪九叩頭）、「三康の爵（三献の礼）」など、儒礼に沿ったものである。「紳士を庇護せよ」という語には、自ら紳士たることを外に向かって顕示する姿勢がみられる。さらに、俗楽である演劇を奉納することについて、神が「道徳に憑りて俳優を鑒みる（道徳を基準にして、俳優の演じる劇を評価判定する）」ことを望む、と言っている。ここには、ややもすれば道徳を逸脱して淫戯に流れやすい演劇を、例えば、勧善懲悪など、儒礼の許容する範囲内に収めようとする姿勢がみられる。

　一般に明末以降、一部の宗族の宗祠儀礼においても、演劇が導入されるようになるが、そこでは、戯班に上中下のランクがある場合、雇用する戯班を上級班に限り、下級班を排除する方針をとっていた。これは、戯価の安い下級班は、観客の欲望に迎合する「淫戯」を演じることが少なくないことを危惧したからである。しかし、このような危惧は、村落の廟宇の神々に献上する演劇について、示された例はほとんどない。この点、上記の車公元帥神誕祭祀における祝文の「道徳によって俳優を鑑定せよ」という文言は、きわめて珍しいものである。元来、客家人は、中原文化の正統継承者としての自意識が強く、祭祀においては儒礼に固執する傾向が強い。その傾向がここに現れたといえるが、この地区の広東系村落もその影響を受けている。ここでは、儒礼が神々の神誕祭祀にまで浸透しているのである。

（二）　建醮祭祀

　次に、香港新界の村落において、10年に1回、挙行される建醮祭祀においては、神誕祭祀の場合よりもさらに強く儒礼の影響が現われている。この祭祀は、過去10年間に積もった亡霊孤魂の「陰」の気を一掃して「陽」の気を吹き込み、天地の循環を正常な位置にもどすことを目的とするものであり、規模が大きく、

　預晩、尽献觴之礼。敢擬九如之句、用申三祝之私。向道範以陳牲、礼行九叩、対徳容以暖寿、爵進三康。伏願、暸亨微忱、更祈階投衆信。来朝演戯、願憑道徳鑒俳優。此日献桃、懇有神恩庇紳士。欣歌五福、預祝千秋。尚亨。

また、近隣諸村から招く賓客も多かったから、これを主宰する宗族としては、自らの財富と儒教的正統性を外部に誇示する絶好の機会であった。宗族によっては、この機会に自ら秘蔵する書画文物を陳列して、富力財力を誇示することもある。かくしてこのような条件の下で、「宗族の権威を外部に際立たせるショー」としての儒礼は、その効能を発揮する場を得ることになる。以下、その場面を概観する。

（1） 縉耆の諸神に対する儒礼儀式

建醮祭祀は、三日四夜、五日六夜、六日七夜など、長期間にわたる大規模祭祀であり、神に対する儀礼部分は、道士が担当するが、村落の有力宗族を中核とする縉士耆老も、主神に対して独自の拝礼を行っており、その儀礼は、やはり儒礼に拠っている。現在、建醮祭祀の重点は、道士儀礼と演劇に移ったため、この縉士耆老の拝礼儀式は、簡略化され、或いは省略されて、目立たなくなったが、かつては、前夜祭の場で盛大な儒教風式典が挙行されていたらしい。例えば、さきの沙田山廈囲の属する沙田九約の十年一期建醮において、曽氏と並ぶこの地区の有力宗族である大囲韋氏が「車公元帥と天后聖母」に献じた建醮祭文（沙田九約）は、次のとおりである。

維れ光緒△△年△△月△△日、△△約の縁首○○、郷人等、謹しみて香燭・清酌・菓品、金猪・食饌・龍衣・幣帛、腆からざるの儀を以て、敢えて昭かに天后聖母と車大元帥の座前に奉上し、敬しみて祝して曰く、聖徳は巍峩たりて、九約は同に厚沢に沾い、神恩は浩蕩たりて、万民は共に洪庥を戴く。深恩の時に錫わるを念えば、宜しく埃を涓びて以て少か酬ゆべし。前に闔洞誠を抒ぶるを経て、共に清醮一届を建て、茲に後に梨園演唱し、同に聖寿無疆を慶す。△△村の信士等、誼として同盟に属す。理として当に亨祀すべし。是に於いて虔しみて微物の腆からざるを具え、敢えて明法の惟だ馨あらんと云わん。伏して願わくは、洋々として在すが如く、来り暇け来り嘗せよ。我が後を啓き、福禄無疆ならんことを。士は名を金榜に登り、農は大いに倉箱あらんことを。時は和し世は泰く、物は阜んにして民は康ならんこと

Ⅰ　広東宗族祭祀の儒礼性　　17

を。慶しみて告げ謹しみて告げん[7]。

　ここの祝文に見える供物は、前述の神誕祭祀のものに類似しているが、龍衣を
奉納している点は特色がある。地域の守護神として大囲の天后聖母と山廈囲の車
公元帥を同時に招いている点にも建醮祭祀の広域祭祀、村落連合祭祀の特色が出
ている。また、通常、建醮祭祀では、域内に住むあらゆる職業に着目して、士農
工商を挙げるが、ここでは、士と農だけを挙げる。商人も工匠もいない純粋な農
村地域だからであるが、非常に珍しい。中国社会が農民と士人から成ることを示
しているといえる。或いは、農民とそれを支配する役人という一君万民の政治体
制とこれを支える儒教思想の体系を示しているともいえる。

　さらに注意すべきは、「前に清醮一届を建て、後に梨園演唱す」とある表現で
ある。

　現在、この地域では、建醮祭祀は、道士が担当しているが、この道士は、いつ
の時代にこの地域に入ってきたのか、不明である。おそらく清代末期、光緒年間
であろう。それでは、道士が入ってくる前は、祭祀儀礼はだれが担当したのか。
おそらく郷村の縉士耆老が自ら司祭や礼生の役を務めて、宗祠におけると同じ
く、献供と拝礼を数日にわたって繰り返し挙行したに違いない。後述するよう
に、現在の道士がおこなう建醮祭祀の儀礼には、儒礼風のものが多いが、それ
は、自らが担当する以前に郷村に儒礼による儀礼が行われていて、道士としても
これを摂取せざるを得なかったことによるものではないだろうか。演劇の方は、
乾隆以前に入っていた形跡があり、遅くとも咸豊年間には、建醮演劇が挙行され
ていた記録がある。したがって当初（清代中葉以前）の建醮祭祀は、宗族父老に
よる簡単な献供儀礼と梨園（職業劇団）による演劇によって、構成されていたも

---

7)　維光緒△△年△△月△△日、△△約縁首○○、郷人等、謹以香燭・清酌・菓品、金猪・
　　食饌・龍衣・幣帛、不腆之儀、敢昭奉上天后聖母車大元帥之座前、敬祝曰、聖徳巍巍、
　　九約同沾厚沢、神恩浩蕩、万民共戴洪庥。念深恩而時錫、宜涓埃以少酬。経前闔洞抒誠、
　　共建清醮一届、茲後梨園演唱、同慶聖寿無疆。△△村信士等、誼属同盟、理当亨祀。於
　　是慶具微物之不腆、敢云明法之惟馨。伏願、洋々如在、来暗来嘗。啓我之後、福禄無疆。
　　士登名金榜、農大有倉箱。時和世泰、物阜民康。慶告謹告。

18　　第1章　粵劇の祭祀環境

のと思われる。孤魂祭祀だけは、仏僧の助けを借りたかもしれない。仏教寺院は、早くから存在していたはずである。結局、儒教儀礼、仏教儀礼、演劇の三者で構成されていた建醮祭祀に清末になって道教が参入し、儀礼の中核を担うようになったというのが実情であろうと推測する。

（2）　道士儀礼の儒礼化

　次に現在、香港新界で行われている正一派道士による建醮祭祀には、儒礼の影響を受けた部分が含まれていることに注意したい。例えば、屯門陶氏の十年一届建醮の五日六夜の建醮祭祀のうち、儒礼部分を示すと、表のとおりである（表2：屯門陶氏太平清醮儀礼日程表）。

　この表に見るごとく、この科儀は、道士儀礼ではあるが、儒教系のもの、仏教

表2　屯門陶氏太平清醮儀礼日程表

日	前一日	正一日	正二日	正三日	後一日	後二日
時	上午・下午・晚	上午・下午・晚	上午・下午・晚	上午・午・下午・晚夜	上午	上午
儀礼	揚幡・取水・迎神・啓壇・発奏	早朝・午朝・晚朝・分灯・禁壇・打武・小幽	早朝・午朝・晚朝・迎榜・礼斗	迎聖・早朝・午朝・走赦書・放生・晚朝・祭大幽	分胙・酬神・接聖牌	行符・拝神
系統	道・〃・〃・儒	道・〃・〃・〃・〃・仏	道・〃・〃・儒・道	儒・道・〃・〃・〃・〃・仏	儒・〃・道	〃・道
儒礼要素	盥洗・粛衣整冠・賜酒		盥洗・粛衣整冠・賜酒・攬榜	盥洗・粛衣整冠・賜酒・拝天階	受胙	

Ⅰ　広東宗族祭祀の儒礼性　　　19

系のものが混在しており、特に「天」を拝する儀礼には、儒教系のものが多い。
以下、その要点を記す。

1．啓壇

　　啓壇は、道士団が祭礼開始に当たり、道壇（三清壇）を開設し、天界諸神
　を祭壇に招く儀礼であるが、このときに行う「盥洗」、「粛衣整冠」の科儀
　は、先に述べた宗祠春秋二祭の中堂賛礼における「盥洗」、「粛衣整冠」を模
　倣したものである。形式としては、道士団と村の代表である縁首団がそれぞ
　れ一列に並んで、向かい合って整列し、奏楽のうちに払子を手にした黒衣の
　礼生2人の先導で、まず道士の1人が香案の後方左に置いてある架上の盥の
　前に至り、手を洗う。次いで、香案後方右に置いてある架上の鏡に向かい衣
　冠の乱れを直す。以下、同じ形式で、まず道士団全員、次に縁首団全員が、
　1人ずつ、手を洗い、衣冠を正す。

　　続いて「賜酒」に移る。粛衣整冠が終わったあと、主道士が杯を執り、香
　案の前の土の上に酒を灌ぐ。これは、先の宗祠儀礼の「上香の礼」のとき、
　主祭が酒を地に灌ぎ、地の神を祀り、場を浄めた儀礼を踏襲したものであ
　る。次いで対面して整列した道士団と縁首団の1人1人に礼生が酒杯（酒が
　入っている）を配り、終わると、両集団は、歩み寄って中央に会し、酒を飲
　みかわす。これは、古代の儒礼の「郷飲酒」の礼に遡るものと言えるが、さ
　らに直近の礼としては、先の宗祠祭儀の「飲福」の形式を踏襲したものと解
　し得る。儒礼の色彩がきわめて濃厚で、荘重な威儀を演出している。台湾の
　道士儀礼には全く見られない広東宗族独特の儀礼である。

2．迎榜

　　「迎榜」は、道士が天帝に対して、村民全員に福を賜うように上奏した奏
　文を、天帝が嘉納し、批准して、その奏文を道士に返還し賜い、道士団がこ
　れを榜文（公示）として縁首団に引き渡す儀礼である。これには村民1人1
　人の名が家族別に書かれている。天帝の審査を受けて合格した者の、発表板
　である。道士団から縁首団に「榜」を引き渡す時には、さきの「啓壇」と同
　じく「盥洗」・「粛衣整冠」の礼が行われる。終わると、道士が1人1人、榜

に署名し、これを縁首に引き渡す。縁首団は、これを広場に運び、公示用に作られた榜亭（発表板）に貼る。村人は、競って自分の家族の名を探して確認する。科挙の金榜公表に似る。この大榜授受に当たり、筆頭縁首は、帽子をかぶり、赤い襷をかけて臨む。「状元」に擬したものであろう。これを「攬榜公」という。派手な演出は、宗族の威儀を外部に向かって顕示するもので、儒礼と同じ機能を果たしている。この迎榜儀礼も台湾にはない。

3．迎聖

「迎聖」は、先に「啓壇」において、招待した三清、玉皇が、祭壇に降臨し賜うのを、道士団、縁首が迎える儀式で、この建醮祭祀の最高潮を為す。ここでも、先の「拝壇」、「迎榜」の時と同じく、道士団、縁首団は、「盥洗」「粛衣整冠」「賜酒」の礼を行った後、礼生2人に導かれた道士が1人ずつ、三清の神位を祀る天階の下に至り、三跪九叩頭の礼を行う。全く儒礼に模した儀礼である。

4．分胙

祭祀の終了した翌朝、村人たちは、神棚に赴き、胙肉の分配を受ける。これも宗祠儀礼の最終段階で、参列した衆孫が胙肉の分配を受ける行事を踏襲したものである。きわめて儒礼の色彩の濃い行事である。これも台湾では見られない。

この地区に入る前から、儒礼によって村落祭祀を行ってきた宗族の縉紳耆老が、道士にもその儒教形式を要求し、道士側もこれに対応せざるを得なかったためであろう。その儀礼は、道教儀礼と呼ぶには、あまりにも儒礼化しているといわざるを得ない。この点は、道教儀礼の論理を貫いている台湾の正一派道士の儀礼と比較して、一目瞭然である。

三　宗祠儀礼における演劇の導入

さて、次に上述したところとは反対に、宗祠祭祀の雅礼（儒礼）の場に、俗礼（演劇）が導入されてくる方向について、その背景と事実を述べることにする。

宗祠で演劇が上演される例は、江南、特に安徽の宗族記録に多く見られるが、

Ⅰ　広東宗族祭祀の儒礼性　　21

香港新界の宗族に於いては、見聞したことがない。しかし、広東省全体に目を向けると、いくつかの例が宗族記録に見えている。以下、これを挙げる。

　まず、広東省の省都、広州の南海県、及び順徳県、さらに肇慶府高要県などの宗族村落にその例が多くみられる。宗祠の祖先祭祀は、元来、儒礼のみで行うべきもので、演劇を祖先に奉納するというようなことは、通常は考えられないことであるが、広東では、清代中葉以降、このような習俗が大宗族の中で形成されてくる。その理由は、何か。この点を宗祠本来の儒礼との関係で検討しなければならない。まず実例を挙げてみよう。

（一）　新年団拝の祀祖演劇

　広東省肇慶府高要県水坑村謝氏一族では、大宗祠での新年団拝に際して、5年に1回、演劇を上演している。この一族の太祖は、南宋の時、故郷の河南から南遷して、広東省南雄に至り、以後10代を経て、再び南遷して高要県に至り、水坑、蓮塘、漕渡の3郷に分散して居住した。この3郷の謝氏は、相互に80里も隔たっていたため、明末の大乱の時期に、一時音信が途絶した。しかし、清代乾隆年間に至って、同族合同の方式により、系図上の祖先を遡及させて、同族関係を復活し、再び交流を始めた。そのうち、水坑、蓮塘の両房は、協議して、5年に1回、共同して族内高齢者の寿祭を挙行することにした。この一族は、嘉慶4年に肇慶府城内に、宿舎兼祖祠を建立して、府城内で郷試を受ける者の宿泊の便に供した。

　これを「芝蘭書室」と称したが、実態は、「大宗祠」と称してよい。ここで、5年に1回、新年の団拝のときに、演劇を挙行したのである。この際の祭祀演劇について、道光16年の「新議条規」は、つぎのように記す。

　　　我が水坑、蓮塘の両房、本は同に一脈なり、義は重く宗を聯ねり、来往の
　　　期は、定めて五載と為す。誠に宗を惇くし族を合するの厚意なり。（中略）
　　　乙未の冬、爰に両房の衿老を集め、旧例を変通し、中より節省し、更に事款
　　　を定む。

　　　　一、酒席の往来は止だ陸餐を共にす。早晩に弐餐。銀壱銭伍分とす。

一、演戯は、肆本とす。額は、共に擬するに、戯金、銀百捌拾大員とす。少くれば則ち衆に帰し、多ければ、則ち該房自ら弁ず。仍りて両房の首事、公同に戯を写すを要む。

一、戯班の合同には、戯金を除く外に、其の雑項の銀両あり。中宵、火耗、床舗、檯凳、灯油、出入箱、及び戯棚、遮天拝亭、鼓楼の各項目あり。蓬廠、祠堂の粉飾、陳設と張掛、油蠟牛燭、灯籠紙張、洋灯、祭儀拾席、花紅、香燭、迎送人夫、吹手、執式、炮火、鑼鼓、執事、金字牌、檯卓、水薪、床舗、搬運、各項あり。使費額は、(両房) 各々銀壱百参拾両を支す。少くれば、則ち衆に帰し、多ければ、則ち該房自ら弁ず。

一、往来して祖に謁するに、猪羊花紅、香燭、祭儀、及び執事、人夫、高灯、金字牌、執式、大吹、小吹、炮火、頂馬、儀仗、彩色、鑼鼓、各項の使費あり。執事の如きに至る。擬定するに：三世祖以上 (の子孫)、有職にして衛頭ある者は、牌灯各壱対とす。其の余の子孫にして已に (物) 故せる文武科及び仕宦の府志を以て拠ある者は、牌灯各壱対とす。現在に文武科甲なるもの、及び現在に官たる者は、牌灯各壱対とす。捐班は、文職は正六品已上を以て、牌灯各壱対とす。武織は正五品以上を以て、牌灯各壱対とす。額は (各房) 共に銀捌拾両を支す。少くれば、則ち衆に帰し、多ければ、則ち該房自ら弁ず。

一、両房の首事、祠堂に在りて弁理し、及び往きて戯を写すに、往来の衆事に、毎餐毎人、額として飯食銀、参分五厘を支す。演戯参日の内に至りては、毎餐の日の内にて、毎餐毎人、額として柒分を支す。毎位の往来、額として価銭肆百文を支す。多ければ則ち該房自ら弁ず。

一、主祭一人、陪祭二人、蓮塘房の主事柒人、水坑房の主事肆人、祭猪を将ちて、毎人に額として胙肉弐勋を頒つ。其の余の祭儀、猪羊等の物は、衆に回すの数に入るるを要す。旧例の、首事の茶の各項に

Ⅰ　広東宗族祭祀の儒礼性　　　23

　　　　　至りては、一切倶刪る。

　　　一、丁口の冊簿、支用の数目は、倶に両房通過して共に算し、以って清
　　　　　白を昭かにするを要す[8]。

　これを見ると、ここでの演劇は、5年に1回、水坑房、蓮塘房連合の新年の団
拝の場で上演される。期間は3日、この間に4本の戯曲を演ずる。併せてこの3
日の間、朝晩2回、合計6回の宴会が行われる。戯曲4本は、各房2本ずつ、費
用を負担しているとみられるが、3日で4本をどう配置しているか、が問題とな
る。2つの方式が考えられる。3日の前日に前夜祭を行ってその時に1本演じる
方式である。香港では、現在、三天四夜という方式が通行している。昼間3本、
夜4本、正日3日の前夜に1本演じる。謝氏の場合、朝晩2回の合計6回の食事
をとっているから、次のように配置した可能性がある。

────────────

8)　我水坑、蓮塘両房、本同一脈、義重聯宗、来往之期、定為五載、誠悼宗合族之厚意也。
　（中略）乙未冬、爰集両房衿老、変通旧例、従中節省、更定事款。
　一、酒席往来止。共陸餐、早晩弐餐。銀壱銭伍分。
　一、演戯肆本、額共擬、戯金、銀百捌拾大員、少則帰衆、多則該房自弁。仍要両房首事、
　　　公同写戯。
　一、戯班合同、除戯金外、其雑項銀両、中宵、火耗、床舗、檯凳、灯油、出入箱、及戯
　　　棚、遮天拝亭、鼓楼各項目。蓬廠、祠堂粉飾、陳設張掛、油蠟牛燭、灯籠紙張、洋
　　　灯、祭儀拾席、花紅、香燭、迎送人夫、吹手、執式、炮火、鑼鼓、執事、金字牌、
　　　檯卓、水薪、床舗、搬運、各項使費額、各支銀壱百参拾両。少則帰衆、多則該房自
　　　弁。
　一、往来謁祖、豬羊花紅、香燭、祭儀、及執事、人夫、高灯、金字牌、執式、大吹、小
　　　吹、炮火、頂馬、儀仗、彩色、鑼鼓、各項使費、至如執事。擬定：三世祖以上、有
　　　職衙頭者、牌灯各壱対。其余子孫已故文武科甲、及仕宦以府志有拠者、牌灯各壱対。
　　　現在文武科甲、及現在為官者、牌灯各壱対。捐班、文職以正六品已上、牌灯各壱対。
　　　武職以正五品以上、牌灯各壱対。額共支銀捌拾両、少則帰衆、多則該房自弁。
　一、両房首事、在祠堂弁理、及往写戯、往来衆事、毎餐毎人、額支飯食銀、参分五厘、
　　　至於演戯参日内、毎餐毎日内、毎餐毎人、額支柒分。毎位往来、額支価銭肆百文。多
　　　則該房自弁。
　一、主祭一人、陪祭二人、蓮塘房主事柒人、水坑房主事肆人、将祭豬、毎人額頒胙肉弐
　　　勧。其余祭儀、豬羊等物、要入回衆数。至旧例、首事茶各項、一切倶刪。
　一、丁口冊簿、支用数目、倶要両房通過共算、以昭清白。

前日	午後到着	晩餐 1 席；夜演 1 本
第 1 日	午餐 1 席；日演 1 本	晩餐 1 席
第 2 日	午餐 1 席；日演 1 本	晩餐 1 席
第 3 日	午餐 1 席；日演 1 本；帰郷。	

　もう一つの方式は、第 2 日を正日として、日演 2 本、或いは日夜各 1 本を演じた可能性もある。いずれであるか、は不明であるが、1 日に 2 本の戯曲を演じるのは、俳優の負担が大きいので、第一の方式をとった可能性が大きい。戯班との契約には、灯火の道具が含まれているから、夜演が行われた可能性もある。

　次に演劇の為の設備をみると、これも契約に詳細に記されている。

　戯棚は俳優の演じる舞台と観客席を包括したもの、蓬廠は、来客接待用の応接室であろう。遮天拝亭は、祖先神位或いは守護神の神像を祀る神棚（お旅所）であろうか。鼓楼は、時刻を告げるために臨時に架設したものとみるが、あまり、他に例を見ない。大勢の人が集まる演劇と宴会の時刻を同時に管理するために特に必要としたのかもしれない。

　特に奇異に思われるのは、戯曲脚本を両房の首事に筆写させている点である。その目的は不明であるが、祖先に献上するのに不適当な、礼節に反する字句を排除するためではないかと思われる。それにしても 4 本の長編戯曲（上演時間は 2 時間を下らないはず）の全文を筆写するには、多人数を動員しても、相当の長期間を要するであろう。開演前に完成しなければならないとすれば、10 日も前から着手しなくてはならない。しかも、規約には、各房の首事が、遠方の大宗祠まで通ってきて共同で筆写するように書いてある。推測の域を出ないが、全文ではなく、一部分（例えば第 1 幕のみ）を書いて、祖先の神位に奉納するのが目的ではないだろうか。

　次に戯価を見ると、4 本で総額銀180円としている。1 本、45円となる。中級班のレベルであるが、下級班を避けているとみられる。

　また、このときに招待される者をみると、かつての科挙合格者の子孫、及び現存の官僚有資格者（科挙合格者）、現職の官僚、更には一定以上の地位を捐款により得たものなど、を参加させている。一族の声望を対外的に顕示する目的が明か

に看取される。演劇が祖先を敬うためだけでなく、一族のエリートを外部に宣伝するショーになっている。この招待に多額の費用を両房から拠出させているところに、その意図が現れている。

（二）進主入祀の演劇

　次に、広東では、江南と同じく、宗族の支派が自派の近祖の神位を大宗祠に入祀する場合に、既に入祀されている祖先群に対して、演劇を奉献する義務を負わせていることがある。どこの支派でも、近祖の神位は、その直系の子孫の家堂や、自派の5‐6世代前までの近祖を共同でまつる小宗祠に祀っているが、これを大宗祠に入れてもらえば、自派以外の多数の成員の祭祀を恒久的に受けられることになり、自派の名誉であるとともにその子孫としての多大に利益を得られることになる。このため各支派は、この恩恵を得ようとして競争する関係にあり、長老の合議によって、神主の入祀を許された場合には、相当の対価を払うのは当然と思われていた。その対価として、成員全体に娯楽の機会をあたえる演劇を奉納させるのが合理的な方法と考えられたのであろう。

　例えば、広東省番禺県芳村謝氏一族は、太田、市橋、莘田、村前、村後、松柏塱の5房により「同族合同」を形成し、大田房が始祖を祀る大宗祠を管理していた。ただ、この大宗祠には、始祖から四世祖までの各房の神位が祀られていただけだった。康熙44年に至り、各房から要求が出て、各房の五、六世祖の神位も共に入祀することにした。そこで、各房が出資し、同年六月から着工して、神龕を拡充し、八月初一日に進主の儀典を挙行した。次いで八月初二日から、連続3日間、演劇を奉納した。族譜は、これについて、次のように記す。

　　　今、衆子孫、会議す、各房は捐して合せて祖に嘗し、吉日を択び、祠宗を
　　　修葺す、並びに入主祭祀の費と為す。木に本あり、水に源あり、思を立つる
　　　に、諒うに同心有らん、其れを決すれば、踴躍して事に従う。（中略）六月
　　　二十四日に主を出だし、七月初四に工を興し、神楼と韜槵を修整す。八月初
　　　一日辰の時に。主を入る。（中略）市橋房は五世・六世の叔大公・仲廉公両
　　　代の主を奉ず、工資弐両を出す。俱に祭品を備うるに、銀一十両を用う。莘

田房、芳村房は、各々金猪一体を具う、三房は、同一に奠を致す。（中略）
是の日、主を入るに、檀に登りて慶賀す。初二日、連ねて三天の京戯を演
ず[9]。

これを見ると、各房の五世祖、六世祖の神位を大宗祠に入れるといっても、実
際に入れたのは市橋房だけで、萃田房、芳村房は、金猪を出しただけで、神位の
入祀はしていない。結局、市橋房がすべての祭祀費用を負担したことになる。演
劇の費用もおそらく市橋房が負担したものと思われる。

ところで、演劇の期間は、前述の肇慶府水坑村、蓮塘郷の場合と同じく3日と
している。これは後述の順徳県龍氏の場合も同じである。香港の元朗大樹下天后
廟の場合も3日である。現在の香港の祭祀演劇も三天四夜を標準としているか
ら、これは、広東地区一帯の慣行とみてよいであろう。台湾のように7日、10
日、1か月など、無制限に演じることは、この地区の宗族の儒教的な規律感覚に
合わないのであろう。

また、ここで、演じた劇は「京戯」であると言っている。京戯とは、所謂、北
京の「京劇」を指すわけではなく、役人の使う共通語である官話による演劇を指
す。地元の広東方言で演じる粤劇でなく、江南から広東に流入してきた安徽や蘇
州の俳優による京音の劇であり、これらの外来の戯班は「外江班」と呼ばれ、広
東の官紳の家で演じられた。役人の家では、官話を理解できる族人が多かったの
である。戯班の格からいえば、これらの外江班は、上級班に入る。つまり、大宗
祠で演じる演劇としては、上級班が常に選ばれていたことになる。さきの肇慶府
水坑蓮塘両房による劇本の筆写は、戯班の持つ官テキストを校訂する作業であっ
たかもしれない。

---

9) 今衆子孫会議、各房掲合嘗祖、択吉日、修葺祠宗、並為入主祭祀之費。木本水源、立
思、諒有同心、決其、踴躍従事。（中略）六月二十四日出主、七月初四興工、修整神楼、
韜櫝。八月檀初一日辰時、入主。（中略）市橋房奉五世六世叔大公、仲廉公両代之主、出
工資弐両。倶備祭品、用銀一十両。萃田房、芳村房、各具金猪一体、三房同一致奠。（中
略）是日、入主、登檀慶賀。初二日、連演三天京戯。

Ｉ　広東宗族祭祀の儒礼性　　27

（三）　中試祝賀の謁祖演劇

　次に、広東宗族においては、上述の団拝、入祀など祖先祭祀のほかに、成員が科挙に合格した場合に、合格を祖先に報告し、併せてその恩に感謝する意味で、演劇を奉納することが行われていた。これを中試謁祖の演劇と呼ぶことにする。以下、その例をあげる。

　広東省広州府南海県の廖氏一族の族譜、『南海廖維則堂家譜』（民国14年刊）巻１に言う。

　　一、進庠の謁祖は、書金、銀弐拾両とす。在祠の慶酌の費用は、嘗項に属すること七成、本人に属すること三成とす。如し戯を唱わば、本人の自弁とす。祠に在りて慶酌せず、祇だ書金を給するのみ、費用を給せず。

　　一、挙人の謁祖は、書金、銀伍拾両とす。解元は、倍を加う。在祠の慶酌の費用は、進庠に照して、三七に派す。（唱戯は）弁ずるに在らず。欽賜の挙人も、亦た照らす。

　　一、進士の謁祖は、書金、銀壱百両とす。会元は、倍を加う。知県、中書に点ぜらるるは、書金銀肆拾両を加う。部属に点ぜらるるは、書金銀伍拾両を加う、翰林に点ぜらるるは、書金銀壱百両を加う。鼎甲に点ぜらるるは、書金銀弐百両を加う。若し班に適けば、加えず。在祠の慶酌、唱戯の各費は、嘗項に属すること八成、本人に属すること二成。如し京に在りて未だ即ち郷に旋らざるも、書金は、其の先に領するを許す。在祠の慶酌の例ならざること、上に照らす。

　　一、恩歳貢の謁祖は、書金銀参拾両とす。副貢は、書金、銀参拾伍両とす。優抜貢は、書金肆拾両とす、費用は、進庠の例に照らす。惟だ演戯のみ、則ち嘗項と本人、各々半ばとす。

　　一、武生の謁祖は、花紅銀拾両とす。武挙は花紅銀弐拾伍両、会試は、程儀、銀伍拾両とす。武進士は、花紅銀伍拾両とす。侍衛に点ぜらるるは、花紅銀弐拾両を加う。鼎甲に点ぜらるるは、花紅銀壱百両を加う。武生武挙は、在祠の慶酌の費用、嘗項と本人、毎半とす。武進士は、則ち嘗項に属すること七成、本人に属すること三とす。如し武生唱戯せば、自

弁に係る。或は在祠の慶酌ならざること、文途と同じ。若し武挙、武進
士に由りて、実授せられ赴任せば、程儀、銀拾伍両とす[10]。

　以上を見るに、秀才試験に合格して国学に入る（進庠）者から初めて、挙人、
進士、武生、武進士に至るまで、合格の時は、大宗祠に詣でて、祖先に感謝する
儀式を行うが、それぞれのランクに応じて、文官であれば、書金（書籍代の名目
での祝儀）、武官であれば、花紅（装飾代の名目での祝儀）を祖産（嘗産）から支給
する。このとき、祠堂で祝賀の宴席を催すが、その費用の一部も祖産から支給す
る。ただ、宴席に俳優を呼んで、演劇を行わせる場合には、その費用は、概ね、
合格者本人が負担する。しかし、進士の場合は、その一部または半分を祖産から
負担している。ここでの演劇は、唱戯と言っているので、本格的な演劇ではな
く、宴席の座興を助けるだけの簡単な演唱、或いは、扮装せずに平服で歌う「清
唱」であったかもしれない。本数も決めておらず、祖先に献上するほどの格式の
ある演劇ではなかったと思われる。しかし、宗族によっては、この中試謁祖のと
きに、本格的演劇を祖先に献納するところもある。

　例えば、広東省順徳県大良村の龍氏一族の例がそれである。この一族は、江西
から東莞県を経て元末に大良村に入ったという。その時に一族の嗣崇と嗣広の兄

---

10)　一、進庠謁祖、書金、銀弐拾両。在祠慶酌費用。嘗項属七成、本人属三成。如唱戯、
　　　本人自弁。不在祠慶酌、祇給書金、不給費用。
　　一、挙人謁祖、書金、銀伍拾両。解元加倍。在祠慶酌、費用照進庠、三七派。不在
　　　弁。欽賜挙人、亦照。
　　一、進士謁祖、書金、銀壱百両。会元、加倍。点知県、中書、加書金肆拾両。点部
　　　属加書金、伍拾両、点翰林、加書金、壱百両。点鼎甲、加書金、金弐百両。若
　　　適班、不加。在祠慶酌、唱戯、各費、嘗項属八成、本人属二成。如在京未即旋
　　　郷、書金、許其先領。不在祠慶酌例、照上。
　　一、恩歳貢、書金、銀参拾両。副貢、書金、銀参拾伍両。優抜貢、書金肆拾両、費
　　　用照進庠例。惟演戯、則嘗項与本人、各半。
　　一、武生、花紅、銀拾両。武挙、花紅、銀弐拾伍両、会試、程儀、銀伍拾両。武進
　　　士、花紅、銀伍拾両。点侍衛、加花紅、銀弐拾両、点鼎甲、加花紅、銀壱百両、
　　　武生武挙、在祠慶酌、費用、嘗項与本人毎半。武進士、則嘗項属七成、本人属
　　　三、如武生唱戯、係自弁。或不在祠慶酌、与文途同。若由武挙、武進士、実授
　　　赴任、程儀、銀拾伍両。

Ⅰ　広東宗族祭祀の儒礼性

弟が房を分かち、前者は東門房、後者は碧鑑房となった。（図2：順徳大良堡龍氏世系図）。

その後、清代中期に至り、両房は再統合し、共同して大宗祠、敦厚堂を建てた。嘉慶22年以降、進士、挙人を出すごとに、この大宗祠における祖先拝謁の儀式に演劇を奉納してきた、という。この演劇については、その費用の一部を祖産から出すことを決めている。演劇を宗族の公式の行事と認めていることになる。その運営についても正式の規約が定められている（同治13年）。次のとおりである。

　一、郷会試にて［式に中れる者］、祖先に謁するときは、戯四本を演じ、太祖のために慶賀せよ。その戯価は、匀しく各祖嘗

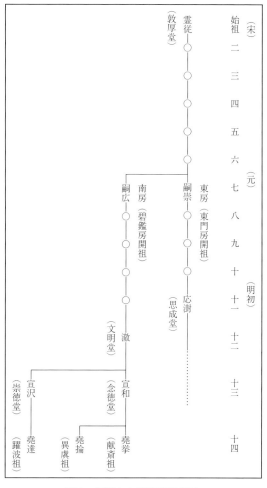

図2　順徳大良堡龍氏世系図

内に派して支出せよ。東房思成堂は、一本、南房文明堂は、一本、余の二本は、中式の孫の近支の祖嘗内より、酌量して分派せよ。毎本八十元を限となし、四本共に三百二拾元とす。多く用うれば、中式の孫の身上の補足に係る。これ旧例なり。後、戯価、敷ねからざるに因り、通融して弁理し、四本の価を併わせて三本を演ず。今、戯価は日に増して、昂

貴たり。必ず須らく加増すべし。四本或いは三本を演ずるに論なく、共に準を定め、陸百元を限となす。各祖嘗、旧例に照して参百弐拾円を派出するを除くの外、其の敷からざるの、戯班に賞する焼猪伍拾斤、錦袍参百枚、旧酒壱埕は、正日のみ給すること壱次とし、余日は給せず。其の価銀、及び定戯の合同の内の中宵雑用は、倶に嘗由り給す[11]。

これによると、相当に高価な演劇を数日間、演じている。その方式は、前述の肇慶府高要県水坑、蓮塘の場合について述べたように、前夜祭に1本、正日に3本を演じるか、或いは、正日の中日に2本、前後に各1本を演じるかのいずれかであろう。その費用については、旧例と新例があった。旧例では、東房思成堂と南房文明堂、及び関係する支派の祖産から出すことにしていた。戯価が上がっても、本数を減らし、戯班のレベルを落とさないようにしていた。正日も1本として夜演を省略したのであろう。下級の戯班を雇用して祖先に品の落ちる戯曲を献上することになるのを避けようとする態度がうかがわれる。しかし、戯価が更に上昇し、さらに対応を迫られ、新例を制定した。それによると、戯価を総額で600円に抑えることにしたが、各房の負担は320円であるから、280円不足する。これは、祖産の負担とした。このほか、従来、毎日与えていた戯班への賞与や、徹夜の夜食なども、節約して正日のみにした。この戯価については、更に詳細な記載がある。次のとおりである。

郷会中試の演戯、太祖を慶賀す。向きに演戯四本、毎本定価銀捌拾円、共に銀参百弐拾円とせり。現に戯価日に昂がるに因り、酌し加えて価銀陸百円に至る。東房思成堂〔の者〕、捌拾円、南房文明堂〔の者〕、捌拾円、念徳堂肆拾円、崇徳堂弐拾円、献斎祖〔の者〕、弐拾円、思虞祖〔の者〕、弐拾円、

11）　郷会中試［中式者］、謁祖、演戯四本、為太祖慶賀。其戯価匀派各祖嘗内支出。東房思成堂壱本、南房文明堂壱本、余弐本、在中試之孫近支祖嘗内、酌量分派。毎本以捌十円為限、四本共参百弐拾円。多用、係中試之孫身上補足。此旧例也。後因、戯価不敷、通融弁理、将四本之価、併演三本。今、戯価日増昂貴。必須加増。無論演四本或三本、共定準、以陸百元為限。除各祖嘗照旧例派出参百弐拾円外、其不敷之賞戯班焼猪伍拾斤、錦袍参百枚、旧酒壱埕、正日給壱次、余日不給。其価銀、及定戯合同内之中宵雑用、倶由嘗給。

I 広東宗族祭祀の儒礼性 31

共に銀を湊むること弐伯陸拾円なり。其の不足の数、参伯肆拾円は、同義会
に由りて湊め足らしむ。倘し需むる所の戯価、陸百円の下に在り、或は本人
近支の祖嘗の出す所の銀数、較豊かなれば、則ち同義の湊款は、以て酌減す
べし。若し本人堅く上班を雇用するを要むれば、戯価陸百円の以外は、其の
敷からざるの数は、応に本人に由りて備え足らしむ[12]。

　また、この時の戯台の設営も豪華なものであったらしく、次のように定めてい
る。

　　　祠内の蓬廠は、原より一定の規模ありて増減すべきなし。惟だ頭門外は、
　　　地勢寛展なれど、漫として限制なきは、可ならず。今、準を定め、戯台・子
　　　棚・地台・拱蓬・更廠・橋路、通じて共に五百井を以て限となす。

　これによると、戯台は、宗祠内ではなく、頭門、すなわち、第1進の外側の広
場に設営している。まず、舞台と椅子を合わせた戯台は、最重要の設備である。
次に、子棚とあるのは、首事以下、幹事の執務する事務室と来客接待用の臨時応
接室を合併した建物であろう（香港では、弁事処、会客庁と呼ぶ）。次に地台という
のは、聴きなれないが、おそらく舞台前の椅子を置かない地面だけの観客席であ
ろう。次に見える拱蓬は、舞台の両袖から伸びる東西の位置に建てた2階建て観
覧席であろう。舞台に対面する位置にも観客席の楼を作ったはずである。いずれ
も椅子を置いた上席である。次の更廠とは、徹夜で見張りをする夜番小屋で、子
棚の近くに少し離れて建てられたものと思われる。橋路とは、戯台、子棚、拱蓬
の3つをそれぞれ橋でつないだ連絡路を言うと思われる。その総面積は、500井
というから、横10間、縦50間におよぶ大規模な戯場ということになる。宗族の対
外的な顕示として、十分な役割を果たしたと思われる。

　なお、ここで、経費負担をみると、東房系統では、思成堂が80円を負担するだ

---

12)　郷会中試演戯、慶賀太祖。向演戯四本、毎本定価銀捌拾円、共銀参百弐拾円。現因戯
　　価日昂、酌加至価銀陸百円。東房思成堂著捌拾円、南房文明堂著捌拾円、念徳堂肆拾円、
　　崇徳堂弐拾円、献斎祖著肆拾円、思虞祖著弐拾円、共湊銀弐百陸拾円、其不足之数、参
　　伯肆拾円、由同義会湊足。倘所需戯価在陸百円之下、或本人近支祖嘗所出銀数較豊、則
　　同義湊款可以酌減。若本人堅要雇用上班、戯価陸百円以外、其不敷之数、応由本人備足。

表3　順徳県大良堡龍氏進士表

	進　士	挙　　人
康熙 38（1699）		海見（異虞 23）
嘉慶 18（1813）		南溟（躍波 22）、元侃（異虞 23）
22（1817）	元任（異虞 23）	
道光 2（1822）		元僘（異虞 23）
14（1834）		景劭（異虞 24）
15（1835）	元僖（異虞 23）	
26（1846）		景佑（異虞 24）
27（1847）	元儼（異虞 23）	
29（1849）		景怡（異虞 24）、普照（献斎 23）
咸豊 1（1851）		葆誠（異虞 24）
?		景韶（異虞 24、恩貢）
11（1861）		増寿（異虞 24）、廸猷（献斎 25）
同治 1（1862）		景曽（異虞 24）
3（1864）		賛宸（異虞 24）
6（1867）		賛新（異虞 24）
12（1873）		景愷（異虞 24）
光緒 2（1876）		彭寿（献斎 25）
5（1879）		恩銘（躍波 25）
11（1885）		桂芬（躍波 22）、錫鏞（異虞 25）
15（1889）		祝齢（異虞 25）
23（1897）		応奎（献斎 25）、祝策（献斎 25）
29（1903）		鑅瀚（献斎 26）
30（1903）	健章（異虞 27）	

けであるのに対して、南房系は、5堂（この文明堂、念徳堂、崇徳堂、献斎祖産、異虞祖産）が共同して180円を負担している。これは、科挙合格者（中試者）が南房に偏って多いことを反映している。事実、清代中期以後、族内の進士、挙人は、すべて南房から出ている（表3）。

この表の示すところでは、1822年から80年間。大宗祠での大規模演劇の機会

は、合計で20回に及ぶ。これは4年に1回ということになる。この演劇には、近隣の諸宗族が賓客として招かれていたはずであり、龍氏一族は、この機会に、自族の科挙合格者の多さ、それに伴う国家権力との結びつきの強さを誇示することができた。龍氏は、道光咸豊年間を通じて、珠江江口の東南十六沙のうちの広大な沙田を獲得している。上記の戯台の構造をみると、拱蓬の観客は、龍氏の指導層やこれと交流する近隣同族の賓客であり、ここに座る富裕層が演劇の主導者であった。しかし、この広大な戯場の中心空間を占める地台の観客は、龍氏や近隣の下層庶民であった。つまり、観客の数からいえば、地台の庶民観客の方が、楼閣の富裕層より多かったはずである。このことは、この演劇が富裕層の交流だけでなく、龍氏の富裕層が演劇を通して下層民との間の日ごろの対立や矛盾を融和する機能をも担っていたことをも意味する。龍氏がこの演劇を制度化した意図は、ここにあるといえるのではないか。

Ⅱ　太平清醮の構造

　中国の農村祭祀では、祈安（平安を祈る）とか太平とかいう名称が多用されている。この言葉の意味は何か。中国農民の考え方を見てみよう。

　中国においては、儒教及び道教において、陰陽のバランスを重視する考えが主流であった。その考えは、以下のようなものである。太平や平安は、陰陽の気が平衡を保っていることによって獲得されている。これに対し、陰の気が増えてきて陽の気は減ってくると、災害が起こりやすくなり、逆に陽の気が増加して陰の気が減ってくると、やはり災害が起こりやすくなる。特に、陰の気が極端に増えて、陽の気がゼロになると、大災害が起こる。逆に陽の気が極限まで増えて陰の気がゼロになる場合も同じ結果をもたらす。集団として考えた場合、毎年、老人が死ぬのは、新しく生まれる子どもとの相対関係で、陰陽のバランスを失することはないが、夭折者や横死者が増えることは、陰陽のバランスを崩す。戦死者、横死者は、夭折したために子孫がなく、死後の衣食住を得られずに空中をさまよっている。空中をさまよう故に「遊魂」と呼ばれたり、集団から断ち切られている故に「孤魂」と呼ばれたりする。かれらは常に飢え凍えており、田畑の作物を食い荒らし、凶作の元になる。その数が少数であれば、集団として許容できるが、戦争などで、大量の戦死者、横死者が出ると、陰の気が激増し、陰陽の平衡が崩れて、大災害が起こる。このときは、神の力により新たに陽の気を吹き込み、累積した陰の気を駆逐することによって、陰陽のバランスを回復し、平安を取り戻す必要がある。これが平安祭祀、太平祭祀である。司祭者の宗派系統によって名称が異なり、仏教系では、【水陸道場】、道教系では、【建醮】と呼ばれる。同じ道教系でも、地域によって名称を異にし、例えば、広東道士では【太平清醮】【万縁法会】【十年例醮】、台湾道士では【祈安醮】、福建では【公建普度】、などと呼ばれている。名称は、異なっても、遊魂、孤魂に衣食を施して、天災を防ぎ、平安を確保するという点に変わりはない。以下では、私が目にすることができた、広東の例を挙げて、その実態を検討したい。

Ⅱ　太平清醮の構造

　香港新界の農村地帯には、明代初期以降、大陸から移住してきた移民が村を作ってきた。ここでは、地主宗族を中心に上記の平安祭祀に相当する「太平清醮」と称する大規模祭祀が10年に１回、行われてきた。「清」とは、祭祀期間中、肉食を断ち、精進潔斎すること、「醮」とは、道教の祭儀を指す。この慣行は、湖南省の乾隆47年の裁判記録にも出ており、南方中国の広い地域に行われていたことがわかる。この祭祀の目的は、災害に直面したときに神に救いを求めるために行うものであるから、本来、災害の起こったときに臨時に挙行されて来たはずであるが、実際には、災害が起こらなくても、長期間たてば必ず自然災害が起こることが予測され、莫大な費用が掛かることもあって、費用を積み立てておき、災害予防のために３年、５年、10年等の決まった間隔を置いて挙行されるようになった。なかには、上水廖氏のように60年に１度というところもある。一般的には、10年に１回というところが最も多い。農村部だけでなく、漁村や市街地でも行っているところがある。以下では、30年前の1984年に新界北西部の厦村（鄧氏）で６日７夜にわたって行われた香港最大の「太平清醮」の事例を紹介する。

　まず、北に川を隔てて、広東省深圳に境を接するこの村の位置、及び、南北に広がるその祭祀圏の地図を示す（図３）。

　ここに見るように厦村本村（厦村市、友恭堂）を中心に北、南、東に×印で示した多数の村落がこの祭祀に参加しており、裏返せば、厦村鄧氏一族がこれらの周辺諸村落を支配していることが反映されている。

　次に、祭祀の中核をなす厦村鄧氏一族の系図を示す（図４）。

　ここに見るように、この一族は明代十五世祖、洪恵、洪儀、洪贄の代にこの地域に移住し、定着した。この子孫が厦村の中核本族であり、他の周辺村落は、この本族に付随した地位にある。今、その本族村落と従属村落の姓氏、人口を1960年の統計により表示する。

　総計5187人となるが、1984年当時では、人口増加が著しく、8000人に達している。

さて、1984年農歴十月十七日から十月廿三日まで、６日７夜にわたり、香港最大

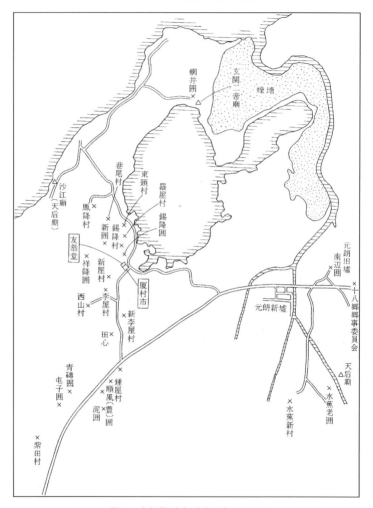

図3　厦村鄧氏太平清醮祭祀圏図

規模の「太平清醮」が挙行された。厦村では、10年に1度の長い間隔があくこの大規模な「太平清醮」を行うのに、関係者の記憶のみに頼るのは不可能という理由で、重要事項については、その実施細目を記した【厦村太平清醮功徳簿】なる題名の帳簿を備えて、設営に遺漏のないようにしている。代々、手書きで伝わってきたが、1974年甲寅の手抄本を入手することができた。以下、この【功徳簿】

Ⅱ 太平清醮の構造

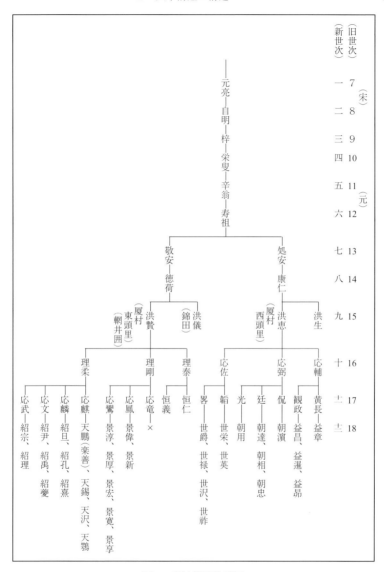

図4 厦村鄧氏世系図

の記載と実際の見聞を総合して記述する。祭祀は、次の順序に従って行われる。

一　準備段階

1．醮務会を組織

　　正副会長、主席、副主席を決定し、その下に工作小組として、総務部（購
置組、膳食組、佈置組、招待組、報管組、調査組）、財務部、文書部、稽核部、公
安部を組織する。

2．占い師に依頼して日程（吉課表）を決定する[13]。

　　天界に居民の名簿を道士により申告し神の保護を求めることを「上表」と
言い、これを3回、繰り返す。最初の上表（頭表）は、三月、第二表は、六
月、最後の第三表は、十一月儀礼開始（啓壇）の当日とする。その間、八月
には、巨大祭祀場（醮棚）、神を迎える神棚、道士が儀礼をおこなう功徳棚
などを建設する。十一月の啓壇の3日前には精進料理を作る竈を作る。地域
内の神々を壇に迎えるのは、啓壇の日の午前10時ごろから始める。聖水を川
から取って運ぶ「取水」は同日の正午とし、孤魂を招く旛竿を祭祀場の周辺
5か所に立てるのは、同日、午後とする。啓壇は、夕刻の6時ごろとする。
村人全員の氏名を書いた長大な名簿（紅紙墨書）を広場に設けられた榜棚に

13）【功徳簿】は、次のように記す。
　一、上頭表、択三月日課。
　一、上二表、択六月日課。
　一、開土扎作、択八月日課、或七月日課。
　一、搭醮棚、神棚、功徳棚等、択八月日課。
　一、上三表、択九月日課。
　一、建醮、択十一月日課、或十月日課。
　一、作斎灶日課、択啓壇前三四日。
　一、迎神搭壇、択啓壇日、辰時或巳時。
　一、取水浄壇、択啓壇日、午時或未時。
　一、揚旛、即豎旛竿、択啓壇日、未時或申時。
　一、啓壇建醮、択申時或酉時。
　一、迎榜、択醮日起、第三日為正醮、未申酉戌時。
　一、送神回位、酬謝神恩、択做完戯後之吉日。

張り出すのは、祭祀期間の中日にあたる第3日の夕刻とする。神々を元の場所に送り返すのは、演劇の奉納が終わった後の吉日におこなう。これらの日程は、時刻まで含めて、占い師が占いで決める。

3．沙江天后廟において、占いにより、縁首（祭祀期間中、村人の代表者として道士に随行して儀に参加する）21名を選出する[14]。

4．祭祀用の仮設建築物（棚）を建設する業者（棚廠）と契約を結ぶ[15]。

---

14) 【功徳簿】では、縁首の等級に応じて、占いの仕方に軽重を付けている。次のとおりである。

第一名縁首、要十勝杯、一宝杯。（勝杯は、裏と表が出る卦、宝杯は、両方とも表が出る卦）

第二名至十名縁首、要六勝杯、一宝杯。

第十一名至第二十名縁首、要四勝杯、一宝杯。

第二十一名一下、任由登記、光快光札。

15) 【功徳簿】に、棚廠との契約の準則を定めた「厦村郷1974甲寅年醮務委員会招投建醮棚廠章程」が記載されている。次のとおりである。

(一) 本会招商標投建醮棚廠、以投票方式開投。本会有権決定採用任何之票選為承商。

(二) 本会定於甲寅年七月廿三日（1974年9月9日）下午三時正、在厦村墟鄧友恭堂（鄧氏宗祠）内本会辦事処、公開標投。

(三) 本会応搭之棚廠、如下。所有尺寸以英尺計算。

(1) 戯台（前後台）：濶100尺、深40尺。

(2) 無遮座位：濶160尺、深200尺。

(3) 化装棚：濶30尺、深20尺。

(4) 歌台、喃無棚二間：濶38尺、深20尺。

(5) 公仔棚：濶40尺、深20尺。

(6) 辦事棚（内間格分為三間）：42尺、深14尺、有地板。

(7) 辦事棚（内閣格分為二間）：28尺、深14尺、有地板。

(8) 神棚（有地板）：濶41尺、深20尺。

(9) 大士棚：濶12尺、深10尺。

(10) 大王棚：濶12尺、深10尺。

(11) 門将棚二間：濶12尺、深10尺。

(12) 戯棚内公廁（有地板）：濶200尺、深16尺、間為八格。

(13) 戯棚外公廁（有地板）：濶200尺、深16尺、間為八格。

(14) 男女廁各一間：毎門濶25尺、深7尺。

(15) 戯棚内間格為十王殿、十八羅漢殿、十八家等。

(16) 廚房：濶20尺、深25尺。

40 第1章　粤劇の祭祀環境

5．棚内に電気設備を設置する電装業者と契約を結ぶ[16]。

---

　　(17) 榜棚：搭竹笪為貼榜之用、為夠貼龍虎榜為限。
　　(18) 祠堂内天井、搭上蓋及地板為通路；約長100尺、濶8尺。
　　(19) 如加搭棚廠、每方英井〇〇元計（銀碼、與承建商洽商決定）。
　(四) 承商応遵守香港消防事務処関廠則例、及依照本章程。草図規定元尺寸。
　　　全部用杉柱、木枋、大竹等支架。用快把板、木板、竹笪等作間格。地板、用竹笪
　　　釺鉄作天面。全部材料、須採用良好堅実為主、妥為搭建。
　(五) 承商在簽約後、依照日課動工。限期於農暦甲寅年十月初六日、全部工程成、交與
　　　本会験収使用。如承商中途退辦、或到期不能完成、除商場慣例、承商須賠償所須
　　　取之工程費双倍外、其他一切損失均由承商負責賠償。
　(六) 建醮完畢、将醮棚棚改為戯棚、須搭座位、另備折椅七千張、並不另収工料費、並
　　　須於十天内完成。如有誤期、本会所有一切損失、均由承商負責賠償。
　(七) 本会負責向政府申請搭建棚廠。如有風火意外、各安天命。労工保険、則由承商購
　　　買。
　(八) 建醮及演戯完畢之後三天、承商開始卸欄。
　(九) 本会付工程費與承商辦法、如下。但銀碼数目、俟本会與承商決定。
　　(1) 簽約時、即付定銀〇〇〇元。
　　(2) 棚廠材料運到場地開工時、付〇〇〇元。
　　(3) 棚廠工程完成一半時、付〇〇〇元。
　　(4) 棚廠工程全部完成験収後、付〇〇〇元。
　　(5) 餘款〇〇〇元、俟折棚後三天内、全部付清。
　(十) 本会與承商、另行簽訂合約以負共同遵守。
16) 【功徳簿】に電装業者との契約書式を載せる。次のとおりである。
　立合約人、廈村郷醮務委員会（以下簡称甲方）、承辦人（以下簡称乙方）。
　今甲方於甲寅年十一月十七日挙行十年一度之太平清醮、由乙方以港幣壹萬零九百元、
　投得安装醮棚（戯棚）及附屬棚廠、牌楼、投得安装醮棚（戯棚）及附属棚廠牌楼電器
　及電灯、双方合意、訂立合約、如下。
　(一) 電灯火力約二拾萬火、計開：
　　(1) 大門牌楼：約15,000火
　　(2) 舞台：約40,000-50,000火
　　(3) 観衆棚座：40,000火
　　(4) 路灯：約25,000火
　　(5) 化装室灯光、暖爐、熨斗：約10,000火
　　(6) 入場路灯：約8,000火
　　(7) 神棚、大士棚：約3,500火
　　(8) 辦事処：約8,000火
　　(9) 食堂、廚房：約8,000火

Ⅱ　太平清醮の構造　　　41

6．祭祀用の各種紙像の製作、及び各棚の内装を担当する紙紮業者と契約を結ぶ[17]。

　　（10）醮棚：約4,000火

　　（11）小販攤位：約8,000火

　　（12）廁所：約500火

　（二）第一条所列之光度及投備、系現時之估計、届時如甲方認為光度不足或漏列之小部分、乙方另給値。

　（三）乙方安装時、応注意事項

　　（1）分組：設保険

　　（2）線路：路之安圧時、不可超過10伏。

　　（3）同一条：三枝22線、不得並聯太多灯泡。灯泡総数、応在4,000火以下。

　　（4）較遠距離的灯光、応用較粗線伝導、以七枝20線為宜。

　（四）甲方請火箱、負責邀納按金與電費、工科費、甲方包辦。

　（五）乙方預先安装醮壇電灯、在両個星期後、以安戯棚電灯。

　（六）牌楼電灯、採用15火。其他地方100-200火。

　（七）乙方須安派枝工二人日夜常川堅守。

　（八）乙方須於建醮前二天、将全部工程安装完成、交由甲方験灯。

　（九）如乙方中途退約、或不依本約規定安装依期完成、乙方及担保店鋪須負責賠償甲方所交與之工科費双倍。

　（十）交収工科費、辦法如下。

　　（1）簽約之日、交定銀二仟元。

　　（2）材料運到場地開工時、交〇〇〇元。

　　（3）安装工程完成一半時、交〇〇〇元。

　　（4）其余〇〇〇元、俟乙方工程全部完成、交由甲方験灯満意時、交足。

　以上各項、双方有共同遵守之義務、特立此約、分繕一式両份、各執一份為拠。

17）【功徳簿】に内装業者との契約（紙紮合約）の書式が詳記されている。次のとおりである。

　　立合約人、廈村郷醮務会（以下簡称甲方）、△△先生紙紮商（以下簡称乙方）、今乙方△△先生以港幣〇〇〇元授得甲方醮務会紙紮、茲訂立合約、如下。

　（一）即交定銀〇〇〇元、由乙方△△先生親手受訖。

　（二）乙方来貨価値総数、甲方応付八成款。其餘到尾結算。

　（三）尾期存銀〇〇〇元、在収完貨後、交足。

　（四）農暦△△年△月△日以前、全部紙紮由乙方交貨與甲方験収。並由乙方佈置妥当、甲方始行清付紙紮数尾。

　（五）本合約系甲乙双方同意訂立。双方均応守約。如有任何一方面違約、応要賠償損失費双倍、絶不異言。

　（六）特立此拠一式両份、経双方負責人簽署。各執一份為憑。

7．巡遊隊の主役になる巨大金龍の製作を発注する。

この契約に基づき、次のような紙紮工程が提示されている。
　(1) 十王殿
　　○十王十座、一半元頭。毎座高8尺、闊6尺、深分三進、頭進2尺、其餘1.5尺；構造
　　　説明、十王身高3尺、座椅、文武判官二位、毎位2尺、獄卒四位、毎位1.6尺。
　　○牛頭馬面二位、毎位2尺。
　　○什役二位、毎位1.6尺。
　　○刑罪故事一套。男公仔十位、毎位身高1.4尺。鬼犯毎位身高1.4尺。
　　○頭進、天階彩門。二進、龍柱吊灯。三進、王座位。後辺写色配景、全部古式。
　　　構造原料、用雞皮紙補。特製頭。身穿綢緞、金銀七彩。
　　○毎殿最少有警世対聯弍対。門口、装飾灯色。
　　○十王名目：一殿秦広王、二殿楚江王、三殿宋帝王、四殿五官王、五殿閻羅王、六
　　　殿卞城王、七殿泰山王、八殿平政王、九殿都市王、十殿転輪王。
　(2) 大王（大士）棚
　　○大王一尊：身高1.5丈、7元頭。肚上装上観音、童子一套。
　　○判官什役四尊、1.5元頭。
　　○文武大将二名、7元頭、毎位1.2丈。文将左腳踏龍、武将右腳踏虎。
　　　構造原料、金銀袍甲、七彩緞紙、写色。金銀剪花、雞皮紙補裹。
　(3) 財神棚（無常鬼）
　　○財神一尊、7元頭、身高1.4丈。
　　○另、接客二位、身穿麻衣。
　(4) 城隍棚
　　○城隍一尊：2元頭、身高7尺（連椅）、画龍袍。
　　○左右文武判官二位、毎位高3尺。
　(5) 観音得道棚
　　一座：高14丈、棚高度16丈、闊度1.3丈。公仔：高度1.6尺。全套公仔30餘位。全部
　　　　　配景。山水、竹林、花朶、亭台、楼閣、特製頭、穿綢衣。灯飾。
　(6) 八仙鬧東海棚
　　一套。八仙、相頭姿勢、個別不同。棚高1.6丈、闊1.3丈。毎仙、身高2.2尺。魚精蝦
　　卒、螃精、蚧精、亀精、全套公仔30餘位。毎位1.6尺。特製頭。身穿真綢衣、毎套要
　　配景。亭台、楼閣。花木灯飾。
　(7) 駅官
　　一等、2元頭。身高8尺（連椅）。写龍袍。
　(8) 獅子
　　醮壇門口、二隻。毎隻高6尺（連薑）。紗紙補写七彩。立体形。
　(9) 看馬
　　○両匹。毎匹身高4.8尺。立体形、與生馬尺寸相同。
　　○另、馬軍両尊、2元頭、毎尊身高6尺、穿古装。

Ⅱ　太平清醮の構造　　　　　　　43

8．儀礼を執行する正一派道士と契約を結ぶ。

9．木偶劇団（手托公仔）と契約を結ぶ。

（10）玉皇棚

　　　○玉皇一尊、2元頭。

　　　○土地一尊、高7尺（連椅）。画龍袍。

　　　○連判官二尊、1.5元頭。

　　　　門口装飾。

（11）十八羅漢棚

　　　羅漢十八尊；2元頭。毎尊身高4.6尺。相頭姿勢、個別不同。各羅漢、応用配備。内
　　　　有獣類、降龍伏虎。長眉道人。全部身穿真綢衣。

（12）十八家棚

　　　十八家拳套、即杭州夜市。名目七十二行生意。分両辺擺列。公仔高度1.6尺。毎行業
　　　約公仔十二位。身穿真綢衣。特製頭。分各行業配景。佈置要有男人、有女人。

（13）香案

　　　一副、即5件。高度6尺、香案上有綉花一対、香燭一対。香案中間有一座柴薇身在上。
　　　香案側辺有潔浄牌一個、斎戒牌一個。高度5尺、合共七件為一套。

（補1）醮壇内、壇式佈置。

　　　立体回字形、即戯台配景無異。用硬屏風写人物山水花鳥砌成。内有灰線字体。龍鳳
　　　対。丈字体。吊大花籃一個。大紗灯四枝、約高3尺。全部原料、綢緞、木架構造。

（補2）醮壇門口

　　　大龍柱一対。横額一幅、照原有醮棚闊度配合。

（補3）醮棚正門内。

　　　大拱一幅。龍柱。彩鳳。獣口。字斗。花朵。

（補4）衆神棚佈置。

　　　開壇馬4疋。迎聖馬一疋（迎聖用）紅色。還神馬一疋（還神用）。朝旛5枝。香亭一座
　　　（行郷放生用）。意者亭一個（大縁首拝神用）。旛竿一個。水灯18個。幽衣幽録、路灯
　　　5個（祭大幽用）。大神衣（還神用）。紅船、大馬仔各一隻（行符用）。

（補5）祠堂門口佈置。

　　　随両辺石柱包龍柱。中石柱砌対聯或各花色。色層上砌彩色字及花色。【廈村郷太平清
　　　醮】用電灯膽砌成。其餘用配色可観。

（補6）祠堂

　　　頭進、大紗灯両個。三進、陪神壇灯籠両個。

（補7）迎賓館

　　　祠堂両辺、台扎迎賓館（即風火駅）各一座。毎座有公仔二個、分男女、毎個公仔；
　　　高二尺。

（補8）衆神壇

　　　門口装飾、毎綱灯四枝。

二　設営段階

　仮設建築を建築する。これを平面図で示すと、図のとおりである。

　厦村市に隣接する広場に7000人を収容できる巨大な醮棚が建てられる。道士が儀礼をおこなう三清殿が中央奥に、その右前に地獄の十王を祀る十王殿、左前に各村落の控室（公廠）が配置される。またこれに対面する位置に、村の神々の神像や位牌を祀る神棚を作り、これを挟む形で、孤魂を管理する大士王棚、冥界の使者を祀る城隍殿を作る。また醮棚の外側に、神々にささげる人形芝居の舞台が建てられる。さらにこれらの施設を囲む形で周辺の五か所に孤魂を招くための目印になる幡竿が立てられる。空中をさまよう孤魂、遊魂は、この幡竿を遠方から識別して、この祭祀場に集まってくるものと想定されている。架設の建物の入り口には、図5の下に示したように、それぞれ左右一対の聯句が紅紙に墨書して貼られる[18]。

---

18)　【功徳簿】によると、各棚の対聯は、ほぼ平面図に示した通りであるが、平面図にはない建物の対聯、或いは、平面図の表示と異なる建物の対聯も示されている。次のとおりである。
　(1)　田心村公廠
　　　　田畦阡陌持家業
　　　　心境縦横柱国材
　(2)　豊岡村公廠
　　　　豊稔兆多魚、恰当万宝告成、月届黄鍾、宜報賽
　　　　岡陵朝丹鳳、際此一陽復転、日添紅線、許賷揚
　(3)　西山村公廠
　　　　西疇事不了、且把人情心願了；
　　　　山岫景難留、但教宗業祖蔭留。
　(4)　錫降囲公廠
　　　　錫爾類爰作嘉会場、與居與遊、花裡隔人人間路
　　　　降在茲試為休息所、有聲有色、座中舒錦錦成囲
　(5)　錫降村公廠
　　　　錫来不外士女、休息片時、恍居玉楼培福地
　　　　降臨何拘冠履、姑留五日、渾親金谷配花村
　(6)　祥降囲公廠

祥福咸床、同遊花径竹林、塵世罕逢真楽世
降令戩穀、大好香園茶室、人生何苦不偸間
（7）新生村公廠
新運享通、有如旭日東升、重興祖業
生機蓬勃、従此甘霖時降、共沐神恩
（8）白沙仔（沙洲里）公廠
白璧無瓣、大公無私、豈無佳景
沙地有霊、青年有志、必有前途
（9）榜棚
名登龍虎増祥瑞
榜達天庭紀善功
（10）厨房
香積厨中饒五味
心斎鼎裡悉清芬
（11）鼓吹棚
糸竹管弦流雅韻
陽春白雪譜新声
（12）庫房
財宝往来惟管鑰
紀綱会計亦斉明
（13）牌楼
金縷玉雕、幅幅玲瓏、双鳳閣
花団錦簇、層層点綴、亦龍楼

46　第1章　粤劇の祭祀環境

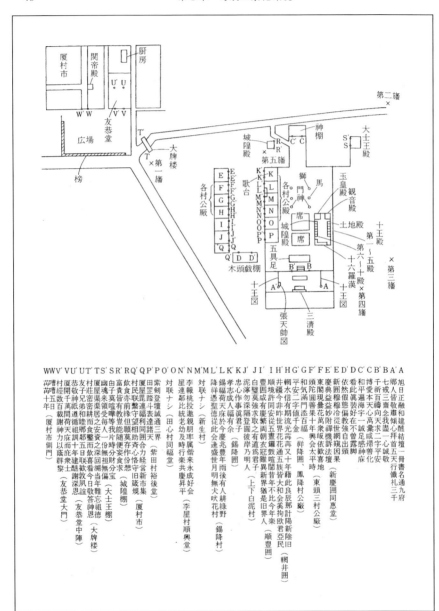

図5　厦村鄧氏太平清醮場地図

Ⅱ　太平清醮の構造　　　47

三　執行段階

　次の日程で祭祀が行われる。道士団、劇団、居民の三者がそれぞれ、分担する行事を行う（表4）。

表4　廈村鄧氏太平清醮儀礼日程表

	月日	時	道士儀礼	芸能演劇	居民	備考
前四日	十月十四日	午前	祭英雄			英霊を祀る
前一日	十月十七日	午前	迎神登壇			
			取水浄壇			
		午後	立旛竿			孤魂を招く
		晩刻	参神		金龍開光	
			啓壇	木頭戯		
第一日	十月十八日	午前	早朝			旛竿に施食
					行香：①廈村市②錫降囲③祥降囲④新囲⑤錫降村⑥巷尾村⑦東頭村⑧鳳降村⑨沙江廟⑩網井囲⑪羅屋村	悪魂を抑圧
		午後		木頭戯①		
		晩刻	晩朝			旛竿に施食
				木頭戯②		
			祭小幽			孤魂に施食
			売古董	道士説話		
第二日	十月十九日	午前	早朝			旛竿に施食
					行香：①新屋村②李屋村③新生村④新李屋村⑤田心村⑥鍾屋村⑦順風囲⑧泥囲⑨青磚囲⑩屯子囲⑪紫田囲	悪魂を抑圧
		午後	午朝			旛竿に施食
				木頭戯①		
		晩刻	晩朝			旛竿に施食
			分灯	木頭戯②		
			禁壇			
			打武			悪鬼を掃う

日	日付	時	儀礼	木頭戲	説明	効果
第三日	十月廿日	午前	早朝			幡竿に施食
		午後	午朝			幡竿に施食
				木頭戲①		
		晩刻	晩朝			幡竿に施食
				木頭戲②		
			迎榜			
			迎聖			
第四日	十月廿一日	午前	早朝			幡竿に施食
					行香：①大樹下天后廟②水蕉老圍、新村③十八郷委員会④南辺圍	悪魂を抑圧
		午後				
		晩刻	晩朝			幡竿に施食
			礼斗			
第五日	十月廿二日	午前	早朝			幡竿に施食
		午後	午朝			幡竿に施食
			走文書			
			放水灯			水死した孤魂を鎮撫する
			放生	木頭戲①		
		晩刻	晩朝			幡竿に施食
				木頭戲②		
			大幽			孤魂に大量の施食、冥界に送り返す
後一日	十月廿三日	午前	酬神			
			扒船			瘟疫を駆逐

　この表によって、祭祀の構成を概観してみる。祭祀は、陰の気の増大を抑止する儀礼と陽の気を増進する儀礼の二種の系統の儀礼によって構成されている。

（一）　陰気の抑制

　陰気がこれ以上増大しないように抑止するため、空中をさまよい餓え凍えている孤魂を救済する。また、悪事を働く孤魂を地獄に幽閉する。

Ⅱ　太平清醮の構造

1．祭英雄

前4日に行われる。過去、隣村との武力抗争で戦死した英霊を祭る「祭英雄」という儀礼がおこなわれる。宗祠の後ろの隅で紙銭を焼き、食物を献上する。英雄は、孤魂の中で、最も恐れられた。そのため、特に元朗の大樹下天后廟に祀られている英雄を対象とした儀礼が挙行されている。

2．行朝

備考欄に示したように、5日の祭祀の間、毎日朝昼晩3回、早朝、午朝、晩朝と称する儀礼により、道士が周辺五か所に立てられた旛竿をめぐり、竿の下に置かれた食器に食物を供える。旛竿を目印に集まってきた孤魂を鎮撫する儀礼である。

3．小幽

第1日の夜、行われる小幽では、点火した蠟燭を二列に並べ、その間に大量の食物や紙銭をばらまき、孤魂に施与する。併せて商人二人の人形が、紙銭で雑貨を買うように勧め、別に捕吏二人の人形が悪事を働けば、捕縛すると威嚇する。

4．放水灯

道士を先頭に居民が水辺に至り、蓮花の形に作った紙の船に点火した蠟燭を立て、水上に浮かべる。水死した孤魂を鎮撫する儀礼である。

5．大幽

第5日の夕刻、観音大士の化身である大士王の巨像を、広場に持ち出し、その前に点火した蠟燭を二列に並べ、その間に大量の紙銭と食物を散布する。大士王に向かいあう位置に高台を設置し、ここに道士が上がり、瑜伽焰口経を読み、孤魂を鎮撫する。最後に大士王の巨像を外に運んで焼却する。

これらの孤魂を救済し、陰気を抑止する儀礼は、備考欄に示したように、毎日、繰り返し行われている。またここには、衣食を求めて集まってくる孤魂を悪魂と善魂に分け、平安を破壊する悪魂は、十王の威力により、地獄に幽閉することを示している。施食にあたっても、強魂が弱魂を脅して食物を独占するのを防

止するために、観音の化身である大士王が監督する体制をとる。善魂は天界へ、悪魂は地獄へと仕分ける発想に仏教とは異なった現世的な官僚秩序意識がはたらいている。仏教よりも道教の思想によって構想された祭祀と言えよう。

（二）　陽気の注入

　陰気の増大によって衰えた陽気を回復するために、神々の庇護のもとで、陽気の注入、増進をはかる。

１．行香

　　　第１日、第２日、第４日と方向を分けて、祥龍隊が周辺各村を巡遊する。龍の発する陽の気により、災害をもたらしている有害な孤魂、瘟疫などを鎮撫する。巨龍を動かす若者の陽の気も、陰気を退散させるのに役に立っている。

２．分灯

　　　第２日の晩、道士が燭台の蠟燭の火を多数の小蠟燭に分け、暗闇を照らす。陰気におおわれた世界を光明で照らしだし、陽気を吹き込む。

３．打武

　　　第２日の夜、道士が襲ってくる悪鬼と闘い、これを駆逐する。紅纓槍、火蓆、火流星など、高度の武術を示す。演劇における武生の演技に近く、全体が演劇と言ってよい。火と音の乱舞により、陽の気を吹き込む。

４．迎榜

　　　第３日の夜、道士が村人全員の家族の氏名を紅色の紙に墨で書き、壁に張りだして公示し、天界に対してこれらの人々を災害から守ってくれるように求める儀式。紅色は陽気を示す。村人は、桃色の提灯をもって、壁に張り出された自分の家族の氏名を探す。

５．迎聖

　　　第３日の夜、迎榜のあと、天界の最高神、三清（太清、上清、玉清）を迎える儀式。その神通力により、すべての災害を排除し、太平を回復する。太平清醮のクライマックスといえる。

Ⅱ　太平清醮の構造　　　51

6．礼斗

　第4日の夜、北斗星を迎え、村人の長寿を祈る儀式。四十九の星辰名を書いた灯籠を飾り、道士が北斗経を読む。陽気を吹き込む儀礼であり、きわめて派手におこなわれる。

7．走文書（赦書）

　災害の源となった陰気の増大は、村民個々の犯した罪によるという反省に基づき、これを懺悔して神の許しを請う贖罪の儀式。神の許しを得ることによる陽気の回復を目指す。

8．木頭戯

　木製の人形は、陽の気を象徴するものであり、大音響を発する演劇自体が陽の気を吹き入れる、と意識されている。八仙など、祝賀用の演目が選ばれて上演される。

9．歌台

　錫降囲の控所では、毎晩7時から11時まで、歌星が流行歌、古曲（粤曲）を唄う。これも高い音声を発して陽気を吹き込む働きをしている。

10．扒船

　祭祀が終了した後1日、老人が鴨を持ち、居民の家を巡回し、台所に置かれた水盆の水を飲ませる。瘟疫の元を断つ意味があると言う。

　本来、平安祭祀は、陰気の元である孤魂を鎮めるための祭りであって、一種の葬儀であった。十王殿を祀るのは、葬儀と同じである。しかし、広東では、これとバランスする陽気の注入に力点が移り、祝福の祭りと言う側面が強くなっている。「迎榜」にその特色が現れている[19]。

---

19)　五桂堂機器板、2張
　売雑貨一本、以文堂、木板、11.5頁。
　売雑貨一本、連升堂、木板、2頁。

Ⅲ　香港の英雄祠と英雄祭祀

一　問題の所在

　日本の初期の演劇である能は、一般に、1番目に神が降臨する脇能、2番目に武将の幽霊が出る修羅もの、3番目に女性の幽霊がでる「まげもの」、4番目に気の狂った女性の出る狂いもの、5番目に鬼が出る「鬼能」という区分があり、だいたいこの順序に従って成立したと考えられてきた。つまり、神の降臨を祝福する脇能を別とすれば、物語を演じる劇としては、武将の幽霊が主人公として登場する修羅ものが最も早く成立したことになる。ギリシャでも、アイスキュロスやソフォークレなど、ホメロスの叙事詩に歌われる武将を主人公にした英雄悲劇が最初に出てくる。それでは、中国ではどうなっているのか、というのが、本節の主題である。私は、中国においても、英雄をまつる祭祀から、英雄をたたえる叙事詩が発生し、これから、英雄を主人公とする悲劇が発生したと考えている。従来の中国や日本では、このような筋道で中国戯曲の発生過程を追求するのに成功した研究は存在しなかった。というのは、中国は、神話や英雄叙事詩のない国といわれ、叙事詩から劇が成立するプロセスがよくわからないからである。現実政治を重んじる儒教は、空想や迷信を退けたため、英雄神話や叙事詩を消滅させたといわれている。しかし、14世紀に成立した中国最初の劇文学には、少数ではあるが、英雄の悲劇をテーマにしたものがあり、それは、当時の民間に流伝していた英雄叙事詩を背景にもっているのではないか、と思われる。以下、このことについて、検討してみたい。

二　英雄祭祀の重視

（一）　朝　　廷

　歴代朝廷は、戦死者、つまり陣亡戦士に対して特別な祭祀を設けて祭ることが多かった。例えば、次のとおりである。

○大歴 9 年（774）の夏、其の陣に亡ぜる将士には、本路に仰せて随時に優恤
せしむ。《全唐文》代宗 4）

○真宗の咸平 5 年（1002）3 月、癸亥、遣使を遣わして、霊州陣亡将士を祭ら
しむ。《続資治通鑑長編》、巻51）

○熙寧 7 年（1074）5 月、熙河路走馬承受長孫良臣を遣わして、熙州に往き、
踏白城にて陣亡せる将士のために、浮図道場を作すこと七昼夜。河州に命じ
て暴骸を収瘞せしむ。（同巻250）

○靖康元年（1126）3 月、在京の寺観をして為に斎醮道場を建て、陣亡の将士
と、被害の人民とを追薦せしむ。《三朝北盟会編》巻43）

このように、陣亡戦士、つまり英雄に対しては、「斎醮道場」つまり、僧侶や
道士による法事が営まれた。

（二）　村　　落

　一方、中国の村落は、常に他の村との間で、水利や山林の利用権をめぐって、
利害が対立する傾向があり、隣接する村落あるいは村落聯合の間には、しばしば
武力抗争が発生した。そのたびに、両方の村落に戦死者が出る。村人は、若くし
て死んだ戦死者を「英雄」として祀る。結婚して子孫を作れば、子孫が祖先とし
て祀ってくれるから、死後も飢えたり凍えたりすることはない。しかし、子孫も
作らずに死ねば、その魂は祀るものがなく、空中をさまよう事になる。村のため
に死んだものがこのような悲惨な運命に陥ることは、村人として、忍びない事で
あり、その祟りで飢饉水害旱害などに襲われる危険も感じる。そのために、雨露
をしのぐ建物を建てて、そこに彼らを英雄として祭り、定期的に食物をささげる
のである。その位牌を祀る祠は、一般に「英雄祠」、或いは「義祠」と呼ばれる。
香港の農村地帯には、この英雄祠が多い。例えば、香港新界東北部に位置する坪
峯天后廟には、義祠（英雄祠）が配置され、47名の英雄の姓名が記される（図6・
7）。20世紀初頭、イギリス軍の新界接収に抵抗して戦死した英霊である。

　また、同じく香港新界の元朗大樹下天后廟にも、18世紀にこの地区の十八郷聯
合が錦田の大宗族鄧氏と戦ったときの戦死者を祭る英雄祠を付設している（図8）。

B′
B
A′
A
神位
天井
衛約英豪
義祠
惟従心直集禎祥
福徳像
果是年高称福徳
門房
水徳可参天
天后像
母儀堪配地
約中有慶憑神功
境内虔誠報聖恩
C
D
E
恵従天上降麟児
金花天人像
普照人間歌聖母
門房
平源郷公所

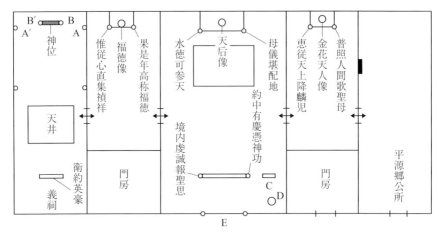

図6 坪輋天后廟英雄祠図

A 義重如山自古英雄伝百世　　B 威武才能垂萬古
A' 祠承恢緒従今俎豆馨千秋　　B' 英雄志節播千秋
C （磬）雍正五年　　D （鐘）乾隆廿一年　　E （額）天后古廟

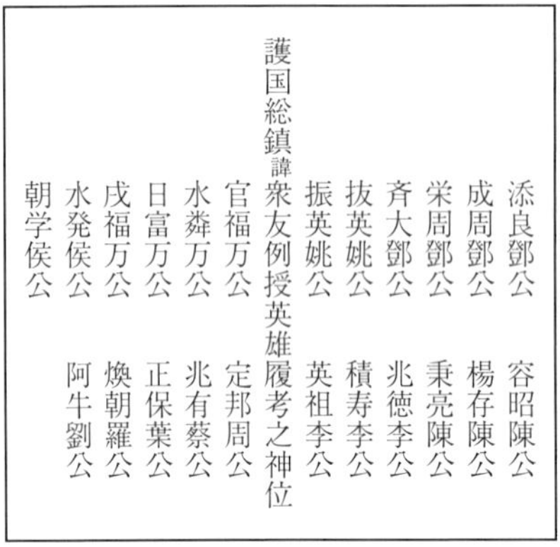

添良鄧公 容昭陳公
成周鄧公 楊存陳公
栄周鄧公 秉亮陳公
斉大鄧公 兆徳李公
抜英姚公 積寿李公
振英姚公 英祖李公
護国総鎮諱衆友例授英雄履考之神位
官福万公 定邦周公
水粦万公 兆有蔡公
日富万公 正保葉公
戌福万公 煥朝羅公
水発侯公 阿牛劉公
朝学侯公

図7 同上神位図

また、やや形は異なるが、新界東南部の沙田河岸にある大囲では、囲壁で囲んだ村の中央通路突き当たりに「神庁」を設けて、土地神を奉祀するが、その傍らにこの村の開基祖（開拓者）の神位をまつる。この開基祖神位版の末尾に、英雄3名の名が記されている（図9）。

Ⅲ　香港の英雄祠と英雄祭祀　　　　　　　　　　　　　　　　55

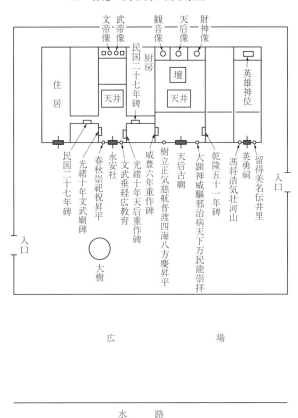

図8　香港元朗大樹下天后廟付設英雄祠図

三　英雄祭祀の儀礼

　香港新界でも、村の英雄祠或いは義祠に祀られた英雄（**写真1**、**写真2**）は、毎日、香華の手向けを受け、或いは毎月の決まった日に供物を奉げられるほか、村祭りに際しては、とくに「建醮道場」といわれる手厚い法事儀礼によって弔われる。例えば、先に述べた屛山鄧氏と戦った八郷では、当時の戦死者の神位を、観音廟の一部に設けられた「精忠祠」に祀るが、5年に一度蓮池地でおこなわれる「太平清醮」という大規模祭礼にあたって、その神位を、他の神々の神像や神位

第1章　粤劇の祭祀環境

写真1　大樹下天后廟英雄祠位牌　　写真2　大樹下天后廟英雄位牌板

とともに、祭場の仮神殿に迎えて、丁重に祀る（写真3）。ここでは、法事の主たる対象は、この「精忠祠」の英雄である。

また、大宗族の屏山鄧氏が上村八郷の村落連合と戦ったときに戦死した英雄を祭った達徳公所も、現在は、廃墟になっているが、昔は、やはり盛大な祭祀が挙行されていた（写真4）。

ここには、166名にも及ぶ神位が祭られている。次の通りである[20]。

　　　民国二十二年歳次戊寅仲秋重修紀誌
　　長莆郷烈義士：大庸鄧公之神位
　　下Che郷烈義士：就養楊公・彭先楊公・龍徳張公之神位
　　鞍崗郷烈義士：細妹簡公之神位
　　口村郷烈義士：百喜黎公・金泰曾公・金保曾公・旭仔李公之神位
　　元崗郷烈義士：金徳李公・遇春李公・祖大鄧公・英徳梁公之神位
　　台山郷烈義士：貴保鄧公・阿六鄧公・珠七鄧公・阿長駱公・阿郡曾公之神位

20）　科大衛主編『香港碑銘彙編』（香港市政局、1986）第3冊870-873頁。

III 香港の英雄祠と英雄祭祀

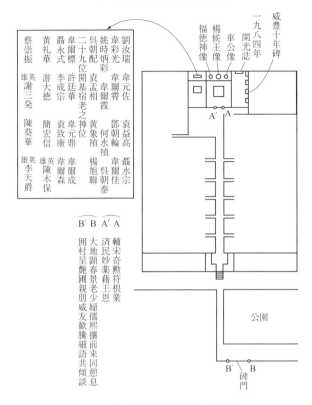

図9　大囲神庁開基祖神位の英雄

鰲□郷烈義士：発美黄公・成功黄公・美興黄公・成興黄公・阿積黄公之神位
山下郷烈義士：伯公張公・金興張公・富昌張公・京賢張公・親貴張公之神位
横洲郷烈義士：太福楊公以下楊姓18名・婆夫林公以下林姓5名・乾升曾公以下曾姓2名・九如関公以下関姓2名・林保蔡公以下蔡姓4名・伯益鄧公・煥南黄公・四興梁公・阿光陳公以下陳姓2名之神位
屏山郷烈義士：畳承鄧公以下鄧姓35名・帝佑陳公以下陳姓5名・国太陶公以下陶姓2名・華升林公以下林姓6名・升福蘇公以下蘇姓3名・以下蔡姓1名・莫姓1名・楊姓4名・洪姓3名・薛姓1

第 1 章　粤劇の祭祀環境

写真 4　香港新界屏山永寧村の達徳公所廃墟
（2010 年、田仲撮影）

写真 3　香港八郷太平清醮における八郷英雄祠
（精忠祠神位板）（1986 年、蓮池地、田仲撮影）

　　　　　　　　　　名・黄姓 2 名・鄭姓 1 名・馮姓 1 名・荘姓 1 名之神位
　沙江郷烈義士：有興陶公・添興黄公以下黄姓 6 名・阿興梁公以下梁姓 2 名・
　　　　　　　　容発莫公以下莫姓 3 名・成貴范公・添寿何公以下何姓 2 名・
　　　　　　　　大寿胡姓以下胡姓 2 名之神位
　管乙郷烈義士：啓広陳公以下陳姓 4 名・怡業程公之神位
　懐徳郷烈義士：玉保鄧公以下鄧姓 2 名・虞陶房公之神位
　錦田郷烈義士：天保唐公之神位
　　　（以下女性）
　屏山郷烈義士：鄧門梁氏・鄭門黄氏・蘇門黄氏・周門林氏・洪門鄧氏之神位
　横洲郷烈義士：曽門鄭氏・興嬌林姑・連喜蔡姑・群妹黄姑之神位
　沙江郷烈義士：黄門蔡氏之神位
　鰲□郷烈義士：黄門陳氏之神位
　　　（補）
　西路家萌烈義士：阿瑞黄公・夾亮莫公・猪尽許公之神位

Ⅲ　香港の英雄祠と英雄祭祀　　59

先に述べた、大樹下天后廟では、今は、太平清醮は行われていないが、昔は、3年に一度、英雄を慰霊するための「建醮」が行われていたことが、碑文からわかる。現在では、これを継承する祭祀として、新界元朗地区の大族、厦村鄧氏の「太平清醮」において、祭祀開始に先立ち、戦死した英雄を祭る「祭英雄」という行事が行われる。祠堂の隅に当たる地上に祭祀の場を設け、道士が経を読み、紙銭を焚化するだけの簡単な儀礼であるが、「太平清醮」の最初に行われるのは、郷民の意識の上では、これが太平清醮祭祀にとって不可欠の前提になっていることを示す。また、このほか、香港島では、街の中元節などで、横死者の孤魂を祭る場合にも戦死者の位牌を最上段中央に祀る。ここでも英雄は、常に、村人や住民から最大の敬意を受けていることがわかる。それだけ、その祟りを恐れられているともいえる。

四　中国辺境地区での英雄劇の残存

　前述のように、英雄については、国家レベルでも、村落レベルでも、僧侶や道士の建醮祭祀による救済がはかられてきた。国家も村落も英雄の祟りをおそれ、仏教や道教による鎮魂をはかった。14世紀にかかる元代までは、この祭祀を土台とする英雄叙事詩や、英雄劇もそれなりに発達してきたと思われる。しかし、15世紀の明代に入ると、江南の先進地帯からは、この英雄叙事詩や英雄劇は急速に衰退し、辺境地区にのみ、その姿をとどめるに過ぎない。この状況を総合的にとらえると、中国において、初期演劇である英雄劇が残存しえた条件は二つある、ように思われる。一つは、小姓雑居、もう一つは、シャーマニズムである。以下、この点を検討して、結論とする。

（一）　小姓雑居

　少数の大姓の支配する江南地域では、最も原始の面影を伝える農村の神事芸能においても、演じられるのは、都に赴いて科挙に合格して役人と成り、故郷に錦をかざる書生の話、及びその留守を守って苦闘する貞女、節婦の話ばかりであり、英雄の死を悼む話は影を潜めている。これらの大姓同族村落では、戦死者

は、支配的な一族からは出ない。隣村との紛争で、戦闘が起こった場合、実際の
最前線の戦闘を担うのは、小作人であった。安徽省徽州の大宗族においては、戦
闘専門の小作人（佃僕）がいて、「郎戸」といわれた。「郎」とは、先に三英雄の
首の祭りに出てきた「児郎」（兵卒）から出た言葉である。戦死者を英雄として
祭っても、自分の一族ではないから、報恩の熱意にとぼしく、時代がくだるにし
たがって、祭祀が忘れられ、廃れてしまう。香港の場合、18世紀に元朗地区の大
宗族、屏山鄧氏が上村八郷の村落連合と戦ったときに戦死した英雄を祭った達徳
公所は、現在は、廃墟になっている。総計166名、屏山鄧氏も35名の戦死者を出
しているが、2割に過ぎず、8割は小姓雑姓で占められている。香火を絶やした
のは、大姓の熱意に欠けるからである。これに対し、同じ戦闘でこの屏山鄧氏と
戦った八郷がそのときの戦死者を祭った精忠廟は、現在まで香火を絶やさず、村
落の祭祀においては、必ず手厚くこれを祭っている。八郷は、その名の示すとお
り小村の連合体であり、小姓雑居の村落であって、戦闘には、すべての郷民が参
加した。そのため、英雄に対する同情は、全村に及んでおり、その故に祭祀が永
続したのである。英雄鎮魂劇が陝西、山西、貴州、雲南など辺境地区において盛
んなのは、これらの地域が小姓雑居の村落で、英雄を尊重する気風が強かったた
めである。

（二）　シャーマニズムの習俗

　英雄劇の残るもう一つの条件として、シャーマニズの要素を上げることができ
る。雲南の関索、福建の田公元帥、江西の唐葛周三将軍、いずれも英霊を静める
シャーマン的な性格が強い。雲南の関索は薬王と呼ばれ、シャーマンの面影が強
い。三国演義を演じる貴州の地戯は「跳神」と呼ばれ、その動作は英霊の憑依に
由来する。福建では、童乩が盛んで、廟では五営軍将の奉祀が流行し、この地区
に多い田都元帥は、水滸伝三十六英雄を指揮して「宋江陣」を演じる。海南にも
童乩が居て、水滸伝百八兄弟を祭る。これらの童乩の動作も神霊の憑依に由来す
る「跳神」である。広東では、俠徒を主人公とする英雄劇が盛んである。江西、
湖南、貴州では儺舞が盛んで、その主役、唐葛周三将軍は、鬼を追うシャーマン

Ⅲ　香港の英雄祠と英雄祭祀　　61

である。この唐葛周三将軍の信仰は、海南にも見える[21]。英雄劇が流行する背景
として、シャーマニズムという宗教的基盤が有利にはたらいている、といえよ
う。

　要するに、小姓雑居という社会的条件とシャーマニズムという宗教的条件の二
つになる。二つの条件のうち、英雄劇の存続に働く比重は、小姓雑居の方が大き
い。江南の大姓村落でもシャーマニズムは存在するからである。総合的に見て、
この二つの条件をよく満たしている地域は、陝西、山西、貴州、雲南、広東、福
建など小姓雑居地区に見いだされる。安徽、江蘇、浙江の江南三省は、大姓同族
の支配する地域であって、ここでの同族文化（儒教を主とし仏道を配する）は、
シャーマニズムを排除していたから、英雄劇の残存し得る余地は少なかった。し
かも、中国の演劇史は、この江南先進地域を土台とした作品をもとに書かれてき
た。そこには、科挙官僚を目指す書生とその留守を守る貞節な妻を顕彰する家庭
劇が圧倒的比重を占め、外敵と戦って戦死する英雄の姿は、ほとんど見られな
い。能、浄瑠璃、歌舞伎をとおして常に武将の悲劇を演じ続けてきた日本の演劇
史とは、まったく趣を異にしている。しかし、この中国でも、同族の支配のない
辺境村落のレベルでは、日本やギリシャとも共通する英雄悲劇の世界が存在して
いる。香港粤劇もまた英雄劇を中心としている。僻地及び小民雑居の条件を具え
ているからである。中央と周辺を俯瞰すれば、同じ環境から、同じ傾向の文学形
式が生まれる、という結論がでてくる。これが本節の結論である。

---

21)　シンガポールの海南道士は、葬儀に行う「打城（地獄破り）」の科儀で、次のように
　歌う。
　　三元唐葛周三将、部領三百夜叉王、（中略）若有妖邪不服者、宝剣収来化微塵、請急引
　魂到道場、火急如律令。

Ⅳ　広東太平清醮に見えるイスラム商人の影

序　問題の所在

　中国の西北地区、新疆・甘粛・寧夏等、ウイグル系統のイスラム教徒は、回教文化、宗教文化を保存している。それは、西北地区に根を下ろしているばかりでなく、華中・華南地区にも伝播している。このように広汎に中国全土に分布しているイスラム文化は、驚くべきことに、香港正一派道士の科儀の中にも見出せる。以下、其の事例について考察する。

一　広東郷村祭祀の中の説唱儀礼

　広東地区の郷村では、清代中期以来、５年ごと、或は10年ごとに１回、大規模な祭祀を挙行する。これを“太平清醮”と称している。郷民の意識としては、生活の上で最も恐ろしいのは、所謂「孤魂野鬼」である。かれらは、或いは隣村との械闘で戦死したり、或は他の家から嫁いできて家庭に適応できずに自殺したものであり、このような横死あるいは夭折したものの魂は、多くは後継を欠いているため、天空に浮游し饑餓凍寒に苦しみ、時には郷村を襲ってきて、水災旱災等の大禍を引き起こすと信じられていた。このため、郷民は孤魂野鬼の禍を避けるために、予め僧道を聘請し、経懺を念誦して、その怒を鎮めるとともに、同時に、かれらに大量の食物・紙衣、或は紙銭などを提供して、その禍を予防するのである。この種の建醮祭祀は、本来、災害が起こる都度、挙行するものであったが、郷民は災害が定期的に発生することを知って、たとえ災害が発生していなくても、予防のために、例えば５年に１回、10年に１回などの方式で、定期的に建醮を挙行するようになった。この種の建醮は、膨大な経費がかかる、そのため大宗族或は大村落でなければ定期的に挙行することはできない。特に大宗族が費用を出して挙行するケースが多い。小宗族や小村落は、単独で挙行することが困難であるため、連合して挙行することになる。この建醮祭祀は、大多数、村落の公

共の中心、例えば廟宇等で行われる。祭祀の構成は、先ず天地水三界の高位の諸神を迎え、祭品や戯劇を献上することが中心となるが、孤魂野鬼に対して祭品を献上することも重要な要素である。この孤魂野鬼に対して食物・紙銭・紙衣等を献上する科儀は、超幽と呼ばれ、ある意味では、建醮の核心部分とみることもできる。これは2つに分けることができる。1つは、小規模的な超幽（小幽）であり、1つは大規模な超幽（大幽）である。建醮日期は、3日から5日が多いが、その間、小幽はいつでも挙行できる。2回行うこともあり、3回行うこともある。しかし、大幽は1回だけ、最後の晩に行って、孤魂を外界に押し出す儀礼を含むもので、不可欠の儀礼である。最後にこの大幽があるため、小幽は省略しても差し支えないと考えられているが、少なくとも1回は行うのが普通である。こういう、ある意味では、気軽な科儀であるためか、道士もかなりリラックスして臨む。特に5日間にもわたる大建醮では、この小幽は、科儀の隙間を埋める時間稼ぎの役を与えられているようにも見える。道士たちは、「小幽科」の科儀書を読むほかに、この気楽な場を借りて、村人たちに娯楽を提供する意図もあってか、即興的に幽霊にまつわる説唱芸を演じることが多い。これを「講鬼話」という。これには、決まった型がある。以下、この問題を専論する。

二　小幽に登場する売雑貨——イスラム商人

　通常の型としては、この祭りに集まってきた幽鬼孤魂の中で悪事を働くものを捕らえるため地獄の判官2人が登場し、祭祀の場を鎮めた後、男女2人の商人がやってきて、この「小幽」によって紙銭の施しを受けて懐の豊かになった幽鬼孤魂に対して雑貨品を売りつけるという設定をとる。主役は「雑貨売り」の2人の商人である。

　このとき、道士の1人が雑貨売りの男のセリフを担当し、他の1人が鼓を打ちながら、雑貨売りと問答を交わす。両者は時々、話の本筋から離れて「万歳」風の諧謔の「かけあい」を行い、周りをとりまく村人を笑わせる。この説唱芸能の主役たる男女2人の商人には、不思議なことに、イスラム商人の影が宿っている。

写真5　売雑貨と判官

先ず、孤魂に紙銭を与えるために、草地の上に、紙で作った1対の男女の人形と、2人の地獄の判官の人形を横一列に並べる。その前に2列の土盛りを平行に作り、その上に蠟燭と線香を立てて点火する。2列の盛り土の間には、おびただしい量の紙銭と食物をばらまく。人形と対面する位置に、盛り土を隔てて儀卓1個を置き、上には法器と祭品を並べる。道士1人、道袍を着て、立って経を読む。其の後面に楽師2人が、椅子に坐り、鑼鼓を打ち鳴らす。

判官2人は城隍神から派遣されたもので、官服を着る。男女2人は雑貨を売る旅の商人である。其の服装は中国の衣服には似ておらず、西洋の衣服のように見える。男は、上衣に褲子・頭上に幅の広い縁をつけた帽子をかぶる。非常に欧米人に似ている。女も上衣に褲子。帽子をかぶらず、髪もゆわず、簪も挿さず、これも西洋人に似ている。

道士が経懺を読み終わると、判官を代表する鼓手と村民を代表する鼓手が話をする。次いで、道士が雑貨売りの男を代表し、村人を代表する鼓手と講話をする。其の歌詞は極めて奇異であって、雑貨売りがイスラム人ではないかと疑わせる。

まず、判官（道士）と村民（鼓手）の話を記す。次のとおりである。

| 道士唱：拝跪、叩首、再叩首、
　　　　三叩首。
　　　　六叩首、九叩首、
　　　　興、平身。
　　　　尚来発表功徳上奉符吏。 | 拝跪して、叩首せよ、再び叩首せよ、
三たび叩首せよ。
六たび叩首せよ、九たび叩首せよ、
興きよ、平身たれ。
尚しきより来、功徳を発表せり、上に |

Ⅳ　広東太平清醮に見えるイスラム商人の影

	荷吏を奉ず。
降福降祥、同頼善果、	福を降し祥を降し、同じく善果に頼る。
証無上道。	無上の道を証せん。
一切信礼、功曹起馬、	一切の信礼よ、功曹は起馬せよ、
雲翻拝送、恭喜護判官。	雲に翻りて拝送せよ、恭喜して判官を護れ。
問：今晩明楊小会男女孤魂、	今晩明楊にて小さか男女の孤魂を会す、
你們可知多少？	你らその数の多少なるかを知るや？
答：我們不知多少。	我ら多少なるかを知らず。
問：那誰可知多少。	されば誰か多少を知るや。
答：傍辺有両個洪羽大人	傍らに両名の洪羽大人なる
判官老爺知道多少。	判官老爺ありて多少を知れり。
先生：請判官老爺前来講話。	判官老爺に請う、前み来りて話をせよ。
判官、有請。	判官よ、お出ましあれ。
判官：（唱）	
高高山上一廟児、	高き山の上に一座の廟あり、
還有一個神道児。	さらに一人の神ぞいませる。
頭戴一頂紗帽児、	頭には紗帽をかぶり、
身穿一条元領児。	身には黒き襟の衣をまとう。
腰迪一条各［角］帯児、	腰には角帯をつけ、
脚一双掉［皂］靴児。	脚には黒き靴をはく。
四個小鬼抬轎	四人の小鬼が籠をかつぎ、
両個小鬼担傘児。	二人の小鬼が傘をさしかける。
担傘児・抬轎児、	傘役に籠役、
掉靴児・角帯児、	黒い靴と角帯、
元領児・紗帽児、	黒襟に紗帽、

神廟児・官廟児。	神の廟に官の廟、
廟児廟児真正廟児、	廟は廟でも、ほんとの廟ぞ、
陰司地府不納才。	陰司の地府は、財（賄賂）は取らぬ。
抬頭拷掠在何該、	頭を挙げよ、誘拐は何の罪に該当するや、
陽間作悪長為解独、	陽間にて悪を作すも長く解独（ゆるさ）るれど、
難脱天羅地網罪。	天羅地網の罪は脱れ難し。
搖搖擺擺、搖搖擺擺、	ゆらゆら、ゆらゆら、
原是判官来了。	判官様のご登場。

　以下、道士が判官をからかうような質問を繰り返す。判官は、大まじめで答えるが、その大げさぶりが、滑稽をさそう。以下、重要個所を摘記する。

先生：請你到来、非為別事。	お出ましを請いたるは、余の儀にあらず。
今晩明楊小会、男女孤魂、	今晩の明楊小会に、男女孤魂は、
你們可知多少。	多少（いかほど）か、知りたるや。
判官：今晩明楊小会、你們可知多少	今晩の明楊小会、你らに多少を知らせん。
今晩頭目、孤魂小会、	今晩の頭目は、孤魂小会なり、
□十男、□十女、	□十の男、□十の女あり、
明晩大会、〇〇男、〇〇女、	明晩の大会は、〇〇の男、〇〇の女あり、
一個趕十個、十個趕百個	一人は十人を連れ、十人は百人を連れ、
百個趕千個。	百人は千人を連れてくる。
少一個不做得、多一個不做得。	一人でも欠ければ中止、一人でも増えれば中止する。

　ここでは、小幽と大幽の人数のことを話題にしている。用意した食物や紙衣、紙銭に限度があるので、集まる孤魂の数を気にして、多すぎても少なすぎても困

Ⅳ　広東太平清醮に見えるイスラム商人の影　　　67

るといっている。特に大勢来すぎて足りなくなるのがもっとも困るので、その心
配を判官の口から言わせている。おそらく小幽は、心配ないにしても、孤魂が仲
間を連れてくる明日の大幽が気になるのであろう。ここで、道士が突っ込みを入
れる。

　　　先生：判官老爺、我来問你、　　　　　判官さま、尋ねたきことあり、
　　　　　　判官多少銀子判［弁］得来做。　判官の位はいくらの金で得たる
　　　　　　　　　　　　　　　　　　　　　や。

　　　判官：先生、不是銀子判得来做。　　　先生、金で得たるにあらず。
　　　　　　都是朝廷封詰、判断人間是個判。　すべて朝廷の任命にて、人の是
　　　　　　　　　　　　　　　　　　　　　非を判ずるなり。

　これは先の「地府には賄賂が効かぬ」という逆説であり、セリフと同じく、陰
間にも賄賂が横行することを風刺する。説唱芸人の即興のセリフであるが、聴衆
の村人の役人に対する見方を反映する。
　次に悪人が落ちる地獄のことを話題にする。

　　　先生：判官老爺、你講陰司之中、　　　判官さま、陰司のことを語り
　　　　　　　　　　　　　　　　　　　　　聞かせよ、
　　　　　　我們知道。　　　　　　　　　　われらに向けて。
　　　判官：先生、我講陰司之中、你們知道。　先生、陰司のことを語り聞か
　　　　　　　　　　　　　　　　　　　　　さん。

　　　　　　我陰司之中、為善者百年帰而寿満、　わが陰司にては、善を為せる
　　　　　　　　　　　　　　　　　　　　　人、百年の寿命終わり、

　　　　　　死落陰司之中、亦有金童玉女、　死して陰府に降るとき、金童
　　　　　　　　　　　　　　　　　　　　　玉女、現れて、

　　　　　　拿長旛宝蓋、帯了為善之人、　　手に長旛宝蓋を持ち、善人を
　　　　　　　　　　　　　　　　　　　　　導いて、

　　　　　　揺々擺々、妙斎妙斎、早登仙界。　ゆらゆらと、見事なさまにて
　　　　　　　　　　　　　　　　　　　　　仙界に登らしむる。

　　　　　　個你為悪者、百年帰寿満、　　　かの悪を為せる者は、百年の

	寿命尽きて、
死落陰府之中、亦有牛頭獄卒、	死して陰に降る時、牛頭の獄卒現れ。
手拿銅鎚鎖錬、你担我担、	錬を手にして、かつぎ回され、
到酆都山。	酆都山に連行される。（途中に通るは）
滑油山、破銭山、奈何橋、孤凄逕、	滑油山、破銭山、奈何橋、孤凄逕（行きつく先は）、
枉死城、黒松林、鬼門関。	枉死城、黒松林、鬼門関など。
苦楚難捱、你話［広東語：想］、	その苦しみ耐えがたし、思って見よ、
為悪不好、	悪を為すは好きことならず、
系吾系［広東語：是不是］	然らずや。
先生你、吩咐陽間、	先生よ。陽間にて、誰となく彼となく、
叫他叫你、個々為善。	それぞれ善を為せ、と説け。
為善者有余慶、	善を為す者に余慶あり、
為悪者必有余殃。	悪を為す者に余殃あり、と。

　ここに見える地獄への通り道にある難所は、目連救母の話を踏まえている。例えば、破戒の罪で地獄に落とされた目連尊者の母、劉氏は、目連戯では、滑油山、破銭山、奈何橋、孤凄逕（埂）の順に難所を通る。そのたび恐怖におののく。また地獄に落ちた母を救いに行く目連は、黒松林で虎に襲われながら道心を保ち、出家した後は、地獄に降って、鬼門関、枉死城（阿鼻地獄）等を尋ねる。ここでの判官の地獄の話は、明らかに目連救母劇を踏まえていると言える。目連救母劇は、福建系の族群では、多く上演されるが、広東系では稀である。この小幽

IV 広東太平清醮に見えるイスラム商人の影 69

に目連戯が現れるのは、この説唱芸能が福建の影響を受けている可能性を示唆する（後述）。

　さて、判官と道士の掛け合いは、ここで話題を一転して、判官と並んで立つ雑貨売りの商人に移る。しかも奇怪なことに、この雑貨売りは、自ら、イスラム商人であることを名のり、故郷の西域からはるばる広東までやってきた由来を語る。以下、次のとおりである。

判官：	科蘭大哥、有請。	科蘭大哥、こちらへどうぞ。
男売貨：	天道、地道、神仙道、	天道、地道、神仙道を通りて、
	来道［到］。	ここに到り着きたり。
	人道、鬼道、畜生道、	人道、鬼道、畜生道をも通りて、
	斉道［到］。	（仲間と）共に到れり。
	白草黄沙、番邦為住家。	白草黄沙、番邦を住家とす。
	胡児女、能騎馬。打戦鼓、	胡人の女は、騎馬が上手。
	打戦鼓、咚咚、咚咚、咚咚。	戦鼓を打って、トン、トン、トン。
先生：	比如你番邦、	なれば、你の外つ国、
	聴聞国号有幾多個？	国号あるものいくつありや。
男売貨：	大国三十六国、小国無倪。	大国は三十六国、小国は倪（はか）るなし。
先生：	且問你、大国乜国名？	さらば問わん、大国はいかなる名ぞ。
男売貨：	用心国、長人国、矮仔国。	用心国、長人国、矮仔国。
	紅毛国、黒毛国、白毛国。	紅毛国、黒毛国、白毛国。
	高老国、高天三尺。	高老国は、天より高きこと三尺。
先生：	高老国高過天三尺、	高老国は天より三尺高しとか、
	比如矮仔国。	なれば、矮仔国はいかに。
男売貨：	你問我矮仔国、矮地三尺。	你、矮仔国を問うや、地より矮（ひく）きこと三尺なり。
先生：	比如川心国。	なれば川心国はいかに。
男売貨：	川心比一条大杉。	川心国は一本の大杉のごとし。

川起中間。	川にて中間に起つ。
川得幾十個、	川は幾十もの支流あり、
都是国名来。	これすべて、国名の由来なり。

　以上によると、雑貨売りの男は、自ら"科蘭"大哥と名乗っている。人種の名称のように見えるが、中国人らしくはなく、中央アジアのイスラム教徒らしい。コーランという言葉は、イスラム教の根本聖典"古蘭経"を意味するのかもしれない。

　彼自身は故郷を"白草黄沙の番邦"と呼んでいる。白草と黄沙とは、きっと新疆甘粛の沙漠地帯を指しているに違いない。故郷を"番邦"、故郷の児女を"胡児女"、と呼んで胡人であることを明言するとともに"騎馬"に長じ、"戦鼓"を打って騎馬戦にたけていることを誇っている。これは明らかに沙漠を故郷とする騎馬游牧民族の特徴である。所謂"番邦"について、彼は"大国三十六国"という。この三十六国とは、所謂"西域三十六国"を指すに違いない。天より3尺高いという高老国は、天山山脈の国を指し、地より3尺低いという矮仔国は、オルドスなど砂漠の低地を指すものと思われる。所謂"長人国"、"黒毛国"等の正体は、不明であるが、"川心国"は沙漠の中の水辺のオアシスを指すものであろう。要するにこの雑貨売りは、新疆甘粛のイスラム教国から来たことは明らかである。

　次に、職業について語る。

男売貨：打戦鼓咚咚、咚咚咚。	戦鼓を打って、トントン、トントントン。
因貪名利列［到］中華。	名利を求めて中華に来る。
□□咕嚕打幾下、	チリクルと何度か打つ、
□□咕嚕打幾下、	チリクルと何度か打つ、
天地玄黄、一日読得両三行。	天地玄黄、毎日2、3行、読む練習。
文章、唔做得。	文章は書けぬ。
打向彭彭売麻糖、	ポンポン叩いて麻糖を売る。
街個街、巷個巷。塘個塘、	街から街、巷から巷、塘から塘、

Ⅳ　広東太平清醮に見えるイスラム商人の影　　　71

昔［毎］日奔波総為濃、	毎日、走り回るは、食のため、
昔［毎］日奔波総為裹、	毎日、走り回るは、衣のため、
先生：発羊吊？	羊を吊るすは何のため？
男売貨：不是発羊吊、都是一個招牌。	羊を吊るすにあらず、これ看板なり。

　これで分かるように、この雑貨売りは、名利を求めて、つまりお金を儲けるために、故郷の西域から中国にやってきて、戦鼓を打ちながら、羊の頭を看板に掲げて、あちこちの街中を駆け回る行商である。羊の頭を看板にするのは、やはり游牧民族の特色である。

　話題は、さらに次のように展開する。

先生：科蘭大哥、你高姓大名？	コーラン大哥、姓名はいかに。
男売貨：你問我高姓、我話聴字。	わが名を問うや、なれば聞かさん。
你古［估］吓。我姓一門吉。	当ててみよ。わが姓は「一門吉」なり。
先生：你姓一門吉、你姓周。	「一門吉」とか、なれば周ならん。 ［門内に吉の字、すなわち周の字となる］
周乜名？	されば名は？
男売貨：我又話你聴字、	われまた聞かさん。
你差［猜］吓。	当ててみよ。
上高人唱、	上に高く人唱い、
曲下抵人、抄豆……。	曲下に抵き人、豆を炒る……。
先生：是亜礼、周亜礼、	これ、亜礼ならん、周亜礼、ならん、
你們不好人。	汝ら、悪人ならん。
男売貨：先生、我為何不好人？	何ゆえに悪人なりや。
先生：周亜礼、你拐帯人口。	周亜礼よ、你は、人さらいであろう。
男売貨：我不是拐帯人口。	われは人さらいにあらず。

先生：	你唔保拐帶人口、	你、人さらいの疑い、晴れず、
	你做乜帶一個女人出門。	何ゆえに女を連れて故郷を出でし。
男売貨：	不是女人、	女にあらず、
	是我伙計行仔。	わが番頭なり。
先生：	係伍伙計仔、	番頭なれば、
	乜扮個女人。	何故に女に扮するや。
男売貨：	先生有所不知。	先生の知らぬ秘密あり。
	我見伙計仔、	わが番頭、
	生得青靚、白白浮浮、	生まれつきみめよく、
	禾羅禁大個辺餅。	乳房かほど大きくあの餅のごとし、
	将 keui 他扮個女人、	彼を女に扮装させ、
	共女孤魂交易。	女魂と交易せしむるなり。
	我男人共男孤魂交易。	われは男なれば男魂と交易す。
	男女授受不親、	男女は、じかに手渡してはならぬゆえ、
	加増做生意、	商売を大きくするには、
	準係女人多。	女の客の多さで決まるのさ。
先生：	唔話得。	それは、気が付かなかった。
	你老周見你伙計仔、	周さん、見るに、あんたの番頭、
	生得青、其霊向、	みめよく、機転もきくがゆえに、
	将来扮個女人。	女に扮させて、
	共女孤魂交易、老周、	女の魂と交易させるとのこと、
	你伙計仔、高姓大名。	なれば、番頭の姓名いかに。
男売貨：	你問我個伙計仔高姓？	你、我が番頭の姓名を聞くや。
	話個字、你咕下。	なれば、語り聞かせん、当ててみよ。
	keui（他）姓一況〔斗〕米。	彼の姓は、一況米なり。
先生：	你禁〔広東語〕大食。	你は、かくも大食なるか。

Ⅳ　広東太平清醮に見えるイスラム商人の影　　　73

男売貨：叫個姓米。　　　　　　　　姓が米なるをいうのみ。

　先生：一況〔斗〕米、就係姓料。　一斗の米とは、つまり姓は料ならん。

　　　　乜名？　　　　　　　　　　名は？

男雑貨：又話叫字。你差〔猜〕下。　名を聞かせん、当ててみよ。

　　　　宀蒙蓋住紅粉女。　　　　　宀が紅粉の女にかぶさる。

　　　　白木上頭両挂糸。　　　　　白木の上に2本の糸がかかる。

　先生：就係料安楽、　　　　　　　つまり料安楽か、

　　　　料処、多安楽。　　　　　　「料る処、安楽多き」の意か。

　以上で分かる通り、2人の雑貨売りは男が周亜礼、女に扮した番頭が料安楽と
いうことになる。現在、西北回民の姓で比較的多いのは、次の通り。

　　米、納、拉、喇、丁、哈、馬、達、海、白、穆、拝、売、治、賽、単、炭、
　　陝、鮮、回、黒、靠、沙、古、法、蘇、索、祁、水、安、色、輝、候、周、
　　綻、王、者、董、毛、蔣、李、劉、揚、孔、陳

　この中に、周姓と米姓が見える。但し、料は見えない。

　亜礼 al、という名も中国人の名ではない、アラビア人の名に似る。料安楽も漢
族の姓名らしくない、回民のものであろう。対話の中で、先生が男の雑貨売りを
大食と言ったのは、大食国つまり persha を影射している。

　次に話題は南下の経路に及ぶ。

　先生：你両夥伴来到中華、　　　　汝二人連れ立ちて中華に来れる
　　　　　　　　　　　　　　　　　に、

　　　　在便処来？　　　　　　　　いずく来たりしか。

男売貨：来到中華、在北京城来。　　中華に来りて、北京の城に来れ
　　　　　　　　　　　　　　　　　り。

　先生：聞得北京城有個皇帝、有 mou？　北京には皇帝ありと聞く、有り
　　　　　　　　　　　　　　　　　や否や。

　　貨：没錯。北京城有叫皇帝。　　間違いなし。北京に皇帝なる者
　　　　　　　　　　　　　　　　　あり。

　　　　佢系我革夜〔爺〕表兄。　　彼は、我が爺様の表兄なり。

先生：	老周、今你在表兄個処、	周さん。今你、表兄のところにて、
	又唔做官、住緊好内〔久〕。	役人にもなれずに、住むこと久しきか。
男売貨：	住緊幾天、買斉京貨、	数日留まりて京貨、
	京布、京物、	京布、京物、買いそろえ、
	一蓬、両伙計、又走。	一蓬の舟に、番頭と一緒に、また旅に出た。
	走到過処、半天爬〔扒〕龍船。	到着したる場所から、半日、龍船を漕いだ。
先生：	半天爬龍船、唔跌死你。	半日も龍船を漕げば、足がしびれざりしや。
男売貨：	個処又係地名？	そこは高州府ならん。
		（龍船を漕ぐとは、皇帝のお座船、その停泊地を指すと思われる）
男売貨：	冇錯、先生！	然り、先生。
	個処就係高州府。	そこは高州府なり。
	又没乜生意、	またいかなる商売の機会もなく。
	住緊幾天、両伙計有走、	数日留まって、番頭と二人、そこを離れて、
	走到個処。	かしこに到達した。
	通山梅花□□□去扎朵。	山梅花□□□を通り扎朵に去けり。
	個処又係地名。	これもまた地名なり。
先生：	個処叫梅嶺？	かしこは梅嶺ならん。（梅の名所）
男売貨：	冇錯。個処就係梅嶺。	しかり。そこは梅嶺なり。
	伙計住緊幾天、冇乜生意。	番頭と共に数日留まりしが、何

Ⅳ　広東太平清醮に見えるイスラム商人の影

　　　　　　　　　　　　　　　　　　　　　の商機なく、

　又走、走到個滾水淋花。　　　　　　　また去きて、滾水淋花に到れり。

　　　　　　　　　　　　　　　　　　　（水に落ちて花にぬれる）

　先生：唔六死［四］個朵花。　　　　　六つの四ひらの花ならずや。

　　　　個処又係地名？　　　　　　　　そこはまた地名ならん。

　男売貨：個処叫到六蘭。　　　　　　　そこは六蘭と申す。

　以下、同じ謎かけの問答形式で、通過地点を列挙してゆく。それは、次の地名
である。

　　大人杭、細紋仔、大良、博頭、道教、陳村、省城（広州府）、香港、長洲島、
　　石龍城、太平圩、下涌、亭歩、蕭辺、暗下、碧頭、黄防岡、布尾、潭頭、新
　　橋、上寮、黄田、神田、南頭（新安県城）

　これらの地名は広東地区に属するものが多い。特に広州府以下のものはすべて
東莞県から新安県に至る途上に沿って分布している。郷民は、謎かけの地名を概
ね察知できたに違いない。謎解きも一種の芸能である。

　これらを綜合すると、この 2 人の雑貨売りは甘粛から、先ず北京に来て京貨を
仕入れているが、祖父が皇帝の表兄だと自称しているのは、元朝の時期に回民が
元朝皇帝の庇護を受けて、商業特権を享受し、中国国内を自由に旅行して商売を
したことを反映しているものと思われる。かれらは入京後、衙門の許可を得て、
大量の京貨を仕入れたのち、龍船（大型の運送船）に乗って、大運河を南下し、
高州府に到達したという。高州という地名は、広東の西にあるが、文脈の前後の
関係から見て、梅嶺以北の江蘇或は江西の地名のはずである。推測するに江蘇の
高郵、或は江西のどこかであろう。2 人は長江を渡り、贛水か湘水のいずれかの
水路で南下し、梅嶺に到達したとみられる。その後はおそらく南雄を通って、滇
水・北江を下り、広州に入ったのであろう。あとは珠江を下り、江口から海上に
出て、香港、長洲島を訪問し、再度珠江を溯上して広州に入る、ここから改めて
東江に沿って、石龍に到達。三度、広州に戻り、東莞・太平・黄防岡を経由して
新安県城の南頭に入っている。これ以下は、香港の地名が並ぶ。これによってこ
の雑貨売りの歌詞は、1842年香港が英領になって以後に成立したことがわかる。

歌詞は当時の行商が多数の郷鎮を回って広泛に活動していたことを反映している。

雑貨売り2人は、地名を述べ終わった後、祭祀の場に集まってきた孤魂たちに自分が持ってきた品物を売りつけようとする。以下、対話は、その交易品をめぐって展開する。

男売貨：等我両伙記将物件搬出来、　　我ら二人、今、品物を搬び出すが
　　　　則可。　　　　　　　　　　　よろしかろう。
　　　　手嗷囃鼓、作営生。　　　　　手に嗷囃の鼓をとり、商売をなさん。
　　　　貪患銭財真正難。　　　　　　財物を稼ぐはまことに難しい。
　　　　貨物畳斉擎把傘、　　　　　　貨物は畳ね斉えて傘を擎りて覆う。
　　　　来到揚州市卜行。　　　　　　揚州の市に来て商売する。
　　　　東街游過西街去、　　　　　　東街を回って西街に去く、
　　　　南街又到北街行。　　　　　　南街より又、北街に向かって行く。
　　　　佳人問我諸般物、　　　　　　佳人我に諸般の物を問う、
　　　　件件鮮明任你抜。　　　　　　件件鮮明なれば你の抜るに任せん。
　　　　［一句脱？］、　　　　　　　［一句脱？］、
　　　　胭脂水粉好花顔。　　　　　　胭脂と水粉は花の顔に好し。
　　　　金扇香嚢和汗帕、　　　　　　金扇と香嚢と汗帕あり、
　　　　包頭散発及裙襠。　　　　　　散髪によろしき包頭あり、及び裙襠あ
　　　　　　　　　　　　　　　　　　り。
　　　　牙梳角掠青銅鏡、　　　　　　牙梳と角掠と青銅の鏡あり、
　　　　翠毛玉刃鍍金簪。　　　　　　翠毛と玉刃に鍍金の簪あり。
　　　　裙帯代襠京綿索、　　　　　　裙帯と代襠と京綿の索あり、
　　　　香丸扇墜倶沉檀。　　　　　　香丸と扇墜と倶に沉檀の質。
　　　　珍珠馬脳珊瑚和、　　　　　　珍珠と馬脳と珊瑚の和い、
　　　　金銀玉□彩金環。　　　　　　金銀と玉□と彩れる金環。
　　　　<u>手帕西洋兼布疋</u>、　　　　　<u>手帕は西洋ものにして兼ねて布疋あ
　　　　　　　　　　　　　　　　　　り</u>、
　　　　香珠牙次襯羅衫。　　　　　　香珠と牙次と襯たる羅衫。

Ⅳ　広東太平清醮に見えるイスラム商人の影

亦有文房四宝物、	亦た文房四宝の物あり、
歴朝書籍聖賢設。	歴朝の書籍は聖賢の設けしなり。
筆係兎毛田氏制、	筆は兎毛にして田氏の制れるなり、
墨係油煙使者顔。	墨は油煙にして使う者は顔「硯」なり。
紙係祭倫当日造、	紙は祭倫の当日に造れるなり、
硯係東渓正得番。	硯は東渓にて正しく番［？］を得たるに係る。
靴係省城雑米巷、	靴は省城の雑米巷のものなり、
襪是茶山雑貨行。	襪は是れ茶山の雑貨行のものなり。
又有古今背氅物、	又た古今の背［？］氅の物あり、
面刀鼻鉄日如銀。	面刀と鼻鉄と日［白］きこと銀の如し。
兜肚時興皆納綿、	兜肚は時興にして皆な綿を納る、
銀色花袋尽施金。	銀色の花袋は尽く金を施す。
頂索紅袋且退後、	頂索と紅袋と且つ退［腿］後、
至緊無如馬尾網巾。	至緊は、馬尾の網巾に如くなし。
膏薬黄兼黒白、	膏薬は黄にして黒白を兼ぬ、
打過痣瘡消散総無痕。	打ちて痣瘡あるも消散して総べて痕なし。
眼薬袂風兼去湿、	眼薬には袂風あり兼ねて去湿あり、
更兼寒冷共黄車。	更に兼ぬるに寒冷あり、共に黄車あり。
菜酒追風共鉄打、	菜酒に追風あり、共に鉄打あり、
膏舟丸散具斉臨。	膏は舟［聚］り丸は散じて具に斉しく臨む。
奉勧佳人邦我買、	奉りて佳人に勧む、我を邦［幇］けて買え、
莫多嫖賭散抛銀。	多く嫖賭して銀を散抛する莫かれ。

積攢有如攜帯我、	積攢して如し我を携帯するあらば、
買頂加官好做人。	加官を買い頂りて好く人と做れ。
列位前来観子細、	列位よ、前み来て観ること子細なれ、
招牌非是等閑人。	招牌はあり是れ等閑の人に非ず。
<u>我係番人唔慣熟、</u>	<u>我は番人にして慣熟せず、</u>
莫把白銅騙我身。	白銅もて我が身を騙く莫かれ。
腰頭尚有荷包袋、	腰頭に尚お荷の包袋あり、
切莫欺心打怕人。	切に欺心もて人を打怕す莫れ。
人重修斎来請福、	人修斎を重んじて来りて福を請う、
為人唔好起歹心。	人と為り好からずば歹心を起す。
你有銀来買我貨、	你に銀あれば来りて我が貨を買え、
我将物件送回人。	我れ物件を人に送回せん。
和和順順揚州市、	和和順順たり揚州の市、
大家同会到来臨。	大家同に会し到りて来臨せよ。

ここには、多数の珍品が商品として売られている。列挙すると、次のとおりである。

緞子、沙羅の上着、金扇、香嚢、汗帕（ハンカチ）、包頭［頭巾］、裙褶、象牙の櫛、銅鏡、玉剣、鍍金の簪、京綿の帯、沈檀の扇墜、馬脳、珊瑚、玉□、金環、羅衫、鞋、袜などの化粧品や装身具で、主に女性用の品物。次いで文房四宝（筆・硯・墨・紙）、羅衫、靴、襪、兜肚、花袋、網巾、など男性用の履物や衣類、膏薬、眼薬などの薬品等等。このように高級な衣裳、装身具などのほか、文房四具、医薬品等、あらゆるものが売られている。これらのおびただしい珍品は、中国の郷民の目にはすべて外来の舶来品と映ったであろう。ここで雑貨売りは、自分が番人であると名乗っており、小幽の売雑貨が中国西北の回民地区から来たイスラム商人であることは間違いないであろう。

三　西北回民と広東小幽売雑貨の関係

さて、次に同じ問題を上記イスラム商人の故郷と目すべき西北中国（甘粛など）

IV　広東太平清醮に見えるイスラム商人の影　　　79

の回民地区からみて見よう。

　ここでは、祭祀の場で、昔から【花児】(【話児】) と呼ばれる男女対唱の芸能
(歌謡) が盛行していた。その歌唱者の風姿が上述の広東売雑貨の姿に似ている。
以下、まず、この点を検討する。

　まず、この地区の回民が元代以来、行商を業として中国各地を遍歴していたこ
とは、よく知られている。例えば、清代に関していえば、《河州采訪事跡》に次
のように述べる。

　　　(采彎) の臼郷には木工が多く、西川には瓦匠が多い。関に沿っては射猟を
　　　喜む、商については漢民は関郷を出ないが、回民は負販して、遠く新疆・四
　　　川・陝西に及ぶ[22]。

　近代についていうと、周夢詩の論文「試談河州花児的族属問題」(1985) に河州
回民の脚戸・販夫・買売人・筏客子等は、それぞれ十数路のルートによって、東
南西北に出かけ、本地人と作交易をおこなっているという。拠周氏の指摘する交
易ルートは次のとおりである。

　　［陸路］
　　　　1　臨曼—中貝 (四川)
　　　　2　臨曼—西安 (陝西)
　　　　3　臨曼—成都—茂州 (四川)
　　［水路］
　　　　1　蓮花—蘭州—寧夏
　　　　2　循化—蓮花—蘭州—包頭 (内蒙古)

これを見ても、陝西、四川、内蒙古など中国本土深く進出していることがわか
る。

　この行商外出の伝統のほか、西北回民には、節日になると、男女が集合して歌

─────────

22)　(采彎) 臼郷多木工、西川多瓦匠、沿関喜射猟、商則漢民不出関郷、回民負販、遠及
　　　新疆・川・陝。

を唱う【花児（話児）】と呼ばれる、戦前からの習慣があった。袁復礼の論文「甘粛的歌謡―話児」は次のように記す[23]。

　　　話児は非常に広く分布している、東部の平涼・固原、西北部の涼州・甘州などで、どこでも聞くことができる。蘭州から狄道までの沿路で聞くことがもっとも多い。此の外、尚お西寧同河州の商人、秦州の泰安の脚夫、などみな唱える……、現在唱う人は、大半は文字が読めない人で、そのほとんどは外へ出て商売をする人たちである[24]。

　これでわかるように、西北回民の遍歴商人は、家郷の歌謡"花児"を唱いながら旅をして商売をしていたのである。広東小幽の男女売雑貨も、歌謡を唱いながら孤魂と功績している。もし彼らが西北から来た回民であれば、花児の伝統を継承しているかもしれない。売雑貨は、「天地玄黄は毎日2－3行読むが、字は書けない」と言い、文字が読めないことを自白しているが、これは、上記の「文字が読めない」外販人の特徴とも符合する。これらの点から見て、売雑貨は、おそらく【花児】の伝統を踏まえていると思われる。

四　江南地区流行歌謡"売雑貨"との背景

　小幽に【売雑貨】の演出が含まれていることには、別に文学的な背景がある。【売雑貨】というこの歌謡形式は、清代中期以後、江南一帯に広く流布していたからである。これが広東小幽の売雑貨の発展に影響した可能性がある。

　清代末期から民国初期までの間、李家瑞、傅斯年が収集した歌謡唱本類の中には、この"売雑貨"唱本が含まれている。現在は、台北の傅斯年図書館にこれらの唱本が蔵されている[25]。

---

23)　話児的散布很普遍、在東部平涼・固原、西北部涼州・甘州、都聴見過。由蘭州至狄道、沿路所聞的尤多。此外、尚有西寧同河州的商人、秦州泰安的脚夫、都会唱……、現在唱的人、多半是不識字的人。幷且多半是出外作客的人。

24)　話児的散布很普遍、在東部平涼・固原、西北部涼州・甘州、都聴見過。由蘭州至狄道、沿路所聞的尤多。此外、尚有西寧同河州的商人、秦州泰安的脚夫、都会唱……、現在唱的人、多半是不識字的人。幷且多半是出外作客的人。

25)　台湾大学編《中国俗曲総目》・台北・油印本、1984年。

Ⅳ　広東太平清醮に見えるイスラム商人の影　　　81

1　売雑貨二本、江西王王成、石印、5張

2　売雑貨一本、五桂堂機器板、2張

3　売雑貨一本、以文堂、木板、11.5頁

4　売雑貨一本、連升堂、木板、2頁

5　江西売雑貨一本、木板、6頁

6　江西売雑貨一本（時調大観3集）、石印、31頁

7　江西売雑貨一本、金球書局、石印、1頁

8　江西売雑貨一本（時調大観1集）、上海協成書局、石印、1頁

9　江西売雑貨一本、上海益民書局、1頁

10　売雑貨一本、木板、4頁

これによると、売雑貨の唱本は、江西が最も多いが、香港五桂堂のものも見える。広東にも流行していたことがわかる。以下、香港出版の五桂堂本売雑貨の歌詞を紹介する。この唱本は封面に、"広州第七甫分局香港荷李活道"と明記する。初版は、広州で出版され、後に香港で印刷された後印本であることがわかる。其の歌詞は、以下のとおりである。

一歩行来一歩走、　　　　　一歩行みて一歩走む、

来到他家們前。　　　　　　他の家の們［門］前に来り到れり。

大叫三声売雑貨、　　　　　大声にて叫ぶこと三声、売雑貨なるぞ、

驚動裏辺人。　　　　　　　裏辺なる人を驚動す。

爺刀爺度惹、　　　　　　　イヤート、イヤート、ノー（鼓の音）、

驚動裏辺人、夜牙呀！　　　裏辺なる人を驚動す、イヤイヤ　イヤ（掛け声）、

姐在房中繍花縫、　　　　　姐は房の中にて花縫を繍す、

正在悶沉沉。　　　　　　　正しく悶ぎて沉沉たりしに。

忽聴門外鬧嘈嘈、　　　　　忽ち聴く門外の鬧しきこと嘈嘈たり、

不知是誰人。夜牙呀！　　　是れ誰人なりやを知らず。イヤイヤ　イヤ、

一歩行来一歩走、　　　　　一歩行みて一歩走む。

来到天井辺。　　　　　　　天井（門の内側の空き地）の辺に来り到れり。

十指尖尖分開門、　　　　　十指尖尖たり門を分かち開く、

原来売貨人。	こは売貨の人なりしか。
爺刀爺度惹、	イヤート、イヤート、ノー
原来売貨人、夜牙呀！	こは売貨の人なりしか、イヤイヤ　イヤ、
就将板凳拖幾拖、	床几を引っぱり引きよせて、
客官、爾請坐。	そなたよ、どうぞ坐られよ。
吩咐丫鬟倒茶来、	婢女に吩咐つけ茶を倒れさせ、
客官你解渇。	行商どの、どうぞ召し上がれ。
客官你解渇、夜牙呀！	行商どの、どうぞ召し上がれ、イヤイヤ　イヤ、
借問客官名和姓？	借問す、そなたの姓名いかに
你是那裏人？	いずこの人なりや。
家住江西南昌府、	家は江西南昌府に住む、
本是南昌人。	本は是れ南昌の人。
爺刀爺度惹、	イヤート、イヤート、ノー、
本是南昌人、夜牙呀！	本は是れ南昌の人、イヤイヤ　イヤ、

一疋紅羅二丈六、	一疋の紅羅は二丈六尺、
五色花線。	五色の花線あり。
二丈線綾配成辺、	二丈の線綾に辺を配成す。
要売多少錢。	多少錢にて売るや。
爺刀爺度惹、	イヤート、イヤート、ノー、
要売多少錢、夜牙呀！	多少錢にて売るや、イヤイヤ　イヤ。
一疋紅羅二丈六、	一疋の紅羅は二丈六尺、
五色花線。	五色の花線あり。
二丈線綾配成辺。	二丈の線綾に辺を配成す。
相送不要錢。	差し上げるゆえお金は要らぬ。
爺刀爺度惹、	イヤート、イヤート、ノー、
相送不要錢、夜牙呀！	差し上げるゆえお金は要りません、イヤイヤ　イヤ、
你今挑担到這里、	你、今、担を挑ぎてここに到る、

Ⅳ　広東太平清醮に見えるイスラム商人の影

多少本銭。	多少の本銭なりや。
青天白日把奴戯。	真昼の最中に奴に戯むる。
爺刀爺度惹、	イヤート、イヤート、ノー、
真豈有此理、夜牙呀！	真に豈に此の理あらんや、イヤイヤ　イヤ。
我今挑担到這理、	我、今、担を挑ぎてここに到る、
本是做生意。	本と是れ商売を為すためなり。
一見娘子生了気。	一たび娘子を見て氣生れり。
双膝跪在地。	双膝もて地に跪く。
爺刀爺度惹、	イヤート、イヤート、ノー、
双膝跪在地、夜牙呀！	双膝もて地に跪く、イヤイヤ　イヤ。
一見客官跪在地、	客商の地に跪くを見て、
心中不過意。	心中、意に過まらず。
十指尖尖爹郎起、	十指尖尖、郎を起こす。
下問要仔細。	下問す、仔細を要む。
爺刀爺度惹、	イヤート、イヤート、ノー、
下回要仔細、夜牙呀！	下問す、仔細を要む、イヤイヤ　イヤ。
一見娘子扶起、	娘子の扶け起すを見て、
我心中好快楽、	我れ心中に好に快楽、
這担雑貨不要銭、	この雑貨はお金は要りません、
相送有情人。	情ある人に差し上げます。
爺刀爺度惹。	イヤート、イヤート、ノー。

　相送有情人、夜牙呀！　　情ある人に差し上げます。イヤイヤ　イヤ。

　このように、この歌謡【売雑貨】では、若い行商が、美女に会って、一目でほれ込み、担いできた商品を全部、献上してしまうという一種の笑い話になっている。但だこの売雑貨の行商は江西南昌から来たといい、一組の男女が対話の中で、出貨物の名を語るなど、その構造は広東の小幽の売雑貨に類似しているところがある。おそらく　広東郷村では、早い時期から歌謡の【売雑貨】が流行し、

それをもとにして、後から、小幽の雑貨売りの掛け合いが成立したものと思われる。しかも、この地区にはイスラム商人が早くから活動していた。例えば、広東地区では、唐代にすでにペルシャ人とアラビア人が貿易を行っていた。《簡明広東史》は、これについて次のように述べる[26]。

> 唐代に広州に来て貿易した国としては、ペルシャ、アラビア（大食）・インドおよび南海諸国などがあるが、ペルシャとアラビアが主体である。毎年夏になると、各国の商舶が東南の季節風に乗って、香薬・珍珠・琥珀・玳瑁・玻璃・犀角・象牙等名産を載せて港に入ってきた。季節風が終わるころ、海舶が出そろい、各国商人は、劃定された市舶区において互に交易した。広州の輸出商品は、瓷器・糸綢鉄器が主であり、アラビア商人は中国の瓷器を非常に評価していた。……アラビア商人はまた漂白していない生糸で製作された衣類を非常に称賛していた[27]。

唐代以来、アラビア商人の広州で貿易活動は、宋代でも継承された。このことは【売雑貨】の成立に影響を与えたに違いない。

小幽の売雑貨は、孤魂を慰めるために設けられた儀礼であり、超幽の一種である。超幽は、建醮の核心の科儀である。各地区の超幽には、それぞれの特色がある。例えば、福建の建醮の超幽では、【売雑貨】の科儀はない。福建人は、孤魂に対して大量の猪羊の犠牲と紙で作った冥屋・冥器（家具、汽車等）を献上する。これは供品の現物を直接に孤魂に献上することを意味する。その供献は、非常に具体的である。現物交換による直接の超度と言ってよい。これに対して、広東人は、大量の犠牲を殺したり、冥屋や冥器等を製造したりする生々しい迷信的活動

---

26) 蔣祖縁・方志欽主編《簡明広東史》(広東人民出版社、1987年) 111頁。

27) 唐代到広州貿易的有波斯・阿拉伯（大食）・天竺以及南海諸国、而以波斯・阿拉伯為大宗。毎年夏季、各国商舶乗東南季風、装載香薬・珍珠・琥珀・玳瑁・玻璃・犀角・象牙等名産進港。……等季風結束、海舶到斉、各国商人就在劃定的市舶区互市。広州的出口商品以瓷器・糸綢和鉄器為主。阿拉伯商人很賛賞中国的瓷器。……阿拉伯商人也十分賛嘆用未経漂白的生糸綢制成的衣料。

IV　広東太平清醮に見えるイスラム商人の影　　　　85

を好まない。それゆえに孤魂に対しては、現物を支給せず、紙銭を給付し、その
上で雑貨売りの商人を送り込み、孤魂をして商人から必要な品物を購入せしめ
る。貨幣経済的・間接的な超度と言える。広東地区は、市場経済が特に発達して
いたことで、はじめてこのような市場的な超度が実現し得たのである。その上、
広東の大宗族が持つ儒家思想は、過度の迷信や残酷な屠殺を好まず、このため比
較的文雅な超度に傾いた。広東小幽の雑貨売りは非常に特殊な超幽方式である。
全中国を見渡しても、ほとんど存在しない。その成立原因は、おそらくこの地の
市場経済と大宗族の統制に求めることができるであろう[28]。

---

28)　広東の建醮においては、「大幽」においても、生の犠牲を用いない。主要な供物であ
　　る猪（豚）は丸焼きにして献上している。

V　図甲制と村落祭祀の関係

一　広東村落の図甲制

　明代初期以来、全国に明代独自の徴税制度である「里甲制」が施行された。一戸の富裕戸が10戸の普通戸を率いて11戸で1甲を形成する、10甲で1里を形成する。各1里に里長1人が置かれ、この里長が里内110戸の夏税秋糧を県に納入する。ここで、各甲を統率する富裕戸10戸は「里長戸」と呼ばれ、その下の普通戸100戸は「甲首戸」と呼ばれる。「里長戸」10戸の間で、輪番に1名の「里長」が選ばれる。輪番は、10年に1度、元へ戻る。「里長戸」はおおむね富裕な大地主であり、「甲首戸」は、中小地主または自作農であろう。いずれも土地所有者であり、小作人などは、この組織には含まれない。この組織は、10年ごとに内部の人口移動を反映した戸籍簿を編造した。これは戸口冊、または黄冊と呼ばれた。この黄冊編造は、里内の利害調整や県の役人との交渉など、多大な政治力を要する仕事であり、大地主でなければ務まらなかった。そのため、各里においては、この役が回ってくる年次に合わせて、この仕事に堪え得る大地主が輪番に当たるように、順序を構成していた。したがって、各里において、里長役になる戸は、何十年、何世代にわたり、固定する傾向にあった。また、華中、華南の宗族村落においては、各甲を構成する「甲首戸」は、同じ程度の経済力を持つことが制度の前提であったが、実際には、同族から成ることが多く、納税の際には、相互に融通しあうこともあったと思われる。全体としてみると、自作農、小地主、中地主を大地主が支配する宗族村落に適応した制度であり、明朝政府は、この制度の上に存立していたといえる。しかし、この制度の中核をなす里長戸（自作農、中小地主）の経済的均一性、安定性は、大地主の土地兼併、それに伴う農民層の分解によって、脅かされていた。この層の中で没落者が出ると、この制度は、維持できなくなる。事実、この制度が機能したのは、建国後、150年ぐらいまでで、明代中期の嘉靖年間には、里長の納税が滞り、制度は維持できなくなり、以後

V　図甲制と村落祭祀の関係

は、戸を納税単位とせずに土地の面積を納税基準に据える「一条鞭法」に移行する。

　しかし、広東地区では、おそらく、宗族の村落支配力が強大であったためであろう、明代中期以後も、宗族を基礎としていた里甲制は、完全には消滅せず、本来の里甲制の骨格を維持しながら、運営面を変更した「図甲制」という新たな徴税制度に移行した[29]。この制度では、10甲で1図を構成する。図は、旧来の「里」に相当する。但し、1甲は、10戸ではなく、不定数の戸によって構成される。しかも各甲は、概ね同一の宗族から成るように構成された。これも旧来の制度の踏襲である。以下、例をあげる。

　順徳県大良村の場合、6図で1堡を構成しているが、各図は10甲から成り、図は、旧里甲制の「里」にあたる。しかし各里の戸数は、バラバラである。これを表に示すと、次のとおりである（**表5**）。

表5　順徳県大良堡図甲表（民国『順徳県志』巻5「経政略」）

	四図	三十六図	三十七図	三十八図	三十九図	四十図
1甲	羅恩 16 戸	羅筠廷 3 戸	羅復隆 8 戸	陳永昌 11 戸	屠作餘 11 戸	羅文潤 4 戸
2甲	羅嗣昌 30 戸	梁世昌 2 戸	羅孝思 6 戸	何穂良 38 戸	談屛祖 15 戸	黄命世 1 戸
3甲	羅廷敬 74 戸	盧栄昌 9 戸	梁振祖 3 戸	陳蘭堂 16 戸	龍復昇 36 戸	唐逢源 2 戸
4甲	談進昌 8 戸	羅同賦 2 戸	（原欠）	談泰 4 戸	楊世善 7 戸	劉広 3 戸
5甲	羅興隆 47 戸	盧荘祖 39 戸	何善君 23 戸	呉泰興 1 戸	蔡君連 19 戸	羅志高 14 戸
6甲	□秀祖 68 戸	黎用運 14 戸	羅信義 2 戸	舒伯選 2 戸	何復興 9 戸	馮東圃 11 戸
7甲	龍渓漢 130 戸	羅本秀 2 戸	羅茂昌 36 戸	陳玄 1 戸	談応祖 19 戸	胡禹躍 4 戸
8甲	呉承彦 11 戸	胡承貴 11 戸	文承昌 7 戸	羅裕昌 14 戸	李先等 77 戸	李逢春 1 戸
9甲	羅攸同 2 戸	梁□臣 4 戸	何言 5 戸	盧萬餘 5 戸	陳啓芳 9 戸	馮古岡□戸
10甲	羅永昌 62 戸	羅乾栄 3 戸	李孔嘉 4 戸	陳秋圃 30 戸	盧萬餘 5 戸	何鼎貴 1 戸
税糧総額（通図共米）	396.5966 石	17.6211 石	50.00439 石	34.9872 石	77.962 石	23.273 石

ここにみるように、各甲の戸数は、多いもので30戸、60戸、130戸、少ないもので、1戸、2戸、というふうに、ひどくバラツキがある。ここに見える各戸の人

---

29)　片山剛『清代珠江デルタの図甲制の研究』、大阪大学出版会、2018年11月。

名は、各甲を代表する統率者で、大体、明代の「里長戸」に該当する。ここでは
［総戸］と呼んでいる。しかも不思議なことに、ここに見える民国時代の総戸の
名は、200年前の康熙年間の総戸の名と完全に一致する。これは、大阪大学の片
山剛教授によって初めて発見され、「戸名不変」と称せられた。この表でも、□
□祖、□□堂という名がみえるが、これは個人名ではなく、祖先の名を冠した祭
祀用共有財産、つまり祖産名であろう。この場合、徴税主体たる県は、各図の個
人を直接には徴税対象としておらず、総戸、すなわち、宗族の祭祀団体を課税対
象にしていることになる。換言すれば、国家権力は、ここでは、村落の個別の農
民を支配しておらず、宗族を介して、間接に支配しているに過ぎない。個人と国
家の間に介在する宗族は、脱税その他の手段で、私利を謀ることができ、自己保
存、自己増殖に非常に有利であった。このことが、広東や香港の村落祭祀にも影
響を及ぼしている。以下、これについて、検討する。

二　新界宗族村落に見える図甲制の痕跡

　新界の大宗族、錦田鄧氏は、清代後期においても、明代初期の祖先の名義で、
県に渡船経営収入にかかる税を納入している。嘉慶24年刊『新安県志』巻3「地
理志」に次の如く記す。

　　沙岡渡：鄧洪恵税渡

　　白石渡：黄岡渡に同じ

　　黄岡渡：鄧洪儀税渡

　錦田と廈村は、深圳河の岸に位置し、ここに居を構える大宗族の錦田鄧氏は、
この地勢を利用して、渡船を設置し、乗客から渡銭をとって利益を上げ、その一
部を商税として県に収めていた。この渡船営業は、清代遷海令解禁後の康熙末年
以後に開始され、ほぼ同時に夏税秋糧の納税も行われたものと思われるが、上記
の『新安県志』の記載に依れば、嘉慶に降っても、納税者の名義としては、現存
の族人の名を使わず、200年前の明初の祖先、十五世祖の鄧洪恵、鄧洪儀の名を
使っている。これでは、県としても、実際の収入を掌握することはできなかった
であろう。ここに図甲制が実施されていた時期の発想が出ている。

V 図甲制と村落祭祀の関係　89

　次に、長洲島の地主、黄氏の土地所有の名義をみてみよう。民国刊『黄維則堂族譜』に載せる乾隆44年の「高太爺の黄礼金に給発せる長洲税地の執照」に、次のように述べる。

　　（前略）長洲の税地については、第二都第七図第十甲の黄堡戸の名で納税しているが、このうち黄慶祥の名で納税している土地が四十九畝零五あり、又、黄慶聯の名で乾隆廿四年に黄金進から買い取った税地が五十畝ある。ともに土名、外長洲に坐落していて、いずれも黄保の戸の内に登記されている。舗戸の李徳珍が乾隆二十八年に右の税地の権利を主張し、各々上憲に赴いて呈請し、この土地に舗を造ろうとした。（中略）黄氏が世々皇恩に沾ってきたことを考慮し、県に到り批准せしめて、照を給して結存せしむべきである。（中略）かくして、これを受けて、黄礼金に照を給して執収せしめた。問題の第二都第七図第十甲の黄保の的名、黄慶祥、黄慶聯の二戸の土名、外長洲の税地、合計一百零五畝は、照に憑りて黄氏の管業地とする[30]。

ここで、的名というのは、総戸の黄保の下に属する子戸か、或いは、実際の土地所有者の丁を指すか、不明である。しかしいずれにせよ、この的名とされている黄慶祥、黄慶聯の2戸は、明代初期の八世祖であり、長洲黄氏の始祖とされる人物の名である。これを300年も時代が下がる清代乾隆44年まで用いている。所謂「戸名不変」の慣行であり、図甲制が実際にこの地域で実施されてきた証拠である。戸名を変えないのは、それが子孫にとっての祭祀用の共有財産、つまり祠産の名称だからであろう。これによって、黄氏一族として、実際の土地の使用者の挙げる収益を隠蔽することができる。宗族にとって、脱税の効果を持っていたといえる。或いは、重税を逃れるということもできよう。

　さらにこの「戸名不変」は、土地の売買契約の場合にも及んでいる。

30）（前略）至長洲税地、在第二都第七図第十甲黄保的名黄慶祥税四十九畝零、又、的名黄慶聯、乾隆廿四年買黄金進税地五十畝。同共坐落土名、外長洲坐落、倶載黄保戸内。舗戸李徳珍等、二十八年将来該税地赴各上憲呈請、造舗（中略）黄氏世世沾皇恩等情、到県批准、給照結存。（中略）為此、照給黄礼金執収。所有二都七図十甲黄保的名、黄慶祥、黄慶聯二戸内所管土名長洲税地、共一百零五畝、憑照管業。

90 第1章 粤劇の祭祀環境

　例えば、東莞県第三都第九甲の総戸とみられる王伯寛なる人物は、道光4年（1824）から、民国16年（1927）まで、103年間に9通の土地売買契約文書に、買主、または売主として記載される。土地売買に携わる年齢は、早くても30歳以上であろうから、103年経過すれば、133歳となり、生きているはずはない。戸名不変がもたらす現象である。

　今、最初と、最後の契約書を示す。

○断売田契を立つる人、三都四図九甲戸長王伯寛の丁王煥昭は、因りて銀を要めて生意を作す為に、先年自ら置ける田三坵（中略）を将ちて、一概に□□□房親に出売せんと願えるも、買わず。中人の袁輔真に憑りて引きて三都十八図一甲戸長林祚昌丁、林錦堂に至り、入頭して承買。当日、三面言定して、価銀参拾両碼とす、売る自りの後は、贖を言うを得ず、（中略）今憑有るを欲し、売契一張、並びに上手（紅契）一張を立つ、執を交し存して照さしむ。

　　官印　　　　　　　　　　　　　作中　袁輔真

　　　　　立売契人　王煥昭筆

道光四年二月十七日[31]

○断売田契を立つ人、三都四図九甲戸長王伯寛丁、王明芬に係る、祖父より遺下せるを承くる田壱坵（中略）有り。今、銀の緊用を需むるに因り、此の田を将ちて人に出売せんと願う、先に房親人等を招くも、各々就きて買わず。後に中人袁牛伯、楊光、徐氏等に憑り引きて三都十八図九甲戸長袁崇道の丁、袁植光に至りて、入頭して承買。三面言明すらく、時価に依りて酬還す。銀捌拾両浄とす。（中略）此れ乃ち双方允願せるなり。異言もて端を生

31）　立断売田契人、三都四図九甲戸長王伯寛丁王煥昭、為因要銀作生意、願将先年自置田三坵（中略）、一概出売与□□□房親、不買。憑中袁輔真引至三都十八図一甲戸長林祚昌丁、林錦堂祖、入頭承買。当日三面言定、価銀参拾両碼、自売之後、不得言贖、（中略）今欲有憑、立売契一張、並上手一張、交執存照。官印、作中袁輔真、立売契人王煥昭筆、道光四年二月十七日。（『舒博士所輯広東宗族契拠彙録（上）』、東京大学東洋文化研究所附属東洋学文献センター、東洋学文献センター叢刊第54輯、266頁。1988年3月）。

V　図甲制と村落祭祀の関係　　　　　91

じ反悔するを得ず。口の憑る無きを恐れ、特に断売田契一張を立つ、執を交
して拠と為す。再に紅契に上手す。因りて、兵に燹け、遺失して、日後に捜
出するも、廃紙と作為るを避く、合併して声明す。

　　　　　　　　　　　作中人　袁牛伯、楊光、徐氏
　　　　　　　立断売田契人　王明芬　筆

　民国拾陸年四月十九日
　官印
　中華民国拾陸年捌月　給す[32]。

　これを見ると、東莞県三都四図九甲戸長王伯寛の名は、道光4年から民国16年
まで、変わっていない。戸長というのは、総戸を指すものとみられる。実際の売
買当事者は、いずれも「丁」と記されている。これは、各甲総戸に属する子戸で
あろう。またこの丁においても、林錦堂祖のごときは、個人名でなく祖産名であ
ろう。総戸も子戸も祖産名ということになる。これが「戸名不変」の実態であろ
う。要するに実際の土地所有者（納税義務者）があいまいなのである。宗族の力
が強く、宗族を介しなければ徴税できないという事情のもとにこの図甲制が成立
し運営されたことになろう。

　しかし、上に見るように、この制度は、広東地区一帯に行われており、香港新
界（新安県）にも施行されていたことは確実である。以下、この制度が新界宗族
の村落祭祀に及ぼした影響について考察する。

三　新界宗族の太平清醮における図甲制の影響

　図甲制は、徴税制度であるとともに、戸籍制度でもある。10年に1度、各里の

---

32)　立断売田契人、係三都四図九甲戸長王伯寛丁、王明芬、有承祖父遺下田壱坵（中略）
　　今因需銀緊用、願将此田出売与人、先招房親人等、各不就買。後憑中人袁牛伯、楊光、
　　徐氏等引至三都十八図九甲戸長袁崇道丁、袁植光、入頭承買、三面言明、依時価酬還、
　　銀捌拾両浄。（中略）此乃双方允願、無得異言生端反悔。恐口無憑、特立断売田契一張、
　　交執為拠。再上手紅契、因避兵燹遺失、日後捜出、作為廃紙、合併声明。
　　作中人　袁牛伯、楊光、徐氏、立断売田契人　王明芬　筆拾陸年四月十九日
　　　官印、中華民国拾陸年捌月給（同前書280頁）。

戸籍簿を新規に編纂しなおして、徴税の実態が現実と乖離しないようにするためである。徴税と戸籍編纂とは表裏一体の関係にあった。このため、図甲制度の下での宗族は、自族の戸籍簿を常に準備しておく必要があった。例えば、先にのべた高要県、水坑房、蓮塘房の5年に一度行われる宗祠の合同祭祀において、各房が「戸口冊」を提出している。これは、自房の戸数移動、人口移動を5年ごとに掌握して、10年に1度、回ってくる黄冊編造に備えるためであったと思われる。

　宗族におけるこのような慣行の蓄積が、太平清醮における「啓人縁榜」(迎榜)の儀礼を生んだのではあるまいか。

　人縁榜においては、各戸の構成員が、世代順に、戸主、妻、子、子媳、娘、男孫、孫媳、女孫、曽孫、曽孫媳、曽女孫の名が記される。妾がいれば、庶妻、庶母などと書かれる。非常に戸籍簿に似ている。宗族は、族内に子供が生まれると、宗祠に登記させ、入嫁、出嫁も記録している。現在、この人縁榜は、道士が長くつないだ紅紙に墨書しているが、その資料は、宗族が提供しているはずである。儀礼としては、道士がこの名簿を天帝に報告し、天帝が批准して道士に返した名簿を、宗族郷民の代表たる縁首団に手渡す。道士団も縁首団も粛衣整冠して、接受の場に臨む。道士は、人縁榜の末尾に署名し、これを縁首団に手渡す。非常に荘重な儀礼である。戸口の増加繁栄を天に祈る意味も込められている。国家の黄冊制度を、宗族或いは村落のレベルで支えているということもできる。本章で述べた儒礼の尊重、英雄への敬意、孤献祭祀の市場化など、一連の雅礼指向は、図甲制の下での生活感覚の上に成立しているといってもよいであろう。

第 2 章　粤劇の発生・展開・伝播

I　早期酬神粤劇演出小史

　　粤劇には2種ある、すなわち外江班と本地班である。外江班は、江南から広州に来た戯班で、江南の官話で上演し、多くは広州城内に住む官紳の家にやとわれて上演した。そのギルド会館は、広州城内にあった。これに対して本地班は、広東地元の戯班で、広州各地の郷村の廟宇で行われる祭祀演劇に出演し、方言（粤語）で上演した。そのギルド会館は、仏山鎮にあり、瓊花会館と呼ばれた。郷村の場合も、官僚を出す大宗族の家では、宗祠や家で演じる演劇には、本地班を招かず、外江班を招いたから、全体的に言えば、城の内外を問わず、清代末期までは、外江班の勢力が強く、本地班は、僻地の集落の祭祀演劇に出演していたにすぎない。この本地班が優勢になったのは、民国期に入ってからである。その背景としては、清朝の滅亡に伴って官僚が没落し、富裕商人が演劇の主たる雇用者となり、官僚的な意識が薄らいで、方言での上演を歓迎するようになったからである。この両種の戯班の歴史について述べるにあたり、本節では、まず歴史的に先行した外江班について述べ、しかる後に清代末期以後に生じた外江班から本地班への変遷について述べることにする。

一　広州外江班の歴史

　　外江班の早期歴史については、広州城内に外江梨園会館の乾隆45年の石碑があり、それによって、当時の十数班にのぼる外江班の活動を知ることができる。今、その全文を示す。

　　　　粤省の外江梨園会館は、始め乾隆二十四年に創造せらる。鍾先廷、尹啓の班、建立す。後に劉守俊等、荒□を坐視するに忍びず。三十四年、曁び四十年に於いて、各班を邀同し、費を捐して修整すること二次なり。奈せん、此の時に広に来りて貿易する者寡し。偶々少助あるも、公項敷からず、以て神台の前後倶に欠くるを致す。費も遅擱せり。幸いに邇来、踵を接して省に至るもの、約十余班有り、神霊赫濯、誠に万古不朽たるかな。是を以て公議

第2章　粤劇の発生・展開・伝播

し、首事劉守俊、楊国定、李国興、李雲山等を出だし、復た重建を議す。
詎、衆班風を聞きて、則ち踴躍して先を争い、捐すること銀千金なり。庚子
の春自り工を興して修理し、夏六月に至りて竣を告ぐ。神霊の黙佑に非れ
ば、何を以て輝煌なること斯の若きの盛ならんや。然れども楼台画棟、神威
固より観瞻を粛えしも、規条厳明なれば、人心更に約束を加えん。是を以て
同僑の虞作は宵な泯び、万古の煙祀は常に留まる。謹みて公議条規を将ち
て、於後に開列し以って永遠不朽ならんと云う[1]。

これによると、乾隆24年に外江梨園会館が創立されて以来、乾隆40年に到るまで
の15年間は、江南から広州に寓居する外江班は、多くはなかったという。それ
が、乾隆45年になると、急に増加してきて、この碑を立てた時には、15班に達し
ている。その班名、班籍、班主の姓名、各班所属俳優の姓名、及び寄付金の額な
どは、碑文に逐一列挙されている。

その大綱を表に示すと、次の通りである（表6）

表6　広州外江梨園班捐款表

	原籍	班名	管班	捐銀	代表俳優	俳優人数
1	原欠	文彩班	劉守俊	68	劉守俊	25
2	湖南	許泰班	楊国定	68	汪雅林	36
3	安徽	文秀班	李雲山	68	方暁陽	36
4	安徽	上陞班	舒相国	68	汪金源	32
5	安徽	保和班	産豪士	68	産豪士	28
6	安徽	翠慶班	程君典	68	黄定樊	37
7	原欠	集慶班	徐鳳山	68	徐鳳山	25

---

1)　粤省外江梨園会館、始創造於乾隆二十四年、鍾先廷、尹啓班建立。後劉守俊等、不忍
坐視荒□。於三十四年、暨四十年、邀同各班、捐費修整二次。奈、此時来広貿易者寡、
偶少助、公項不敷、以致神台前後俱歉。費遅擱。幸邇来接踵至省、約有十餘班、神霊赫
濯、誠為万古不朽矣。是以公議、出首事劉守俊、楊国定、李国興、李雲山四等、復議重
建。詎、衆班聞風、則踴躍争先、捐銀千金。自庚子春興工修理、至夏六月告竣。非神霊
黙佑、何以輝煌若斯之盛耶。然楼台画棟、神威固粛観瞻。規条厳明、人心更加約束。于
是以同僑之虞作宵泯、万古之煙祀常留。謹将公議条規、開列於後以永遠不朽云。

8	安徽	上明班	楊万清	68	胡集万	34
9	安徽	百福班	黄廷蘭	68	李金玉	35
10	安徽	春台班	汪飛雲	68	汪飛雲	20
11	江右	江易班	劉土佐	68	陳江焔	31
12	江西	黄華班	蕭臣選	68	黄昇才	31
13	安徽	栄陞班	魯国聘	68	徐紹陽	33
14	原欠	集秀班	鄭錫幾	68	原欠	原欠
15	原欠	原欠	劉天錫	68	原欠	原欠
合計				1,020		403

　俳優の人数は403名、俳優名が明記されていない2班の所属者を25名と仮定すると、合計は450名を超える。非常に大勢の江南俳優が広州に流入したことになる。地域別にみると安徽が7班、湖南、江西が各1班、江右が1班となっており、安徽が圧倒的に多い。湖南、江西、江右を含めてこの地域の戯班は弋陽腔を専門とするが、当時の江南劇界は、蘇州を中心に崑弋二腔を兼演する習慣があったから、安徽、江西から広州に南下した徽班は蘇州の崑曲も歌唱できたはずである。弋陽腔を主とし、崑曲を従とする戯班であったといえよう。

　このとき、会館は、廟宇を重修しただけでなく、ギルドの規約を議定し、同業各班の過当競争を抑制した。その条文を示す。

　　一に議す：会館を修理するに、費を需むること千数餘金なり。存する所の公銀は用度に敷ねからず。今、各班は金を捐して湊せ用う。業は已に完竣せり。新班粤に到らば、先ず会銀壱百両を上_{たてまつ}りて会に入れ、壱酒三席を開け。（第1条）

　　一に議す：各班の招牌は、倶に会館に入れよ。凡そ顧を賜う者は、必ず期に会館に至り、班を指名し、戯を定して銭を付せよ。老城内外の台戯は、拾弐元とし、捐四元を加うること、毎元重さ七銭足とす。如し軽きを収むる者は、公に罰す。新城の外の戯台は、一十二元とし、箱四元を加う。郷に下りて台を開くは、四元とす。（第2条）

一に議す：各郷城に到りて戯を定するに、総べて先後を以て主と為す。価銭高き者を、（主と）做す可からず。如し依らずして、査出せば、其の銀は尽く罰として会館に入る。（第3条）

一に議す：両班合して做すに、賞有れば公分す。各班に喚びて另に賞するを恐るれば、本班に帰与せしむ。（第4条）

一に議す：官差誤りて下れば、其の定せる家は另に別班を調するを聴す。本班は別班を送往するも、可なり。（第5条）

一に議す：各班脚色場面人等を邀請するに、須らく会館に憑りて言明し、両班各自に情願するに、方めて可とすべし。私自に刁唆するを得ず。凡そ包する者、須らく一年分なるべき者は、公議して公帳を還清し、方めて班を出る可し。如し本人私自に別班に投ずる者有れば、公に罰す。各班は収留するを許さず。（第6条）

一に議す：来粤の新班は、俱に上会して公に入るを要す。如し官班に充てらるる有れば、上会せざるも、官戯には唱するに任す。民戯は、准さず。（第7条）

一に議す：各班郷に下るに、毎場花銭一元を提して、公に充つ。場に在りては、毎本一銭、会館に入れて以て公費と作す。此の項、各班に公派す。（第8条）

一に議す：各管班、本班に在りて事を行うに公ならず、嚢を肥して己に入る。査出せば、公堂にて会館に向りて罰を議す。（第9条）

一に議す：各班、私自に門に上りて戯を攬るを許さず。査出せば、戯金は公に入れ、管班は罰戯一本とす。（第10条）

一に議す：凡そ新班の到る有れば、管班は先ず会銀拾両を上り、然る後に方めて出でて、各々客を拝し、手本を投ずべし。如し無ければ、准さず。（第11条）

一に議す：倘し各衙門、主東の処に在りて、別班の長短を談論し、査出せば、罰するを聴す。（第12条）

一に議す：各班内、撻扛の行弁、亦た不時に常に班を辞し、仍りて前轍を踏

Ⅰ　早期酬神粤劇演出小史　　　　99

む。各班に知会して、収留するを得ざらしむ。（第13条）

一に議す：班内に事有れば、会館に赴きて理論す。先ず茶点を修め、理に虧
　　くる者は公に憑りて処罰す。（第14条）

一に議す：会館は閑雑人等を屯留して居住せしむるを許さず。各班の擡箱
　　人、館に在りて閑住せば、班有る者は、該管班に試問す。班無き者は、惟
　　だ看館人より試問す。

一に議す：定戯の難［攤］金は、本城衙門、及び士商各行等を除き、倶に難
　　金無し[2]。（第15条）

　非常に詳細な規約であるが、以下、これにより、外江班の環境とその活動状況
を検討してみよう。

─────────

2)　一議、修理会館、需費千数餘金、所存公銀不敷用度、今各班捐金湊用、業已完竣。新
　　　班到粤、先上会銀壱百両、入会開壹酒三席。
　　一議、各班招牌倶入会館。凡賜顧者、必期至会館、指名某班、定戯付銭。老城内外台
　　　戯拾弍元、加捐四元、毎元重七銭足、如収軽者、公罰。新城外戯台、一十弍元、
　　　加箱四元、下郷開台、四元。
　　一議、各郷到城定戯、総以先後為主。価銭高者、［不］可做。如不案依、査出、其銀
　　　尽罰入会館。
　　一議、両班合做、有賞公分。恐喚各班另賞、帰与本班。
　　一議、官差誤下、聴其定家另調別班、本班送往別班、可也。
　　一議、各班邀請脚色場面人等、須憑会館言明、両班各自情願、方可。不得私自刁唆。
　　　凡包者須一年分者、公議還清公帳、方可出班。如有本人私自投別班者、公罰。各
　　　班不許収留。
　　一議、来粤新班、倶要上会入公。如有充官班、不上会、官戯任唱。民戯、不准。
　　一議、各班下郷、毎場提花銭一元、充公。在場毎本一銭、入会館以作公費。此項、各
　　　班公派。
　　一議、各管班、在本班行事不公、肥嚢入己、査出、公堂向会館議罰。
　　一議、各班、不許私自上門攬戯、査出、戯金入会、管班罰戯一本。
　　一議、凡有新班到、管班先上会銀拾両、然後方可出、各拝客、投手本、如無、不准。
　　一議、倘在各衙門主東処、談論別班長短、査出、聴罰。
　　一議、各班内、擡扛行弁、亦不時常辞班、仍踏前轍、知会各班、不得収留。
　　一議、班内有事、赴会館理論、先修茶点、理虧者憑公処罰。
　　一議、会館不許屯留閑雑人等居住、各班擡箱人、在館閑住。有班者、試問該管班、無
　　　班者、惟看館人試問。
　　一議、定戯難［攤］金、除本城衙門及士商各行等、倶無難金。

第1条では、この乾隆45年の重修に当たっては、その総費用1000両を傘下の15班に均等に負担させている（68両）。またこれに対応して、今後の新規入会の戯班についても、ほぼ同額以上の100両の入会金を課している。

　第2条では、戯班と顧客の個別的な交渉を認めず、すべて会館を介して交渉し契約を結ぶことを規定している。戯班の自由な顧客召募を認めず、その看板を会館に集めて一括管理するという、きわめて強いギルド規制である。各戯班としてはほとんど官籍にあるのに近い、強い強制力を受けていることになる。裏返せば、顧客側は、勝手に戯班と交渉することは許されず、決められた期日に会館に出頭して、好みの戯班を指名し、手付金を収めて予約することになる。手付金の額も決まっていたから、戯価もこれに応じて、ほぼ一定の額に決まっていたことになる。極度に戯班の間の競争を嫌って、各班の平等性を保とうとしている。

　また、老城と新城とで、手付金を区別している（条文では同額となっているが、誤りがあると思われる）。これから見ると、顧客は、城内外の個人か家族（官紳か大商人）で、社交のための宴席に戯班を雇うのであろう。廟宇の祭祀の戯台に招かれている様子はない。外江班の活動はいわゆる「堂戯」を主にしたとみてよい。

　第3条では、城内でなく、城外の郷村の顧客が外江班を雇用しようとする際に、やはり個別の戯班への直接の接触を禁止し、会館が仲介することを規定している。またここでも戯班の決定は、申し込み順によるとする。戯価の高い申し込みを優先させてはならないとする。これも戯班間の自由競争を抑止して、戯班の間の平等を保とうとするギルド規制である。

　第4条では、同じ顧客に2つの戯班が雇われて共同して上演する場合に、顧客から祝儀が下賜されたときには、平等に分けると規定する。これも戯班の間の平等を保つためである。

　第5条では、官が戯班を雇うときに、順番が決まっているのに戯班を誤って指名することがあり、その場合には、指名を受けた班は、別の正規の戯班に依頼して代行させることができるとする。その場合には、指定された戯班は、代替班を現場の宴席まで送迎してもよい、とする。いかなる理由で、このようなことが起こるのか、不明である。順番を誤っていることを戯班が察知した時点で、官に申

Ⅰ　早期酬神粤劇演出小史　　　101

し出て指名を変えればよいのに、官の面子をたてて、「誤り」を隠し、事態を糊塗する仕方と見える。官が戯班を雇用する場合は、会館が関与できないのかもしれない。とすると、外江班は、官用では、官に服し、民用では会館に服するという二重従属の位置にあることになる。

　第6条では、戯班の間の脚色（俳優）や場面（楽師）の引き抜きを禁止している。もし他班の俳優や楽師を引き抜く場合には、会館が立ち合い人となり、両班がともに合意して始めて移籍を許すとしている。1年契約の場合には、両班の間で支出済みの賃金を相互に清算するとする。逆に俳優や楽師が勝手に戯班を変えることは禁止され、戯班に対しても私的な移籍者を受け入れてはならないとする。これらは、俳優楽師の雇用関係をめぐる戯班の間の利害対立をさけるためのギルド規制である。事実は、このようなことが起こっていることを反映している。

　第7条では、会館の権限が官用演劇には及ばないことを記す。新たに広州に入る外江班は、会館に入る必要があるが、官用については入会しなくても会館としては禁止できないが、民間の上演は許可しないとする。こういうケースもあったことになる。

　第8条は、日ごろは城内に住み、城内の官紳大商に奉仕していた外江班も、時に依頼があれば、城外に出て、周辺の郷村の祭祀演劇に出演していたことを示す。その際、会館が課金を課しているのは、郷村での上演は期間が長く規模も大きく、利益が大きかったことによるものであろう。

　第9条は、各班の管班人が会計上の不正行為を犯し、私腹を肥やしたときは、会館として官に訴え、公堂（県の法廷）の場で厳罰を主張することを規定する。戯班の経営者と管班人の間の問題として処理するのではなく、法廷に持ち出すとしているところに意味がある。会館として傘下の戯班の経営が破綻することを恐れているのであろう。ただ、会館は直接の被害者ではないから、戯班経営者に委託されて代理人として法廷に出るのであろうか、疑問の存するところである。

　第10条では、戯班が勝手に官紳大商の家に直接に取引して上演することを許さないとする。これは、第2条で戯班と顧客の直接取引を禁止しているのに対応す

る規定であるが、こういう事例が起こりやすいので、念のために規定したのであろう。雇用する側も特定の戯班を好むということがあったと思われる。会館としては、ギルドの規約を破られ、存立を脅かされることになるので、非常に重要な条項だったといえよう。

第11条は、新来の戯班について、入会してから、はじめて営業活動を許すとする。これも趣旨としては第2条と重複している。とくに新来の戯班に対して注意を促したものであろう。

第12条では、各戯班が顧客の処で他の戯班の悪口を云うことを禁じている。これは、よく起こることで、同業者同士でライバルを貶め自らを高めようとする行為であり、業界全体のモラルを低下させる。これを禁止することは、会館として必要不可欠のギルド規制であった。

第13条は、戯班の小道具、大道具を運ぶ運送人が戯班を渡り歩く弊害を防止しようとする規定である。この種の運送人を戯班から排除しようとする意図が見えるが、実際には困難であったと思われる。

第14条は、戯班内で仲間割れが起きた時、会館が仲介して解決するという規定である。会館が自治的な裁判や調停を行う趣旨であるが、どの程度の効果があったか、疑わしい。

第15条は、運送人などが会館の建物に勝手に住むことを禁止している。各戯班が責任を持つようにという趣旨である。戯班に所属していない不法居住者については、会館の管理人の処理にゆだねている。

以上を通観して、広州における外江班の活動の問題点を検討してみる。

まず、外江班の中で、安徽班が何故、大部分を占めるのか、という点が問題となる。これには広州における安徽商人の活動が考えられる。安徽商人が宴席に故郷の戯班を招くケースが多かったため、これに対応して安徽の戯班が南下して広州に定着する者が多くなったと思われる。ただ前述したように、安徽の戯班は、弋陽腔を主としながら、江蘇の崑曲も演じることができた。所謂、崑弋二腔であり、これは土着の土腔に対して雅調とされてきた。官僚は、二腔のうち崑曲を好んだが、安徽班は、是にも対応できたはずである。

次に外江班を招く郷村の顧客とは何か、という点が問題である。これについて
は、郷村には商人が住むことはないが、官紳が住んでいたということのほかに、
郷村を拠点とする大宗族の宗祠の祭祀に演劇が導入される情勢にあったことを考
えることができる。宗祠の祖先祭祀では、本来、儒礼が行われていたが、清代中
期ごろから、演劇が導入され始める。しかし演劇と言っても士人の観客を相手で
あるから、土着の土腔班を招くわけにはいかず、雅調の外江班を招いた。大宗族
の指導層は、みな読書を通じて北方の官話を習得しており、外江班の歌う戯曲の
歌詞を理解できたはずである。この点についての詳細は、次節に譲る。

二　広州本地班の歴史

本地班については、記録が少なく、その初期の歴史は探索がむつかしい。その
会館は、広州でなく、仏山鎮にあり、瓊花会館と呼ばれたという。現在、その跡
地を尋ねても建物はなく、埠頭の踏み石を残すのみである。本地班は、戯船を住
家とし、定住することはなかったから、遺跡に乏しい。ここでは、清代後期の法
官が広東で行った審判記録《粤東成案初編》と民国初期の本地班ギルド吉慶公所
の資料により、戯船時代の酬神粤劇の演出情況を探索する。

（一）清代初期から清代中葉前期に至る

この時期に、広東にはすでに戯船の記録がある。例えば《牧令書輯要》巻6王
植（康熙20年進士）〈弊俗〉に言う。

　　余、新会に在りて見るに、会頭人等城隍神像を擡し、門に沿いて募化し、
　　名づけて出巡と曰う。公事に稍暇ある毎に即ち鑼鼓の喧闐なるを聞く。問い
　　て城外河下に日に戯船有るを知る。即ち示を出して厳禁す。循いで会首を拿
　　えて究処す。有るひと謂う：民情に順う者を恤れまざるなり、と。之を久し
　　くして、戯銭を以て橋道を修する者有り。余、示を出して奨許す。此の風遂
　　に衰え、戯船も亦た去れり[3]。

---

3)　余在新会見会頭人等擡城隍神像沿門募化名日出巡。毎公事 稍暇即聞鑼鼓喧闐問知城外

これは康熙年間の新会県のことである。当時から、戯船が活動していたことがわかる。城隍廟の祭祀に演劇を奉納するために多くの戯船が集まっていたものと思われる。

《成案質疑》巻1〈名例〉に次のような事件を記す。

　　　新会県民李有時の弟兄の家あり、案内の盗首黄嘉璋は、李有時の家に順に財物あるを探知し意を起こして行きて劫す。雍正六年九月二十九日、適々、馮亜と李亜丙の杜杭圩に在りて戯を看るに遇う。邀えて伊の父、黄宣実の家に至り、飯を吃す。黄嘉璋は、即ち李有時の家に財物あるを以て行きて劫せんと商量す。各々皆な允従す。黄嘉璋は、陸続として黄文煥等共党十二人を找し合わせ、約定して十月初六日晩、斉しく黄宣実の家に至り、各盗を聚会して期の如く集まり械を執りて行劫せり[4]。

ここでは、杜杭墟において演戯の時に盗犯は謀議している。九月二十九日は華光大帝の誕生日であり、ここは華光誕辰を慶祝する酬神戯であったと思われる。現在の香港でも、俳優の組織である八和会館の子弟がこの日を華光誕日として演劇を奉納している。

《成案所見初集》巻24に次の事件を記す。

　　　縁乾隆三十二年正月初十日、柯阿七は、鄧興賢、黄遠社、岑裕彩と遇いて共に坐して閑談す。黄遠は、九江郷にて連日、酬神唱戯すと聞き知り、柯阿七等と往きて看るを約す。十二日、九江大神橋に至り、復た黄遠社の弟黄大社に遇い、結伴して戯を看たり[5]。

　河下日有戯船即出示厳禁。拘拿会首究処。有謂不順民情者之恤也。久之有以戯銭修橋道者余出示奨許。此風遂衰戯船亦去。

4)　新会県民李有時弟兄家案内。盗首黄嘉璋探知李有時家順有財物、起意行劫。雍正六年九月二十九日適遇馮亜与李亜丙在杜杭圩看戯。邀至伊父黄宣実家吃飯。黄嘉璋即以李有時家有財物、商量行劫、各皆允従。黄嘉璋陸続找合黄文煥等共党十二人、約定十月初六日晩斉至黄宣実家聚会、各盗如期集執械行劫。

5)　縁乾隆三十二年正月初十日柯阿七遇鄧興賢、黄遠社、岑裕彩共坐閑談。黄遠開知九江郷連日酬神唱戯。約柯阿七等往看。十二日至九江大神橋、復遇黄遠社之弟黄大社、結伴看戯。

ここに記される南海県九江郷の正月初十日から十二日に到る三日連日の酬神演戯
は、春節から元宵前後に到る酬神戯である。香港新界東部では、現在もこのよう
な習俗が残る。三門仔、汀角村、金銭村等の例である。

《成案所見初集》巻26〈人命〉に次の事件を記す。

鄭三苟は、熊藍裕と隣村にて熟識せり。鄭三苟は、妻鄧氏を娶り、向きに
坪村に在りて房を租りて居住す。乾隆三十二年九月初八日、鄧氏は、白沙に
往きて戯を看る。値々、熊藍裕も亦た彼に在りて観看す。熊藍裕は、鄧氏に
向いて鄭三苟の外出せるを、詢知し、是の晩、遂に鄧氏の家に抵り、調戯し
て奸を成せり[6]。

ここに見える東莞県白沙鎮の九月初八日の演戯は、おそらく九皇大帝の宝誕を
慶祝する酬神戯であろう。この演劇は9日間連続という形が多い。

(二) 清代中葉後期から清代末期に至る

この時期、すなわち嘉慶時代になると、さらに戯班の記録が増える。

例えば《粤東成案初編》巻13に云う。

縁るに梁広賢は、籍として高要県に隷す。二張の張亜廠・張広得、葉栄華
は、籍として鶴山県に隷す。葉栄華は、戯を唱いて日を度る。弟葉観揚と同
に船内に住居す。梁広賢の幫に雇われ同に演戯するも、幷びに主僕の分な
し。幷びに張亜廠・張広徳・劉建葉・及び張広徳の弟張阿照を雇いて船に在
りて幫工せしむ。嘉慶二十四年三月初四日、船は、南海県瓊花館の河辺に泊
す。各夥は岸に上りて演戯す[7]。

この記録から、いろいろなことを推測できる。まず、この梁広賢の戯班は、戯船

---

6) 鄭三苟与熊藍裕隣村熟識鄭三苟娶妻鄧氏、向在坪村租房居住。乾隆三十二年九月初八
日、鄧氏往白沙看戯。値熊藍裕亦在彼観看。熊藍裕向鄧氏詢知鄭三苟外出。是晩遂抵鄧
氏家、調戯成奸。

7) 縁梁広賢籍隷高要県二張亜廠、張広得、葉栄華籍隷鶴山県。葉栄華唱戯度日同弟葉観
揚住居船内。雇梁広賢幫同演戯。幷無主僕之分。幷雇張亜廠、張広徳、劉建葉、及張広
徳之弟張阿照在船幫工嘉慶二十四年三月初四日船泊南海県瓊花館河辺。各夥上岸演戯。

を住居としているから、本地班である。多くの人を船に雇っている。それらは、主に俳優で、一部に雑工を含む。正規に雇用された俳優だけでなく、繁忙期に臨時に雇った俳優もいる。瓊花会館とあるのは、粤劇本地の拠点である会館である。場所は南海県とあるが、県城ではなく、仏山鎮にある。河辺とあるのは、運河に面しているからである。現在は、建物は消滅し、河に面した埠頭だけが残っている。また三月初四日とあるのは、北帝（玄天上帝）の誕生日である三月初三日の祭祀期にあたる。仏山鎮には、祖廟と称される豪壮な玄天上帝廟があるから、この戯班は、おそらく祖廟にやとわれて、演劇を奉納しに、訪れたのであろう。俳優たちはすべて上陸して、祖廟で上演したのであろう。毎日、上演が終われば、岸に戻り、戯船に入って宿泊した。祖廟には、万年台と称する大きな戯台があった。ただ、北帝廟は、この祖廟に限らず、郷村各地に存在したから、この記事の俳優は、必ずしも祖廟で上演したとは限らない。祭祀期間も郷村によって異なるから、かなり広域に活動したと見える。

　戯船の活動については、別に記録がある。《粤東成案初編》巻23〈略拐幼女〉の条に次の如く見える。

　　　夏亜興・李亜冒・夏亜四は、籍として高要県に隷す。頼亜妹は籍として鶴山県に隷す。均しく高要県に在りて関系し備工に属す。道光二年十二月二十日午後、夏亜興は途に頼亜妹・李亜・夏亜四に遇い、共に貧苦を談ず。頼亜妹は、鄧啓万の杭岡外村に在りて居住し、幷びに佑無きを念知す。鄧啓万は現に已に籍に回りて墳を修し、止だ妻女を遺して家に在らしむ。其の女亜昭は年甫めて八歳なり。意を起して商し、同に前往す。頼亜妹等、亜昭映に向いて河に対して戯を唱うと説き、其を帯して前往して観看す。亜昭は、誤りて信じ允従す。夏亜興は亜昭を抱起こして走出せんと欲す。適々鄧黄氏、餅を売りて転回し、看見して査問す[8]。

---

8)　夏亜興・李亜冒・夏亜四籍隷高要県頼亜妹籍隷鶴山県均在高明関系属備工。道光二年十二月二十日午後夏亜興途遇頼亜妹・李亜・夏亜四共談貧苦。頼亜妹念知鄧啓万在杭岡外村居住幷無佑。鄧啓万現已回籍修墳止遺妻女在家。其女亜昭年甫八歳起意商同前往。頼亜妹等向亜昭映説対河唱戯。帯其前往観看。亜昭誤信允従夏亜興抱起亜昭欲走出適鄧

I 早期酬神粤劇演出小史　　107

　この高明県の事件では、幼女を誘拐する犯人が少女に「河に対して戯を唱うから見に行こう」と言っている。「河に対して戯を唱う」とは何か。河に面した廟で劇が演じられ、観客が船で見に来るという場面とみられる。俳優も船に乗ってきたと思われる。この地方では、水路が発達し、戯船が常に往来していたのであろう。十二月下旬での上演は、除夕から春節にかけての神に感謝する酬神戯であろう。香港の潮州人は、年末に「歳晩酬神」の名義で劇を演じている。

　南海県には、別に戯を看ている時に発生した案件が記録されている。《粤東成案初編》巻21〈擾害詐騙〉の条に云う。

　　南海県の犯婦、胡汪氏等、迭次搶窃、詐に因りて擾害せるの案。胡汪氏は、籍として高要県に隷す：先に選次、強索し滋擾せるに因り、湖北荊州に発して駐防兵丁に給して奴と為す。間に乗じて逃脱す。道光三年五月内、来りて南海県属比呂に至りて工作を覓む。劉升、陳家垣、范如听も亦た先後して来り南海県属に至りて営生し、胡汪氏と熟識す。范如听は、道光三年八月二十日に劉升・陳家垣と同に西門外に往きて戯を看る。該犯如听は誤りて黄老四の脚面を踩み、黄老四は斥罵して争鬥す[9]。

　ここの南海県属は、県城西門に近い城廂か、これに隣接する郷村であろう。戯場は、観客同士が接触して足を踏むほどの混雑であったことがわかる。

　嶺西信宜県にも戯船の記録がある。《粤東成案初編》巻12に次のように言う。

　　郭観龐、籍は電白県に隷す。一向に戯班を掌管して生理す。広西欝林州人呉老晩、易亜金を雇いて班に在りて演戯せしむ。幷びに陳亜四、放亜復を雇いて幫工炊爨せしむ。呉老晩は、戯曲疏圧を生じ演唱錯誤を致す。易亜金は常に向いて譏銷す。呉老晩は此に因りて恨を挟む。道光三年正月内、郭観龐は戯班を帯領して信宜県属に至り、土名大塘甲外黄組紳の空屋を租賃して住

　黄氏売餅転回看見査問。

9)　南海県犯婦胡汪氏等迭次搶窃、因詐擾害案。胡汪氏籍隷高要県：先因選次強索滋擾、発湖北荊州給駐防兵丁為奴。乗間逃脱。道光三年五月内、来至南海県属尋覓工作。劉升、陳家垣、范如听亦先後来至南海県属営生、与胡汪氏熟識。范如听［道光三年八月二十日同劉升・陳家垣往西門外看戯。該犯如听誤踩黄老四脚面、黄老四斥罵争鬥。

歇と作す。附近には并びに隣佑無し。郭観龐は、逐日戯子を帯領して各村に至り、演唱せしむ。是の月の二十三日郭観龐は各村の神戯、倶に已に演じ畢れるに因りて、各戯子をして船隻に雇坐せしめ、先ず戯箱を将ちて載運して籍に回す[10]。

ここに言う正月の神戯とは、春節から始まって、元宵に高潮を迎える季節祭祀の灯戯である。十八日には灯を消し、下旬に入れば終わる。所謂神戯とは酬神戯である。しかもここでの俳優は戯船に乗って各村を輪番に演出し、終わるとまた戯船に乗って他郷に回る。掌管者の郭観龐は、戯班の支配人である。先の碑文に管班とあるのに該当する。咸豊時代に広東本地班の一部の戯人は、太平天国軍に参加し、戦闘において極めて大きな貢献をした。運動が鎮圧された後、本地班は、清朝の圧迫を受け、戯人は外江班に逃げ込み、独立の活動をすることはできなくなった、という。これは有名な伝説である。しかし、実際には、太平運動が終わった後も本地班は其の活動を継続して維持したらしい。兪洵慶《荷廊筆記》（《番禺県続志》巻44引）は太平天国以後の本地班の郷下の活動を説明している。次の如し。

　其の粤中の曲師に由り教うる所にして、多く郡邑郷落に在りて劇を演ずる者は、之を本地班と謂う。専ら乱弾秦腔及び角抵の戯に工みなり。脚色甚だ多し。戯具、衣飾は極めて炫麗なり。伶人の姿色声技有る者は毎年の工値、多きこと数千金に至る。各班の高下は一年に一たび定まる。即ち諸伶の工値の多寡を以て、其の甲乙班の名を着く者、東西の陌にて応接に暇あらず。伶人は、終歳、巨船中に居りて以て各郷の招に赴く。休息するを得ず。惟だ三伏の盛暑のみ、始めて一たび管を停む。これを散班と謂う。設くるに吉慶公所（初名瓊花会館）有り。仏山鎮に設く。咸豊四年髪逆の乱に優人多く相率

---

10)　郭観龐、籍隷電白県。一向掌管戯班生理。雇広西費林州人呉老晩、易亜金在班演戯。并雇陳亜四、放亜復幇工炊爨。呉老晩、戯曲生疏圧致演唱錯誤。易亜金常向識銷。呉老晩因此挾恨。道光三年正月内、郭観龐帯領戯班至信宜県属、租賃土名大塘甲外黄組紳空屋作住歇。附近并無隣佑。郭観龐、逐日帯領戯子至各村演唱。是月二十三日郭観龐因各村神戯倶已演畢、令各戯子雇坐船隻、先将戯箱載運回籍。

Ⅰ　早期酬神粤劇演出小史

いて盗と為る。故に事平ぎてこれを毀つ。所設の公所は広州城外に在り。外
江班と各々一幟を樹つ。逐日の演戯には皆な整本有り。整本なる者は、全本
なり。其の情事と串聯とは一日を演ずるの長さに足らしむ。然れども曲文説
白は均しく極めて鄙俚なり。又た事実を考えず、関目を講ぜず。虚に架し空
に梯し、全行臆造なり。或は演義小説中の古人の姓名を窃取して事迹を変易
す。或は其の事迹を襲いて姓名を改換す。顚倒錯乱、理に悖り情ならず、人
をして究結すべからざらしむ。(欧陽予倩《談粤劇》、《一得餘抄》1959) [11]

　この記事は、よく本地班の特徴をとらえている。まず、曲調は、乱弾と秦腔で
あるとする。北方の演劇の系統が南下して定着したということになる。また、
【角抵の戯】というのは、武戯を指していると思われる。粤劇本地班は、非常に
激しい武戯を演じるからである。特にトンボを切る技術に精彩がある。ただこの
【角抵の戯】という言葉は、単なる武戯ではなく、儺戯（仮面戯）を指すことが多
い。その面では、現在の粤劇には仮面演出は見えない。これに類するものとして
は、開演に先立ち、財神が登場し、虎と格闘してこれを押さえつけ捕縛して退場
する「白虎」という演出がある。これなどは、儺戯系統の角抵の戯と言えるであ
ろう。

　次に衣装が派手である点を指摘している。これは現在の粤劇に通じる。また主
演俳優は、高い報酬を得ていることに注意している。元来、戯班内の俳優は、待
遇の上で平等であるが、粤劇だけは、主演者に特別の待遇を与え、楽屋でも個室
を与えている。これは、観客を動員する力を経営者が評価しているからである

---

11)　其由粤中曲師所教而多在郡邑郷落演劇者、謂之本地班。専工乱弾秦腔及角抵之戯。腳
　　色甚多。戯具衣飾極炫麗。伶人之有姿色声技者毎年工値多至数千金。各班之高下一年一
　　定。即以諸伶工値多寡、其甲乙班之着名者東西陌応接不暇。伶人終歳居巨响中以赴各郷
　　之招。不得休息。惟三伏盛暑始一停管。謂之散班。設有吉慶公所（初名瓊花会館。設於
　　仏山鎮。咸豊四年髪逆之乱優人多相率為盗。故事平毀之。今所設公所在広州城外）与外
　　江班：各樹一幟。逐日演戯皆有整本。整本者全本也。其情事串聯足演一日之長。然曲文
　　説白均極鄙俚。又不考事実不講関目。架虚梯空全行臆造。或窃取演義小説中古人姓名変
　　易事迹。或襲其事迹改換姓名顚倒錯乱悖理不情令人不可究結。(欧陽予倩《談粤劇》、《一
　　得餘抄》1959)

が、地方劇としては商業化しているといえる。

　次に、本地班は、戯船に乗って共同生活をしながら、各地の祭祀に出演している、という。真夏の暑い時だけ休憩し、このときに戯班を再編成する。１年契約で新しい戯班が構成されることになる。最後に本地班の劇本が長編であることをいう。本地班は、祭祀の場で神に奉納するために劇を演じるので、徹夜が原則となる。概ね３日の上演で、最後の日は、明け方まで演じる。第１日、第２日は、主演俳優は徹夜しないが、端役たちが徹夜で演じる。このため、長編の劇本が必要になる。その劇本が演義小説を種本にした捏造の作品であるという。現在の粤劇も出所不明のものが多いが、古典戯曲を踏まえたものもあり、すべてが荒唐無稽というのは酷評であろう。なお、戯船については、附録Ⅳに平面図、想像画を示した。

　先に述べたように、乾隆時代の仏山鎮の瓊花会館は、太平運動が鎮圧された後に破壊され、その後継組織は、広州城外に遷徙して吉慶公所と改名した。しかし、その各戯班と顧客との間を仲介する機能は変わっていない。郷下の父老が本地班を招く時は、先ず吉慶公所に申告して戯班・戯金・演出時期を決定する。其の具体的なやり方は、後述する。郷民は大紅大緑の演出を好む。そのため俳優は衣飾の華美を競う。女優は、声色によって観衆の人気を取り、男優はとんぼ返りで観衆を驚かす。大鑼大鼓で戯棚は爆発する。これが郷下の酬神戯の常態であった。同治時代の本地班については、別に依拠すべき資料がある。同治七年から十二年まで広州に駐在した漢軍副都統の杏答果繭敏が咏じた《広州竹枝詞》（《洗俗斎詩草》所録1977年香港用同治12年序抄本影印）である。其の中、本地班的に関する描写は、特に詳しい。次のとおりである。

○本地班

　　和声鳴盛理当然、　声に和して鳴ること盛んなるは理の当然、

　　菊部風光別一天：　菊部の風光に別に一天：

　　台大人多場面小、　台大きく人は多く動もすれば千と成る、

　　価銀累百動成千。　価銀百を累ねて動もすれば千と成らんとす。

　この詩は外江班と比較して本地班を論じている。本地班は家堂内で演じるので

なく常に廟前の戯棚の上で演じる。その戯棚は、概ね1000人以上、多いところでは3000人を容れる。その規模が大きく観客が多いことに特徴があるとみている。ただし場面、すなわち楽師の座位は舞台の左側に配置されるので、小さく見えるのであろう。その戯価も非常に高額なものになっていた、という。

〇整本戯

> 不与雑劇喜伝奇、　　雑劇に与らず伝奇を喜む、
> 整套開来事事宜、　　整套開き来たって改む、
> 宋元明清随便改、　　宋元明清便に随いて改む、
> 千篇一律幾人知。　　千篇一律幾人か知らん。

この詩句は所謂「整本」（全本：通し狂言）の特色を言う。雑劇は好まず伝奇を好む、とは短編を避けて長編を好むということと思われる。筋は時代錯誤、荒誕無稽、どれも大同小異とも批判しているが、これは現在の粤劇にもあてはまる。

〇翻金斗

> 衝場一戦起因由、　　衝場の一戦は因由より起こる、
> 逃難投親鬧不休、　　難を逃れて親に投じ鬧ぎは休まず、
> 最有一般真絶技、　　最も一般なるは真の絶技なり、
> 全身披挂打跟頭。　　全身に披挂して跟頭を打つ。

この詩句は、本地班の得意とする戦闘場面の武技と忠臣孝子の受難の故事を言う。武生が鎧兜を身にまとった姿でトンボを切る妙技を称賛している。外江班には見られない本地班の本領といえる。

〇勾験

> 野史従来入戦場、　　野史に従り来りて、戦場に入る、
> 三花大浄漫更張、　　三花と大浄と漫りに更張す、
> 曽聞竟有新鮮様、　　曽って聞く竟に新鮮の様有り、
> 緑臉紅須出孟良。　　緑臉と紅須［鬚］、孟良出づ。

この詩句は、劇本が野史に由来する関係で、戦争故事が多いこと、端役や敵役などの塗面に派手な誇張が多いことを言う。楊家将伝の猛将、孟良が緑色の顔面に紅鬚をつけて登場し、豪強を顕示する例を挙げる。

○角色

花旦出場淫艷姿、	花旦は出場するに淫艷の姿、
出音啁哳使人疑、	音を出せば啁哳として人をして疑わしむ、
矜荘厳重方巾丑、	矜荘厳重の方巾の丑、
不向人前逗笑〔耳〕。	人前に向いて逗笑せず。

この詩句は、花旦が美貌で色気にあふれるが、歌唱は声量が貧弱で観客を動かせない、方巾を被ったおどけ役は姿はひどく厳粛だが、芸は下手で観客の笑を取れない、など、俳優の水準が低いことを批評している。総じて外見は派手だが、技量は劣ることを言っている。

○欠欠多

鑼鼓喧天鬧不休、	鑼鼓は天に喧すしく鬧ぎて休まず、
輝耀金甲潤行頭、	輝耀たる金甲は潤なる行頭なり、
旗幡切末花灯彩、	旗幡と切末は花灯に彩らる、
一概全無不講究。	一概に全く講究ならざる無し。

この詩句は、大鼓大鑼の派手な演奏、きらびやかな金甲を纏った武将が俳優陣の花形、旗指し物はじめ刀剣の類も凝りに凝っていると言う。演劇の筋よりは外貌の派手さで観衆を引き付ける、いわばショー的な色彩の強い本地班の特色を指摘している。

○名班

普天楽与丹山鳳、	普天楽と丹山鳳、
到処揚名不等閑、	到る処に名を揚げて等閑ならず、
牛鬼蛇神驚家眼、	牛鬼蛇神は家眼を驚かす、
看来不及外江班。	看来れば外江班に及ばず。

この詩句は、本地班の特色を総括している。当時の普天楽班と丹山鳳班が郷下に名を馳せていたが、その劇は牛鬼蛇神の類で、人を驚かせるだけで内容はいい加減である。外江班にはとても及ばない、と結論付けている。

　このように清代末期の広東珠江三角洲では、水路によって移動する本地班の戯

I 早期酬神粤劇演出小史 113

船の活動が非常に盛んであった。官側の文書からもこの状況を見て取ることができる。例えば、広州知府戴肇辰《従公三録》(同治九年序刊)〈厳禁演唱土戯示〉には、次のように言う。

　土戯を演唱するを厳禁するの事たり。照得するに、土戯を演唱して風を傷つけ俗を敗る、迭いに前府の示禁を経て案に在り。茲に本府訪聞するに不法の匪徒有りて、仍りて酬神を以て詞と為し、端に藉りて利を漁り。門に沿いて科派す。謂う：斎壇粛わざれば、則ち郷坊は未だ平安を獲ず、と。土戯をして復た演唱を行うを致さしむ。査するに土戯は、務めて新奇を造り、□廉節義を以て人の観聴を動かすに足らずと為し、猥藝淫穢を以て人の耳目を悦ばすに足ると為す。夜より旦に達するまで、男女雑処し、往往にして廉を喪い恥を失う。甚だしきは、班に請いて箱を取り、先を争いて後るるを恐れ、各々棍を持ちて相鬥し、人命を傷つくるを至すに至る。此の似き情形、流弊は胡底くに伊れあらんや。若し厳しく禁止を行わざれば、何を以て積習を除きて頹風を挽かんや。各州県に札節し、訪ねて掌班及び斂銭の首事を拿え、重きに従いて究治するを除くの外、合に示を出して厳禁すべし。此の為に闔属の軍民人等に示喩して知悉せしむ。爾等、務めて宜しく祖先を祀り父母に孝たり、名教を敦くし綱常を正すべし、是れ吉に趨き凶を避け、福をして帰する攸有らしむる為なり。断じて土戯を演唱するに藉りて鬼神に媚びて以て人として溺に陥れ害を地方に貽すを致すべからず。本府、風化を維持す。言に尽くる有れども心に尽くる無し。該軍民人等、其れ各々遵違を漂［標］せよ。特に示す[12]。

――――――――――

12)　為厳禁演唱土戯事照得演唱土戯傷風敗俗送経前府示禁在案。茲本府訪聞有不法匪徒仍以酬神為詞、藉端漁利沿門科派謂斎壇不粛則郷坊未獲平安。致使土戯復行演唱。査土戯務造新奇以廉節義為不足動人観聴以押藝淫穢為足悦人耳目自夜達旦男女雑処往往喪廉失恥甚至請班取箱：争先恐後各持棍相鬥至傷人命。似此情形流弊伊於胡底。若不厳行禁止何以除積習而挽頹風。除札節各州県二訪拿掌班及斂銭首事従重究治外合出示厳禁。為此示喩闔属軍民人等知悉爾等務宜祀祖先：孝父母敦名教正綱常是為趨吉避凶福有攸帰断不可藉演唱土戯媚鬼神以求福以致人心陥溺胎害地方。本府維持風化言有尽而心無尽該軍民人等其各漂遵違。特示。

この文章は官僚側から酬神戯について論じている。所謂、士戯とは、外江班に対して専ら本地班を指して言う。まず、本地班の顧う郷村の顧客については、父老や宗族ではなく、不法の匪徒とする。後述する秘密結社を想定しているらしい。また、その上演目的については、「斎壇、粛わざれば、則ち郷坊は未だ平安を獲ず」という郷民の考えに副っているとみている。この句の意味するところは、斎壇すなわち神殿の祭壇を規格通りに祀らないと、神の庇護を失って、郷村に災害が起こる、ということであろう。この点は、広東で10年に1回、孤魂を鎮めるために挙行される「太平清醮」の目的に合致するが、「太平清醮」は匪徒が主催するものではないから、この場合は、神々の誕辰祭祀を想定していると思われる。広東では、神誕祭祀でも孤魂を鎮める祭祀が付随的に行われるから、神誕祭祀も郷村の平安を保つ目的をもっている、と言える。次に劇の内容について、官僚側から見ると、本地班の劇は、忠孝節義から離れて猥褻淫穢と映ったらしい。治安重視の偏見が入った見方である。上演時間が夜から明け方までの徹夜であることは、現在も同じである。これを官側は、事件の発生源とみているが、郷民としては神を迎えている以上、劇を演じ続けなければならないという宗教観念から出ているもので、官側はこの点を理解していない。さらにここには、戯箱の奪い合いの事件について言及されている。戯班は、戯箱を運ぶために運送人夫を雇う。常雇いを抱える場合もあるが、臨時雇いのことも多い。臨時の場合は、運送人夫の間で仕事の奪い合いが起こりやすい。その場合に、とかく気の荒い人夫同士の間で腕力沙汰がおこり、傷害事件に至ることもあった。官側は、これをも警戒しているわけである。最後に、戯班の支配人の管班や、資金を集める首事に営業禁止の命令を下しているが、民情を考えない措置と言える。ただ、この文章で、本地班の活動に匪徒が関与しているとする点は、注目に値する。

　たしかに本地班は、会党（官側のいわゆる「匪徒」）と関係があった。本地班の戯人が太平軍に参加したことは、かれらと秘密結社との関係を証明している。かれらは常に戯船に乗ってに広汎な地域を移動している。時には、悪霸の干渉にぶつかることもある。この種の「麻煩」を避けるために、掌班は、秘密結社の援助に頼らざるを得ない。これが彼らを秘密結社に近づけさせた。この条件は、太平

I　早期酬神粤劇演出小史　　115

天国以後も変わっていない。本地班は、相変わらず、会党の庇護の下で㑉活動した。例えば《嶺西公牘匯存》巻8〈批署陽春県鍾錫論票高州柯把総奉委査拿匪犯黄十凌大一名被匪奪脱〉(光緒二年閏五月二十五日)に、この種の例を挙げている。

　　査するに、該匪黄十凌大は乃ち高州の会匪の餘党なり。演戯に因りて事を滋せり。該匪は、即ち是れ戯班中の人なり。柯把総は、該犯黄十凌大を将ちて拿獲し解して外委何振蚊の寓所に至りて看押せり。乃ち該外委は幷びに防範に小心ならず、匪徒及戯班の多人に擁せられ奪脱せらるるを至す。現に既に査し得たるに、奪犯の匪徒は、該匪黄十凌大の子弟、黄木連・黄木賢及び戯班の小武・花面等の多人に係る。該県は兵役を督飾し、刻日査明せしむるに、同時に奪犯の姓名に按じて一幷に犬獲せり。確訊究辦するに、幷びに隣の封営県に移れり。遇々地方にて演唱せる永年春戯班有り、即ち該戯班を将ちて扣留し根究す。該戯班を以て現に已に他処に移往せしむるを得る毋かれ。匪犯は遠く腿げ、稍鬆解を存す。再に該県の境内には、現在会匪無しと雖も、惟だ該県は、地高州に接す。該匪黄十凌大等、即ち県に在りて潜匿し事を滋すべし。即ち該県に在りて勾結し煽惑せざるを保ち難し。該県は幷びに即ち会営して厳密に巡防せよ[13]。

この案件では、戯班の幹部である黄十凌大は、天地会会員であり、演戯に乗じて、地方安寧を擾乱し、煽動したのであろう。おそらく郷民の抗租抗糧か或は官衙の襲撃などが推測される。把総に逮捕されたが、戯班の子弟の小武生や花面等の武技のある俳優たちが大勢、武装して彼らの師傅の黄十凌大を奪取して逃跑した。高要県と陽春県の官兵が彼らを追求した。官側は彼らが戯班に潜伏するのを防ぐために、偶然この地で上演していた永年春班をも扣留した。厳密に巡防した

---

13)　　査該匪黄十凌大乃高州会匪餘党因演戯滋事該匪即是戯班中人柯把総将該犯黄十凌大拿獲解至外委何振蚊寓所看押乃該外委幷不小心防範、致被匪徒及戯班多人擁至奪脱。現既査得奪犯匪徒系該匪黄十凌大之子弟黄木連黄木賢及戯班小武花面等多人。該県督飾兵役刻日査明同時奪犯姓名按名一幷犬獲。確訊究辦幷移鄰封営県：遇有地方演唱永年春戯班即将該戯班扣留根究。毋得以該戯班現已移往他処。匪犯遠腿稍存鬆解。再該県境内、現在雖無会匪、惟該県地接高州該匪黄十凌大等即可在県潜匿滋事即難保不在該県勾結煽惑。該県幷即会営厳密巡防。

が、まだ逮捕には至っていないと言う。

　この事例から広東本地班が天地会会党と関係があったことがわかる。官側は、特に天地会が演戯に借りて聚会し擾乱することを恐れた。戯班は、みな戯船によって流動していたから官側も捕捉するのは容易ではなかった。かくして嘉慶・道光・咸豊・同治・光緒等18世紀のこの100年の間、広東本地班は、官側の警戒の下で、主に郷下の酬神戯の機会を追いながら、戯船に坐乗して流動しながら生活を維持した。このような生活の間に本地班の子弟は互いに助け合わざるを得ず、一種の互助組織を生み出す。先に、瓊花会館があり、太平天国以後は、吉慶公所を組織した。吉慶公所は、同治6年に籌備を開始し、光緒10年に至って落成した。この時に公所は八つの堂を支部とした。

　　1　慎和堂（接戯員）
　　2　永和堂（武生）
　　3　新和堂（丑生）
　　4　兆和堂（正生・大花面）
　　5　徳和堂（打武）
　　6　福和堂（花旦）
　　7　慶和堂（二花面）
　　8　普和堂（楽師）

八和と総称した。この組織は、会党の組織に類似する。例えば、会党は結義の時、弟兄八拝儀式を挙行する。八和の八は、おそらく八拝結義の意味であろう。これから見ても、広東本地班と会党の交流関係は明らかであろう。

II　民国初期より1930年代

一　吉慶公所のギルド規約

1989年前後、民国初期の広州の吉慶公所が跟珠江三角洲の郷村と締結した的契約書（合同）が近年大量に香港の古本市場に流出した。東京大学東洋文化研究所は、其のうちの70点を購入した。これによって、民国初期の吉慶公所管下の本地班（戯船）の酬神戯上演の状況とその活動範囲を知ることができる。先ず合同の写真を示す（写真6）。これは収集した合同の中で最も時期の早いもので、民国4年に公所が東莞北柵郷と締約した合同である。

其の文章は、次の通り。[　]の内は毛筆で塡写した文字である。

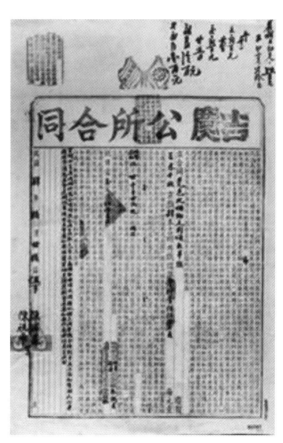

写真6　吉慶公所合同

　　吉慶公所合同

　　　窃かに惟うに、梨園歌舞は、乃ち升平の事なり。江湖を跋渉する人と雖も、倶に份に安んじ己を守りて敢えて非を為さんや。演戯して出す所も亦た

本より忠孝節義等の劇なり。故に実に善心を啓発して逸志を懲創［罰］する有るなり。凡そ光顧を蒙むるに、合同の規款に照して以て後論を免るるを請うを、是れ感ず。(第1条)

凡そ城郷市鎮、及び各埠戯院は、過愛するに戯碼の惑言を聴信すべからず。務めて親ら本所に到りて訂允し、合同を写立するを要む。班の的［酌］量に任せて応に即日に於いて推約すべし。主会親ら本所に到れば、班との交渉を聴す。如し合わざれば、班の恭辞に任す。主会をして另に別班を買わしむ。如し応允に肯んぜば、期に依りて赴きて演ず。(第2条)

倘し（班）貪り図りて別に往き故らに誤る者有れば、定銀は倍を加えて交還す。毎本の登記銀壱元正を扣回す。但し班の定（銀）を賠するに、該の叉点〔礼金〕の銀元は、数の如く送復し、例として倍を加うる無し。(第3条)

如し主会、事に因りて班を推して演ぜざらしむれば、交する所の定銀、及び叉点の銀元は、一概に「嘆了」(没収)とす。該の合同は、仍りて本所に繳回し注銷せしむるを要す。(第4条)

倘し（班）或は外に在りて私かに合同を立て、及び定銀を交収し、以て及び日期を改換し、本所の登記に由らざる者は、如し失誤有るも、概して本所と渉わる無し。(第5条)

倘し官府の伝喚、及び意外の事、以て及び霎時の散班に遇いて赴き演ずる能わざれば、祇だ原の定（銀）及び叉点を将ちて送回し、幷びに倍を加うる無し。如し班埠に到りて官紳演を禁じ及び一切の意外に因りて演唱する能わざれば、其の戯金は亦た数の如く找足するを要す。少欠するを得る毌かれ。(第6条)

貴邑の経費・警費・学費・戯捐は、主会自ら理む。(第7条)

倘し各伴埠に到りて上落するに、人に擄掠打単せらるる等の情有れば、主会に是れ問うと為す。(第8条)

凡そ套を演ずるに、正本と開台を論ずる無く、出頭にて、均しく開台銀を人員に交するを要む。但し合同訂せる所の演の外に、若し連続して戯尾を演じ、及び先に戯頭を演ぜる者は、叉点の登記に按照して、各項の銀元、一律

Ⅱ　民国初期より 1930 年代／一　吉慶公所のギルド規約　　　　119

に加収す。短少するを得ず。(第9条)

　新年及び年の晩<ruby>晩<rt>くれ</rt></ruby>にて、尚お開行する能わざれば、原定及び再定に照して、一幷びに交還するに、例として倍を加うる無し。如し期外に在りて仍りて復た開行せば、亦た原定及び再定を将ちて一幷に交還す。過ぎたる後は、執拗なるを得ず。(第10条)

　優界は改良し、祇だ掌班を遣して拝客せしむるのみ。旧例に循わず。(第11条)

　合幷して声明す：近く百物騰貴せるに因り、機（戯）行公議し、民国年七月より起りて、各班の戯価及び雑項は、毎元均しく七を収め、撤毫を以て計り、平児を用いるを免ず。幷びに折せず扣せず。倘し歴年の向章に固執し、戯価銀元七壱の折を将ちて、交するに低等に及ぶ情有れば、「欠戯金」と作して追収す。此に先んじて声明し以って後論を免れしむ。(第12条)

　合同：〔莞邑（東莞県）北柵郷は頌太平班を定到し三界千秋を慶賀するに京戯肆本とす。言明す。共に戯価は、壱千壱百伍拾員なり。毎元、重装の銭分とす。折せず扣せず。〕(第13条)

　毎日の中宵、白米弐石陸斗は官斗を要む。猪肉壱頌拾参斤、豆腐拾斤、青菜会攛斤、醬塩糖各弐斤、生油洼斤乾柴荣百斤、倶に司馬杆を用いて足らしむ。(第14条)

　毎日、開箱の利市、戯橋紙、打面油、顔色渓紙、脚香茶葉、共銀毫正。另に毎日の公項銭、弐大元正、毎台の棚色銀、伍毫正。(第15条)

　言明す：中宵は無用なり。開台銀の各項は均しく合同に照して交収す。戯完れば、即ち箱を送りて艇に回せ。延誤あるを得ず。淡水は供して用に足らしめよ。本班の各伴、埠に到りて上落するに、如し人に打単擄掠せらるる等の情有れば主会に是れ問うと為す。倘し損失有れば、主会は数の如く賠償するを要す。官紳禁演せば、其の戯金も亦た数の如く找足するを要す。異言あるを得る毋れ。此に訂す。(第16条)

　開台の利市は、銀大元。另に公項銀弐大元、開箱茶銀、壱毫伍仙毎本登記銀壱元を交す。毎台にて、現に登殿の利市銀弐大元を交す。現に挂紅鶏銀壱

毫伍仙を交す。その余は、合同に憑り、日に按じて交して収せしむ。（第16条）

如し賭博私債等の項有らば、戯金に在りて扣除し以て行友の弊端を杜ぐを得ず。（第17条）

面に当りて言明す、二家允肯せり。訂明す：赴演の日期は、詳しく左に列す。（第18条）

[定むるに旧歴乙卯伍月廿より廿晩に至るまで郷に到りて開台す]。其の戯は、単に照して点演す。多く枝節を生ずるを得る毋かれ。（第1項）

台上の戯服什物の接送は、倶に主会の料理に系る。倘し失漏有れば、主会に是れ問うと為す。戯完れば、即刻に箱を送りて船に回す。阻誤するを得る毋かれ。（第2項）

路途遠き渉れば、主会は夫役・船艇を備辦し、行李・伙食・戯箱・什物を盤運して切を上落せしむ。倘す失漏有れば、主会の賠償と為す。（第3項）

上館に居住し馬より上下す。中宵は多きこと壱日とす。水夫弐名。床鋪・板凳、柴水は用に足らしむ。駁盤船にて過ぎる。毎日白米弐石陸斗官斗。生油柴斤魚菜折銀弐大元。乾柴は足らしむ。原より応に中宵の包弁するを得る有るべし。如し違わば、照して罰す。（第4項）

日に就きて当に定銀伍拾員正を交すべし。[回答：若し五月拾壱日に定銀参伯員を再交するを允準せるに期を過ぎて交足せざれば、前定は益無し：合同は、視ること故紙と為す。]（第5項）

起慶擺席するに逢う毎に、毎日の折席銀は肆大元とす。（第6項）

如し落地の八仙賀寿・加官送子を演ずれば、毎次の利市は、銀肆大員とす。（第7項）

如し咸水に遇わば、主会に要めて夫を雇い淡水を挑ぎて用に足らしむ。（第8項）

如し主会、戯船或は別処に到りて戯を定する有れば、毎本、現収の登記銀壱元、一点号銀壱元に照らし、毎台、現収の登殿銀弐大元に照らすを要む。挂紅鵝の銀は壱毫五仙とす。（第9項）

班内の各友、間に適々別故に遇いて出台唱演する能わざる有れば、祇だ其の身上の壱年の工銀多少に在りて日に按じて算除するを許す。詞を藉りて多く扣し、和気を傷つくるを致すを得ず。（第10項）

各脚色は、合同に憑り。挂角の図章を蓋せる人名単を拠と為すを要む。

班内の各友、幷びに事を滋し法を犯す無かれ。演ずる所も亦た悖逆の戯なる無かれ。（第11項）

倘し間に或は行為の不軌なる有れば、務めて当に鼓を鳴らして攻むべし。幸わくは、自ら伊戚を貽す母かれ。是れ至要と為す。（第12項）

民国肆年陸月廿陸日値事陳寧森・陳祝南

［省城又た収足すること：一百五十元なり。又た収舟の足：九十元なり。五月廿三日に弐百元を交し、廿四日に二百元を交す。廿五日に龍銀として一百八十元を収む。又た龍銀一百元なり。］（尾項）[14]

---

14) 吉慶公所合同

窃惟梨園歌舞乃升平之事。雖跋渉江湖之人倶安份守己敢非為。 所演戲出亦本忠孝節義等劇。故実有啓発善心而懲創逸志也。 凡蒙光顧請照合同規款以免後論是感。 凡城郷市鎮及各埠戲院過愛不可聴信戲嗎惑言、務要親到本所訂允matrix立合同。任班的量応推約於即日主会親到本所聴班回話。如不合：任班恭辞。主会另買別班。如肯応允、依期赴演。倘有貪図別往故誤者定銀加倍交還。毎本扣回登記銀壱元正。但班賠定該又点銀元如数送復例無加倍。
如主会因事推班不演所交定銀及又号銀元一概嘆了。該合同仍要繳回本所注銷。
倘或在外私立合同及交収定銀以及改換日期：不由本所登記者、如有失誤、概与本所無渉。
倘班遇官府伝喚及班意外之事以及雲時散班不能赴演祇将原定及又号銀送回幷無加倍。
如班到埠官紳禁演及因一切意外不能演唱、其戲金亦要如数找足。 母得少欠。
貴邑経費警費学費戲捐主会自理。 倘各伴到埠上落有被人攦掠打単等情為主会是問。
凡演套無論正本開臺出頭均要交開臺銀人員、但合同所訂演外若続連演戲尾及先演戲頭者按照又点登記各項銀元一律加 収得短少。
新年及年晩、尚不能開行照原定及再定一幷交還、例無加倍。如在期外仍復開行亦将原定及再定一幷交還。過後不得執拗。 優界改良祇遣掌班拝客。不循旧例。合幷声明：近因因百物騰貴機行公議由民国年七月起各班戲価及雑項毎元均収七以撒毫計免用平児。幷不折不扣。倘有固執歴年向 章将戲価銀元七壱折交及低等情作「欠戲金」追収。先此声明以免

この合同は、吉慶公所、戯班、主会（戯班雇用者）の三者を当事者とする協定文書であり、通常の二者間の契約とは異なり、非常に多岐にわたる権利義務関係を順不同で羅列している。以下では、①公所と戯班、②公所と主会、③戯班と主会、④戯班と俳優の四つの関係から、内容を検討してみる。

後論。

合同：莞邑北柵郷定到顔太平班慶賀三界千秋京戯肆本。言明：共戯価壱千壱百伍拾員。毎元重装銭分。不折不扣。　毎日中宵白米武石陸斗要官斗鮮魚壱拾陸斤猪肉壱拾参斤　豆腐拾斤青菜会攬斤醤塩糖各武斤生油洼斤乾柴栄百斤倶用司　馬杆足。　毎日開箱利市戯橋紙打面油顔色渓紙脚香茶葉共銀毫　正。　另毎日公項銭武大元正＞毎臺棚色銀伍毫正開臺利市銀大元另　公項銀武大元開箱茶銀責毫伍仙　毎本交登記銀壱元。　毎臺現交登殿利市銀武大元。現交挂紅鍋銀壱毫伍仙。　其餘憑合同按日交収。如有賭博私債等項不得在戯金扣除以杜 行友之弊端。　当面言明：二家允肯。　訂明：赴演日期：詳列于左。［定旧歴乙卯伍月廿至廿晩到郷開臺］。其戯照単点演。毋得多生枝節。臺上戯服什物接送倶系主会料理。倘有失漏為主会是問。戯完 即刻送箱回船。丹得阻誤。

　　路途遠渉主会備辦夫役・船艇盤運行李・伙食・戯箱・什物上落 一切。倘有失漏為主会賠償。

上館居住上下馬。中宵多壱日。水夫武名。床鋪・板凳。柴水足用。　過駁盤船毎日白米武石陸斗官斗。生油柴斤魚菜折銀武大元乾柴 足。原応有中宵得包辦。如違照罰。就日当交定銀伍拾員正。［回話、若允準五月拾壱日再交定銀参伯員過期不交足前定。無益：合同視為故紙。］毎逢起慶擺席毎日折席戯肆大元。

如演落地八仙賀寿加官送子毎次利市銀肆大員。但遇咸水要主会雇夫挑淡水足用。

如有主会到戯船或別処定戯要毎本照現収登記銀壱元一点号銀壱元。　毎台照現収登殿銀武大元。挂紅鵝銀壱毫五仙。

班内各友間有適遇refro故不能出臺唱演 祇許在其人身上壱年之工銀多少按日算除。不得藉詞多扣致傷和気。　各脚色要憑合同蓋有挂角図章人名単為拠。

班内各友幷無滋事犯法。所演亦無悖逆之戯。倘間或有行為不軌務当鳴鼓而攻。幸毋自貽伊戚。是為至要。［言明：中宵無用開臺銀各項均照合同交収。戯完即送箱回艇。得延誤。淡水供足用。本班各伴到埠上落如有被人打単攄掠等情為主会是問。倘有損失主会要如数賠償。官紳禁演其戯金亦要如数找足。毋得异言。此訂。］民国肆年陸月廿陸日

値事 陳寧森

陳祝南

［省城又収足：一百五十元。又収舟足：九十元。五月廿三日交弐百元廿四日：交二百元。廿五日：龍銀収一百八十元。又龍銀一百元。］

（一）　公所と戯班の関係

公所は、傘下の戯班に対し、ギルドとして、同業全体の利益を守る立場から、その営利行動を規制している。次のとおりである。

1. 公所は、戯班に対し、分を守り、逸志（欲望）をあおるような劇を演ずることなく、忠孝節義の劇を演じるように命じている。本地班は、外江班のように城内に定住しているわけではなく戯船に乗って各地を流動する江湖人であるから、これを管理することは容易ではなかったはずで、官憲の弾圧を招いて、公所に累が及び、本地班全体の禁止に至らぬように、冒頭にこのような条項を掲げたものと思われる。（第1条）

2. 公所は、戯班に対し、顧客（主会）からの注文を受けるにあたって、必ず、公所を介することを命じている。戯船が立ち寄る埠頭では、戯班に関する風評が飛び交っているが、これらを顧慮することなく、契約は、公所に委ねるべきものとする。手続きとしては、まず、顧客が公所に出頭して戯班を指名し、仮契約を結んだあと、顧客が公所に出頭して、戯班が応諾すれば、本契約を結ぶ。両者の合意が得られなければ、顧客は別の戯班を選んで交渉することができる。顧客に戯班を自由に選ばせており、外江会館における申し込み順のような、意に副わぬ戯班を押し付けるような規定を設けていない。

3. 戯班が高い戯価を求めて、勝手に別の顧客と契約したり、元来の契約の期日を変更したりした場合は、その戯班は、元の顧客にすでに受け取った定銀（手付金）を倍にして返却しなければならない。但し、契約締結時に顧客から受けとった叉点（お茶菓子代：礼金）は、倍にして返す必要はなく、元の額を返せばよい。（第3条）

4. 戯班が公所を仲介して契約したあとで、ひそかに、顧客と別途契約を結び、手付金を取り交わし、期日を変えて、本所の登記と異なった契約に拠った場合、たとえ失誤が起こっても、本所は関知しない（第5条）。流動する戯班のこのような行為は、本所としては抑止できないが、責任は負わないということであろう。

5．もし官府から奉仕を命ぜられたり、或いは不意の事故に遭ったり、にわか
の解散などが起こって、現場に行って上演できなくなった場合には、祇だ
原の手付金と礼金（叉点）だけを顧客に変換すればよく、倍にして返す必
要はない。如し班が埠頭まで行ったのに地元の官紳が上演を禁じた場合、
及び一切の不意の事故に因って演唱することができなくなった場合には、
その戯金は、亦た約束の額どおりに支払うことを要する。金額に不足が
あってはならない（第4条）。これによると、本地班は、常に官側の不意の
宴会出演の命令や、地元の官僚郷紳の気まぐれな上演禁止のリスクにさら
されていた。戯班単独では対応しきれない場合もあるので、公所がこの契
約条項を通して、顧客との交渉をバックアップしていることになる。

6．凡そ套本を演ずる場合には、正本か開台戯かを論ずる無く、顧客は、冒頭
に、均しく開台銀を人員に交する必要がある。ただ合同に訂せる所の演戯
の外に、若し連続して戯尾を演じ、及び先に戯頭を演じた場合には、叉点
の登記に按じて、各項の銀元は、一律に加収する。金額不足は許さない
（第9条）。これは、正規の劇本のほかに、冒頭で開台戯を演じたり、末尾
で終演戯を追加して演じた場合、顧客にその代金を追加して支払うように
させたものである。戯班がただ働きにならないように保護する規定であろ
う。

7．新年及び年末に、戯班が契約通り開演することができない場合は、第1次
手付金（原定）及び第2次手付金（再定）に照して、全額を顧客に返還す
るが、慣例として倍にして返す必要はない。如し約束の期限を過ぎても、
契約通り開演した場合は、顧客は亦た、先に戯班から返却された第1次手
付金（原定）及び第2次手付金（再定）を、再び全額、戯班に交付する。
期限が過ぎた後は、執拗に追及してはならない（第10条）。これは、年末年
始の繁忙期には、戯班が契約通りの期限に到着できないことがしばしばあ
り、手付金の倍額返還を緩和する規定である。また、年末年始の期限を過
ぎて到着して開演した場合は、原契約に戻り手付金を再度交付するとして
いる。いずれも戯班を守る規定であり、公所が表に出ることで、解決を容

易にしようとしたものであろう。

　以上、公所は個別戯班の利益を守るよりは、同業全体の利益を守るために、戯班と顧客の契約に干渉していることがわかる。特に官側との関係では、公所が果たした役割は大きいと見る。

（二）　公所と顧客の関係

　公所は、戯班を雇用する顧客（主会）に対しても、直接に干渉している。次のとおりである。

1．如し顧客が、自分の都合で戯班に上演させなかった場合は、既に戯班に収めて手付金、及び礼金（又点）は、すべて没収（「嘆了」）するとしている。またその合同は、公所に回収して登記を抹消させる、とする（第4条）。顧客側の契約不履行に対する通常の対応であるが、契約に明記して、顧客に圧力をかけて置く意味がある。

2．民国政府は、警察の維持費や、学校新設の費用を捻出するために、演劇費用の一部を「戯捐」と称して徴収していた。通常は顧客に納付義務があったが、戯班に転嫁される恐れがあった。公所は、これを回避するために、顧客の負担であることを明記したのである。（第5条）

3．もし戯船が埠頭に到達し、俳優がグループで、舟から乗り降りする場合に、人に誘拐されたり、恐喝（打単）されたり等の事情が起これば、専ら顧客の責任とする。（第6条）

4．近く百物が騰貴するに因って、機（戯）行は、公議し、民国□年七月より、各班の戯価及び雑項は、毎元均しく七を収め、撤毫を以て計り、平児を用いるのをやめる。幷びに一切、値引きはしない。もし顧客が歴年の旧章に固執し、戯価銀元七壱の折を基準にして、低額を交付するような事情があれば、「戯金未払い」として追徴する。前もって声明し以って後で紛糾が起こらないようにする（第12条）。物価の上昇に合わせて戯価、雑項を値上げする旨、記したもので、公所本来の機能と言える。

以上、おおむね、顧客と戯班の間に起こりやすい問題について、戯班側の立場
に立って、公所の主張を記している。顧客の債務不履行、顧客の公的な義務の戯
班への転嫁、俳優の身の危険、戯価の値上げなど、戯班単独で対処しにくい問題
は、すべて顧客の責任において解決すべきことを記している。このような場合、
戯班は公所に訴えて、トラブルの解決をはかったとみられる。

（三） 戯班と顧客の関係

これは、本来、公所の関与する範囲ではないが、戯班が顧客との間で不利な契
約を結び、それが他の戯班に波及して、同業全体の利益を害するに至ることを恐
れて、詳細な契約の雛型を記載している。

(1) 従来、戯班は、全員で顧客の邸宅を訪れて、挨拶するのが慣例であったが、
近年は、演劇界は改良されて、戯班は、ただ掌班人だけを派遣して挨拶する
だけで済むようになった。このため旧例には循わない。と宣言している。
（第11条）戯班側の主張である。

(2) 毎日の中宵、白米弐石陸斗（要官斗）。猪肉壱頌拾参斤、豆腐拾斤、青菜会攞
斤、醬塩糖各弐斤、生油洼斤乾柴荣百斤、倶に司馬杆を用いて足らしむ。
（第14条）非常に細かく規定している。

(3) 毎日、開箱の利市（祝儀）、戯橋紙、打面油、顔色渓紙、脚香茶葉、共に銀
毫正。別に毎日の公項銭、弐大元正。毎台の棚色銀、伍毫正。（第15条）

(4) 開台の利市（祝儀）は、銀大元とす。別に公項銀弐大元、開箱茶銀、壱毫伍
仙毎本登記銀壱元を交す。毎台、現に「登殿」の利市（祝儀）、銀弐大元を交
す。現に挂紅鶏銀壱毫伍仙を交す。其の餘は、合同に憑り日に按じて交して
収せしむ（第16条）。ここに見える「登殿」とは、粤劇の開演に先立って行わ
れる開台戯の一つ、「玉皇登殿」を指す。天罡、地罡、左天蓬、右天蓬が居
並ぶところへ、玉皇が殿に上り、天門を開く。この上演に祝儀を規定してい
る。これは、戯班の全員が舞台に登る顔見世の儀式であるが、内容は、皇帝
礼賛であり、本地班にふさわしくない。おそらく太平天国後の弾圧時代に、
清朝への服従を偽装するために、外江班から取り入れたものであろう。（後述）

現在の粵劇班は演じない。顔見世としては、これに代わって、諸侯の連合を礼賛する「六国封相」を演じる。また鶏冠を切って出る赤血で場を浄めるための公鶏の費用も提起している。

(5) 細目の協定

面に当りて言明す、二家允肯せり。訂明す：赴演の日期は：詳しく左に列す（第18条）。以下、10項目にわたり、戯班と顧客の間の細目事項を並べる。

1．[定むるに旧歴乙卯伍月廿より廿晩に至るまで郷に到りて開台す]。其の戯は、単に応じて点演す枝節を生ずる勿れ（第1項）。顧客が戯班の提出するリストから演目を選ぶにあたり、戯価との関連で、節略する場合があり、トラブルが起こることがあるのであろう。

2．台上の戯服什物の接送は、俱に顧客の料理に係る。倘し失漏有れば、顧客に是れ問うと為す。完れば即刻に箱を送りて船に回す。阻誤するを得る母かれ（第2項）。戯服その他の小道具は、頑丈な木箱（戯箱）に入れてある。非常に重い箱なので、埠頭から戯棚までの運送を顧客の責任としている。戯班の負担を避ける意図が見える。

3．路途遠き渉れば、主会は夫役・船艇を備辦し、行李・伙食・戯箱・什物を盤運して一切を上落せしむ。倘し失漏有れば、主会の賠償と為す（第3項）。

埠頭から戯棚までの距離が遠い場合、顧客は人夫、小舟などを用意して、戯船からの積み下ろしの責に任ずるとする。戯班に有利な協定である。

4．上館に居住し馬より上下す。中宵は多きこと壱日とす。水夫弐名。床鋪・板凳、柴水は用に足らしむ。駁盤船にて過ぎる。毎日白米弐石陸斗官斗。生油柴斤魚菜折銀弐大元。乾柴は足らしむ。原より応に中宵の包辦するを得る有るべし。如し違わば、照して罰す（第4項）。上演中の俳優の住居、移動手段、生活についての協定である。中宵は夜食。飲料水、燃料などの支給。

5．「日に就きて当に定銀伍拾員正を交すべし。[回話、若し五月拾壱日に

定銀参伯員を再交するを允準せるに期を過ぎて交足せざれば」、前定は益無し：合同は視ること故紙と為す](第5項)。第2次手付金の期日内支払いがない場合は、契約を無効にするという協定である。

6．起慶攦席するに逢う毎に、毎日の折席銀は肆大元とす（第6項）。期間中に顧客が賓客を招待して宴席を設けるに際して、戯班に出席して歌唱し興を助けるように依頼する場合がある。そのときの祝儀の額を決めた協定である。

7．如し落地の八仙賀寿・加官送子を演ずれば、毎次の利市は、銀肆大員とす（第7項）。前項の場合、戯班に舞台から降りて、地上の神殿の前で、八仙賀寿・加官進禄・天妃送子などの慶祝劇を演じさせるときの祝儀を決めている。

8．如し鹹水に遇わば、主会に要めて夫を雇い淡水を挑ぎて用に足らしむ（第8項）。戯船の停泊地、または戯棚の水が塩分を含んで飲用に適しない場合は、顧客に人夫を雇って水を運ばせる義務を課している。

9．如し主会、戯船或は別処に到りて戯を定する有れば、毎本、現収の登記銀壱元、叉点銀壱元に照らし、毎台、現収の登殿銀弍大元に照らすを要む。挂紅鵝の銀は、壱毫五仙とす（第9項）。この協定の意味は不明。顧客は、公所を介せずに別の戯班と契約することは許されないはずであるのに、このような規定を設けるのは、なぜか。或いは顧客が契約した戯班の上演期間を超えて、上演の継続を望み、そのために近くにいる戯船に追加上演を依頼するということかもしれない。その場合、既存契約に準じて別の戯班と契約し、事後に公所に届けてしかるべき金額を支払うということであろうか。

10．倘し間に或は行為の不軌なる有れば、務めて当に鼓を鳴らして攻むべし。幸わくは、自ら伊戚を貽す母かれ。是れ至要と為す（第10項）。戯班が不正行為を行った場合、公所は黙認せずに指弾する、とする。同業全体の信用の失墜を恐れるからである。

（四）　戯班と俳優の関係

　これも本来、公所の関与すべき問題ではないが、戯班と俳優の自主的解決がむつかしい場合を考えて、以下の規定を設けている。

1．班内の各友、間に適々別故に遇いて出台唱演する能わざる有れば祇だ其の身上の壱年の工銀多少に在りて日に按じて算除するを許す。詞を藉りて多く扣し、和気を傷つくるを致すを得ず（第10項）。俳優が自己の都合で休演した場合、給与年額を日割り計算して、控除するが、過度の控除は許さないとする。俳優を守る規定である。

2．各脚色は、合同に憑り、挂角の図章を蓋せる人名単を拠と為すを要む。班内の各友、并びに事を滋し法を犯す無かれ。演ずる所も亦た悖逆之戯なる無かれ（第11項）。俳優個人が不法を犯さないこと、国家秩序に反する劇を演じないことを規定する。太平天国を念頭に置いたものであろう。

3．如し賭博私債等の項有らば、戯金にて扣除して以て行友の弊端を杜ぐを得ず。（第17条）戯班内での俳優の賭博行為や、金銭の貸し借りなどから生じた、個人の負債を、主会は戯金から補填してはならない、とする。これを許すと、賭博や私債が蔓延しかねないからであろう。

　以上は、公所が関与する契約の雛型であるが、以下は、当事者がこれを踏まえて具体的に合意した契約内容である。

①　合同：「莞邑北柵郷は三界千秋を慶賀するに京戯肆本とするを定到せり。言明す：共に戯価は、壱千壱百伍拾員なり。毎元、重装の銭分とす。折せず扣せず。」（第13条）。ここで、顧客の東莞県北柵郷は、三界、つまり天地水の神々の誕生日（千秋）を慶祝するため、頌太平班に京戯4本の上演を予約している。ここで疑問とする所は、本地班であるのに、何故に「京戯」を予約するのか。本地班は京戯を演じることができるのか、頌太平班は、外江班ではないか。吉慶公所は本地班（戯船）の公所ではあるが、外江班を含んでいるのではないか。これら数々の疑問については、後述にゆずる。

②　［定むるに旧暦乙卯伍月廿より廿晩に至るまで郷に到りて開台す］。

上演期間は、五月廿二日から廿五日まで、前夜1日、正日3日、合計4日と思われる。2日前に到着を要求している、とみる。

③　[言明す：中宵は無用なり。開台銀の各項は均しく合同に照して交収す。戯完れば、即ち箱を送りて艇に回せ。延誤あるを得ず。淡水は供して用に足らしめよ。

本班の各伴、埠に到りて上落するに、如し人に打単擄掠せらるる等の情有れば主会に是れ問うと為す。倘し損失有れば、主会は数の如く賠償するを要す。官紳禁演せば、其の戯金も亦た数の如く找足するを要す。異言あるを得る毋れ。此に訂す。]（第16条）；雛型よりはるかに簡略である。

④　[省城又た収足すること：一百五十元なり。又た収舟の足：九十元なり。五月廿三日に弐百元を交し、廿四日に二百元を交す。廿五日に龍銀として一百八十元を収む。又た龍銀一百元なり。]（尾項）：戯金の支払方法を述べている。

　まず省城の公所で予約した時に手付金150元を払う。開演後、五月廿三日に200元、廿四日に200元、廿五日の代金に180元、及び100元支払う。合計830元となる。契約は1150元であるから。320元値引きしたことになる。連絡用の小舟の代金90元を入れても、230元、引いている。2割引きとなる。或いは、前夜の廿二日にも200元、支払っているのではないか、と思われる。

　「不折不扣」の条文から見て、その可能性が大きい。

　以上で合同の要点は尽きているが、一つ、注目したいのは、第2条に「凡そ城郷市鎮、及び各埠の戯院は、」とあるように、吉慶公所は、城内外の郷村、市鎮の廟宇や同族を顧客としていただけでなく、戯院をも傘下に置いていた点である。戯院もまた、自由に戯班を雇っていたわけではなく、吉慶公所の仲介が必要だったことになる。公所は劇界において大きな権限を持っていたことがわかる。粤劇は、北京や上海のように戯院を中心に展開したわけではない。その主流は、各地において郷民が神にささげる酬神劇に在った。それに対応したのが本地班の戯船である。この酬神劇中心の演劇体制は現在も変わらない。

二 戯船の行動範囲

今、手元にある吉慶公所の合同70枚を地域別に排列してみると、次表を得る。

表 7 戯船の行動範囲表 吉慶公所所属戯班演出表（1915-32）

府県		郷	祭祀	年	月	日	戯班	戯種	戯金	残金	備注
広州府	1a	太平戯院	慶賀共和	1930	6月	16-21日	一統太平班	粤戯6本	2,640		
	1b	太平戯院	慶賀共和	1232	2月	6-12日	永寿年班	粤戯6本	4,900		
	2	海珠戯院	慶賀共和	1924	4月	25-26日	頌太平班	京戯2本	800		
南海県	3	提田	天后宝誕	1917	8月	16-17日	咏太平班	京戯3本	1,460	94.5	梁沛錦書
	4	大岸		1917	8月	12-13日	咏太平班			100.05	
	5	龍畔		1917	8月	24-25日	咏太平班			98.55	
	6	杏市	列聖千秋	1918	11月	22-23日	咏太平班	京戯3本	960	493.4	
	7	九江西坊		1918	4月	9-10日	咏太平班			483.3	九江堡
	8	冲霞	天蕁千秋	1928	7月	9-15日	新紀元班	京戯3本	2,300	390	麦姓
	9	沙頭		1929	6月	18-19日	祝太平班			488.5	沙頭岸
番禺県	10	鶴洞	康帥府千秋	1917	8月	7-8日	咏太平班	京戯3本	1,250	178	呉姓
	11a	楊箕		1917	9月	2-4日	咏太平班			349.55	簸箕村・楊姓
	11b	楊箕		1917	9月	24-25日	咏太平班				
	12	石渓	列聖千秋	1920	8月	5-9日	頌太平班	京戯3？本	980	100	東国圩・秦姓
	13	赤礪	平海王千秋	1920	7月	12-17日	頌太平班	京戯3？本	1,250	250.5	梁姓
	14	沙亭	侯王千秋	1926	4月	24-29日	頌太平班	京戯4本	1,500	170	屈姓
順徳県	15	東馬寧・水口坊	天后千秋	1918	8月	6-7日	咏太平班	京戯3本	1,380	988.4	鎮（甘姓、黎姓、陳姓）
	16	東馬寧	北帝千秋	1919	11月	29-30日	咏太平班	京戯3本	960		馬寧司（陳姓）
	17	大墩	玄帝千秋	1922	11月	17-18日	咏太平班	京戯3本	980	100	何姓
	18	古朗	洪聖千秋	1922	10月	21-22日	咏太平班	京戯3本	1,580		伍姓
	19	均安		1922	6月	29-30日	頌太平班			413	均安圩
	20	吉佑	華陀先師（建醮）	1923	4月	13-18日	頌太平班	京戯3本	1,600	400	梁姓、左姓
	21	昌教		1923	1月	13-14日	頌太平班			50	
	22	水藤岑屯	酬恩	1924	1月	13-14日	頌太平班	京戯3本	1,980		水藤堡、何姓
	23	龍山・官田		1924	8月	29-9月1日	咏太平班			683.1	龍山堡
	24	馬滘		1926	3月	26日				188.4	
新会県	25	蘇村		1915	10月	5-7日	咏太平班			346.75	

	26	礼楽・中堡	龍母千秋	1916	5月	6-7日	頌太平班	京戲3本	640	256.2	中堡(区姓、陳姓、潘姓)
	27	沙田		1916	3月	17日	頌太平班			490	
	28	杜杭		1917	6月	26-27日	祝太平班			620	杜杭圩
	29	横江		1917	10月	24-27日	頌太平班			363.2	
	30	古井	(建醮)	1918	11月	6-12日	頌太平班			289.3	古井圩
	31	白廟	列聖千秋	1919	4月	17日	咏太平班	京戲3本	1,050	128	白廟圩
	32	白蜆歩	天后千秋	1929	5月	2-3日	新紀元班	粤戲4本	2,400		湯姓
	33	八堡	関帝宝誕	1929	5月	10-11日	新紀元班	粤戲4本	2,300		李姓、俗称七堡
	34	外海	橋梓坊	1929	3月	1日	新紀元班	粤戲4本	1,420		陳姓
	35	沙富	普仁学校籌款	1930	4月	10-11日	一統太平班	粤戲4本	3,120		沙富圩(張姓)
香山県	36	唐家嶅		1918	12月	9-10日	祝太平班			427.8	
	37	五崎沙	(建醮)	1919	8月	8-12日	咏太平班			280	
	38	小欖	(建醮)	1919	8月	8-19日	一統太平班			374	小欖鎮
	39	九洲基		1922	9月	21-23日	咏太平班			224.4	
台山県	40	台城		1919	4月	12-13日	咏太平班			4,400	伍姓
	41	台城		1927	9月	2-3日	咏太平班	京戲4本	1,800	300	呉姓、譚姓
	42	台城		1928	5月	6-7日	咏太平班			727.35	
	43	旧四九		1918	5月	6-7日	咏太平班			335	四九圩
	44	水楼		1919	4月	21-24日	咏太平班			665	
	45	沙冲	慶賀共和	1919	4月	2-3日	咏太平班	京戲4本	1,400	563.55	伍姓
	46	余村江尾		1920	2月	22-23日	頌太平班			420	
	47	潮境	列聖千秋	1925	4月	5-6日	頌太平班	京戲4本	2,000	945	潮境圩(黄姓)
	48	西寧市	慶賀共和	1925	4月	10-11日	頌太平班	京戲4本	2,100	360	西寧市(陳姓)
	49	上沢	列聖千秋	1925	4月	15-17日	頌太平班	京戲4本	2,200	155	上沢圩(陳姓)
	50	公益埠	(建醮)	1927	4月	12-17日	頌太平班			860	公益埠
	51	石龍頭	合利公司開幕	1927	5月	5-6日	頌太平班	粤戲4本	1,050	240	陳姓
	52	陳辺		1929	2月	22-23日	祝太平班			280.36	
	53	新昌	福田医院開幕	1930	3月	5日	一統太平班	粤戲4本	3,500		新昌埠(甄姓、黄姓、李姓)
開平県	54	楼江		1930	3月	29-30日	一統太平班			389.6	
	55	大江		1932	6月	19-20日	永壽年班		1,900		
鶴山県	56	禾谷坪		1918	9月	14-17日	新紀元班			600	
	57	官田		1920	6月	8-9日	咏太平班			390	

花県	58	馮村	洪聖大王宝誕（建醮）	1923	11月	17-21日	頌太平班	京戯4本	2,200	292.4	李姓、呉姓、林姓、湯姓
	59	平山		1924	1月	5-7日	咏太平班			300	平山圩
増城県	60	張河沙頭	共和萬歳	1914	9月	25日	頌太平班	京戯4本	980	308.15	張姓、何姓
	61	久佑	洪聖千秋（建醮）	1918	8月	7-18日	咏太平班	京戯4本	1,130	276.4	李姓
	62	余家荘	七仙娘千秋（建醮）	1924	11月	8-16日	祝太平班	京戯4本	1,400	315.4	葉姓、金姓
東莞県	63	莞城公園	（建醮）	1922	3月	12-16日	頌太平班			140.4	
	64	北柵	三界千秋	1915	5月	21-22日	頌太平班	京戯4本	1,158	110	陳姓
	65	大亨		1917	4月	23-24日	祝太平班			440	
	66	篁村	（建醮）	1917	5月	19-26日	頌太平班	京戯4本	1,350	982.2	張姓
	67	白沙		1918	10月	25-26日	頌太平班			395.4	
	68	石龍太平社		1923	2月	17-20日	頌太平班	京戯4本	2,750	410.4	石龍鎮（麦姓、何姓）
	69	司馬	列聖千秋（建醮）	1926	2月	25-3月4日	頌太平班	京戯7本	3,450	206.5	尹姓

　この表に載せた合同は、1915から1932年まで17年間、合計69件である。其の地理上の分布は、南海・順徳・番禺・新会・中山・香山・臺山・開平・鶴山・花県・増城・東莞等、珠江三角洲一帯に及んでいる。地図を示す**図10**：（番号は表の地名と一致）。

　さて、この表と図から見えるのは、何か、検討してみる。

1 京戯が粤劇より多いこと。

　前にも触れたが、この表で見ると、戯班が各郷で演じる演劇は、粤劇よりも、京戯が多い。本地班所属の戯班であるのに、これはなぜか。本地班、清末、清朝の圧力で、方言での上演ができなくなり、外江班に倣って京戯を演じた時期もあったが、民国期に入っても、なお京戯の上演を要求する郷鎮の顧客が多いということを意味している。

　そこで、この表の京戯上演の顧客を見ると、宗族が多いことに気づく。例えば、次のとおりである。

　　　番禺県　10　鶴洞康師府誕1917　　咏太平班　　呉姓
　　　　　　　12　石渓列聖誕1920　　　頌太平班　　東国墟（秦姓）
　　　　　　　13　赤磡平海王誕1920　　頌太平班　　屈姓

第2章 粤劇の発生・展開・伝播

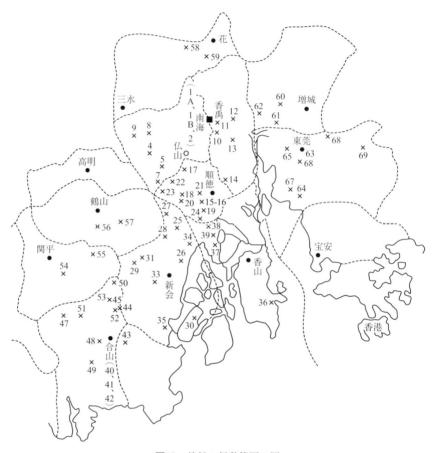

図10 戯船の行動範囲の図

	14	石亭侯王誕1926	頌太平班	梁姓
順徳県	15	東寧天后誕1918	咏太平班	東寧鎮（甘姓・黎姓・陳姓）
	16	馬寧北帝誕1919	咏太平班	馬寧司（陳姓）
	17	大墩玄帝誕1922	咏太平班	何姓
	18	古朗洪聖誕1922	咏太平班	伍姓
	20	吉佑華陀廟建醮1923	頌太平班	梁姓・左姓
	22	水藤岑屯元宵1924	頌太平班	水藤堡（何姓）

新会県	26	礼楽中堡龍母誕1916	頌太平班	中堡（区姓・陳姓・潘姓）
	32	白蜆歩天后誕1929	頌太平班	湯姓
台山県	41	台城1927	咏太平班	呉姓・譚姓
	45	沙沖慶賀共和1919	咏太平班	伍姓
	47	潮境列聖誕1925	頌太平班	潮境墟（黄姓）
	48	西寧市慶賀共和1925	頌太平班	西寧市（陳姓）
	49	上沢列聖誕1925	頌太平班	上沢墟（陳姓）
花県	58	馮村洪聖建醮1923	頌太平班	李姓・呉姓・林姓・湯姓
増城県	60	張河沙頭共和万歳1914	頌太平班	何姓・張姓
	61	久佑洪聖建醮1918	咏太平班	李姓
	62	余家荘七仙娘誕1924	祝太平班	葉姓・余姓
東莞県	63	北柵三界誕1922	頌太平班	陳姓
	66	篁村建醮1917	頌太平班	張姓
	68	石龍太平社建醮1923	頌太平班	石龍鎮（麦姓・何姓）
	69	司馬建醮1926	頌太平班	尹姓

合計で、25例、このほかに、宗族と明記されないケースが4例ある。合計で29例、69例中、42％を占める。これ以外の40例は粤劇である。

これによってわかるように、宗族の支配する郷村の大部分は、廟の神誕祭祀、或いは建醮（太平清醮）において、京戯が雇用されている。しかも、戯班は、咏太平班と頌太平班に限られている。時期としては、1910年代から20年代前半に集中しており、古い時代ほど、京戯が好まれている。宗族は官話を解し、文雅を好んだから京戯を招くのはわかるが、これら祭祀は、宗族の宗祠ではなく、村落の祭祀であるから、観衆は、大多数は庶民であり、京戯の北方官話を解する人はいなかったはずである。それにも拘わらず、京戯を招いているのは、何故であろうか。非常に難解な問題である。以下にいくつかの考えを述べてみよう。

①観客は、官話で歌われる歌唱にはあまり関心はなかったため、多少わからなくても父老の選択した戯班に異議は提出しなかった。

②セリフの部分は、官話ではなく方言の粤語を用いて演じた。これで観客

は、十分に劇情を理解できた。

このほか、この合同の文言から次の点を帰納することができる。

2 吉慶公所の勢力圏は比較広大であった。番禺・仏山・南海・順徳・香山・東莞
等、所謂、珠江三角洲のほか、新会・台山・開平等四邑地区、或は花県・鶴
山・増城等外郭地区にまで拡大している。

3 酬神戯の目的で最も多いのは、慶祝神誕（千秋）である。洪聖大王、天后、関
帝、北帝（玄天上帝）、観音、七仙娘娘等、すべて港九新界の中の郷民が常に酬
神戯を献上している有名な諸神である。ただし「三界千秋」は港九新界地区で
はみかけない。しかし全体的に見れば、この戯船の活動する地区は、広東とい
うこの同一系統の宗教或いは民間信仰の範囲内にあるといえよう。

4 目的を記さないため神霊の名を知り得ないケースもある。但し、その中の上演
日数が比較的長いものは、建醮（所謂、太平清醮）であろう。其の数は少くな
い。

5 戯班を招く郷下で「某某」鎮と称するものが多い。これは富裕な市場地であ
る。逆に貧窮な郷村は戯班を招くことは容易でなかったことがわかる。

6 郷村で某某姓と称するものが比較的多い。これは単姓村落である。港九新界で
も大姓村落のみが戯班を招いている点を見ると、双方同じ事情にあることがわ
かる。

7 1910年代から30年代までの20数年の間で、20年前に「京戯」と称していたとこ
ろは、29年になってようやく粤戯の語を用いるようになっている。これを見る
と、広東では、粤語で上演するようになったのは1930年代に入ってからという
ことになる。

　広東地区では清代以来、士商の間で流行した外江班は、京戯と呼ばれた。例え
ば、既に述べたことであるが、広東番禺県謝氏一族の族譜、『番禺芳村謝氏宗譜』
(民国25年鉛印本)〈雑録〉〈芳田房祝文〉には次のように記す。

　　　八月初一日辰の時、入主す。……市橋房は奉五世六世叔大公・仲廉公両代の
　　　主を奉じて、工資二両を出し、倶に祭品を備え、銀一十両を用う。莘田房芳
　　　村房は各々具金猪一体を具し、三房同一に奠を致す。……是の日、入主を入

れて台に登らしめ慶賀す。初二日より連ねて三天の京戯を演ず[15]。

ここで京戯と言っているのは、外江班を指す。外江班とは、乾隆45年に建立した「外江梨園会館碑」によると、安徽、江蘇、江西等から広東地区に流入した戯班である。彼らは官話で蘇浙京の音、或は昆曲を演唱した。官紳大商の庇護を受けていた。大宗族の祠堂儀典では、彼らを招いて京戯を上演させたのは自然であり怪しむに足りない。此れに対して広東方言で上演する劇を、官僚側では、土戯と呼んでいた。先に紹介した如く、京戯と土戯は、明らかに対立した名称である。清末にはまだ粤戯という呼称はなかった。上に列記した民国初期の吉慶公所合同もほとんど自己の演劇を京戯と称している。1914年以後になって、ようやく粤劇と改称している。この時期は、北伐に成功した広東人が誇りとした時代である。「慶賀共和」を名義とする粤戯は、1914年以後、1919年、1924年、1925年、1930年、1932年等、少なくない。政治的雰囲気が粤劇を京戯から独立させたのかもしれない。1928年以後、京戯の名目は見えなくなり、すべて粤戯と称されるようになる。

さて、ここで、上記の珠江デルタの郷村の祭祀演劇に戯船で移動しながら出演している「咏太平班」、「頌太平班」がどのような劇目を上演していたか、について、梁沛錦教授の『粤劇劇目通検』(1985) によって、表示してみる。「太平」というのは、孤魂によってもたらされた災害を神恩によってもとの平安な状態に戻すことを意味する。村落祭祀を主たる顧客としていた両劇団の看板にふさわしい名称と言える。

まず、「頌太平班」の劇目を梁沛錦『粤劇劇目通検』によって示す（**表8**）。

---

15)　八月初一日辰時入主。……市橋房奉五世六世叔大公・仲廉公両代之主出工資　二両倶備祭品用銀一十両。莘田房芳村房各具金猪一体三房同一致奠。……是日入主登臺慶賀。初二日、連演三天京戯。

第2章　粵劇の発生・展開・伝播

表8　頌太平班劇目表

No.	梁目番号	劇目名	備考	No.	梁目番号	劇目名	備考
1	311	三人頭禍起悪奴		32	1500	玉樹琪英	
2	350	三合明洙宝剣		33	1556	左慈戯曹	三国
3	365	三門街		34	1593	可憐児	
4	395	三気周瑜	三国	35	1608	正徳皇三訪劉倩娘	
5	583	大審陸百万		36	1676	失約騙婚	
6	584	大審陸万光		37	1701	生祭水蛇容	
7	585	大審撮団円		38	1753	白門楼被擒	三国
8	644	大鬧満春園		39	1756	白門楼帰天	三国
9	730	千歳鳳凰		40	1776	白馬解囲	
10	892	方淑蓉雪裏撫双児		41	1823	代主瞞婚	
11	909	文姫権術盗中華		42	1825	代表関公	
12	919	六国封相	例戯	43	1829	仗義除奸雪恨	
13	927	火焼塘魚欄		44	1843	仙妃送子	例戯
14	930	心心相印難諧伉儷		45	1852	叩關収父骨	
15	938	火坑救母		46	1882	四孝児痛哭親父	
16	974	火焼連営七百里		47	1886	四児哭父級	
17	975	火焼連環船		48	1935	守屍被騙	
18	1009	天官賀寿	例戯	49	1940	守華容	三国
19	1018	天堂地獄報		50	2021	再結良縁	
20	1103	王悦勘破繁華界		51	2025	再続良縁	
21	1113	王儒珍変姓作奴才		52	2043	西河会	
22	1219	孔明借東風	三国	53	2058	西海沈珠	
23	1242	月下釈貂嬋		54	2072	西蓬撃掌	
24	1291	幻夢婚縁		55	2107	妓女陸夫人	
25	1312	父子干戈		56	2122	打雀遇鬼	
26	1347	仇又仇冤家結鸞伝		57	2123	打雀遇魔	
27	1401	水戦京城		58	2184	各意見翁婿復女仇	
28	1456	玉皇大登殿	例戯	59	2261	血涙碑	
29	1457	玉泉寺顕聖	三国	60	2372	判滴血金殿団円	
30	1480	玉搔頭		61	2450	忍辱存孤	
31	1492	玉胡蝶		62	2483	孝子復家仇	
				63	2679	佛祖尋母	

II　民国初期より 1930 年代／二　戯船の行動範囲　　139

64	2873	夜半青海	
65	2888	夜困曹府	
66	2909	夜宴錦屏宮	
67	2944	夜送皇嫂	三国
68	2950	夜夢遊星	
69	3030	青山曝白骨	
70	3117	承疇絶粒意灰心	
71	3140	東遼避禍	
72	3218	抗雄師亀山重起禍	
73	3253	林尚書店中訪女	
74	3286	扮道士偸影摹形	
75	3312	秉燭通宵	
76	3319	周大姑虐婢	
77	3342	牧牛勤苦読	
78	3365	金玉満堂	
79	3379	金星釈妖	
80	3402	金葉菊	
81	3442	金陵碑	
82	3631	忠臣安社稷	
83	3723	河辺祭奠	
84	3737	治家無術	
85	3909	要離刺慶忌	
86	3933	柏玉霜自縊	
87	4008	恕己誤人	
88	4156	香閨劫	
89	4223	紅裙艶	
90	4341	俠士当災	
91	4362	俠士鶻□	
92	4397	冒名臨虎穴	
93	4401	冒雪夜尋親	
94	4411	虐婢報	
95	4439	宴桃園豪傑三結義	三国
96	4442	宮閨訓子	

97	4453	粉粧楼	
98	4585	神針記	
99	4619	高平関取級	
100	4642	書生談兵策	
101	4678	秦瓊三鞭取両鐧	
102	4753	夏瑤枝叩關収父骨	
103	4760	破黄巾英雄首立功	三国
104	4794	馬秋麟瞞婚存友誼	
105	4828	芙蓉涙	
106	4868	花香採蝶	
107	4959	桃園結義	三国
108	4970	孫悟空大鬧天宮	西遊記
109	4974	孫悟空巧取蟠桃	西遊記
110	4977	孫臏三下天台	
111	5018	針針血	
112	5129	哭太廟	
113	5130	哭不了	
114	5135	哭級	
115	5265	海陸盗	
116	5308	悦心王御園救駕	
117	5349	雪梅花	
118	5373	尉遲公赤身救駕	
119	5420	張翼德大怒鞭督郵	三国
120	5443	救丈夫双鳳棲梧桐	
121	5524	苦中苦紅顔帰浄土	
122	5555	英女挽危邦	
123	5570	英雄児女	
124	5607	梅花扇	
125	5609	梅花塔士弔英雄	
126	5630	勘破繁華界	
127	5638	胡奎売人頭	
128	5695	梨花罪子	
129	5718	貪官害命	

130	5725	婚期遭意外			163	7205	賊孑現官身	
131	5740	殺仇償友恨			164	7212	賊現官身	
132	5788	仮兄妹			165	7256	連粛栄教習英童戦	
133	5809	偉人扶弱国			166	7304	認錯人	
134	5838	偸渡陽平			167	7326	栄上栄天皇幸柳営	
135	5946	紫霞杯			168	7354	福寿綿長	
136	6121	情兼蝶影			169	7453	華陀削骨療毒	三国
137	6230	雄師宝剣			170	7460	趙子龍蔵阿斗	三国
138	6301	草鞋記			171	7481	趙匡胤高平関取級	
139	6308	悪婦滅人頭			172	7482	趙匡胤斬鄭恩	
140	6399	黄鶴楼	三国		173	7552	聚会群英	
141	6434	胭脂告状			174	7692	閙俠化頑兄	
142	6425	悲生苦養			175	7805	漢武帝重見李夫人	○
143	6429	悲恨俠盗	俠艶		176	7822	満堂春漢宮遣遠恨	
144	6512	程府招女婿			177	7850	慶忌帰天	
145	6527	絶粒惹灰火			178	7875	慎国辱慧女気魔王	
146	6528	絶路逢生			179	7981	売怪魚亀山起禍	○
147	6573	掌中美人			180	8011	慕白板誤配醜夫	
148	6574	掌上珠			181	8012	慕色累身家	
149	6638	跛大少娶二奶			182	8146	劉巡撫憐才贈妾	
150	6646	単刀会魯粛	三国		183	8163	劉倩娘抗官私逃	
151	6681	義俠伝書			184	8213	胡蝶杯投親控案	○
152	6725	義響馬三奪定海関			185	8381	憐香惜玉	
153	6755	渡河遇険			186	8387	慎国辱慧女気魔王	前出
154	6756	渡漢陽鄂州奪帥			187	8472	陳姑恨	
155	6814	新串哭不了			188	8480	陳宮罵曹	三国
156	6877	串苦鴛鴦			189	8501	陸遜困八陣図	三国
157	6965	琴楼恨史			190	8506	陶三春困城	
158	6978	琵琶続抱			191	8638	瞞婚存友誼	
159	7021	挿臓物貽禍英豪			192	8787	韓文公生祭鱷魚	
160	7108	阿斗失位	三国		193	8869	点点珠涙灑遍愁城	
161	7109	阿斗哭太廟	三国		194	8900	礼士書生談兵策	
162	7126	愛情生波折			195	8932	鶏爪山大会	

Ⅱ　民国初期より1930年代／二　戯船の行動範囲

No.	梁目番号	劇目名	備考	No.	梁目番号	劇目名	備考
196	8958	断指捐躯埋異域		207	9291	関公出世	三国
197	8982	双生貴子		208	9344	宝玉怨婚	
198	8995	双孝子火坑救母		209	9346	宝玉哭霊	
199	8997	双孝女万里尋親記		210	9470	羅成争坐金交椅	
200	9016	双俠士勇救寶賢娘	俠艶	211	9489	献美図	
201	9021	双俠盗同拯難婦	俠艶	212	9491	献帝遊猟	三国
202	9022	双俠盗扶危	俠艶	213	9615	響馬扮欽差	
203	9070	双鳳朝陽玉搔頭		214	9629	蘇小小幻夢姻縁	
204	9129	蟠龍嶺煙精征寇虜		215	9692	変姓作奴才	
205	9245	薛平貴回窰		216	9785	鸞鳳落鴉巣	
206	9289	関公月下釈貂蟬	三国	217	9872	跛大少娶二奶	

この劇目のうち、注目すべきは、備考欄に記したように三国をはじめとする歴史故事が散見されることである。これらの演目は、1940年代の香港粤劇では、消滅している。又、「俠艶」と表示した、武俠ものも見える。これは40年代以降、激増するが、清末の段階でも、有力な劇目だったことがわかる。

次に「咏太平班」の劇目を示す（表9）。

表9　咏太平班上演劇目表

No.	梁目番号	劇目名	備考	No.	梁目番号	劇目名	備考
1	39	一念差		14	826	巾幗滅強徒	俠艶
2	45	一柱擎天		15	838	山東響馬	
3	122	二俠女賊窟儷生	俠艶	16	884	小覇王怒斬于吉	唐伝
4	244	九狼星思凡鬥法		17	919	六国封相	例戯
5	314	三才大会		18	999	天地人賞善罰悪	
6	352	三妖遭刑		19	1005	天官賀寿	例戯
7	393	三気李盈香		20	1009	天官大賀寿	例戯
8	402	三気陳巡按		21	1074	王允献貂蟬	三国演義
9	426	三英戦呂布	三国演義	22	1100	王者香	
10	450	三逢不認夫		23	1103	王悦公破繁華界	
11	574	大会諸侯	三国演義	24	1181	五指山俠心猿	俠艶
12	581	大審無情鬼		25	1191	五郎救弟	楊家将
13	596	大鬧水晶宮	西遊記	26	1250	月夜救佳人	
				27	1300	幻遊清虚寺	

28	1403	水鏡薦賢		61	2918	夜斬龐涓	
29	1456	玉皇大登殿	例戯	62	2964	夜戦菩提嶺	
30	1500	玉樹琪英		63	3120	東生大審蛇公礼	
31	1548	平貴回窯	薛家将	64	3205	刺慶忌	
32	1566	石中玉		65	3207	刺臂従親	
33	1620	巧判奇冤		66	3214	亜佗偵探	
34	1687	生死鴛鴦		67	3465	金蘭結義	
35	1777	白馬跳檀渓		68	3473	金鸞殿滴血鳴冤	
36	1831	仗義贈袍	俠艶	69	3554	岳飛斬三帥	
37	1833	付遺嘱感動天良		70	3642	忠義僕護主存孤	
38	1843	仙妃送子	例戯	71	3686	宦海潮	
39	1909	占高魁啞女売筆		72	3713	首陽山義士存孤	俠艶
40	1915	甘拝石榴裙		73	3732	法場救母	
41	1966	冰炭縁		74	3777	度美修行	
42	1969	死裏復起生		75	3802	勇挙龍灘石	
43	1981	百里侯盗藪獲真凶		76	3909	要離刺慶忌	
44	1983	百里渓会妻		77	3926	陸文龍出家	
45	2017	再生縁		78	4049	風流巡按院	
46	2018	再劫紅塵		79	4084	風送滕王閣	
47	2040	西門浸女		80	4098	重知交義妓建牌坊	
48	2043	西河会		81	4175	紅衣俠	俠艶
49	2099	老学政花叢仮考試		82	4258	紅顔知己	
50	2114	打劫陰司路		83	4320	信陵君窃符救趙	俠艶
51	2118	打破玉龍鷲彩鳳		84	4340	俠士補情天	俠艶
52	2120	打破閔葫蘆		85	4362	俠児鶺□	俠艶
53	2261	血涙碑		86	4517	唐三蔵取西経	西遊記
54	2468	豆腐佬嫁女		87	4531	唐明皇広寒月	
55	2485	孝子殺親娘		88	4634	恃官威権奸興苦獄	
56	2638	李公主三美聯婚		89	4656	秦晋結同盟	
57	2698	何愁好月不団円		90	4685	弱素縁惨遭紅顔劫	
58	2729	呂布窺粧	三国演義	91	4701	晋霊公桃園宴楽	
59	2825	沙三少故事		92	4731	烈女罵羅	
60	2876	夜打林家庄		93	4753	夏瑤枝叩閽収父骨	

Ⅱ 民国初期より1930年代／二 戯船の行動範囲

94	4768	破陣		127	6347	捨義父孝子尋親	
95	4919	挖目		128	6431	悲嬰逢善婦	
96	4922	金生挑盒		129	6505	経装滅賊	
97	4979	孫臏兀地		130	6568	順情終己累	
98	4991	笑刺肚記		131	6643	跑馬入店	
99	5115	哪托出世		132	6663	義子存忠孝	
100	5283	鹿台宴楽		133	6714	義説光平	
101	5326	雪中得美		134	6909	痴児淪恨海	
102	5437	研究新世界		135	6999	荷池影美	
103	5455	執法保民安		136	7016	賈宝玉祭晴雯	紅楼夢
104	5520	茉莉簪		137	7101	楊慧娘帰天	
105	5559	英娘売酒		138	7181	与民伸冤	
106	5607	桃花扇		139	7236	路遥訪友	
107	5742	殺身相夫		140	7278	滅奸扶弱王	
108	5767	御賜荼薇		141	7320	誤娶自由女	
109	5808	仮蟠桃		142	7339	瘋癩婦相府吐冤情	
110	5844	偸鶏		143	7391	碧玉離魂	
111	5852	偵探扮徐娘		144	7423	奪嫡奇冤	
112	5853	偵探扮阿陀		145	7428	軽材存婦義	
113	5867	敗家児善悪有報		146	7521	夢魂会母	
114	5868	敗徳利金銭		147	7523	夢遊太虚	
115	5898	啞女売筆		148	7597	鳳儀亭訴苦	
116	5921	唱大刀記		149	7664	嫖賭飲吹	
117	5989	逼女配二夫		150	7728	雌雄盗	
118	6054	盗翁憐義媳		151	7729	雌雄換影	
119	6090	棄妻尋原婦		152	7756	窮途遭劫険	
120	6146	情場涙		153	7909	賢妓女励客従軍	
121	6202	登台拝将	韓信	154	7983	売粉果	
122	6247	報国仇毀家紓難		155	7988	売花得美	
123	6307	悪家庭剖明恩怨獄		156	8054	樊夫人帰天	
124	6316	探奇案化装救節婦		157	8065	樊梨花罪子	
125	6330	棺裏逃生		158	8123	嬌児累至親反成仇	
126	6338	棋盆会斉楚大戦		159	8372	憐才成燕好	

160	8379	憐香客	
161	8468	陳村錦開光	
162	8491	陳万年再生姻縁	
163	8527	陰陽扇	
164	8619	衛鞅五馬分屍	
165	8620	禀強隣帥府徴兵	
166	8621	学究哭新潮	
167	8629	曇花翻並蒂	
168	8637	県官尋盗藪	
169	8745	臨岐哭母	
170	8755	撃石成火	
171	8854	独臂刺慶忌	
172	8859	挙獅観図	
173	8900	礼士書生談兵策	
174	8977	双太子西天尋母	
175	8995	双孝子火坑救母	
176	9020	双侠記	侠艶
177	9023	双侠復臨安	
178	9117	双響馬	

179	9152	譚仁被殺	
180	9258	痴情公主	
181	9275	絵地図身覇陥窄	
182	9289	関公月下釈貂蟬	
183	9322	難中逢侠士	侠艶
184	9346	宝玉哭霊	紅楼夢
185	9356	宝芙蓉	
186	9384	邂逅縁	
187	9448	釈妖	
188	9475	羅成写書	
189	9521	懺悔自刎	
190	9530	覇土別姫	
191	9557	険裏復危生	
192	9572	鉄血定姻縁	
193	9645	蘇秦説六国	
194	9664	蘆花余痛	
195	9665	蘆花孽痛恨黒心符	
196	9692	変姓作奴才	

　ここでも三国や薛家将伝などの歴史小説に由来するものが散見されるが、特に武侠物が多いのが目立つ。これらが、光緒末年から辛亥革命までの戯船によって郷村に流行した劇目である。40年代以降の劇目は、時代物から世話物中心になってゆくから、この両班の劇目は、粤劇の古典と言ってよいであろう。

三　清末民初の粤劇の変遷

　先に粤劇簡史のところで述べたように、祭祀演劇としての粤劇は、清代初期の康熙年間に遡れるが、その近代までの足取りは、資料が欠落していてたどりにくい。研究も進歩していない。70年代に入って、黄兆漢氏と梁沛錦氏の2人が、粤劇の劇本を収集して上演記録をたどったが、その上限は、光緒年間に留まる。ここでは、梁沛錦氏の『粤劇研究通論』(龍門書店、1982年) によって、清末以後の粤劇俳優、及び劇団の変遷について、概観しておく。梁氏は、劇本、戯単を収集

Ⅱ　民国初期より1930年代／三　清末民初の粤劇の変遷　　　　145

して、粤劇の変遷を4期に整理している。以下、これに随う。

第1期　光緒末より五四時期まで（1880-1919）

　　　　この時期は、広州を中心に、2600種もの大量の劇目が演じられている。

　（1）劇団：祝華年班、咏太平班、周康年班、楽同春班、周豊年班、環
　　　　　　球楽班、梨園楽班、人寿年班、頌太平班、楽千秋班、祝千秋班。
　　　　　　このうち、咏太平班と頌太平班は、前述の吉慶公所の合同に見え
　　　　　　る。上演演目は前出。

　（2）俳優：

　　　　①武生：蛇公礼、新華、公爺到、東坡安、親耀、新標、外江来、
　　　　　　　　新白菜、金山貞、声楽羅

　　　　②小武：反骨友、崩牙啓、崩牙成、崩牙昭、大和、靚少華、東山、
　　　　　　　　金山七、周瑜利、金山茂、靚元亭、朱次伯

　　　　③花旦（男）：徳孖、仙花発、白蛇森、紮脚文、蛇王蘇、紮脚勝、
　　　　　　　　桂花芹香、耀蕭麗湘、仙花旺、掲州安、貴妃文、千里駒

　　　　④花旦（女）：張淑勤、蘇州妹

　　　　⑤小生：師爺倫、小生聡、小生鐸、金山炳、風情杞、小生沾

第2期　五四運動より抗日戦前（1914-1937）

　　　　この時期は、粤劇（広府大戯）の全盛期、名班・名伶が輩出した。

　（1）劇団：覚先声班、太平劇団、勝寿年順、錦添花、勝利年、興中華

　（2）俳優：薛覚先、馬師曽、靚少佳、靚次伯、羅家権、林超群、龐順
　　　　　　　堯、新馬師曽、譚玉蘭、曽三多、白玉堂、桂名揚、李翠芳

第3期　対日抗戦時期（1937-1945）

　　　　この時期は、広州が日本軍によって占拠されたため、多数の粤劇劇
　　　団、及び俳優が香港に流入し、粤劇は一時、活況を呈したが、1941年、
　　　日本軍の香港攻撃以後は、上演停止となる。開戦時、日本空軍の香港爆
　　　撃により、麦嘯霞が爆死している。惜しみても余りあり、日本が粤劇研
　　　究を妨害したことになる。

（1）劇団：覚先声班、太平班、錦添花、興中華、蘇州麗劇団（女班）、
　　　　　新大陸劇団（女班）、鏡花艶影（女班）
（2）俳優：薛覚先、馬師曽、半日安、衛少芳、盧海天、鄭孟霞、陸飛
　　　　　鴻、楚岫雲、麦炳栄、王中王、呂玉郎、関影憐、黄超武、
　　　　　白駒栄、羅品超、上海妹、韋剣芳、蘇州麗、任剣輝、譚蘭
　　　　　卿、陳錦棠、葉弗弱、徐人心、陳皮鴨、李海泉、龐順堯。

第4期　終戦より新中国成立（1945-1949）

　　インフレのため、生活混乱、戯班は、広州と香港の間を顧客を求めて
右往左往した。広州公評報によると、1947年1月12日の八和粤劇大集会
に参加した各劇団は、次のとおりである。

　　①勝利劇団：馬師曽、紅線女、陸飛鴻主演、「我為卿狂」、「鬼馬擡爺」、
　　　　　　　「刁蛮公主憨駙馬」などを上演。

　　②覚先声劇団：薛覚声、上海妹、半日安主演、「胡不帰」、「梁山伯祝
　　　　　　　英台」などを上演。

　　③花錦繡劇団：廖俠懐、譚蘭卿、黄千歳主演、「花染状元紅」、「俠骨
　　　　　　　蘭心」などを上演。

　　④日月星劇団：曽三多、盧海天、譚秀珍主演、「飲慈父血」などを上
　　　　　　　演。

　　⑤錦添花劇団：陳錦棠、李海泉、譚玉真主演、陳錦棠の武打劇、「銅
　　　　　　　網陣」、「瘋狂花燭夜」、「三盗九龍杯」などを上演。大
　　　　　　　流行を博す。郷村の祭祀演劇でも歓迎された

　　⑥龍鳳班：羅家権、白玉堂、秦小梨主演、常に秦小梨の肉感を売り物
　　　　　　　にした官能戯を上演、「肉山蔵妲己」（秦小梨酒池沐浴）。戦
　　　　　　　後乱世の人心の欲望露出を反映。

　　⑦群龍劇団：李翠芳、呉惜衣、廖金鷹主演、1946年、「風流艶王妃」、
　　　　　　　「龍飛鳳舞」など、肉感戯に近い。

　　⑧海龍劇団：梁醒波、馮鏡華、芳艶芬主演、1946年、「節婦斬賢夫」、
　　　　　　　「名士奇花戯贓官」など、風刺劇を上演。

Ⅱ　民国初期より1930年代／三　清末民初の粤劇の変遷　　　147

⑨関徳興劇団：関徳興、陶醒非、馬金娘主演、「神龍俠」、「生武松」、
　　　　　　　「生関公千里送嫂」、「華容道」など水滸、三国の武俠
　　　　　　　劇を上演。

⑩丹山鳳劇団：羽佳、陳露薇、楚湘雲主演、羽佳が得意の武功神童戯
　　　　　　　を演じた。「生呂布」、「方世玉打擂台」、「黄飛虎反五
　　　　　　　関」、「三気周瑜」など。

⑪勝寿年劇団：南洋文武生周少佳主演、1946年、広州にて「十里屠
　　　　　　　城」、「三気老状棍」などを上演。

⑫海珠劇団：何非凡、少新権、上海妹、半日安、羅麗娟主演。1946
　　　　　　年、「夜流鶯」、「怒破胭脂陣」、「胡不帰」などを上演。
　　　　　　1947年、何非凡は、馮鏡華、芳艷芬、鳳凰女と非凡響劇
　　　　　　団を結成、1949年まで、広州で「情僧偸渡蕭湘館」、「落
　　　　　　花鴛鴦塚」「三門街」などを上演。

148　　第２章　粤劇の発生・展開・伝播

Ⅲ　粤劇の戯神

一　贛粤系田竇二将軍

　田都元帥の田都の２文字は、発音が田竇に似ている。実際、江西地区では、田都元帥ではなく、「田竇二将軍」が戯神となっている。例えば、有名な明代戯曲家湯湿祖在〈宜黄県戯神清源師廟記〉の中で言う。

　　　予聞く：清源は、西川の灌口神なり。人と為り美好にして、游戯を以て道を得たり、此の教を人間に流す。今に迄るまで祠なる者なし。子弟は開呵の時、一たび之に醮し、「囉哩嗹」を唱うるのみ。予は毎に恨と為せり。(中略)此の道に南北あり。南は則ち昆山、之に次ぐを海塩と為す。呉浙の音なり。其の体局は静好にして、拍を以て之が節と為す。江以西の弋陽は、其の節は鼓を以てす。其の調は喧なり。(中略) 我が宜黄の譚大司馬綸は聞きて之を悪む。自ら治兵を浙に得たるを喜び、浙人を以て帰りて其の郷の子弟に教う、能く海塩の声を為さしむ。大司馬死して二十余年なり。其の技に食する者、殆ど千余人なり。聚まりて予に諗じて曰く、吾が属此を以て老を養い幼を長ぜしめ世に長らえしむ。而るに清源祖師に祠無きは、不可なり。予問う、倘し大司馬を以て従祀せんか。曰く、敢てせず、止だ田竇二将軍を以て配食せん[16]。

　これにより、江西戯班では清源（灌口二郎）を祖師とし、田竇二将軍を配祀としていたことがわかる。では、田将軍とは誰か？　竇将軍とは誰か？　この田将

---

16)　予聞清源、西川灌口也。為人美好、以游戯而得道、流此教於人間、迄无祠者。
　　子弟開呵時、一醮之、唱「囉哩嗹而已。予毎為恨。(中略) 此道有南北。南則昆山、之次為海塩。呉浙音也。其体局静好、以拍為之節。江以西弋陽、其節以鼓、其調喧。(中略) 我宜黄譚大司馬綸聞而悪之。自喜得治兵於浙、以浙人帰教其郷子弟、能為海塩声。大司馬死二十余年矣。食其技者殆千余人。聚而諗於予曰、吾属以此養老長幼長世、而清源祖師无祠、不可。予問、倘以大司馬従祀乎。曰、不敢、止以田竇二将軍配食也。

III　粤劇の戯神　　　149

軍とは田公元帥と見てよいか？　寶将軍は、田公元帥とどのような関係にあるか？
以下、この問題を検討してみる。

　広東の粤劇戯班では華光大帝を祖師として奉祀し、"田寶二師"を配祀する。
粤劇戯班の後台には師傅の霊位を奉祀する。中央に華光、傍に田寶二師を配す
る。陳守仁「香港的神功粤劇：習俗与儀式」(『香港八和会館四十周年特刊』1993年11
月) に華光、田寶等の本性について逐一説明している。華光については、つぎの
とおり。

　　　程曼超『諸神由来』に言うところでは、華光は東岳大帝の5子の3番目の子
　　　で、火神である。戯棚の演劇では、最大の災難は火災である。故に戯班の子
　　　弟が火神を祀るのは、よく理解できる[17]。

私は、この考えに賛成である。ただ、起源としては戯棚での火災よりも、戯船で
の火災を恐れたのではあるまいか。附録Ⅳに示すように、戯船には船尾に華光を
祀り、併せて太子 (田寶二元帥) を祀っていた。華光大帝の故事を語る『南遊記』
では、華光は敵と戦うとき、常に火を使って相手を殲滅する。部下には風火二童
がいて、これを助ける。『南遊記』第4回に言う。

　　　太子曰わく"你に何の功ありや？"霊耀 (華光) 曰わく"我れ風火二判官を
　　　収むれば、功を為すべきや否や？"[18]。

　これによって、華光も風火を駆使していることがわかる。この点では、風火院
田公元帥と同じであり、閩潮系統の戯神田公元帥の雷神としての本性とも一致す
る。

　それでは、田寶の二人については、どう説明しているか、陳教授の説明は次の
とおりである、

　　　田、寶については、香港の粤班に流行している説明では、次のとおりであ
　　　る。清代に溯るが、ある晩の深夜に、一群の粤劇戯班の子弟が田間で二人の

17)　程曼超『諸神由来』一書所説、華光是東岳大帝五個児子之第三位、是火神。戯棚演劇
　　戯、最大的災害是火災、故戯班子弟奉祀火神、完全可以理解的。
18)　太子曰"你有何功?"霊耀 (華光) 曰"我收風火二判官、可為功否?"

小孩児が戦っているのを目撃したという。その武功がすこぶる新鮮で精彩に富んでいたので子弟は目を奪われ、明け方まで続いた。両名の小孩は田間及び溝中の小洞（称 "竇"）に消えた、2人の仙人の名前がわからなかったので、戯班は、2人を奉祀して田及び竇とし、戯神とした。これ故に、今日の粤班の後台の師傅位上に置かれる田竇像はすべて小孩児の姿をしている[19]。1965年香港田竇二師誕辰祭祀の写真には、小孩児田竇の姿が見える（**写真7**）。

写真7　粤班戯神田師傅（右辺武将は小孩姿（白衣）の田師傅を抱きあげている）（《香港八和会館四十周年特刊》1993年11月）

私は、この民間伝説は、荒唐無稽に近いものとみる。もし華光、田、竇の3人を一組として考察するとすれば、田竇の2人の子供は、華光の陪神とみるべきである。それによってはじめて湯顕祖の云う田竇二将軍が清源に配食された関係に符合する。田竇二童が火神華光の陪神であれば、かれらはきっと風火二童に違いない。推測するに、田仙は雷公であり、竇仙は電母であろう（竇音は電母の反切から得られる）。それでは、贛粤戯班の田竇二師は2人なのに、閩潮系戯班の田公元

---

19)　関於田、竇、香港粤班流行的説法、是追溯清代。一晩深夜、一群粤劇戯班子弟在田間看見両箇小孩児在打闘、由於所用武功十分新顕及精彩、吸引着這些子弟。直至天亮、両名小孩消失在田間及溝中的小洞（称 "竇"）、由於不知両位仙人的称謂、戯班遂供奉両位為田及竇、視為戯神。故此、今天粤班後台師傅位上所放的田竇像都是小孩児的模様。

帥が1人なのはなぜか。いかにしてこの分化が生じたのか。最後にこの問題を論じる。

二　田竇元帥から田都元帥への転生

まず、上述の各地の田都元帥の名称と形象を対照表によって示す（表10）。

表 10　戯神の地方的分化表

地区	場面	主神	陪神		侍者		院号
江西	湯顕祖	清源祖師	田将軍	竇将軍			
	南游記	華光			風童	火童	
広東・広西	粤劇戯班	華光大帝	田師(童)	竇師(童)			
福建	福州戯班	(雷万春・海青？)	田都元帥　(童)				風火院
	莆仙戯班	(雷万春・海青？)	田都元帥　(武・文)		風童	火童	風火院
	泉州戯班	(雷万春・海青？)	田都元帥　(相公爺)				風火院
潮汕	潮州戯班	(雷万春・海青？)	田都元帥　(太子1)		太子2	太子3	翰林院
	海陸豊戯班	(雷万春・海青？)	田公元帥　(童)				翰林院

　この表でみると、湯顕祖、南游記等の明代記録の戯神はすべて主神1人と陪神2人が一組に組み合わさっている。この3人一組の形態は、おそらく祭祀儀式の形式に由来する。贛粤系戯班は、この伝統形式を墨守する。これに反して、閩潮系戯班では、主神雷万春の地位が時代と共に曖昧模糊となり、2人の陪神の田元帥と竇元帥の地位が高まってきて、最後は、陪神が主神的地位を奪ってしまう。陪神の時代であれば、田元帥及竇元帥2人は、并立できたが、主神になってしまうと2人というのはありえず、自然に地合されて1人になる。そこで竇姓を同音の都字に改め、姓を田とする都元帥というこの1人の最高戯神が生み出されたのである。但し雷万春に替わる1人の田都元帥が成立して後、やはり祭祀の形式上、2人の陪神が必要になって、例えば風火二童が正式の陪神になった。潮州戯班の三太子は最も明瞭にこの合併の過程の結果を示している。この変化は上記の資料から見て莆田で起こったものとみてよいであろう。

Ⅳ　南洋の粤劇

　広東人は、シンガポール、マレーシア、タイなど南洋地域に多数の移民を送り
出し、現地では商業活動を通じて、勢力を拡大してきた。広東語は、南洋華僑社
会に広く通用する共通語になっている。その定住地域には、広東劇の業余劇団が
あり、また香港から粤劇団が招かれて上演している。以下では、その状況につい
て、概観する。

一　シンガポール・摩士（モスク）街

　シンガポールでは、摩士（モスク）街と牛車水地区に広東人が集居しており、
ここでの祭祀では、粤劇が上演されている。例えば、モスク街では、1983年旧暦
七月初八日に中元節祭祀が挙行されたが、これに先立って、牛車水摩士街盂蘭勝
会同人の名義により、次のような告示が発せられた。

　　本街坊の衆、中元盂蘭勝会を慶祝するの挙あり、宗旨は、該街坊衆を聯絡
　　し、神明を供奉して福を祈り、亡魂を祭祀し、幽霊を安慰する等、福をして
　　合境を蔭して平安ならしむ（の事）たり。尤も此の伝統の慣例に対しては、
　　列処皆然り。茲の時に際し今日に至り、此くして坊衆を集むるの機会を籍
　　り。熱烈慶祝の餘、乃ち当局の意旨を秉承し、能く此の力量を具えて、社会
　　慈善公益の事を推動し、以って能く社会の繁栄と、国泰民安とを達し至るを
　　期す。本会成立せる自り今に迄る、短々数年の期間と雖も、能く坊衆の鼎力
　　支持を獲得す。現届慶祝の期に当り、本会謹みて訂するに、農暦七月初八よ
　　り十二日に至る、壱連五日夜に於いて、当日に開壇祈禱す。当日下午五時正
　　に投杯して鼎を炉主に問う。特に天鷹粤劇団を礼聘し粤劇を公演せしむ。並
　　びに訂するに七月初九日（星期三日）中午十二時正にて、神前福物を分派す。
　　是の日の晩上七時半正、敬みて薄酌を備う。時に届りて敬みて各坊衆同人
　　等、勇躍して蒞臨出席して参加し、此の聯繋に籍りて、能く其れ此の社会公
　　益事務を発展せしむるを希う。是れ厚く望む所なり[20]。

Ⅳ　南洋の粤劇　　　153

この文を見ると、通常の盂蘭盆会の布告文が同人の祈福攘災を神明に希求する範囲にとどまるのに対して、同人の範囲を超えて社会全体の福祉の増進をうたっている。シンガポール当局が宗教迷信を歓迎せず、中元祭祀を岐視するのを考慮してのことであろうか、非常に不自然な誇大布告たるを免れない。

　しかし、これを受けて、摩士（モスク）街には、次の図のような祭祀設備が設営された。

---

20)　本街坊衆、慶祝中元盂蘭勝会之挙、宗旨為聯絡該街坊衆、供奉神明祈福、与祀亡魂、安慰幽霊等、俾福蔭合境平安、尤対此伝統慣例、列処皆然、際茲時至今日、籍此而集坊衆之機会、熱烈慶祝之余、乃秉承当局意旨、能具此力量。推動社会慈善公益事、以期能達至社会繁栄、国泰民安、本会自成立迄今、雖短々数年期間、能獲得坊衆鼎力支持、当現届慶祝之期、本会謹訂於農暦七月初八至十二日、壱連五日夜、当日開壇祈禱、当日下午五時正投杯問鼎炉主、特礼聘天鷹粤劇団公演粤劇、並訂于七月初九日（星期三日）中午十二時正、分派神前福物、是日晩上七時半正、敬備薄酌、届時敬希各坊衆同人等、勇躍莅臨出席参加。籍此聯繋、能其此発展社会公益事務、是所厚望焉。

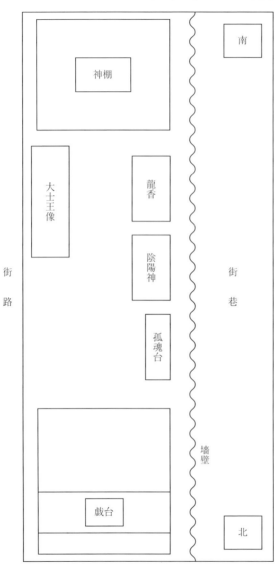

図11 摩士(モスク)街の盂蘭盆会祭壇戯棚配置図

図11に示したように、南北に走るモスク街の1本路の南の片側に道路の幅の半分を使って、神棚を立て、中に三清を祀る祭壇を設け、入り口に大士王像を立てる。

この神棚と戯棚の位置は逆である。本来神棚が北を占めて坐北向南となり、戯棚が南に位置して、北面し神に戯劇を献供する形にするべきもの。これでは戯棚が主役で神は脇役になってしまう。しかし、戯棚を南に位置すると、楽屋に直射日光が長時間あたり、夜も高温が続き、劇団員として耐え難い。このために変則の配置となったものと推察する。

Ⅳ　南洋の粵劇

写真 8　神棚

　この神棚（写真 8）に対面して、かなりの距離（20メートル）を隔てて北に戯棚を立てる（写真 9）。

　天鷹粤劇団の横幕が見える。道路の右側には、広東人の商店が軒を連ねる。

　左側には龍香の柱が立つ。

　この神棚と戯棚の間の20メートルの細長い空間が祭祀空間となる。

　まず、神棚に寄って龍香を立て、次に陰陽司の神像を並べる。その右に孤魂台が設けてある。孤魂台に次に同人の祖先を祀る附薦台、さらに右端に無常使者を配置する（写真10）。

写真 9　戯棚遠望

写真10　陰陽司神像群と無常使者（右）

　左から城隍、地獄の裁判官の陰陽司、土地神の3人の像が並ぶ（写真10）。

　無常使者は、団扇を持ち、一見発財と書いた帽子をかぶる。香港では見かけないシンガポール広東人独自のものである（写真11）。

写真11　無常使者

Ⅳ　南洋の粤劇　　　　　　　　　　157

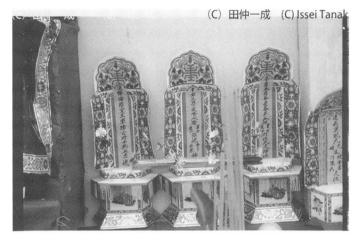

写真12　孤魂台の神位

　孤魂台は中央に「十方三界受食水陸男女鬼子等衆神位」を置き、左に「追悼海陸空三軍陣亡将士熱血忠魂」、右に「本区各省各県各里各姓男女老少死霊神位」を配祀する。戦死者を祀るのは、国家社会の為に犠牲となった英雄の祟りを恐れるからである。また、この孤魂台の隣には、長期間、祭祀を欠いた祖先を付随して祀ってもらうために登録した「追薦者」の霊位を並べる（写真12）。

158　第2章　粤劇の発生・展開・伝播

写真13　大士王像の開光

　祭祀は、道士団の神棚拝礼から始まる。三清に招聘状を発する【発奏】を行い、併せて、場内に設置された神像、霊位を開光（魂入れ）する。写真は、大士王の開光の模様である（写真13）。

写真14　観音壇の開光

　次に大士王の隣にある観音壇を開光する（写真14）。

Ⅳ　南洋の粤劇

写真15　陰陽司の開光

次いで、神棚の前の龍香に隣接する陰陽司壇の3神像を開光する（写真15）。

道士は長い柄の筆の先につけた鶏冠の血を像に点ずる（写真16）。

全体として見ると、このモスク街の祭祀設備は、福建系の影響を強く受けている。神像の数が多く、香港の広東系中元祭祀の簡略な設営とは似ていない。シンガポールの場合、広東人は少数派で、福建系居民の影響を受け易かったのかもしれない。

写真16　陰陽司の開光Ⅱ

160　第2章　粤劇の発生・展開・伝播

写真17　捐款公示の開光

　次いで、寄進者の名簿を公示した榜文も開光する（写真17）。

　夜に入って、戯棚では、天鷹粤劇団による粤劇が上演された。この劇団は、シンガポールに拠点を置く地元の業余劇団である。この時の演目は、広告によって予告された。次のとおりである（写真18）。初九からの開演とされているので、初八は、道士の開壇と投杯による次期の炉主の選定だけにとどめていたことがわかる。

写真18　天鷹粤劇団の広告

この広告の肖像写真から、この劇団の主演俳優がわかる、次のとおりである。

　正印武生：阿文煥

　正印花旦：李　鳳

　次印花旦：凌翠鳳

　刃　　　：李若呆

いずれも、シンガポール、マレーシアを拠点とする粤劇俳優であろう。
また、この広告から、演目とその配置を示すと、つぎのようになる。

　前日（初九）

　　　夜演　　六国封相

　　　　　　　碧血写春秋

　正一日（初十）

　　　日演　　粉城騒俠

　　　夜演　　梁紅玉

　正二日（初十一）

　　　日演　　天女散花

　　　夜演　　唐伯虎点秋香

　正三日（初十二）

　　　日演　　洛神

　　　夜演　　龍鳳争掛帥

　概ね、有名な演目で固めているが、演目の格から見ると、正二日が祭祀の正日とみられる。これらの演目の梗概は、第4章にまとめて記す。

写真19　天鷹粤劇団の公演

二　シンガポール・牛車水

　シンガポールの牛車水地区は、広東人の集居する商業地区である。ここでも中元には天鷹劇団が招かれて粤劇を演じている。1994年旧暦七月十四日の中元祭祀に、告示された榜文は、次のとおりである。

中元勝会文榜

太上三五都功、経録玄門、秉教具職科事、臣、法昌何道院、誠に惶れ誠に恐れ、稽首頓首す。言に以うに：金井に霜は飄い、旅客は異郷に故里を思う。白楊に風は颯い、沈魂は夜府に新寒を怨む。俯して丹悃を伸べ、上に窮蒼を瀆す。臣、今、啓奏すらく、照拠するに大星国の各州各府各県の人民、星架坡各街に僑居して居住せるもの、牛車水大廈前面の大草場に来りて、壇を結び道を奉じて慶讃中元盂蘭勝会を修建す。真に朝し斗を礼し、星を振いて運を昌んならしめ、食を施し幽を超す。財を招くこと旺相ならしめ、福を集め祥を迎う。福広合源街、丁加奴街、聯合牛車水小販中心中元会に請うに、正炉主□□、副炉主□□、□□、頭家□□、□□、名誉顧問□□、□□、会務顧問□□、正主席□□、副主席□□、正財政□□、副財政□□、正交際□□、副交際□□、文書□□、査帳□□、壇前主任□□、副□□あり、曁び本街各家善信男女人等を領して、一念の心誠もて、天鑒を拝す。詞に称すらく：信等、生れて中土に居り、南邦に貿易す。二炁の以て生成するに感じ、三光にして化育せらるるを荷う。沾い依ること既くる靡く、福を賜わること方に来る。言に念うに：時に維れ瓜月の節なる中元にして、廼ち天は赦罪の門を開き、地は冥間の鑰を啓く。家家羞を薦め、戸戸恩を修す。時に因りて念を挙げざる莫し。安んぞ能く景を撫して座して懐うのみならんや。是を以て爰に同人を集め、聊か寸善を修す。今甲戌年七月十四日を卜し、仗りて道教十三員を延き、牛車水大廈前面の草場に来らしむ。壇を設け崇を修し、中元二品赦罪地官千秋宝誕芳辰を慶祝す。真に朝し斗を礼し、星を旋らすに庚を康んず。玉山静供全堂の功徳の事を施放すること、一昼連宵なり。祇だ香花静供を陳べ、上に金闕高真の下に奉じ、孤幽等の衆を済し、均しく道力を承けしめ、各をして生方に昇らしむ。此の善功を集め、仰せて福祐を祈らしむ。三元は慶を賜いて、恵沢を施して人間に降し、十殿は慈を垂れて、祥光を地府に放たんことを。恩は信等を庇し、風調し雨は順に、国は泰く民は安からんことを。生意は興隆し、財星は高く照らし、旺財は順利に、東に就きて西に成らんことを。財源は広く進り、合境は平安ならんことを。祝言は戩

Ⅳ　南洋の粤劇　　　163

かず。全て天相に叩る。右文榜を具し、百拝して以て聞す[21]。

　神棚を設営し、奥に三清壇を設け、中に三清を祀る。三清の左右に馬元帥、趙元帥などの功曹を配する。極彩色の非常に派手な祭壇である。広東人好みと言えようか（**写真20**）。

21）　中元勝会文榜：太上三五都功経録玄門秉教具職科事、臣法昌何道院、誠惶誠恐、稽首頓首、言以：金井霜飄、旅客異郷思故里、白楊風颯、沈魂夜府怨新寒、俯伸丹悃、上瀆窮蒼、臣今啓奏、照拠大星国各州各府各県人民僑居星架坡各街居住、来于牛車水大廈前面大草場、結壇奉道修建慶讃中元盂蘭勝会、朝真礼斗、振星昌運、施食超幽、招財旺相、集福迎祥、請福広合源街、丁加奴街、聯合牛車水小販中心中元会、正炉主□□、副炉主□□、□□、頭家□□、□□、名誉顧問□□、□□、会務顧問□□、正主席□□、主席□□、正財政□□、副財政□□、正交際□□、副交際□□、文書□□、査帳□□、壇前主任□□、副□□、曁領本街各家善信男女人等、一念心誠、拝于天鑒、詞称：信等生居中土、貿易南邦、感二炁以生成、荷三光而化育、沾依靡既、賜福方来、言念：時維瓜月節中元、廼天開赦罪之門、地啓冥間之鑰、家家薦羞、戸戸修恩、莫不因時挙念、安能撫景座懐。是以爰集同人、聊修寸善、卜今甲戌年七月十四日、仗延道教十三員、来于牛車水大廈前面草場、設壇修崇、慶祝中元二品赦罪地官千秋宝誕芳辰、朝真礼斗、旋星康庚、施放玉山静供全堂功徳事、一昼連宵、祇陳香花静供、上奉金闕高真下、済孤幽等衆、均承道力、各昇生方、集此善功、仰祈福祐。三元賜慶、施恵沢降人間、十殿垂慈、放祥光於地府、恩庇信等、風調雨順、国泰民安、生意興隆、財星高照、旺財順利、東就西成、財源広進、合境平安、祝言不戢、全叩天相。右具文榜、百拝以聞。

第2章　粤劇の発生・展開・伝播

写真20　神棚内の祭壇

神棚の入り口に三界壇を設ける。三界大帝を祀る（写真21）。ここでも道士の儀礼が行われる。

神棚に対面して、戯棚が設置される（写真22）。

モスク街の場合と同じく、牛車水街の場合もその設営は、福建系の影響が強いように思われる。特に偶像画像が派手な点に福州、万田の影響が認められる。

出演は天鷹粤劇団である。演目は公示されず、詳細は不明。

写真21　三界壇

Ⅳ　南洋の粤劇　　　　　　　　　　　　165

写真22　戯棚

三　ペナン・大順街

　ペナンの大順街では、毎年中元に祭祀が挙行される。1983年では農暦七月廿二日から廿三日明け方まで、祭祀と粤劇が行われた。先だって道士による布告文が公示された。次のとおりである。

　　本壇照拠するに、中華民国広東省各府州県人民の南洋庇能列向に僑寄して居住せるもの、道を奉じて修建するに、大順街区同人、慶讚中元盂蘭勝会たり。七月廿二日連宵を択びて、功徳の法事し、経を誦し懴を拝し、食を施して幽を超す。普く孤魂等衆を度し、福を集め□に利して祥を迎う。当年大炉主□□、副炉主□□、頭家□□、総壇□□、主席□□、査帳□□、協理員□□、服飾団□□、右は醮信人等を領して、天鑒に拝す。詞に称すらく：年年恭祝、歳歳慶賀す、聖寿無疆ならん。各家を庇佑して、星庚をして光彩あらしめ、人人をして鴻運享通せしめよ。生意は興隆し、□財は広進し、合境平安ならんことを。寒林所に施食するに、太乙救苦天尊、大聖全堂永寿天尊あり。金門正一奉行科事、臣、告げて白す：五音十類、六道四生、並びに及び有霊無祀、男女孤魂、共に湊(あつ)まれり。本月廿二日、晩来、万縁福地の壇場に

赴け。掌もて普度の門を放ちて開かしめよ。経を聞き法を施こされ、食を受け衣を領せよ。喧嘩するを得る無く、沢を恵け憐を慈め。右鬼子に仰せて知悉せしむ。右榜もて通呈す。天人洞鑒せよ。天運甲子年七月廿二吉日、文榜[22]

---

22) 本壇照拠、中華民国広東省各府州県人民僑寄於南洋庇能列向居住、奉道修建、為大順街区同人、慶讃中元盂蘭勝会、択於七月廿二日連宵、功徳法事、誦経拝懺、施食超幽、普度孤魂等衆、集福利□迎祥。当年大炉主□□、副炉主□□、頭家□□、総壇□□、主席□□、査帳□□、協理員□□、服飾団□□、右領醮信人等、拝于天鑒、詞称：年年恭□、歳歳□賀、聖寿無疆。庇佑各家、星庚光彩、人人、鴻運享通、生意興隆。□財広進、合境平安。施食寒林所、太乙救苦天尊、大聖全堂永寿天尊、金門正一奉行科事、臣、告白：五音十類、六道四生、並及有霊無祀、男女孤魂、共湊、本月廿二日、晩来赴万縁福地壇場、掌放普度門開、聞経施法、受食領衣、無得喧嘩、恵沢慈憐。右仰鬼子知悉。右榜通呈、天人洞鑒。天運甲子·年七月廿二吉日、文榜

Ⅳ　南洋の粤劇

　これを受けて、大順街の建物に囲まれた正方形の広場に神棚（孤魂台）、普度棚、大士王像がセットで建てられる。旛竿もここに建てられる（図12、写真23）。

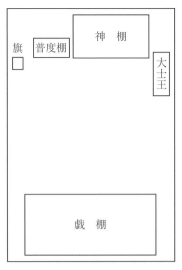

図12　大順街盂蘭盆会祭壇戯棚配置図

写真23　孤魂台・普度棚、大士王像

幡竿は、孤魂を招くための標的となるもの、円錐型の灯籠に孤魂を招く布旗を垂らす。下に供物台を設ける（写真24）。

普度が行われる時は、普度棚に積んだ供物を降し、神棚の前の空間に多数の盂蘭盆を並べて、その上に供物を配置する（写真25）。香港では見られない風景である。ここにも福建系の影響が見られる。

写真24　幡竿

写真25　普度の盂蘭盆

Ⅳ 南洋の粤劇　　　169

写真26　戯棚

　戯棚は、神棚に対面して架設される（写真26）。粗末な作りで、台湾のものに近い。
　劇団は、龍鳳粤劇団の担当、地元の俳優を主とするが、正旦の高麗他 6 名の俳優を香港から招いている。告示に次のようにある（写真27・28）。
　香港での公演から好評を得て帰ってきた星馬伶王、邵振環君が演ずる所の粤劇は、すべて観衆の讚賞を受けている。名声の芸は港九を振るわせた外に、前後多くの艶麗な女優たちが映画に出演した。今回、香港滞在中に龍鳳粤劇団の王氏と交渉し、重金を積んで鳳凰女門下の 2 人の一流女優を招聘した。香港の文武双全の艶旦皇后、高麗小姐、青春美艶旦后、鄧燕芬小姐である。及びマレーシアの文武小生、蔣振輝、香港映画の千百笑匠、丑生の王、陳志雄、香港の騎龍武生、新次伯、これら 6 人の一流俳優に龍鳳劇団全体芸員が連合して上演する[23]。
　このように、地元の龍鳳劇団が香港から 4 名、マレーシアから 2 名の一流俳優を招いて主演者に据え、上演するというのである。地元の劇団独自では、観客を

23）　由香港滿誉帰来星馬伶王、邵振環君所演的粤劇、均受観衆讚賞、除名声芸振港九外、先後拍過多名艶旦、這次在港期間、和龍鳳粤劇団王、重金礼聘鳳凰女二位名妲。香港文武双全艶旦皇后高麗小姐、青春美艶旦后鄧燕芬小姐、及馬文武小生蔣振輝、香港影視千百笑匠丑生之王陳志雄、香港騎龍武生新次伯、六大台柱、聯龍鳳劇団全体芸員。

集めることがむつかしいからであろう。

写真27　上演公示Ⅰ

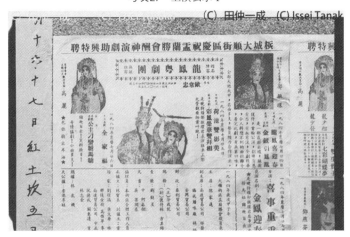
写真28　上演公示Ⅱ

演目の構成を示す。

　　正一日（七月廿二）
　　　　　日演　　八仙賀寿、小送子
　　　　　　　　　千紫万紅

IV　南洋の粤劇

　　　　　　六国封相

　　夜演　　鳳閣恩仇未了情

　正二日（七月廿三）

　　　　日演　　双生貴子*

　　　　夜演　　七彩胡蝶夢

　正三日（七月廿四）

　　　　日演　　龍鳳喜迎春

　　　　夜演　　金釵引鳳凰

　正四日（七月廿五）

　　　　日演　　荷池双影美*

　　　　夜演　　彩鳳栄華双拝相*

　正五日（七月廿六）

　　　　日演　　全家福

　　　　夜演　　公主刁蛮駙馬嬌

　これらの演目には、香港では見かけないものが多い（＊印）。これらのうち、梗概のわかるものは、第4章に記す。

　粤劇の公演は、さきのシンガポール、モスク街の場合に見たように、日演3日、夜演4日、所謂、三天四夜という形が多い。しかるにここの上演は、5日5夜という長期変則公演である。そうなった理由は、主催者が1つの祭祀組織でなく、5つの個別の組織があって、それを複合したためである。その組織は、公示された。次のとおりである。

172　第2章　粤劇の発生・展開・伝播

写真29　演劇奉納者

①陳錦栄合家、功に報いること、粤劇一本
②婦女組同人、功に報いること、粤劇一本
③劉観星、蔡連根、功に報いること、粤劇一本
④劉耀満、孫文華、功に報いること、粤劇一本
⑤達貿易、高啓華、葉文隆、功に報いること、粤劇一本

ここで「功に報いる」と言っているのは、「神の功に報いる」意味であろう。これを指して「神功演劇」という。街坊会の住民全体から寄付を募るのではなくて、一部の富裕商人が費用の全額を負担して劇団を招いていることになる。台湾の場合に似ている。

写真30　粤劇上演

第 3 章　香港の粤劇

I　香港の祭祀演劇

香港では、粤劇は、劇場よりは、野外で祭祀演劇（香港では神功劇と称する）として演じられる比率が圧倒的に高い。例えば、陳守仁「近三十年神功劇浅説」[1]によると、1990年における祭祀演劇の上演地点数と日数は、次のとおりである。

表11　香港粤劇分類別日数表

祭祀種別	地点	日数
神誕	53	220
太平清醮	6	33
盂蘭盆建醮	13	42
開光	1	5
春節	1	4
合計	74	304

これによると、香港、九龍、新界での74か所で、304日間の祭祀粤劇が上演されていることになる。この日数は、香港の劇場で演じられる30日の10倍に達している。劇団は、劇場演劇ではなく、74か所の郷村の祭祀の場を収入源としていることがわかる。

次にこれらの上演場所を見てみる。同じく、陳守仁教授の統計を挙げる。

表12　香港祭祀粤劇上演日数表

	神誕祭祀			盂蘭盆祭祀		太平清醮・臨時祭祀	
	場所	祀神	日数	場所	日数	場所	日数
1	長洲西湾	天后	5	筲箕湾	4	塔門	5
2	馬湾	天后	5	油塘湾	3	長洲	7
3	蒲台島	天后	5	蘇屋村	3	西貢北港	5
4	糧船湾	天后	5	大角咀	6	林村	6
5	青山后角	天后	5	青衣油柑頭	2	泰亨	6
6	南丫島榕樹湾	天后	5	牛頭角	5	粉嶺	4
7	坪輋	天后	5	葵涌新区	4		
8	大埔旧墟	天后	4	長沙湾	3		
9	筌湾緑楊新村	天后	3	佐敦公園	3		

---

1)　『香港八和会館四十周年記念特刊』、香港八和会館1993年11月。

10	茶果嶺	天后	5	沙田車公廟	3		
11	赤柱	天后	5	柴湾碼頭	4		
12	九龍城	天后	2	彩雲邨	2		
13	香港仔海傍	天后	5				
14	青衣島	天后	5				
15	坑口	天后	5				
16	青山三聖村	天后	4				
17	南丫島索罟湾	天后	5				
18	大澳分流	天后	4				
19	西貢墟	天后	5				
20	鯉魚門	天后	4				
21	沙頭角	天后	2				
22	坪洲	天后	5				
23	石澳	天后	5				
24	滘西	洪聖	5				
25	鴨脷洲	洪聖	4				
26	布袋湾	洪聖	4				
27	沙螺湾	洪聖	4				
28	河上郷	洪聖	4				
29	西区正街	土地	4				
30	大澳半路棚	土地	4				
31	三門仔	土地	4				
32	金銭囲	土地	4				
33	大澳漁民	土地	4				
34	元洲仔	土地	4				
35	坪石邨	三山国王	4				
36	跑馬地	北帝	4				
37	長洲東湾	北帝	5				
38	青衣島	北帝	4				

Ⅰ 香港の祭祀演劇　177

39	大嶼山白銀郷	関帝	4			
40	大嶼山大澳	関帝	4			
41	大埔碗窰	関帝	5			
42	大埔汀角	関帝	5			
43	西貢白沙湾	観音	5			
44	東涌	楊侯王	4			
45	大澳新村	金花夫人	4			
46	薄扶林草廠	西国大王	3			
47	光漢台	太陰娘娘	3			
48	慈雲山	太陰娘娘	3			
49	石梨貝	地蔵王	3			
50	鶏寮	地蔵王	3			
51	秀茂坪	大聖仏祖	3			
52	米埔隴	先師	3			
53	藍地	大聖仏祖	3			
	日数合計		220		42	33

　神誕祭祀の46から53は、広東本地人ではなく、海陸豊人の祭祀であり、筆者が調査した1978年時点では、主として海陸豊劇を演じていた。ときには、海陸豊劇を演じたあとで、粤劇を演じたこともあるが、あくまで海陸豊劇が主役であった。ところが、10年後の1990年時点では、海陸豊劇団は消滅しており、また香港の返還前のことで、大陸の劇団を招く道もなかったため、やむを得ず、粤劇を招いていたものと思われる。

　また、祭祀地点が74か所となっているが、1978年段階では、80以上の祭祀地点があった。この10年間に若干、減少している。しかし、この地域において、商業劇場は、香港島に太平戯院、高陞戯院などがあるだけで、粤劇の上演は、年間を通しても、30日程度あった。したがって、粤劇団としては商業劇評よりは、郷村の祭祀演劇の市場の方がはるかに大きかったことになる。

　これを郷民の立場から見ると、毎年1‐2回、神の誕生日には、田舎回りの劇

団の上演を居ながらにしてみることができる。また10年に一度の太清建醮にぶつかれば、都市部の一流劇団の上演を見ることもできる。交通が不便で、大都市に出ていけなかった時代の郷民には、好都合な仕組みだったと言える。日本の場合には、祭祀演劇は、農民自らが演じる場合が多く、職業劇団を雇うことは、「芝居を買う」「買芝居」と言って嫌った。香港では、農民自ら演じる劇は、存在しない。すべて「買芝居」である。祭祀演劇の需要と、都市劇団の供給がバランスしている。祭祀演劇は、極めて安定した需給バランスの上に存立していると言えよう。

II　香港粤劇の祭祀拠点分布

　以下では、筆者が調査して1978年から2000年までの粤劇が上演された祭祀地点、祭祀目的、上演期日、劇団、主演俳優を示した表をあげる（**表13**）。

表13　香港粤劇戲班上演表

番号	場所	年	祭祀	月日	劇団名	台柱俳優	地図番号
1	大埔旧墟	1979	天后誕	三／廿一	英宝	羅家英、李宝瑩	19
2	赤柱	1979	天后誕	三／廿二	彩紅佳	羽佳、南紅	23
3	坪峯	2001	天后誕	三／廿一	烽芸	陳剣烽、岑翠紅	21
4	大埔旧墟	1980	天后誕	三／廿一	覚新声	林家声、呉美英	19
5	大埔頭	1983	建醮	十／廿五	雛鳳鳴	龍剣笙、梅雪詩	A
6	泰亨	1985	建醮	十／十九	昇平	呉千峯、謝雪心	B
7	石澳	2008	建醮	九／十一	新群英	陳剣烽、高麗	31
8	茶果嶺	1979	天后誕	三／廿二	覚新声	林家声、陳好逑	26
10	九龍城	1979	天后誕	三／廿五	錦龍鳳	林錦棠、呉美英	33
11	赤柱	1979	北帝誕	三／初二	大雄威	関海山、梁鳳儀	23
12	柴湾	1978	中元	七／廿三	海安	不明	47
13	馬湾	1979	天后誕	三／廿	新大龍	麦炳英、羅艶卿	29
14	石澳	1978	天后誕	八／廿三	英宝	羅家英、李宝瑩	31
15	秀茂坪	1978	大聖誕	八／十八	永光明	羽佳、南紅	44
16	沙螺湾	1981	洪聖誕	七／廿	喜龍鳳	文千歳、鳳凰女	7
17	索罟湾	1979	天后誕	四／十五	文英	文千歳、呉美英	32
18	屯門后角	1980	天后誕	三／廿	栄華	梁漢威、鍾麗容	20
19	大埔旧墟	1979	天后誕	四／初十	英宝	羅家英、李宝瑩	19
20	茶果嶺	1979	天后誕	三／廿七	英宝	羅家英、李宝瑩	26
21	青衣	1979	真君誕	三／十三	声好	林家声、陳好逑	16
22	汾流大澳	1980	金花誕	四／十七	大雄威	梁漢威、呉美英	4
23	大澳	1980	土地誕	一／卅	英宝	羅家英、李宝瑩	4

24	深水埗	1980	中元	七 / 十六	彩龍鳳	梁漢威、南鳳	52
25	西貢	1981	中元	七 / 初六	彩龍鳳	羽佳、尹飛燕	35
26	鴨脷洲	1980	洪聖誕	二 / 十一	雛鳳鳴	龍劍笙、梅雪詩	6
27	大澳	1980	洪聖誕	二 / 初十	勝豊年	文千歳、梁少心	4
28	沙螺湾	1981	洪聖誕	七 / 廿	喜龍鳳	文千歳、鳳凰女	7
29	茶果嶺	1980	天后誕	三 / 廿二	彩龍鳳	文千歳、陳好逑	26
30	大環山	1980	大聖陞殿	三 / 十八	大雄威	梁漢威、南鳳	43
31	蒲台島	1980	天后誕	三 / 廿	翠紅	陳劍峯、岑翠紅	25
32	索罟湾	1980	天后誕	四 / 十六	文麗	文千歳、呉君麗	32
33	茶果嶺	1980	天后誕	三 / 廿七	英宝	羅家英、李宝瑩	26
34	滘西	1980	洪聖誕	二 / 初十	英宝	羅家英、李宝瑩	9
35	沙螺湾	1980	洪聖誕	二 / 廿五	千麗	文千歳、呉君麗	7
36	金錢村	1980	福徳誕	一 / 十九	彩龍鳳	文千歳、尹飛燕	3
37	河上郷	1980	洪聖誕	二 / 初十	彩龍鳳	羽佳、南鳳	5
38	古洞	1980	観音誕	二 / 十八	鴻運	陳劍峯、岑翠紅	10
39	牛池湾	1980	三山国王誕	二 / 廿三	普長春	何玉笙、梁娟娟	12
40	東湧	1980	楊侯王誕	八 / 十六	声好	林家声、陳好逑	18
41	石歩囲	1980	花灯会	一 / 十四	彩龍鳳	文千歳、尹飛燕	2
42	網井囲	1980	北帝誕	三 / 初一	彩龍鳳	羽佳、陳好逑	13
43	長洲	1980	北帝誕	二 / 廿八	英宝	羅家英、李宝瑩	55
44	九龍城	1980	天后誕	三 / 廿五	彩龍鳳	林錦棠、尹飛燕	33
45	香港仔	1980	天后誕	三 / 廿一	雛鳳鳴	龍劍笙、梅雪詩	27
46	林村	1981	建醮	十一 / 初二	雛鳳鳴	龍劍笙、梅雪詩	C
47	筲箕湾	1982	譚公誕	四 / 初七	雛鳳鳴	龍劍笙、梅雪詩	50
48	索罟湾	1982	天后誕	四 / 十五	慶豊年	羽佳、呉美英	32
49	大澳	1982	金花誕	四 / 十五	勝豊年	文千歳、梁少心	4
50	大澳汾流	1982	天后誕	四 / 廿一	勝豊年	文千歳、梁少心	4
51	青衣	1982	天后誕	四 / 初一	雛鳳鳴	龍劍笙、梅雪詩	16
52	河上郷	1983	洪聖誕	二 / 初十	彩龍鳳	林錦棠、南鳳	5

Ⅱ 香港粤劇の祭祀拠点分布　　　　　　　　　181

53	元朗	1983	建醮	十一 / 初六	雛鳳鳴	龍劍笙、梅雪詩	28
54	大澳宝珠潭	1985	龍舟祭祀	五 / 初三	漢麗	梁漢威、高麗	41
55	大澳汾流	1985	天后誕	四 / 廿一	励群	羅家英、李宝瑩	4
56	慈雲山	1987	太陰娘娘誕	一 / 十七	彩龍鳳	黎家宝、梁娟娟	75
57	龍躍頭	1983	建醮	十 / 廿三	威宝	梁漢威、鄭幗宝	D
58	廈村	1984	建醮	十一 / 十二	新馬	新馬師曽、南紅	E
59	石歩囲	1984	花灯会	一 / 十四	新佳英	羽佳、呉美英	2
60	坪峯	1984	天后誕	三 / 廿一	励声	阮兆輝、鄭幗宝	21
61	大埔旧墟	1984	天后誕	三 / 廿一	彩龍鳳	林錦棠、梁少心	19
62	田心村	1985	建醮	十 / 初十	剣嘉	陳剣声、陳嘉鳴	F
63	蓮花池	1987	建醮	十 / 十五	勝豊年	文千歳、謝雪心	G
64	屯門囲	1986	建醮	十一 / 廿三	英宝	羅家英、李宝瑩	20
65	汀角村	1988	元宵	一 / 十一	彩龍鳳	呉千峰、尹飛燕	39
66	蒲台島	1987	天后誕	三 / 廿	翠紅	梁漢威、岑翠紅	25
67	元崗	1986	建醮	十 / 廿一	昇平	呉千峰、謝雪心	G
68	大囲	1987	建醮	十 / 初七	千鳳	呉千峰、謝雪心	H
69	長洲島	1983	建醮	四 / 初四	新中華	陳玉郎、高麗	36
70	柴湾	1988	中元	七 / 初一	梨声	黎家宝、王超群	46

　これを地図に示すと、次のとおりである（**図13**：表の地図番号に対応する地点を地図上、●印で示した）。

第3章　香港の粤劇

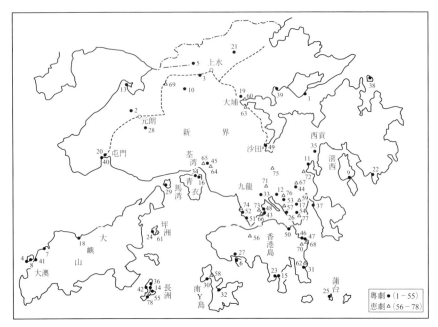

図13　香港地区粤劇上演地点分布図

これを見ると、香港、九龍、新九龍、新界、離島の各地域に万遍なく分布していることがわかる。祭祀地点は、香港島や、九龍の都市部では、街坊会の所在地、新界の農村地帯では、大宗族の居住地に分布している。離島では、埠頭のある海上拠点に分布する。全て、地域神の廟宇が、祭祀の場所として選ばれているが、廟宇の前面の場所が狭くて、戯棚を架設できない場合には、近くの公園または広場を選んで祭祀場所としている。総じて、人口の密集している、経済力のある地域に集中しており、市場地系の祭祀演劇と規定することができる。

Ⅲ　粤劇劇団の構成

　上表では、劇団、及び俳優の所属の主演俳優を示したが、さらに劇団別に表示すると次のとおりである（**表14**）。

表14　香港粤劇主演配役表

劇団名	正印文武生	正印元旦	彩龍鳳	文千歳	陳好逑
威宝	梁漢威	鄭幗宝	彩龍鳳	文千歳	尹飛燕
栄華	梁漢威	鍾麗容	彩龍鳳	羽佳	南鳳
英宝	羅家英	李宝瑩	彩龍鳳	文千歳	尹飛燕
英宝	羅家英	李宝瑩	彩龍鳳	羽佳	陳好逑
英宝	羅家英	李宝瑩	彩龍鳳	林錦棠	尹飛燕
英宝	羅家英	李宝瑩	彩龍鳳	林錦棠	南鳳
英宝	羅家英	李宝瑩	彩龍鳳	黎家宝	梁娟娟
英宝	羅家英	李宝瑩	彩龍鳳	林錦棠	梁少心
英宝	羅家英	李宝瑩	勝豊年	文千歳	梁少心
英宝	羅家英	李宝瑩	勝豊年	文千歳	梁少心
海安	不明		新佳英	羽佳	呉美英
覚新声	林家声	呉美英	新群英	陳剣烽	高麗
覚新声	林家声	陳好逑	新大龍	麦炳英	羅艶卿
漢麗	梁漢威	高麗	新馬	新馬師曽	南紅
喜龍鳳	文千歳	鳳凰女	錦龍鳳	林錦棠	呉美英
喜龍鳳	文千歳	鳳凰女	翠紅	陳剣峯	岑翠紅
励群	羅家英	李宝瑩	雛鳳鳴	龍剣笙	梅雪詩
慶豊年	羽佳	呉美英	雛鳳鳴	龍剣笙	梅雪詩
鴻運	陳剣峯	岑翠紅	雛鳳鳴	龍剣笙	梅雪詩
彩佳紅	羽佳	南紅	雛鳳鳴	龍剣笙	梅雪詩
彩龍鳳	梁漢威	南鳳	雛鳳鳴	龍剣笙	梅雪詩
彩龍鳳	羽佳	尹飛燕	雛鳳鳴	龍剣笙	梅雪詩

雛鳳鳴	龍劍笙	梅雪詩	文英	文千歳	呉美英
声好	林家声	陳好逑	文麗	文千歳	呉君麗
声好	林家声	陳好逑	烽芸	陳劍烽	岑翠紅
大雄威	関海山	梁鳳儀	励声	阮兆輝	鄭幗宝
大雄威	梁漢威	呉美英	永光明	羽佳	南紅
大雄威	梁漢威	南鳳	千麗	文千歳	呉君麗
普長春	何玉笙	梁娟娟	昇平	呉千峯	謝雪心

　これによってみると、粵劇団の編成には、次のような特徴が読み取れる。

（１）劇団と俳優の所属が固定しているもの

　　羅家英—李宝璧を主演者とする英宝劇団、龍劍笙—梅雪詩を主演者とする雛鳳鳴劇団、羅家英—梁少心の勝豊年劇団、陳劍峰—岑翠紅を主演者とする翠紅劇団など、潮劇や海陸豊劇では、このような形態が通常であるが、粵劇では、むしろ例外で、多くの主演級俳優が、複数の劇団を渡り歩き、劇団と主演俳優の関係が流動的である。

（２）劇団が名称を維持しながら、主演俳優が固定せずに、常に主演が変わるもの

　　彩龍鳳劇団のケースがこれである。班主の梁品は、祭祀演劇の劇団を掌握していて、１シーズンに多数の劇団を編成し、これにすべて彩龍鳳の名を冠している。上表を見ると、この劇団名の下に、文千歳—尹飛燕、文千歳—陳好逑、林錦棠—陳好逑、林錦棠—南鳳。林錦棠—尹飛燕、林錦棠—梁少心、羽佳—南鳳、など、多種多様な主演男女俳優の組み合わせがみられる。大雄威劇団も主演俳優を入れ替える傾向が見える。俳優が劇団に縛られずに短期の契約で移動していることをうかがわせる。

（３）主演男優がコンビとなる主演女優を選んで一座を組むが、短期間で解散するもの

　　このケースが最も多い。上表でみると、林家声—陳好逑、林家声—呉美英の覚先声劇団（薛覚先の後継）、林家声—陳好逑の声好劇団、羽佳—南紅の佳紅劇団、彩佳紅劇団、永光明劇団、羽佳—呉美英の新佳英劇団、文千歳—呉美

英の文英劇団、文千歳—呉君麗の文麗劇団、千麗劇団など。これらでは、主
演俳優の名から一字ずつをとって座名とすることが多い。俳優が座長である
こともある。

　以上をみると、粤劇の場合、主演俳優の力が強く、地位が高いと言える。戯班
は、主演俳優が組織していると言ってよく、楽屋でも主演俳優は、個室を持つ。
本来、祭祀演劇は、神に奉献するものであり、俳優の間も平等で、個室がないの
が当然であるが、粤劇では、顧客を呼べる主演俳優は特別扱いされている。それ
だけ商業化、市場化していると言える。

　龍剣笙、梅雪詩を擁する雛鳳鳴劇団、羅家英、李宝瑩を擁する英宝劇団、林家
声、陳好逑を擁する声好劇団、羽佳、南紅を擁する佳紅劇団などが一流劇団で、
これらは、香港、九龍の市街地区、或いは新界の場合には、大宗族の拠点に出演
している。これに対し、すでに盛りを過ぎた文千歳の劇団は、僻地か、離島で上
演している。また、中堅クラスの俳優を擁する劇団も、周辺部で上演し、名を挙
げてくると中心部に出て来る。その状況が、この表に明瞭に出ている。若手は、
はじめは、郷村部、離島などの周辺地域で、修行を重ね、名が出てくれば、都市
部の劇団で活躍する。しかし、盛りを過ぎれば、修行時代と同じく、僻地の郷村
にもどって上演を続ける。商業、交通の発達が、祭祀演劇を消滅させずに、か
えってその存続を助けている。

Ⅳ 香港粤劇の劇作家

　1940年代以降の香港粤劇の劇作家としては、徐若呆、李少芸、唐滌生、潘一帆、葉紹徳などが挙げられるが、作品の量と後世への影響の大きさという点では、唐滌生が群を抜いている。唐は、1916年生まれ、上海で読書、広州で、映画の編劇に従事、広州淪陥後は、香港に移り、薛覚先劇団での抄曲を経て、1943年に編劇を開始、1950年の白楊紅涙で一躍、名を馳せる。以後、多くの名作を書き、50年代中期に最盛期を迎えるが、1959年に病気で急逝した。残した劇本は260種に及ぶ。そのうち40種は、粤劇の古典として、80年代以降も上演されている。以下区文鳳、葉玉燕「戦後香港粤劇発展回顧綜述」（『香港八和会館四十周年紀念特刊』1993年）により、その劇目、初演劇団、主演俳優（正印文武生、正印花旦）、上演時期などを表で示す（**表15**）。備考欄に○印のあるものは、本書に梗概を載せた作品であり、また△印のあるものは、本書に劇目の記載がある作品である。また年代の月の欄の数字は月を、s印は、○○年代を、q印は、年代が推定であることを示す。○印は、現在も繰り返し上演される粤劇の「古典」となっている作品である。

表15　唐滌生編劇劇目表

NO.	劇　　目	劇団	俳　　優		初演年月		備考
			文武生	花旦	年	月	
1	龍楼鳳血	義擎天			1943		
2	生死鴛鴦	義擎天			1943		
3	水淹泗州城	義擎天			1943		
4	韓信一怒斬虞姫	光華	羅品超	陳艶儂	1945		
5	洛神	前進	羅品超	衛少芳	1946	3	○
6	四千金	前進	羅品超	衛少芳	1946	4	
7	夜来香	龍鳳	羅品超	余麗珍	1946	8	
8	夜流鴬	龍鳳	何非凡	上海妹	1946		

Ⅳ　香港粤劇の劇作家

9	戰場風月	前進	羅品超	衛少芳	1946	5	
10	落花零雁	勝利	馬師曽	紅綫女	1946	7	
11	碧血黄花	龍鳳	白駒栄	余麗珍	1946	10	
12	金鎚搏銀鎚	双雄	陳錦棠	新馬子	1946	7	
13	桃園抱月帰	勝利	馬師曽	紅綫女	1946	11	
14	憑欄十四年	龍鳳	白駒栄	余麗珍	1946		
15	牡丹花下墳	龍鳳	陳錦棠	余麗珍	1946	7	
16	麗春花	龍鳳	白駒栄	余麗珍	1947	4	
17	閻端生	龍鳳	陳錦棠	余麗珍	1947	4	
18	朱門綺夢	龍鳳	李海泉	余麗珍	1947	5	
19	野火春風	龍鳳	陳錦棠	余麗珍	1947	7	
20	出谷黄鶯	龍鳳	陳錦棠	余麗珍	1947	1	
21	我為卿狂				1947	q	
22	英雄本色	龍鳳	陳錦棠	新馬子	1947	5	
23	春残夢断	覚先声	薛覚先	上海妹	1947		
24	路遙知馬力	龍鳳	白駒栄	余麗珍	1947	6	
25	龍潭盗玉妃	龍鳳	陳錦棠	余麗珍	1947	11	
26	両個煙精掃長堤	龍鳳	陳錦棠	余麗珍	1947	5	
27	双艶朝皇	光華	羅品超	余麗珍	1948	5	
28	月上柳梢頭	非凡響	何非凡	楚岫雲	1948	5	
29	斬龍遇仙記	光華	新馬子	余麗珍	1948	3	
30	桃花依旧笑将軍	飛馬	馬師曽	譚玉真	1948	2	
31	天堂地獄再相逢	雄風	羅品超	上海妹	1948	10	
32	同是天涯淪落人	光華	羅品超	余麗珍	1948		
33	打破玉籠驚彩鳳	光華	羅品超	余麗珍	1948	5	
34	花胡蝶三気穿雲燕	光華	羅品超	余麗珍	1948	4	
35	胭脂虎	光華	麦炳栄	孔繡雲	1949	4	
36	地獄金龜				1949	q	
37	紅綫盗盒	錦添花	陳錦棠	紅綫女	1949		

38	天盗綺羅香	覚光	薛覚先	余麗珍	1949	2	
39	新小青吊影	新世界	譚玉真	羅麗娟	1949	6	
40	南北二覇天	錦添花	陳錦棠	鄧碧雲	1949	8	
41	新海盗名流	錦添花	陳錦棠	紅綫女	1949		
42	斬狐遇妖記	錦添花	陳錦棠	紅綫女	1949		
43	生死縁碰碑	艶海棠	陳燕棠	芳艶芬	1949		
44	秦庭初試燕新声	燕新声	新周榆林	陳霞薇	1949	1	
45	梁山伯与祝英台	覚先声	薛覚先	楚岫雲	1949		△
46	十載繁華一夢銷		廖俠懷		1949		
47	董小宛	錦添花	陳錦棠	上海妹	1950	3	
48	血海蜂	錦添花	陳錦棠		1950		
49	霧中花	覚先声	薛覚先		1950	s	
50	孟姜女	仙鳳鳴	任剣輝	白雪仙	1950	s	△
51	西廂記	利栄華	何非凡	白雪仙	1950	s	△
52	花木蘭	麗声	陳錦棠	呉君麗	1950	s	
53	鉄馬翳				1950	s	
54	穆桂英	錦城春	陳錦棠	陳艶儂	1950		
55	法網哀鴻	新世界	羅麗娟	譚玉真	1950	4	
56	梟巣孤鷥	錦添花	陳錦棠	上海妹	1950	4	
57	花蘂夫人	錦添花	陳錦棠	上海妹	1950	4	
58	撲火春娥	錦添花	陳錦棠	上海妹	1950	5	
59	罪悪鎖鏈	覚先声	薛覚先	余麗珍	1950	6	
60	胭脂紅涙	新世界	陳燕棠	羅麗娟	1950	8	
61	火海冤禽				1950	s	
62	蒙古香妃				1950	s	
63	白楊紅涙	新声			1950	q	
64	昭君出塞				1950		
65	金屋蔵嬌	覚先声	薛覚先		1950	q	
66	捨子奉姑				1950	s	

IV　香港粤劇の劇作家

67	蛇蝎両孤児	錦添花	陳錦棠	上海妹	1950	5	
68	唐宮金粉獄	碧雲天	羅品超	鄧碧雲	1950	5	
69	一曲鳳求凰	大龍鳳	新馬子	芳艶芬	1950	10	
70	風流三父子		陸飛鴻	鄭孟霞	1950	q	
71	三審状元妻				1950	s	
72	花月東墙記		羅剣郎	鳳凰女	1950	s	
73	鸞鳳換香巣				1950	s	
74	王老虎搶親				1950	s	
75	大明英烈傳		陳錦棠	余麗珍	1950	s	
76	借夫一年後				1950	s	
77	紅白牡丹花	錦添花	陳錦棠	紅綾女	1950	s	
78	花落又逢君				1950	s	
79	鴻雁喜臨門				1950	q	
80	廿載紅裳恨		陳錦棠	芳艶芬	1950	q	
81	新粉面十三郎	覚華	薛覚先	上海妹	1950	1	
82	擡轎佬養新娘		馬師曽		1950	q	
83	一結同心万古愁	新世界	羅麗娟	陳燕棠	1950	3	
84	呉宮鄭旦鬪西施	大前程	黄千歳	上海妹	1950	7	
85	裙帯尊栄裙帯瘋	新東方	馬師曽	紅綾女	1950	9	
86	隋宮十載菱花夢	錦添花	陳錦棠	上海妹	1950	9	
87	魂化瑤台夜合花	大龍鳳	新馬子	芳艶芬	1950	10	
88	一寸相思一寸灰	大龍鳳	新馬子	芳艶芬	1950	10	
89	卿須憐我我憐卿	錦添花	陳錦棠	上海妹	1950	11	
90	袈裟難掩離鸞恨	錦添花	陳錦棠	上海妹	1950	11	
91	横覇長江血芙蓉	錦添花	陳錦棠	上海妹	1950	11	
92	萬里雲山一雁帰	大龍鳳	新馬子	芳艶芬	1950	2	
93	血涙銀箏血涙人		何非凡	羅麗娟	1950	q	
94	龍潭夜葬夜明珠		黄千歳	芳艶芬	1950	q	
95	斉宣王与鍾無艶				1950	q	

96	嫡庶間難為母				1950	q	
97	火網梵宮十四年	錦添花	陳錦棠	芳艷芬	1950	11	○
98	艷女情願仮玉郎	碧雲天		鄧碧雲	1950	q	
99	香銷十二美人楼	大好彩	陳錦棠	芳艷芬	1950	q	
100	玉女懐胎十八年			鄧碧雲	1950	q	
101	錦艷同輝香雪海				1950	q	
102	青磬紅魚非涙影				1950	q	
103	揺紅燭化佛前灯				1950	q	
104	還君明珠双涙垂				1950	q	
105	三年一哭二郎橋	仙鳳鳴			1950	q	
106	凡夫碧侶両情深	非凡響	何非凡	鄧碧雲	1950	s	
107	枇杷巷口故人来		任劍輝	白雪仙	1950	q	
108	張巡殺妾餉三軍	大鳳凰	新馬仔	余麗珍	1950	3	
109	漢武帝夢会衛夫人	覚先声	薛覚先	芳艷芬	1950	6	
110	元順帝夜祭凝香児	大龍鳳	新馬仔	芳艷芬	1950	12	
111	毒金蓮	錦添花	陳錦棠	上海妹	1951	10	
112	錦湖艷姫	錦添花	錦添花	錦添花	1951	7	
113	仙女牧羊	大金龍	馬師曽	紅綫女	1951	10	
114	金面如来	大四喜	新馬仔	譚玉真	1951	11	
115	艷曲梵経	大龍鳳	何非凡	芳艷芬	1951		
116	艷陽丹鳳	大龍鳳	任劍輝	芳艷芬	1951	1	
117	節婦可憐宵	錦添花	陳錦棠	上海妹	1951	8	
118	風流夜合花	大羅天	何非凡	芳艷芬	1951	5	
119	屠城鵑□涙	大金龍	馬師曽	紅綫女	1951	1	
120	雍正与年羹堯	錦添花	陳錦棠	上海妹	1951	2	
121	漢光武走南陽	碧雲天	羅品超	鄧碧雲	1951	6	
122	情花浴血向斜陽	錦添花	陳錦棠	上海妹	1951	1	
123	楊花攀折銷魂柳	錦添花	陳錦棠	上海妹	1951	8	
124	一自花落成雨後	大龍鳳	何非凡	芳艷芬	1951	9	

Ⅳ　香港粵劇の劇作家　　　191

125	月落烏啼霜満天	大龍鳳	何非凡	芳艶芬	1951	9	
126	一剣能消天下仇	大四喜	新馬孖	譚玉真	1951	11	
127	蛮女催粧嫁玉郎	普長春	何非凡	紅綫女	1951		
128	一湾眉月伴寒衾	大龍鳳	任剣輝	芳艶芬	1951		
129	郎心如鉄	錦添花	陳錦棠	鄧碧雲	1952	10	
130	紅夢二尤	金鳳屛	任剣輝	芳艶芬	1952	11	
131	玉女凡心				1952	q	
132	千里携嬋	金鳳屛	白玉堂	芳艶芬	1952	9	
133	夜夜念奴嬌	喜臨門	何非凡	鄧碧雲	1952	3	
134	漢宮胡蝶夢	喜臨門	何非凡	鄧碧雲	1952	3	
135	漢苑玉梨魂	金鳳屛	任剣輝	芳艶芬	1952	8	
136	彩雲仙子鬧禅台	大歓喜	何非凡	鄧碧雲	1952	2	
137	一枝紅艶露凝香	金鳳屛	任剣輝	芳艶芬	1952	8	
138	望帝迎帰九鳳屛	金鳳屛	任剣輝	芳艶芬	1952	8	
139	梨渦一笑九重冤	金鳳屛	白玉堂	芳艶芬	1952	9	
140	一楼風雪夜帰人	金鳳屛	任剣輝	芳艶芬	1952	8	
141	夢断香銷四十年	金鳳屛	任剣輝	芳艶芬	1952	11	
142	蓬門未識綺羅香	金鳳屛	任剣輝	芳艶芬	1952	11	
143	一点霊犀化彩虹	金鳳屛	任剣輝	白雪仙	1952	11	
144	帝苑梨花三月濃	梨園楽	黄千歳	羅麗卿	1952	12	
145	再生重温金鳳縁	金鳳屛	白玉堂	芳艶芬	1952	9	
146	復活	鴻運	陳錦棠	白雪仙	1953	9	
147	頼婚	鴻運	陳錦棠	白雪仙	1953	9	
148	落霞孤鶩	義擎天	白駒栄		1953	q	
149	金鳳迎春	金鳳屛	白玉堂	芳艶芬	1953	2	△
150	天降火麒麟	大好彩	陳錦棠	陳艶儂	1953	10	
151	忽必烈大帝	大好彩	陳錦棠	冲天鳳	1953	12	
152	富士山之恋	鴻運	陳錦棠	白雪仙	1953		
153	艶滴海棠紅	金鳳屛	任剣輝	芳艶芬	1953	2	

154	一年一度燕帰来	金鳳屏	任剣輝	芳艶芬	1953	3	
155	燕子啣来燕子箋	鴻運	任剣輝	白雪仙	1953	10	
156	酔打金枝戯玉郎	大好彩	任剣輝	芳艶芬	1953	10	
157	紅了桜桃砕了心	鴻運	任剣輝	白雪仙	1953	12	○
158	艶陽長照牡丹紅	新艶陽	陳錦棠	芳艶芬	1953		○
159	還君昔日煙花涙	鴻運	任剣輝	白雪仙	1953	8	
160	情困深宮二十年	大好彩	陳錦棠	陳艶儂	1953	10	
161	普天同酔賀新年	金鳳屏	任剣輝	芳艶芬	1953	2	
162	神女有心空解珮	大好彩	陳錦棠	芳艶芬	1953	4	
163	五福斉来錦繡家	大五福	何非凡	紅綫女	1953	2	
164	程大嫂	新艶陽	陳錦棠	芳艶芬	1954		○
165	花都綺夢	鴻運	任剣輝	白雪仙	1954		
166	画裏天仙		任剣輝	白雪仙	1954		
167	春灯羽扇恨	新艶陽	陳錦棠	芳艶芬	1954	9	
168	錦城脂粉賊	錦城春	陳錦棠	陳艶濃	1954	11	
169	玉女換双城	大世界	陳錦棠	呉君麗	1954	12	
170	莎楽美之恋	鴻運	陳錦棠	白雪仙	1954	2	
171	唐伯虎点秋香		任剣輝	白雪仙	1954		
172	魂繞巫山十二重	鴻運	任剣輝	白雪仙	1954	1	
173	紫気東来花満楼	鴻運	任剣輝	白雪仙	1954	2	
174	難続空門未了情	新艶陽	陳錦棠	芳艶芬	1954	4	
175	壮士魂銷帳下歌	大世界	陳錦棠	羅麗娟	1954	12	
176	錯把銀灯照玉郎	鴻運	任剣輝	白雪仙	1954	12	
177	萬世流芳張玉喬	新艶陽	陳錦棠	芳艶芬	1954		
178	一代名花花濺涙	新艶陽	陳錦棠	芳艶芬	1954	9	
179	鉄馬騮情伏九花娘	錦城春	陳錦棠	陳艶儂	1954	12	
180	西施	仙鳳鳴	任剣輝	白雪仙	1955		△
181	洛神	新艶陽	陳錦棠	芳艶芬	1955		○
182	雄寡婦	同慶	黄千歳	鄧碧雲	1955	5	

Ⅳ　香港粤劇の劇作家

183	珍珠塔	利栄華	何非凡	白雪仙	1955	2	
184	傾国名花	艶陽紅	新馬孖	陳艶儂	1955	6	
185	初為人母	多宝	任剣輝	白雪仙	1955	9	
186	真仮春鴬戯艶陽	新艶陽	陳錦棠	芳艶芬	1955	1	
187	傾国名花盛世才	艶陽紅	新馬孖	陳艶儂	1955	3	
188	琵琶記	利栄華	任剣輝	白雪仙	1956	2	△
189	紅菱血	碧雲天	羅品超	鄧碧雲	1956	5	
190	六月雪	新艶陽	任剣輝	芳艶芬	1956		△
191	紅楼夢	仙鳳鳴	任剣輝	白雪仙	1956	11	△
192	金雀奇縁	利栄華	任剣輝	白雪仙	1956	2	
193	桂枝告状	利栄華	任剣輝	白雪仙	1956	2	○
194	跨鳳乗龍	利栄華	任剣輝	白雪仙	1956	6	○
195	穿金宝扇	仙鳳鳴	任剣輝	白雪仙	1956	12	
196	煙花引蝶来	利栄華	任剣輝	白雪仙	1956	12	
197	牡丹亭驚夢	仙鳳鳴	任剣輝	白雪仙	1956	11	○
198	一盞春灯照玉郎	利栄華	任剣輝	白雪仙	1956	2	
199	陽春白雪両相輝	利栄華	任剣輝	白雪仙	1956	2	
200	英雄掌上野荼薇	仙鳳鳴	任剣輝	任剣輝	1956		
201	双珠鳳	麗声	麦炳栄	呉君麗	1957	1	○
202	花田八喜	仙鳳鳴	任剣輝	白雪仙	1957	1	△
203	帝女花	仙鳳鳴	任剣輝	白雪仙	1957	6	○
204	香羅塚	麗声	陳錦棠	呉君麗	1957		○
205	紫釵記	仙鳳鳴	任剣輝	白雪仙	1957		○
206	香嚢記	麗声	麦炳栄	呉君麗	1957	1	
207	紅菱巧破無頭案	錦添花	陳錦棠	羅艶卿	1957	12	
208	白兔会	麗声	何非凡	呉君麗	1958	6	○
209	鉄弓縁	孖宝	陳宝珠	梁宝珠	1958	12	
210	獅吼記	錦添花	陳錦棠	呉君麗	1958	2	
211	生死後	麗声	何非凡	呉君麗	1958	1	

212	白蛇伝	新艶用	新馬孖	芳艶芬	1958	3	
213	王佐断臂	麗声	何非凡	呉君麗	1958	6	
214	西楼錯夢	仙鳳鳴	任剣輝	白雪仙	1958		
215	九天玄女	仙鳳鳴	任剣輝	白雪仙	1958	3	○
216	鉄弓奇縁	孖宝	陳宝珠	梁宝珠	1958	12	
217	玉女凡心	麗声	何非凡	呉君麗	1958	1	
218	双仙拝月亭	麗声	何非凡	呉君麗	1958	1	○
219	百花亭贈剣	麗声	何非凡	呉君麗	1958	6	○
220	蝶影紅梨記	仙鳳鳴	任剣輝	白雪仙	1958	1	
221	蛇女懺情恨	快楽	林家声	秦小梨	1958	5	
222	肉山蔵妲己	快楽	陳錦棠	秦小梨	1958	5	
223	艶麗海棠迎新歳	錦添花	陳錦棠	呉君麗	1958	2	
224	可憐女				1959		
225	乱世嫦娥	新艶陽	陳錦棠	芳艶芬	1959	9	
226	白羅宝衣	麗声	何非凡	呉君麗	1959		
227	西楼錯夢	仙鳳鳴	任剣輝	白雪仙	1959	2	
228	雪蝶懐香記	快楽	何非凡	呉君麗	1959	2	
229	再生紅梅記	仙鳳鳴	任剣輝	白雪仙	1959	9	○
230	義胆忠魂節烈花	梨苑香	麦炳栄	秦小梨	1959	3	
232	願作長安脂粉奴	大中華	麦炳栄	鄭碧影	1959	5	
233	梹城艶						
234	恨鎖瓊楼					q	

この表は、又、1940年代から50年代の粤劇俳優の盛衰をも示している。40年代‐50年代、文武生では、薛覚先、何非凡、麦炳栄、陳錦棠、阮兆輝、新馬師曽、花旦では、余麗珍、白雪仙、芳艶芬、呉君麗などである。この時期、劇団は、錦添花、仙鳳鳴、麗声、大龍鳳、覚先声、金鳳屏、利栄華、鴻運、などに限られ、俳優たちは、これらの劇団に個別に短期契約で雇用されて員たように見える。

V　香港粤劇の俳優

　以下では、80年代の現役俳優、及び60年代まで活躍した主演俳優（正印文武生、正印花旦）について、その経歴を区文鳳、鄭燕虹編『香港当代粤劇人名録』（香港中文大学音楽系、1999年）に拠って記す。

【正印文武生】

○陳錦棠：1906-1981。関徳興に師事。その後、薛覚先の弟子。40年代、錦添花劇団を組織、武戯に長じる。代表劇目『三盗九龍杯』。

○任剣輝：1913-1989。女性、小武、文武生。1942年新声劇団、初舞台の白雪仙を招く。1956年、仙鳳鳴劇団を組織。こののち、多数の名劇、『帝女花』、『牡丹亭驚夢』、『紫釵記』、『蝶影紅梨記』、『再生紅梅記』などを演じた。1961年解散。

○麦炳栄：1915-1984。30年代頭角を現す。覚先声劇団の正印小生。香港陥落前渡米、1947年、帰港、鳳凰女と大龍鳳劇団を組織。『刁蛮公主戇駙馬』、『鳳閣恩仇未了情』などを演じた。84年、渡米中、病死。70歳。

○新馬師曽：1919-1997。1936年、覚先声劇団、武生、『貂蟬』の呂布を演じた。50年代、大量の映画出演。53年よりは香港八和会館の主席、会長を歴任。

○何非凡：1919-1980。50年代から呉君麗と麗声劇団を組織、双仙拝月亭、百花贈剣を演じた。その声腔、風格は、独特。「凡腔」と称せらる。

○文千歳：1930年代生。50年代入行、黄金粤劇団の正印文武生、梁少芯と千歳粤劇団を組織。『唐明皇与楊貴妃』、『蘇東坡夢会朝雲』、『文天祥』などを演じた。

○林家声：1930年代生。16歳、薛覚先に認められ、50年代、前鋒、大龍鳳、

仙鳳鳴に参加、1962年、慶新声劇団、名劇、『雷鳴金鼓胡笳声』、『無情宝剣有情天』を演じた。66年、頌新声劇団を組織、『碧血写春秋』、『情俠鬧璇宮』を演じた。1994年引退。

○羽佳：1930年代生。1948年、映画初演。南紅と佳紅劇団、彩佳紅劇団を組織、『一柱擎天双虎将』、『九環刀濺血仇情』などの武劇を演じた。

○羅家英：1940年代生。1973年、成名。李宝瑩と組み、英華年、郡励などで、『盤龍令』、『鉄馬銀婚』などを演じた。

○龍剣笙：1940年代生。女性、文武生、1960年代入行。1973年、梅雪詩と共に雛鳳鳴劇団に参加、1992年、カナダ移住まで、香港粤劇の最大の紅伶。

○梁漢威：1940年代生、1960年入行、80年代、鍾麗容と組んで、『双仙拝月亭』、『胭脂巷口故人来』。『白兔会』などを演じた。

○陳剣峰：1950年代生。1973年入行。岑翠紅と翠紅劇団を組織、枇杷山上英雄血、艶后情挑双虎将など演じた。

【正印花旦】

○白雪仙：1923年生。初め、薛覚先に師事、陳錦棠の錦添花劇団（広州）において、初めて正印花旦を務める。その後、衛少芳の劇団に参加、また陳艶儂と共に新声劇団に加入、1945年、港に帰る、金鳳屛劇団に参加。その後、任剣輝と共に鴻運劇団、利栄華劇団、を結成して合演。1956年後半、二人は、仙鳳鳴劇団を結成。『帝女花』、『牡丹亭驚夢』、『紫釵記』、『九天玄女』、『再生紅梅記』など、唐滌生作の名劇を演じた。61年、引退。以後は、雛鳳鳴劇団の育成に専念。

○余麗珍：1923-2004。当初、南洋、アメリカで活動、1941年、薛覚先に認められ、香港で合演。淪陥後も、夫の劇作家、李少芸と共に香港滞留、45年以降、光華、龍鳳、などの劇団を結成。羅品超、陳錦棠などと合演。50年代、麗士劇団を結成、神怪粤劇で名を馳せ

る。『三月杜鵑魂』、『劉金定』、『鍾無艶』、『穆桂英』など、武技に長じる。1968年引退。
○鳳凰女：1925-1992。1954年、麦炳栄の大春秋劇団の正印花旦となる。後に麦炳栄の結成した大龍鳳劇団の主演花旦として60年代に活躍、『前程万里』、『虎将蛮妻』、『鳳閣恩仇未了情』、『刁蛮元帥莽将軍』などの名劇を演じた。1975年以後、出演希少、1992年、アメリカで病死。
○芳艶芬：1929年生。16歳、正印花旦。広州で大東亜劇団、大龍鳳劇団に参加。白蛇伝の主題曲、夜祭雷峰塔の歌唱で名を成す。1947年香港に帰る。1953年花旦王の称を得る。『六月雪』、『梁祝恨史』、『洛神』、『白蛇伝』、『乱世嫦娥』など、に出演。1958年、引退声明、その後は、義演に出演。
○陳好逑：1930年代生。鍾麗容の錦添花劇団、何非凡の大好彩劇団に参加したのち、1962年以来、林家声と合演。慶新声劇団。『雷鳴金鼓胡

写真31　陳好逑と林家声

笳声』、『無情宝剣有情』、『碧血写春秋』などを演じた。
○呉君麗：1930年生。上海生まれ、1945年、香港に移住。尹自重、陳非儂に師事。50年代中後期、麗声劇団を結成、正印花旦を務める。唐滌生の名作、『香羅塚』、『双仙拝月亭』、『白兔会』、『百花亭贈剣』など、を演じた。林家声と合演。1998年、シンガポールに移住。
○羅艶卿：1930年生。1934年入行。羅品超に師事、その後、薛覚先の錦添花、大龍鳳劇団の第三花旦となる。後に正印花旦に昇格。『酔打金枝』、『刁蛮公主戇駙馬』、『樊梨花』などに主演。
○南紅：1930年代生。50年代入行。紅線女の門生。60年代、羽佳と紅佳劇団を結成、粤劇合演。1999年、朱剣丹と金鳳鳴劇団を結成。新編粤劇、『天下太平』を演ず。

写真32　羽佳と南紅

○李宝瑩：1930年代生。50年代入行。60年代、林家声と合演、70年代、羅家英と合演。大群英劇団、励群劇団、英宝劇団組を結成。80年代、林家声と頌栄華劇劇を結成。『楼台会』、『戎馬金戈万里情』などを主演した。

V 香港粤劇の俳優

写真33 　 李宝瑩と羅家英

1990年代、澳門に移住。出演機会が減った。
○鍾麗容：1930年代生。新紅線女と称される。80年代、梁漢威と組むこと多し。『昭君出塞』、『一代天嬌』などを主演。
○梅雪詩：1940年代生。60年代入行。1973-1992年の20年間、龍剣笙と合演雛鳳鳴劇団の正印花旦として最高の名声を博す。唐滌生の名劇、『帝女花』、『牡丹亭驚夢』、『再生紅梅記』などを演じた。1992年に龍剣笙、引退、雛鳳鳴劇団解散、1993年、林錦棠と慶鳳鳴劇団を結成、引き続き、粤劇上演を続ける。
○謝雪心：1940代生、60年代入行、雛鳳鳴劇団、80年代、大型粤劇団の正印花旦を務める。文武生に転じ、悦心声劇団を組織。
○呉美英：1950年代生。70年代入行。
○南鳳：1950年代生。南紅の門生。
○高麗：1950年代生。60年代、二幇花旦。のち正印花旦。
○岑翠紅：1950年代生。陳剣峰と合演。

以下では、ここに見える1980年代の代表的な俳優、正印文武生と正印花旦について、各俳優の劇目上演経歴、範囲を示す、この面では、梁沛錦氏の労作『粤劇劇目通検』(香港三聯書店、1985年刊行、以下『梁目』と略称)四「演員曽演劇目表」が役に立った。ただこの書の収録劇目の範囲は、1980年まで、しかも、都市部の上演劇目に偏り、新界地区の農村漁村の祭祀演劇の情報には漏れがある。例えば、上表に見る通り、新界上演の多い梁漢威のものは採録されておらず、又、文千歳もごく少数が採録されるにすぎない。また1980年に已に巨大班覇の地位を獲得していた雛鳳鳴劇団の龍剣笙、梅雪詩の劇目も採録数が少ない。しかし、50年代、60年代、70年代の劇目記述は、充実しており、香港粤劇の歴史を劇目から知ることができる。80年代に円熟期を迎えた1930年代生まれの当時、50歳前後の主演俳優のかっての上演劇目を網羅しており、俳優ごとに曽演劇目を掲載する。各俳優の得意とする劇目の傾向もうかがえるであろう。以下、各俳優の演目を示す。

一　正印文武生

1 【林家声】

　1930年代生。薛覚先に師事、1962年に慶新声劇団を結成、1960年代から90年代まで、香港劇界に覇をとなえた。武劇を得意とする。1994年に引退。『梁目』に載る上演劇目は、180種の多きに及ぶ。(表16)。○は後述の梗概100種に記載のあるもの。△は有名劇目を示す。以下同じ。

表16　林家声上演劇目表

整理番号	梁目番号	劇　　目	備考		整理番号	梁目番号	劇　　目	備考
1	5	一千零一夜			6	168	十年一覚揚州夢	○
2	21	一曲鳳来儀			7	203	七虎渡金灘	
3	36	一刻千金			8	226	七賢眷	○
4	71	一盞春灯照玉郎			9	317	三夕恩情廿載仇	
5	81	一箭恩仇成覇業			10	322	三月杜鵑魂	
					11	346	三年一哭二郎橋	
					12	366	三虎奪宮	

V　香港粵劇の俳優

13	522	大明英烈傳		42	2223	后羿与嫦娥	
14	889	方世玉打擂台		43	2245	血洗愛河橋	
15	914	六月雪		44	2246	血洗警淫刀	
16	951	火網梵宮四十年	○	45	2333	光棍姻縁	
17	1069	王子殺蛮妻		46	2355	肉山蔵妲己	
18	1115	王宝釧		47	2422	冷面皇夫	
19	1284	今宵重見鳳凰帰		48	2485	孝子乱経堂	
20	1395	水浸金山		49	2495	孝女乱経堂	
21	1441	玉女懷胎十八年		50	2563	李師師	
22	1442	玉女懷胎十四年		51	2607	牡丹亭驚夢	
23	1565	石上七星梅		52	2826	沙三少情挑銀姐	
24	1692	生武松		53	2892	夜夜念奴嬌	
25	1714	生葬有情花		54	2923	夜祭雷峰塔	
26	1788	白蛇新伝		55	2934	夜盗神駒	
27	1793	白楊紅顔		56	3044	青鋒碧血鋳情仇	
28	1840	仙侶奇縁		57	3046	青灯夜雨	
29	1881	四字傳家一字書		58	3169	孟姜女哭長城	△
30	1939	守得雲開月未明		59	3249	林冲	○
31	1976	戎馬干戈万里情	△	60	3363	金戈鉄馬擾情関	
32	1996	百戦栄帰迎彩鳳		61	3394	金釵引鳳凰	○
33	2005	在天願為比翼鳥		62	3395	金雀奇縁	
34	2013	再世紅梅記	○	63	3400	金瓶梅	
35	2047	西施		64	3497	狄青三執珍珠旗	
36	2063	西廂記	△	65	3576	明珠宝盒	
37	2116	打洞結拝		66	3620	虎将蛮妻	○
38	2148	多情孟麗君		67	3659	美人玉手盗兵符	
39	2160	名花虎将両相歓		68	3661	美人計	
40	2172	朱弁回朝	○	69	3705	前程万里	
41	2205	如意迎春花並蒂		70	3742	帝苑梨花三月濃	

#	コード	劇名		#	コード	劇名	
71	3815	春風秋雨		100	5296	烽火双雄劫後花	
72	3829	春花笑六郎	○	101	5297	烽火双雄雪婦冤	
73	3867	飛上鳥巣両鳳凰		102	5398		
74	4076	風雲閙三関		103	5470	斬狐遇妖記	
75	4102	重婚情婦		104	5544	苦鳳鶯憐	
76	4165	香銷十二美人楼		105	5575	英雄掌上野荼薇	○
77	4166	食牛拝租		106	5632	胡不帰	○
78	4169	紅了桜桃砕了心	○	107	5746	殺妹験胎	○
79	4199	紅粉金戈		108	5782	梟雄虎襟上血芙蓉	
80	4206	紅粉英雄生死恨		109	5862	衆仙同賀慶新年	
81	4244	紅楼宝黛		110	5865	販馬記	○
82	4278	怒呑十二城		111	5907	做県官小姐	
83	4317	信陵君		112	5925	国色天香	
84	4477	洛神	○	113	5939	紫釵記	○
85	4482	洛陽双虎将		114	5956	崔子弑斉君	
86	4522	唐伯虎点秋香	○	115	5984	富貴花開蝶満楼	
87	4645	書剣青衫客		116	6119	情俠鬧璇宮	○
88	4694	珍珠塔	○	117	6231	雄寡婦	
89	4845	花王之女		118	6322	掘地葬親児	
90	4847	花木蘭		119	6435	胭脂巷口故人来	○
91	4848	花木蘭情困羅成		120	6443	胭脂将夜盗粉金剛	
92	4865	花染状元紅	○	121	6490	無情宝剣有情天	
93	4894	花落江南廿四橋	○	122	6565	順治皇出家	
94	4930	桂枝告状	○	123	6603	啼笑姻縁	○
95	4947	桃花江上桃花月		124	6723	義胆卯忠魂節烈花	
96	5117	哪坨鬧東海		125	6796	新白蛇傳	○
97	5208	梁天来双門底受辱		126	6841	新梁山伯与祝英台	
98	5220	梁紅玉撃鼓助戦		127	6857	新郎帰晩	
99	5221	梁祝恨史	○	128	6922	煙花引蝶来	

129	6950	雷鳴金鼓胡笳声	○	153	8236	闌灯記	
130	6969	琵琶一曲砕琴心		154	8325	龍飛鳳舞喜迎春	
131	6970	琵琶山上英雄血	○	155	8334	龍鳳争掛帥	○
132	6976	琵琶記	△	156	8341	龍鳳燭前鴛弄蝶	
133	7232	跨鳳乗龍	○	157	8478	陳後主月夜祭双妃	
134	7253	連城璧	○	158	8550	穆桂英与楊宗保	
135	7344	旗開得勝凱旋還	○	159	8615	錦艶同輝香雪海	
136	7400	碧血写春秋	○	160	8684	燕妃碧血灑秦師	
137	7501	慈母涙		161	8707	蓮渓河畔蓮渓血	
138	7541	搶錯新娘換錯郎		162	8708	蓬門未識綺羅香	
139	7660	銅雀春深鎖二嬌		163	8797	韓信血染未央宮	△
140	7662	嫣然一笑		164	8813	隋宮十載菱花夢	
141	7741	審死官		165	8817	陽春白雪両相輝	
142	7789	慾海双痴		166	8831	鍾無艶三気斉宣王	
143	7807	漢武帝夢会衛夫人	○	167	8951	織女下凡	△
144	7971	落霞孤雁		168	らn	双珠鳳	
145	7976	売肉養孤児		169	9189	願長安脂粉奴	
146	8007	董永天仙配		170	9269	鵲橋仙	○
147	8037	萬抱擁天門		171	9374	宝蓮灯	
148	8048	萬悪以淫為首	○	172	9386	寶娥冤	
149	8058	樊梨花三叩寒江関		173	9657	孽海紅蓮鱷	
150	8131	剣底鴛鴦		174	9768	鱷魚潭畔群英会	
151	8183	傻三艶史		175	9784	鸞鳳換香巣	
152	8202	暴風折寒梅					

2 【羽佳】

　1930年代生。父、翟庭従（武師）に学ぶ。芸名の羽佳は、本姓の翟からとった。

　　香港在住期間が短いため、主演劇目は70種に留まるが、南紅と組んだ俠艶演目に精彩を放つ。70-80年代の代表武生と言える。

表17 羽佳上演劇目表

No.	梁目番号	劇　目	備考	No.	梁目番号	劇　目	備考
1	45	一柱擎天	○	27	2725	呂布気貂嬋	
2	46	一柱擎天双虎将		28	3109	到処売相思	
3	160	十三歳封王		29	3294	孤児救祖	
4	202	七歩成詩	○	30	3814	春風吹渡玉門関	○
5	250	九環刀濺情仇血	○	31	3821	春風得馬蹄紅	
6	322	三月杜鵑魂		32	3882	飛鳳引玉龍南	
7	395	三気周瑜		33	3995	南国佳人朝漢帝	
8	412	三娘教子		34	4187	紅孩児	
9	435	三探伍家庄		35	4188	紅孩児大戦馬騮精	
10	635	大鬧黄花山		36	4591	神童騎俠	
11	685	大戦蘆花蕩		37	4901	花胡蝶	
12	838	山東響馬		38	5113	那托三気土行孫	
13	848	小甘羅拝相		39	5114	那托大鬧海龍王	
14	851	小奇俠		40	5117	那托鬧東海	
15	889	方世玉打擂台		41	5154	真仮鍾無艶	
16	967	火焼那坨廟		42	5433	珠聯璧合剣為媒	○
17	1083	王佐断臂		43	5571	英雄児女保江山	○
18	1495	玉楼彩鳳渡春宵		44	5632	胡不帰	○
19	1691	生呂布		45	6276	喜気臨門	
20	1692	生武松		46	6373	黄飛虎反五関	
21	1925	甘羅拝相		47	6684	義服姜元龍	
22	1959	氷山火線		48	6698	義盗挽危城	
23	2047	西施		49	7086	楊貴妃金盤洗児	
24	2290	血濺遊魂関		50	7135	乱世英雄劫後花	
25	2422	冷面皇夫		51	7169	嫁錯老公生壊仔	
26	2724	呂布		52	7208	賊劫火灰船	
				53	7301	郎帰晩	
				54	7401	碧血鴛鴦	

No.	梁目番号	劇 目	備考
55	7458	趙子龍	
56	7503	慈雲太子走国	○
57	7897	除却巫山不是雲	
58	7981	胡蝶杯	○
59	8511	陶三春審父	
60	8590	錦毛鼠	○
61	8605	錦繡山河萬戸春	
62	9014	双飛燕	

No.	梁目番号	劇 目	備考
63	9039	双娥弄蝶	
64	9077	双槌黄天化	
65	9078	双槍陸文龍	
66	9106	双槌王天化	
67	9299	関東小奇俠	
68	9300	関東小俠慶春宵	
69	9694	麟尽吐鳳	
70	9768	鱷魚潭畔群英会	

表18　文千歳上演劇目表

No.	梁目番号	劇　　目	備考
1	11	一代天嬌	
2	19	一曲琵琶動漢皇	
3	230	刁蛮元帥莾将軍	○
4	889	方世玉打擂台	
5	919	六国封相	○
6	942	火海香妃	
7	951	火網梵宮四十年	○
8	2154	名妓出獄	
9	2248	血海紅蓮	
10	2274	血蝶情花	
11	3249	林冲	○
12	7541	搞錯新娘換錯郎	
13	7587	鳳閣挑灯娶玉郎	
14	9366	宝剣重揮萬丈紅	○

3【文千歳】

　1930年代生、北派老師、竇庭志に師事。香港の多数の粤劇団の2文武生を17年間勤めたあと、1960年代後期、30歳半ばで黄金劇団の正印文武生となる。80年代では、新界での祭祀演劇の出演が多い。梁目に載る劇種は、少ないが、実際は、80種以上あると見る。

表19 羅家英上演劇目表

N0.	梁目番号	劇　目	備考
1	77	一楼風雪夜帰人	李と共演
2	1224	孔雀東南飛	李と共演
3	3426	金鳳迎春	
4	3508	狄青与双陽公主	○
5	3822	春風還我宋江山	李と共演
6	3953	柳毅伝書	○
7	4486	活命金牌	李と共演
8	5267	章台柳	李と共演
9	5563	英雄巾幗復山河	
10	6136	情涙灑征袍	
11	8318	龍虎渡姜公	
12	9128	蟠龍會	李と共演
13	9586	鉄馬銀婚	○

4 【羅家英】

　1940年代生。幼少より父、羅家権、伯父、羅家樹に師事、また、北派の粉菊花、京劇武生李萬春に師事、1973年、自立、李宝瑩と英宝劇団を結成。70-80年代の大型粤劇団として名声を博する。梁目は、以下に示す通り、記載劇目は少ないが、実態を反映していない。李宝瑩の劇目と合わせて参照を望む。

表20 龍剣笙上演劇目表

No.	梁目番号	劇　目	備考
1	919	六国封相	○
2	1304	幻覚離恨天	
3	1988	百花亭贈剣	○
4	2013	再生紅梅記	○
5	2271	血滴子	
6	3739	帝女花	○
7	4169	紅了桜桃砕了心	○
8	4243	紅楼夢	△
9	4856	花田八喜	
10	5217	梁紅玉	

5 【龍剣笙】（女）

　1950年代生。1960年代入行。任剣輝、白雪仙に師事。1965年、雛鳳鳴劇団初演、『辞郎洲』の賜袍、贈別、碧血丹心、幻覚離恨天などの折子戯に出演、1974年、梅雪詩と組み、粤劇上演。大好評を博し、80年代の香港劇界を制覇した。1992年、引退、香港を離れる。梁目は、劇目掲載が少ない。同じ劇目を反復上演していることにもよる。それだけ、劇目自体に人気がある証拠とも言える。

V 香港粤劇の俳優 207

11	5558	英烈剣中剣	○
12	5656	彩鳳喜迎春	
13	5939	紫釵記	○
14	7072	楊門女将	△
15	7232	跨鳳乗龍	○
16	7393	碧血丹心	
17	7675	獅吼記	○
18	7807	漢武帝夢会衛夫人	○
19	7931	酔打金枝	
20	9271	辞郎州	○

6 【梁漢威】新人、梁目未載。

表21 梁漢威上演劇目表

No.	劇　　目		No.	劇　　目
1	夢断香消四十年		6	李仙刺目
2	血濺烏紗		7	新梁祝
3	胭脂巷口故人来		8	白兎会
4	双仙拝月亭		9	秦王李世民
5	刺秦		10	双龍丹鳳覇皇都

二　正印花旦

以下では、70-80年代の正印花旦について略述する。正印文武生に比べて、円熟した俳優の層が厚く、この時期の香港粤劇を支えた。梁目も多くの劇目を記録している。

1 【呉君麗】1960年代、林家声と合演、新麗声劇団で主演。

表22 呉君麗上演劇目表

No.	梁目番号	劇　　目	備考	No.	梁目番号	劇目
1	45	一柱擎天	○	2	81	一箭恩仇成覇業
				3	198	七月七日長生殿

4	219	七殺碑前並蒂花		33	3829	春花笑六郎	○
5	948	火裏恩仇二十秋		34	3851	春灯羽扇恨	
6	1057	元順帝夜祭凝香児		35	4030	風雨涙萍姫	
7	1071	王子復仇気		36	4075	風雪訪情僧	
8	1083	王佐断臂		37	4076	風雪闖三関	
9	1230	丹青気		38	4085	風塵三俠	
10	1438	玉女思凡		39	4166	香羅塚	○
11	1439	玉女双双誠		40	4167	香囊記	
12	1766	白兎会	○	41	4205	紅粉英雄未了情	
13	1794	白楊塚下一凡僧		42	4234	紅菱巧破無頭案	○
14	1814	白羅衫		43	4240	紅楼金夢曲	
15	1976	戎馬金戈万里情		44	4244	紅楼宝黛	
16	1978	戎服伝詩		45	4645	書剣青衫客	○
17	1988	百花亭贈剣	○	46	4847	花木蘭	
18	2063	名花墜瀾		47	4848	花木蘭情困羅成	
19	2168	危城鶼鰈		48	4850	花月東墻	
20	2172	朱弁回朝	○	49	4865	花染状元紅	○
21	2251	血海花迷脂粉賊		50	4881	花開富貴	○
22	2294	血羅衫		51	5220	梁紅玉撃鼓助戦	
23	2433	冷艷寒梅二度関		52	5233	酒濃馬上催	
24	2495	孝女嫁愚夫		53	5362	雪蝶懐香記	
25	2563	李師師		54	5470	新狐遇妖記	
26	2591	杜鵑叫落桃花月		55	5614	梅開二度笑春風	
27	2778	壮士魂銷帳下歌		56	5632	胡不帰	○
28	3044	青鋒碧血鋳情仇		57	5633	胡不帰来好玉郎	
29	3373	金枝玉葉満華堂		58	5662	彩鸞灯	
30	3426	金鳳迎春		59	5681	魚網奇縁	
31	3478	姑蘇台		60	6280	荊軻忠烈傳	
32	3606	虎帳女児軍		61	6433	胭脂血灑戦袍紅	○

V 香港粤劇の俳優

No.	梁目番号	劇 目	備考	No.	梁目番号	劇 目	備考
62	6794	新王子復仇記		75	7961	醋娥傳（獅吼記）	○
63	6906	痴心巧奪漢宮花		76	8048	万悪淫為首	○
64	6944	雷雨		77	8082	腸断望夫雲	
65	7030	揚鞭敲砕海棠花		78	8334	龍鳳争掛帥	○
66	7036	禁宮慈母涙		79	8589	錦上添花慶堂皇	
67	7055	楊八妹取金刀		80	8662	戦地鴛鴦	
68	7253	連城璧	○	81	8684	燕妃碧血灑秦師	
69	7344	旗開得勝凱旋還	○	82	8984	双仙拝月亭	○
70	7361	豪門胭脂虎		83	9064	双鳳求凰	
71	7394	碧血狂僧		84	9252	薛剛大鬧鉄坵墳	
72	7451	華麗前因		85	9374	宝蓮灯	○
73	7592	鳳閣灯前砕玉簫		86	9386	寶娥冤	
74	7594	鳳嬌投水					

2 【陳好逑】1960年代、林家声と合演、慶新声劇団・頌新声劇団で主演。

表23 陳好逑上演劇目表

No.	梁目番号	劇 目	備考	No.	梁目番号	劇 目	備考
1	62	一張白紙告青天		12	1084	王伯当招親	
2	168	十年一覚揚州夢		13	1115	王宝釧	
3	203	七虎渡金灘		14	1438	玉女思凡	
4	230	刁蛮元帥莽将軍	○	15	1497	玉葵宝扇	
5	231	刁蛮公主服楚覇		16	1515	玉簫墳下小歌伶	
6	364	三把憐香剣		17	1714	生葬有情花	
7	522	大明英烈伝		18	1764	白眉毛夜気白菊花	
8	799	女鉄公鶏		19	1789	白蛇伝	
9	860	小紅娘		20	1881	四字伝家一字書	
10	914	六月雪		21	1940	守華容	
11	1035	天降火麒麟		22	1996	百戦栄帰迎彩鳳	
				23	2005	在天願作比翼鳥危険	

24	2168	危城鵜鰈		53	5939	紫釵記	○
25	2205	如意迎春花並蒂		54	6027	清官夜審美人頭	
26	2333	光棍姻縁		55	6111	情因深二十年	
27	2677	仏前灯照状元紅		56	6119	情俠鬧璇宮	○
28	2766	呉起拝妻求将		57	6167	情酔楚蛮腰	
29	2826	沙三少情挑銀姐骨		58	6480	無処不魂	
30	3338	忽必烈大帝		59	6509	程大嫂	○
31	3363	金戈鉄馬擾情関		60	6550	復活	
32	3394	金釵引鳳凰	○	61	6722	義胆忠肝	
33	3620	虎将蛮妻		62	6789	新三盗九龍杯	
34	3659	美人玉手盗兵符		63	6861	新銅網陣	
35	3660	美人如玉剣如虹	○	64	6950	雷鳴金鼓胡笳声	○
36	3705	前程万里		65	7343	旗開得勝喜臨門	
37	3867	飛上鳥巣両鳳凰	○	66	7344	旗開得勝凱旋還	○
38	4166	香羅塚	○	67	7381	魂繞巫山十二重	
39	4169	紅了桜桃砕了心		68	7397	碧血恩仇萬古情	
40	4195	紅粉女三気緑衣郎		69	7400	碧血写春秋	○
41	4236	紅揺燭化佛前灯		70	7458	趙子龍	
42	4865	花染状元紅	○	71	7660	銅雀春深鎖二喬	
43	4959	桃園結義		72	7668	嫦娥奔月	
44	5174	近水楼台先得月		73	7899	敷図公案	
45	5199	梁山伯与祝英台		74	8152	劉金定	
46	5398	張巡殺妾餉三軍		75	8284	龍鳳争掛帥	○
47	5544	苦鳳鶯憐		76	8312	龍虎干戈	
48	5568	英雄血濺相似思地		77	8313	龍虎小冤家	
49	5575	英雄掌上野茶薇	○	78	8325	龍飛鳳舞喜迎春	
50	5577	英雄碧血洗情仇		79	8341	龍鳳燭前鴛弄蝶	
51	5862	衆仙同賀慶新年		80	8566	錯把銀灯照玉郎	
52	5938	紫気東来花満楼		81	8677	燕子重帰燕子楼	

No.	番号	劇 目	備考		No.	番号	劇 目	備考
82	8797	韓信血染未央宮			86	9297	関公送嫂	
83	9046	双珠鳳	○		87	9374	宝蓮灯	○
84	9089	双龍丹鳳覇皇都	○		88	9388	還君昔日煙花涙	
85	9189	願作長安脂粉奴			89	9561	鉄弓縁	

3 【南紅】1960年代、羽佳と合演。

表24　南紅上演劇目表

No.	梁目番号	劇 目	備考		No.	梁目番号	劇 目	備考
1	11	一代天嬌	○		21	1437	玉女春心	
2	21	一曲鳳来儀			22	1440	玉女彩鳳渡春宵	
3	32	一枝紅艶露凝香			23	1495	玉楼彩鳳渡春宵	
4	45	一柱擎天	○		24	1522	司馬相如	○
5	203	七虎渡金灘			25	1548	平貴回窰	
6	226	七賢眷	○		26	1549	平貴別窰	
7	250	九環刀濺情仇血	○		27	1714	生葬有情花	
8	337	三百烈女貞魂			28	1868	北宋楊家将	
9	430	三盗金龍袍			29	1940	華容道義釈曹操	
10	579	大団円			30	1946	安碌山夜弔貴妃墳	
11	630	大閙梅知府			31	1959	氷山火線	
12	782	女媧氏煉石補青天			32	1972	成宗皇情牽女宰相	○
13	852	小艾虎夜探凌霄閣			33	2167	危城鴛鴦劫	
14	864	小侠気金剛			34	2245	血洗愛河橋	
15	873	小情僧偸祭花墳			35	2252	血海情仇	
16	889	方世玉打擂台			36	2276	血鴛鴦	
17	908	文姫権術盗中華			37	2383	宋江怒殺閻婆惜	
18	948	火裏恩仇二十秋			38	2399	江東双虎将	
19	1088	玉釆薇望夫化石			39	2422	冷面皇夫	
20	1097	王昭君出塞	○		40	2817	沈香救母劈華山	○
					41	2821	沈酔鳳凰群	
					42	2879	夜出虎牢関	

No.	梁目番号	劇目	備考	No.	梁目番号	劇目	備考
43	3169	孟姜女哭長城		52	3696	姜維雪夜破羌兵	
44	3173	孟麗君封相		53	3815	春風吹渡玉門関	○
45	3372	金枝玉葉		54	3851	春燈羽扇恨	
46	3398	金糸蚨蝶		55	3995	南国佳人朝漢帝	
47	3402	金葉菊		56	4166	香羅塚	○
48	3460	金鎚搏銀鎚		57	5433	珠聯壁合劍為媒	○
49	3496	狄青		58	5571	英雄児女保江山	○
50	3550	岳飛出世		59	7675	獅吼記	○
51	3688	姜子牙封相		60	7897	売怪魚亀山起禍	○

4 【李宝瑩】1970年代、羅家英と合演群英劇団、英宝劇団で主演。

表25　李宝瑩上演劇目表

No.	梁目番号	劇目	備考	No.	梁目番号	劇目	備考
1	77	一楼風雪夜帰人		16	2152	多情燕子帰	
2	219	七殺碑前並蒂花		17	2373	宋元争	
3	230	刁蛮元帥莽将軍	○	18	2612	牡丹斜照艶陽紅	
4	522	大明英烈傳		19	3349	乖老豆	
5	726	千紅万紫喜臨門		20	3373	金枝玉葉満華堂	
6	889	方世玉打擂台		21	3418	金碧輝煌迎新歳	
7	914	六月雪		22	3508	狄青与双陽公主	○
8	942	火海香妃		23	3621	虎賁大元帥	
9	951	火網梵宮四十年	○	24	3810	春到人間富貴花	
10	1115	王宝釧		25	3822	春風還我宋江山	
11	1224	孔雀東南飛		26	3953	柳毅伝書	
12	1442	玉女懐胎十八年		27	4116	秋江戦火解情仇（戦秋江）	○
13	1496	玉龍情伏胭脂虎		28	4165	香銷十二美人楼	
14	1717	生龍遇仙		29	4413	虹霓関	
15	1789	白蛇傳	○	30	4477	洛神	○
				31	4486	活命金牌	

V 香港粤劇の俳優

No	梁目番号	劇目	備考
32	4660	秦淮月照状元還	
33	4865	花染状元紅	○
34	5221	梁祝恨史	○
35	5267	章台柳	
36	5614	梅開二度笑春風	
37	6603	啼笑姻縁	△
38	7072	楊門女将	△
39	7136	乱世嫦娥	
40	7402	碧波潭畔再生縁	
41	7501	慈母涙	
42	7541	掄錯新娘換錯郎	
43	7587	鳳閣挑灯娶玉郎	
44	7592	鳳閣灯前砕玉簫	
45	7662	嫣然一笑	
46	7796	漢女貞忠伝	
47	7807	漢武帝夢会衛夫人	○
48	7859	広州順母橋	
49	7971	落花孤鶩	
50	8110	鋒火擎天柱	
51	8813	隋宮十載菱花夢	△
52	9128	蟠龍会	
53	9142	鄭成功	
54	9269	鵲橋仙	
55	9586	鉄馬銀婚	○

5 【梅雪詩】1970-80年代、龍剣笙と合演、雛鳳鳴劇団で主演。

表26　梅雪詩上演劇目表

No	梁目番号	劇目	備考
1	919	六国封相	○
2	1304	幻覚離恨天	
3	1988	百花亭贈剣	○
4	2013	再生紅梅記	○
5	2271	血滴子	
6	3739	帝女花	○
7	4169	紅了桜桃砕了心	○
8	4243	紅楼夢	△
9	4856	花田八喜	
10	5217	梁紅玉	
11	5558	英烈剣中剣	○
12	5656	彩鳳喜迎春	
13	5939	紫釵記	○
14	7072	楊門女将	△
15	7232	跨鳳乗龍	○
16	7393	碧血丹心	
17	7675	獅吼記	○
18	7807	漢武帝夢会衛夫人	○
19	7931	酔打金枝	
20	9271	辞郎州	○

VI 香港粤劇の儀礼演目

　祭祀演劇においては、初日の夜、及び正日の昼に、神を祀る特殊な演目、所謂「例戯」が演じられる。物語性は乏しく、鬼神に奉納する儀礼的演目であり、演劇というよりは、儀式というべきである。以下は、粤劇の老俳優、陳非儂『粤劇六十年』（『大成』第77期、1980年月）によって、その要点を記述する。

1 【祭白虎】

　これは、戯台を架設したとき、地下の煞神の安静を妨害したことから、その祟りを恐れて、行う儀式である。先ず、財神が登場して、台に立つ。次に虎が出る。財神は、台を下りて、虎と戦う。最後に虎を負かし、鎖で縛って、これに騎乗して退場。所作だけで、歌唱しない。銅鑼だけで弦楽器は使わない。上演の時、誰もしゃべってはいけない。また、両袖から、上演を見てはいけない。これら禁忌を犯すと、劇団員全体に不祥事が起こる[2]。

2 【八仙大賀寿】

　八仙が西王母の誕生祝いに行く故事を演ずる。八仙は、1人ずつ、舞台に出る。その時、1句を唱える。例えば、「東閣寿筵開」、「西方慶賀来」、「南山春不老」、「北斗上天台」の類である。8人が1句ずつ、合計で8句を唱える。各人1句を唱えた後は、背を向ける。出場の時は、先に男の仙人、6人が出る。最後に何仙姑、藍彩和が出る。2人は出たあと、「掩門」、「拉山」の所作を演じる。終わると、8人が横1列に開いて並ぶ。続いて張果老が、「今は王母の寿誕の日である。我らは、仙桃、仙果を用意して、お祝いに行こう」と言う。皆は、これを受けて「有理」（ごもっとも）と言う。2人ずつ、組になって、観衆に向かい、跪拝する。それから、相対して礼を行い、両側に分かれて退場する。最後に何仙姑と藍彩和に番が回ってくると、跪坐し、長い間平伏して、鑼

---

2) 【跳白虎】については、拙著『中国の宗族と演劇』678-691頁に、写真付きで、詳細を記した。

Ⅵ　香港粤劇の儀礼演目　　　　　215

鼓が音を転じてから、立ちあがり、「推磨」、「掩門」の所作を演じてから、後ろに下がり、相互に拝礼してから退場する[3]。

　南洋では、【碧天賀寿】と称しているが、その内容は、香港の【大賀寿】よりも豊富である。後述の【香花山大賀寿】に近い。

3　【小賀寿】

　大賀寿が、8人、1句、合計で8句唱えるのに対し、ここでは4句で済ます。簡略化した演出である。

4　【跳男加官】

　粤劇では、東方朔が唐の玄宗の機嫌を取るために演じたという伝説によると伝える。多くは武生が演じるが、主に二幇或いは三幇の武生、更には端役の拉扯が演じる。

　仮面をかぶり（玄宗に見破られないようにするため）、笏を持ち（朝廷に参内するため）、手に吉祥の語句を書いた布をもつ、所作のみで、歌唱しない。跳ぶ動作は、決まった足の踏み方がある。小鑼で歩み、3分で終わる[4]。

5　【跳女加官】

　二幇或いは三幇花旦が演じる。観客の中の大人物が特に指定した場合以外は、正印花旦が演じることはない。鳳冠霞珮を着用し、一品夫人の四字を所作で示す。両手を水平に伸ばして一の字をかたどる。次に口を開き両手を腰に着けて、二つの口の字を作り、品の字をかたどる。笏を口に咬み、両手を伸ばし、足を八の字に開く。これで夫の字にかたどる。身体を横に倒し、片手をのばして、人の字をかたどる。

6　【六国大封相】

　この劇は、粤劇の最も著名な例戯である。作者は、広州の著名な秀才、劉華東である。戦国時代、楚、燕、韓、趙、魏の六国は、共同して秦に対抗し、六国を説得して聯合させた蘇秦を六国連合の宰相に選んだ。公孫衍が、使者と

3）　【八仙賀寿】については、拙著『中国祭祀演劇研究』549頁に記述した。
4）　【跳加官】については、拙著『中国祭祀演劇研究』162頁以下に、詳述した。

なって、蘇秦を訪問し、丞相の印綬を授ける情景を演じる。これは、暴君に対抗する革命思想を含意する。その特徴は、全班の人が全員出演することである。我が国の顔見世狂言に該当する。以前、戯班を雇った郷村の責任者は、六国封相によって、出演者を役柄ごとに確認し、人を減らしていないか、或いは人を変えていないか、違約していないか、を点検したという。最も重要なのは、この劇が多数の粤劇の伝統的所作の型を保存している点である。例えば、羅傘架、宮灯架、推車架、坐車架、上馬架、落馬架、紮脚架などである。武生は、公孫衍に扮し、坐車を演じる。正印花旦は、紮脚推車架を演じる。第2花旦は、紮脚羅傘（公孫衍の傘役）、第3花旦は、紮脚羅傘（蘇秦の傘役）、小武などは六国元帥、女丑は、臙脂馬（諧謔動作）を演じる。古本の『六国封相』は、蘇秦が主役だったが、現在は、公孫衍が主役になっている。現在でも、蘇秦だけが歌唱する点に、蘇秦が主役だった時代の面影が残っている。『六国封相』の音楽は、特に崑曲が多い。外江班からの影響があると言える[5]。

7 【天妃大送子】

　まず、小生が状元に合格し、三日間、街を練り歩く。6人の幇花が1人ずつ、前後して登場し、舞いながら、雲を示す高台（三台の長椅子を重ねる）に登る。このあと、婢女が子を抱いて出る。正印花旦の扮する仙姫（七姉妹の7番目）が後ろにつく。仙姫は、まず、舞台入り口の真ん中で一度拝礼する。高台の上の2人の仙女が助けて仙姫を高台に登らせる。台に登ると、観衆に背を向ける。続いて、小生が出る。すると、台上の7人の仙女が一斉に観衆の方に向きを変える。仙楽を奏する。小生は、仙楽を聴いて、首を挙げ、仙姫を発見する。この時、6人の仙女が一組ずつ台から降りて舞踏する。彼らはすべて宮装を着用する。終わると、仙姫が高台から降りる。小生に出会うと、婢女が子を仙姫に渡す。仙姫は子を小生に渡す。生と旦はここで別れの歌唱をする。花旦

---

5) 【六国封相】については、拙著『中国祭祀演劇研究』556-558頁、及び、554-555頁に写真付きで詳細を記した。

Ⅵ 香港粤劇の儀礼演目　　　217

は多くの所作を行う。子の目やにをとるなど[6]。

8 【天妃小送子】

　小生、一人、馬に乗って登場、馬を下りると、花旦が子を抱いて出る。子を小生に渡す。別々に退場する。南洋では、この形が多い。

9 【玉皇登殿】

　玉皇が登殿し、群仙が慶賀する故事。先ず、女丑が白髪の老太監に扮して所作を行った後、「打開天門、諸臣朝天」と叫ぶ。これを受けて、「跳天将」が始まる。拉扯4人の担当。両側から2人ずつ出る。拉山、過位の所作を行う。終わって、玉皇（正印武生）が登場する。左右に天蓬神の侍衛が1人ずつ付き添う。天蓬は、第2、第3の武生が担当する。登殿後は「跳日月」（第2花旦と第2武生）、「跳桃花」（第3花旦、紮脚出演）、「跳韋駄」（正印小武）などが演じられる。「跳日月」は、最も厳格で、修練が大変であったので、生の桃花、死の日月、という呼び名がある。韋駄はもっとも難しく、現在では、麦炳栄以外は、こなせる人がほとんどいないという。他に、大花面の扮する「跳伏龍架」、第2花面の扮する「跳伏虎架」などが演じられる。最後に、正印花旦によって、「観音十八変」が演じられる。観音が出る時、4人の聖母（正旦、老旦など）が付き添う。聖母は、「観音の仏法無辺なれば、その表演を請う」と唱える。ここで観音は十八変を演じるが、実際は「龍、虎、将、相、漁、樵、耕、読」の

写真34　呉君麗の扮する観音菩薩（玉皇登殿）

---

[6]　【天妃送子】については、拙著『中国祭祀演劇研究』550頁以下に詳述した。

八変である。毎回の変にあたって、観音は、払子を入り口に向かって揮う。すると、一人の「変」が出て顔を見せるとすぐに退場する。観音は、払子を振るって、次の「変」を呼び出す。龍は、龍頭、虎は虎頭をかぶって出る。将は、袍甲を着用、相は、円領の袍を着用して出る。漁は漁民姿で櫂を持ち、樵は、樵姿で斧を持ち、耕は農夫姿で鋤を持ち、読は、海青に頭巾を着用、手に書を持って登場する。このほかに、雷神と電母が出る。雷神は、戯棚の頂上から何度も回転して台上に落ちる「大翻」を演じる。これは、戯班の演者が全員出演する「顔見世狂言」であり、『六国封相』に該当する。おそらく、『六国封相』が本地班の「顔見世狂言」であるのに対して、『玉皇登殿』は、外江班の「顔見世狂言」であると思われる。前者は武生を主にして勇壮であり、後者は、花旦を主にして優雅である。しかし現在、玉皇登殿は、上演を絶っているようである。

10【香花山大賀寿】

八仙大賀寿を拡大したもの。八仙が、西王母でなく、香花山にいる観音菩薩に誕生祝に行くという趣向をとる。観音が、山上中央に登場する。八仙もそれぞれ演技をおこなう。「白虎」や「劉海仙撒金銭」などが加わる。最後に、8人の宮女が、各自、紙で作った花瓶を持ち、「天下太平」の四文字を見せる[7]。

写真35　天下太平（香花山大賀寿）

---

[7]　【香花山大賀寿】については、拙著『中国祭祀演劇研究』549頁-551頁に1978年農暦九月上演を写真付きで紹介した。この時の上演では、最初に白虎を出し、次に八仙が登場、観音を挟んで台に整列したあと、劉海蟾撒金銭を演じた。通常の【八仙賀寿】よりもはるかに多彩な演出であった。南洋の【碧雲大賀寿】は、未見であるが、類似の演出と推測する。

Ⅶ 香港粤劇の流行演目

以下は、上演回数の多い流行演目を、上位35位まで、表に示す。

表27 香港粤劇上演回数順位表

	劇 名	上演回数	初演	劇 団 名	祭祀（A 神誕、B 季節、C 建醮、D 中元）
1	帝女花	21	1957	英宝2、烽芸、昇平2、雛鳳豊年鳴8、勝豊年、大雄威2、剣嘉、彩龍鳳2、千鳳	大埔旧墟A、坪峯A、泰享C、屯門后角A、青衣A、汾流A、鴨俐洲A、大澳A、大環山A、長洲C、香港仔A、林村C、筲箕湾C、元朗C、宝珠潭A
2	征袍還金粉	19	1950S	昇平2、嘉龍鳳2、英宝2、彩龍鳳5、勝豊年3、千麗、鴻運、慶豊年、威宝、剣嘉	泰享C、沙螺湾A3、大埔旧墟A、深水歩D、大澳A、茶果嶺A、古洞A、石歩囲B、索罟湾A、汾流A、河上郷A、龍躍頭C、田心C、蓮花池C、屯子囲C、汀角B、元崗C
3	鳳閣恩仇未了情	16	1962	烽芸、昇平2、海安、英宝2、文英、雛鳳鳴2、勝豊年2、彩龍鳳2、千鳳、新中華、梨声	坪Che A、泰享C、柴湾D 2、石澳A、大埔旧墟A、香港仔A、林村C、大澳A、大埔旧墟A、蓮花池C、屯子囲C、汀角B、元崗C、大囲C、長洲C
4	雷鳴金鼓胡笳声	16	1962	烽芸、昇平2、新群英、文英、栄華、声好、彩龍鳳4、文麗、千麗、鴻運、剣嘉、梨声	坪Che A、泰享C、石澳A、索罟湾A2、屯門后角A、青衣A、深水歩D、沙螺湾A、古侗A、九龍城A、大埔旧墟A、田心C、汀角B、元崗C、柴湾D
5	燕帰人未帰	15	1974	烽芸、勝豊年2、嘉龍鳳2、鴻運、普長春、慶豊年、彩龍鳳2、励群、新佳英、英宝、千鳳、新大龍	坪CheA、大澳A、沙螺湾A2、古洞A、牛池湾A、索罟湾、A、河上郷A、汾流A、石歩囲B、大埔旧墟A、蓮花池C、屯子囲C、大囲C、馬湾A

6	双龍丹鳳覇皇都	14	1950S	昇平、海安、新大龍、英宝 2、文英、雛鳳鳴、嘉龍鳳、翠紅、鴻運、勝豊年、威宝	泰享 C、柴湾 D、馬湾 A、石澳 A、沙螺湾 A2、索罟湾 A、青衣 A、大澳 A2、蒲台島 A、古洞 A、龍躍頭 C、蓮花池 C
7	洛神	12	1956	文英、雛鳳鳴、英宝、大雄威、彩龍鳳、漢麗、励群、翠紅、千鳳、昇平、覚新声、海安	索罟湾 A、屯門后角 A、大埔旧墟 A2、汾流 A2、河上郷 A、宝珠潭 A、蒲台島 A、大囲 A、 泰享 C、柴湾
8	金釵引鳳凰	11	1959	英宝、烽霓、雛鳳鳴 5、威宝、新佳英、励声、彩龍鳳、鴻運	大埔旧墟 A、坪 che A2、大埔頭 C、石澳 A、筲箕湾 A、青衣 A、元朗 C、宝珠潭 A、龍躍頭 C、石歩囲 B
9	火網梵宮十四年	11	1953	覚新声 2、昇平、海安、永光明、文英、彩龍鳳、鴻運、雛鳳鳴、新馬、勝豊年	大埔旧墟 A、泰享 C、茶果嶺 A、柴湾 D、秀茂坪 A、索罟湾 A、西貢 D、古洞 A、宝珠潭 A、廈村 C、蓮花池 C
10	梟雄虎将美人威	10	1968	新大龍、栄華、彩龍鳳 4、大雄威、文麗、千麗、普長春	坪 CheA、大澳 A、沙螺湾 A2、古洞 A、牛池湾 A、索罟湾 A、河上郷 A、汾流 A、石歩囲 B、大埔旧墟 A、蓮花池 C、屯子囲 C、大囲 C、馬湾 A
11	獅吼記・醋娥伝	9	1958	翠紅、新群英、雛鳳鳴 2、剣嘉、烽芸、千麗、漢麗、千鳳	蒲台島 A、石澳 A、元朗 C、宝珠潭 A、田心 C、坪輋 A、沙螺湾 A、宝珠潭 B、大囲 C
12	紫釵記	8	1957	雛鳳鳴 7、昇平	大埔頭 C、泰享 C、青衣 A2、香港仔 A、筲箕湾 A、元朗 C、宝珠潭 A
13	桂枝告状	8	1956	英宝、大雄威、彩龍鳳、勝豊年 2、翠紅、文麗、千麗	大埔旧墟 A、汾流 A2、深水歩 D、大澳 A、蒲台島 A、索罟湾 A、沙螺湾 A

Ⅶ　香港粤劇の流行演目

14	旗開得勝凱旋還	8	1940S	彩紅佳、昇平、英宝、雛鳳鳴、翠紅、彩龍鳳、威宝、梨声	赤柱 A、泰享 C、石澳 A、屯門后角 A、蒲台島 A、金銭 B、龍躍頭 C、柴湾 D
15	龍鳳争掛帥	8	1967	声好、勝豊年、彩龍鳳、梨声、英宝、覚新声、文麗、千麗	東湧 A、大澳 A、慈雲山 A、柴湾 D、大埔旧墟 A2、索罟湾 A、沙螺湾 A
16	再生紅梅記	7	1959	雛鳳鳴 7	屯門后角 A、青衣 A、香港仔 A、林村 C、筲箕湾 A、元朗 C、宝珠潭 A
17	牡丹亭驚夢	7	1956	雛鳳鳴 5、昇平、勝豊年	泰享 C、青衣 A、鴨脷洲 A、大澳 A、宝珠潭 A、香港仔 A、林村 C
18	双仙拝月亭	7	1958	栄華 2、彩龍鳳 2、英宝、新群英、烽芸	屯門后角 A、深水歩 D、滘西 A、大埔旧墟 A、西貢 D、石澳 A、坪 CheA
19	鉄馬銀婚	7	1974	新群英、英宝 4、翠紅、勝豊年	石澳 C、大埔旧墟 A、茶果嶺 A、大澳 A、屯門囲 C、蒲台島 A、汾流 A
20	碧血写春秋	7	1966	烽芸、覚新声 2、彩龍鳳、剣嘉、翠紅 2	坪 CheA、大埔旧墟 A、茶果嶺 A、九龍城 A、田心 C、蒲台島 A2
21	宝剣重揮万丈紅	7	1960S	雛鳳鳴 5、勝豊年、励群	鴨脷洲 A、大澳 A、香港仔 A、林村 C、筲箕湾 A、青衣 A、汾流 A
22	双珠鳳	6	1957	嘉龍鳳 2、雛鳳鳴 2、励群、新馬	沙螺湾 A、屯門后角 A、青衣 A、元朗 C、汾流 A、厦村 C
23	珠聯璧合剣為媒	6	1970S ?	彩紅佳、永光明、文英、彩龍鳳、慶豊年、新佳英	赤柱 A、秀茂坪 A、索罟湾 A2、網井囲 A、石歩囲 B
24	戦秋江	6	1960S	英宝 5、励群	大澳 A、茶果嶺 A、滘西 A、長洲 C、汾流 A、屯門囲 C

25	風流天子	5	1940S	嘉龍鳳、彩龍鳳 3、新馬	沙螺湾 A2、茶果嶺 A、金銭村 B、石歩囲 B、廈村 C
26	一柱擎天双虎将	5	1970S ?	彩紅佳、彩龍鳳 2、慶豊年、励声	赤柱 A、河上郷 A、網井囲 A、索罟湾 A、坪 CheA
27	魚腸剣	5		雛鳳鳴 4、新馬	鴨俐洲 A、林村 C、筲箕湾 A、元朗 C、廈村 C
28	衣錦還郷	5		錦龍鳳、大雄威、彩龍鳳 3	九龍城 A、汾流 A、河上郷 A、網井囲、茶果嶺 A
29	虎将奪金環	5		彩龍鳳 3、錦龍鳳、烽芸	河上郷 A、坪夆 A、九龍城 A、茶果嶺 A、網井囲 A
30	枇杷山上英雄血	5	1954	新中華、英宝 3、普長春	長洲島 C、茶果嶺 A、牛池湾 A、屯門囲 C、長洲島 A
31	蓋世英雄覇楚城	5		彩龍鳳 3、昇平、梨声	金銭村 B、石歩囲 B、大埔旧墟 A、元崗 C、柴湾 D
32	紅了桜桃砕了心	5	1953	錦龍鳳、大雄威、雛鳳鳴 3	九龍城 A、赤柱 A、青衣 A
33	跨鳳乗龍	5		雛鳳鳴 5	香港仔 A、林村 C、大埔頭 C、屯門后角 A、青衣 A
34	無情宝剣有情天	5	1963	英宝 3、栄華、漢麗	大埔旧墟 A、石澳 A、屯門后角 A、大澳 A、宝珠潭 A
35	連城璧：司馬相如	5	1974	覚新声 2、声好 2、西貢 D 鍾	大埔旧墟 A、茶果嶺 A、青衣 A、東湧 A

　1978年から1985年までに 5 回以上、上演された演目のリストになっている。順位別に内容を概観してみる。

1 【帝女花】21回

　　唐滌生作。仙鳳鳴劇団、1957年初演、任剣輝、白雪仙主演。1934年、散天花劇団初演。李自成の北京侵入を知った崇禎帝は、死を覚悟し、皇后、公主を殺

す。長平公主も帝に剣で刺されるが、老臣の周鍾が遺骸を家に運び、傷の手当
てをして、蘇生させる。周は、公主を清帝に献じて褒賞に預かることを目論ん
でいた。公主は、これを知って尼庵に入る。公主と相愛の仲だった周世顕は、
尼僧姿の公主を見つけ、、清帝に上奏して太子を釈放する約束をとりつけたあ
と、二人で自害して国に殉ずる。

2 【征袍還金粉】19回

　作者、初演時期、初演劇団、未詳。1950-60年代。司馬仲賢と柳如雷は相愛
の仲だったが、仲賢の留守の間に、兄の伯陵が如雷を奪って結婚した。帰宅し
た仲賢は、兄をそしり、伯陵は怒って家を離れ、落泊して流浪する。仲賢は、
科挙に合格して役人になり、兄弟は和解し、如雷は仲賢のもとに還る。

3 【鳳閣恩仇未了情】16回

　劉月峰作、1962年大龍鳳劇団初演。南宋の狄親王の妹、紅鸞郡主は、金に人
質になり、金の将軍、耶律君雄と相愛の仲となる、人質の期限がおわり、君雄
は、帰国する紅鸞を送って行く途中、賊に襲われて離散する。紅鸞は、平民に
救われて保護されるが、記憶を喪失し、後に君雄に会うが思い出せない。君雄
は、金の将軍の身分が露見して、狄親王に処刑される寸前、昔、紅鸞と共に
歌った胡地蛮歌を歌う。これを聞いた紅鸞は、記憶を取り戻す。君雄は、赦さ
れ、２人は結婚する。

4 【雷鳴金鼓胡笳声】16回

　劉月峰作、1962年、慶新声劇団、林家声初演。趙の翠碧公主は、文武双全の
英雄、夏青雲を登用し、相愛の仲となる。斉の侵略を防ぐために、趙を助けに
来た秦の荘王が公主を見初め、結婚を逼る。公主はやむなく許諾して秦に赴く
が、国境まで青雲に護衛を命ずる。公主が荘王に迎えられて秦境に入るとき、
青雲が決起して、秦兵と戦う。奮戦の末、力尽きんとするとき、公主は琴を弾
じて励まし、青雲は再び奮い立って、遂に荘王を撃ち破る。荘王は趙に降り、
公主は、青雲と結婚する。

5 【燕帰人未帰】15回

　南海三十郎、1930年作、1970年代、潘一帆改作。大龍鳳劇団、1974年初演。

西梁太子の魏剣魂と、民女の白梨香とは相愛の仲だったが、西梁王は剣魂に、東斉の珊瑚公主との結婚を命ずる。公主は、剣魂と梨香の関係を知り、梨香をだまして、産んだ嬰児を預かる。珊瑚は、さらに将軍、蔡雄風に梨香を、宮女、惜花に嬰児を殺すように命ずる、しかし、2人は、いずれも珊瑚の奸計を知って、母子を殺さずに庇護する。珊瑚が剣魂に結婚を強要した婚礼の場に、梨香が現れて珊瑚が夫を奪ったことを訴え、惜花が出て梨香の訴えが真実であることを証言した。さらに梨香の兄が嬰児を連れて登場し、珊瑚は弁明できず、東斉王は、やむなく、剣魂と梨香の結婚を許す。

6 【双龍丹鳳覇皇都】14回

1962年映画化。林家声、鳳凰女主演。鳳怜は、母の仇を報ずるため、忍んで情郎、趙金龍と離別し、斉国殿下の容玉龍に改嫁した。只だひたすら太后を弑する機を待とうと想っていた。太后は、鳳怜を殺害するついでに、嬰児を勒殺しようとしたが、幸い宮女の姚彩霞が鳳怜を携えて禁宮を離脱した。2人は相依って命を繋いだ、金龍は、深く鳳怜を愛していた故に、国に帰り、十万雄兵を率いて、再び斉国の北に臨み、鳳怜を奪回する。

7 【洛神】12回

唐滌生、1956年の作。新艶陽劇団、芳艶芬、陳錦棠1957年初演。曹操の末子、曹植は、宓妃と相愛の仲であった、父の曹操は、軍功により、長男の曹丕に妻を択ぶ権利をあたえた。曹丕は、2人の仲を知っていたが、故意に横やりを入れて、宓妃を妻に選んだ。2人は、悲嘆に沈んだ。曹操は、植と宓妃を引き離すため、植を臨淄に移した。曹操が死ぬと、曹丕は王位を継いだが、植の存在を恐れて安心できず、口実を設けて殺すことを企て、呼び戻して、七歩の間に詩をつくるよう難題を課した。植はこれに応じて詩を作り、周囲の讃嘆を得て、殺害を免れた。宓妃は、将来の曹植の危難を恐れ、湖水に身を投じて死んだ。植は、夜半、洛水の波濤の音を聞いた。それは、宓妃が洛水の神女となって最後の別れを告げに来たのだった。

8 【金釵引鳳凰】11回

1959年、鳳求凰劇団初演、陸邦執導、新馬師曽、鳳凰女、陳錦棠主演。韓

老師は、娘の玉鳳の婿の候補に学生の秦家鳳と趙剣青を選んだ。剣青は小鳳に一目でほれ込み、両人は情交の挙句、小鳳は妊娠した。玉鳳は秦家鳳に心を寄せたが、定情の鳳釵を間違って剣青に渡した。新婚の夜、玉鳳は、鴛鴦の配が間違っていることを発見して離去し、家鳳を探し、客桟で小鳳と再会した。小鳳は分娩を控え、玉鳳は旁で世話をした。たまたま剣青も亦た、同一の客桟に投宿した。夜、賊に劫され、剣青は誤って盗賊を殺し、切り取った賊の頭を持って逃亡した。剣青の母は、無頭の尸首が剣青であると思い、玉鳳を犯人と訴えた。この時、家鳳は、高位で科挙に合格し、派遣されて無頭案を再審した。幸い剣青が駆けつけ、玉鳳の疑いが晴れて、玉鳳と家鳳は結婚した。

9 【火網梵宮十四年】11回

李寿祺作、1953年初演。導演：周詩禄、主演：梁醒波　新馬師曽　陸飛鴻　鳳凰女　芳艷芬。歌姫の魚玄機は温璋と相愛の中になり、子を宿すに至った。温璋は、二度、玄機のために誤殺の罪を犯して入獄した。玄機は、李億の傾慕と援助を得たが、父及び婢女が間で邪魔をし、温璋とは、数々の障害が起こった。しかし玄機の誓いは固く、志は変わらず、髪を蓄えたまま修行し、娘を生んで夫を待った。温璋は出獄してから玄機と一緒になった。李億は終に恩愛は共有することはできないことを理解して、決然として自らの思いを諦めて身を引いた。

10 【梟雄虎将美人威】10回

葉紹徳作、1968年、鳳求凰劇団、初演。陳錦棠、羅艷卿主演。大梁国の老王が崩御し、兄弟が位を争う。銀屏郡主は二王子文勇に対して愛慕の情を寄せ、登基を支援した。虎将、衛干城は、文勇が険詐で残暴であると見抜いていた。文勇は、即位後、盛んに功臣を殺し、愛侶謝双娥を貴妃とし、その意を受けて郡主を天牢に押し込めた。干城は、憤然として双娥を罵った。文勇は、干城をなだめるため郡主を妻にめとらせ、邑を岐山に賜った。当時、文勇の暴政に、民心は離反し、外寇が侵入し、兵は次々に敗れた。文勇は皇城から逃出し、途中、郡主と相遇した。文勇は郡主を一見すると、男女の情に訴えて、救を求めた。干城は、郡主に、これ以上、甘言に騙されるべきでないと説いた。郡主は

剣を挙げること両次、殺そうとしたが、手を下せなかった。干城は、その状を見て、文勇に自尽を要求し、文勇は自刎して死んだ。

11【獅吼記（醋娥伝）】9回

　唐滌生編、1958年、錦添花劇団初演、陳錦棠、呉君麗主演。黄州太守の陳季常は、妻の玉娥を恐れていた。大学士、蘇東坡の堂妹、琴操は、宮女に選ばれたが、後宮に入るのを恐れ、季常の妾になって、民間にもどることを望んだ。東坡は、宋帝の前で玉娥と詩の上下を争って敗れ、玉娥に恨みをいだき、琴操を季常の妾にして、彼女の鼻を明かそうとした。季常は、琴操に夢中になり、玉娥に罰せられる。東坡は、結婚して5年たっても妻が子を産まなければ、妾を入れてもよいという慣例を盾に、季常をそそのかして玉娥を刑部に訴えさせた。玉娥は、夫の兄弟に男系子孫がいる場合には、この慣例は適用されないと主張した。尚書の桂玉書は恐妻家で、母と妻に脅され、玉娥の訴えを認めた。東坡は、これを不満として宋帝に訴えた。宋帝は、季常に味方し、琴操を妾に入れることを許した。玉娥は、これに抗議して、宮内の砒霜を飲んで自殺した。季常は、後悔し、自分も砒霜を賜って玉娥と一緒に死ぬことを求めた。皇后が登場し「前もって砒霜を白醋に替えておいた故、飲んでも死ぬことはない」、と告げた。宋帝は、風流事件を誤判した罪を認め、琴操を無罪とし、帰郷を許可した。季常も蘇生した玉娥と復縁した。

12【紫釵記】8回

　唐滌生編、1957年8月、仙鳳鳴劇団初演、任剣輝、白雪仙主演。長安の才子、李益と歌姫、霍小玉は、小玉が落とした紫釵を李益が拾った縁で、結婚する。ところが、盧大尉の娘、燕貞が李益と結婚したい、と父に訴え、大尉は、李益に娘婿になるように強要する。李益が断ると、塞外に派遣し、3年後に都に戻すが、その間、小玉への手紙は没収し、入京しても小玉との連絡を許さない。小玉が生活に困って質に出した紫釵を買い入れて、李益に示し、小玉が李への愛を断って再婚した、と言って、自分の娘との再婚を強要した。李益が紫釵を呑んで自尽しようとすると、詩作の中に謀反の語があると脅した。李益も遂に燕貞と結婚を承諾する。この間に、小玉は、落魄し、悲惨な境遇に陥る。

ある日、小玉は崇敬寺にやってきて、黄衫客に遭遇した。小玉はやつれてしきりに涙を流していた。黄衫客は、わけを尋ね、小玉は、李益のことを語った。黄衫客は李益を小玉の家まで連れてきて、2人を再会させた。小玉は、李益が帰ってきたのを見て、家を離れて3年の間、音信がなかったことを恨み、更に大尉の女を娶ったことを痛斥した。李益は自分が大尉の脅迫を受けたこと、及び釵を呑んで、婚を拒絶したことを小玉に告げ、紫釵を取り出して証拠とした。2人は仲直りして昔に戻った。しかし、黄衫客が仮眠している間に大尉の家僕が李益を屋敷に連れ戻し、更に紫釵を奪い去った。小玉は鳳冠を戴き、瑕珮を穿き、府内に闖入し、大尉が人の夫を奪うと非難した。大尉は、李益を叛国の罪で告訴すると脅した。このとき、黄衫客が堂に登った。黄衫客は大尉に李益が犯したのは何の罪かと問うた。大尉は、反唐の詩を詠じたからだと言うと、黄衫客は「九族誅滅の罪がある男と知りながら、なぜ婚にとるのか」と論難した。大尉は答えに窮した。黄衫客は、大尉の横暴を指斥した上、大尉の官職を罷免し、更に自ら媒人となって、李益と小玉を結婚させた。

13【桂枝告状】8回

唐滌生編、1956年2月、利栄華劇団初演、任剣輝、白雪仙主演。馬商の李奇には、亡妻との間に、娘の桂枝、幼少の息子、保童がいた。商売のために陝西に行っている間に、後妻の楊三春は、田旺と姦通し、2人の子を追い出す。李奇が帰宅し、2人の子が見えないので、楊に問いただすと、二人は池に遊びに行って、水中に落ち、遺体も上がっていないという。婢女の春花を尋問すると、楊と田に口止めされていて、答えは、つじつまが合わない。夜再度、聴くから、寝ないで待っているようにと命じたが、春花は、恐れて自殺してしまった。楊と田は、李が春花を妾にしようとして拒まれて殺した、と言い立て、県令の胡敬に賄賂を贈って、李を犯人に仕立て上げた。李は、斬刑を言い渡され、収監された。桂枝は、同じ境遇の趙寵と結婚、夫が科挙に合格して県令となり県衙に住む。夜、拷問に苦しむ老人の声を聞きつけ、牢番を呼び出して調べると、父親の李奇だった。桂枝は、夫の趙寵に父の冤罪の翻案に協力するように求めた。趙は、桂枝に代わって訴状を書き、桂枝に男装して按院に行き、

訴状を出させた。按院大人は、科挙に合格して出世した、弟の保童だった。保童は、証人がいない父の冤罪事件を覆すのは難しいとみたが、妻の連珠（趙寵の妹）が聡明で、一計を案じ、自ら春花の姿に扮して、楊三春の前にあらわれた。楊は、春花の幽霊が出たと思い込み、自供した。楊三春、田旺、及び賄賂で判決を曲げた胡敬の3人は、斬刑に処せられ、李奇は、聡明な嫁（連珠）、と善良な婿（趙寵）を得て、平穏な晩年を迎えることができた。

14【旗開得勝凱旋還】 8回

徐若呆編、1940年代、黄超武、梁齢玲主演。尚書の子、葉抱香は、民女の戴金環と相愛の仲だったが、戴の父は、葉尚書を奸臣とみて、2人の結婚を許さなかった。このとき、太子の文陵が金環を宮に入れて妃にしようとした。しかし、抱香と金環は、すでにひそかに情交を交わし、さらに桃の花は、実を結んでいた。これによって、次々に騒動が持ち上がり、笑いが連続して起こる。

15【龍鳳争掛帥】 8回

1967年黄鶴声執導、林家声、呉君麗等主演、香港映画。兵部尚書の子、雲龍と吏部尚書の娘、司徒文鳳は、ともに武威を誇り、張り合う。帝は、2人を結婚させるが、折り合わない。北狄が襲来し、2人は総帥の地位を争う。帝は、やむなく籤で決め、文鳳を総帥とする。雲龍は、文鳳の命を受けず、単騎、敵と戦い、苦戦に陥る。やむなく文鳳に援軍をもとめ、外敵を破る。文鳳は、功を雲竜に譲り、2人は真の夫婦となる。

16【再生紅梅記】 7回

唐滌生編、1959年9月、仙鳳鳴劇団初演。任剣輝、白雪仙主演。南宋の丞相、賈似道は、12名の妾を連れて船で豪遊する。裴禹は、船から、妾の中の李慧娘をみて、夢中になり、賈の船を追う。賈の船が岸辺に停泊し、賈は上陸して狩猟に行く。禹も上陸し、慧娘と語る。慧娘は、官妓の身で、禹と会うことはできないと言って、去る。そこへ賈が戻ってきて2人の密会を咎め、慧娘を折檻して殺し、遺骸を紅梅閣に置く。繡谷には、元総兵の盧桐が隠棲して、娘の昭容と酒を売って暮らしていた。賈は、昭容姿の美貌を聞き、慧娘の代わりに妾にしようとする。裴禹は、偶然、繡谷に行き、慧娘に似た昭容を見て、惹

かれる。そこへ賈の甥、瑩中が金銀財宝を持って現れ、賈の妾に入るように要求する。禹は昭容に狂女を装うように勧める。禹は賈を訪れる。そこへ昭容が連れてこられるが、狂態を演じる。賈は疑うが、あきらめて釈放する。盧桐と昭容は、揚州に逃げる。賈は、禹が慧娘の情人であることを知り、瑩中に命じて禹を暗殺させる。慧娘の幽魂が現れて禹を守る。禹は智娘の幽魂の示唆に随い、揚州に昭容を尋ねに行く。到着した日、昭容は病死し、慧娘の幽魂が昭容の遺骸を借りて蘇生し、禹と結婚する。

17 【牡丹亭驚夢】 7回

唐滌生編、1956年11月、仙鳳鳴劇団初演。任剣輝、白雪仙主演。杜太守の娘、麗娘が晩春の景を見て感傷にひたり、柳夢梅と契る夢を見たあと病死するが、3年後、書生柳夢梅に遺骸を発掘してもらって蘇生し、杭州に駆け落ちする。夢梅は科挙に合格し、杜宝に挨拶に行くが、杜宝は、夢梅を墓盗人とみて、許さず、厳しく折檻する。しかし、皇帝から結婚の聖旨が降り、杜宝も渋々ながら、二人の結婚を認める。

18 【双仙拝月亭】 7回

唐滌生編、1958年1月、麗声劇団初演、何非凡、呉君麗主演。宋代、蒙古兵が入寇、蔣世隆は妹瑞蓮を連れて逃げる。途中、瑞蓮は兄に「秦興福と結婚の約束をした」と告げた。兄妹2人は、駅館に宿泊。そこへ秦興福が現れ、秦家が一家誅滅の境遇に陥り、自分も追われているとつげて、「蘭園」に匿れた。〇兵部尚書、王鎮の夫人も娘の瑞蘭を連れて避難し、駅館に入った。乱軍が駅館に殺到し、蔣世隆は瑞蓮、王夫人と瑞蘭は、それぞれ別れ別れになった。瑞蘭と世隆は、偶然、一緒になり、同行した。2人には情愛が生まれ、結婚の約束を交わした。王夫人と瑞蓮は、偶然一緒になり、同行して逃避を続けた。秦興福が身を隠していた「蘭園」に、世隆と瑞蘭が到着した。二人の仲を知った興福は、2人を結婚させ、西楼に住まわせた。尚書王鎮は、番国との交渉を終えて、京へ帰る途中「蘭園」の東楼に宿泊した。瑞蘭は王鎮に遭遇した。王鎮は、瑞蘭が昨晩、世隆と共に西楼に宿泊していたことを知って、大いに怒り、瑞蘭に男を棄てて一緒に京に帰るように命じた。瑞蘭は、悩んだ末、最後に父

に随って離れ去った。世隆は、江に身を投げたが、王夫人の姉の卞夫人と息子の卞柳堂の船に救い上げられた。世隆は、卞氏の恩に感じ、卞老夫人を母とあがめ、姓を卞に、名を双卿と改めた。興福も亦た緝捕の禍を避けるため、徐慶福と改名した。興福は、王鎮に「世隆が投江に身を投げて自殺した」と知らせた。一方、世隆も瑞蘭が情に殉じて死んだという噂を聞いた。3年後、卞柳堂、秦興福、及び蔣世隆は上位で合格し中三元となった。王鎮と夫人が、瑞蘭と瑞蓮の2人に状元、榜眼と結婚するように説得したが、2人はともに堅く拒んだ。王夫人が手を尽くして勧めるので、瑞蘭は、「成婚に先だって玄妙観に行き、世隆の亡魂を祭りたい」と要請した。王夫人は、さらに、卞府にやってきて結婚を申し入れた。卞夫人は、姉妹の親情に動かされ、世隆、興福に宰相の娘を娶ることを勧めた。世隆は「結婚に先だち玄妙観に行き、瑞蘭の亡魂を附薦したい」と要請した。瑞蘭がやってきて世隆の亡魂を祭った。世隆もやってきて、瑞蘭の亡魂を祭った。2人は、顔を合わせ、一瞬、亡霊と思ったものの、すぐに認めあった。王鎮は昔の誤りを認め、瑞蘭と世隆の結婚を許した。瑞蓮もまた興福と結婚した。

19【鉄馬銀婚】7回

　蘇翁編、1974年、英華年劇団初演、羅家英、李宝瑩主演。元末明初、群雄が角逐し、朱元璋は、元朝を推翻し、金陵に攻め入った。北漢王の陳友涼は、一方に割拠し、姑蘇王の張士成と聯合して、金陵を挟撃し、天下を奪取しようとした。大臣胡藍に命じて姑蘇に行き、合兵之事を約束させるようにした。これを知った朱は、大将華雲龍を張士成に仮装させて詐りの結婚を図った。北漢の銀屏公主は、この結婚に抵抗した。しかし華雲龍に鄭重な礼儀で迫られ、反って華雲龍に惹かれ、その結果、北漢王が後ろ盾になって結婚して夫婦となった。雲龍には、姐の雲鳳が、随行してきていた公主は雲龍が愁愁として楽しまないのを見て、雲龍が合兵の事で心を悩ませていることを知り、北漢王に黎山に行って、張士成と商議するように頼んだ。北漢王の兵が黎山に到ると、劉伯温はいち早く雲龍に命じ、黎山を何重にも包囲させた。張定辺は陳友涼を救護に駆け付けたが、劉伯温が布いた包囲網から逃れ難く、陳友涼は殺された。銀

屏の下に、「雲龍は朱のスパイであり、陳友涼は殺された」と言う知らせが
入った。銀屏は先ず雲龍を斬って父の仇に報じたのち、自刎して愛に殉じよう
とした。雲龍は銀屏に許しを請うた。雲龍と銀屏は、互に愛情を訴えて、抱き
合い、国事を放棄し、天涯に遠く去ろうとした。この時、張定辺が雲龍を殺そ
うと迫ってきた瞬間、雲鳳と胡藍が定辺の子、張王琦を擁してして現れ、定辺
を阻止した、定辺は自刎しようとしたが、雲龍が勧止し、定辺父子に大明のた
めに尽力するように請願した。父子は、これに随った。

20【碧血写春秋】 7回

1966年、香港頌新声劇団初演、林家声、陳好速、李奇峰、任冰児等主演。鍾
家の双子の兄弟のうち、兄の孝全は、西宮国丈の讒言によって斬刑に処せられ
たが、弟の孝義は、国丈が外夷と密通している証拠をつかみ、姦党を粛正し、
暗愚の明帝を義民の公審によって処断した。

21【宝剣重揮万丈紅】 7回

潘一帆編。初名【可憐女】、次いで【寒梅劫後開】、羅剣郎、李宝瑩の万丈紅
劇団の上演に当たって現題に改名。将門の子、いち呂雁秋と梅玉冰は、幼少か
ら指腹婚の間柄だった、梅母は早く亡くなり、父は、後妻の朱氏を娶り、朱氏
は一女艶姝を産んだ。朱氏は自分の娘を将門に登らせるために、一計を案じ、
雁秋と玉冰が結婚する日に玉冰にしびれ薬を飲ませた。その結果、玉冰はその
場で血を吐き、そのすきに乗じて艶姝を姉の代わりに洞房に送り込んだ。雁秋
は、納得せず、従軍を理由に出陣してしまった。艶姝は、結婚はしたものの独
り守空房を守る羽目になり、寂寞に耐えがたかった。公子柳士元が様子を見に
やってきて、２人は、姦通に及んだ。これが梅父に目撃され、怒った梅父は、
玉冰の烈女伝を書いて艶姝の部屋の入り口に置き、警告した。艶姝と士元は、
玉冰に２人の姦通を知られたと思い、丫環に命じて老鼠薬を買って来させ、玉
冰の毒殺をはかったところ、母朱氏が誤って毒薬を飲んでしまった。朱氏が死
ぬと、艶姝と士元は共謀して玉冰を殺人犯として誣告した。ちょうどうまく呂
雁秋が凱旋して帰ってきて、この事件の会審に参加した。公堂上で、梅父は、
講出艶姝と和士元の姦通を証言し、更に有梅香も姦通を証言したために、真相

がわかり、艶姝と士元は処決され、雁秋と與玉冰は結ばれた。

22【双珠鳳】 6回

唐滌生編、1957年1月、麗声劇団初演、麦炳栄、呉君麗主演。吏部天官、霍天栄の娘、霍定金は、尼庵で洛陽才子、文必正と会い、互いに愛慕の情を抱く。定金は珍珠鳳を落とし、必正に拾われる。必正は、霍家に身売りして奴僕となり、定金と密会する。父、天栄はこれを知って怒り、定金に他家との結婚を逼る。定金は家出する。天栄は、必正を洛陽に送り、県令に命じて獄中で毒殺させる。定金は劉丞相に救われ、洛陽に必正を訪ねて、その死を知り、悲嘆にくれるが、必正は科挙に上位合格、2人は添い遂げる。

23【珠聯璧合剣為媒】 6回

作者未詳、初演劇団、初演俳優未詳。南魏の将、上官智華は、東斉に囚われている父、上官勇を救うため、西梁王に兵と雌雄剣の一つを借りようとして、叔父の上官賢と共に西梁に出使するが、拒否される。智華は、鳳屏公主の寝室に忍び込んで剣を盗もうとして、公主と顔を合わせ、2人は相愛の仲となる。公主は剣を贈る。智華は、公主の弟、司馬龍飛と共に、東斉に赴く。東斉の玉鳳公主は、龍飛の婚約者だったが、智華に会って、気を移し、智華に結婚を強要した。智華は、洞房の夜、龍飛を身代わりにし、龍飛の思いをかなえさせるとともに、鳳屏への愛を貫いた。

24【戦秋江】 6回

作者未詳、初演劇団、初演俳優未詳。雲氏一族と方氏一族は、長年、反目し、抗争を続けてきた。雲氏の武将、雲漢章は、作戦に失敗して敗北し、族長の雲大豪の命により、監禁の罰に処せられる。そこへ、敵の女将、方紫苑が使節として現れ、碧沙灘で和睦交渉を行うよう申し入れてきた。交渉は、決裂し、両族は、再度、秋江で対戦する。雲漢章と方紫苑は、対戦し、激闘する。2人は、接近格闘するうちに、互いに相手の風姿に惹かれ、矛を収め、和睦に至る[8]。

---

8) 【百度】【戦秋江】羅家英、李宝瑩主演の録画による。

作者未詳、1970年代、英宝劇団初演、羅家英、李宝瑩主演。

25【風流天子】 5回

徐若呆編、1940年代初演、劇団、主演俳優未詳。孟麗君は、気に染まぬ結婚から逃げて家出し、男装して科挙をうけ、状元となる。梁若呆の婿となるが、相手の娘が旧友で、仮の夫婦となるのを承諾してくれた。皇帝は、孟が女身で疑い、太監の調査で露見する。皇帝の執心を太后が防ぎ、相愛の婚約者と結婚する。

26【一柱擎天双虎将】 5回

作者未詳、初演劇団、初演俳優未詳。緑林の豪傑、姜元龍は、忠臣韓忠燕と義兄弟となり、明英宗の宮廷内で実権を揮う蔡丞相の陰謀を牽制した。周廷光は、蔡妃とと密通し、太后に現場を見られて、太后を殺し、罪を元龍に押し付けた。元龍は、皇宮を脱出して緑林に帰り、芸人の女に扮装し、舞に乗じて、皇位を篡奪した蔡を刺殺し、韓と協力して、英宗を皇位に復した。

27【魚腸剣】 5回

作者未詳、1950年代、関徳興、鄧碧雲主演。恩人の呉の公子、姫光から、王位を奪った呉王の僚の暗殺を頼まれた専諸は、母を残して死ぬのを躊躇したが、母はこれを察して自殺した。後顧の憂いを断った専諸は、敢然、呉王に面会し、魚を献上すると見せて、魚の中に隠した剣で、王僚を刺殺した。

28【衣錦還郷】 5回

作者未詳、初演劇団、初演俳優未詳。子煩悩の洋食調理師、李躍華は、老境に入って孤独感がつのり、娘の湘湘に帰国を促し、共に正月を過ごすとともに、娘を結婚させて懸案を解決しようとした。アメリカに留学して2年になる湘湘は、アメリカの青年ロレンスと恋愛関係にあったが、ずっと父親に隠してきた。肝心な時になって、親友の小西が急場をしのぐために、自分のボーイフレンドの程子を貸してくれた。李父が設けた娘の帰国歓迎宴会で、天真爛漫な程子は、出された中華料理を情熱的に賛美し、李父の歓心を勝ち得たのだった。これに対して、湘湘は、奇妙な感触をもった。このときロレンスもまた、暑い北京に乗り込んできた。ロレンスの一連の常軌を逸した服装が人々の頭を

悩ませ、疑心を起こさせた。しかし、程子の出現は、ロレンスにも湘湘の自分に対する誠意を疑わせる誤解を生み出させ、以後、さまざまな喜劇が起こる。

29【虎将奪金環】 5 回

作者未詳、初演劇団、初演俳優未詳。燕武王が崩御、西宮の国丈が実権を握り、太子を殺そうとしたが、尚書が実子を身代わりにして救い、葉抱香と変名、成人して、金環と相愛、金環は妊娠する、西宮の子、文陵が即位して金環を奪う。抱香は、御史戴余と共に逃亡し、諸侯の援助を得て、文陵を追い、即位して金環を奪還する。

30【枇杷山上英雄血】 5 回

李少芸編、1954年 7 月、新慶象劇団初演、麦炳栄、余麗珍主演。山海関の将軍、関大明の長男、文虎は、単騎、匈奴と戦って敗れ、失踪する。その死が確実と見た父は婚約者の程小菊を弟の文挙にめあわせる。文虎は生還し、小菊を要求する。小菊は、復縁を拒否、文虎は、江湖の手下を率いて、家人を脅したが、文挙は、兄との決闘で決めることを提案し、2 人は、枇杷山で決闘する。そこへ匈奴が侵入し、文虎は文挙を救うために重傷を負って死ぬ。

31【蓋世英雄覇楚城】 5 回

60年代、大龍鳳劇団初演、麦炳栄、鳳凰女主演。高雄夫は、皇位を簒奪し、北斉君を殺した、夏雲龍と徳林は、太子高天任とともに、逃げて、北魏の北河関の賀氏兄妹に身を寄せた。天任は、賀彩鳳と結婚した。雲龍は、彩鳳に兵を借りて国を取り戻させてほしいと求めた。さらに死をかけて脅迫し兵符を取得した。しかし、まだ飛龍が掌管している兵器庫の鍵を入手できていなかった。徳林が計を献上した。飛龍が雲湘と華燭の典をあげる夜に、小明を教唆して大いに新房を鬧がせ、そのすきに兵器庫の鍵をだまし取り、雲龍に兵を率いて国を救わせるという計略である。雲龍は、賀家兄妹の援助を得て、兵を率いて北斉を攻めた。雄夫は、敵わず、大敗して逃げた。賀父は北河関から勝手に兵を発したことで、罪を得ていた。飛龍、彩鳳の兄妹は、父を救うために、雲龍兄妹とともに、堂前を鬧せて争った。雄夫は、夏母の生命を盾に、雲龍に兵を引くように逼った。夏母は、息子に奸人を誅殺するように激励して自尽した。天

任は、国を取り戻すことができた。更に城池を北魏に献上して、賀家のために
罪を償った。

32【紅了桜桃砕了心】 5 回

唐滌生編、1953年12月、鴻運劇団初演、陳錦棠、白雪仙主演。売唱女の桃紅
は、富家の子と結婚するが、家風に合わず離縁され、楽師趙珠璣に弟子入りし
て歌星となる。珠璣は桃紅との結婚を望むが果たせず、血痕を印した白紙の遺
書を残してに憤死する。桃紅は珠璣の遺児を養育し、楽師に育てようとした
が、遺児に背かれて失敗し、やはり血痕を印した白紙の遺書を残して憤死す
る。

33【跨鳳乗龍】 5 回

唐滌生作、1959年、仙鳳鳴劇団初演、任剣輝、白雪仙主演。秦の穆公の娘、
弄玉は、晋の世子、蕭史音楽の才を共有し、夫婦となる。共に粗衣をまとい、
秦の宮中で蔑まれたが、意に介しなかった。晋の使者に迎えられて、2人は晋
に帰り、後に昇天する。

34【無情宝剣有情天】 5 回

劉月峰、徐子郎編、1963年10月、慶新声劇団初演、林家声、陳好逑主演。韓
信の末裔、韋重輝と、呂后の末裔、呂悼慈が相愛の仲となる。仇敵同志の両家
の戦いの中、2人は、両家の滅亡を狙う冀王の放った火焔に巻かれて失神、折
からの降雨と駆けつけた両家の兵に救われる。両家は和解し、2人は結ばれ
る。

35【連城璧】(司馬相如) 5 回

徐若呆編、1946年12月、新声劇団初演、任剣輝、陳艶儂主演。趙の司馬相如
が秦に使いし、趙の白璧と秦の十五城を交換する交渉に当たったが、秦王が城
を渡す気がないのを見て、秦王の違約を面罵し、白璧を守って帰国する。

以上を通観すると、80年代に各地で祭祀演劇として上演された粤劇は、次のよ
うな特徴を備える。

（1）ほとんどが、1940年代、1950年代から1960年代までの作品であり、70年代

の作は、わずかに 2 曲に留まる。80年代においても、人口に膾炙した戯曲は、30年、40年前の作が古典として尊重されていた。

（ 2 ）作者は、徐若呆、唐滌生、劉月峰、徐子郎、潘一帆、孫嘯鳴などであり、特に唐滌生の作品が多い。

（ 3 ）初演時の主役男優（正印文武生）は、麦炳栄、任剣輝、陳錦棠、何非凡、新馬師曽、林家声など。しかし、80年代では、麦炳栄、任剣輝、陳錦棠、何非凡、新馬師曽などは引退しており、林家声のみが、舞台に残っていた。主役女優（正印花旦）は、余麗珍、白雪仙、芳艶芬、呉君麗、鳳凰女、陳好逑など。男優に比べて、息が長く、呉君麗、鳳凰女、陳好逑などが舞台に残っている。

（ 4 ）80年代の現役俳優は、初演時代からの生き残りの、林家声—陳好逑のほか、60年代から名を成した羽佳—南紅、羅家英—李宝瑩などである。

（ 5 ）戯曲の傾向には、香港粤劇の特色が出ている。

1. 戯曲の骨格としては、恋愛劇が多い。中国の古典劇では、未婚の男女の恋愛を主題にした戯曲は少ない。西廂記と牡丹亭ぐらいであろう。多くは、親の決めた結婚によって夫婦となった男女の物語である。結婚が出発点であり、後はその離合悲散を経て団円に到る。ところが、香港粤劇においては、上に見るように、まず、未婚男女の出会いと相互恋愛から話が始まる。紆余曲折を経て、結婚に至って終わる。結婚が終着点である。西欧の恋愛小説の影響とみられる。男女二人の性格も古劇に多い才子—佳人は少なく、英雄と美女という組み合わせが多い。

2. 戯曲の男性主人公は、文人、書生ではなく、英雄、即ち武術に優れた武人が多い。忠臣烈士、中には、江湖の侠士という場合もあり、気力、胆力などを特徴とする。しかし、自信過剰の傲慢な人物を主人公にしている場合が少なくない。型にはまった人物より、強い個性をもつ人物を指向しているように見える。極端に走る癖の強い男が好まれる。万事に中庸を重んじる読書人は、粤劇の文脈に合わない。

Ⅶ　香港粤劇の流行演目

3．戯曲の女性主人公も個性に富む。武術に優れた公主、盗賊を生業とする女賊、金持ちをだまして男に貢ぐ歌妓、男の裏切りを責めて殺す女、など、毒を持った美女が多い。これも西欧の近代小説の影響が見える。戯曲の世界としては、好んで武俠、江湖人の世界を描く。粤劇において暴君に対する反抗思想が強く、江湖人を義士として尊重する気風が強い。本地班の俳優が太平軍に投じたのもその一つの現れである。15【枇杷山上英雄血】は、この江湖人集団を直接の題材とする。江湖人に対する尊敬と同じ性格であるが、武術と勇気を持つ英雄に対する崇拝が強く、文人は、尊重されていない。演目の上では、英雄とか、虎将の字を含むものが非常に多い。【梟雄虎将美人威】、【虎将奪金環】、【枇杷山上英雄血】、【英雄児女保江山】、【英烈剣中剣】、【英雄掌上野荼薇】、【一柱擎天双虎将】、【一剣定江山】など。

以上の点は、巻末の総結の箇所で、劇目全体を俯瞰する形で再論する。

Ⅷ　香港粤劇の劇本（文辞挙例）

　上述の流行演目の中から、戯曲の文辞の例を挙げてみる。

1 【鳳閣恩仇未了情】君雄と紅鸞公主が、別れに当たって、胡地蛮歌を合唱する場面。**口絵写真**参照。

（紅鸞公主）(小曲)

痴心化夢幻、	恋の闇路は、夢幻のごと、
耳畔聴風雪夢散、	耳の端に聴く風雪に夢は散りぬ、
情無限人人自痛惜別。	情は限りなく、かたみに胸痛めつつ別れを惜しむ。
珠涙向情郎泛。	玉の涙、かの人に向かいて浮かぶ。
何日再会呀。	いずれの日にか再び会うべき。
永不復還、	永えにまた還らざるか、
万里関山、	万里はるか、関山はへだつ、
那孤雁、	かの孤雁なる君よ、
長記在心間、	長く心にとどめよ、
相思両地更難。	思い合うも二つの地に離れては、会い難し。

（君雄詩白）(拉士字腔)

異国情鴛鴦夢散、	異国に赴くの情、鴛鴦の夢は散りぬ、
（介）空余一点情涙、	むなしく一点の情涙を残し、
（介）湿青衫。	青衫を湿おすのみ。

（断頭起、小曲『胡地蛮歌』）

一葉軽舟去、	一葉の軽舟は去り、
人隔万里山。	人は万里の山に隔てらる。
鳥南飛、	鳥は南に飛ぶ、
鳥児比翼再帰還、	鳥は翼を比べて再び帰還するも、
哀我孤単。	哀れ、われは孤単の身。

Ⅷ　香港粤劇の劇本（文辞挙例）　　　239

（紅鸞）（小曲）

莫愁煩、	愁い煩うなかれ、
人人如朝露、	人はみな朝露のごとし、
何処無離散。	いずこにか離散なからん。
今宵人惜別、	今宵、われ、別れを惜しむ、
相会夢魂間、	相会うは、夢魂の間のみ、
我低語慰解檀郎、	われ声をひそめ君を慰む、
軽如山、	山よりも軽からんや、
孰惜春早闌珊、	たれぞ、春の早くも闌なるを惜しむは、
嘆虚栄誤我怨青衫。	虚栄は我を誤らせ、青衫を怨ましむを嘆く。

（紅鸞按唱小曲）

憐無限、愛無限、	憐れむこと限りなし、愛しきこと限りなし、
願為郎君老朱顔。	君のために朱顔の老ゆるを願えるに。
勧君莫被功名誤。	君に勧む、功名に誤まるるなかれ。
白少年頭莫等間。	若きも老いやすき、なおざりなるなかれ。

（君雄按唱小曲）

柔腸寸断無由訴、	断腸の思い、訴うるによしなし、
笙歌酔夢間、	笙歌に酔うは、夢の間か、
流水落花去也、	流水と落花と、去り行く先は、
天上人間。	天上か、人間か。

（紅鸞按唱小曲）

独自莫憑欄、	ひとり欄干に憑るなかれ、
無限江山、	江山は限りなく広く、
地北与天南、	地を北に天を南にのぞみて、
愛郎情未冷。	君の思いは冷めずとも。

（君雄按唱）

一葉軽舟去、	一葉の軽舟は去る、
人隔万重山。	人を隔つるは万重の山。

（合唱）鳥南飛、鳥南飛、　　　　　鳥は南に飛ぶ、鳥は南に飛ぶ、

　鳥児比翼再帰還、　　　　　　　　鳥は翼を比べて再び帰還するも、

（君雄按唱）

　哀我何孤単、何孤単。　　　　　　あわれ、われ何ぞ孤単なる、われ何ぞ孤単な

　　　　　　　　　　　　　　　　　る。

（辺）（紅鸞滾花下句）

　一語表胸懐、　　　　　　　　　　一言、胸の内、明さん、

　深情殊可讃、　　　　　　　　　　深き情けぞ、ありがたし、

　眼底檀郎痩減、　　　　　　　　　みるに、君のやせ行くは、

　為離惆悵、望江南、　　　　　　　わかれのつらさ、江南を望むが故ならん、

　欲愛還憐情無限。　　　　　　　　愛しくまた憐れ、情は限りなし。

　君莫依依惜別涙斕斑、　　　　　　依々として別れを惜しみ、はらはらと涙する

　　　　　　　　　　　　　　　　　なかれ、

　我共你一夕情、　　　　　　　　　われ、そなたと一夕、契れり、

　我当奏兄王与共諧魚雁。　　　　　兄の王に奏して、夫婦とならん。

（的的撑君雄感触介）（紅鸞白）

　雄君、我話界兄王聴、相信佢都答応我地嘅。

　（雄君、私は兄に話して聞かせます。きっと私の願いをかなえてくれると思

　います。）

（君雄白）你話奏知兄王、我地両個可以諧魚雁、咁你就太痴想咯。

　（兄王に奏すれば、私たち二人、夫婦になれるとのお言葉、それは大きな妄

　想です。）

（反線中板下句）

　忍涙半含涙。　　　　　　　　　　涙をこらえ、涙を含む。

　我強言為苦笑、　　　　　　　　　われ強がりを言うも苦笑す、

　笑我顧影自漸、　　　　　　　　　われわが身の影を顧みて自ら恥ず、

　我与你貴賤本懸殊、　　　　　　　われとそなたは、身分違い、

　郡主是玉葉金枝、　　　　　　　　郡主は、玉の葉、金の枝、

VIII　香港粤劇の劇本（文辞挙例）

自有幾許王侯対你来青盼。	そなたに思いを寄せる王侯、自ずから乏しからず。
我与你一線隔天涯。	われそなたとは、空遠く離るる身。
我是金邦蛮将、	金国の蛮将に過ぎぬ、
惟怨一句、	ただ怨むは、一言、
我誤闖情関。	誤って情愛の関に踏みこんだこと。
郡主縦情愛本真心、	郡主、たとえ、情愛は本心なりとも、
無奈、時勢已迫人、	いかんせん、時勢は、逼りきて、
唯訴離情尽於今晩。	別れのつらきを訴えるのも今宵限り。
呢一隻丹鳳再南帰、	かの丹鳳は、再び南に帰り、
我旧身羈北塞。	われ元の身のまま北塞につながれる。
惟嘆福薄縁慳。	ただ嘆かわしきは、福薄く、縁浅きこと。
（花）山鶏焉可配鳳凰。	山鶏は　いかで鳳凰に配せん。
（一才）一夕余情為有求於夢幻。	一夕の余情は、夢幻に求むるのみ。

（重一才）（紅鸞憤激介白）（紅鸞憤激する）

　君雄、倘若我南帰宋朝之後、而你我姻縁無望、我最今生今永不重回故国嘅咯。

　（君雄、もし南の宋朝に帰れば、そなたとの縁が切れるとならば、今生、永遠に故国には帰らぬ。）

（二王下句）不羨長着漢衫、	漢の衣服を着るを羨まず、
羈鎖官幃奴未慣。	官の帳に縛られるのも、慣れぬ。
久居北塞、	久しく北塞に居たれば、
早已任縦横、	早くから勝手気まま、
問誰能時阻諫、	誰のいさめも聞かぬ、
更不是虚栄礼教。	さらに虚栄の礼教など、取るに足らず。
惹起愛海波瀾、	情愛に触りあれば、
願作海燕双棲。	海燕となりて　二人で棲まん。
以表我真情非泛。	わが誠の心、浮いたるものにあらざるを示さ

ん。

（愛嬌瞋介白）

我唔番去了。　　　　　　　　私は行かぬ。

（君雄白）

郡主、雖然你対我一片情真、我心都好安慰。不過、你要考慮、万一我両人之事、興師問罪、那時豈非作孽呢。（郡主、私への真心、心も安らぎますが、しかし、お考え下さい。万一、二人のことで、宋国が兵を起こして攻めてきたら、罪作りではありませんか。）

（花下句）

郡主、你縦有心長聚首、　　　　郡主、たとえ長く添い遂げん心ありとも、

又怕干戈撩乱、為紅顏。　　　　干戈の騒ぎ、紅顏のため、となる恐れあり[9]。

2　【紅了桜桃砕了心】珠璣が桜桃の前で血を吐いて死ぬ場面。

〔第1段〕

（生唱）

種得桃紅紅似錦、　　　　　　　栽培せる桃紅は、錦のごとく紅くなりたれど、

又誰知種花人、　　　　　　　　誰か知らん、栽培せるわれは、

経已砕了心。　　　　　　　　　すでに心、砕けり。

驚聞名花、原有主、　　　　　　聞きて驚く、名花に主あり、

将違故主人。　　　　　　　　　元の主人に背けり、とは。

説什么、相愛報以身、　　　　　身を以て愛に報ぜん、など、言えるは、何ぞ、

説什么、酬恩情作枕。　　　　　共に枕して恩情に酬いん、など、言えるは、何ぞ。

———————————

9）　濠江聯合出版社編『粤曲之冠』（香港、大衆印務書局、出版年月欠）133頁。

Ⅷ　香港粤劇の劇本（文辞挙例）　　243

惨対龍鳳燭前、	惨として龍鳳の燭前に対すれば、
不知是悲是恨。	悲しみなりや、怨みなりや、もわきまえぬ。

〔小羅相思〕（旦唱）

紅了桜桃、苦了心。	桜桃は紅くなれど、心は苦しむ。
不知捨新人、	知らず、新しき主を棄てるや、
抑或棄旧人。	旧き主を棄てるや。
一個枕辺恩、	一人は、枕を共にせし恩、
一個培植呀恩。	一人は、栽培してくれし恩。
教我何去何従。	いずれに行き、いずれに従わんや。
幾度欲言不敢呀。	幾たびか、言わんとして、言えず。

（生口古）

桃紅、做乜野洞房燭下、你鎖双眉。是否你另有情人、唔願同我交杯合巹呀。

（桃紅、何故に洞房の燭の下、眉を閉ざしているのか、別に情人でもいるのか、我と杯を交わし巹を合わすのを願わないのは。）

（旦口古）〔桃紅白〕

吓。右（没有）呀。我唔係話比你聴、我未曽嫁嘅咩。今晩夜酬恩結合、除左你之外、我重辺処、有愛人呀。（いいえ。あなたに言って聞かせたじゃないの、私はお嫁に行ったことはない、って。今晩、恩に酬いるために一緒に寝ようという時になって、でも、あなたのほかに、私には、愛人ができたのよ。）

（生白）

你唔駛呃我咯梗。桃紅、你問良心呀、你（そなた、私に用がなくなったのだな。桃紅、良心に問うてみよ、そなたは……）

（旦長句二王）

已是精衛枉労心。	すでに精衛の鳥の苦心は、無に帰せるに。
今尚欺人何太甚。	今なお我を欺くとは、何たる仕打ちか。
三年心血所付非人。	三年の心血を注ぎしは、人を誤りしなり。

〔第2段〕

何来一紙休書、	いずこにてもよし、去り状の紙を持て、
分明是残生断梗。	あきらかに根こそぎ縁を切らん。

（白）桃紅你、問良心呀。（桃紅、良心に問え。）

（旦長句二王）

長跪細説衷心、	跪いて心の内を詳しく申します、
泣訴難言之隠。	泣いて言い難い隠してきたことを打ち明けます。
問、誰願栽培棄婦、	誰が離縁された女を訓育したいなどと思いましょう、
我才有迫作夜雨瞞人、	私は野ざらしの身でやむなくあなたをだまし、
為求你鼎力匡扶。	全力で助けてくれるように仕向けたのです。
君呀、你当諒儂心坎。	どうか私の不実をお許しください。

（生唱）

煩悩不尋人、	怒ってみても他人のせいにあらず、
春蚕自困、	春蚕の自ら糸を吐き自ら縛るようなもの、
採得百花成蜜後、	百花を採取して蜜を作りし、
辛苦為誰人。	苦労は、誰のため。
那有功勲、那有功勲。	いずこに勲功ありや、いずこに勲功ありや。
理合愁苦深深困。	自ずから愁いに深くくるしむなり。

（旦唱）

施恩当望報恩、	恩を施せば、報いを望むは当然、
受恩亦当報恩。	恩を受ければ、恩に酬いるは当然。
珠翠綺羅、得自君、	珠翠綺羅は、君より得たり、
願悉作酬恩之贈。	願わくは悉く恩に酬いる贈り物とせん。

〔第3段〕

（生白）你揾珠宝来酬報我、我唔愛。（そなたは、珠宝をとって我に酬いとするや。われは好まぬ。）

Ⅷ　香港粤劇の劇本（文辞挙例）　　　245

〔生乙反中板〕

筆下墨生香、	筆の下に墨は香を生ず、
豈願博来銅臭。	あに銅の臭みを博するを願わんや。
且莫俗気、薫人。	俗気にて人を薫らすなかれ。
若論一片熱誠、	もし熱誠の真心を欲するなら、
与共無価文章、	至上の文章をとらん、
更不是金銭 ge 交換品。	金銭の交換品にはあらず。
日労心、有児失教養、	日々心を労し、息子の教育を怠る、
耗尽幾許宝貴、光陰。	幾何の大事な時間を費やせるや。

〔花〕

我年来心血已焦枯。	我年来の心血すでに枯れぬ。
此際創痛心霊。	この傷、心の痛み。
難難再忍。	さらに忍び難し。忍び難し。

〔開辺作揺揺欲墜介〕（ゆらゆらと崩れ落ちそうになる。）

〔旦白〕珠哥你保重呀。（珠さま、大丈夫？）

〔乙反中板〕

触目驚心、	目に触るるさまに心は驚く、
知佢為誰憔悴。	誰がために憔悴せるや、知れたこと。
不禁低首、沈吟。	思わず頭を垂れて呻吟に沈む。
有翼可高飛、	翼あれば、高く飛んで逃げたい気持ち、
冷落了王謝堂前。	師匠の昔の栄華は、影もなし。
自問我嘅良心又点忍。	自ら良心に問えば、また忍ぶことわずか。
一点自私心、	ちょっとした利己心から、
害得伯仁、因我累。	師匠を苦しめし、我がために巻き添え。
自問負咎、殊深。	自ら問うも咎めを負うこと、さらに深し。

〔第4段〕

| 〔花〕明月不向別方円、 | 明月は別々方角には円くならぬ、 |
| 生死願与郎共枕。 | 生くるも死ぬも君と枕を共にせん。 |

246　　第3章　香港の粤劇

（生唱）（小曲）

惆悵謝卿愛忱、　　　　　　　　悲しみてそなたの愛情に謝す、

傷、不敢共枕。　　　　　　　　苦しい、枕を共にはしない。

（旦唱）

為何這般拒人、　　　　　　　　なぜそんなに拒むの、

使我難申謝悃。　　　　　　　　感謝の気持ちを晴らしようがないでしょ。

（生唱）（南音）

由来絮果有蘭因、　　　　　　　昔からほつれた悩みには、深いわけがあるも
　　　　　　　　　　　　　　　の、

我願瑤箋来答問。　　　　　　　紙に書いて答えたい。

（旦唱）

瑤箋急展為你舗陳、　　　　　　急いで紙を広げて、あなたの前に敷きまし
　　　　　　　　　　　　　　　た、

奉上管城、酬墨瀋。　　　　　　筆と墨を捧げます。

（生唱）

且我、喉間一吐、　　　　　　　しばらく、喉からの一吐き、

便是我回音。　　　　　　　　　これが私の答え。

（花）

我贈卿一紙血丹涎、　　　　　　私がそなたに贈るは、紙一面の血痰、

含涙魂□離恨。　　　　　　　　涙を含み、魂魄は　別れの恨み。

（拉上字腔）（死介）（死ぬ所作）

（旦哭介）

君呀、願代養児完責任。　　　　君よ、あなたの子を育てて責任を果たしま
　　　　　　　　　　　　　　　す。

児不若不名成利就、　　　　　　あの子が名を成し利を為すまでは、

我誓不作孔家人。　　　　　　　誓って孔家には戻りません[10]。

---

10)　濠江聯合出版社編『粤曲之冠』（香港、大衆印務書局、出版年月欠）318頁。

第 4 章　粵劇100種梗概

1【宝蓮灯】(神話) 249

　現行の粤劇の演目は多数に上るが、1970年代以降、香港、南洋などで上演され
たものを、戯単によって、故事の時代順に配列して、その梗概を示す。梗概の記
載に当たっては、できるだけ記述の詳細なものを選んで依拠し、資料とした（**原
文は脚注ではなく章末にまとめて注記**）。その順序を記すと、次の通り。

① 　陳守仁『香港粤劇劇目初探』(2005)：『初探』と略称。

② 　陳守仁『香港粤劇劇目概説』(2007)：『概説』と略称。

③ 　戯単 (1979-2002)

④ 　広州『粤劇劇目綱要略称』(2007)：『綱要』と略称。

⑤ 　広州『粤劇大辞典』(2008)：『大辞典』と略称。

⑥ 　『百度』。「豆瓣」、「百度百科」の劇情簡介：『百度』と略称。

このうち、①と②は、最も詳細であり、③はこれに次ぐ。④、⑤は、依拠資料に
した例は、ほとんどないが、【補】に該当項目の所在を注記した。⑥は、記述が
極めて簡略であるが、①−④に依拠資料がない場合に、次善の資料として、これ
に依拠した。また各劇目に故事の朝代を記したが、古装の劇目で朝代の不明なも
のは、明代または清代に属すると見て（明清間）と記した。

1 【宝蓮灯】(神話)

　華山聖母は、書生劉彦昌と結婚したが、これは天条違反となり、凶残暴戻の
兄、二郎神から罪に問われた。劉彦昌は、幸いに聖母の侍女の霊芝の助けを得
て、虎口を脱出した。しかし、恩愛の夫妻は、これより仙界と俗界に隔てられ
ることになった。聖母は、子の沈香を産み落とした。二郎神は、子を殺害しよ
うとした。危急の中、聖母は血書をしたため、子の沈香を霊芝に託して俗界に
送らせ、劉彦昌に手渡した。二郎神は、陰謀が果たせず、怒って聖母を華山の
下に押さえつけて幽閉した。劉彦昌は、血書の委嘱に遵い、王桂英を娶って妻
とし、沈香を養育させ、成長してから山に登って母を救い出すことを期待し
た。14年後、沈香は、異母弟の秋児と一緒に学堂で読書した。秦太師の子の秦
官宝は、権勢を盾に、同学を殴打した。沈香兄弟は、止めにかかったが、秦官
宝は、又さらに彼らを打とうと追いかけてきて、転んで石にぶつかり死亡し

た。秦太師は、劉彥昌に沈香を差出し命を償わせることを逼った。王桂英は、深く大義を理解し、むしろ実の子の秋兒を裁判に掛けさせることを願い、沈香を逃走させた。秦太師は、権限を越え、又、法を枉げて、現任の知県に命令を下し、秋兒を打ち殺させた。霊芝は、この時に駆け付けてきて、劉彥昌父子を救出した。後に沈香は、霊芝及び霹靂大仙から極意の指導を受け、鍛錬して武功を積み、二郎神を打ち負かし、華山を劈き裂いて、聖母を救出した[1]。

【補】1953年、広州粤劇工作団首演。香港粤劇は、潮州劇から取り入れた可能性が大きい。

2 【盤龍令】(別名【蟠龍令】)(神話)

これは、真武朝聖の世界である。六大世家に精英が輩出し、伶仃洋里に妖獣が出没する。硝芒たる群山には、暗黒勢力が潜んでおり、武京皇朝に武者が雲集する。真武朝聖の至高の境界は、伝説中の神龍統領の聖地に他ならない。鳳芷楼は、鳳家庄の庶出の七小姐で、九陰の女である。武学を苦行し

写真36 覚先声劇団戯告：【盤龍令】

て修練し、世家の茶飲み話に話題を提供した。一日、鳳芷楼は、懸崖から落ちて命を失くし、龍の長子殤と邂逅する。面目を挽回するため、彼女は、殤に頼んで仮虚の婚約を結ぶ。殤がたいへんな身分であることも知らず、鳳家庄で盛大な結婚式を上げる。これが彼女の運命に翻天覆地の変化を発生させる。黒龍止の陰謀挑唆、真武聖女、離洛の傲慢な挑戦、武京皇朝太子の款款たる深情、朝聖武者の歩歩たる肉薄、寵物混宝の不離不棄などが踵を接して起こる。彼女は、堅靭不抜の個性によって、困難を潜り抜け、最後に蒼生を救済する真武戦神となる。殤に嫁ぎ、聖地の龍后となる[2]。

【補】編劇者、初演劇団、初演俳優など、共に未詳。

3 【柳毅伝書】(神話)

唐代、秀才柳毅は、上京して科挙を受けに行く途中、涇河の岸辺を通りかか

3【柳毅伝書】（神話）・4【白蛇伝】（神話）　　　　　　　　　　　251

写真37　英宝劇団戯告：【柳毅伝書】【白蛇伝】

り、嫁ぎ先の夫に虐待され、終日雪原で牧羊をしていた洞庭龍君の女三娘と遇う。柳毅は、言を聞いて心穏やかならず、義俠心から手紙を洞庭君に届けた。三娘の叔父、銭塘君は、これを聞いて大いに怒り、兵を涇河に発して三娘を救出した。銭塘君は、姪女のために柳毅を婿に迎えることを望んだが、柳毅は堅く拒んだ。洞庭で惜別するにあたり、柳毅と三娘は黯然として別れた。銭塘君は、後に三娘を漁家の女に姿を変え、人に頼んで柳家に結婚を申しこむように命じた。洞房花燭の夜、三娘は、何度か柳を風刺する言葉をはき、柳毅は、始めて真相を了解した。有情の人は最後は添い遂げるものである[3]。

4　【白蛇伝】（神話）

　白蛇（白素貞）と青蛇（小青）は、かつて人間世界に出掛けて行き、私かに凡塵に下り、西湖で許仙と邂逅した。傘が縁結びになって、許仙と夫婦になる。金山寺の住持、法海は、白素貞と許仙の姻縁を引き裂こうとし、わなを仕掛けて、端午節にかこつけて、白素貞に雄黄酒を飲ませ、白蛇の原形を露出させた。許仙は、驚きのあまり昏倒した。夫を救うために、白素貞は、危険を冒して山に上り、霊芝を摘み取ってきて、許仙の命を救った。法海は、又、許仙を騙し金山に上らせた。白素貞は、夫を奪回するために、水で金山を淹没させた。しかし、腹の中に子を宿していて、力竭きて戦に敗れた。道すがら西湖の断橋を通った時に、男子を産み落とし、仕林と名付けた。その後、雷峰塔の下に押さえつけられて幽閉された。18年後、仕林は成長し、状元に合格した。母親が雷峰塔の下に押さえつけられていることを知り、塔の場所に行って奠祭し、塔を推し倒した。終に一家は、団聚に至った[4]。

【補】1912年、周康年劇団初演。扎脚文、狐狸恩主演。30年代、全女班の花旦、李雲芳団、『仕林祭塔』を上演し、一躍有名になる。1955年、広州粤劇工作団、上演。1961年、仙鳳鳴劇団、『白蛇新伝』上演。李芳生（龍剣笙）、馮麗

雯（梅雪詩）、朱桂珍（朱剣丹）廖国馨（言雪芬）主演。後に雛鳳鳴劇団となる。
（『粤劇大辞典』【白蛇伝】）

5 【九天玄女】（神話）

　書生、艾敬郎は、福建の西湖の荷亭の畔の九天玄女廟に住み、毎日、玄女像の傍で絵を描いて暮らしていた。ある日、突然、大火災が起こり、廟宇を焼きつくし、玄女像も行方不明となった。艾敬郎は、画を売って資金を作り、廟宇を再建することを決意した。同族の兄弟、艾屏綱は、敬郎の願を知り、役人になって何でもよいから官職を得ることが早道と考え、端午の佳節に敬郎を連れて自分の同僚を訪問するつもりだった。荷亭の畔で画を売るうちに敬郎は、しばらくして、閨秀の令嬢、冷霜蟬に出会った。かつて病気平癒を祈って成就したお礼に、やはり端午の佳節の機会に、荷亭の玄女祠の

写真38　雛鳳鳴劇団戯告：【九天玄女】

旧址にやってきて香火を献じて恩に感謝したことがあった。艾敬郎は、冷霜蟬と初めて顔を合わせたが、かつて会ったことがあるような気がした。敬郎は、更に霜蟬の顔立ちが玄女像にそっくりだと感じた。ちょうど2人が話をかわそうとしていた時、屏綱がやってきて、同僚訪問のため同行を求めたので、敬郎は仕方なくその場を離れた。そこへ閩王が侍監の禄如等を連れてやってきて、冷霜蟬の美色に迷い、霜蟬に向かって、いきなり気持ちを伝えた。艾敬郎は、冷霜蟬と同じ桂枝里に住んでいたが、中間に一条の小河があって間を隔てていた。2人は、均しく愛慕の情を抱いていたが、いまだに一言も言葉を交わすことなく、只だ互いに珠簾を半ば捲きあげて欄干に憑って偸かに相手を遠くから望むだけだった。霜蟬の母親舒氏は、2人の相愛を知ったが、艾敬郎が画を

売って暮らす男で、将来性がないと思ったため、娘を嫁がせる気にならなかった。霜蟬は、こっそり一串の茘枝を摘み取って、向側の楼に擲げこんだ。敬郎は部屋に帰ってきて、茘枝があるのを見て驚き、すぐに事態を悟った。急いで詩句を書き、霜蟬に贈ろうとしていたところへ、ちょうど屏綱がやってきて、すでに閩王に彼を画官に任命してくれるように頼んだという。屏綱が去った後、敬郎は、詩箋を絳桃に縛り付けて向かい側の楼に擲げた。霜蟬が絳桃を拾い上げて詩句を看ようとしたとき、冷艶がやってきて「夫人が已に2人が互いに恋していることを知ったが、結婚には反対している」と告げた。霜蟬は、これを聴いて、熱情が冷め、敬郎の箋上の一句「身に彩鳳の双飛翼なし」の句を読んで、ただ暗然と「心に霊犀あり一点通ず」とだけ書いて、茘枝に包んで敬郎に擲げるほかはなかった。そののち珠簾を下ろし、低い声で啜り泣いた。敬郎は、珠簾が何故降ろされたかが分からなかった。2人は、裏門で会い、互いに衷情を訴えた。霜蟬もまた自分の苦衷を告げ、敬郎は、ひどく苦しんだ。敬郎と霜蟬2人の恩師、帰太爺は、舒氏に対し「霜蟬の姓名は、已に閩王の宮女選定の『群芳簿』に載せられており、若し今晩まだ配偶者を決めていない場合、明日にでも、入宮を求める方針のようだ」と知らせてきた。舒氏の娘を思う気持ちは、切実で、娘を入宮させるに忍びなかった。又、霜蟬が切に敬郎に思いを寄せていることを見て、2人の結婚を許した。しかし、敬郎が霜蟬を娶りに迎えに来た時、禄如が軍校及び州官を引き連れてやってきて、新婦を奪い取っていった。霜蟬は、州官及び禄如の軍校に連れ去られ、敬郎は、悲しみの極、一死を以て霜蟬への愛情に殉じようとしたが、衆人に阻止された。霜蟬は、閩王府に連行されたが、誓って宮装に着替えようとはしなかった。屏綱は、敬郎に付き添って上殿した。閩王は、故意に敬郎を優遇し県令に任命し、さらに殿内の美女を妻に選ぶように命じた。敬郎は、閩王に霜蟬を連れて帰ることを許可するように懇請したが、閩王は、返るか否かは本人に決めさせるという。霜蟬は、閩王に脅されて、遂に敬郎を独りで帰らせた。屏綱は、敬郎の命を守るため、むりやりに引っ張って離れさせた。帰太爺は、閩王が他人の愛を奪ったことを唾罵した。閩王は、羞恥を怒りに変じ、むごくも大爺を刺殺し

た。霜蟬は、悲痛のあまり息も絶えそうになったが、閩王に請願し、敬郎にもう一度合わせてくれれば、閩王に嫁してもよいといった。閩王は、霜蟬が変心するのを恐れ、禄如に命じて焙茶井の傍で、熊熊たる烈火を起こさせ、若し霜蟬が変心したら、すぐに烈火で霜蟬及び敬郎2人を焼き殺す算段を立てた。閩王が、霜蟬に焙茶井の旁で敬郎に会うのを許すと、2人は、縁あるも份なきを知り、別れに臨んで依依として離れなかった。閩王がやってきて、2人に分かれるように命じたとき、驚くべきことに、2人は、互に涙を拭いあうと、笑みを浮かべながら一緒に火に飛び込んでしまった。この時、天上から仙女の声が聞こえてきた。実は、霜蟬は、九天玄女で、今、罪が償われて天に帰るときになったのだった。敬郎、霜蟬は、火の中で一対の鴛鴦となり、中空まで飛んだところ、狂風が起こり、鴛鴦は、大風のためにそれぞれ東西に吹き分けられた。敬郎は、風雲の中で、絶えず霜蟬の名を呼んだ。実は敬郎は、風月仙子で、広寒宮に到達し、嫦娥仙子に玄女の行方を尋ねたところ、嫦娥は、敬郎に華陽仙山に行き、華陽仙翁を尋ねるように教えた。敬郎は、華陽仙山に行き、幸い霜蟬に会うことができた。玄女は、往事を憶い起し、心を動かしたが、火帝は、2人が天庭で結婚することを許さなかった。仙女たちは、2人に同情し、火帝に2人の結婚を許すように懇求した。火帝は、心を動かし、風月仙子を九華仙子に任命し、九天玄女と九華仙子を巫山で結婚させ、永く幸福を享受させた。全劇終結[5]。

【補】唐滌生作、1958年、仙鳳鳴劇団初演。

6 【跨鳳乗龍】(春秋)

　秦の穆公の幼女、弄玉は、天生の麗質で、氷雪のように聡明、幼少の時から音律を愛好してきた。春の日、のんびり華山を遊覧すると、ふと簫の音が聞こえてくる。天籟ではないかと疑うほどの素晴らしい音だった。音の主を訪ねて蕭史とめぐり会う。蕭史は、晋の世子であるが、禍を避けて秦邦に流浪してきたのだった。藩主の公孫博明に救われ、身を屈して琴僮となり、身分を隠してきた。弄玉は、蕭史を一見しただけで、情根が深く種えられ、一切の束縛を顧みず、蕭史と華山で老を終えたいと願った。翌年、弄玉は、蕭史と共に秦の宮

中に帰り、新年を祝った。夫婦は、共に粗衣布服をまとい、宮中の姉妹たちからひどく嘲笑された。しかし、弄玉は、別に意に介さなかった。適々、晋の使官が秦にやってきて、世子を訪ねたので、みな、はじめて蕭史が晋国の王儲であることがわかり、急に態度を改めた。蕭史・弄玉夫婦は、これを咎めず、穆公に別れの挨拶をして 2 人で晋邦に帰って行った[6]。

【補】唐滌生作、1959年初演。仙鳳鳴劇団、主演：任剣輝、白雪仙。

7 【梟雄虎将美人威】(戦国)

写真39　新大龍鳳劇団戯告：【梟雄虎将美人威】

大梁国の老王が崩御され、兄弟が位を争う。老将、趙継光は、大世子を帯同して、岐山に到る。銀屏郡主に兵力を以て大王子の即位を援助してくれるように頼んだ。ところが郡主は第二王子、文勇に対して従来から愛慕の情を寄せており、全力で第二王子の即位を支援していた。当時、郡主の随身の虎将、衛干城は、早くから文勇の人柄が険詐で残暴であると見抜き、郡主に、「長を廃して幼を立てるべきではない」と説いていた。郡主は、平素から干城が自分に好意を抱いていることを知っていて、嫉妬心から邪魔をしているものと判断し、一切を顧みず、文勇の登位を支援した。文勇は、元来、本心から郡主を愛していたわけではなく、郡主の力を借りて、帝位に就こうとしていたにすぎない。即位後は、本性を露わし、盛んに功臣を殺し、愛人の謝双娥に封を賜い貴妃とした。金殿で、郡主に対して何度も凌辱し、さらに郡主を天牢に押し込めた。双娥は、郡主の報復を恐れ、文勇の酔中に、聖旨を書き、其の兄の謝嵩に託して干城の兵権を解除し、さらに郡主に死を賜うよう命令した。干城は、これを聞いて、怒を抑えきれず、憤然として双娥を執えて

罵った。文勇は、酒が醒めて後、自ら理に合わないことを知り、更に干城の勇に怯え、謝嵩に責任を転嫁した。干城は、怒って謝嵩を殺し、さらに主謀者を追求した。双娥は、驚震して已まず、文勇が幾度も同情を請い、双娥もしきりに謝罪した。干城は、君王の面子に妨げられ、双娥をひどく叱責するにとどめた。文勇は、干城が秘かに郡主を恋しているのを知っており、干城の怒をやわらげるために、郡主を妻にめとらせた。干城を郡馬とし、邑を岐山に賜った。干城は、心願が成就したことを暗かに喜び、感謝して去った。郡主は、干城と結婚して、早くも3年がたち、次第に干城の真心を感じて愛するようになったが、暗かに文勇の悪辣無情を恨んだ。当時、文勇は、暴政をほしいままにし、民心は大いに離反し、外寇が入侵した。双娥は危機を挽回するために、やむなく、柳六任と共に、岐山に到り、厚顔にも郡主に兵を発して援助してくれるように頼んだ。郡主は、当時、心中、文勇に対する愛と恨とが交々織りなし、出兵を許さなかった。双娥は、やむなく、去るに及んで「ここで完璧江山を求めて辱を受けるよりは、寧ろ半壁江山を遼王に割譲して、もっぱら自己保全に走る方が、ましだ」と公言した。双娥が六任と共に去った後、干城は、郡主に対して進言した。「今、国家に傾覆の痛があり、これに対して坐視することはできない」と。かくして郡主に対して、出兵して、先ず外侮を平げ、後に暴君を殺し、天下を安んずることを請うた。文勇は、当時、民心尽く失い、兵の敗れること山の倒れるが如く、皇城から逃げ出し、六任と共に驚弓の鳥の若き有様であった。途中ちょうど郡主の大軍と相遇した。文勇は、郡主を一見すると、生き残る望あり、と思い、男女の情に訴えて哀々と救いを求めた。適々、干城が遼を平げて帰り、この状を見て大いに怒り、文勇が多くの暴政を行い、軍民の反逆と、外寇の叛変を招いたことを責め、さらに郡主に対しても、これ以上、甘い言葉に騙されるべきでないと警告した。文勇は、当時、只だ干城と郡主に謝罪するだけであった。干城は、文勇に対して「軍民をして心を斉しくして侮を禦がしめんとすれば、人頭を借りて一用に供するほかはない」と称した。文勇は、国にそむき、郡主に対して情にそむいたことを自愧し、郡主の前に跪き死を請うた。郡主は、剣を挙げること両次、殺さんとして手を下せな

かった。干城は、その状を見て、文勇に自尽を要求し、文勇は、自刎して死んだ[7]。

【補】 葉紹徳作、1968年、鳳求凰劇団初演、陳錦棠、羅艶卿主演。

8 【虎将奪金環】(戦国)

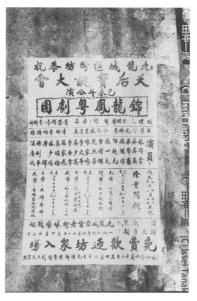

写真40　錦龍鳳劇団戯告：【虎将奪金環】

　燕武が崩御し、西宮が専ら権力を握り、正宮を陥害して、冷宮に監禁し、焼殺を目的に放火した。幸いに尚書の葉正卿が忠義の人で国の為に、子を太子の身代わり死なせ、人の耳目をくらました。太子を撫育して成人させ、名を葉抱香と易えさせた。同時に御史戴余も亦た太子が人に救出されたことを知っていたが、ただどこにいるのか行方は知らなかった。20年来、西妃は自ら太后と為り、簾を垂れて政を聴き、更に自分の子の文陵を冊立して帝王候補とした。戴余には娘がいて名を金環といい、貌の美なること花の如きであった。抱香と情根が早くから種えられたが、文陵も亦た金環を愛し、久しく貴人に立てようという気持ちを持っていた。この時、ちょうど胡人が燕を犯し、抱香は、身ずから将軍となり、令を奉じてこれを征討することになった。金環に別れのあいさつに来て、更に求婚するつもりだったが、金環は、已に懐妊していた。戴余は、抱香が当今の太子であることを知らずに抱香が金環に一図に恋い焦がれているのに反対した。その上、正卿が太后に取り入っていると誤解し、さらにひどく軽蔑した。抱香は、胡を征討するのに功があり文陵も亦た胡を掃討して凱旋を奏上した。太后は、大いに褒賞を与えようとしたところ、文陵は、金環を貴人にしたいと言い、抱香も亦た金環を妻に娶りたいという。結果、文陵が太后の贔屓で勝利したが、儲妃の王者香に妬まれる。やがて、胡兵が再び犯し、文陵は、再

258 第4章 粤劇100種梗概／8【虎将奪金環】(戦国)・9【双龍丹鳳覇皇都】(戦国)・10【状元夜審武探花】(戦国)

び戈を執って抵抗することになったが、金環と抱香の情根が断たれていないことを恐れ特に戴余を派遣して監視させた。ところが意外にも、勝利して帰って来ると、金環は「瓜熟し蔕落ち」て出産した。情夫が誰かを審問して、方めて抱香の孽種であることがわかり、すぐに抱香を拿捕しようとした。ただ戴余は、これを知ると、夜雨にまぎれて、正卿の処に行き、訳を話したところ、正卿は、抱香が太子であることを漏らした。戴余は抱香と共に逃亡し、諸侯に抱香の復位を幇助してもらうように求めた[8]。(以下抱香は復位成功し、太后、文陵は誅に伏し、太子と金環は成婚して終る)

【補】作者、初演年代未詳。春節の賀歳喜劇である【旗開得勝凱旋還】は、本劇と人物名が共通している。本劇を相劇として、喜劇化したものであろう。本劇が人口に膾炙していたことを反映する。

9 【双龍丹鳳覇皇都】(戦国)

鳳怜は、母の仇を報ずるため、忍んで情郎、趙金龍と痛絶し、殿下の容玉龍に改嫁した。ただひたすら太后を弑する機を伺おうと想っていた。太后とは当年の斉国皇后である。其の母を害したついでに、令を下し嬰児を勒殺しようとしたが、幸い宮女の姚彩霞が鳳怜を携えて禁宮を離脱した。2人は、相依って命を繋いだ。故に鳳は、すべてを知悉し、報仇のために、満城の風雨を身に引き受けた。金龍は、深く鳳怜を愛していた故に、国に帰り、十万の雄兵を率いて、再び斉国の北に臨み、鳳怜を奪回する。後に太監の容進が一切を説明してくれたおかげで、玉龍が鳳怜の弟であることがわかり、亦た容進をも宮廷から連れ出した。此の劇は終を告げる[9]。

【補】1962年映画化。林家声、鳳凰女主演。粤劇は、これより前に成立。

10 【状元夜審武探花】(戦国)

冀州学院の掌教、羅広持は、年をとり病がちになり、娘の羅鳳薇の婿を決めて懸案を清算しようとした。鳳薇は、冀州の才女で、妻に望むものにことかかなかったが、とくに陳雁生、馮国華、賈従善の3人が執心していた。鳳父女は陳、馮2人に対しては、取捨のしようがないとして、遂に文章の上下によって結婚相手を決めることにした。しかし陳、馮2人は、学問も伯仲していたの

10【状元夜審武探花】(戦国)・11【雷鳴金鼓胡笳声】(戦国)　　　259

で、広持は方針を変え、科挙に合格して衣錦還郷したものに、娘を結婚させることにした。3か月後、冀州学院には、三つの吉報が届いた、馮国華は、状元合格、武状元に賈従善、武探花に陳雁生という結果である。皆堂々と師に拝謁したが、陳が先に到着したので、これを結婚相手に決めた。広持は鄭重に事に処し、家伝の青銅古剣を婿に下賜した。馮、賈は後れて到着、鳳薇がすでに結婚したことを知ったが、いかんともしがたかった。3か月後、冀州学院に殺人事件が発生した。死者の身体の上に、青銅剣が残されていた。みな古銅剣が陳の物であることを知っており、遂に陳を入獄させ、朝廷の判断を待った。開審の日、勅命により馮が主審となった。馮は、陳が無実であることが分かっていたが、証拠がそろっていたため、遂に充軍の判決を下した。陳は馮が嫉妬により自分を陥れたと思い込み、復讐を誓った。賈従善は陳が辺彊に充軍になったので、鳳薇と結婚しようと目論んだ。馮は鳳薇が悪人と結婚することを望まず、官を捨て鳳薇を連れて野に逃げた。陳は護送される途中、梁斉の戦に遭遇した。斉の主帥、陳桑尚は雁生の叔父であり、叔姪は再会した。陳は護送役人を殺し、叔父と共に戦場に出て戦い、官は元帥に至り、爵を襲いだ。兵は揚州を下し、馮と鳳薇は斉兵にとらえられ、軍営に連行された。陳は勢威を盾に報復した。馮が妻を奪ったことを責め、ほしいままに殴ったり蹴ったりした。事件は斉の宮主の耳に入った。宮主は賢く智慧があり、老宮女に命じて鳳薇の体を調べさせ、その結果、白璧無瑕であることが判明した。遂に有情の人を眷属と成らしめた。梁師は、戦いの節目節目でことごとく敗退し、従善を献じて和議を図った。時に従善は、金瘡がみな裂けて、死に瀕しており、冀州学院で人を殺して罪を陳に転嫁したことを自白した、事件は遂に解決した[10]。

【補】作者、初演年代未詳。

11【雷鳴金鼓胡笳声】(戦国)

　趙王が崩御し、斉国は機に乗じて兵を興して攻めてきた。趙国は、危機に瀕した。朝中の群臣は、みな議論紛紛、儲君の長安君は、まだ幼年で、とりあえず翠碧公主が政を摂った。公主は、国勢を振るわせるため、聚英台を設け、賢士を募集した。○翠碧公主は、斉国に対抗するため、司馬行田を秦国に出使さ

せ、秦の荘王に兵を出して助けてくれるように説得に当たらせていた。ある日、探偵が翠碧公主に「司馬行田が秦使の落霞王妃を伴って国に帰って協議する」と、伝えてきた。翠碧は、この情報を聞いて、思わず大喜びし、文武百官を率いて聚英台の前に出迎えた。○秦使の落霞王妃がやってきた。気炎をあげ、威丈高な態度に、翠碧は、はなはだ不満だった。翠碧は、本々、秦国が兄弟結盟の情を考慮するものと思っていた。誰か知らん、秦の荘王は、3つの条件を並べ立てて、趙国を脅しにかかって来た。秦国が並べた3つの条件とは、次のようなものだった。（一）趙国は、十乗の珠宝を献上すること、（二）三座の名城を割譲すること、及び（三）趙国公主が中途で変心しないように、趙の儲君を秦国に人質に出すこと、の3つである。翠碧は、これを聞いて、怒を抑えきれなかった。彼女は弟を愛する情が深く、珠宝や名城を献上することは惜しまないが、長安君を秦国に人質に出すことだけは絶対に許さなかった。彼女は落霞とこのために反目し、落霞は、恨を呑んで趙を離れて秦に帰った。○文武百官は、兵を借りることに失敗したのを見て、紛紛として進み出て翠碧に儲君を秦国に人質に出すのを受け入れるように強く説得した。しかし、翠碧の断然たる拒絶に遭った。翠碧は、更に声明して「若し二度とこの事を口に出す者がいれば、必ず斬刑に処して容赦しない」と言った。馬行田は、事情が変ったとみて、又、敢えて上に逆らって進言はしなかったが、切迫した情勢に逼られ、亡友の子、夏青雲を推薦することを決意し、別に斉に対抗する策を求めるように要望した。翠碧は、賢士を招いて国の危難を救うことを願い、馬行田の推薦を許した。馬行田は、すぐに家に帰り、義子の夏青雲、及び実子、馬如龍を連れて一緒に聚英台に行き、翠碧公主に拝謁した。○夏青雲は、文武双全の人物だったが、惜しむらくは天性傲骨で、功名を好まなかった、唯だ馬行田の撫育の恩、馬如龍の兄弟結義の情に報いたいと思い、加えて国勢が正に危いことを知って、やむなく、義父及び義弟に随って聚英台に行くことを応諾した。夏青雲は、布衣の士であったから、自由に君主に会うことはできなかった。そこで馬行田は、翠碧に先に小職を賜うように求めた。翠碧は、応諾し、夏青雲を「執戟郎」に封じた。馬行田は、青雲に「執戟郎」一職に任命されたことを

11【雷鳴金鼓胡笳声】（戦国）　261

告げた。青雲は、職位が低微なのを嫌って、思わず天を仰いで高笑いし、更に台の前で、喉を張って高く歌い、それから佩剣を弾き動かして和唱し、此の職を受けることを拒絶した。○翠碧は、台前で引吭高歌する者がいて、その怨み声が四方に広がったのを聞いて、すぐに馬行田を召して査問させた。馬行田は、公主に向かい「義子は、村野の士で、大礼を知らず、厚かましくも才能を自負し、大言壮語を口に出す男です。どうかお許しください」、と言った。翠碧は、夏青雲が口に大言を吐く以上、必ず役に立つと思い、また馬行田の国に対する功績が高いことを考え、慣例を破って青雲を「都騎尉」に抜擢した。馬行田は大いに喜び、台前に行き、青雲を案内して公主に拝謁させようとした。しかし、青雲は、なお、職位の尊貴が不十分であることを嫌い、再度、剣を舞って高歌し、更に大声をあげ、「志未だ完からず、人は已に倦み、心は已に倦む、故郷は、応に帰転すべし」と言った。如龍は、義兄の態度が傲慢なのを見て、近づいて少し諫めた。翠碧は、聚英台の上で、又、青雲の怨唱を聞き、再度、馬行田を召し寄せてわけを調べさせた。○馬行田は、急いで謝罪し、青雲が生来、傲骨で、自らの文韜武略を恃み、善悪をわきまえず、進退を知らず、又、世故に慣れておらず、天外に天があるのを知らないことを咎めた。翠碧は、これを聞き、よくよく考えて、如今、国家が人を用いる際には、自ら常節にこだわるべきではないと思い、青雲を「参偏将」に抜擢した。○馬行田は、急いで朗報を青雲に知らせた。如龍は、これを聞いてまたひどく羨しがった。誰か知らん、青雲は、これに一顧を与えることすら潔しとせず、三度、剣を弾じて狂い歌った。翠碧は、これを聞いて、大いに怒り、青雲に「何ゆえにこのような態度をとるのか」と責めた。青雲は、答弁して、「自分が哭するのは、山陵が将に崩れんとするとき、空しく救国の心を抱きながら、明主に投ずることができないことだ。また、自分が笑うのは、公主が空しく招賢の名、納士の意を抱くにとどまることだ。有識の士は、一官半職によって留められるものではない。ゆえに狂歌によって答えたのだ」と言った。翠碧は、これを聞き、親しく自ら近づいて、青雲に向かい、富国強兵の高見を求めた。この時、青雲は、翠碧が真に招賢の心を抱いていることを理解し、入朝して命を捧げる

ことを承諾した。翠碧は、大いに喜び、すぐに青雲に封を加えて、驃騎上将軍に任じ、さらに彼と国策を協議した。〇青雲は翠碧に対し、長安君を秦国に人質として出し、秦兵を借りて斉国に対抗するようにすることを求めた。そうしなければ、趙国は、必ず斉国に呑併される、とも言った。翠碧は、これを許し、すぐに長安君を上殿させた。長安君は、「自分は、年少ではあるが、国が大切であることは知っている。それ故、秦国に人質に出て、趙の危機を救いたい」と表明した。趙国の文武百官は、一致して精忠報国を表明し、翠碧は、ここで、心の中の大石を下ろして、秦国が趙に兵を貸す条件を満たすようにした。〇馬如龍は、父及び義兄に随って入朝して翠碧公主に拝謁し、「左先鋒」に封じられた。誓師出発の夕、如龍は、得意になって我を忘れ、官威をひけらかして、父親の叱責を招いた。〇翠碧も亦た城門に到り、夏青雲が師を率いて出発するの待った。言葉を交わす間に、将来を託する気持ちを暗黙のうちに表示した。彼女は、剣琴をそろえて青雲に贈り、情愛を示した。それが馬行田及び馬如龍に見つかってしまった。〇青雲は、祖を祭って戻ってくると、すぐに、城門に駆け付け、三軍を発動しようとした。かれは翠碧、行田、如龍が長い間、自分を待っていたこと知った。行田、如龍は、更に言葉を交わす中で、彼と翠碧の媒酌をすることを暗示し、公主をひどく恥ずかしがらせた。翠碧は、剣と琴を贈り、「剣に伙って敵を滅ぼし、唯だ琴もて意を寄せる」ことを暗示した。青雲は、当然、弦外の音を理解した。行田は、更に二人に握手の盟いをさせ、先ず婚約を訂結するように求めた。青雲は、自分が持っていた佩剣を如龍に贈り、自分と同様に国のために力を尽くすよう要望した。青雲、如龍及び衆軍士は、高歌一曲、声威を壮かんにした。〇秦の荘王は、合兵の事のために、親ら落霞王妃、及び傅太夫を連れて趙国に到来した。彼は、翠碧公主の容貌が衆に抜きんでているのを見て、驚いて天人かと思い、更に色欲にあせる態を示して、落霞王妃、及び傅太夫に勧止された。青雲は、両国の合兵出発の期を問おうとしたが、秦荘王は、彼の身分が自分と釣り合わないと言って怒り斥けた。如龍は、荘王の態度が威丈高なのを見て、言葉を交わす間に、荘王と衝突を起こした。青雲も亦た近づいて対抗した。しかし其の他の人から勧止さ

れた。翠碧は、荘王を接待し、各人を趙邦の賓館に戻らせて休息させた。此の一事を経て、翠碧は、更に青雲に向かって心跡を表明して「願わくは化して陌頭の相思鳥たらん、方に地久天長の縁を証せん」と言った。○半年の戦争が経過して、秦国と趙国の聯合軍は、已に斉兵を撃退していた。しかし、秦兵は、依然として趙国の辺境に留って守りを固め、軍を引く意を示さなかった。ある日、翠碧が、宴を設けて荘王を款待し、かれに早く長安君を釈放して国に帰らせるよう促そうとしていたとき、誰か料らん、荘王から手紙がきた。翠碧は心配のあまり、すぐに馬行田を聚英台に呼び寄せて商議した。○馬行田が聚英台に到着すると、翠碧が荘王から手紙を受け取ったことを知った。手紙には、「趙国は、秦軍に助けを求めて斉に抵抗し、曽て三章を約した。今、斉兵は已に退き、荘王は、三約を取り消したいと願う。しかし長安君は、仍お秦国に質として入り続けなくてはならない。その生死存亡は、荘王の一存にかかっている。荘王は、翠碧に対して心中に愛情を生じた。趙国と結んで秦晋の邦となることを欲する」とあった。秦国の軍に力があり、趙は弱く抗し難いがゆえに、翠碧に語を寄せて、婚約を受け入れるように要求したのである。○馬行田も亦た翠碧には選択の余地がないことを知っており、翠碧にこの事を慎重に考える必要があると注意した。青雲が彼女と已に暗かに婚約を結んでいたので、彼女が荘王への嫁入りに同意すれば、青雲が急に平常心を失い、国事を誤まる恐れがあった。翠碧は暗かに自ら対策を考えるほかはなかった。○やがて、荘王は、侍衛を連れて聚英台にやってきて、翠碧と雪を賞しながら酒を飲んだ。席間、荘王は、次第に色欲の相を露した。しかし、いかんせん、翠碧は、権勢に妨げられて、無理に従うほかはなく、琵琶一曲を弾奏することに借りて、自分の怨を抒べるほかはなかった。○2人が対飲している時、青雲が駆けつけてきて、翠碧に何ゆえに夜に荘王を宴に招き、国恥を忘れるのか、を問おうとしたとき、馬行田がすぐ近づき、青雲を追い払おうとした。青雲は、強引に聚英台に闖入して翠碧に問いただそうとした。荘王は、青雲に興趣を中断されたのを見て、大いに不興を表した。○翠碧は、心中、いち早く計画を立てていた。故に青雲が来たのを見ると、すぐに裏切りの態度を取り、さらに三たび青雲の官

職を下げた。青雲は、内情を知らず、心中、深く傷ついた。荘王は亦た翠碧が本当に嫁入りに応ずると思い、心底から歓喜した。翠碧は、機会を見て青雲に事情を打ち明け、彼に儀仗隊を準備して自分の出嫁を送ってくるように命じた。青雲は、これを聞き、ひどく衝撃を受け、恨を呑んで離れ去った。〇荘王が心底から喜んでいるとき、三朝にわたり元老の役を務めてきた傅太夫が、話を聞いて亦た駆けつけてきて、「女色は人を殺す」と言って諫め、荘王に美色に溺れて国事を誤らないように勧めた。荘王は、諫言を聞いて、勃然として大いに怒り、傅太夫が従来からずっと忠心を尽くして主君を守ってきたことをすっかり忘れ、令を下して彼を処刑させた。〇落霞王妃は、荘王が令を下して傅太夫を斬殺させたことを聞いて驚き、すぐさま聚英台の前に到り、上奏して諫言した。彼女は、荘王に向かって懸命に利害を陳述し、老臣が忠言によって主を諫めたことに同情するように求めたが、荘王は理解しようとしなかった。落霞は、荘王が已に新らしい愛を得たのを目にし、翠碧が横から愛を奪ったと思い、心中、深く憤った。荘王は、色に迷ったあまり、落霞の再三の請求を理解することができず、「若し再び上奏して諫言する者が出てきたら、亦た同様に斬に処する」と宣言した。落霞は、強いて諫言しても効がないと見た上、已に寵を失ったと感じ、やむなく恨を抱いて帰国した。〇漫天の風雪の下、青雲は、破砕した心情を抱いて、儀仗隊を率い、長亭で翠碧が遠く秦邦に嫁に行くのを送ろうとしていた。〇翠碧は、香車に乗ってやってきた。彼女は、眼に国土を望み、内心は凄然と悲しんだ。青雲の方は、冷言を浴びせて譏刺した。翠碧は、真相を告げるほかはなく、荘王の手紙を差し出した。青雲は読み終わって、恍然と大悟し、翠碧を裏切りと誤解していたことを深く悔やみ、彼女に許しを求めた。翠碧は、別れに臨み、青雲に継続して国土を守り君主を守るように丁寧に遺嘱した。しかし惜しむらくは青雲は已に心が砕け、闘志が全く失われていた。翠碧は、琴に意を寄せたが、琴弦が突然、断裂し、2人の傷心を更に増させる結果になった。〇青雲は、目で翠碧が遠く趙境と別れるのを見送った。心痛の下で、さらに又、行田、如龍から、大義による非難叱責を浴びた。しかし「琴絃は縦え続くべきも、情亡わるれば、志は生ぜず」の言葉通り、青

11【雷鳴金鼓胡笳声】(戦国)・12【刁蛮元帥莽将軍】(戦国)　　　　265

雲は絶望から立ち直れなかった。彼の頹廃は、行田、如龍を心痛させたが、2人は、情誼を断つことも惜しまず、青雲に再び雄心を振い起こすように脅迫した。○長安君も亦た翠碧が秦に赴くことで釈放されて、趙国に帰ることができた。彼は、青雲が闘志を喪失したことを知り、言葉に出して叱責した。青雲は、みんなからたびたび厳しい詞で指責され、終に志を振い兵を率いて秦を伐ち、翠碧を救いだすことを決意した。○落霞王妃は、棄てられた心情を抱いて趙境を経て帰国した。偶々長安君、馬行田及如龍等の人に遇った。行田は、秦荘王の書信を落霞に渡した。彼女は初めて人の愛を奪った者は、実は荘王であって、翠碧ではないことを知り、遂に秦に戻って翠碧を救い出すことを決意した。○落霞は、荘王に棄てられて、心中に憤りに堪えず、更に紂を助けて虐を為さしむるを欲せず、計略をめぐらして翠碧を救おうとした。○荘王は、趙秦の辺界にやってきて、翠碧を受け取って秦に帰ろうとした。すると突然、探報から報告が入り、「秦妃が山前で罵りの戦を挑み、趙公主を名指して対陣を挑んでいる」と言う。翠碧は、これを聞くと、亦た出て秦妃と戦うことを願った。実は落霞の、此の挙は、翠碧を救うためだった。彼女は詐って敗れて逃亡した。翠碧が追ってくると思ったのだが、翠碧は、それを覚らず、荘王と一緒に営に戻った。○青雲が駆けつけてきて、独力で荘王と奮戦した。翠碧は落霞と一緒に亦た駆けつけて観戦した。青雲は、戦って筋疲れ力尽きるに至り、二度も打ち負かされかけたが、翠碧が琵琶で定情曲を弾き、青雲の雄心を重ねて振い起こさせた。彼は終に力で荘王を挫いた。荘王は、秦趙両国が和解し、再び兵を興さないことに同意した。青雲は、翠碧と結婚することができた。荘王も亦た重ねて落霞の懐に戻って抱かれた。全劇大団円結局[11]。

【補】劉月峰作、1962年、慶新声劇団初演。林家声、陳好逑主演。

12【刁蛮元帥莽将軍】(戦国)

斉国の元帥嘯天の出陣にあたり、翠君と義妹の月娥が見送りに来る。嘯天は、翠君を愛していて、月娥に付きまとわれるのを嫌い、月娥を酔いつぶす。友人の文龍は、この機に乗じて月娥をものにする。翠君と月娥は、嘯天の仕業と誤解する。嘯天と従弟の尚義は、それぞれ母の命に従い、翠君と月娥を妻に

266　　　第4章　粤劇100種梗概／12【刁蛮元帥莽将軍】(戦国)

写真41　尚母、月娥、尚義

写真42　翠君（元帥）

迎える。ところが、月娥は、新婚の部屋で嬰児を産み落とす。嘯天が誰の子か
と、翠君に尋ねるが、翠君は、嘯天の子と疑い、反発する。二人は、怒髪、天
を衝いて離別する。尚の母は、月娥母子を家門を辱めたといって追い出す。文
龍は、元来、楚国の太子であり、翠君を元帥に任命して、斉国に攻め入らせ
る。翠君と嘯天は、戦場で相まみえるが、嘯天は、一敗地にまみれる。翠君
は、昔のことを持ち出し、嘯天に自分の愛人月娥を連れてくるように要求す
る。しかし、嘯天は、あくまで月娥との仲を否認する。このとき、文龍が昔の
秘密を明かす。尚義も自分は、戦傷のため不能だと告白、嘯天は、月娥とは男
女関係はないという。文龍は、月娥が結婚を承諾したのを見て、すぐ兵を引
く。嘯天は、疑われて憤懣やるかたない。翠君は、元帥の職を辞し、嘯天の妻
として家に戻りたいと懇願する[12]。

【補】1962年05月17日、香港で映画化。粤劇は、これ以前の成立。鳳凰女、麦
　　炳栄、黄千歳、陳好逑出演。

13【連城璧】(戦国)

　公元前285年、趙の恵文王14年、文士藺相如は、背に一嚢の書冊を背負い、
蒼松の小径を経て、趙京の邯鄲に往き、抱負の実現を冀求した。蓋しこの時、
趙は弱く秦は強く、相如は、国のために力を効すことを決意したのであった。
夫人は、柳を折って送り、蒼松の勁秀と同じように、雨に打たれ風に摧かれて
も畏れないようにと、相如を激励した。妻と別れた時、遇々、趙の上将軍、廉
頗が斉を破り、夫人とともに故郷に錦を飾って帰ってきた。相如は、その行列
を避け損ね、将兵に責められ、拷打されそうになった。相如は、理を正面から
主張し、気を壮大にして、廉頗に声をかけた。頗は怒って叱斥したが、相如
は、更に大義を主張し、廉頗も罪に問うことはできず、やむなく赦免した。相
如は、廉頗が武略を知るだけで文韜に通じていない点を批判した。廉頗は、生
平より勝気であったから、相如が大言壮語して上を冒すのに立腹し、相如の一
嚢の書冊を濁流に投げ込み、鬱憤を晴らして去った。越えて2年、相如は、京
にあってなお鬱屈して志を得ず、内侍繆賢の舎人の地位に甘んじていた。ある
日、秦の昭王が使節の胡傷を趙に派遣してきて、占領した趙の15城と趙の宝

物、和氏の璧とを交換したいと言ってきた。趙王は、秦王の十五城返還は虚偽であり、璧の騙取が真意であると見たが、どう対応してよいか、わからず、迷っていたところ、繆賢が相如を推薦して朝廷に参上させ、進退の策の決定に参与させた。相如は、利害を力説し、璧を護衛して秦に入国することを願い、もし秦に詐があれば、璧を保全して帰朝することを誓った。廉頗は、相如が一介の書生であり、とても理を以て秦王に対することはできまい、と言って

写真43　覚新声劇団戯告：【連城璧】

貶めた上、一切を惜しまず、武力を以て秦と交渉することを力説した。しかし、相如は対策を力説し、理を以て廉頗を屈せしめた。趙王は、そこで相如に璧を護って入秦するように命じた。廉頗は、怏怏として服しなかった。相如は、璧を護って入秦するに際し、もとより生死を度外視していた。帰宅すると、夫人と今生での別れを告げた。夫人は、夫婦の私情によって相如の救国の責を誤ることを欲せず、強いて辛酸をこらえ、反って相如に大義の犠牲となるように激励した。相如は、更に堅強なる自信を覚え、出発に当たって自ら九死

13【連城璧】(戦国)・14【漢武帝夢会衛夫人】(前漢)　　　269

一生を覚悟し、夫人の銀釵を借りて、児の臂を刺し、児子が長成して、父の志を継承し、国のため民のために尽くすよう、激励の標とした上、昂然として出発した。夫人も亦た凛然として惜別した。相如は、璧を献上するため入秦した。秦王は、章台に宴席を設けたが、城を交換に出すことには言及しなかった。相如は、秦王が城を返す気がないと知り、計略を使って璧玉を取り返し、柱に倚りかかって怒髪、冠を冲く勢いで言った。「我が君は王の直筆の手紙を受け取って、十五城と此の璧とを交換することに応じたのだ。我が国の君臣は皆な言った。秦国は、自ら其の強を恃み、その真意は、璧をだまし取ろうという点にある、城を返す気はない、と。私は言った、布衣の交すら、欺くことはしないものだ。まして秦王なれば猶更のことだ、と。これによって命ぜられて、璧を護って秦に入ったのだ。今、大王は、坐ったまま璧を受け、換城のことは一言も言わない、故に臣は、この璧を取り戻したのだ、もし強制するならば、臣は立ちどころに璧と共に柱中にぶつかって砕けるだけだ。」言い畢るや、璧を抱き柱に身をぶつけて死のうとした。秦王は、宝璧を失うのを恐れ、急いで制止した。相如は、秦王に斎戒すること5日、列国使臣を迎え、献璧の礼を行って、その後にはじめて献上する、と要求した。秦王は、いかんともするなく、これを許した。5日後、秦王は再び相如に璧を献上させた。相如は、已に暗かに部下に命じて璧を趙国に送り返させてあった。秦王は大いに怒り、部下に命じて相如を油鼎に投げ込むよう命じた。相如は、顔色一つ変えず、死を視ること帰するがごとくであった。秦王は、列国がその暴虐ぶりを宣伝することを恐れ、また相如1人を殺しても、宝璧を取り返すことはできないと考え、相如に帰国を許した[13]。

【補】李少芸作、1974年1月23日、頌新声劇団初演、林家声、呉君麗主演。(区文鳳『綜述』)

14【漢武帝夢会衛夫人】(前漢)

　平陽公主は、丈夫の曹寿（曹参の孫）が死んでから後、竇太后の愛顧を失い、覇陵の海陽に隠居した。この時、平陽公主の老婢女、衛媼が育てた公主の娘の紫卿は、賢慧端荘であり、容貌は、国を傾けるほどだった。また息子の衛青

270 第4章 粤劇100種梗概／14【漢武帝夢会衛夫人】(前漢)・15【枇杷山上英雄血】(前漢)

は、人並外れて勇猛であった。衛媼が死んだ後、紫卿は、平陽府の歌姫となり、衛青は、駅奴となった。姉弟は、たがいに頼りにしあう運命だった。衛青は、武帝の娘の公主と恋仲になった。公主は、衛青が微賤の身であることから、もし引き立てると、必ず非難を浴びると思い、ひそかに東方朔に頼んで家の中で兵書を教えさせた。しかし、引きた立てる機会に恵まれず、苦慮していた。衛青も亦た女の庇護を受けていることを嫌がり、時々、離れ去りたいという気をおこすこともあったが、妹に「公主の恩に背いてはいけない」と言われて、止まった。建元2年、武帝は、祭祀を畢り、路すがら覇陵を通りかかり、愛妹（平陽公主）のことを思い出して、平陽公主の家に行った。平陽公主は、紫卿を帝に献じた。紫卿は、封を受けて衛夫人となったが、陳皇后に殺されそうになった（毒殺）。衛青は、武帝に目を掛けられ、西域に出征して、戦功を立てて凱旋した。この時、衛夫人は、ちょうど妊娠していた。衛青は、竇太后から西域侯に封ぜられた。武帝は、衛夫人が已に死んだと思い違いをして、鬱々として楽しむことが少なかった。東方朔が、衛夫人の鬼魂を召し出して夢で会う方法があります、と言った。実は、衛夫人は、朔の家に隠匿され、已に麟児を産み落としていた。帝は、衛夫人と再会した。ところが陳皇后に察知され、皇后は衛夫人をとらえて罪に問おうとした。この時、衛青は、兵権を掌握しており、毅然として正体を現した。陳皇后は、初めて騙されたことを知ったが、已に反抗する力はなかった。武帝は、陳皇后を死に処するつもりだったが、幸いに衛夫人がとりなしたため、終身幽閉に改められた。衛夫人が昭陽宮の権力を握り、漢宮の陰霾は消散し、これより花は好く月は円かとなった[14]。

【補】1950年、覚先声劇団初演。薛覚先、芳艶芬、李海泉、白龍珠、陳錦棠、車秀英等主演。

15【枇杷山上英雄血】(別名【英雄碧血洗情仇】)(前漢)

　山海関の主帥、関大明の寿誕の日、関の家では、屋敷の上下をあげて大喜びで酒席を準備し、お祝いに訪れる親戚友人の接待に備えていた。関大明の姨甥女の娘、趙冰霞と世姪女の程小菊は、大明の第三女静宜と共に先ず大明に祝賀の辞を述べ、公務で外に出ていた長子の文虎と次子の文挙が帰宅して一家がそ

15【枇杷山上英雄血】(前漢)　　　　　　　　　　271

写真44　英宝劇団戯告：【枇杷山上逞英雄】

ろうのを待っていた。文挙は、忠孝の性格で、常に文虎に対して譲ってきた。父親の誕生日を迎え、文挙は、お祝いの品々を取り揃えて帰宅し、兄に代わって父に祝寿の辞を言上した。みんなが話をしているうちに、文虎の性格が強情で、常に父母を失望させるという話になったが、弟や妹は、それでも文虎を非常に尊重していた。小菊は、文虎と恋愛関係にあり、常にたびたび文虎をたしなめていた。冰霞は、文挙に好意を抱いていたが、文挙は、まだ結婚する気がなかった。○文虎は、威勇将軍に抜擢され、すぐに帰宅して家人に向かって自らの出世を誇示し、さらに自分には蓋世の才能があり、父の七光りなどに頼る気はない、と豪語した。大明は、文虎の誇張した気炎を喜ばず、その場で文虎に訓戒を垂れた。みんなもまた文虎に決して意気に任せて事を運ぶことがないようにと忠告した。○ちょうど議論たけなわの時、にわかに大将からの急報が届いた。匈奴王が兵を率いて山海関に攻め寄せてきたので、大明に出兵して対抗してくれるように要請するものであった。文虎は、英雄ぶりを示す為に、すぐに纓を請い単騎出陣しようとした

が、みんな文虎に軽挙妄動しないように諫めた。しかし、文虎の決意は固く、更に「もし戦って敗れたら、今後は誓って家に帰らない」と声明した。〇文虎は、匆々と出発して応戦した。みなやめるように勧めたが、効果がなかった。文挙は、京に帰り朝廷に援兵を派遣して、危急を救ってくれるように求めることを提案した。〇匈奴王は、兵を挙げて南下した。彼は、日ごろから山海関の守将、関家父子が一貫して驍勇であり、戦にたけていることを聞いていたので、火陣を敷いて、勝利しようと謀った。〇文虎は「我が武芸は超人なり」と自負し、単騎、兵を率いて匈奴の軍隊と対陣した。しかし、匈奴王は、火を用いて猛虎林を攻め、文虎の全軍を殲滅に追い込んだ。文虎は、僥倖にも猛虎林を突破し、鎧兜を脱いで戦死したと見せかけ、機を見て逃亡した。〇大明と文挙は、援兵を率いて戦場にかけつけ、匈奴王を殺し、敵兵を撃退した。2人は、文虎の遺品を目の当たりにして、文虎が戦死したものと考えた。〇大明は、悲痛の余り、小菊を文挙に嫁がせ、小菊の身が立つように取り計らった。文挙は、兄の愛人を奪うことになるのを望まなかったが、父の命に従うほかなく、小菊を妻に迎えることを応諾した。〇1年後、ちょうど文挙と小菊が新生児の生後1月の祝いに宴席に客を招き、冰霜及び多くの親戚友人が相継いでお祝いに来て、堂前に賓客が満ちあふれていた時に、冰霜は、花園の中で、自ら怨み自ら悔やんでいた。文挙は、その様子を見て、近づいて慰めたが、冰霜の自分に対する愛着が消えていないことが分かり、さらに慰めたところ、反ってそれが急に癇に障ったのか、冰霜は、傷心に耐えず、袖を払って離れ去った。〇文挙がいかんともするなく、ぼんやり園中で思いにふけっていたところ、ふと一つの黒い影が花園に闖入してくるのが目に入った。よく見ると、文虎であることが分かった。文虎は述べて、「あの日、猛虎林で誤って匈奴王の陥穽にはまり、やむなく甲冑を捨てて死んだと見せかけて逃亡した。今日は帰宅して愛する小菊を連れて家を離れて世を避けるつもりだ」と言う。文挙は聞いてびっくり仰天し、文虎に真相を明言しなかった。そこへちょうど大明、関母、静宜及び冰霜が花園にやってきて、文虎が元通り生還したのを見て、みんな喜びに堪えなかったが、大明だけは文虎が生来、傲慢で、猛虎林の一役で全軍を

15【枇杷山上英雄血】(前漢)   273

覆滅させたことを責めて罵った。文虎は責められているうちに、次第に怒りを抑えきれなくなり、父と争った。〇父子が言い争っているとき、欽差がやってきて、皇帝の聖旨を読み上げた。謂わく「関文虎は戦場で死亡したが、関文挙は、匈奴の剿滅に功があり、特に関文虎が持っていた威勇将軍の職に、改めて関文挙を昇任させ、以て関文挙に尽忠報国に努めさせることとする」と。文虎は、聖旨を聞いて、更に憤りを覚えたが、その上、欽差が発言してからかったため、文虎は家を離れようとしたが、みんなに引き留められた。冰霞が真相にかかわることを口にしたため、文虎に疑惑を生じさせた。静宜は、すぐに冰霞に向かって、余計なことを言って波乱を起こさないように、とたしなめた。〇文虎は、久しく坐っていて落ち着かず、小菊に一目会いたいと要求した。みんな従うほかはなかった。小菊は、やっと弥月を迎えた嬰児を抱いて、文虎に会いに来た。文虎は、気にもかけなかったが、小菊が彼を伯父様と呼んだ時、思わず、あっけにとられた。〇文虎は、みんなに、なぜ自分の愛する人を弟と結婚させたのか、と問いただした。みんな答えようがなかった。小菊は、文虎に向かって説明して、「父親が文虎を戦死と誤認し、自分の今後の身の上を案じて結婚を進めたのであり、自分が願ったわけではない」と言った。文虎は、これを聞いて、大いに怒り、拳をあげて父母及び文挙をなぐろうとしたが、みんなに阻止された。文虎は、文挙に「官印及び小菊をゆずらなければ、和解しない」という条件を突きつけた。みんなこれを聞いて驚愕した。文挙は「官印や職位は譲ってもよいが、小菊は、已に自分の妻であり、しかも一子を産んでいるのだから、譲る理由はない」と心境を述べた。〇文虎は、みんなに打ち明けて言うに、「過去1年、自分は已に富者を劫し貧者を済う江湖の大盗に身を落としている。しかも数百人の手下が付いている。一晩の期限を与えるが、もし文挙が明日、小菊を差し出さなければ、戻ってきて家園を破壊し、鬱憤を晴らす」と述べた。〇文虎が離れ去った後、関家の上下各人は、対策を協議した。関母は、大明と文挙に先に軍営に帰って待つようにたのみ、1人残って文虎と応対した。彼女は、文虎が肉親の情を理解し、丸く収めるものと確信していたのである。〇翌日、関家の上下は、みな文虎がまたやって来るのを心配してビ

クビクしていた。関母は、婢女の恵蘭に命じて祖先の霊牌を堂前の卓上に並べ
させ、列祖の遺訓を借りて文虎を教誨しようとした。○午時の時分、文虎は、
刀を持ち、怒をあらわにして家に帰ってきた。関母は、それを見て、近づいて
忠告した。更に関家各祖が如何に「孝悌」を代々、伝えてきたかをこまかく数
え上げ、文虎が目を冷まし、義理に反するようなことをしでかさないように希
望した。しかし、文虎は母の勧告に耳に貸さず、脚で祖先の霊牌を蹴って壊し
た後、後堂に押し入り、小菊を探した。関母も阻止しようがなく、やむなく軍
営に急行して大明と文挙を探し、家に帰って対処するように頼んだ。○文虎
は、終に後堂で小菊を探し出し、一緒に家を離れるように逼ったが、小菊は、
再度、「自分たちは、すでに兄と弟の嫁の関係になっている以上、決して道義
に背いて同行することはできない」と表明した。文虎は、その言葉を聞いて急
に絶望し、遂に発狂して小菊を追いかけて殺そうとした。冰霞と静宜は、これ
を見てすぐに近づいて阻止し、大義を説いたが、文虎の気持ちは変わらず、ひ
たすら小菊を斬殺しようとした。危急の迫る中、大明、関母、及び文挙が家に駆
けつけて、文虎を阻止した。○文虎は、みんなに阻止され、文挙に向かって、
枇杷山の上に行って決闘するように要求し、その結果によって恩怨を断ち切る
決意を示した。文挙もまた文虎の無理無義を恨み、決闘に応ずることを決め
た。関家各人は、みな懸命になだめたが、効果はなかった。○小菊は、子供を
抱いて枇杷山に駆けつけ、文虎、文挙両兄弟の決闘を阻止しようとした。○文
虎、文挙は枇杷山の上において生死を賭して戦い、その打ち合いを引き離すこ
とは難しかった。関家は、上下をあげて駆けつけて探したが、2人の影も形も
発見できなかった。○2人が打ち合いを続けたまま、ちょうど日が暮れてきた
時、突然、大将からの急報が入ってきて、「匈奴の大将が一班の残兵を率いて
山海関に紛れ込み、匈奴王の仇を討つため、誓って文挙を殺すといっている」
というのである。文虎は、これを聞いて、すぐに文挙と協力して出陣し、匈奴
の残兵と戦った。戦陣の中で、文虎は、文挙を救うために、不幸にも身に槍傷
を受けた。○みんながかけつけた時、已に文虎は気息奄奄の状態だった。文虎
は、自分の品性が強情で、いつも父母を失望させ、弟が恭しんでくれても、妹

15【枇杷山上英雄血】(前漢)・16【無情宝剣有情天】(前漢)　　　　275

が敬ってくれても、ありがたいとも思わなかったこと、また勝気にはやり、手
柄を立てることに執着して軍事を誤ったことを懺悔した。文虎は、元来、愛人
を奪還しようと思っていたのだが、それが人倫道義に違反することであり、世
に入れられるはずがないことを悟った。文虎は、また、「自分は、今、弟を救
うために犠牲になるのであり、光明にして潔い死ということになる、関家の祖
先に対しても愧じることはない」と述べた。○文虎の死後、みんなは、沈痛の
心情を抱えて、帰宅し集合した。全劇結束[15]。

【補】李少芸作、1953年、新景像劇団初演、麦炳栄、余麗珍主演。(区文鳳『綜
　　述』) 決闘というのは西欧の慣行を取り入れたもの、香港粤劇の特徴が反映
　　している。

16【無情宝剣有情天】(前漢)

　韋重輝と呂悼慈は、幼いころから紅梅谷紫竹林の中で成長し、互いに蕭郎、
琴娘と呼び合っていたが、自分の生い立ちを知らなかった。○ある日、2人
は、郊外に遊びに行って背比べをし、互いに結婚を約束した。ところが思いも
寄らず、琴娘の父親が家僕の胡道従を寄こして琴娘を家に呼び戻し、更に彼女
を冀王項擎天に嫁がせようとした。琴娘は、承諾せず、道従に命じて絶情書を
冀王に送らせ、別の一封を蕭郎に送って愛情を表明した。ところが、道従は、
大間違いを冒し、誤って絶情信を蕭郎に送り、そのため蕭郎は、琴娘を怨み、
さらに冀王から侮辱される結果になった。桂玉嬋は、これを知って蕭郎を責
め、その生い立ちを教えた。実は重輝は、韋氏(もとは韓信一族)の世継の子
だったのである。昔、呂懐良(元来、呂后一族)の誣告に遭って、韋氏一族が誅
滅の害を受けたのだった。重輝は、血海の深仇に報いることを誓った。蕭郎が
夜、呂家を訪ね、呂懐良を刺殺しようしたところ、意外にも、琴娘に逢った。
しかも驚くことに呂懐良が琴娘の父だということもわかった。2人はどうして
よいか途方に暮れた。琴娘(悼慈)は、重輝に向かって弁解して「当日匆々に
離れ去りましたが、已に道従に手紙を持たせて紅梅紫竹の盟を忘れていないこ
とを表明したはずです」と言った。重輝は、冷ややかに琴娘を嘲笑諷刺し、彼
女が虚栄を慕い、その結果、自分が冀王から侮辱されるような目に合うことに

なったのだ、と言った。道従は、その言葉を聞くと、急いで重輝に経過を説明し、更にまだ冀王に渡していない琴娘の手紙を重輝に渡した。重輝は、それを読んで、恍然として悟り、琴娘と元通りの仲に復した。しかし、同時に、2人は相手が家代々の仇同士であることを知り、いきなり痛苦と矛盾の中に陥ることになった。実は琴娘は、父の命を奉じ、重輝を暗殺に来たのだった。重輝は、固より呂懐良を暗殺に来たのである。2人は、共に相手を殺すに忍びず、戸惑っている間に、道従が琴娘に向かい、「帰宅して父女の感情に訴えて父を動かし、考えを変えさせるようにするほかなし」と建議した。2人は、涙ながらに別れるほかはなかった。玉嫦は、重輝が只だ児女の私情に惹かれて、国の仇、家の恨を忘れてしまっていると非難した。重輝は、終に家の仇が情より重いと感じ、兵を率いて呂営を攻撃することを決意した。重輝は、呂営にやってきて、悼慈が任務を完遂しなかったという理由で、罪に問われていることを知った。懐良と冀王は、重輝を恐れていた。冀王は、重輝に向かって、「若し降書を書くのなら、悼慈の命を助けるだけでなく、一生添い遂げさせてもよい」と言った。重輝は、しばらくの間、心意を決めかねた。悼慈は、投降を拒絶するように勧め、寧ろ自分が犠牲になることを願った。重輝は、悼慈が殺害されるのに忍びず、遂に降書に署名した。重輝が悼慈を連れて離去しようとする時、懐良がはばみ、以後は父女関係を断つと付け加えた。悼慈は、離去を決意しており、重輝に従って共に離去した。冀王は、この時、本性を現し、呂氏の兵権を奪い、兵力を増強して、朝位の簒奪を謀るつもりで、懐良に兵権を差し出すように命じた。懐良は、ここではじめて狼を室に入れたことを知ったが、やむなくこれに従った。桂玉嫦は、厳しく重輝を責め、祖宗の族人に対して愧じて「絶対に許すことはできない」と言った。重輝は、自ら死罪の免れ難いことを知り、道従に悼慈の面倒を見てくれるように頼んだ。悼慈の方は、重輝に代わって刑を受けることを願った。この時、部将が消息を知らせに来て「冀王が兵を率いて、韋氏の軍営に侵入してきた」と告げた。玉嫦は、すぐに兵を率いて、出て冀王と戦った。重輝は、2人の元老に向かい、自分に前線に赴いて敵を剿除させてほしいと懇請した。2人は、彼に戦場の功を以て罪を贖

16【無情宝剣有情天】(前漢)・17【一曲鳳求凰】(前漢)　　　　　277

わさせることを許した。冀王は、陥穽を敷き、韋氏の兵将を髑髏谷に進入させ
ておいてから、四囲から火を放ち、一挙に韋族を殲滅させようと図った、重輝
と悼慈は、火焔の中に困しめられ、心に「必ず死ぬ」と想ったが、死して穴を
同じくすることができることを喜んだ。やがて、2人は立っていられずに暈倒
した。すると突然、天から甘雨が降り、山火は尽く熄んだ。道従がやってき
て、2人を発見したとき、まだ息があったので、喚び醒まし、2人は命拾いし
た。懐良、玉嬙が駆け付けた。懐良は、冀王を恨み、遂に呂氏の軍隊を率いて
韋家の子弟を救援した。懐良は、背後から冀王を刺殺した。玉嬙は傷を受け、
命が長くないことを知って。重輝と悼慈の2人が金のように堅く結ばれるよう
に望むことを伝えた。また呂、韋両家が前仇を解消し、干戈を収めるべきこ
と、さらに重輝を悼慈と結婚させることを了解して、死しても憾なく、すぐに
息を引き取った。全劇終結[16]。

【補】劉月峰作、徐子郎編劇、1963年10月、慶新声劇団初演、林家声、陳好逑
主演。

17【一曲鳳求凰】(前漢)

　司馬相如は、成都の人である。性は疏狂、音律に精通し、常に才人を以て自
負していた。卓王孫は、風雅を尊崇して、相如を気に入り、上客として歓迎し
たが、しかし、相如は、豪門に頼るのを恥と思っていた。たまたま簾下に文君
を見て、心が動いた。そこで午夜に琴を弾いて誘いをかけた。2人は、駆け落
ちして成都に逃げ帰った。しかし、病と貧に悩み、復た臨邛に帰り、酒屋を営
み、席簾を設け文君は炉に向かって燗をして酒を売った。臨邛の雅士は、争っ
て文君の艶色を見ようとして、その門は、市場のようになった。王孫は、大い
に恨み、相如を辱しめた。相如は、怒って、すぐに京に赴いた。長門賦によっ
て、陳皇后を詠じ、皇后は、再び武帝の寵愛を取り戻した。復た常侍となっ
た。後に巴蜀の檄により、名は一時に重んぜられることになった。16年たって
も蜀に帰らなかった。文君は、そこで白頭吟を賦して、相如を護った。相如
は、感動して帰った。○白頭吟：皚として山上の雪の如く、皎として雲間の月
の若し。聞く君に両意ありと、故に来りて相い決絶す。今日斗酒の会、明日は

溝水の頭。蹀躞たり御溝の上、溝水東西に流る。凄凄復た凄凄、嫁娶に啼くを須いざれ。願わくは一心の人を得て、白頭も相い離れざらん。竹竿何ぞ嫋嫋たる、魚尾何ぞ簁簁たる。男児意気を重んず、何ぞ銭刀を用いるを為さん[17]。

【補】李少芸作、1949年3月、光華劇団初演、文覚非、衛明珠主演。
　　　(区文鳳『綜述』)

18【英雄児女保江山】(前漢)

漢将の常武烈、兵敗れて左遷され、惨憺経営すること20年の後、一方の土覇となる。子の家孝、妻の青梅は、武烈の最愛の家族であり、一生の精

写真45　永光明劇団戯告：【英雄児女保江山】

神と心血をすべて2人に託してきた。匈奴が入寇し、漢朝では、皇帝が崩御し、太子元君と楚郡王、汝南王蕭仲賢と郡主蕭環佩が、変装して逃亡した。環佩と家孝は、本から相愛の仲だったので、4人は遂に常家に身を寄せて禍を避けようとした。ところが、意外にも武烈は、朝廷を敵視し、私かに武器を匈奴に売渡した。元君が自ら羅網にかかってきたので、擒えて敵に献じた。環佩に迫って家孝と結婚させた。花燭の夜、環佩は、弁舌を揮い、家孝を勉励して忠を勧めた。青梅は、深く大義を理解し、子に逼って師を引っ提げて叛いた父を

擒え、皇帝を救い忠勤に励むように逼った。家孝は、終に母に動かされ、匈奴と勇戦し、太子元君を奪還して救い出した。武烈は、捕えられ、金鑾殿上、家孝は、父の奸を証言し、武烈は、斬首の判決を受ける。武烈は、命を以て子の富貴に換えることを願い、朝廷で、大いに奸臣の無道を罵り、慷慨して死に赴いた。意外にも、仲賢、楚王は、昔、辱しめられたことを恨んで、罪名も問わず、家孝に充軍の判決を下した。環佩は、深く老父の無義を恨み、毅然として父女の親情を断ち、繁栄富貴を捨てて、家孝に付き添って遠く天涯に走った。断頭台下、武烈は、斬の命を待った。適々、家孝が充軍のために通りかかり、環佩、青梅も又、生祭に来た。悲歌は遠く伝播した。幸い元君は、この消息を聞き、深く家孝の救駕の功に感じ、親ら来て恩赦した。楚王も亦た権勢によって愛を迫ることは難しいことを悟り、義に伈り妻を還した。武烈は又、寵幸を蒙り、死罪を免れることを得た。一連の人間の惨劇は、終に喜劇を以て収場した[18]。

19【昭君出塞】(前漢)

漢の元帝は、匈奴王、呼韓邪単于の漢から妃を迎えたいという要求に応じ、王昭君を派遣して塞を出て遠く匈奴に嫁入らせた。昭君は、朝を辞去して旅の途に就いたが、君主の昏庸を憤り、郷里に帰ることは難しいことを嘆いた。馬上で琵琶を弾き、長歌して哭して、悲憤を訴え尽くしたあと、漢胡分界の地に到達したとき、毅然として崖から身を投げて死んだ[19]。

【補】馬師曽編劇、楊子静整理。紅綫女主演。1980年広州粤劇団、シンガポール、香港澳門などで上演した時、昭君投崖の筋を削除し、昭君、単于に随って出塞し、漢胡友好をもたらしたという筋に改めた。広州粤劇班は、その後、これを踏襲している。(『粤劇大辞典』【昭君出塞】)

20【龍鳳争掛帥】(前漢)

漢の顕帝の時、兵部尚書、維国の子、雲龍は南を平定して凱旋し、平南侯に封ぜられ、更に衣錦還郷を許された。官に逢えば、官は馬を下り、民に逢えば、民は下坐して拝した。上方宝剣を御賜された。雲龍の侍従、上官夢も亦た都騎侍衛に封ぜられた。吏部尚書、司徒衛君に、娘の文鳳があり、平西して凱

旋した。顕帝は、亦た雲龍と同様に文鳳に封賞し、並びに免死金牌を与えた。文鳳の侍婢司徒美を護侯侍衛に封じ、衣錦還郷を許した。雲龍、文鳳は、先後して旨を報じて還郷した、豈に料らん、冤家は窄い道で逢う慣い、互に譲らなかった。互に官威を持じ、遂に金鑾に騒ぎを持ち込むに至った。顕帝は、どちらにも味方しにくかったが、遂に心に一計を案じ、先ず文鳳を御妹に封じ、次いで雲龍を一字並肩王に封じた上、両人を金殿で成婚させることにした。雲龍、文鳳は、その裏を知らずに、欣然として礼を行った。洞房の夜、真相は畢く露われ、雲龍と文鳳は、互に詐偽だと指責しあって、新房を騒がせた。顕帝は、急いでやって来て仲裁し、変更を許さなかった。雲龍、文鳳は、やむなく、床を分けて睡った。しかし、2人は、心中、実は早くから相互に愛慕していたのだが、勝ち気が強すぎて、頭を下げるのを願わなかっただけだった。北狄が又、漢境を犯した。雲龍、文鳳、較場で大いに帥を争い、腕くらべとなったが、勝負がつかなかった。顕帝は、抽籤で決めるように命じ、文鳳が主帥をひきあて、登壇して点将した。雲龍は、命を受けるのを願わず、文鳳は、雲龍を罰し、雲龍に単騎敵を破ることを命じた。雲龍は、誤って伏兵にはまり、維国、上官夢が駆け付けて助けたが、3人でも重囲を突破できなかった。維国は、雲龍に逼って文鳳に援軍要請の手紙を書くように逼り、雲龍もやむなく、紙きれに手紙を書き、飛箭によって救援を求めた。文鳳は箭を受け、女児兵を率いて囲を解き、北狄を破った。しかし、心中の後悔に疲れ果て、雲龍に譲歩した。ここで全劇結束[20]。

【補】1967年黄鶴声執導、林家声、呉君麗等主演、香港映画。粤劇は是より前に成立。(『百度』)

21【飛上枝頭変鳳凰】(前漢)

漢朝年間、布の販売商人の跡継ぎ息子であった張俊誠は、家産を継承したが、思わぬことに、3人の奸商に押しかけられて、家産を奪われた。やむを得ず、俊誠は、婢女の小蘭を万人が注目する大家の閨秀美人に仕立て上げ、奸商の間で彼女の奪い合いを起こさせようとした。ところが意外にも、この期間に両人の間に愛情が生まれ、張俊誠は、結局、復讐を放棄して真の愛情を獲得し

た[21]。

【補】作者、初演未詳。

22【春花笑六郎】(前漢)

　葉秋萍は、もと宰相の娘だったが、父が誣告に遭い、一家が斬刑と家産没収の目にあった。秋萍は、脱走して江湖に姿をくらました。彼女は、容貌、武功ともに優れ、父の仇を討つ機会を狙って春嬌と変名し、孟懐穆の元帥府内で、顔貌を変え、嬌痴の侍婢に変装した。元帥府内の家将では、焦大用が以前からずっと秋萍を愛慕していたが、秋萍は、懐穆の第六子孟益に心を寄せていた。しかし、孟益は、秋萍の本当の顔立ちを知らず、その間の抜けた容貌の醜さを嫌い、嘲弄していた。焦大用は、春嬌に求婚した。しかし、春嬌は、彼をからかうだけだった。春嬌は、機をみては孟益に好意を見せたが、孟益は、たびたび彼女を嘲笑した。又、彼女に早く焦大用と結婚するようにと言った。春嬌は、自ら「三つの不嫁条件あり」と宣言した。即ち「蓋世の英雄でなければ」嫁にゆかない、「名門の出でなければ」嫁にゆかない、及び「英俊瀟洒でなければ」嫁にゆかないというものである。春嬌は、更にはっきりと孟益が好きだと言った。孟益は又、「自分の妻になる女は、必ず名門の出であること、並びに才貌双全であることを要する」と言った。この時、匈奴が入寇し、孟益は、出陣を請うた。春嬌は、孟益は、必ず戦に敗れる、と断言した。孟益は、遂に彼女と賭けた。「若し孟益が戦に勝てば、春嬌は大用と結婚しなければならない。若し戦に敗れれば、孟益は、春嬌を妻に娶らなければならない」というものである。匈奴は、大軍を紅梅谷に集結し、軍隊に命じて四面に伏兵を配置した。焦大用は、先導役を担当し、一樵夫の示唆により、孟益の率いる先鋒部隊を案内して前進させたところ、はからずも、待ち伏せにあってしまい、全軍潰散した。危急の際、一人の女将がいきなり突入してきて、匈奴の兵将を撃退し、大用及び孟益を救出した。実はこの女将軍は、正しく葉秋萍だった。孟益は、彼女の艶麗な容貌を見て、たちまち傾慕の情を懐き、即時に彼女に求婚した。秋萍の侍婢紅梨が「お嬢様には【三不嫁】の条件があります」というと、孟益は、自らこの三条件に符合していると自信を示したが、秋萍は、逐一反駁

し、孟益に悲嘆羞恥を味あわせた。秋萍は、姓名を告げず、只だ孟益に口紅の跡のある羅帕１枚を与えた後、馬に鞭打って離れ去った。孟益は、逼られて春嬌と共に祖先に対して結婚の挨拶の拝礼を挙行した。秋萍は、新房内で孟益が洞房に来るのを待った。孟益は、娶ったのは傻婢の春嬌だと思い、忿激に耐えなかった。そこで一計を案じ、大用に自分の仮装をさせて新房に入らせ、先ず春嬌を酔い潰してから、洞房に入るように仕組んだ。大用は、平素から春嬌に惚れ込んでいたので、この機会を得たことを喜び、すぐに実行に移した。豈に料らん、秋萍は、孟益の移花接木の計を見抜き、先ず大用を酔い潰した。明け方近くなって、孟益が様子を見に新房に引き返してきた。秋萍は、鏡の中に、孟益を見つけたが、知らぬふりをして１人、化粧に集中していた。しばらくしてから、彼女は突然、振り向いた。孟益はびっくり仰天、眼前の人に見覚えはあるが、春嬌か、それとも秋萍かの見分けがつかなかった。かれは彼女に向かって自分が好きなのは秋萍だといった。この時、秋萍は、身分を明かし、自分は春嬌であると同時に、秋萍でもあるが、惜しいことに大用と一夕の情を交わしてしまったと言った。孟益は、大いに怒り、大用に摑みかかった。大用は、父の孟懐穆に来てもらった。秋萍は、昨夜、大用とは枕をともにしなかったと言う。懐穆は、孟益及び秋萍に再度、祖先への挨拶の礼を行うように請求し、その後、秋萍が父の仇を討つための良策を協議することにした。全劇終結[22]。

【補】李少芸作、1973年２月、覚新声劇団初演、林家声、呉君麗主演。

23【一把存忠剣】(後漢)

王莽は皇位を簒奪し、帝に逼って鴆を飲ませて毒殺し、さらに大臣呉国を殺害した。大夫馬成は、姦党が忠良を殺害するのに不満で、呉の妻を義姉と認め、その幼児、呉漢を養育した。呉漢は、成長し、ある日、山中で狩猟して、公主王蘭英を救い、招かれて駙馬となった。漢の宗室、劉秀が入城し、暗かに馬成を訪ね、復漢の大計を密議した。さらに玉璽を取り返そうとしたが、料らずも、密議は、馬成の子、家駒に見破られた。家駒は、玉璽を盗み出して朝廷に褒賞を求めようとした。その妹、家鳳は、深く大義を理解し、家駒を殺し

23【一把存忠剣】(後漢)・24【洛神】(三国)

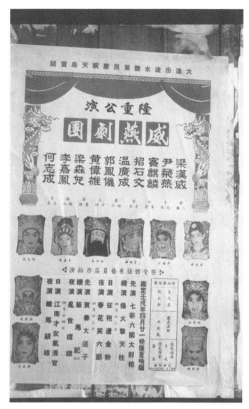

写真46　威燕劇団戯告：【春花笑六郎】

て、玉璽を奪還した。このことが呉漢に知られ、馬成が罪を受けた。その後、呉母は、痛説して陳情し、昔、王莽が其の父を殺した剣を取り出して、呉漢に与え、妻の公主を殺し、漢を扶け、劉秀を護衛して皇城から脱出させるように訓戒した。呉漢は、剣を持って経堂に闖入し、公主を殺そうとしたが、殺すに忍びず、逡巡した。公主は、父の仇を討ち、漢の業を興そうとする夫の目的を全うさせるために、剣を抜いて自殺した。最後に、呉漢と劉秀等の人は、血路を切り開いて、潼関を突き破って脱出した[23]。

【補】1949年、香港新馬師曽、劇団初演。新馬師曽、廖侠怪、羅麗建、任冰児主演。90年代、広州粤劇団、宝楽劇団、上演。陳自強、梁普沢改編。徐醒飛、林家璧主演。

24【洛神】(三国)

　梨香苑内では、甄宓が第四王子の曹植から贈られた金帯枕を抱えて、宮女の梨奴に彼女と曹植との青梅竹馬の往事を語っていた。時に2人は、ちょうど結婚適齢期にあり、相思相愛の関係であったから、甄宓は、早く曹植と結婚したいと望んでいた。曹植がやってきて、甄宓と互に気持ちを訴えあっていたところへ、大臣陳矯の娘、陳徳珠が、父親の命を奉じて、曹植を訪ねてきた。陳徳珠は、ずっとひそかに曹植を恋い慕っていた。彼女は、曹植と甄宓の2人が親

写真47　曹植、曹操、曹丕

密に談笑しているのを見て、思わず黙然と落涙した。陳矯がその様を見て、娘に向かって「魏王曹操が銅雀台で結婚を論ずるとき、甄宓は捕虜として連れてこられた女で、儲后の位に登ることはできないから、その時には魏王は、必ず徳珠を立てて曹植の妻とするだろう」と言って慰めた。○曹植は、ずっと曹操の寵愛を受けてきたので、自ら王位を継承するものと思い、歓喜に満ちて銅雀台に到着した。心の中では、父王は、甄宓を彼の妻に配してくれるだろうと思っていた。曹操が彼に徳珠を妻に迎えるように命ずるのを知った時、晴天の霹靂のごとき衝撃を受け、眩暈で倒れそうになった。これと同時に、曹丕が凱旋して帰ってきた。曹操は、彼の軍功を奨励するために、彼に妻を選ぶことを許した。曹丕は、甄宓が曹植の愛人であることを知っていながら、故意に愛を横取りし、父王に甄宓との結婚を許すように願い出た。曹操は許し、4人にすぐに大婚を挙行するように命じた。国を挙げて銅雀台の二組の結婚を歓騰慶祝しているとき、一組の情人は、拆散の運命に遭い、非常な痛苦に陥った。○曹丕は、甄宓に自分と対飲して、杯を砕いて忠誠を示すように命じた。甄宓は涙

24【洛神】(三国)

写真48　宓妃

ながらに言われたとおりにした。曹丕は、大いに喜んだ。彼は、ずっと曹操が曹植を可愛がり、自分にはあまり関心をもってこなかったことを知っていて、曹植が王位を継承することを恐れており、ひどく曹植を恨んでいた。曹丕は、言葉を継いで甄宓に向かって、自分が王位に就きやすくなるように曹植を殺害する機をずっとうかがっていたのだ、と吐露した。宓妃はこの言を聞いて大いに驚き、曹丕が寝入っている隙に、手紙を書いて曹植に警告した。○宓妃は、花神をまつる機会にかこつけて、曹植を呼び出して梨香苑で会い、曹丕の奸計を曹植に告げるとともに、早く京を離れるように勧めた。この時ちょうど、曹丕は、梨花を賞するためと言って、父王、母后、二弟、三弟と共に梨香苑にやってきた。宓妃は、誤解を引き起こすことを恐れて、慌てて樹の後に身を隠したが、曹丕に見つかり、引き出されて審問された。曹操は、曹植、宓妃の叔嫂の密会が家門を辱めると感じ、曹植を臨淄に左遷し、曹丕を立てて世嗣の太子とした。○曹操が死ぬと、曹丕は、魏王の位を継ぎ、やがて漢を簒奪して帝と称した。これが魏の文帝である。曹操は、追

尊されて武帝とされ、王后は、太后に封ぜられた。曹丕は、自分と気の合わないものを根こそぎ除去するため、元老功臣、及び二弟の曹熊を惜しげもなく誅殺した。曹植は、遠く臨淄に封ぜられていたが、曹丕は、なお深い不安を感じていた。12回の金牌を以て、曹植を京に召喚しようとしたが、曹植は、始終、無視して応じなかった。曹丕は、骨肉団円を口実にして、宓妃に向かい、曹植あての手紙を書いて彼を都に戻らせるように逼った。宓妃は、曹丕の奸計を知っていて、絶対に書こうとしなかった。太后は、子を念う心深く、傷痛のあまり、宓妃に跪いて頼んだ。宓妃は、見るに忍びず、筆を執って手紙を書くほかはなかった。○曹植は、宓妃の手紙を受け取った。次のように書いてあった。「婉貞、子建の前に百拝す。君と別れてより後、依然として故き我なり。蒲枝を以て念と為すことなからんことを望む。新君は痛く前非を改むと雖も、手足を懐念し、弟の寂寞を憐む。帰藩して命を承け、紛を排し難を解く（弱きを助ける）を要む、保平安（お身体大切に。）婉貞、謫筆」しかし、陳矯は、聴いただけで、手紙の語句に双関の意味が入っており、次のように読める、と指摘した。「新君は、痛改すると雖も、全く手足を懐念するに非ず。憐弟植よ、帰藩して命を承け、紛を排して解かしむるを要するなし。平安を保ち難し。」曹植は、大いに驚いたが、しかし、京に戻る決意は変わらなかった。ひたすら、宓妃に会いたかったからである。京に着いてから、曹植は、宓妃と会った。2人は、心中に往日の情を念ったが、ただ互いに叔嫂と称するほかはなかった。宓妃は、曹丕が銅雀台に文壇を設け、曹植を陥れて殺害しようという奸計を把握し、曹植に向かって、彼の今の文才が、昔には及ばないのではないかと深く憂えていると謂った。しかし、曹植は、宓妃の「浅笑横波」を感受さえすれば、自己の文采は毫も減じることはないと確信していた。銅雀台上、曹丕は、曹植に「兄弟」の題で、七歩の内に詩一首を詠むことを命じた。詩に曰わく「豆を煮るに豆萁を燃やす、豆は釜中に在りて泣く、本は是れ同根の生れ、相煎ること何ぞ太だ急なる」詩作は、各人の讃賞を贏ち得た。曹丕も哀心より折服した。無奈の余り、曹植に封を賜い、安郷侯とし、臨淄に帰らせた。宓妃は、曹丕が以後も曹植を殺害しようとしていることを恐れ、陳矯に命じて刀で

宮中の宝鼎の両耳及び一隻の脚を斬り去り、独脚ではしっかり立てないことを示し、曹丕一人では天下は治め難く、兄弟が殺し合いをすべきでないことの比喩とした。曹丕が前非を悟った時、宓妃は、高い所に登り、遠くを眺めたいと言って、高楼に登り、身を躍らせて洛水に投じて自尽した。○曹植が洛水の江辺をよぎった時、陳矯が痛哭していた。わけを聞くと、宓妃が河に身を投げて自尽したのだという。曹植は、その場で傷心のあまり息も絶えそうになった。宓妃から贈られた金帯の枕を抱いて悲泣し、知らぬまに寝入った。夜半、曹植は、洛水の波濤が洶湧する音を聞いた。実は宓妃が已に「洛川の神女」となり、人間に帰ってきて曹植に最後に一目、会いに来たのだった[24]。

【補】唐滌生作、1956年4月、新艷陽劇団初演。陳錦棠、芳艷芬主演。

25【珠聯璧合劍為媒】(南北)

写真49　東斉の宮廷。玉鳳、無畏、父王、南魏の太子龍飛

写真50　智華、鳳屏の寝室に侵入

群雄は、一斉に起こり、割拠して雄を称し、天下は、東斉、西梁、南魏に三分されて、鼎足の勢いを形成した。惟だ東斉が最強であった。其の宮主、公孫玉鳳は、勝ち気で功を貪り、更に大将、姜無畏がいて、これを助け、虎に翼を添える趣があり、常に侵略の心を懐いていた。隣邦の南魏は、久しくこれに苦しめられていた。南魏の主帥、上官勇は、兵を率いて抵抗し、竟に待ち伏せにはまって擒えられた。上官勇には、子の智華があって、この時、南魏の将軍となっていた。父が俘虜となったことを悩み、兵を率いて父を救おうとしたが、奈何せん、強弱の差が大きすぎた。そこで叔父の上官賢と相談し、西梁から兵を借りて父を救おうとした。そこへ急に父からの手紙がき

て、云うに、東斉の宮主が、雌雄の宝剣を欲しがっている、もし剣を献上すれば、すぐにも釈放して帰国させると言っている、というものであった。上官家は累代、将帥の家柄で、功勲は煊赫、嘗つて先王から賞賜された雄剣一把を有していた。そして雌剣の方は、西梁が持っていた。智華は、暗かに思案して、自国と西梁とは、かつて攻守同盟を結んだこともあり、唇歯相依る関係でもあるから、南魏王に願い出て、西梁に出使し、兵を借り、また剣を借りて、父の帰国の代償としようと思いついた。王は、その孝を喜び、その叔父上官賢に命じて智華と共に出使させた。智華は、先ず西梁に兵を借り

写真51　鳳儀、剣を智華に渡す

写真52　鳳屛と智華の結婚

ようとしたが、西梁王は、東斉の怒に触れることを恐れ、しかもその子の司馬龍飛がさきごろ、玉鳳を妻に迎えようとして、既に婚約が整っていたので、なおさら兵を貸して東斉に罪をとがめられることを望まなかった。さらに雌剣の方は、鎮国の宝であるからと言って、これも貸すことを許さなかった。上官賢と智華は、共に失望した。上官賢は、宮殿に入り込んで剣を偸みだすことを主張し、智華もやむなく従った。その夜、西梁の第二宮主、鳳屛は、妹の鳳儀と共に閨中で雑談していたが、智華が兵と剣を借りに来たこと、それが父兄に拒まれたことなどが話題になり、鳳屛は、同情を示した。2人が寝ようとすると、ふと簾前に黒影がよぎった。賊とわかったが、武芸に自信のある鳳屛は、懼れなかった。果して智華が叔父と一緒に剣を偸みに来たのだった。鳳屛は、わけを尋ね、大いに同情を示すとともに、智華を見て一目で敬慕の心を生じた。鳳儀は、姉の気持ちを察知し、2人の接近を誘導した。上官賢もまた智華

25【珠聯璧合劍為媒】(南北)

に鳳屏を追求するように勧めた。鳳屏は、遂に剣を贈って結婚を約した。龍飛は、智華のことを聞き、自分も亦た婚約者玉鳳と会いたいという気になり、智華と共に東斉に行き、結婚の時期を確かめようとした。東斉に到着すると、智華は、雌雄宝剣を献上して父を取り戻した。しかし、玉鳳は、智華の英俊の風姿を見て、急に移り気を起こし、権勢を笠に智華に結婚を迫り、応諾しなければ父を釈放しないと言い出した。智華は、拒絶し、今までの経過を述べて、雌剣を借りる成り行きの中で鳳屏宮主と婚約したのであり、終身添い遂げたいと言った。玉鳳は、妬みのあまり、もし屈服しなければ、父を殺すと宣言した。上官賢は、大いに驚き、智華に応ずるそぶりをして、この場をしのぎ、あとで良策を考えた方がよいと進言した。智華は、やむなくこれに従った。龍飛は、智華が愛を奪い、且つ妹の鳳屏を裏切ったとして、袖を払って去った。去り際に報復を宣言し、怒りを含んで帰国の途についた。姜無畏は、手をこまねいて傍観していたが、心に嫉妬の怒を生じていた。かれは暗かに玉鳳を恋していたのに、玉鳳が気付かなかったからである。龍飛は、帰国後、鳳屏に告げ、智華が屏との婚約を後悔して玉鳳と婚約した経緯を力説した。屏は、これを聞いて悲しみに沈み、龍飛は、玉鳳の移り気を恨み、全国の師を傾けて罪を問う軍を興した。屏もまた軍に随行して東斉に往き、智華に問いただした。玉鳳は、知らせを聞いたが、自軍の兵力が勝ることに自信を持っていて、特に恐れることもなく、無畏に命じて師を率いて応戦させた。無畏は面従腹背を決めていたが、玉鳳は、疑わず、智華に親ら敵営に往き、鳳屏に剣を還し愛を絶つように命じた。華は、屏に弁明したいと思い、欣然として斉を去った。上官賢も随行した。会見の段になって、鳳屏は、智華の薄情と裏切りを責め立てて、弁明を聴かなかった。上官賢が代って説明しても、屏は、聴かなかった。智華が父の命を保つために応諾するふりをしただけで、まだ結婚はしていないと力説すると、龍飛は、半信半疑で、暫らく兵を按じて動かず、なりゆきを静観した。玉鳳は、故意に鳳屏をからかい、吉を択んで結婚すると伝え、合わせて龍飛に参列するように要請した。龍飛は、往くを願わなかったが、智華は、我慢するように勧め、移花接木の計を設けた。無畏は、玉鳳が智華に情を移したので、情

290　　第4章　粤劇100種梗概／25【珠聯璧合劍為媒】(南北)・26【燕帰人未帰】(南北)

敵を除こうとしたが、智華の弁明を聞いて、玉鳳の移り気を軽蔑し、暗かに謀
反心を起こした。私かに上官勇を釈放して帰国させた。勇は挙兵し、西梁と聯
合して東斉を破った。洞房の夕、玉鳳は、大酔し、智華は、龍飛に張冠をかぶ
らせ、洞房を代替させて、屏を愛する心を示すとともに、龍飛の心願を成就さ
せた[25]。

【補】作者、初演未詳。

26【燕帰人未帰】(南北)

　　西梁の王子、魏剣魂は胡兵が入境して、領土を失い、半壁の江山を守るだけ
になったのに憤り、遂に兵を率いて偸かに胡兵を襲ったが、待ち伏せにはまっ
て負傷し、逃げて双燕村に匿れた。部将は四散してしまった。剣魂は、村女の
白梨香に救われ、剣魂の傷を治療するうち、遂に情愛が生まれ、共に終身の結
婚を誓った。同棲して留ること3か月の間に、春風一たび度り、梨香は、荳蔲
を胎に含むに至る。剣魂は、異志のないことを誓ったが、ただ偽って将軍と称
しただけで、身の生い立ちを告げなかった。梨香の兄志成も知らなかった。あ
る日、剣魂は、梨香に読書と礼儀を教え、「女は愛し、郎は憐れんで」仲睦ま
じく過ごしていたところ、急に部将が剣魂の足跡をたどってやってきて、暗か
に王子に、西梁王からの手紙が来ていることを告げた。それは、剣魂に東斉か
ら兵を借りて国を復興し、東斉の珊瑚宮主と結婚するように命じるものであっ
た。剣魂は、不満だったので、久しく村中に留まった。剣魂と部将が密談して
いる時、志成は、これを聞き、大いに悲しんだ。部将が去るのを待って、志成
は、剣魂の身分をあばいた。剣魂は、胡兵につかまるのを恐れ、偽って将軍と
称してきたが、志成に梨香には知らせないでほしいと頼んだ。その上、兵を借
り、婚を論じに斉国に行くと言った。志成が、妹をどうするつもりかと問う
と、剣魂は、正直に、宮主を愛してはいないが、国を復興するために行かざる
を得ないといい、さらに「宮主は、王子の顔を知らないから、志成に王子に扮
してもらい、自分は、護衛としてついてゆく形にしたい」と頼んだ。志成は、
大いに喜び、承諾した。剣魂は、梨香と別れ、志成と偕にでかけた。梨香も亦
た愛国の大切なことをわきまえ、涙ながらに、いつ帰ってくるのか、と聞い

た。剣魂は「明春、燕が再びやってくる頃には、帰ってくる」と答え、体を大事にするようにと言って別かれた。斉国に到着すると、斉将の蔡雄風が、兵権を掌握していた。蔡は、珊瑚宮主に恋い焦がれ、宮主も亦た口先でごまかしながら、確答を引き伸ばし利用していた。宮主は、王子に会い、容貌が醜くく才能も劣っているのに、侍従の将軍が英俊なのを見て、ふと疑念が浮かび、席上、王子の真仮を試してみた。志成は、元来、村夫であり、遂に仮装が露見してしまった。珊瑚は、洞察に勝れていて心計にも長じていたから、遂に真相を見破ってしまい、剣魂に結婚を迫った。剣魂は、自分には妻がいて、しかも妊娠中だと言って拒絶したが、珊瑚は、結婚してくれなければ、兵を貸すことはできない、という。剣魂は、気が進まなかったが、志成が国を復興することが大事だ、といって受諾を勧めたので、遂に婚姻を許諾した。剣魂が梨香と最後に一目会いたいと言うと、珊瑚は、願いを許した。公主は梨香の居処を調べ、ひそかに梨香を訪ねた。自ら西梁宮主と詐称し、梨香が生んだ子は男か、女かを聞いた。梨香は、相手が身分を詐っていることを知らず、王子の姑と思ってへり下り、正直に王子のために男子を産んだと答えた。珊瑚は、禍の種を根こそぎにするため、「夫を奪い子を騙し取る」計を立て、偽って、「そなたと王子とは霧水の縁であり、王は、決して承認しない、故にその子も亦た私生子に過ぎない。若し将来のことを考えるなら、自分に渡して養育をゆだねる方がよい、機会を待って西梁の大統を継がせるから」と言った。梨香は、騙されて、子を珊瑚に渡してしまった。剣魂と志成は、村に帰ってきたが、断腸の消息を梨香に告げるに忍びなかった。梨香は、剣魂に会っても凄しかった。梨香は、珊瑚の言いつけに従って、詐って愛児が夭折したと言い、剣魂をひどく悲しませた。やがて、軍校がやってきて剣魂に軍営に返るように促した。梨香と剣魂は再び涙ながらに別れを告げた。梨香は、愛する夫が逼られて東斉の公主と結婚したことを知らず、剣魂に明春、燕が再び返ってくるときに帰宅して一緒になりたいと頼んだ。蔡雄風は、珊瑚公主の命を受けて、梨香を敵の奸細として、梨香を殺しに行った。梨香は、許しを求め、次いで公主がたった今、ここへやってきて子供を連れて行ったと述べた。雄風は、はっと気が付き、梨香を

292　　第4章　粵劇100種梗概／26【燕帰人未帰】(南北)・27【蓋世英雄覇楚城】(南北)

殺さずに、軍営に連れ帰り、方法を講じて珊瑚の奸計を暴こうとした。珊瑚の侍女の惜花は、珊瑚の命を受け、梨香の児子を殺す役を仰せつかった。惜花は、殺すに忍びず、嬰児を路辺に置き去りにした。志成は、引き返して梨香にいくらか金銭を渡そうとしたが、くまなく探しても見つからず、路上に嬰児が捨てられているのが眼に入っただけだった。遂に抱いて家に帰り養育した。西梁及び東斉の両国の国王は、兵を合して大いに匈奴を破った。雄風は、功を立て、褒美に殿上で西梁の女子と結婚するのを許された。剣魂は、同時に諾言を履行することを逼られ、珊瑚公主と殿上で拝堂の礼を行うことになった。やがて、剣魂は、雄風がつれてきた西梁女子が実は梨香だとわかった。梨香は、遂に殿上で珊瑚が児を騙し取り夫を奪った経過を話した。東斉王は、信ぜず、娘をかばったが、幸いに惜花が上殿し、梨香の言うことが真実であることを証言し、最後に志成が拾った捨て子を殿上に連れてきたため、珊瑚は、言い訳ができなくなり、梨香は、剣魂及び愛する子と一緒になることができた。珊瑚は、誤りを認め、雄風と結婚することを願った。東斉王は、亦た惜花に志成の妻になることを許し、三組の新人が殿上で拝堂の礼を行った。全劇は終を告げた[26]。

【補】南海三十郎作、1930年代初演、千里駒、靚少鳳主演。

27【蓋世英雄覇楚城】(南北)

　高雄夫は、皇位を簒奪し、北斉君を殺した。夏雲龍と徳林は、太子の高天任とともに逃げて、北魏の北河関の賀氏兄妹、兄の飛龍と妹の彩鳳に身を寄せた。天任は、賀彩鳳と結婚した。雲龍は、更に妹の夏雲湘を賀飛龍の後妻にした。雲龍は、彩鳳に兵を借りて国を取り戻させてほしいと求めた。さらに死をかけて脅迫し兵符を取得した。しかし、まだ飛龍が掌管している兵器庫の鍵を入手できていなかった。徳林が計を献上した。飛龍が雲湘と華燭の典をあげる夜に、小明を教唆して大いに新房を鬧がせ、そのすきに兵器庫の鍵をだまし取り、雲龍に兵を率いて国を救わせるという計略である。雲龍は、賀家兄妹の援助を得て、兵を率いて北斉を攻めた。雄夫は、敵わず、大敗して逃げた。賀父は、北河関から勝手に兵を発したことで、罪を得ていた。飛龍、彩鳳の兄妹

は、父を救うために、雲龍兄妹とともに、堂前を鬨せて争った。雄夫は、夏母の生命を盾に、雲龍に兵を引くように逼った。夏母は、息子に悪人を誅殺するように激励して自尽した。天任は、国を取り戻すことができた。更に城池を北魏に献上して、賀家のために罪を償った[27]。

【補】60年代、香港大龍鳳劇団初演。麦炳栄、鳳凰女主演。

28【桃花湖畔鳳朝凰】(南北)

写真53　翠紅劇団戯告：【桃花湖畔鳳求凰】

南屏国の尚書、朱天賜には2人の娘があった、長女は、丹鳳で、文武全才、次女は彩鸞で、放蕩不羈であった。東斉王の子、任金城、及び王姑の任宝瓊は、南屏国に求婚に行き、路すがら桃花湖畔を通った。彩鸞は、桃林に身を隠し、暗かに金城を観て、思わず心に愛慕の情を生じた。○西蜀の王子、林甘屏、及び北冑の王子、柳錦亭も亦た南屏国に求婚に行き、相前後して路を急いだ。金城及び宝瓊は、湖畔で休息した。丹鳳は、狩猟のために湖畔に来て、彩鸞に遇い、四処をうろついてはならぬと責めた。彩鸞は、怒りをこらえて帰

宅した。○丹鳳は、銀鏢で麻鷹を仕留め、獲物に近寄って取り上げようとしたとき、金城に阻止された。実は、金城も同時に金鏢を麻鷹に命中させたのだった。かくして遂に丹鳳と争いはじめた。2人は、本来の身分を明かさず、丹鳳は、村女と称し、金城は、東斉国王子の侍衛と称した。丹鳳は、金城に感銘を受け、2人は、敵意を愛慕に変え、金鏢と銀鏢を交換して相互に贈りあい、暗かに終身の結婚を約束した。○実は丹鳳は、先帝が宮女に産ませた娘で、ずっと尚書府に預けられて育った。この時、朱天賜は、丹鳳に吉報をもたらした。丹鳳は、今日、儲君と成り、遠からず女王に擁立されるというのである。○天賜は、東斉、西蜀、及び北冑の儲君が丹鳳に求婚する国書を呈上した。太后静儀は、金城を訪ねにやってきて、丹鳳が普通の村女だと知り、金城が彼女に近づくのに反対した。丹鳳は、きわめて不満であり、太后に随行してきた宝瓊と口論になった。金城は、どちらにも加担できず、宝瓊に強制的に連れ去られた。○天賜は、東斉、西蜀、及び北冑の儲君の丹鳳に対する求婚の国書を受け取った。太后静儀は、北冑王子が自分の姨甥であることから、早くから肩入れする気になっていた。しかし、天賜は、西蜀が国強く兵壮なるを知っていて、南屏国は、西蜀と通婚すべきと主張した。○丹鳳が御園に到ると、天賜及び静儀から誰を夫に選ぶかを尋ねられた。丹鳳は、已に桃花湖畔で邂逅した東斉侍衛に身を許していたので、心中、自ら夫択びの計らいに反対だった。天賜及び静儀は、それぞれ丹鳳に西蜀の王女として北冑の王子を夫にするように勧めた。丹鳳は、両方に対して返事を保留するほかはなかった。○衆人が御園を離れた後、金城及び宝瓊が御園に参上した。丹鳳は、金城があの日、侍衛と偽称したのは、欺騙の心があるためと判断し、加えて宝瓊に対して怨恨の心を懐いていて、2人を戯弄しようと思っていた。そこで、先に桃林で金城にめぐりあったことを否認し、反って金城が口からでまかせにいい加減なことを言ったことを責めた。○金城、宝瓊が去った後、丹鳳は、金城があの日互いに終身を誓ったことを忘れていないのを見て詩一首を書き、金城と三更に会う約束をし、彩鸞に命じて詩を金城に届けさせた。○彩鸞は詩句を偸み見て、丹鳳が金城に愛情を託していることを知った。彩鸞は、あの日、桃花湖畔で暗かに金城

28【桃花湖畔鳳朝凰】(南北)

を見てから、すでに人知れず彼を恋慕していた。彼女は、詩箋に署名がないのを見て、遂に勝手に詩中の「三更」を「二更」に改め、自分が逢引に出向こうとした。二更になると、金城は、銀鏢を持って御園に逢引にきた。彩鸞は、熱情的に金城を迎えて対飲し、その結果、彩鸞は、酔いつぶれてしまった。北胄王子の柳錦亭がちょうどやってきたので、金城は誤解が起こることを恐れ、匆々と離去したが、あわてたため、丹鳳が贈ってくれた銀鏢を落としてしまった。彩鸞は、酔眼朦朧として、錦亭を金城と見間違え、その懐に飛び込んで抱かれた。錦亭は、艶福が飛来したのを見て、彩鸞と春宵一度の後、こっそり離れ去った。○三更になり、丹鳳が逢引にやってきたが、金城の姿は見えなかった。静儀、天賜は、次いでやってきて、丹鳳に決定を迫った。丹鳳は、「金城を選びたい」と言った。豈に料らん、2人は「錦亭」、「甘展」(広東語、第1音類が金似る)、と聴き間違えて、それぞれひどく喜んで離れ去った。○丹鳳は、再び妹の彩鸞を呼び出し、已に金城を夫に選んだことを宣告した。丹鳳が登場してから、3人の王子は、各自が自分が夫の地位に封じられたと思い、争論してやまなかった。丹鳳は、気持ちがすでに固まっていて、遂に正式に金城を王夫とすると表明した。この時、彩鸞が銀鏢を持って金殿に駆け込んできて、金城は、自分と一晩、情を交わしたと言い、金城の銀鏢を出して証拠とした。金城は、いろいろと弁明したが釈明がむずかしかった。丹鳳は、大いに怒り、金城を夫にする意思を撤回した。金城も亦た丹鳳が前約を忘却したことを怨み、憤って「帰国して挙兵し、戦場で此の恨を雪ぐ」と言った。丹鳳は、怒が収まらず、甘展及び錦亭に帰国して挙兵し、戦場でどちらが強いかを比べるように言い、南屏に勝った者を夫にすることを承諾した。甘展及び錦亭は聯兵して丹鳳に対抗した。かれらは丹鳳の率いる南屏の軍隊が手ごわいことを知っていて、伏兵を設け、丹鳳を挟撃した。丹鳳は、果して計にはまり、大敗して逃げた。しかし、金城及び宝瓊の率いる大軍に遭遇し、又敗れて宮中に逃げ返った。丹鳳は、負傷して宮殿に帰った。彼女は、先ず金城になぜ裏切ったかを質問してから、自刎したいと思った。金城が丹鳳を探しに来た。丹鳳が心変わりを責めると、金城は、心変わりを否認した。問い詰めてゆくうちに、詩の三更

296   第4章   粤劇100種梗概／28【桃花湖畔鳳朝鳳】(南北)・29【随宮十載菱花夢】(南北)

が二更に書き改められていたことがわかった。金城は、彩鸞との一夕の情交を断固として否認した。丹鳳に問い詰められて、彩鸞は、あの日、詩を手渡す前に、三更を二更に改めて、姉より先に金城に愛情を伝えようとしたことを自白した。唯だ酒に酔った後、誰と情交したのかわからないと言った。金城は、ふとあの日、彩鸞と酒を飲んだ後、離れ去るとき、錦亭がやってきたことを思い出した。錦亭は、この時、否認できず、彩鸞と一たびの春宵を共にしたことを自白した。ここにおいて、天賜は、金城と丹鳳、彩鸞と錦亭を2組の夫婦とすることに決定し、全劇は大団円を以て結局した[28]。

【補】劉月峰、梁山人作、1966年、鳳求凰劇団初演。麦炳栄、鳳凰女主演。

29【随宮十載菱花夢】(南北)

陳朝が将に亡びようとするとき、楽昌公主は、菱花の鏡を割り、駙馬の徐徳賢とそれぞれ半分を所有し、後日に逢った時の証拠とした。後に楽昌公主は、徳賢が已に陣亡したものと誤解し、遂に子の小徳、僕人の存義とともに新朝の将領、楊越に嫁した。10年後、徳賢は、落ちぶれて、街頭で旧い鏡を買い取った。小徳が、楽昌公主の破鏡を偸んで売りに出したのだった。これによって、楽昌公主と徳賢の夫妻の破鏡が再度、団円を得た。楽昌公主は、旧愛を懐かしんだが、新歓の情も捨てきれず、遂に剃刀で自尽した[29]。

写真54　覚新声劇団戯告:【隋宮十載菱花夢】

【補】唐滌生編劇。1950年9月、香港錦上添花劇団初演。陳錦棠、上海妹、半日安、衛少芳主演。(区文鳳『綜述』)

30【春風吹渡玉門関】(唐)

写真55　彩紅佳劇団戯告：【春風吹渡玉門関】

唐の徳宗の時、左丞相、容光の子、容可法は、退休侍郎、沈漢の孫女、沈秋嫺に暗かに恋し、2人は、春風一度の情を交わし、嫺は、豈蔻を胚胎した。○ある日、秋嫺は、可法と会って相談し、法も亦た、秋嫺を迎え取り家に入れるように、家に帰って父に申し出ることを承諾した。○法が去った後、沈漢は、あわただしく帰宅し、嫺に告げて、「徳宗から宣召を受けて朝に上がったところ、皇姪の李浩が嫺の艶美を慕い、已に聖上が媒酌となって、皇妃に冊立することになった。娘が皇親の妻となることは、一門の光輝顕耀であり、幸運なことだ、と言った。嫺は、これを聞いて驚駭に堪えず、やむなく可法と私かに恋していたことを自白した。沈は、これを聴くと、嫺が嫁に行く前に妊娠したことを聞いて、卒倒しそうになった。嫺は、父に向かい、李浩に婚議を取消してもらい、自分を容家に嫁入りさせてほしい、と頼んだが、沈は、難しいと判断した。一つには浩がずいぶん前から嫺を慕っていたし、それに自分の口から結婚を許諾してしまったので、君を欺く罪になってしまうといい、それに嫺も亦た容家の婦になるのは難しい、という。嫺は、愕然として理由を問うと、沈は更に、「徳宗は、同時にすでに可法を駙馬に封じ、容光も亦た宮主李冰妍を迎えて結婚するのを応諾したのだ」という。嫺は、晴天に霹靂を聞くがごとく驚いたが、しかし、可法が栄華を慕って、自分を裏切るとは信じられず、親ら往って一目逢って、解決を求めようとした。○李浩は、親ら冰妍を相府まで送ってきたが、可法は、冰妍との成婚には応ぜず、且（しば）らく避けて去った。容光は、わけを打ち明けず、言葉を濁して、浩と妍に先ず後堂で稍らく息むように要請するほかはなかった。○容光は、再び法を探し出して責め罵り、「大勢から見て、媒酌もなく嫺となれ合い、恋に溺れて皇恩に負くことは、許しがたい」と言ったが、法は、至情

至誠を以て、「利禄を貪って知己を裏切ることはできない」と主張した。○父子がちょうど論争しているときに、嫻の来訪の知らせが入った。光は「嫻の来意は問わずともわかる、唯だ眼前の事実は、万にも更改し難い、世誼の交好を念って、姑らく一日、再会することは許すが、これを機会に決絶せよ」と言い、言い罷ると、自ら回避した。嫻が入室すると、法は、詰問されるのを待たず、自ら先に弁明して、「決して虚栄から棄てたのではない、一緒に駆け落ちしてこの難を避けよう」と言った。嫻は、男が情にあついことに、感激して落涙した。○しかし、2人が逃走しようとしたとき、光は、已に家丁を率いて逃げ道を塞いだ。前もって2人がこの挙に出ることを予測して、これを防ぐための先手を打ってあったからである。法と嫻は、再び懇願したが、光は、許さず、「2人が君を欺き皇命に逆らえば、禍は、全家に及ぶ、もし年老いた高堂を顧みないというなら、あらかじめ自分を殺してから、駆け落ちせよ」と言い終わると、剣を法に渡し、死をかけて脅迫した。法は、自ら此の千鈞の圧力に抗しがたく、進退窮まった。○光は、法にまだ孝心が残っているとみるや、復た狡計を弄し、法に暫らく書房に返るように勧めた。両全の計を考えてから、再度、知らせるからと言う。法は、已に精神が模糊とし、家人に扶けられて書斎に入った。○この時、沈漢も亦た駆けつけてきた。光は、すぐに法、嫻の2人を斥責しようとし、まず沈と共に嫻に向かって厳しく利害を陳べ、軟硬あわせ用いて、まったく嫻に抗弁できなくさせた。更に2人の高年の親の要求に押されて、嫻は、紅顔薄命を嘆くほかなく、法と決絶することを応諾した。○法が復た出ると、光は、又、言葉を積み重ねて、「嫻は、もともと皇妃になりたいと思っていたのだ」と言い、沈漢もこれを認めた。光は、さらに法を責め「嫻の前途を誤らせるな」と言った。法は、信ぜず、嫻に問うた。嫻は、脅迫されて已むなく、絶情するそぶりを見せた。光と沈は、更に傍から慫慂し、法の一途な恋心を戒め、双方が立つように行動することを勧めた。○法は、嫻の性情が急変して、別人のようになったと判断し、始めて父の言が偽りではないと信じた。この時、冰妍は、さらに家人に命じて早く結婚させるように催促した。法は、嫻が変心したと悟り、其の負義を叱責した。嫻は、心を鬼にして、

唇をそらして反論し、多く刻薄な詞を発して、法にいたたまれない思いをさせた。その結果、法は、光にせかされて、公主と結婚することを承諾し、悽然として去った。○光は、嫺父女に片側に避けて道を開けるように命じ、法と冰妍に出てきて偕に結婚するように要請した。嫺は、心愛の人が拝堂して結婚するのを目の当たりにし、傷心のあまり気絶しそうになったが、いかんせん、浩に気づかれるのを恐れ、口をつぐんで声を発せず、匆々に時候の挨拶をして離れ去った。○法は、冰妍と結婚したが、まったく好感を持てなかった。更に妍は、わがままな性格で、妄りに宮主の権威を振り回した。此の時、妍は、已に懐妊していたが、徳宗が先に娘が里帰りした時、麟児を産んだら、皇業を継承させると約束したので、性情は、更に驕誇になり、舅姑さえ見下すに至った。法は、長上を尊ぶ気がないのをとがめ、体罰を加えようとして、はずみで妍を突き転ばした。妍は、腹痛にたえず、光は、胎児に影響するのを恐れて、急いで太医を呼んだ。○太医は、妍の脈を診て、流産必至と診断した。妍は、一驚し、太医の経験に頼り、手段を講じ、薬を用いて胎を安んじさせてほしいという希望を率直に述べたが、医は、「不可能です。ただ魚目混珠の計によって、みんなを瞞しおおせるほかはありません。夫の法さえも部屋に入ることを許さず、急いで外で一嬰児を覓め、偽って早産と称すれば、大唐の基業は、なお奥方の掌中にあります」と答えた。妍は、良策と認め、医に命じて実行させた。○嫺は、懐妊していたので、すぐに宮中に入ることはできなかった。幸い沈漢が偽って病気と称し、李浩に婚期を数日、延ばしてほしいと要請した。嫺の瓜が熟し蒂が落ちるまで瞞き通すことを希望したのである。沈も亦た人に知られないために、一切を自分で処理した。嫺が一男を生んだのを見て、喜悦万分だったが、継いで又、この児の身の上を思って悲しんだ。「本来、可愛い貴い身体なのに、端なくも、結局、厄介者になってしまった。家に置いて養えば、事が洩れたときに、禍が満門に及ぶ羽目になることを免れない」、こう思って、嫺が目を閉じて気力の回復に努めている隙に、門外に抱えて出て棄てようとしたところ、思いがけず、太医に出会った。○太医は、嬰児の来歴を尋ねた。沈は、事実を瞞しとおすつもりだったが、太医とはよく知っている仲であること

を思い、事実を告げる羽目になった。太医は、正しく思いがかない、亦た公主の魚目混珠の計を告げ、嬰児を妍に渡して撫養させることを願った。沈は、この一嬰児こそ正しく容家の血脈であり、この措置は、さらに父子を団円させる、と考えて喜び、自ら許諾に及んだ。2人は、互いに秘密を守ることを約束し、太医は、嬰児を抱えて去った。○嫻は、目を醒まして、生んだ子の所在を問いただした。沈は、すべてをあきらめて宮に入らせるために、嬰児が夭折したと答えた。嫻がちょうど悲しんでいた時、李浩は、ずっと数日待っても、いまだに嫻と結婚ができないので、待ちきれず、親ら鑾車に駕して嫻を宮殿に入れるために迎えに来た。沈は、あと百日延ばしたいと願ったが、浩は、許可せず、さらに嫻の体に触れようとしたが、嫻は、婉曲に拒み、且つすでに破甑の身であって、侍奉に堪えないと打ち明けた。浩は驚き怒り、情夫は、だれかと問いただし、さらに、必ず殺して鬱憤を晴らすと言った。嫻は、累が可法に及ぶのを望まず、誓って口を閉じて自供しなかった。○浩は、父女がグルになって欺いたことを堪えがたく思い、嫻が敗絮の身である以上、当然、佳偶となるのは難しいが、皇上によって婚約を決めたのであり、且つこのたびは、宣言して迎えに行って結婚にこぎつけたのに、若し不貞を理由で女を殺せば、事が外に漏れた場合、名声に損をつけることになる、惟だ懲罰しなければ、鬱憤を晴らせない、と考えた。思案の結果、結局、嫻を名だけ王妃とするが、実は奴婢とし、父女を一緒に宮中に入れ、2人に辛酸をなめさせる、且つ秘密を守らせて、もしも漏洩することがあれば、父女倶に殺す、と宣告した。嫻は、老身の安全のため、自ら進んで許諾した。○歳月は流れる如く、瞬く間に6年が過ぎた。冰妍もまた嫻の子を育て、敏と改名した。可法も亦た真か仮かを知らず、仮を真とわきまえていた。敏児は、聡明怜悧な素質で、毎日、武を講じ文を修めていた。○容光の七十の寿辰に、徳宗は、勤労して国に尽くしたことを思い、特に李浩夫婦に命じて祝寿に行かせた。沈漢も亦た随行した。光は、千歳の王妃が祝賀に来たので、例に照らして法に命じて敬酒を注がせた。法は、嫻を見て度を失い、嫻も亦た動揺を抑えられず、遂に手が滑って玉杯を落とし砕いてしまった。浩は、失礼をとがめ、怒って殴った。幸いに冰妍が止めたが、

30【春風吹渡玉門関】(唐)

浩の嫺に対する残暴は、已に尽く法の眼底に焼き付いた。○敏児は、亦た自ら武芸を誇り、嫺に剣の勝負を挑んだ。嫺が前進したとき、父の沈漢から、敏児が実は生みの子と知らされ、子に対面して、つい近づきすぎ、敏児に頸部を刺されて傷つき、又、浩の叱責を受けた。光は、この場面に堪え難く、浩に後堂で再飲するよう要請し、沈に嫺の傷の手当をさせた。○各人が去った後、法は、偸かに出て嫺を慰めようとした。しかし、6年前、自分に対して絶縁したことを思い出し、まだ心に怨憤が残っていて、嫺を辱めて鬱憤を晴らそうとし、ひどい言葉を吐いた。○沈は、こらえきれず、嫺の境遇と、敏児も娘の生んだ子であることなど、一切の経過を、法に説明した。法は、初めて夢から醒めたように悟り、ここで初めて嫺を慰めようとしたが、冰妍、李浩等が已に偸み聞いていて、一緒に出てきて嫺等を罪に問うた。浩は、更に嫺の情夫が法であることを知り、2人を殺そうとしたが、妍が阻止した。嫺が死んでも、別に王妃を立てれば済むが、法が死ねば、再び駙馬を招くことは難しいと思ったからである。そこで嫺父女を関外に追い出し、永久に法に合わせないようにすることを主張した。法は、堅く反抗したが、嫺は、認めた。去れば反って自由になれるが、留れば、法を誤ると思ったからである。遂に法に向かい自分を愛する心を敏児に向けるように勧め、さらに父女共に遠く関外に去る前に、最後に敏児に一吻したい、と要求した。しかし、妍は、許さず、敏児を隔て、嫺父女を駆逐した。敏児は、年は幼なかったが、天賦の情感で、嫺が自分の生母であることを知り、私かに法に頼み、共に手を携えて遠く行方を尋ねたいと願った。法も亦たこれ以上、妍の勝手気ままに耐えることを願わず、敏児とともに家出した。嫺と沈が関外に飄泊しているところを、終に法が尋ね当て、骨肉の再会団円を喜んだ。○この時ちょうど、胡人が反乱を起こした。李浩と妍は、師を率いて出陣したが、虎狼谷に包囲された。法は、「敵愾、仇を同じくしたれば、応に私怨を抛てて国のためにすべき」と思い、敵を退けた。嫺等と共に民兵を招集し、共同して国を衛り、終に能く団結一致して、囲を解き敵を殲滅した。李浩は、その忠義の救援に感じ、妍が戦場で戦死したことを受けて、嫺と法を復縁させ、骨肉を団円させた[30]。

【補】作者未詳、1965年、慶紅佳劇団初演、羽佳、南紅。(【百度】「羽佳」)

31【紫釵記】(唐)

　霍小玉は、以前から長安才子李益の文才を愛慕しており、この夜、元宵の佳節に、できれば、鴇母の鮑四娘の言のように、一目、夢中の人の風采を見たいと希望していた。○李益、崔允明、韋夏卿の3人の科挙秀才は、元宵の良き日を選んで、灯を観に外出した。李益は、曽て鮑四娘から長安に才貌双全の霍小玉という歌姫がいて、彼の文才を以前から傾慕している、と聴いていたので、この夜に邂逅できればと望んでいた。ちょうどこの時、盧大尉が娘の燕貞と一緒にやってきた。一行が到来すると、突然一陣の風が燕貞の絳紗を吹き飛ばした。李益は、絳紗を拾って彼女に返した。燕貞は、李益に一目ぼれし、父親に彼の身分を探ってくれるように頼んだ。盧大尉は、すぐに允明に尋ね、秀才が高名な李益だと分かった。そこで随従に言いつけて、「凡そ科挙に合格した者は、先ず大尉の府堂に拝謁したのち、初めて官職任命を許す」と礼部に伝言させた。これを使って李益を婿に招こうと望んだのである。○この時、霍小玉は、婢女浣紗と町を歩いていたが、小玉は、不注意で紫釵を落とした。李益は、紫釵を拾い上げ、これを弄んでいた時、浣紗がやってきて李益に紫釵一枝が目に入らなかったかどうか、と聞いた。李益は、故意に、釵が一巷内に落ちていた、と言った。浣紗が釵を探しに行ったのを待って、李益は、すぐ紫衣美人に近づいて互いに顔見知りになった。2人は、互に姓名を名乗り、相手が正しく自分の夢中の人であることを知って、驚いた。○李益は、深く小玉との縁を感じ、小玉に求婚した。小玉は「自分は、元来、霍家の令嬢、洛陽郡主であったが、しかし、今は一介の歌妓にまで身を落とした。李益の妻になる資格がないことを自覚している」と率直に言った。○李益の愛情は、甚だ堅かったが、急な事とて、媒人を探す暇がなく、寧ろ自ら門を叩いて妻に迎えたいと願った。ちょうどうまく霍老夫人が月を拝して経を読んでいたので、李益は、夫人に向かって小玉に対する堅い愛情を表明した。霍老夫人も亦た李益の誠意に動かされ、2人にその晩すぐに結婚することを許した。○翌日の明け方、小玉は、ふと自分の身分を顧みて、凄然と落涙した。

31【紫釵記】(唐)

李益は、自分が薄情な男ではないことを示すために、紫釵で指を刺し、血を滴らせて墨に混ぜ、誓の句を書いて小玉と「生きては則ち衾を同じくし、死しては、則ち穴を同じくせん」ことを願った。○突然、吉報が舞い込んで、李益が上位合格して第一位の進士となり、状元になった、と知らせてきた。李益は、ちょうど岳家と共に神恩に拝謝しに行ったので、すぐに大尉の府堂に拝謁するのを拒絶した。この行動が盧大尉の怒りを触発した。彼は、心の憤りを晴らすために、李益を塞外に派遣して参軍に任命することを決定した。○李益は、塞外に行って参軍に任じるために旅立った。小玉、浣紗、允明、夏卿らは、共に李益を長亭まで送って行った。李益は、小玉と依依として別れを惜しんだ。いつ帰れるかわからないと思うと、2人は、ともに極度の悲傷を感じた。出立の前、李益は、小玉に自分は、決して彼女の恩情を裏切らないと保証し、さらに留守を守り、また彼に代わって、親友の允明と夏卿の面倒を見てくれるように頼んだ。○李益が去ってから3年がたったが、音信は全く無かった。小玉は、夫を思う心が昂じて、重い病にかかった、経済は更に苦境に陥り、家中の首飾を質入れするほかはなかった。小玉は、李益の言に従い、落第して病久しい允明に多くの保護を与えた。小玉は、允明が盛装して堂に登り、大尉に会うのに必要な金を工面するために、悲痛を忍んで、侯夏卿に頼み、李益との婚約の信物だった紫釵を典売させた。○実は、3年来、盧大尉は、李益が家に出した書信を密かに没収していた。今、李益を長安に召喚することにしたが、家に帰ることを許さず、先ず自分に挨拶に来るように要求した。李益は、まだ帰途の途上にあったが、大尉は、李益を婿にする手段を講じており、允明と夏卿に屋敷に招き、媒酌人になるように要請した。2人は、やってきたが、そのわけを知ると、允明は、厳しい言葉を吐いて拒絶した。大尉は、又、黄金千両及び五品の官位を提供して誘ったが、允明は頑として動かされず、更に言葉を継いで大尉を非難し、諷刺した。大尉は、困惑と恥辱が昂じて怒となり、棒で乱打して允明を死に到らしめた。再に夏卿にこの件について、半句でも漏らして噂を流してはならぬと警告した。○夏卿は、紫釵を大尉の屋敷まで持参した。大尉は、この品物の来歴を知ると、すぐに九万貫の銭で購買した

い、と願望した。大尉は、亦た、人に命じて、しばらく時間をおいてから、鮑四娘の姉の鮑三娘に命じて変装して屋敷に来て釵を献上するように指示した。〇李益が帰還したが、允明の死、及び大尉の奸計については、全く知らなかった。ただ帰宅が許されないことに対しては、非常に戸惑い、理解できなかった。この時、変装した鮑三娘が大尉の屋敷にやってきた。燕貞が近く嫁入りするのを知って、紫釵一枝を献上に来たふりをした。また、偽って「小玉が已に先月改嫁し、そのため旧物を売却した」と称した。大尉は、小玉の無情を責め、李益に自分の娘の燕貞を後妻に迎えるよう勧めた。李益は、心が絞めつけられて砕かれるような思いで、釵を呑んで自尽しようとした。〇大尉は、怒を抑えきれず、声高に「李益の詩句の中に叛国の意が含まれているから、皇上に稟奏するつもりだ」と誣告した。李益は、家人を巻き添えにするのを恐れ、あわてて大尉に許しを請うた。大尉は、これを種に李益に燕貞との結婚を応諾するよう逼った。李益は、やむなく要求に従った。〇夏卿は、大尉の屋敷から帰ってきて小玉に会い、「大尉の娘が李益に嫁入りすることになり、紫釵は、大尉が買い取って娘に髪上げ用に与えた」と告げた。小玉は、これを聞いて、悲痛のあまり血を吐いた。〇豪傑が黄衫客に扮して、花見酒を飲みに崇敬寺にやってきた。ちょうど夏卿が西軒で李益を招いて宴を開いているところだった。黄衫客が南軒に来て酒を飲む段になって、寺中の法師がかいつまんで李益と小玉の事を黄衫客に告げた。2人は、共に李益が薄情だと感じたが、同時に黄衫客に強きを挫き弱きを助ける義俠心を激発させた。〇小玉は、浣紗を連れて崇敬寺にやってきて、たまたま黄衫客に遭遇した。小玉は、見るからに病人の様子で、しきりに涙を流していた。黄衫客は、見かねて近づきわけを尋ねた。小玉は、傷心の事を口に出したくはなかったが、黄衫客が気宇非凡に見えるとともに、さらにまた昨夜、夢の中で1人の黄衣を着た人に会ったことを思い出し、自分と李益のことを詳しく語った。黄衫客は、聴き終わると、李益の無情を痛罵するとともに、小玉に一錠の金を贈り、今夜、小玉を訪れて、良策を相談することを約した。〇西軒の内では、大尉の侍従が命を奉じて李益と夏卿を厳しく監視していて、かれらが小玉に関するいかなる消息も語るのを許さ

31【紫釵記】(唐)

なかった。夏卿は、詩によって意を託し、李益に小玉の消息を知らせようと試みるのが精一杯だった。○そこへ黄衫客がやってきて、李益を酒を飲みに外へ連れ出そうとした。侍衛たちは、近づいて阻止しようとしたが、みな黄衫客の勇猛を懼れて、手出しができなかった。李益は、黄衫客と面識はなかったので、辞退しようとしたが、黄衫客に強引に拉致されて出て行った。○黄衫客は、李益を小玉の家まで連れてきて、2人を再会させた。小玉は、床に病臥していたが、李益が帰ってきたのを見て、恍として隔世の如く感じた。小玉は、李益が家を離れて3年の間、音信が全くなかったことを恨み、更に自分を差し置いて大尉の女を娶ったことを痛斥した。李益は、遂に自分が大尉の脅迫を受けたこと、及び釵を呑んで婚を拒絶したことを小玉に告げ、紫釵を取り出して証拠とした。これで、2人は、仲直りして昔に戻った。しかし、佳境は、長続きせず、大尉の家僕王哨児が、家人を引き連れて李益を大尉の屋敷に連れ戻しに来た。又、盧大尉が李益に即時、燕貞と成婚するように命じた、と言った。王哨児は、更に小玉の紫釵を奪い去った。○黄衫客は酒が醒めてから、この異変を知り、小玉に向かい、「李益が心変わりしていない以上は、小玉は、まさしく状元の妻である」と言い、小玉に向かい、「鳳冠を戴し、霞帔を披て、大尉の府に到り、理に拠って夫を争うように」と言いつけた。黄衫客は、言い終わると離れ去った。○大尉の屋敷では、李益が燕貞との成婚を逼られていたが、李益は、従わなかった。大尉は、又、叛国の罪名で脅迫した。○小玉は、鳳冠を戴き、霞帔を着け、浣紗を連れて大尉の屋敷の門前に到着した。王哨児が入堂して消息を知らせ、「小玉が洛陽郡主霍王の女、七品孺人状元妻の身分で、大尉に拝見を請求している」と伝えた。大尉は、朝廷の慣例では、「紫綬を着ている人を打ってはならない」という規定があることを知っていた。そこで、かれは、小玉を門に入れさせないまま、偽って拝堂の鼓楽を鳴らし、彼女を焦らせて堂上の席に闖入させ、無断闖入の罪名で鳳冠を打砕き、紫綬を脱さ<ruby>せ<rt>はず</rt></ruby>た上で、打ち殺そうと考えた。○小玉は、果して府内に闖入した。彼女は、衆人を眺め渡した。軍校たちは、彼女を打つに忍びず、手控えた。小玉は、大尉が勢を恃んで人を虐げていると名指しで非難した。大尉は、怒りのあまり、

李益を叛国の罪名で誣告すると脅した。小玉は、李益が九族誅滅の目に遭うのを恐れ、すぐに鳳冠を脱ぎ李益と共に跪坐して大尉に許しを請うた。〇このとき、黄衫客が堂に登った。侍衛たちは、彼が四王爺と知り、慌てて跪坐した。黄衫客は、大尉に李益及び小玉が犯したのは、何の罪かと問うた。大尉は、李益が反唐の詩を詠じたからだ、と言うと、黄衫客は、大尉に向かって「李益に九族誅滅の罪があることを知りながら、なぜ娘を嫁にやろうとするのか」と問いただした。大尉は答えに窮した。黄衫客は、大尉が李益を圧迫して妻を捨てるように脅迫し、又、允明を打ち殺したことを指斥した。夏卿も亦た身を挺して証言した。〇大尉は、事件の秘密が露見して破綻したのを見て、慌てて跪づき許しを請うた。黄衫客は、公平に事を進め、大尉の官職を罷免し、更に自ら媒人となって、李益と小玉に紫釵の縁を成就させた。全劇終結[31]。

【補】唐滌生編、1957年8月、仙鳳鳴劇団初演、任剣輝、白雪仙主演。湯顕祖の原作を改編。

32【白兎会】(五代)

沙陀村の李家の三姐、李三娘は、ある日、園中に遊玩に行ったが、図らずも、疾風が驟かに起り、彼女の手にした手巾を吹き飛ばして、ちょうど睡りこんでいた馬伕の劉智遠の顔の上にかかり、目を覚まさせた。三娘は、実は彼に好意を持っており、このとき、手巾を返してもらう機に乗じて彼に真情を打ち明けた。智遠は、自分の身分が低いことから、三娘の気持が分からないふりをした。三娘は、智遠を父母の前へ引っ張って行って結婚を提案しようと決意した。両人がちょうど引き合っているときに、三娘の長兄、李洪一、及びその妻の大嫂がやってきた。かれらは、以前から貧を嫌い富を重んじていたから、智遠に三娘と結婚することを許さず、智遠をとがめ、追究して打った。そこへちょうど三娘の父親李大公と次男の李洪信が通りかかり、洪一を制止した。大公は、三娘と智遠が真底から相愛していると感じ、それに智遠が非凡な風貌を備え、将来必ず一頭、人に抜きん出るものと観て、洪一と大嫂の嫌悪の素振りに影響されず、2人を結婚させることに決め、さらに智遠を李家に入り婿として迎えることを許した。〇三娘と智遠が結婚して1か月後、父母は、病に因り

32【白兎会】(五代)

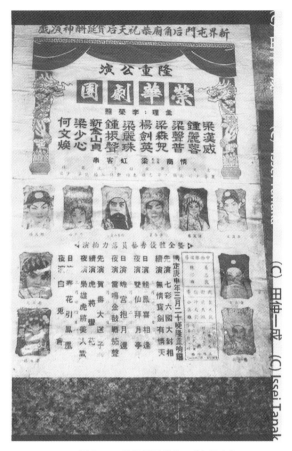

写真56　栄華劇団戯告：【白兎会】

前後して世を去った。李洪一、及びその妻は、智遠が父母に無理をさせて死なせたと誣告し、智遠に逼って去り状を書かせ、三娘から切り離そうとした。智遠は、はじめ去り状を書くことを承知しなかったが、後に洪一夫婦の再三の嘲諷と強迫に耐え切れなくなり、結局、去り状を書いた。ちょうど智遠がこれから去り状に拇印を押そうした時、三娘がやってきて、その場で去り状を破り捨て、洪一夫婦の無情無義をとがめた上、同時に亦た自分は已に智遠の子を腹に宿しており、父母の遺産の分与にあずかる権利がある、と言った。洪一夫婦は、事態が大騒動に拡大することを恐れ、心に一計を案じ、妖怪が出て祟をすると伝えられていた60畝の瓜田を三娘と智遠に分与することを認めた。○智遠は、瓜田には、妖怪が出没する禍があり、いかなる人も、一たび瓜田に入ると、必ず殺されることを知った。しかし、智遠は瓜田に行って瓜の精を斬り殺し、禍を除くことに決めた。智遠が瓜園に到達すると、瓜の精が現れ、激闘が展開された。智遠は、不利になったが、かつて黄石嶺で一振りの龍泉宝剣を発

見し、又、黄沙井で陣法を教授する天書を発見して持っていたので、無意識の中に、この天書と宝剣の力を借りて、終に瓜の精を打ち敗った。〇三娘は、瓜田に入り、智遠を探しあて、夫の平安無事を知って、すっかり安心した。〇智遠は、瓜の精と戦って勝ったものの、これからも相変わらず、洪一等に害を加えられる、と予感すると同時に、天から賜わった天書と宝剣が、かれに軍事の方面への発展を示唆していると悟って、進んで軍に投ずることを決意した。そこで、誓いを立て、「発跡せざれば帰らず」と宣言し、次いで三娘に向かって「いずれ子を産んだ後は、必ず嬰児を育てて成人させ、劉門の血脈を残してくれるように」と委嘱した。三娘は、哭いて応諾した。智遠は、すぐに旅立った。〇智遠が離れ去ってから、洪一夫婦は、三娘に向かって「毎日、三百回、水を汲むこと、毎晩、夜明けまで碓を碾くこと」を逼り、さらに火公と一緒に磨房に遷って生活するよう強制した。〇三娘は、出産の日が目前に迫ったが、李大嫂は、援助の手を伸ばさず、盆と剪刀を貸すことも承知しなかった。三娘は、独力で嬰児を生み落とし、さらに鋏がないため、やむを得ず、口で嬰児の臍帯を咬み切って分娩した。このため子の名を「咬臍郎」とした。〇李大嫂は、三娘が子を口実にして家産を奪うことを恐れ、洪一と図って子を殺すことを計画した。洪信は、夫婦の奸計を知り、咬臍郎を抱いて、家を離れ、連日連夜、歩いて汾陽に行って智遠を探した。一路、風雪の苦しみを嘗め尽くし、児を活かすための乳を他人の母親に恵んでもらうために、双膝を跪き続けた結果、膝は紅く腫れるに至った。幾たびか辛苦を経て、終に智遠を探し当てた。実は智遠は、この時に已に将軍になっており、洪信は、咬臍郎を智遠に渡し、又、三娘の苦況を知らせた。智遠は、それを聞いて、激怒したが、誓言がまだ達せられていないことから、洪信にも従軍を請い、一緒に敵を殺し、早く「一戦功成って」、故郷に帰り、三娘と団円するのを願うにとどまった。〇三娘は、15年来、相変わらず毎日、水を担ぎ米を磨いていた。ある日、疲れが極まって、井辺で居眠りをしていた。この時、15歳の咬臍郎がちょうど遠い処で猟をしていて、白兎を追うために、気づかぬうちに三娘の身辺にやってきて、三娘に目を覚まさせた。咬臍郎は、三娘が生母であることを知らず、一心に彼女に

32【白兎会】(五代)・33【李後主】(晩唐)

向かって白兎の蹤跡を尋ねた。言談の間に、咬臍郎は、三娘の凄しい境遇を知り、義俠心から彼女のために夫と子供の行方を捜すことを約束した。三娘は、眼前の若者に向かい、跪坐して謝意を述べた。この時、咬臍郎は、急に一陣の暈眩を感じた。○咬臍郎は、家に帰り、智遠に向かって、めぐり逢った不幸な婦人のことを報告した。その時、智遠は、已に擁立されて王となっていた。彼は、その婦人は、三娘であると推測した。すぐに自ら沙陀村に行って三娘を探した。○智遠と三娘は、再会した。三娘は、大へん喜び、またあの日、白兎を探しに来た若者が、正しく自分の子の咬臍郎であることを知った。智遠は、黄金の印を三娘に手渡し、「自分は、先ず王府に帰り、三娘が身に着ける珠冠玉珮を入手してから、すぐに人を派遣して宝馬香車を寄越して三娘を迎えに来させる」と言った。○洪一夫婦は、智遠が今や発跡して還ってきたこと、また已に貴位に登り、君王になっていることを知った。智遠は、すぐに命を降し、2人を「斬首」と決定したが、三娘は、兄妹の情を重んじて、勧止した。最後に洪一夫婦は、財産没収の罰を受け無一文になった。○咬臍郎と三娘は、互いに名乗り合い、智遠、三娘、洪信は一家団円となった、全劇結束[32]。

33【李後主】(晩唐)

南唐中主李璟の第6子、李煜は、位に登り帝となった（後に後主と称せられる）。この夜、即位したばかりの後主は、即位によっても喜ばなかった。反って独り昔、妻を喪ったこと、及び家中の不幸な境遇を追憶していた。それに隣国の強敵、宋が虎視眈々と自国を狙っていることを憂えていた。○国老の陳喬が会いに来て、「自分の甥女は、生来、聡明な性質で、もし皇后に立てていただければ、きっと国を強くするのに役立てると思う」と言った。後主は、彼女に対して早くから情愛を抱いていたが、自ら福の薄いのを感じ、紅顔を裏切ることを恐れて、軽々に後妻に迎えることを言い出さないできた。後主は、陳喬の言に対してただ曖昧に答え、結論を引き伸ばして、その場を済ませたただけだった。○陳喬の甥女は、深夜に宮に入り、後主と会い、辞を尽くして政治に精励するように激励した。後主は、遂にその誠意に動かされ、紅顔の知己と視て、遂に彼女を立てて皇后とした。人は小周后と称した。○大婚の日、杭州節

度使、林仁肇が戻ってきて、後主及び小周后に祝賀の辞を述べ、併せて長江の防務が整ったと報告した。○大臣、徐鉉が宋国に出使して独り帰国し、後主の弟、鄭王が已に宋に降ったことを奏上した。宋使も亦た到来し、咄咄として後主に逼り、早く降伏して宋に入国するように要求した。後主は、驚き慌てて度を失った。小周后は、各大臣と共に皆な後主に軽々に応じないように勧め、宋使は、暫く退いた。○後宮の内で、徐鉉は、後主に報告し、鄭王は、ただ詐って降っただけ、と言い、さらに一封の密書を献上した。それには、南唐の大将、林仁肇が已に叛変した、と書いてあった。後主は、これを信じ、林仁肇の兵権をすべて解除した。しかし、密書は、実は宋主の離間の毒計だった。結局、林仁肇は、死を以て志を明らかにした。南唐は、急に名将忠臣を失い、軍の士気は振わなくなった。○宋将、曹彬は、南唐の叛将、皇甫継勲の案内を得て、兵を率い江を渡り、偸かに襲ってきた。南唐の官兵は、力戦したが、腹背に敵を受けて、全軍尽く陣没した。宋軍は、勢に乗り、一気に南唐の京城、金陵に逼った。○この日、七夕、適々、後主の生辰に当たった。小周后は、梨園の子弟に命じ、盛大に笙歌を響かせて、後主のために慶賀した。宮中上下歓娯の時、国老が「江防が守を失い、宋軍が旦夕のうちに兵を集めて城下にやってくる」と急報してきた。後主は、震え驚いた。徐鉉は、後主に辱を忍んで帰降し、後計を図るように勧めた。しかし、小周后は、後主に自ら師を督し、隅を背にして頑強に抵抗するように激励した。○後主は、小周后の建議を受け入れ、親しく自ら師を督した。南唐の軍民は、金陵を苦守すること数か月に及んだが、終に宋軍に敵わず、城は、破られた。○城が破れたとき、後主は、自ら先帝の付託と軍民の厚望に負いたと感じ、後宮において自焚して国に殉じようとし、小周后もまた帝に随うことを願ったが、宋将曹彬がその場に駆け付け、帝、后は、自尽を果せなかった。後主は、臣民がさらに戦火の苦を受けるに忍びず、親ら降表を呈して宋に入ることを願った。○一群の臣民たちが送ってきて、後主は、小周后と共に涙を揮って故国を振り返った。教坊の歌姫の送別の笙歌の中、帝と后は、随行の官員と共に黙然として入宋の途につき、国を去って帰降した。全劇終結[33]。

33【李後主】(晩唐)・34【劉金定】(晩唐)・35【双仙拝月亭】(北宋)　　311

【補】粤劇劇本、作者未詳、映画「李後主」、1968年1月初演、任剣輝、白雪仙
　主演。後、葉紹徳改編。1982年、雛鳳鳴劇団初演、任剣笙、梅雪詩主演。

34【劉金定】(晩唐)

　宋の太祖、趙匡胤は、兵を以て南唐を下そうとして、南唐の守将、余洪に包
囲された。詔によって包囲を解く援軍を発した。劉金定は、宋将、高君保の未
婚妻だったが、兵を率いて囲を解いた。力戦して四門の将を斬り、大いに南唐
の兵馬を破った。金定は、戦いの後、病を患った。高君保は、夜、営房に見舞
いに行き、互いに愛情を訴えた。此の事が趙匡胤の耳に入り、趙は怒って、君
保を軍規違反として責めた。後に2人の綿々たる情意を目にし、又、かつて寿
州の包囲を解いた劉金定の軍功を思い出し、2人に結婚を命じた[34]。

【補】編劇者未詳、初演未詳。

35【双仙拝月亭】(北宋)

　宋代、蒙古兵が入寇し、中都を攻略した。皇帝は、遷都を逼られた。蒋世隆
は、妹瑞蓮と逃げて戦乱を避けた。途中、瑞蓮は、兄に向かって、「自分はす
でに秦侍郎の子、興福と結婚の約束をしたが、戦乱に阻まれるのを恐れて、結
婚ができないでいる」と告げた。ちょうど黄昏になり、兄妹2人は、駅館に宿
をとろうとした。○秦興福がやってきて、瑞蓮がいないのを幸い、世隆に「秦
家は、奸臣の讒言にあって一家誅滅の境遇に陥り、自己も追われている」と告
げ、世隆に秘密を守ってくれるように頼んだ。興福は、瑞蓮を巻き添えにする
のを恐れ、遂に独りで「蘭園」に匿れ、戦乱が収まった日に瑞蓮と結婚するこ
とを約束した。秦興福は、この前後に離れ去り、世隆と瑞蓮も亦た駅館に入っ
て投宿した。○兵部尚書の王鎮は、賊の乱禍が家人に及ぶのを避けるため、夫
人及び娘の瑞蘭を連れて難から逃げた。途中、駅館を通る時、王鎮は、急に軍
営に往くことにし、駅を離れる前に瑞蘭に珠玉の身の貞操を守り、家の声望を
保持するように言いつけた。王鎮は、養子の六児を伴って先に軍営への途につ
いた。○宋兵と番兵の戦が駅館に殺到した。蒋世隆は、瑞蓮と別れ別れになっ
た。王夫人と瑞蘭も別れ別れになった。○瑞蘭と世隆は、それぞれ母親と妹を
探しているうちに、偶然、一緒になった。2人は、互に身の上をあかし、同行

第4章　粤劇100種梗概／35【双仙拝月亭】(北宋)

写真59　興福の媒酌で2人、結婚

写真57　蔣世隆と王瑞蘭

写真60　王鎮、瑞蘭を連れ去る

写真61　玄妙観で世隆の亡魂を祭る瑞蘭

写真58　2人の相愛

35【双仙拝月亭】(北宋)　　313

することにしたが、関津路口で役人に咎められないように、「夫妻」と名乗った。2人には、情愛が次第に生まれてきて、たがいに探りを入れた。瑞蘭は、金釵を地上に落とし、わざと「金釵をなくしたので、探してほしい」と世隆に頼んだ。世隆が金釵を拾い上げると、瑞蘭は、これを世隆に贈り、互に結婚の約束を交わした。その後2人は、続けて道を急いだ。○王夫人と瑞蓮は、それぞれ娘と兄を探していて、偶然一緒になり、互いに身の上を明かした。2人は母と娘ということにして、行をともにした。○秦興福は、「蘭園」に身を隠し、世隆と瑞蓮が早く迎えに来てくれて会える日を待ちわびており、家丁の張千を派遣して世隆と瑞蓮の行方を捜しに行かせた。○世隆と瑞蘭が「蘭園」にやってきた。興福は、家丁に言いつけて部屋を清掃させたが、瑞蘭は2人の名分が決まっていないからといって、世隆と同じ部屋に宿ることを躊躇した。興福は、自ら媒酌人になると言って、瑞蘭を説得し、世隆とすぐに拝堂の礼を挙げさせて、暫らく西楼に住まわせた。○尚書王鎮は、ちょうどこの時、番兵を説得して和を議することに成功した。六児を連れて京へ帰る途中「蘭園」を通りかかり、ここに宿を借りて、宋帝に功を認められるように表を上ろうとした。興福は、かれらを東楼に落ちつけさせ、暫らく住まわせることにした。○この晩、六児は、西楼に男女の人影を見つけ、ひどく好奇心をいだいた。かれは、西楼の人影は、きっと媒酌も経ずに出来合っている男女に違いない、と推察したのである。○翌日の朝、瑞蘭は、六児、及び王鎮に出くわした。王鎮は、瑞蘭が昨晩、西楼に宿泊していたことを知り、勃然として大いに怒った。王鎮が瑞蘭を責めて打とうとしたとき、世隆が進み出て阻止した。王鎮は、怒って、瑞蘭が父母の命、媒酌の言もないのに、人とこっそり結婚の約束をしたことを叱責した。更に世隆が寒酸の身であることを嫌い、瑞蘭に対して、父に随って邸に帰るように命じた。○興福が駆け付け、自分が媒酌人である旨、力説したが、王鎮の怒は、収まらず、断固として瑞蘭に一緒に邸に帰るように逼った。瑞蘭は、進退窮まり、言い難い苦しみに陥ったが、さらに六児の苦言と勧告もあって、最後にやはり厳父の命に随うことを決めた。世隆は、悲しみ極まって血を吐いた。興福は、慌てて医者を呼びにやった。王鎮は、世隆にこの事を言

314　　　　第4章　粤劇100種梗概／35【双仙拝月亭】(北宋)

いふらさないように命じ、黄金を投げ与えてから、離れ去った。○世隆は、生きることに執着する気を失くし、遂に石を抱えて江に身を投げたが、適々、王夫人の姉の卞夫人と息子の卞柳堂が船で通りかかり、船頭に命じて世隆を救い上げた。卞夫人の亡夫は、存命中、実は当地の知県だったが、ずっと王鎮に軽視されていた。世隆は、卞氏の救命の恩に感じ、卞老夫人を拝して母とあがめ、姓を卞に改め、名を双卿とした。興福も亦た緝捕の禍を避けるため、徐慶福と改名した。2人は、3年後に、科場において魁を奪うことを約束しあった。○興福は、王鎮が後日、世隆に害を加えないように、王鎮に一封の手紙を書き、偽って「世隆が已に江に身を投げて自尽した」と知らせた。一方、世隆も亦た瑞蘭が已に情に殉じて死んだという噂を聞いた。○王鎮は、和議の功によって、丞相を拝命した。この時、ちょうど科挙合格者の発表の時期にあたり、王鎮は、三元の中から瑞蘭及び瑞蓮の婿を選ぼうと思った。○卞柳堂、秦興福、及び蔣世隆は、上位で合格し、三元となり、游街をした。王鎮は、街上で傍観し、状元になったものが卞双卿で、自分がずっと軽視してきた卞家の出身であることを知った。王鎮は、気が進まなかったが、結局、卞氏に結婚を申し込むことに決めた。○王鎮の屋敷では、瑞蓮と瑞蘭が姉妹を名乗っていた。ある晩、新月が高く掛っていた。瑞蘭は、園中の亭で月を拝し、蔣世隆との離合の経過を瑞蓮に語った。瑞蓮は、始めて瑞蘭が自分の兄嫁であることを知った。同時に兄が已に死んだものと誤解し、悲哀してやまなかった。瑞蓮もまた興福との恋愛と離散の経過を打ち明けた。今、金榜上に、其の名が見えないので、興福も已に不幸に逢ったかもしれないと恐れた。2人は「一に従って終る」ことを約束しあい、別人には嫁入りしないことを誓った。○王鎮及び夫人が園にやってきて、瑞蘭と瑞蓮の2人に状元、榜眼と結婚するように説得にかかったが、2人はともに堅く拒んだ。○王夫人が手を尽くして勧めるので、瑞蘭は、婚事を応諾するそぶりを見せ、成婚に先だって玄妙観に行き、世隆の亡魂を祭るのを許すように求めた。心中では、そのときに世隆に殉じて死ぬことを決意していた。○王夫人は、王鎮の請託を受けて、卞府にやってきて、結婚を申し入れた。双卿（即ち世隆）、慶福（即ち興福）は、共に別人を娶ることを

35【双仙拝月亭】(北宋)・36【胭脂巷口故人来】(北宋)　　　315

願わなかった。〇卞夫人は、姉妹の親情に動かされ、亦た世隆、興福に宰相の
令嬢を娶ることを承諾するように勧めた。世隆は、今、卞夫人の養育３年の恩
を思ったが、同時に又た旧愛を忘れることができず、話のきっかけをとらえ
て、「結婚に先だち玄妙観に行き、瑞蘭の亡魂を附薦したい」と要請した。実
は瑞蘭に殉じて死ぬことを心に決めていたのだった。〇玄妙観では、住持が
「拝月亭」の側に相国の令嬢のために壇を設けて亡霊を附薦する読経を行うこ
とにしていた。瑞蓮と瑞蘭が亭畔にやってきた。２人は、先ず愛人の亡魂を祭
り、それから殉死するつもりだった。やがて、瑞蓮が瑞蘭に亭畔で独り亡魂を
祭らせた。〇興福と世隆も、この時にやってきた。２人も殉死を決意してい
た。その後、興福は、世隆に拝月亭畔で独り亡魂を祭らせた。〇適々、瑞蘭が
拝月亭で月を拝していたとき、世隆は、道士が招魂の術を使い、瑞蘭の魂魄を
亭中に出現させたと思った。２人は、瞬時に認めあった。〇この時、観内に人
声がざわめき、瑞蘭は、王鎮の到来を知り、世隆と対応を合議した。瑞蘭が先
ず身を隠した。世隆は、寒酸の書生に扮して出た。王鎮は、世隆が状元郎だと
気が付かず、棒で打とうとした。この時、卞夫人、卞柳堂、及び興福等の人が
やってきて、実は世隆が双卿であることを証明した。王鎮は、やむなく昔の誤
りを認め、瑞蘭と世隆が拝堂の礼をあげて結婚するのを許した。瑞蓮も亦た興
福と結婚した。全劇は、団円結局した[35]。

【補】唐滌生編、1958年１月、麗声劇団初演、何非凡、呉君麗主演。拝月亭記
　　　に荊釵記をつないだもの。また、世隆、王夫人が瑞蘭と瑞蓮を呼ぶのを、当
　　　人が聞き間違えて、二組が出来上がる原作の筋が無視されている。また瑞蘭
　　　が拝月亭で月を拝する言葉を瑞蓮が聞きつけて兄との関係を知る筋も無視さ
　　　れている。さらに原作の興福が陀満を姓とする金人であるのを、秦姓の漢族
　　　に変えている。このように原作の換骨奪胎が甚だしい新作と言える。

36【胭脂巷口故人来】(北宋)

　　　胭脂巷口に一軒の歌楼があった。名を同春坊と言い、その中に沈玉芙という
　　１人の歌姫がいた。この日、ちょうど仲間の歌女と、もうすぐ詔を奉じて入宮
　　し芸を献上する話をしていて、皆な悲しみに沈んでいた。彼女たちは「君の傍

に仕えるのは、虎の傍にいるようなものだ」と言い、又、楽府司楽総管、左口魚が当今の皇上に媚を売るために彼女たちに入宮を強いているのだ、と恨んだ。玉芙の兄、沈桐軒は、楽府の有名な楽師だったが、彼が彼女たちのために左口魚にいくら猶予を求めても、左口魚は、心を動さなかった。○左口魚は、同春坊にやってきて、歌妓たちが彼に渋い顔を見せるのを咎め立てた。玉芙は、彼に坊内でただ一人、歌妓の顧竹卿だけが入宮を免れている理由を問いただした。実は左口魚は、裏で暗かに竹卿を恋していて、彼女に入宮を遍らないのは、利己的な打算なのであった。○楽師、沈桐軒は、ずっと喜んで竹卿に曲芸を教えて研習させてきた。この時も、手を携えて同春坊にやってきた。左口魚は、それを見て、ひどく嫉妬を懐き、桐軒に竹卿との距離を保つように戒告した。玉芙は、桐軒に自分を入宮させないよう口魚に頼んでほしい。と依頼した。竹卿もまた玉芙を入宮させないように懇請した。すると意外にも、左口魚は、この機につけこんで竹卿に自分の所へ嫁にくるように脅し、竹卿に向かって、もし応じなければ、みんなと同様に入宮させなければならない、と言った。彼女は、形勢不利と見て、婚事に応ずるそぶりを見せた。左口魚は、意外な結果に大喜びした。この時、太監の和興がやってきて、聖旨を宣読し、玉芙及び歌女たちにすぐに旅程に上って入宮するように命じた。桐軒は、いかんともするなく、送行するだけだった。○みんなが離れ去った後、竹卿は、口魚に対して掌を返し、結婚を拒絶した。口魚は、大いに怒り、皮鞭を取って竹卿を打った。彼女は、打たれて身体中に傷跡ができたが、しかし終始、屈服しようとしなかった。口魚は、どうしようもなく、悵然として離れ去った。○桐軒は、戻ってきて、竹卿を慰め、併せて丞相宋仲文に口魚の悪行を制御してくれるよう願い出る決意を固めた。彼は、宋仲文の五女宋玉蘭がずっと口魚を仇の如く憎んでいるのを知っていたので、先ず玉蘭を尋ね、それから丞相に訴状を提出することにした。竹卿は、以前、相府で芸を献じた時、宋小姐に会ったことがあり、その際に侍婢の春鶯と顔見知りになったことを思い出した。桐軒、竹卿は、兄妹に成りすまし、機をうかがって相府にまぎれ込み、玉蘭に接近しようとした。ところが意外にも、2人の計画は、口魚に盗み聞きされ、彼は、

36【胭脂巷口故人来】(北宋)

どのように2人に対処するか、考えめぐらした。○相府では、春鴬と他の婢女たちが玉蘭の人柄について話していた。端荘厳粛で、学問があるけれども、嫁入りの時期が決まっていない、など。春鴬は、又、さきほど胭脂巷の歌女、顧竹卿に遇い、屋敷に案内して小姐に拝謁するのを許した、と言った。○宋玉蘭は、園にやってきた。たまたま弟の宋文敏が、書斎を離れて胭脂巷に行き気晴らしをしていた。玉蘭は、文敏をたしなめ、書巻に勤めるように言いつけた。しかし、二時辰の間、外出を許可した。文敏は、大変喜んで家を離れた。○春鴬は、竹卿を案内して園に入らせた。竹卿は、助けてほしいと叫んだ。春鴬は、玉蘭に向かって「胭脂巷の歌女が楽府司総管の左口魚にひどく打たれて傷を受け、相府の花園に暫らく避難したい、と言っている」と伝えた。玉蘭は、竹卿に「なぜ相府に弱きを助け強きを挫く五小姐がいることを知ったのか」、と尋ねた。竹卿は「すべて兄が教えてくれた。兄は、才華蓋世の人です」と答えた。玉蘭は、興味をもち、春鴬に命じて桐軒を園に連れてこさせた。桐軒がやってくると、玉蘭は、故意に桐軒を嘲諷して、かれの才華を測ろうと試みた。桐華は、適切に応対した。玉蘭は、桐軒の学問が非凡なことを感じた。その時、宋丞相が園中に到着し、玉蘭が見知らぬ男女と対話しているのを見て、急に愕然とした。宋文敏もこの時、外から家に帰ってきて、こっそり園内に紛れ込んだ。玉蘭は、父親に向かい、「歌女が打たれて公平な裁きを受けたいと言ってきたので、見知らぬものを園内に入れたのだ」と釈明した。仲文は、竹卿の冤情を聞き、左口魚に来るように命じて糾問した。左口魚は、すぐに跪き、叩頭して誤りを認めた。仲文は、令を下し口魚に刑を用いた。口魚は、痛を忍んで許しを求めた。仲文は、軟化して、口魚を釈放し、15日後に相府に撤職文書を受け取りに来るように命じた。口魚は、悻悻然として離去したが、心の中で深く玉蘭を恨み、機を見て報復することを誓った。○玉蘭は、仲文に桐軒を引き立ててくれるように頼んだ。仲文は、桐軒を文敏の家庭教師に招き、西廂に寝泊まりするように求めた。実は、竹卿は、暗かに桐軒を恋していた。この時、彼が身柄そっくり招かれたのを見て、愛する人が一朝にして玉蘭に奪い去られることを恐れた。玉蘭は、竹卿の傷感が兄妹2人の情の深さによるも

のと思い込み、竹卿に毎日、桐軒を訪ねに邸に来ることを許した。○文敏は、玉蘭が桐軒に好意をもっていることを洞察していた。桐軒は、西廂に戻り、文敏が怠けて寝込んでいるのを見て、呼び醒まし、さらに一再ならず文敏に発奮して読書するように言いつけた。この時、玉蘭が桐軒に会いに西廂の門外にやってきた。しかし、羞恥心が先立ち、足が前に進まなかった。彼女は、自分の情竇が初めて開いたことを悟り、桐軒に情愛を懐いた。あれこれと思い悩んだ末、遂に意を決して西廂に歩み入った。玉蘭は、文敏と桐軒を見て、桐軒がどのように教えているのかを見に来た、と言った。豈に料らん、桐軒は、玉蘭が傍にいるのを見て、気もそぞろになり、間違いだらけの体たらくとなった。文敏は、桐軒が上の空になって教える気がなくなったとみて、玉蘭と桐軒が水入らずで語り合えるように、口実を設けて外に出た。○桐軒は、先ず玉蘭の賞識と引きたてに感謝した。情愛を告白しようとしたが、却って口を開けず、ただ意を託して、「今晩は、花も美しく月も円い」と言うのが精いっぱいだった。玉蘭は、その意味を察し、桐軒に本当の気持ちを言ってほしいと言った。桐軒は、遂に愛を告白した。玉蘭もまた愛を打ち明けた。2人は、情を抑えきれず、遂に房内に入って抱き合って一たび纏綿と情を交わした。○実は、竹卿は、ずっと片隅の暗がりに身を隠して、一部始終を見ていたのだった。思わず、すべての思いがしぼんでしまった。玉蘭が桐軒を奪い去ったのを怨むとともに、桐軒の裏切りをも深く恨んだ。○この時、ちょうど左口魚が免職文書を受け取りに相府に来る時期に当たっていて、竹卿に遭遇した。口魚は、彼女のために官職を失う羽目になったことを恨んだ。竹卿は、玉蘭が桐軒を奪ったことを恨んでいると打ち明けた。左口魚は、玉蘭に対して依然、恨みを懐いていて、策を講じて相国の寿誕に、竹卿のために玉蘭に報復することを約束した。○相国宋仲文七十大寿の日に、相府は、宴を設けた。左口魚は、屋敷に行って寿を祝した。実は、口魚はその前に政楽司の孔仕和に告発状を提出していた。「相国は、令嬢の宋玉蘭を放任して楽府の楽師、沈桐軒を誘惑させ、楽府の声誉を辱かしめた。孔仕和に相府に来て査証してほしい」という内容であった。○府堂の上で、口魚は、相国を告訴して、「令嬢を放任して、楽師と野合させ、

36【胭脂巷口故人来】(北宋)

楽府を摧残し、賞罰を不明にした」と宣言し、さらに「相国の公子が淫媒の役を果たし、手引きして、令嬢と楽師、沈桐軒に西廂で一宵を共に過ごさせた」と言った。仲文は、これを聴いて大いに怒り、文敏に口魚の言うことが正しいかどうかと問いただした。文敏は、淫媒の役をしたことを否認したが、「桐軒と玉蘭が確かに西廂で共に一宵を過ごした」ことは認めた。仲文は、人に命じてすぐに玉蘭を堂に上がるよう、呼びに行かせた。○この時、玉蘭と桐軒は、ちょうど寿宴に赴く途中だった。玉蘭は、自分の持っていた首飾珠宝を包み、桐軒に渡した。今夕寿宴の後、すぐに科挙受験に出発するように促し、名を金榜に登せた後に、還ってきて自分を娶るように切望した。2人は、堂に入った。仲文は、2人に西廂で出来合ったかどうかを問いただした。桐軒は、否認したが、玉蘭は胸を張って堂々と一切を承認した。○仲文は、怒りを抑えきれず、玉蘭が布衣に情を注いだことをとがめ、桐軒を追い出した。玉蘭が猶予を求めたが、効き目がなかった。玉蘭は、父親に向かって「桐軒は他日、必ず名を雁塔に題する」と力説した。「もしそうならなかったら、両目をくりぬく」と言い、父親と掌を打って賭けた。仲文は、娘から自分の尊厳が挑戦を受けたことを悲しんだが、悲痛をこらえて玉蘭と父女の関係を断絶し、併せて掌を打って証とした。玉蘭は、侍婢の珍珠を連れて相府を離れた。○竹卿が桐軒の胭脂巷にある居所にやってきた。桐軒は、外から帰宅し、竹卿は、屏風の後に身を隠した。彼が懐中の珠宝を風呂敷に包んでから、ベットの上に置いたのを見た。竹卿は、自分をどのように遇してくれるのか、たずねた。桐軒は、彼女にはずっと師生の情を懐いていたにすぎず、別に男女の情愛のようなものは懐いていない。それに今は已に玉蘭と結婚を言い交わしている、と打ち明けた。竹卿は、その言葉を聞くと、気持ちがなえて冷え切ってしまい、半狂乱に陥った。この時、桐軒は、外で文敏が呼ぶ声を聞き、会おうとして外へ出た。竹卿は、その隙に風呂敷を開けて珠宝を石ころに入れかえ、窓から逃げ去った。○文敏がやってきて、跪いて玉蘭と駆け落ちしないでほしいと懇願した。さらに自分に名を金榜に登す機会を与えるために、受験しないでほしいと要請した。桐軒は、文敏に動かされ、玉蘭あてに書函を書いたのち、風呂敷包みを持って

単身、離れ去った。○珍珠は、玉蘭に付き添ってやってきたが、部屋には誰もおらず、ただ桐軒の書函一封が残されていただけだった。玉蘭は、その手紙を読み、桐軒が遠く天涯に去ったことを知った。手紙にはまた、「他日、金榜に名を掛けたならば、その時こそ家に帰ってきて永年の因縁の債務をお返しします」と書いてあった。玉蘭は、孤独を悲しんだが、桐軒が他日、衣錦還郷を果たすのを、楽しみに待つことにした。○玉蘭が珍珠を連れて離れ去ろうとしたとき、たまたま口魚に遇った。彼は、「今は、もう仇敵への報復を成し遂げた以上、玉蘭様には、暫らく胭脂巷に住んでいただき、生活のお世話をして、自分の間違いを償うようにしたい」と言った。玉蘭は、目下、帰るべき家もない状況から、口魚の提案を受けることにした。○6年が已に過ぎた。この日は二年に1度の科挙合格者発表の日だった。玉蘭は、小楼から下りてきた。左口魚もやってきた。玉蘭は「昨夜、桐軒が頭上に花を簪し、身に大掛をはおり、手に丹桂をつかみ、後には七彩の鑾輿が付き従っている夢を見た」と言った。口魚は、これを聴いて、残酷に言葉を遮り、厳しく玉蘭の酔心の幻想を指弾した。玉蘭は、口魚の言うことがまるで耳に入らないかのように、なおも独白の中に沈酔していた。口魚は、さらに冷水を浴びせ、桐軒は、必ず落第すると断言した。玉蘭は、服せず、終身の幸福を賭けることを辞せず、「今科の状元が、もし桐軒でなければ、寧ろ口魚に嫁入りすることを願う」と言った。口魚は、大喜びし、玉蘭に約束を守るように要請した。玉蘭は、精神が定まらず、化粧を直しに部屋に帰った。○胭脂巷口に1人の乞食がやってきた。ほかならぬ沈桐軒だった。彼は往事を追憶し娥眉の好意を裏切ったことに自らを怨み、悲しみ極まって血を吐き、しばらくして目がくらんで地上に倒れた。○珍珠が路すがら巷口を通りかかり、地上に横たわっている男を見て、玉蘭を呼んできた。口魚もまた声を聞いてやってきた。玉蘭は、頭上から、僅かに残っていた珠釵を抜いて、珍珠に命じて乞食に贈らせた。乞食は近寄って玉蘭に礼を述べた。玉蘭は、一目見るなり、眼前の人が見覚えがあるどころか、なんと最愛の夫の沈桐軒だとわかって驚愕し、一瞬、めまいを感じた。○玉蘭は、悲嘆のうちに6年来に及ぶ期待が全て泡影に帰したことを覚り、自ら人を見る目がなかった

36【胭脂巷口故人来】(北宋)

ことを愧じ、今後は、もう人に合わせる顔がない、と思った。桐軒は、自ら弁解して、「あの当日、遠く天涯に走ったのは、玉蘭が父親と関係を修補するのを期待したからだ」と言い、「今は落ちぶれたが、愛する玉蘭のために犠牲になったことを後悔していない」とも言った。玉蘭は、聴いて、愛と恨みが交々集まり、彼と抱き合って泣いた。○突然、遠くから銅鑼が鳴り、「下に下に」の声が聞こえてきて、今科状元の遊街とわかった。瞬間、状元の麗影が現れた。驚くことに、今科状元は、玉蘭の六弟宋文敏だった。文敏は、馬を降りて玉蘭と挨拶をかわした。玉蘭は、突然、衝動にかられ、桐軒を拳で打ったり、脚で蹴ったりし、さらに怒ってかれがきっと自暴自棄になり、乞食になるのに甘んじたに違いない、と言って責めた。そうでもなければ、文敏が高位で合格し、桐軒が教師の身で落第して還るはずがない、というのであった。文敏は、これを見て、玉蘭に向かい、あの日、桐軒が科挙を受験しないことを承諾してくれたおかげで、自分が合格できたのだ、と打ち明けた。玉蘭は、しかし、桐軒を許そうとせず、亦たなぜ自分が贈った珠宝を利用して、奮発して成功を目指さなかったのか、と追及した。○実は、玉蘭の父親、宋仲文は、いち早く乞食に身を落とした竹卿も群衆の中にいることに気が付いていた。仲文は、走り出て玉蘭の胸元をつかみ、自らの期待が裏切られたことを責め、さらに玉蘭の前に匕首を抛り投げ、賭けを履行し、刀で目をえぐることを迫った。桐軒は、玉蘭が目をえぐるのを阻止し、口魚は、玉蘭に代わり仲文に恕諒を求めた。仲文は、玉蘭を許すつもりだったが、「桐軒との恩情を断ち切らなければ、一緒に邸に帰ることは許さない」と言った。桐軒は、玉蘭に再び情縁を続けてほしいと懇願したが、玉蘭は、なおひどく桐軒を恨み、縁を切って父とともに家に帰ることを決意した。○この時、竹卿は、良心にかられ、進み出て玉蘭に向かい、「あの日、愛慕が怨恨に変わり、珠宝を石と取り換えて、桐軒に対して報復を図ったが、6年来、千金を使い果たし、街頭に身を落として、やっと自ら悪事の報応を知った、今はみんなの許しを請いたい」と打ち明けた。玉蘭は、自分がずっと桐軒を恨んできたことが間違いだったことを、はたと覚り、2人は抱き合って泣いた。○この時、又、銅鑼の音と「下に下に」のかけ掛け声が

322 第4章 粤劇100種梗概／36【胭脂巷口故人来】(北宋)・37【蝶影紅梨記】(北宋)

聞こえてきた、貴妃の駕が到着したのだった。実は、桐軒の妹の玉芙が6年前に左口魚に無情にも宮闈に献上されて、宮中に入ったのだが、玉芙は、次第に皇寵を得るようになり、3年前に貴妃に封じられていた。仁宗皇帝は、桐軒の文巻を閲て、十分にその文才を認め、改めて桐軒を翰林主事に任命した。仲文は、遂に桐軒と玉蘭の結婚を許した。みんなは、竹卿を許し、左口魚も彼女を妻とすることを願った。全劇終結[36)]。

【補】唐滌生作。1955年2月、多宝劇団初演、任剣輝、白雪仙主演。

37【蝶影紅梨記】(北宋)

山東の才子、趙汝州は、汴京の紫玉楼の名妓、謝素秋と相互にその名声を傾慕していたが、今まで顔を合わせる機会がないまま、3年来、互に詩篇を応酬しあうにとどまっていた。汝州の蘭兄、銭済之は、雍丘県の県令に任命され、汝州の要求に応じて、2人を普雲寺で会わせるように手配した。銭、趙の2人は、既に普雲寺に到着したが、突然、汝州の家婢が知らせに来て「舅父が病に倒れた」というので、汝州は、見舞いに行った。素秋は、この時、寺に到着した。銭済之は「汝州は、今しがた見舞いに行ったが、すぐに帰ってくる」と言った。この時、紫玉楼の侍婢がやってきて、「素秋の親友、沈永新が用があるので素秋に楼に帰ってきてほしいと言っている」と伝えた。汝州が普雲寺に返ってきた時、素秋は、已に去っていた。汝州の家婢が再びやって来て、「舅父が危篤」と言って、無理に汝州を連れ戻した。素秋が急いで寺に戻ると、済之が「汝州は、又、引っ張られて家に帰った」という。鴇母がやってきて、素秋に相府に行って相爺に伺候するよう催促し、無理矢理に素秋を連れ去った。汝州が寺に帰ると、済之が「素秋は、已に相府に行ったが、黄昏前に必ず寺に戻って、約束を果たすと」と言った。済之は、其の後、衙門に帰った。汝州は、唯だ独り寺中に坐り、素秋を待つしかなかった。○相府では、好色の相爺、王黼が老儒の劉公道に12人の美女を集めて、灯籠見物のお供をさせるように命じた。王黼は、紫玉楼の謝素秋、及び酔月楼の馮飛燕を妾にしたいと望んでいた。ただ2人は、王黼の妾になることを厳しく拒んできた。王黼は、已に飛燕を拘禁していた。飛燕は、私かに公道に告げて「已に今晩、服毒自殺の決

37【蝶影紅梨記】(北宋)

意を固めている」と言う一方で、暫らくの間、詐って嫁入りに応ずるそぶりを見せた。王黼は、大いに喜んだ。〇王黼の部下の梁師成は、爾来、王黼のために金国と気脈を通じていた。この時、彼は、金邦の意向を伝え、「若し王黼が金に降ってからも、宰相の地位に坐っていたい、と言うのであれば、一百二十名の家妓を献上しなくてはならない。その上、1人の天姿国色を備えた家妓を侍女の【班頭】として献上しなくてはならないと」と言ってきた。王黼は、素秋を拘禁して【班頭】に当てることを決定した。〇素秋及び沈永新は、已に相府の門前に到着した。永新は、素秋に自分に代わって許しを請うてほしいと頼んだのち、先に離れ去った。〇素秋は、入府して王黼に会った。酒を王黼に注いだ後、普雲寺で汝州に会うために、すぐに暇乞いをして辞去しようとした。すると、家僕が素秋の帰路を塞いだ。素秋は、相爺に邸を出たいと懇願し、琵琶一曲を弾奏したが、王黼は、依然として辞去を許そうとしなかった。〇汝州は、普雲寺で、素秋が相爺に邸に召し出されたと聞き、様子を探りにきた。門番は、堂中に通報した。王黼は、門番たちに汝州を駆逐するように督励した。素秋は、大門を叩いたが、家僕に阻止されて、出られなかった。汝州は、門外で門番に金を渡し、素秋と門を隔てて互いに情愛を訴えた。2人は、相思すること三載、今や咫尺の間に接近しながら、会うことができない。思わず凄然と落涙した。素秋は、今生では趙郎と会うことはできない運命にあることを知り、汝州に去るにあたって自分の名を高い声で3回、叫んでほしいと頼んだ。王黼は一再ならず、門番に汝州を駆逐するよう命じた。汝州は、高声で三たび「素秋」と叫び、悄然として離去した。〇王黼は、素秋に向かって「侍女の班頭として、身柄を金国に送って献上する」と言った。素秋は、劉公道に何とかして救ってくれるように、と懇願した。公道は、「服毒自殺する」と言った飛燕の言葉を思い出し、素秋を飛燕とすり替える「接木移花」の計をとり、素秋を助けて虎口を離脱させようと考えた。〇汝州は、衙門に行き、告発状を出そうとしたが、受理されなかった。そこで相府に戻り、門番から、素秋は、金邦に連行される車列の最後の一輌に居ることを聞き出した。汝州は、金水崖の辺で待ち伏せし、機を見て素秋を救い出そう、と決心した。〇梁師成が車隊を引

率して、金水崖の辺にさしかかると、趙汝州は、脇から走り出て、素秋の名を呼び続けた。師成が汝州を殺そうとしたとき、1人の女の屍体が最後の車両から転がり出た。実は劉公道が早くから素秋の身代わりに服毒自殺した馮飛燕の屍体を車に入れておき、自分は素秋と連夜、逃亡していたのであった。汝州は、屍体を見て、素秋だと思い、悲慟してやまなかった。師成は、屍体を怱々に埋葬してから、離れていった。この時、公道と素秋は、遠くから金水崖の辺を望見していた。汝州が素秋の死に悲慟して血を吐くのを見て、素秋は、近づいて名乗ろうとしたが、公道は、逃亡の足跡が露見するのを恐れて阻止した。2人は銭済之の府中に行き、暫らく噂の収まるのを待つことにした。○銭済之の府中では、済之が汝州から来た手紙を読んで、素秋が已に死んだこと、及び、汝州が屋敷にやってきてしばらく滞在することを知った。○素秋は、公道を連れて銭府にやってきて、済之に会った。事情を説明した後、素秋は、汝州が銭府にやってくることを知り、会えると思ったが、済之は、素秋に向かって、汝州に会わないように頼んだ。汝州に発奮して読書に励ませ、科挙の功名を得させるため、というのであった。素秋は、ひどく失望を感じたが、最後に済之の出した3つの条件を応諾した。汝州に会わないこと、自ら家門を閉鎖すること、たとえ偶々汝州に遭遇しても、王太守の娘というふりをすることの3つである。済之は、そこで素秋及び公道を銭府から籬を隔てた王太守の故居で紅梨苑という名の屋敷に住まわせた。○汝州は、屋敷に到着したが、素秋の死を悲嘆してやまなかった。済之は、汝州に頑張って読書し試験を受けて功名を得るように勧めた。○一夜、素秋は、汝州が酔って園内を散歩し、古亭の外に酔い伏している、と聞いた。素秋は、感情を抑えきれず、園中に入って汝州を凝視した。しかし、公道は、汝州に発見されないように、素秋に離れるように強く勧めた。素秋は、気が進まぬままに、公道に自分の住む後園に連れ戻された。その時、一羽の大きな紅色の胡蝶が飛んできて、汝州に近づき、面前を飛び廻った。汝州は、酒がようやく醒め、不思議に思って紅蝶を凝視し、紅蝶が素秋の冤魂の化身ではないか、と疑った。汝州は、雪褸を紅蝶にかぶせようとしたが、紅蝶は、籬を隔てた隣の庭園に飛んで行った。汝州は、牆壁が高くて

37【蝶影紅梨記】(北宋)

攀じ登れないのを知って、門を押して中に入った。紅蝶は、汝州を紅梨苑の中
の渓畔まで引っ張ってきた。そこで全身に紅衣を纏って渓畔に立っている素秋
にばったり会った。汝州は、思わず彼女の裙の下まで蝶を追ったが、紅蝶は、
すでにその影を消していた。素秋は、意中の人がやってきたのを見て、言いよ
うもなく歓喜した。汝州は「自分は紅蝶を探しにきたのです。紅蝶は、愛人の
素秋の鬼魂かもしれないからです」と言った。素秋は「自分が全身、紅衣を身
にまとうのは、蝶の霊だからです」と暗示した。汝州は、すぐには意味が分か
らずにいた。其の時、公道が小楼の上に立った。素秋は、公道を一目見ると、
汝州に対してわざと冷淡な態度に転じた。汝州は、やっと意味がわかり、眼前
の人は、おそらく転生した素秋であろう、と理解した。しかし、素秋は、さら
に暗示を加えることはしなかった。汝州は、眼前の人に向かって、「自分は遂
に一度も意中の人とは会ったことがないのに、意中の人は、已に香も消え玉も
殞じてあの世へ消えてしまったのです」と告げた。素秋は、彼がこれほどまで
に情にはまりこんでいるのを見て、思わず落涙し、汝州を慰めて「若し情があ
れば、意中の人と必ず会える日が来ます」と言った。汝州は、懐中から素秋が
贈った詩箋を取り出して誦読した。ところが驚くことに、眼前の女子も、それ
を暗唱したのである。汝州が「どこでこの詩篇を知ったのか」と聞くと、「只
だの想像です」という。彼女は、汝州に向かい、「あとで書斎を訪問します」
と約した。○素秋は、公道に、汝州の片思いの苦悩をいやすために、書斎に行
くことを許してくれるように懇請した。同時に、彼女は、これを汝州に会う最
後の1回とすること、夜明け前に必ず帰ってくることを約束した。公道は、や
むを得ず許可した。○三更の時分、素秋は、太守の娘、紅蓮に扮し、紅梨花を
持って汝州の書斎に赴いた。素秋は、紅梨花を贈り、「梨花は、別離の花で、
血涙のために紅く染まったのです」と言い、2人の情が尽きることを暗示し
た。二人の情意が正に濃厚な最中に、鶏の啼き声が聞こえた。素秋は、悲痛を
こらえて汝州と別れて王府に帰った。○済之は、機を見て汝州に汴京に向けて
出発し、考試に備えるように促した。汝州は、高声で歌うこと一闋、哭して紅
梨を悼んだ上、旅の途に就いた。小楼では素秋がずっとひそかに汝州を見つめ

ていた。彼女は、意中の人が已に去ったのを見て、思わず汝州の名を呼びなが
ら、悲しみ極まって吐血した。○素秋は、傷心の地にとどまるのを願わず、金
蘭姉妹の沈永新を思い出し、沈永新の家に身を寄せることにした。○素秋と公
道が沈永新に身を寄せてから、2か月がたった。公道は、素秋に向かい「宋、
金が已に和議に達したゆえ、汝州が高位合格したのちには、素秋に必ず雲が開
き月の出る日が来るだろう」と言った。永新がやってきた。素秋が永新に感激
の情を伝えた時、一語も終らぬうちに、素秋は、外で人の声がざわつくのを聴
き、相府が人を派遣して拘捕に来たことを知った。彼女は、金蘭に売られたこ
とを知って、悲痛のあまり目がくらんで倒れ、連行されて相府に戻された。○
王黼は、素秋を奪って屋敷に連れ戻し、今夕にも宴を開いて素秋を妾にしよう
とした。そこへ探偵子がやってきて、「新帝が已に即位し、新科状元趙汝州に
命じて開封簽判に出任させ、王黼が金邦に賄賂を贈った一案を稽査している」
と、報告した。汝州が相府に到着すると、王黼は、素秋を献上したいと願い出
た上、先ず歌舞の鑑賞を請うた。このとき、素秋は、歌姫たちを連れて堂に登
り、扇舞を演じた。故意に汝州の傍に一枝の紅梨花を落とし、汝州に当日、銭
家の書斎で紅蓮とちぎった旧事を思いださせた。汝州は、歌女を凝望し、紅蓮
が現れたことにはっと気が付き、大へん驚いて高声で「お化け」と叫んだ。済
之と公道が詳しく説明し、汝州は、紅蓮が即ち素秋だったと知って喜んだ。有
情の人が終に会える日が来たのである。汝州は人に命じて王黼を逮捕させた。
衆人は「悪には悪報がある」のを見て喜んだ。全劇告終[37]。

【補】唐滌生編。1957年2月、千鳳鳴劇団初演、任剣輝、白雪仙主演。

38【風火送慈雲】(別名【慈雲太子走国】)(北宋)

　　宋神宗の治世、西宮の国舅、龐雲彪は、秀才王昭の娘、玉蘭を強奪して妻と
した。玉蘭は、従わず、雲彪に死を命ぜられて死んだ。東宮の国舅、陸鳳陽
は、このことを目撃し、進んで干渉した。東西両宮が争う形となって、事件は
明るみに出た。西宮の龐妃は、意図して弟をかばい、東宮陸后と神宗に面訴し
ようとした。時に開封府尹、包貴は、飢饉救済の賑給の役目を終えて帰ってき
た。玉蘭の父は、行列を遮って訴えた。包貴は、この事件の審理を引き受け

38【風火送慈雲】(北宋)

写真62　宮殿での龐妃と陸后の争い

写真63　包貴、龐妃、神宗、陸鳳陽

写真64　冷宮の陸后

た。陸后は、龐妃姉弟と、争って宮殿に入った。神宗は、龐妃を寵愛していて、究明しようとしなかった。そこへ包貴が復命に参内し、王昭父女の惨事を奏上した。神宗は、流れに任せる形で、包貴に審理を命じた。雲彪は、証拠隠滅のために、公堂で王昭を痛打した。陸鳳陽は、怒って雲彪を投げ殺した。王昭も傷が重く亡くなった。龐妃は、大いに怒り、鳳陽を斬刑に処そうとした。包貴は、権勢を畏れず、鳳陽を逃がした。龐妃父女は、包貴を殺害しようとして、神宗に讒言した。包貴は、神宗の昏庸に憤り、奸臣の罪悪を痛斥した後、服毒して死んだ。龐妃父女は、機に乗じて陸后を誣奏した陸国丈は、大いに怒り、笏を挙げて打とうとして誤って神宗を打った。陸后父女は、罪を獲た。身に六甲を宿していた陸后は、追い出されて冷宮に幽閉された。子の慈雲を生んだが、龐妃は、何勇を派遣して冷宮に火をかけて焼かせた。何勇は、忠良の人柄で、陸后に事情を詳しく説明した。陸后は、逃げられないと知り、血書を残して、子を何勇に託して、自尽して死んだ。何勇は、やむなく火を放って宮殿を焼いた。風が強く激しく火が燃える中で、独り慈雲は、難を免れた[38]。

38【風火送慈雲】(北宋)・39【蛮漢刁妻】(北宋)　　　　　　329

【補】この劇、別名の【慈雲太子走国】で通行する。30年代以来、白玉堂、衛
　　少芳、鄧碧雲、半日安、文覚非、黄君武等、前後して主演[補]。

39【蛮漢刁妻】(別名【虎将刁妻】)(北宋)

　洪天宝は、本と名将の後裔であったが、家道が零落し、家伝の宝剣を売って
旅費に換え、科挙を受けに上京した。〇黎徳如は、外出して雇主の命で債権を
取り立てるために、故郷を離れて旅をしていたが、偶然、天宝に遇って、其の
窮状に同情し、元宝を贈った。ところが不意に山賊が出てきて、銀両を奪い
去った。2人は、共に山賊を追いかけた。〇この時、ちょうど春分にあたり、
朝臣、葛大雄の娘、静娘が侍婢の小蘭を連れて郊外で蝶を追っていた。天宝、
徳如は、山賊を捕らえることができず、天宝は、宝剣を売るより仕方がなかっ
た。〇静娘は、売剣の声を聴きつけ、小蘭に言いつけて天宝を連れてこさせ、
剣を呈上させて、子細に鑑定した。静娘は、天宝を一目見ただけで好意を抱
き、銀両を奉呈した上、その場で剣を贈りものとして返還した。〇大雄がやっ
てきて、娘が天宝を傾慕していることを知った。大雄もまた天宝の胆識が人に
抜きんでていることを評価し、遂に婿として招き、先鋒に取り立てた。〇大雄
は演武場で将を選んだ。陸志剛は、衆将を打ち負かし、天下無敵と認められた
が、態度が傲慢だった。天宝がやってきて、志剛に服せず、2人は、遂に生死
状に署名した。何回かの激闘の後、志剛は、敵わず、天宝に刺されて死んだ。
衆将は、天宝に心服し、徳如も亦た職を替えて天宝の帳下に投じた。〇天宝
は、静娘と結婚した後、兵を率いて征戦し、已に2・3年が経過した、徳如を
派遣して大雄に文書を呈上し、軍を返して帰国することを要望した。大雄も夫
妻が長い間、離れたまま会えない状態にあることに同情し、遂に要望を許し
た。〇徳如がちょうど営房を出たとき、はからずも大雄が密かに簒位を謀り、
天宝に命じて君を弑させようと、人と相談しているところを聴きつけた。徳如
は、この消息を静娘に告げた。〇静娘が驚惶のあまり手をつかねている時、侍
婢の小蘭がとっさの智慧を出して、静娘が刁蛮淫蕩で、徳如と私通しているふ
りをして、天宝を家から離れさせるように提案した。静娘、徳如は、本ともと
気が進まなかったが、燃眉の急を避けるために、この計に従うほかはなかっ

た。○天宝は、ひたすら、妻に会いに帰ってきたのだが、意外や、静娘は、見向きもせず、天宝をひどく困惑させた。天宝は、静娘が長期遠征のために、ずっと会えずにいたことを不快に思っているのだと考え、何度も機嫌を取ったが、静娘は、終始、膨れ面をしたままだった。この時、闈の帳内で徳如が続けざまに咳をした。天宝は、大いに怒り、彼を引きずり出して、思い切りぶん殴った。静娘は、さらに続けていろいろと天宝を侮辱した上、更に激しく去り状を書くように逼った。天宝は、悲憤こもごも雑り合うなかで、去り状を書き、馬に鞭打ち塵を蹴立てて去って行った。○天宝が去ると、静娘は、心が刀で切り裂かれた思いで、声が出なくなるほど痛哭した。大雄は、衆将を連れて駆け付け、静娘と徳如が家門の名誉を傷つけたことを怒り、徳如を痛打したのち、静娘、徳如、小蘭の3人を駆逐して家から遠ざけた。○天宝は、馬に鞭打って遠く去ったが、静娘、小蘭、徳如がそのあとを追いかけて事件の真相を天宝に訴えようとした。しかし、天宝は、静娘と徳如の私通を信じ込み、静娘を「賤婦」と罵ったのち、馬に乗って遠く去った。○静娘は、傷心のあまり息も絶えそうになり、一死をもってすべてを清算したいと思って、自殺を図ったが、徳如、小蘭に制止された。徳如は、一緒に自分の故郷の会稽に帰った上で、対策を考えるように提案した。○宋帝と皇后は、一緒に山野に狩猟に出た。大雄は、早くから伏兵を配置した後、機を伺って火を放って陣営を焼いた。宋帝と皇后は、あわてて逃げ出し、身近の侍衛は、頑強に抵抗したが、大雄の伏兵に敵わなかった。危機一髪の際に、天宝が通りかかり、奮戦力闘して大雄及び部下を撃退し、宋帝と皇后の2人の命を救った。宋帝は、天宝が自分を護ってくれた功に感銘して、天宝を「威雄王」に封じ、先ず会稽の故郷に錦を飾ったあと、入京して皇帝に随伴するように命じた。○徳如、静娘、小蘭は、会稽に帰った後、生計を立てる手立てに窮し、やむなく街上で物売りをした。静娘は、大勢の樵婦と共に山上に行って採柴を採った。○天宝は、故郷に錦を飾った。一行が路すがら会稽を通ったとき、ちょうど静娘が柴を担いで路を阻んだ。侍衛は、王爺の進路を邪魔した罪名で、40回、重打しようとしたが、静娘は、大声で助けを請うた。これが天宝の耳に入り、天宝は、すぐに樵

39【蛮漢刁妻】(北宋)・40【獅吼記】(北宋)　　　　331

婦を釈放するように命じた。静娘は、進み出て王爺に感謝の言葉を述べた。天
宝は、樵婦が静娘であることを知って驚くと同時に、怒りが込み上げてきて、
跪づくように要求した。静娘は、天宝とは夫婦の恩情があると言って、跪づく
ことは肯じなかった。天宝は、あの日の静娘の自分に対する不誠実を思い出
し、今、厚顔無恥にも復縁を要求していると知って、激怒のあまり、静娘の胸
倉をつかんだ。徳如と小蘭の 2 人がやってきて、天宝を制止した。天宝は、徳
如が静娘のために許しを請うのを見て、更に誤解を深め、徳如に重打40回の罰
を与えた。静娘と小蘭は、共に天宝に対して「怨を以て徳に報いる恩知らず」
と指弾した。静娘は、冤を叫び、事情の真相を説明し、自分の苦心は「天地の
みが知る」と言った。天宝は、冷ややかに「若し静娘が前縁を続けたいと言う
なら、「満山の積雪、尽く溶け」、「一輪の紅日、山上を照し」、「枯樹に花朵、
森にひらく」奇跡が起こることを要する」と言った。奇跡は、突然、起こっ
た。衆人は天宝の言ったことが一一実現したのを見て、均しく奇異の感を抱い
た。天宝は、この時、初めて賢妻を誤解して咎めていたことを覚った。皇上の
侍衛が大雄を捕獲し、彼が火で営帳を焼き、君を弑して位を簒うことを図った
と指弾した。静娘は、終に沈冤が雪がれ、天宝も亦た自ら覚って慙愧し、静娘
に謝った。静娘は、亦た父親のために皇上に許しを請うた。宋帝は、彼女の孝
順に感じ、大雄の死罪を赦免した。全劇結束[39]。

【補】潘一帆作、1971年、大龍鳳劇団初演。麦炳栄。鳳凰女主演。

40【獅吼記】(北宋)

　宋帝は、五鳳楼の前で宴を開き、新年を慶賀した。衡陽郡主の桂老夫人が皇
后のお供をして到着した。黄州太守の陳季常は、妻の玉娥を連れて到来した。
大学士、蘇東坡も亦た、続いて到着した。宋帝は、歌舞を演じるように命を伝
えた。季常は、宮女一人一人が皆、花のように美しいのを見て、思わず目を見
張り、ポカンと口を開けてみていた。玉娥は、それを見て、すぐに嫉妬が湧き
起こり、季常に警告の合図をした。宮女たちが離れるとき、最後の一人の宮女
が季常に向かって流し目をくれた。季常は、心も乱れ情も迷い、上の空になっ
て、その宮女についてゆこうとして、玉娥に叱られて制止を受けた。○東坡

332　　　　　　　第4章　粤劇100種梗概／40【獅吼記】(北宋)

写真65　陳季常と玉娥

写真66　季常、玉娥と対決

40【獅吼記】(北宋)

写真67　汪尚書、出て陳を弁護する

写真68　玉娥、桂玉書に詰め寄る

写真69 皇后、桂老夫人、出て、玉書を責める

は、平素から季常が玉娥を慴れていることを知っていたが、季常の立場として恐れるに値せずと見ていた。それゆえ、玉娥が桂老夫人と皇后のお供をして後宮にゆかなければならないのに乗じて、季常を外に連れ出し、美女を探し求めに行こうと誘った。季常は、大いに喜んだ。豈に図らんや、玉娥が傍で聞きつけて、すぐに季常を叱りつけ、又、東坡をとがめた。東坡は、玉娥を指さし、婦道に反すると非難した。玉娥は、大いに怒り、すぐに宋帝に訴え、東坡を懲罰するように要求した。皇后と桂老夫人も亦た玉娥を擁護した。宋帝は、やむなく東坡を軽く罰するより仕方がなかった。東坡は、これにより玉娥に対して、さらに怨恨を深くすることになった。○宋帝は、曽て礼部に命じて、黄州に行き、美女を選んでくるように命じたのを思い出し、東坡に進み具合を調べさせた。東坡は、「美女は、已に選んで京師に入らせていますが、皇后が嫉妬深いので、未だ宮廷に献上することができない」旨、報告した。宋帝は、思わず慨嘆し、ゆっくり今後の方策を考えるほかはなかった。この時、皇后が亦た一人の宮女（美女ではない）を派遣してきて、宋帝に相府に行くときに随伴さ

40【獅吼記】（北宋）

せるように請求した。宋帝は、気が進まなかったが、皇后の機嫌を損ねること
を恐れて、応諾するほかはなかった。しかし、思わず首を振って嘆息した。○
東坡は、宮廷を離れる時、偶然、嬸母の三娘に出会った。彼女は、娘の蘇琴操
が黄州で選ばれて宮廷に入ることになったが、琴操は、従わず、服を変えて宮
女に混入し、入宮してから東坡を訪ねて対策を考えようとしていることを告げ
た。東坡は、琴操を一目見るなり、すぐに先ほど季常に色目を使った宮女だと
分かった。その瞬間、名案が浮かび、この機会を利用して、彼女を季常に紹介
して妾にし、玉娥への怨を晴らそうと考えた。琴操は、入宮はしないと誓って
いて、むしろ季常の妾になることを願っていた。○季常の老僕、柳襄は、東坡
の請託を受け、請帖を持って季常を訪ね、「東坡が蘭亭で共に春を賞したい。
併せて琴操を席間に同席させたいと申しております」と告げた。玉娥は、ちょ
うど房中で老僕の話を偸み聞き、すぐに季常を呼んで、琴操とは誰かと問う
た。季常は、佯わって、玉娥が「陳慥」を「琴操」と聞き間違えたのだ、と
言った。「陳慥」とは、季常の別名に他ならなかった。玉娥は、信じなかった
が、招待に応ずることを許した。但し「若し席上に相伴する女子がいたら、必
ず厳しく訓戒を加える」と声明した。季常は、青藜の杖を手渡し、「もし美人
が相伴することがあれば、甘んじて藜杖による棒打ちの責めを受ける」と言明
した。玉娥は、亦た彼に雨傘を手渡し、気づかいを示した。玉娥は、季常が離
去した後、すぐに老僕柳襄を呼び出し、季常の後をつけるよう、またもし席間
に美女が相伴していたら、すぐに通報するように命じた。○東坡は、琴操を連
れて已に先に蘭亭に到着した。東坡は、琴操に必ず季常が腰間に佩びている碧
玉銭を取り、自分が主人持ちの女である証拠にしなくてはいけないと、言いつ
けた。その後、東坡は、先に回避した。○東坡が離去した後、突然、雨が降っ
てきた。季常は、雨傘をさしてやってきた。琴操は、季常を見ると、わざと山
石の上に行って雨に濡れた。季常は、眼前の美女を見て、一つの傘に入るよう
にしようと思ったが、青藜杖の誓言を思い出して、すぐに離れた。しかし、琴
操が雨の中に立っているのを見るに忍びず、雨傘を彼女に貸し、自分が雨に濡
れた。琴操は、忍びず、近づいて共に一つの傘に入った。季常は、琴操を一目

みるなり、その艶色に驚き、すぐに好色の顔を露出した。琴操は、夫子の妾に
なりたいという意思を吐露した。季常は、聞いて大いに喜び、雨傘を訂情の信
物として贈ろうとしたが、琴操は、雨傘を拒絶し、季常に碧玉銭を贈らせた。
○東坡は、引き返してきて、わざと季常が自分の堂妹を誘惑したと責めた。季
常は、琴操に対して真情を持っていると宣言し、金屋を琴操に贈ることを約束
した。○柳襄は、季常のあとをつけ、季常が果せるかな、美女と連れ添い、碧
玉銭を贈ったのを見て、すぐに季常に声をかけた。季常は、大いに驚き、実は
玉娥が彼に跡を付けさせていたことを知った。そこで賄賂の銀を贈り、秘密を
守らせ、自分は、東坡、琴操と共に四処を遊覧した。琴操は、気が付かぬうち
に素巾を椅子の上に置き忘れた。○この時、玉娥も亦た柳襄のあとをつけて
やってきて、1枚の女子の素巾を発見し、柳襄に真相を打ち明けるように強要
した。玉娥は、その言を聞き、かんかんに怒って屋敷に帰った。○季常が家に
帰ると、玉娥は、すぐに、季常が先ほど蘭亭の席上で連れ添っていた女子は、
だれかと問うた。季常は、佯って、女子は、只だ雨を避けにやってきただけ
で、2人は互いに相手のことは知らない、と言った。玉娥は、無理に怒りをこ
らえ、季常に碧玉銭を返すようにいった。季常は、これを聞いて大いに驚き、
佯って自分の不注意で碧玉銭を失くした、と言った。玉娥は、すぐに青藜杖を
持ち、怒って季常を打った。季情は、許しを請うた。玉娥は、罰として、季常
に柳池の辺に跪づかせ、自分の過ちを静かに反省させた。○東坡が季常の屋敷
にやってきて、裏門から中に入り、すぐに季常が柳池の辺に跪づいているのを
発見した。東坡は、季常に玉娥が夫に嫁して6年、子がないことを理由に、
正々堂々と妾を納れることを提案した。季常は、大いに喜んだ。東坡は、「黄
州の郷例では、7つの条項があって、その中に「凡そ女子、夫に嫁して、5年
にして出だす所なければ、偏房を納むるを得。若し夫の妾を納るるに抗すれ
ば、得て之を休す」と言う条項がある、と告げた。季常は、これを聴いて大い
に喜んだ。玉娥は、いち早く房内で東坡の言を聴き、すでに対策を抱いてい
た。○季常は、内に入り、玉娥に向かって琴操を妾に納れたい、と宣言した。
玉娥は、大いに怒り、季常に去り状を書くように要求した。季常は、終に去り

状を書いた。〇玉娥は、「刑部に行って季常と東坡を告発する」と宣言した。東坡と季常は、非常に驚き訝かった。玉娥は、すぐに郷例規定を指摘した。「夫に叔伯の子姪がない場合に限り、初めて【5年出だす所なき妻】の条項を適用できる」というものであった。今、季常は、併せて8人の兄弟があり、子姪は群を成す、故に玉娥は、7出の条を犯してはいないことになる。〇玉娥は、刑部に行って鼓を撃った。刑部尚書の桂玉書が審理した。東坡は「玉娥は、私刑を濫用し、季常を罰して灯を頭に載せて池に跪づかせた。故に彼に代わって助けを求めた」と。実は桂玉書も妻を怕れる人間だった。永年、彼もまた妻の衡陽郡主から、いやというほど圧迫を受けてきた。故に季常に対していろいろと擁護した。玉娥は、これを見て、うまくいかないと思い、「二堂に押し入って姑母に味方してもらう」と宣言した。〇玉書の妻、衡陽郡主と桂老夫人は、この時、出て来て、玉書を叱りつけた。玉娥は、桂老夫人に訴えた。老夫人は、すぐに玉書を罰し、跪づかせて過ちを反省させた。玉娥も亦た季常に玉書に倣って跪くよう要求した。〇東坡は、この様を見て、ひどく憤怒し、金鑾殿に上って聖上に味方してもらうことを求めた。宋帝も亦た妻を畏れる人間だった。故に亦た深く季常の苦況を理解し、すぐに季常に上殿するよう伝えさせた。〇季常が上殿し、宋帝に向かい、玉娥が如何にかれを虐待したか、及び琴操が如何に温柔で体貼かを述べた。宋帝は季常に琴操を上殿させるよう命じた。琴操は宣召と聞いて、宋帝に宮中に選入されることを恐れ、防御を心がけて臨んだ。宋帝は、彼女に妻を虎のように恐れる季常の妾になるのを願うのか否かを問うた。彼女は「甘んじて妾になります」と答えた。宋帝は、2人の意が堅いと感じ、季常が琴操を偏房に迎えるのを勅許し、並びに玉娥に上殿して納妾の礼を観るように命じた。〇玉娥は、上殿した。宋帝、玉書、東坡、琴操と季常は、異口同音に玉娥を非難した。玉娥は、傷心のあまり大哭きし、「夫が自分を捨てて妾を納れるのを見せつけられるよりは、寧ろ夫の前で死んだほうがましです」と宣言した。〇宋帝は、臣下に命じて砒霜を持ってこさせ、玉娥に向かって、夫の納妾に同意するか、或は死をもって志を貫くかを示すように命じた。衆人は、すぐに同意するようなだめたが、独り東坡だけは冷ややか

338　　　第4章　粤劇100種梗概／40【獅吼記】(北宋)・41【狄青与襄陽公主】(北宋)

に嘲笑し諷刺した。玉娥は、すっかり気持ちの張りを無くし、砒霜をつかみ取るや否や、一口に飲み干した。季常は、妻が自分のせいで自殺するとは思いもよらなかったため、すぐに近づいて玉娥を抱いた。玉娥は、自分の命が長くないと思い、季常に対して、琴操1人だけを愛し、ゆめゆめほかの女と浮気をしないようにと要求した。琴操は、それを聞き、この結末に対して深く後悔した。○皇后と桂老夫人がやってきて、先ず宋帝を責め、次いで琴操を責めた。琴操は、良心をさいなまれ、入宮に選ばれるのを恐れて、季常の妾になる計を思いついたことを打ち明けた。季常は、自分の罪が恕すべからざるものと感じ、砒霜を賜って、玉娥と一緒に死ぬことを求めた。皇后は、衆人に向かい、「前もって砒霜を白醋に替えておいた。それ故、玉娥は、今しがたただ〈醋（やきもち）を飲み込んだ〉だけであり、死ぬことはない」と告げた。○宋帝は、自分が風流事件を誤判した罪を認め、玉娥に対して罪を償うことにした。また琴操を恕して無罪とし、帰郷を許可した。蘇東坡の嬢母三娘が上殿し、琴操を連れ帰ろうとしたとき、東坡に向かって、「琴操は、自分の生みの子ではなく、故に亦た東坡の堂妹でもない、東坡を孤苦伶仃にさせないために仕組んだ偽装であった。今は東坡と琴操をとりもって結婚させることにする」と告げた。季常と玉娥も亦た復縁して団円した。全劇結束[40]。

【補】唐滌生編、1958年、錦添花劇団初演、陳錦棠、呉君麗主演。

41【狄青与襄陽公主】(北宋)

　北宋の時、遼兵が国境を犯した。楊宗保は、辺関守備の任にあり、力戦して北方の侵略を防いだが、いかんせん、軍糧が続かず、たびたび部下を都に送り、糧食補給を催促しさせた。しかし、奸漢の太師龐洪に暗かに文書を押収され、形勢が甚だ危くなったため、やむを得ず、大将の劉慶に命じて重囲を突破して、朝廷に急を告げさせた。豈に図らんや、奸太師は機に乗じて計を用い、強く狄青を推薦して軍を率いて宗保を支援に行かせ、計略にはまるように仕組んだ。大軍は、出発し、焦廷貴は、自ら先鋒の職を務めた。山に逢えば路を開き、水に遇えば橋をかけ、知らぬ間に火叉崗に到着した。地勢を熟知していなかったため、当地の居民に路を尋ねたが、誰か知らん、龐洪が預め布いてお

た計にはまり、狄青は大軍を錯って単単国に向かわせてしまい、その三関を攻撃する羽目になった。単単国の襄陽宮主は、兵を率いて迎え撃った。対陣中、狄青は、やっと大間違いを犯したことに気づき、宮主に向かって許しを請うた。宮主は、この宋将が武芸高強の上、風姿凛凛、心遣いも深いのを見て、計略を使って狄青を捕らえ、単単国に連行して求婚した。単単国王の許可を得て、2人は、結婚し、結婚後は、夫妻の恩愛は、日ごとに深くなっていった。焦廷貴が京師から家書を届けに来て、狄青は、はじめて母親が牢屋に拘禁されていることを知った。狄青は、悲痛してやまず、廷貴と謀り、宮主を騙して宝馬金槍をとり返した。夜に乗じて関を出て、衆将と会し、命令して、先ず西遼を征伐し、然る後に母を救うことにした。宮主は、これに気づき、すぐに小隊の兵馬を率い、馬を飛ばして追いかけた。一方は追い、一方は逃げる、大いに馬上の妙技を演じた。此の場の追夫の「唱」と「做」と「打」は、苦心の設計を経たものである[41]。

【補】作者未詳、初演年月及び劇団、未詳。区文鳳『綜述』85-86頁によると、40年代の劇作家、孫嘯鳴、莫志翔作として、【狄青】という作品が上げられている。1948年7月8日、光華劇団初演、羅品超、余麗珍主演とある。40年代の古い作品であることがわかる。

42【林冲】(北宋)

宋の徽宗の時、八十萬教頭の林冲は、忠義勇武の人、一日、家眷をつれて、東岳廟に来て、香を進め願ほどきをした。途中で花和尚、魯智深と出会い、互に欽慕の語を交していたときに侍婢の錦児があわてて走ってきて、主母、張貞娘が廟中で奸徒の侮辱に遭っている、と告げた。冲は、大いに驚き、急いで救いに駆け付けようとしたところ、花花公子の高朋と師爺の陸謙が、貞娘を追って現れた。智深は、義憤が極まり、高朋を引き据えて殴った。謙があわてて止めに入った。智深は、義憤が胸にあふれ、手をひけなかった。冲は「朋は上司高大尉の義子です、僧の顔を見ずに仏の顔をみることにしましょう」と言い、反って智深に手をひくように勧めた。智深は、やむなく、朋を一通り懲らしめてから、怒鳴って追い払った。高朋は、傷を受けて家に帰り、義父に苦情を訴

えた、大尉高俅は権力、朝野を傾け、群僚を圧迫していた。早くから部属の林冲が自分に頼ろうとしないので、心の中に忌恨を懐いていた上、更に陸謙にあくどく挑発されたため、陰謀をめぐらして、自分にたてつく冲を排除しようとたくらんだ。冲は、智深と意気投合し、初めて逢ったのに故い友のごとく、家に案内して、義兄弟の契りを結んだ。歓宴の間、ふと、刀を売り歩く商人の売り声が聞こえてきた。冲は、錦児に命じて刀売りを家に入らせ、刀を鑑定した。その時、又た高朋と陸謙が訪ねてきた、という知らせが入った。冲は、やむなく会見に応じた。智深は、奸貪の徒と席を共にするのを恥じ、先に辞去した。朋と謙は、冲に会い、伴って東岳廟の誤解について謝り、継いで「林冲が宝刀を買ったことを大尉が聞き、鑑定のためにその刀を持って屋敷にきてほしい、と言っている」と伝えた。冲は、興趣を感じなかったが、服従は、軍人の天職なので、貞娘が止めるのも聴かずに屋敷に赴いた。これにより、奸謀にはまり、陸謙に騙されて白虎堂に入り、校尉に逮捕された。高俅は、直ちに堂に昇り、厳刑を加えて拷問し冲に迫って「意図を持って要人を刺殺しようとした」罪を認めさせようとした。冲は、ここに到って方めて「借刀殺人」の計にはまったことに気が付き、その場で奸貪の面目を暴いた。高俅は、罵られて口をつぐんで言葉を発せず。朋と謙に命じて親ら大刑を下して自供を迫らせた。冲は、打たれて血と肉の区別もつかなくなり、更に妻が巻き添えを食って苦難を受けることを恐れ、痛みをこらえて自供書に署名して罪を認めた。高俅は、すぐに部下に命じて、冲を開封府に送って、朝臣の刺殺を謀った罪に問い、滄州に配流した[42)]。

【補】李少芸作、1950年代、頌新声劇団初演、林家声、陳好逑主演。

43 【続林冲】(北宋)

　林冲が流刑地に出発する日、貞娘と錦児は、柳亭で餞別した。鴛鴦の仲は、無惨に引き裂かれ、悲凄の思いは、限りなかった。林冲は、更に自分が去ったあと、いつ帰れるかわからないと思い、妻に孤独の思いをさせないために、去り状を書いて妻に受け取らせようとしたが、貞娘は、固辞して受けず、死んでも節を守ることを誓った。父の張勇は、護送役人が出発をせかすので、林冲が

43【続林冲】(北宋)

安心して流刑地に行けるように貞娘に去り状を受け取るように勧めた。貞娘は、やむなく受け取ったが、指先を咬みきり、去り状の字句を、血で「生死同衾」と塗り改め、ようやく冲と哭いて別れた。○高俅は、敵を根こそぎにするため、復た陸謙に命じて護送役人に途中で冲を殺害するように言いつけさせた。野猪林に到着すると、護送役人は、手を下そうとしたが、豈に計らんや、魯智深が林冲が刺死されることを知って、冲を守ろうとして、早くからひそかに後を着けてきていたのだった。智深は、ここで、突然、躍り出て林冲を救い、護送役人を厳しく懲らしめた。冲に一緒に汴京に帰り、仇敵を皆殺しにして恨を雪ぐように勧めたが、冲は、妄動を望まず、先ず滄州に行って訴えを起こし、その上で悪人を懲らしめて恥を雪ごうと考えた。深は、冲が英雄の心志を失っていないのを見て、親ら冲を滄州まで送らざるを得なかった。○貞娘は、夫を憶って病になり、錦児は、侍奉して慰めて悩みをやわらげるように務めた。陸謙と高朋が閨房に闖入し、威力で情交を迫った。張勇は、防ぎきれず、錦児と共に衛護したが、共に惨死する結果になった。貞娘は、驚き悲しみ気を失ったところを、朋につかまって屋敷へ連れていかれた。○林冲は、滄州に到着し、大軍の草料場に派遣されて看守に当たった。風雪の夜、惆悵として故郷を思い、酒で気を紛らわせるうち、思わず朦朧として睡に着いた。ふと貞娘が悪人にけがされるのを嫌って広間に闖入して柱に頭を打ち付けて死んだ夢を見た。夢から覚めて思いに沈んでいる最中、草料場が狂風に吹き倒されたので、やむなく古廟に入って、暫らく風雪を避けた。誰か知らん、高俅は、冲が野猪林で智深に救われたことを聞き、又、朋と謙に命じ、悪奴を連れて滄州に行かせ、冲を殺させて、心腹の患を除こうと図った。○朋と謙は、草料場にやってきて火を放ち、活きながらにして林冲を焼き殺そうと図った。まさに火焔が熊熊と燃え盛り、得意揚揚としているところへ、いきなり林冲が現れ、仇人と相い見えた。火炎の光に照らされて敵の姿は明々白々、何回かの激闘のあと、魯智深が亦た駆け付け、悪奴を皆殺しにした。冲は、高朋と陸謙をわしづかみにした。智深が、そばから、貞娘が家眷とともに迫害を受けて惨死したと告げると、冲は、憤恨、極わまり、刀を揮って奸人を殺し、仇を討った。家破

342 　第4章　粤劇100種梗概／43【続林冲】(北宋)・44【鳳閣恩仇未了情】(南宋)

れ人亡せ、国は国の体を為さなくなったことを見て、林冲は、遂に魯智深と共に梁山に身を寄せるために、この場を走り去った[43]。

44【鳳閣恩仇未了情】(南宋)

　南宋と金邦が南北に対峙していた時期、狄親王が治める国土は、金邦と相隣り合っていて、戦火を収めるため、狄親王は、妹の紅鸞郡主を金邦の人質に派遣した。10数年後、郡主は、人質の期限が終わって、すぐに宋に帰国しようとした。○流寇の一味が南朝の郡主を護送して帰国する官船が近く河辺に停泊することを探知し、河辺の両側に伏せて、夜に入ってから、官船を占領して荒らすことを計画した。○紅鸞郡主は、金邦に在って人質の期限が満ち、耶律君雄によって官船で護送して中原に帰ることになった、2人はずっと相思の仲だった、『胡地蛮歌』一曲を歌い、互に別離の苦しみを訴えた。実は、君雄は、幼少の時に家人と離れ離れになり、番邦に流浪して、孤独をかこつ身の上となったが、失意のたびに、必ず此の曲を歌って憂さを晴らしてきたのだった。船は風浪に遇い、2人は1人の女子が海中に飄浮しているの発見した。郡主は、下のものに命じて女子を救助させ、自分の斗篷を女子に着せた。それからほどなく、船は賊人に荒らされ、耶律君雄と郡主、救助した女子は、それぞれ別々に、逃げて離れ離れになった。○狄親王の部下の官員、劉汝南は、命を受けて郡主を出迎えに、岸辺で長い間、待っていたが、官船は現れず、ふと見ると、海中に女子が浮き沈みしている。船頭にすぐに救助させたところ、郡主の斗篷を着ていて、その上に玉珮があり、身に書函一封を持っていたので、郡主と思い込み、狄親王府に連れ帰った。○耶律君雄は、郡主を探し回ったが見つからず、陸君雄と変名し、郡主の行く方を探しに中原に行くことにした。○平民の倪思安は、娘の倪秀鈿の遺書を手に取って見て、親の自分が彼女と愛人との結婚に反対したことを苦にして、娘が海に身を投げたことを知り、岸辺に立って嘆き悲しんでいた。すると1人の女子が海を飄浮しているのが目に入り、秀鈿だと思って、人に頼んで救助させたところ、自分の娘ではないことがわかった。女子は記憶喪失症に罹っていて、前の事はすべて忘れていた。思安は、自分の娘は死んだものと思い、この失憶の女子を家に連れ帰り、自分の娘とし

44【鳳閣恩仇未了情】(南宋)   343

た。○劉汝南は、王爺に、已に郡主を迎えた、と報告し、郡主が携えていた書函を提出した。しかし、書函が番文で書かれていたため、王爺は理解できなかった。○尚精忠の家では、精忠の妻、夏氏が息子の全孝の帰宅を待っていた。全孝は、高位で合格し、文状元となって帰郷した。併せて母親に一民女と相愛の仲であることを告げた。○倪思安は、早くから夏氏と子女の通婚を約束していた。そこで記憶喪失の紅鸞を連れて尚府に行き、自分の娘と称して結婚させようと図った。夏氏は、思安の家の貧しいのを嫌い、又、娘のおなかが大きいのを嫌がって、思安と婚事をめぐって対立し言い争った。全孝がやってきて調停し、思安及び紅鸞は、暫く尚府に居ることを許された。○あの日、耶律君雄は、陸君雄と変名し、中原に紛れ込み、曲折の末、試験に臨み武状元に合格した。尚精忠から認められ、この日、精忠に連れられて尚府に暫らく滞在することになった。○尚府の花園で、君雄は偶然、紅鸞に会ったが、紅鸞は、記憶を失っていて、君雄とわからず、かえって君雄を狂蜂浪蝶と責めた。君雄がいくら説明しても通ぜず、尚府の各人、及び思安は、君雄を紅鸞に手を出そうとした痴漢として、屋敷から追い出した。君雄は、悵然として離去したが、時期が来れば、この時の屈辱に報復する、と誓った。○親王は、郡主が宋土に持ち帰った番書を翻訳できる人をさがしに尚府にやってきた。尚精忠、夏氏、及び尚全孝等の人は、番文が分からなかった。そこで倪思安に支援を求めた。思安は、褒美をもらおうと番文がわかるふりをしたが、王爺に見抜かれた。思安は、王爺の処罰を免れるため、時間の猶予を請うた。思安は、娘の紅鸞に男の扮装をさせ、書簡を読ませた。紅鸞は、番文を見て記憶喪失症が稍々癒え果して内容を解読した。王爺は大いに喜び、紅鸞を郡馬に封じ、さらに夏氏に媒酌人を務めるよう命じた。○実は、あの日、倪秀鈿は、救われて岸に上がり、王府に送られてから、ずっと王爺から妹の紅鸞郡主として扱われてきた。今日、意に反して已に記憶を失った真正の紅鸞郡主と結婚させられる羽目になった。洞房の夜、秀鈿は、新房の内で、愛人（即ち尚全孝）と離れ離れになり、更に身分を誤認されていることを嘆いた。○この時、紅鸞は、依然として記憶を失ったままだったが、男装を見破られるのを恐れた。そこで、倪思安と夏氏の

344　　第4章　粵劇100種梗概／44【鳳閣恩仇未了情】(南宋)・45【牡丹亭驚夢】(南宋)

提案に従い、酒中に瀉薬を入れ、郡主に下痢を起こさせて、洞房の営みができ
ないようにさせようとした。○尚全孝が新房を騒がせにやってきて、新房内の
郡主が実は自分の離れ離れになった愛人とわかり、2人は、再会を喜んだ。○
秀鈿は、突然、腹痛を感じ、男の子を産み落とした。王爺から罰せられるのを
恐れた倪思安は、夏氏に自分が生んだことにするよう、提案した。まもなく、
紅鸞も亦た腹痛を起こし、又、男の子を生んだ。思安は、又、夏氏にこの子も
自分が生んだことにさせた。この時、嬰児の泣声が王爺を驚かせた。王爺は、
新房にやってきて、尚精忠と一緒に夏氏に向かって、何故に双子を生んだの
か、質問した。夏氏は、答えるすべがなかった。王爺は、連夜、堂を開いて審
問するように命じた。○王爺は、君雄を主審に任命した。公堂で、夏氏は、子
どもは、思安が生ませたと言った。それで、みな思安が夏氏の姦夫だ、と思っ
た。君雄は、尚府の人々がかつてかれを辱め駆逐したことを恨んでおり、思安
が何故に暫く尚府に滞在し、夏氏がその結果、双子を生むに至ったのかについ
て疑いをもち、部下に命じて思安及び夏氏を拷問にかけた。○秀鈿と紅鸞が、
この時、公堂にやってきて、2人は、自分の子だと認めた。紅鸞は、依然、記
憶を失っており、君雄を思い出せなかった。君雄が実は番将だということも、
見破られた。○王爺がやってきて、一切を知り、君雄を殺そうとした。君雄
は、絶望のあまり、『胡地蛮歌』を歌った。郡主は、これを聴きつけ、昔を思
い出し、記憶喪失が治った。すぐに君雄のために兄の王爺に許しを請うた。王
爺は、君雄の死罪を許したが、かれを胡邦に追い返そうとした。君雄は、やむ
なく、身につけていた玉珮を紅鸞に贈って紀念とした。思安は、玉珮を見て、
君雄が実は離れ離れになっていた自分の子だとわかった。王爺は、君雄が実は
漢人だとわかって、中原にとどまり郡主と結婚することを許した。全劇結束[44]。

【補】劉月峰編、1962年、大龍鳳劇団、麦炳栄、鳳凰女主演。ハリウッド映画、
　　Random Harvest（1942）に拠って翻案した可能性がある。（陳守仁『概説』189頁）

45【牡丹亭驚夢】(南宋)

　麗娘は、春香を連れて牡丹亭にやってきて園内を遊覧した。麗娘は、満開の
花に蝶が飛び舞うのを見て、気が晴れると共に、却って悲しみが湧き起こり、

45【牡丹亭驚夢】(南宋)

自分が死んだらここに埋めてほしいと願った。春香は気づかれぬようにこっそりと離れた。麗娘は、遂に牡丹亭の中で机に寄りかかって睡りに入った。○麗娘は、夢の中で、一書生が柳枝を持って近づいてくるのを見た。ひどく驚き、矜持のせいで、寄せ付けなかったが、やがて2人の間に互いに親愛の情が生まれてきた。書生は、自ら柳夢梅と名乗り、麗娘を花間の路に連れて入り、2人は、湖山石の旁で情を交わす。この時、花神が出現し、両人は、この情縁をつなぐまでに3年かかることになろうと予言する。○麗娘は、落花に驚かされて、はっと目を醒まし、今しがたの出来事がすべて南柯の夢であったことを覚る。春香がやってきて、麗娘の手脚が氷のように冷たいのに気づく。○春香は、急いで麗娘を扶けて部屋に戻らせたが、麗娘の病情は、悪化した。命の危機が迫る中、自ら自分の似姿を画き、又、柳枝を画きそえ、詩句を絵姿の上に題して目印とした。詩に曰く、「遠く観れば自在なること飛仙の若く、近く睹れば分明なること儼然たるに似たり、他年蟾宮の客に傍うを得れば、梅辺に在らずして柳辺に在らん」。○麗娘は、終に病が重くなって死ぬ。父の杜宝は、娘の遺言に従って、梅花の樹の下に葬り、梅花庵を建てて、そこに麗娘の霊位を供奉し、麗娘の老師、陳最良と石道姑、及び妙傅の3人に命じて管理させた。杜宝は、その後、家人を伴って淮陽に赴き、新しい職位に就任した。○3年後、陳最良、石道姑、及び小道姑の韶陽女（又名妙傅）は、相変わらず梅花観に住み、麗娘の霊位を管理していた。ある日、秀才、柳夢梅が路すがら、この地を通りかかり、風雪を避けるために、梅花観に一晩、宿を借りたいと頼みこんだ。韶陽女は、夢梅が英俊な若者の見て、大いに好意を示した。○陳最良がやってきて、最初は夢梅を追い出そうとしたが、夢梅が何度も最良に腰を低くして頼んだ結果、終に南楼に居住することを許された。夢梅が独りで観内に居るとき、麗娘の鬼魂がやってきて、夢梅を案内して画巻を拾うよう仕向けた。夢梅は、画巻を南楼に持ち帰った。○柳夢梅は、画巻を南楼に持ち帰ったあと、開いてよく見ると、画中の女子は、容貌清秀で、会ったことがあるような気がした。題詩を読むと、更に弦外の音があるように感じた。夢梅は、次第に画中の女子と、昔、奇縁があったように感じ始め、次第に愛情を感じるよう

になってきた。遂に丹青を床辺に掛け、この女性と夢の中で会えることを切望
した。○夢梅が睡りに入ったとたんに、麗娘の鬼魂が南楼の門外にやってき
た。夢梅が夢の中で「姐姐、姐姐」と叫んでいるのを聴くと、遂に門を敲い
た。夢梅は、門を敲く音と女子の開門を求める音を聞きつけると、小道姑の妙
傳と思い、門を開けて看たが、人影は、見えない。麗娘は、しかし、身を翻し
て門から入った。夢梅が門を閉めて睡ろうとしたとき、女子の声が聞こえてき
て、1人の女子が部屋にやってきたことが分かり、急に奇異の感を覚えた。麗
娘は、自分は、未婚で家族もいない、夢梅の瀟洒を愛して、特に会いに来たの
だ、と言う。又た自分は、画の中から抜け出てきた、とも言った。夢梅は、丹
青を取って一目見て、画中の人は、まさしく眼前の人と知って喜び、鴛鴦の枕
を共にしようと誘った。麗娘は、頭を振り、涙ながらに、自分の身の上、及び
游園のあと夢の中で死んで、父母を悲しませたことを説明した。夢梅は、又
た、夢の中で1人の佳人に会ったことを思い出した。麗娘は、すぐに自分こそ
正しくその佳人だと言った。夢梅は、麗娘の家人に結婚を申し込みたいと言っ
たが、麗娘は、自分の境遇について、相変わらず曖昧な言葉で応対するにとど
め、灯謎によって、夢梅に自分の境遇を理解させようとした。灯謎に云う、
「灯已に滅え、縁已に絶ゆ、君来りて繡穴に臨むを待つ、如今なお半ば明滅す」
と。夢梅が理解できずに頭を抱えていると、又た陳最良が門外で門を敲く音が
聞こえた。夢梅は、房中に女が居るのを、最良が見たら、きっと誤解を引き起
こすだろう、と思った。麗娘は、夢梅に心配せずに門を開けてよい、と指示し
た。○陳最良が部屋に入ると、果して麗娘の姿は、見えなくなっていて、夢梅
は、不可解の思いに駆られた。最良は、夢梅に、女子と密会していないか、と
質問したが、夢梅は、否認した。麗娘は、最良が懐中から四角い古玉を取り出
して灯に掛けるのを見ると、遂に清煙と化して、さっと画中に戻った。最良
は、画巻に近づき、この画がまさしく麗娘の絵姿であることに気が付いた。こ
の時、石道姑と小道姑の妙傳がやってきた。最良は、杜家の小姐、麗娘が3年
前に已に死去した事を口にした。夢梅は、思わず戦慄した。○衆人が離去した
後、麗娘の鬼魂が戻ってきた。夢梅は、怖がって地に蹲り顔を掩った。彼は、

45【牡丹亭驚夢】(南宋)

先ほどの灯謎を念じながら、急に眼前の女子は、夜鬼が戻ってきたのだとわかり、恐怖心がやや収まった。夢梅は、麗娘が彼のために死んだのだということに思い至り、2人が長く添い遂げられるように自分も彼女の後を追って死のうとした。麗娘は、夢梅の殉死を阻み、2人の情縁をつなげるよう、彼に向かって明日、辰の刻の前に、棺を破って回生を援助してくれるように頼んだ。○時は、ちょうど麗娘が死去して3年の命日にあたっていた。朝日がようやく昇り、石道姑と妙傅が麗娘の墓前に来て拝祭した。柳夢梅は、麗娘が墓を掘るように頼む声を聴いた。終に辰の刻の前に麗娘を死から生き回らせた。○石道姑は、柳夢梅と麗娘が結婚した後、夢梅に墳墓盗掘の嫌疑がかからないように、2人とも先ず杭州にしばらく逃避するよう提案した。石道姑と妙傅も、巻き添えをさけるため、杜府から逃亡した。○最良がやってきて、麗娘の命日を拝礼しようとして、墳墓が已に開かれているのを見て、夢梅が棺を開き、宝を盗み、さらに麗娘の遺骸を塘中に投げ捨てた、と思い、遂に淮陽に行って、杜宝に告発した。○夢梅と麗娘は、結婚してから、杭州に住んだ。夢梅は、已に上京して試験を受け返ってきていたが、しばしば合格発表の日を気にかけていた。麗娘は、心の中で、夢梅が必ず上位で合格するとわかっていたので、夢梅に淮陽に行って父母を訪ね、麗娘が生き返って2人が結婚したことを報告するように勧めた。麗娘は、さらに「父母はきっと好意を以て夢梅を歓待するでしょう」と、言った。○その時、李全が乱を起こした。杜宝は、夫人が衝撃を受けるのを恐れると共に、亦た夫人がずっと娘のことを思って病気になっていることを知っていたので、部下に命じ、夫人を護送させて南安に送り返して休養させるようにした。杜夫人、春香及び家僕は、杭州蘇堤の一民居の外に到着したところ、夫人が身体に不調を感じた。春香は、門をたたき、その家の人にお茶を一杯、所望した。実は、この民居は、まさしく麗娘と夢梅が住んでいる場所だった。春香は、女子の容貌が麗娘とそっくりなのを見て、恐怖のあまり、「お化け」と叫んだ。夫人が走り寄り、麗娘を見て、やはり麗娘の鬼魂が現れたと思い、驚いて顔色を失った。そこへちょうど石道姑がやってきて、夫人及び春香に向かって、麗娘が生き返った経過を説明した。麗娘も命を救って

くれた恩に報いるために已に柳郎と結婚して夫婦となったことを打ち明けた。夫人は、これを聞いて、不快感を懐き、麗娘を責めようとした時、柳夢梅が高位で状元に合格したという知らせを聞いて、怒りを喜びに変じた。夫人は、麗娘にすぐに急いで淮陽に行き、厳父にお目通りするように言いつけ、自分もまた、後を追って淮陽に帰って行った。○李全の乱は、無事に収まった。杜宝が官員と共に淮陽平章府内で祝賀行事を行っていた時、陳最良がやってきて、麗娘の棺が掘りだされて、遺骸が蓮塘に投げ込まれ、洞庭湖に流された経過、及び墓を掘って遺骸を捨てたのは書生柳夢梅である、ことなどを報告した。この時、夢梅は、已に平章府の外に到着していた。彼は、杜家が上下ともども必ず好意に満ちた接待をしてくれるものと思い込み、門番に向かって、自分は、杜家の娘婿で、姓は柳、名は夢梅であると説明した。○杜宝は、最良の言う所を聞いて激怒した。又、門番の杜安が「門外に杜家の女婿と自称する書生が謁見を求めに現れ、柳夢梅と名乗っている」と伝えてきた。杜宝と陳最良は、知らせを聞いて、たちどころに言い知れぬほど激怒した。○杜宝は、陳最良に暫らく片隅に回避させ、又、門番に命じて夢梅を堂内に連れてこさせた。杜宝は、暫らく怒気を鎮めて、「麗娘は、已に死去して３年になるが、麗娘とはその前から面識があるのか」と尋ねた。夢梅は、内情を知らず、自分は、麗娘と「共枕同床」したと言い、又、麗娘が自ら画いた絵姿、墓に葬るときに口に銜えさせた紋銀を示して証拠とした。杜宝は、犯人、贓物、共に捕獲したとして、すぐに最良を呼びだして、夢梅の掘墳、棄屍、及び盗宝の罪を指弾し証明させた。夢梅は、最良の指控を否認した。又、棺を開き麗娘を救い出だして起死回生させた経過を詳しく述べた。夢梅は、麗娘のために「衣を緩め帯を解かせ、麗娘と芙蓉の帳に入り、巫山に遊んだ」と言い、又、「麗娘が何度も「抱いて」と求めた」と言った。これを聞いて杜宝は、更に怒りを募らせた。○杜宝は、麗娘が回生したことを信ぜず、夢梅が鬼に迷わされていると思い、部下に命じて夢梅を天窓の下に吊り下げ、自ら柳枝で拷打し、水を噴きかけて、正体を露呈させようとした。○苗舜賓は、皇命を奉じ、新科状元の柳夢梅を探しにきて、平章府に到着した。夢梅は、天窓の前で、大声で自分が柳夢梅であると叫

45【牡丹亭驚夢】（南宋）

んだ。舜賓は、屋敷に入り、杜宝に向かって登科記を出して見せ、夢梅は、確かに新科状元であることを証明した。夢梅は、釈放され、状元袍に着替えた。杜宝は、まだかれを婿とは認めようとしなかった。苗舜賓は、夢梅を連れて朝廷に上り、皇帝に面会させた。杜宝は、まだ夢梅が屍を棄て宝を盗んだ、と思いこみ、昇殿して皇上に報告しようと決心した。〇金鑾殿において、杜宝と夢梅は、麗娘が鬼か人かについて、それぞれ自分の主張を述べて譲らず、宋帝にこの事件を主審するように求めた。殿上、夢梅は、杜宝に挨拶しようとしたが、却って冷ややかにあしらわれた。夢梅は、怒った挙句、「銀漢に同時に双月の浮きて亮なる」にあらざれば、杜宝を岳丈として拝礼することはしない、と言った。〇麗娘が人か、それとも鬼かを弁別するために、宋帝は、御閣の禅師を御道の両旁に立たせ、麗娘がしっかりした足取りで上殿できるか、否かを観察させた。麗娘は、初めはややおどおどしたが、後は、能く落ち着いて金階を歩いてのぼり、宋帝に挨拶した。杜宝は、これを見ていたが、それでも麗娘を祟りをする花妖と目した。夢梅は、口を出して麗娘を擁護し、杜宝と再び争いを起こした。麗娘は、この様を見て、夫と父親の争執は、全て自分の回生から起こったことがわかり、心を痛めて、宋帝に一死を賜うことを求めた。〇宋帝は、さらに人鬼を験証する方法を思いついた。部下に命じて麗娘に鏡を与えて顔を照らさせ、妖形が全身を現すかどうかを見させた。麗娘は、命令通りにしたが、鏡中には、彼女の嬌麗な容貌が見えるだけで、別に妖怪の姿はなかった。宋帝は、又、宮娥に命じ麗娘に向かって鬼怪が恐れる蒲葉を浴びせたが、それでも麗娘には何の異様も起らなかった。みんなこの時、亦た麗娘が花蔭の中で地上に投射する影を見た。宋帝は、遂に麗娘が再生して人となったと宣言し、淮陰公主の封を賜り、併せて夢梅との結婚を承認した。〇衆人が歓喜している時、杜宝も実は、進んで認めたかったのだが、自尊心を捨てきれず、相変わらず、膨れ面をしているほかはなかった。麗娘は、父親をちらりと見て秘かに涙を流し、急いで夢梅に向かって、岳丈に近づいて挨拶するように求めた。杜宝は、却って腹立たしそうに、「まだ二つの月を見ていない」と言った。夢梅は、杜宝が自分の妄言に対してまだ怒りを収めていないことを知り、困った

顔をした。すると麗娘が近づいて、夢梅にちょっと耳打ちした。夢梅は、再び杜宝に近づいて挨拶した上、「二つの月が見えます、一つは天の涯に、一つは水の中央に」と言った。杜宝は、これを聞いて怒りを喜びに転じ、女児・女婿と共に一家団円した。全劇結束[45]。

【補】唐滌生編、1956年11月、仙鳳鳴劇団初演、任剣輝、白雪仙主演。杜麗娘の鬼魂としての怪奇性が薄れ（湯顕祖が麗娘を鬼魂の身から脱出させるために置いた冥判の場も削除）、柳夢梅を盗掘者として咎める杜宝の頑迷ぶりに演出の重点が移っている。猥雑な白もあり、原作の深遠な趣は消失している。

46【再生紅梅記】(南宋)

賈似道は、画舫に乗り、美しい景色を見に西湖に行った。そのとき、36名の姫妾を同伴していた。太学生裴禹は、山西の人、湖水を遊覧していて、偶然、賈似道の随員中の李慧娘を見かけ、その容貌に惹かれて小舟に乗って数日、追いかけた。ある日、画舫が湖岸に停泊し、賈似道は、上陸して狩猟に出かけた。慧娘は、命ぜられて、船中に酒宴の用意をしていた。ふと見ると、裴禹が岸辺の橋の上で、琴を抱いて遠くからこちらを見ている。裴禹は、近づいて、前後の見境もなく夢中になっている気持ちを鎮めるために一目会いたいと懇願した。慧娘は、付きまとわれるわずらわしさに耐えられず、岸に上り裴生と一目会うことを許した。裴禹は、愛情のしるしに琴を贈ろうとしたが、慧娘は、自分は、役人の妾だからと言って断った。裴禹は、がっかりして、琴を砕いて去った。〇慧娘は、裴禹の瀟洒な後姿を見送って、思わず「素適な少年だこと！」と口走った。たまたま賈似道が狩猟を終えて船に返ってきたところだった。この言葉を聞いて激怒し、近づいて慧娘を叱責した。慧娘は、身を屈して生きることを願わず、言葉を交わすうちに、3・4回、衝突した。賈似は、怒りを抑えきれず、その場で慧娘を棒で打った。その結果、慧娘は、重傷を負って死亡した。賈似道は、部下に命じて慧娘の首を切り取らせ、錦盒に入れて、他の妾達の見せしめとした。〇賈似道は、姫妾の数が36に満たなくなったのを気にした。甥の瑩中が、「繡谷に容貌が慧娘とそっくりの盧昭容という名の女がいます」と言い、似道にこの女を妾にするよう提案した。賈似道は、それを

46【再生紅梅記】(南宋)

写真70　紅梅閣の昭容、盧桐、裴禹

写真71　狂女を装う昭容

聞くと、すぐに瑩中に向かって金銀珠宝を持って繡谷に行き、妾として招くように命じた。〇繡谷の内は、泉林に引退した盧桐が娘の昭容と一緒に住んでいる場所だった。盧桐は、かつて総兵の官にあり、国のために忠を尽くすこと30年に及んだが、賈似道が権を握ってから、汚濁の徒と席を共にすることを肯ぜず、退隠に追い込まれ、娘の昭容と酒を売って暮らしていた。〇裴禹は、西湖を離れてからも、ずっと慧娘を思い続けていたが、偶然、繡谷に行き、満開の紅梅を見て、一枝を折って家に持ち帰り、机に飾って恋心を鎮めたいと思った。梅を折ろうとしたとき、つい注意を怠り、盧家に転げ込んでしまった。そこへちょうど家に帰ってきた盧昭容にばったり出会った。裴禹は、避けようとしたが、間に合わなかった。このとき裴禹は、昭容の容貌が慧娘そっくりなのを見て、心中大いに喜んだ。しかし、昭容は、見知らぬ人間がいきなり飛び込んできたのが急に目に入り、裴禹を塀を乗り越えて人の家に入り込んできた「ならず者」と誤解し、杭州府の役所に突き出すために父親盧桐を呼び出そうとした。しかし、よく見ると、裴禹は、眉目秀麗な書生であった。昭容は、思わず好意を懐き、聞いてみると、自分を画舫上の佳人と見誤ったのだ、とわかった。そこで、梅を折るのを許し、念願をかなえてやった。〇両人は、言葉を交わすうちに、互に好意を懐いた。盧桐は、運よく、愛娘が才子と心を通じ合っている情景を目にして、すぐに2人の結婚を許した。〇ちょうど結婚祝いの祝賀気分で家中にぎわっている時、瑩中が金銀珠宝を携えてやって来て、「賈太師が昭容を妾にもらいたいと言っている」と伝えた。盧桐は、「昭容は、私に付き添って一生、嫁には行かないと言っています」と言って断った。昭容も「自分は体が弱く病気がちで、福沢の相ではありません」と言った。しかし、賈瑩中は、2人の話には耳を貸さず、聘物を置くと、すぐに離去した。このとき、何気なしに裴禹の姿がちらりと目に入った。〇盧桐と昭容は、どうしてよいか困り果てた。裴禹は、一計を提案した。昭容に瘋癲の振りをさせて、屋敷や広間をかく乱させ、似道に彼女を妾にする気持ちを失わせるという案である。裴禹は、自分が先ず屋敷に入って内応することにした。〇太師の屋敷では、家僕の麟児が太師の命を受けて繡谷に昭容を迎えにやってきた。しかし昭

46【再生紅梅記】(南宋)　　　　　　353

容の挙動が瘋癲なのを見て、輿を空にしたまま帰ってくるほかはなかった。○
賈似道は、知らせを聞いて、心中悦ばなかった。瑩中は、昭容が装瘋の振りを
しているのではないかと疑い、麟児に再び花輿を擁して繡谷に行くように命
じ、先ず彼女を屋敷に迎え戻させてから、さらに細かく狂人であるか、否かを
観察しようとした。○裴禹は、太師の屋敷に行き、門をたたいて謁見を求め
た。遅遅として太師に拝礼に来なかったのは、「3か月前、兄が科挙に落ちて、
長安でやけ酒を飲み、遊興に走って、狂人になり、崖から墜ちて死んだため
に。裴禹も3か月の喪に服してから遅れて太師府に参上したのだ」と説明し
た。似道は、兄の才を惜しみ、裴禹に屋敷に客人としてとどまることを許し
た。○花輿が屋敷に帰ってきて、盧昭容は、瘋癲のふりをした。父盧桐と共に
太師府の内で、大騒ぎをした。昭容は、言詞の中で、似道の不忠不義を叱責し
た。似道は、怒って雷のように飛び跳ねたが、昭容が本当は瘋女ではないかも
しれないと思った。そこで3・4回、本当に狂人かどうかを観察することを試
みた。昭容は、機敏に警戒して相手の探りを回避した。似道は、彼女を手放し
たいという気になり、裴禹が屋敷から外へ送り出した。しかし、別れ際に、昭
容は、思わず真情を流露し、裴禹とひそひそ情愛のこもった話をした。盧桐
は、昭容を連れて屋敷を離れたが、似道に昭容が狂人の振りをしていたことを
見破られるのを恐れ、急いで娘を連れて揚州に直行した。○実は、今しがたま
で、瑩中は、ずっと傍について注意深く細部まで観察していた。彼は、何故に
昭容が突然、瘋癲を発病したのかを疑った。又、昭容を妾になるよう招きに繡
谷に行ったとき、裴禹をちらと見たような気がした。彼は、両者の間に関連が
あると思い、似道に「先ず裴禹を殺し、それから昭容を捕らえる」ように進言
した。○似道の愛妾、呉絳仙は、慧娘を悼むために、身に紅衣を着て紙銭を捧
げ持って、紅梅閣に拝祭に行った。ちょうど死者を弔っているとき、裴禹も亦
好奇心から近づいて絳仙にわけを尋ねた。裴禹は、呉絳仙から紅梅閣に棺が
置かれていることを聞き知って、さらに詳細を尋ねようとしたが、絳仙は、人
の噂の口に上ることを恐れて、匆々に離れ去った。裴禹は、心中に驚きと疑い
を抑えきれぬまま、書斎に帰り、やがて、すぐに朦朧として睡に入った。○突

然、風沙が四方から起った。実は、慧娘の魂魄が帰って来て、裴禹に会いに来たのだった。裴禹は、終に慧娘が已に死んだことを知ったが、慧娘の容貌を愛するが故に、情を昭容に託していると説明した。慧娘は、裴禹の自分に対する深いひたすらな情愛を知って、心の中で暗かに喜んだ。あわせて「ここへやってきたのは、似道が人を派遣して真夜中に裴禹を暗殺させようとしていることを知り、身を挺して裴禹を危険から脱出させたいからだ」と打ち明けた。○三更の時分、瑩中が手に利剣を持ち、書斎にやってきて、裴禹を殺そうとしたが、慧娘の鬼魂に阻まれた。慧娘は、裴禹をつれて太師府から逃げさせようとした。○似道がやってくると、瑩中は、「紅衣の婦人が助けにきて、裴禹を連れて逃げた」と報告した。麟児は、似道に、「今しがた絳仙が裴禹とひそひそ話をしていた」と報告した。似道は、大いに怒り、部下に命じ絳仙を半間堂に連れてこさせて審問した。○半間堂の上、似道は、絳仙に何ゆえに偸かに裴禹を逃がしたか、を審問しようとしたが、却って慧娘の鬼魂に阻まれた。慧娘は「裴禹を逃がしたのは、自分で、絳仙ではない」と言って、似道に絳仙を釈放させた。似道は、慧娘の鬼魂を見て、大いに驚き顔色を失った。四十九日の羅天大醮を以て亡魂を超度したいと願ったが、慧娘は、受け入れず、似道に半間堂内に入り、面壁して過ちを反省するように命じ、頭を擡げることを許さなかった。似道は、従わざるを得なかった。慧娘は、似道が首を垂れている隙に、裴禹を連れて屋敷から遠く去らせた。○麟児が回ってきて報告し、「昭容は、実は、狂人の振りをしていただけで、すでに父に随って揚州に避難している」と言った。似道は、すぐに親ら揚州に行くことを決意し、昭容を屋敷に奪い返して妾にしようとした。○盧桐の父女は、揚州に到達すると、右丞相の江萬里に身を寄せた。新帝が即位し、已に聖旨を下し、似道を逮捕することを決定した。江、盧二人は、似道を逮捕する策を練った。○揚州の江府の内、盧桐は、昭容の病が重いことを憂えていた。又、昭容が一旦夭折すれば、似道を誘い出して自ら羅網に投じさせることができなくなることを恐れた。○逃亡の路上、慧娘は、裴禹に向かって自分の魂魄を揚州に連れて行って、盧桐父女に会わせてくれるように頼んだ。そうすれば、両人は、情縁を続ける希望があると

いうのである。それと「三笑、三哭」を回生の証とすると約束した。裴禹が揚州に到着した時、ちょうど昭容が逝去した。慧娘は、その屍を借りて還魂し再び陽世に返り、盧桐に情況を説明した。盧桐は、娘を喪って悲痛している時、慧娘が彼を義父と認め、余生を侍奉するのを応諾してくれたのを聞いて喜んだ。○賈似道は、衆を率いて揚州の江府に駆け付け、昭容を強奪しようとし、江、盧が早くから練ってあった計にはまった。江丞相は、新帝の聖旨を宣読し、似道に向かい「官は左相に居ながら、朝綱に明らかならず、襄陽を救わず、姫妾を擁し、旦夕に荒淫し、敵国に通じ、心を叛乱に存す」と責めた。似道、及び手先の一衆は、終に法に伏した。ただ独り絳仙は、慧娘の嘆願によって罪を免れた。裴禹と慧娘は、終に「有情人は眷属と成る」に至った。全劇結束[46]。

【補】唐滌生編。1959年9月、仙鳳鳴劇団初演。任剣輝、白雪仙主演。最後に李慧娘の幽霊が昭容の遺体を借りて還魂するのは、離魂記を借りたもの。紅梅記と離魂記を合体した作品、再生の2字を冠した所以である。

47【朱弁回朝】(南宋)

南宋の新科状元、朱弁は、金邦に出使し、2帝の帰国を迎えて、国土を修復しようとした。金兀术は、威を以て逼り、利を以て誘ったが、朱弁を投降させるのは難しかった。金兀术は、又、公主を使って結婚を逼ったが、これも亦た朱弁に拒まれた。兀术は、朱弁を冷山に幽閉した。公主は、元来、宋国の忠良の後裔だった。生を棄て死を忘れて、偸かに金邦の兵馬地図を描き、計を以て朱弁の帰国を助けた。高義は、朱弁の忠僕で、年若い主人の出使に随ってきた。公主と互に協力し合って、朱弁が兀术の迫害から逃れるのを助けた。帰国の途中、朱弁は、公主と依依として別れを惜しんだが、名分に碍げられて、有情の人も結婚できず、ただ兄妹を名乗るほかはなかった。朱弁は、宋京臨安に帰った。百姓は、歓喜し、朱によって国土を回復することができると思った。ところが、あにはからん、奸臣が権力の座にあり、朱弁は、反って免官され駆逐された。又、公主が江に身を投げて死んだという噂を聞いたが、江に臨んで悼み祭ることしかできなかった。実は、公主は、幸いにも漁翁に救助され、生

356　第4章　粤劇100種梗概／47【朱弁回朝】(南宋)・48【辞郎州】(南宋)・49【風流天子】(元)

命を保っていた。公主は、後に朱弁と出会った。両人は、顔を見合わせ、恍と
して世を隔てて再会したかのような気持ちだった。最後に朱弁は、公主と袂を
連ねて江湖に遊行し、義民と連絡して敵に抵抗した[47]。

【補】1960年、広州粤劇団初演、後葉紹徳編劇、香港上演。

48【辞郎州】(南宋)

　宋臣、張弘范は、命を奉じて潮州に到り、張達を訪問し、兵を率いて君王へ
の忠勤を励むように促した。張達は、初め応じなかったが、その妻の陳璧娘が
大義を暁り、夫に勧めて朝廷の命に服させた。張達は、潮州の義士を率い、崖
門に出兵した。郷親たちが送別に来た時、張達は、箭を樹に向かって射て、生
きて帰らぬ志を明らかにした。璧娘は、髪を切って軍を激励した。夫妻2人
は、雷俊と蘂珠を軍前で結婚させた。張達が去った後、璧娘は、張達の音信を
待つこと久しく、憂心は焚くがごときであった。孟忠が帰って来て消息を伝え
た。実は張達の大軍は、海上で敵に囲まれていたのだった。璧娘は、急いで女
兵を軍合し、救援に赴いた。張弘范は、元軍が粤に入る前に、敵に投降してい
た。張達は、元兵と海戦したが、敵わず、海に墜ちて擒えられた。雷俊は、璧
娘の船隊に救われた。璧娘は、兵を率いて敵営を奇襲した。叛将の張弘范は、
張達の命を盾に璧娘に投降を逼った。張達は、自ら傷が重く再起不能を悟り、
義に死ぬことを以て璧娘を激励した。璧娘は、衆人を掩護して脱出させ、孤
身、後を断って戦ったが、結局、敵は衆く我は、寡く、勝利を得ることは難し
く、遂に剣を横に構えて自刎し、壮烈な死を遂げて国に殉じた[48]。

【補】60年代、香港雛鳳鳴劇団初演。龍剣笙、江雪鷺、朱剣丹主演。

49【風流天子】(別名【孟麗君】)(元)

　孟麗君は、気に染まない結婚を避けるために逃げて上京した。男に扮して科
挙を受験したところ、上位で合格し、状元となった。さらに、梁鑑に招かれ
て、その娘婿になった。幸いに新婚の夫人は、実は、昔の娘時代の親友蘇映雪
だった。2人は、協力して夫婦を装った。後に皇帝が孟の身分を疑い、計略を
立てて、孟を天香館に留めて宿泊させた上、太監を派遣して真相を調べさせ
た。最後に、太監は、孟の鞋子を持ち帰り、孟の女扮男装を暴露した。孟は、

49【風流天子】(元)・50【鉄馬銀婚】(元)　　　357

本来、欺君の罪を犯したので、斬刑に処せられるべきだったが、皇帝は、孟の姿色を愛し、斬刑を止めただけでなく、彼女を妃に入れようとした。太后がこれを知って、孟をかばい、もとの婚約者と結婚させた。風流天子の野望は、潰えた[49]。

【補】徐若呆編、1940年代初演、劇団、主演俳優未詳。

50【鉄馬銀婚】(元)

　元末明初、群雄が角逐し、朱元璋は、旗を掲げて起義し、元朝を推翻し、金陵に攻め入った。北漢王の陳友涼は、一方に割拠し、子女の婚姻を利用して姑蘇王の張士成と聯合して、金陵を挟撃し、天下を奪取しようとした。大臣胡藍に命じて姑蘇に行き、殿下の張仁を招いて結婚させ、合兵の事を約束させるようにした。ところが図らずも、反って朱元璋に先手を打たれた。朱は、大将、華雲龍を派遣して張士成に仮装させて詐りの結婚を図った。北漢の元帥張定辺は、王の指令を北漢の公主、銀屏に告知した。銀屏は、殿に上り、この結婚に抵抗した。しかし、華雲龍に鄭重な礼儀で迫られ、反って華雲龍に惹かれてしまった。張定辺は、怪しいと思ったが、雲龍の能言善弁に心を奪われ、その結果、北漢王が後ろ盾になって2人は結婚して夫婦となった。結婚後、銀屏と雲龍の夫婦の恩愛は、異常なほど深くなった。雲龍には、姉の雲鳳が随行して雲龍を保護しに来ていたが、雲龍が銀屏に迷って、遅々として誘敵の計を実行せずにいるのを見て、雲龍を催促し、早く北漢王を黎山におびき出して、一挙に殲滅させるように進言した。雲龍は、公主を傷つけることを恐れたが、わざと唯々としてこれを請け負った。公主は、雲龍が愁愁として楽しまないのを見て、雲龍が合兵の事で、心思を悩ませていることを知り、北漢王に、黎山に行って張士成と協議するように頼んだ。北漢王の兵が黎山に到ると、劉伯温は、いち早く雲龍に命じ、常遇春等の大将を率いて、黎山を何重にも包囲させた。張定辺は、陳友涼を救援に駆け付けたが、劉伯温が布いた天羅地網から逃れることは難しかった。結果として北漢王の陳友涼は殺された。銀屏が営中を巡視している最中に、定辺が帰ってきて消息を報じ、「雲龍は、果してスパイだった」と言い、さらに陳友涼が已に斬首されたことを告げた。銀屏は、悲痛

して息絶えんばかり、兵を率いて乱をおこし、父の仇を報じることを決意し、兵を以て金陵を攻めた。雲龍は、面を見せて銀屏を迎え撃ったが、心中、深く銀屏を愛していたため、銀屏の突撃に任せるだけで、反撃は加えなかった。銀屏は、父の仇を討とうとしたが、心中、亦た雲龍を殺すに忍びず、躊躇している間に、愛弟が傷つくことを恐れた雲鳳が馬を飛ばして突進してきて、銀屏に斬り傷を負わせた。銀屏は、傷を受けてあわただしく逃走した。雲龍は、この情勢を見て、心中、更に不安がつのり、追跡して銀屏を探した。銀屏は、負傷して、破廟の中に逃げ込んだ。怒り悩んでいるとき、雲龍が追いつき、互いに顔を合わせる中で、銀屏は新仇旧恨が心の底から沸き上がり、先ず雲龍を斬って父の仇に報じたのち、自刎して愛に殉じようとした。雲龍は、銀屏に許しを請うた。雲龍と銀屏は、互に愛情を訴えて、抱き合い、国事を放棄し、天涯に遠く去ろうとした。この時、張定辺が追ってきて、雲龍を殺そうとした。その瞬間、雲鳳と胡藍が定辺の公子、張王琦を擁してしてやってきて、定辺を阻止した。定辺は、自刎しようとしたが、雲龍が勧止し、定辺父子に心を改めて大明のために尽力するように請願した。衆人は、互いに、群雄を平定し、江山を統一して、黎民に兵災の苦を受けさせないように協力することを約した。全劇結束[50]。

【補】作者未詳、【百度】に阮兆輝、陳好逑主演の動画あり。おそらく1950年代の初演と思われる。

51【梁祝恨史】(明)

祝家では、18歳になった祝英台が、読書を好み、その上、杭州の名儒、孟老師の学問を仰慕し、その書院で学問を追求したいと強く思うようになった。ただ祝家の老爺は、英台が大家の閨秀であり、3歩も閨門を出るべきでないという考えであった。○この日、英台は、侍婢の人心とこの事を談論していた。人心は、英台に向かって、男装した上で、老爺が杭州に読書に行くことを許してくれるかどうか、試してみたらどうか、と提案した。○英台の嫂嫂が表弟の馬文才を連れて、英台を訪ねに来た。文才は、英台を娶ることを望んだ。祝嫂嫂は、文才が太守の公子であることに期待し、熱心に2人の結婚を取り持とうと

51【梁祝恨史】(明)

写真72　英宝劇団戯告：【梁祝恨史】

した。しかし、英台は、文才の行為が下品であり、才も疎く学も浅いのを見て、文才に対してきわめて冷淡な感情を抱き、口実を設けて回避した。○その時、祝老爺と夫人がやってきた。祝嫂嫂は、文才に代わって祝老爺に結婚を申し入れた。老爺は、婚事に同意したが、祝夫人は、英台が学を好み、早婚を願っていないのを知っていて、老爺に婚議を進めないように求めた。○夫人は、英台が望みがかなわないため、鬱病になったのを知って、1度2度と老爺に英台の杭州游学を許可してほしい、と懇願した。ただ、祝嫂嫂は、反対した。○人心が「占卜先生が通りがかりに祝家荘の門に参っています」と伝えた。祝老爺は、人心に命じて先生を案内して入室させ、英台の杭州遊学が吉か凶かを占うように求めた。実は、この占卜先生は、英台が扮していたのだった。祝家の上下各人は、誰も識別できなかった。占卜が終わった後、英台は、つけ鬚を外した。祝家の上下は、ここではじめて占卜先生が実は英台の仮装だったことを知った。英台は、自分の男装が絶対に見破られないことを証明し

た上で、これに基づいて父親に向かって男装して杭州に読書に行くことを許可するように求めた。祝老爺は、英台のこのような苦心を見て、再度反対することはしなかったが、英台に対して、3つの条件に応ずるように求めた。若し母親が病気になったら、すぐに帰ってきて看病すること、放蕩して家門の名誉を汚してはならないこと、常に紅羅を携帯し、もし貞節が保たれない場合には、自ら命を絶って祝家の名声を保つべきこと、の3つである。英台は、三約を応諾し、旅装を整え出発しようとした。祝嫂嫂は、故意に英台を苦しめようとして、貞操帯一条を贈り、英台に貞節を守るように警告した。〇梁山伯は、侍僕士九を伴って杭州へ赴く途中、路傍の小亭で休息した。英台と人心は、男装して、つい先ほど小亭に到着したところだったが、人心は、馬の縄を縛りつけようとして、士九と衝突を起こし、急に口論をはじめた。〇山伯、英台は、それぞれ士九と人心に命じて相手に謝らせた。衝突が解消して、山伯と英台は、互に姓名を名乗り、更に2人が共に孟継軻老師に学ぶために杭州に游学にゆくことがわかった。4人が道連れとなって同行し、山伯、英台は、意気投合して、八拝の交を結んだ。山伯は、年十九、英台より1歳年上だったので、山伯を兄、英台を弟とした。〇瞬く間に、山伯と英台は、同窓3年となった。士九は、人心と英台が十指は繊繊、姿態も細細としているのを見て、ずっと彼らが女ではないかと疑ってきた。ある日、士九は、英台の行李の中にかの女帯があるのを発見し、更に人心と英台が共に均しく女だと確信した。士九は、わざとふざけた詩を作り、詩句にかこつけて、人心に向かって愛を示し、探りを入れてみたが、人心は、誓って女であることを否認した。〇人心は女帯が見えなくなったことに気が付き、外に探しに行った。士九は山伯がやってきたのを見て、山伯に女帯を示し、「自分はずっと英台と人心が本当は女ではないかと疑ってきた」と言った。山伯も疑をいだいた。2人は、計をめぐらし機をみて英台と人心の正体を探ってみることにした。〇英台がやってくると、士九は女帯を返し、英台が女子の身分を否認できるかどうかを見ようとした。英台は、それより前に対応を考えていて、「女帯は母親からの贈り物です。物を睹て人を思うの譬え通り、母の命を忘れないようにという趣旨で頂戴したものです」

と言って、女であることを否認した。○山伯は、それでもなお英台の本当の性別を疑い、英台に向かって「若しあなたが女であったとしたら、私は、きっと結婚を申し込みます」と言って、英台の反応を窺ってみた。英台は、心の中で自分がこの3年来ずっと山伯に傾慕してきたことを自覚していたが、はっきり口に出すことには躊躇を感じていた。恥ずかしいと言う気持ちが彼女に一再ならず、女であることを否認させた。○山伯は、なおあきらめきれず、夕方になってから英台を遊泳に誘った。英台は、「少し風邪気味です」と言い訳して、辞退して行かなかった。山伯は、万策尽き、最後の手段として、英台にベッドに上がって寝よう、と誘った。英台は、恥ずかしかったが、決心して床の上では両人の布団の間に一碗の水を置いて寝た。三更の時分、英台は、寝付かれずにひとり起き上がり、山伯に向かって気持ちを訴えようとしたが、山伯は、寝息を立てて眠り込んでいた。英台は、山伯に近づいて体に触れようとしたが、兄嫂から送られた女帯を思い出し、はっと貞節を守るべきことに気が付き、ベッドに戻って眠りについた。○翌日の朝、孟老師の妻が英台に1封の家書を手渡した。その手紙には、「英台の母親が英台を思うあまり病になった。早く家に帰るように」と書いてあった。英台、人心は、急いで行李を整え、山伯と士九は2人を一旅程まで送って行こうとした。○送別の路上、士九は、人心に同行した。2人は、3年、同伴し、已に感情が生じていた。士九は、絶えず人心に探りを入れ、人心は終始、本当の性別を否認した。それから、2人は、路辺の涼亭に行って少し休んだ。○山伯は、英台に同行した。英台は、1対の胡蝶が飛び舞うのを見て、この蝶をかれら2人に喩えた。山伯は、別れの辛さに耐えるのが精いっぱいで、その意味を理解できなかった。○2人は、河中に1艘の小舟が浮いていて、船頭が船を動かせないでいるのを見た。英台は、心にはっとひらめいて、「あの舟頭は、愚か者ね、風に乗って動かせばいいのに」と言い、山伯の愚昧にたとえたが、山伯は、相変わらずわけを知らず、ただ英台に「食事や寒暖に気を付けて、体を大事にするように」と言っただけだった。○2人は、とある廟に入った。中に縁結びの神、月老の神像があり、手に1本の紅糸を持っていた。英台は、月老に山伯との姻縁を取り持ってくれるよ

うに祈った。山伯は、鼓の音に紛らわされて英台の祈りの声を聴きとれず、英台は、才貌双全、将来、妻を探すのに困る心配はない（月老に祈る必要はない）と言った。○2人は、井戸の傍を通った。期せずして共に井戸の中を覗き込んだ。英台は、又、再び自分が女であることを暗示したが、山伯は、悟らなかった。○かれらは、又、無縁墓地を通過した。夫妻2人を埋葬した1基の墳塚を見て、英台が「いつの日にか、山伯と共に鴛鴦塚に葬られたい」と言った。山伯は、すると反駁して、「兄弟なら絶対に鴛鴦塚に合葬される道理はない」と言った。○英台は、万策尽きたが、ふと心に一計が浮かび、山伯に対して偽って、「家に未婚の妹がいるから、自分が月老になって媒酌し、妹を山伯に嫁がせるようにしたい」と言った。英台は、更に山伯に1隻の玉胡蝶を「愛情のしるし」として贈り、学期が終わったら、なるべく早く妹を迎え取りに駆け付けてきてほしいと頼んだ。○4人は、已に渡し場に到着し、3か月後、祝家荘で再会することを約した。○馬文才は、家僕を連れて祝家荘に駆け付けた。文才は、多くの種類の聘礼を持参して、英台と結婚することになって、喜びに堪えなかった。○山伯は、士九を連れて、やはり祝家に向かって、嫁を迎えに道を急いでいた。2人は路が三叉に分かれている場所にぶつかり、思わず躊躇して動けなくなった。士九は、馬文才を見かけ、路を尋ねた。文才は、士九の無礼を嫌い、わざと士九に反対の方向を教えた。○山伯と士九は、かなり歩いてから、樵女に教えられて、初めて東に行くべきことを知り、先刻の公子に愚弄されたことを知って、すぐに出発し、急ぎ足で駆け付けた。○祝家荘では、英台の父親が馬家との婚事を承諾した。英台は、反対したが、父は、馬家との結婚の方針を変えず、英台は、怨みがつのって病となった。この晩、人心は、花園で、英台のために香燭を準備した。英台は、月を拝し、山伯が早く迎えに来てくれるように切望した。○祝老爺と夫人が園中にやってきた。英台は、一再ならず、父親に婚約を撤回するように懇願した。人心もまた英台が已に山伯と私かに白頭を約したことを打ち明けた。祝老爺は、これを聴いて大いに怒り、「勝手に白頭を約することは、家門を辱めるものだ」と言った。○翌日の朝、山伯と士九は、祝家荘の門外に到達した。人心は、2人を裏庭に迎え入れ、さ

51【梁祝恨史】(明)

らに英台に会いにくるように求めた。山伯は、眼前の人が祝賢弟の妹だと思ったが、英台は、自分には妹はいない。只だ遊学のために男装していただけと答えた。山伯は、英台が自分と結婚してくれると思い、英台が変装して迷わせたことをとがめたが、喜びに興奮する気持ちを隠せなかった。英台は、悲咽し、「父親が已に馬家への降嫁の手はずを整え、明日、馬家の門をくぐることになっている」と言った。英台は、山伯の到着が3日遅れたことを恨んだ。山伯は、英台が承諾の言をたがえたことを恨み、悲痛の余り、玉胡蝶を返した。英台は、山伯に玉胡蝶を記念に保存してくれるように請い、さらに山伯に楼上で小飲して、共に衷情を語ることを求めた。2人は、慨嘆し、情意投合し、白頭を誓ったにもかかわらず、結局は、家族にはなれなかったことについて、思わず天を怨み人を尤めた。〇英台の兄嫂、馬文才、祝老爺、及び祝夫人がやってきて、英台にこれ以上、山伯にむやみに執着しないように命じた。衆人は、又、山伯をとがめ、英台に逼って礼餅を山伯に差し出して品嘗させた。山伯は、手に龍鳳餅を執り、悲しみ極まって血を吐き、最後は士九に抱えられて離れた。英台は、自殺しようとしたが、馬文才及び人心に止められた。祝老爺は、英台が山伯に対してこれほど愛着しているのを見て、馬家との結婚を認めなければ、自分も死ぬと脅した。英台は、これに逼られて明日の結婚を応諾した。〇山伯は、病から起ちあがれず、英年にして早逝し、草草に埋葬された。この日、士九は、山伯の墳前で香を焚き、哭祭していた。英台の出嫁する行列が途中、山伯の墳墓を通りかかった。英台は、身に喪服をまとい、輿を下りて山伯を拝祭した。英台が哭して山伯を祭っているちょうどその時、山伯の魂魄が徐々に現れて、英台に愛に殉ずる勇気がないのをとがめ、瞬間に消失した。英台は、果して山伯の幽魂が眼前に現われたのか、それとも自分の心中の幻想なのか、弁別できなかった。〇英台は、哭祭を継続して、酒3杯を奠げ、麦飯と紙銭を献上した。悲哀して自責し、誓を立て、胡蝶に化して山伯の孤墳につきそうことを願った。その時、突然、風雲が変色し、雷電が激しく起こり、墳墓を劈き開いた。英台は、すぐに墓穴の中に跳びこみ、墳墓は、すぐに閉じた。衆人は、大いに驚き、英台をとめようとしたが、間にあわなかった。一刻

の後、胡蝶がひとつがい、墳墓のほとりに飛び舞うのが見えた。士九は、手で胡蝶を撫で、心の中で、山伯と英台が已に蝶になり、これからは、この一双は、永久に離れないだろうと、思った。〇祝家の上下は、知らせを聞いてやってきた。馬文才は、英台が山伯の墓穴の跳びこんだことを聴き、鋤を持って塚を掘りにやって来た。突然、天上の雲が散り、月殿を露出させた。衆人が頭をあげると、山伯と英台が胡蝶に変じ、月殿の中で、10人の仙女と一緒に歌ったり舞ったりしているのが見えた。全劇、ここに至って終結[51]。

【補】唐滌生編。1955年11月、新艷陽劇団初演、任剣輝、芳艷芬主演。

52【十年一覚揚州夢】(明)

程母は、倩雯に向かって恨み言を述べ「彼女の姉、麗雯が昔、独身を謳歌して、多くの豪門に嫁に行く機会を逸し、現在は、両眼失明し、もはや王孫貴族から見向きもされなくなった」と言った。宋文華は、ずっと藩王、魏忠賢に付き従い、今、命を受けて軍隊を率い、貢品を押送して、路すがら揚州

写真73　玉龍と麗雯

を通りかかり、ついでに程家を訪ねにきた。程母は、文華が将軍になったことを知り、倩雯を文華に嫁がせようとした。ただ、文華は、ずっと麗雯を愛慕していた。彼女が不幸にも両眼とも失明していたのを知ったが、なお程母の要求に応じて、重金を積んででも麗雯を礼聘することを望んだ。ところが豈にはからん、麗雯は、面と向かって拒絶した。麗雯は、文華に、「自分の意中の人も亦た両眼が失明している人です」と告げた。麗雯は、倩雯が文華が好きなのを知っていて、2人の婚事を取り持とうとした。〇柳玉龍は、もと俠士だった。専ら貪官を殺したが、敵に毒を盛られ、その結果、両眼が失明し、隠れて揚州に住んだ。彼は、麗雯と知り合ってから、毎晩、必ず、弟の玉虎の助けを借りて楽府に行き、麗雯と会っていた。しかし、程母と倩雯は、共に玉龍と麗雯が常に逢引きしていることを知らなかった。〇玉虎は、魏忠賢が護持する貢品の

中に玉龍の双眼を治すことができる天仙雪蓮があることを知り、その晩、魏忠賢の軍営中に赴いて雪蓮を盗み取ることにした。○玉龍は、麗雯に会い、互に身の上に共感し、終身を誓った。麗雯は、１対の金釵を情愛のしるしとし、１枝は玉龍に贈り、自分は別の１枝を残した。玉龍の方は、金鏢を贈って、情愛のしるしとした。○玉虎は、天山雪蓮を盗み取ったが、魏忠賢の官兵に追跡を受けた。急な中で、玉虎は、１枝の雪蓮を玉龍に手渡し、又、別の１枝を麗雯に渡してから、逃げ去った。○文華は、貢品の保護を怠ったかどで、逮捕され、仕方なく麗雯、倩雯、及び程母を連れて逃走した。玉龍は、不幸にも麗雯と離れ離れになった。彼は、先ず天山雪蓮を使って両眼を治したあと、改名換姓し、武をすてて文を修め、科挙を受けて功名を勝ち取り、国のために尽くすことを決めた。○揚州を離れて３年、麗雯は、已に天山雪蓮を用いて双眼を治し、常に金釵を見て玉龍を思っていた。程母は、貧に耐えられず、麗雯が常に手に拈っている金釵を見て、奪い取って金に変えようして、躓いて転倒した。麗雯は、金釵は、玉龍との愛情のしるしであり、売ることはできない、と言った。程母は、ひどく憤った。倩雯と文華が出て来てなだめたが、反って程母に侮辱され罵られた。争っている間に、程母は、更に文華に賊寇になって貧困を救うように命じた。文華は、憤然として離れ去った。○実は、文華は、果然、怒りのあまり、強盗を働き、財物を倩雯に渡してから逃げ去ったのだった。官差がやってきて、贓物が在るのを見て、誤って倩雯を盗賊と見て、彼女を逮捕した。程母と麗雯は、それぞれ倩雯を救おうと考えをめぐらした。○藩王、魏忠賢は、出巡した時、たまたま麗雯に遇った。麗雯が揚州に名を馳せた才女であることを知り、彼女の才貌を利用して叛国の計画の助けにしようとした。そのため、麗雯を義女とし、名を鳳萍郡主に易えさせ、家人を伴って王府に移り住むことを許した。程母は、倩雯を救おうとして成功せず、ひどく焦っていたが、家に帰ってきて麗雯が出世して郡主になったことを知って喜び、麗雯に速く衙門に行って倩雯を救うように頼んだ。○この時、玉龍も亦た両眼を治してから、科挙を受けて功名を得、知府になった。官となって常に公正厳明で通してきた。ある日、廉御史がやってきて、ひそかに魏忠賢の叛国の陰謀を調査し

ていることを告げ、彼に協力を求めた。玉龍は、応諾した。急に、堂鼓の響く
音が伝わってきた。玉龍は、すぐに堂を開き、倩雯の強盗事件を審理した。玉
龍は、証拠が確実であると認め、先ず判決を下して倩雯を収監し、処分を待つ
ことにさせた。その後、程母と鳳萍郡主（即麗雯）が前後して駆け付けた。麗
雯と玉龍は、相手の本当の身分に気が付かず、公堂で鋭く対立して、互に譲ら
なかった。○魏忠賢は、麗雯が衙門に行ったことを知り、亦た その結果を探査
した。彼は、玉龍が官として剛正であることを知り、腹心として招くことに
し、玉龍にすぐに自分の伴をして官船に乗って上京するように求めた。玉龍
は、廉御史の委託を受けていたので、応諾するふりをして、ひそかに魏忠賢の
叛国の罪証を蒐集した。○文華は、逃亡して四海を家としていた。ある日、江
を渡る時、たまたま玉虎に遇った。実は玉虎もまた盗賊に身を落とし、専ら富
める者から奪い貧者を救ってきたのだった。今回、文華を脅そうとして、文華
の全力反抗に遭い、2人は、斬りあっている間に、相手の武芸が非凡であるこ
とを覚り、互に称え合った後、義兄弟の契りを結んだ。その晩、協力して岸に
停泊中の官船を襲うことを約した。○深夜、文華と玉虎は、それぞれ分れて官
船襲撃の機会をうかがった。このとき、ちょうど麗雯と文華は、お互いの近況
を知った。麗雯は、文華を助けて罪名を洗い流させ、さらに彼に頼んで玉龍の
行方を探してもらおうと願った。○玉虎もまた官船で玉龍に遇った。玉龍は、
近況を告げ、魏忠賢の罪証の捜集に協力してくれるようにたのみ、さらに麗雯
の消息を探してくれるように頼んだ。○文華は、玉虎が麗雯の訂情の金釵を保
持しているのを見て、彼が麗雯の情人と思っていたが、玉虎は、自分の兄が麗
雯の意中の人だと告げた。玉虎と文華は、玉龍と麗雯に楽府で会う約束をし
た。○玉龍と麗雯は、旧地で再会した。2人は、赫然として相手があの日、公
堂で対決した郡主と知府だということを覚った。2人は、相手がまた両眼が見
えるようになったことを喜んだ。麗雯は、更に玉龍に、魏忠賢が彼女に逼って
入宮させ妃嬪にする決意であることを知らせた。○魏忠賢は、麗雯が私かに情
人に会っていることを知って、駆け付けてきて、麗雯に自分に随って府に返る
ように逼った。○この時、廉御史は、已に魏忠賢の叛国の罪証を掌握し、程

母、倩雯、文華、玉虎と共に駆け付けてきて、魏忠賢を捕らえた。文華は、大功を立てたことによって、将軍に復職することができた。程母は、玉龍と文華が共に役人に出世し、又、それぞれ麗雯、倩雯と情意投合しているのを見て、2組の情人が結婚して家族となることを許可した。全劇終結[52]。

【補】劉月峰作、徐子郎編。1960年、大龍鳳劇団初演、麦炳栄、鳳凰女主演。

53【英烈剣中剣】(明)

　明の中葉、君は暗愚で民は、困しみ、権臣の孟奎は、私かに倭寇と通じていた。元老の苟儒は、探知して、孟が滬南を通り過ぎるとき、専諸や聶政の故事に倣って、孟奎を刺殺しようと謀り、滬南の水泊に隠れ住んだ。龍家の国老と、孫の家烈（弟）、家節（姉）、の祖孫3人は、均しく元に抗し節に死した家系を継いでいた。国老は、一君一姓の家の天下のために忠義を尽くして、その結果、龍家を死者相継ぐ悲惨な立場に陥れることの非を感悟し、日夕に孫に練武を課しながらも、世事を問わなかった。苟儒と苟煜の叔姪が登門して会見を求め、龍家秘伝の剣中剣を借りて、孟奎を暗殺する一事に対しても、断固として拒絶した。苟儒は、孟を殺すことは、乃ち民のために害を除くことであり、一姓の家の天下に忠たることではないと力説した。国老は、大義に凜然として、家烈に剣を手に出撃するように命じた。行くに臨んで「成功しなくても仁を成すように」と委嘱した。家烈は、途に就くとき、密に互に愛恋していた村女、襄如玉と別れるにあたり、玉佩を贈ったが、使命は、秘匿し、姉の家節に如玉の面倒を見てほしいと頼んだ。家節は、弟が単身で事を行うと、失敗する恐れがあると思い、又、如玉の面倒を乳母に託し、釵を笄に易え、男装して、跡を追い、策応を図った。旅店に投じたところ、たまたま如玉に遇い、誤解が生じて、打ち合いとなった。実は如玉の兄、襄陵も地下分子だった。如玉は、愛人が肩に重任を負ったことを知って驚き、亦た家節に同行して、協力して悪人を除く途に就いた。孟奎は、酷く宝剣を愛した。この時、滬南に進軍し、無敵と称された司徒偉英が衛侍した。家烈は、営前で剣を売り、何度も偉英を騙した挙句、孟奎に接近することができた。秘伝の剣器を用いたが、偉英の勇武にはかなわず、反って懸崖から撃ち堕された。孟奎は、捜索すること、しばら

くして、刺客が已に死んでいるところを発見したが、顔がはっきりせず、高く首を掛けた上で、懸賞をかけて識別できる人をさがした。その一方で、伏兵を置いて共謀者を誘った。家節と如玉は、家烈の消息を探っていた時、玉佩を落とし、その行動が露見してしまった。司徒偉英と孟奎は、互に共謀して龍国老に探りを入れ始めた。家節と如玉は、家に帰り、凶報を知らせた。龍国老は冷静に孟奎に対処した。家烈が後に家に帰ってきて、皆が集まり、全員で再度、悪人を誅殺する計略を練った。国老は、衆人を率いて桟道を探しあて、突然、奇襲をかけ、連続して大いに戦い、孟奎を江辺に敗走させた、孟は、遂に家烈の剣の下に誅に伏した[53]。

【補】作者、初演劇団、初演時期、未詳。

54【刁蛮公主莽将軍】(明)

前朝の公主司徒静は、大将軍司徒青雲夫婦に養われ、人一倍可愛がられた。司徒静は、天性、活発開朗で、氷雪のごとく怜利であった。彼女は、最も外面の自由世界を好み、常に男に扮装し、市井小巷の中を遊び廻った。その上、龍の中の少俠を以て自任し、我が道を行く気概で、天空を行くがごとし、と言い、又、悪さを好んで極端に走った。それゆえ三教九流の朋友は、彼女を親しみを込めて"小龍蝦"というあだ名を奉った。〇位を継いで間もない、若い皇帝、朱允は、少年英武、大智大慧であったが、愁眉を展かなかった。朱允は、皇帝になったが、大権は、旁に落ち、内憂外患、宮中での存在はひどく不自由だった。そこで彼は、考えた挙句、宮中を出て民心を視察し、民情を訪ね、同時にまた自分にも自由の時間を享受させようとした。〇司徒静は市井の朋友、万人の敵に勧められるままに斉国公の不義の財を奪うことを決意したが、はからずも人違いをして、白雲飛の婚約のしるしである腕輪を奪ってしまった。〇朱允は、宮を出てから、偶然、気前よく人に喜捨する司徒静に出会った。かれは、この義を重んじ財を疎んじ、すこぶる市井百姓の敬愛を受けている"小龍蝦"に、極めて強い好感を抱いた。朱允は、念うたびに"小龍蝦"が忘れられず、しばしば宮中を出て会いに行った。それから、かれは、司徒静、白雲飛と再度、相遇した。3人は、互に才を惜しみ、司徒静は、3人が兄弟の契りを結

54【刁蛮公主莽将軍】(明)・55【唐伯虎点秋香】(明) 369

ぶことを提案した。大将軍司徒青雲と宰相文章の両家は、犬猿の仲だった。し
かし、あいにく司徒静の兄、司徒剣南は、文章の二女、文薔と深く愛し合って
しまった。司徒静は、兄と文薔の真情に打たれ、彼らを助けて添い遂げられる
ようにする決心をした。朱允と白雲飛は、司徒剣南と文薔を助けるうちに、司
徒静が女の身であることを発見し、両人もまた心の中で司徒静を好きになって
しまった。朱允は、司徒静のために、意図的に文媚児を皇后に立てなかった。
白雲飛は、司徒静のために、安寧公主との婚約を中止する決意をした。司徒静
は、朱允、白雲飛との友情を重視し、いずれにも嫁がないと決めた。同時に白
雲飛と安寧公主は非常に良い組み合わせであると悟り、2人を添わせるために
尽力しようと思った。しかし、2人は一緒になると、すぐに怒って喧嘩をし、
全く司徒静の当初の予想と符合しなかった。最後にいろいろな摩擦を経て、司
徒静と朱允とは、一緒になった。それから、刁蛮公主は、正式に宮中に足を踏
み入れて統率の役を学んだが、宮中は、ここにおいて大混乱となった。寂寞の
皇宮は、これよりのち歓声と笑語に満ち溢れた[54]。

【補】作者、初演年代、初演劇団未詳。

55【唐伯虎点秋香】(明)

○【初遇】祝繍鳳は、才子祝枝山の妹で、兄と同じく才名があった。彼女
は、ずっとひそかに杭州の才子、唐伯虎を慕っていた。この日、繍鳳は、侍婢
の陶陶に命じて門外に行き、唐伯虎の足取りを探らせた。やがて、唐伯虎は、
家僕の唐興を連れて、繍鳳を訪ねに祝家にやってきた。陶陶は、唐興と会えた
のを喜び、2人で外出して、ひとしきり熱をあげた。繍鳳は、伯虎に宛てて手
紙を書き、伯虎も読んで、互に相手に対する思慕の情を伝えた。繍鳳は、伯虎
と終生の約束を交わそうとしたが、伯虎は、口実を設けて回避した。この時、
ちょうど天后誕に当たっていて、伯虎と唐興は、祝家を離れて、外へゆき、人
の賑わいを見に行った。たまたま、相府の蕭夫人が侍婢の春香、夏香、秋香、
及び冬香を連れて、紅盒と香燭を携えて、天后廟にお参りに行くところに出
会った。伯虎は、秋香の容貌に惹かれ、瞬きもせずに彼女をじっと見た。伯虎
は、不注意にも、秋香の紅盒にぶつかってよろけ、春香等3人の侍婢から一言

二言ひどく罵られた。夫人と秋香等は、みんな立ち上がって廟に入った。伯虎は、秋香をじっと見たままだった。これが秋香にかれに対するちょっとした好奇心を抱かせ、去るときに眸を回して一笑した。彼女らが廟に入ってから、伯虎は、付いて行こうとしたが、ここで偶然、銭三爺に遇い、すぐに祝府に行って扇子に絵を描いてくれるように頼まれた。伯虎は、扇子を受け取ると、「3日の内に描き終えます」と約束し、すぐに唐興と共に廟に入って行った。○【寺会】伯虎は、唐興に今日、秋香を追いかけたことをほかに洩らさないように、とたのんだあと、あとを追って廟に入って行った。天竺寺の住持を務める法師に会い、いつわって自分は、杭州に親を探しに来たが会えない、と言い、故郷に帰る旅費をかせごうとした。法師は、廟内の解籤（占いの籤の解説者）及び廟祝がすでに帰宅していることを考え合わせ、伯虎にかりに廟祝を務めさせ、解籤料を旅費に充てるようにさせた。蕭夫人は、禅房で休息し、秋香に大雄宝殿に行って籤を求めてくるように言いつけた。秋香は、廟祝がさきほど廟外で自分を凝視していた遊び人であることを知って、行きたくなかったが、しかたなく言いつけに従った。秋香は、伯虎に解籤を請うた。伯虎は詐って、籤文4句は「八月十五桂花の香、桂花に主なく姐に郎なし、自ら南宮の攀桂の手あり、秋香を折り得て枕旁を圧えん」と言う意味だ、と称し、さらに、「秋香は、今年きっと紅鸞に照されるだろう」と言った。その時、蕭夫人が禅房から正殿に歩み出て、秋香にどんな籤を引いたかと尋ねた。秋香はわざと高声で伝えて、「解籤の先生が言うのには、夫人は、単り繡閣で春を懐う必要はない、今年はきっと美満なる姻縁を成就するであろう、とのことです」と言った。夫人は、何のことかよくわからぬ、と感じ、春香、夏香、及び冬香等も廟祝を責め、又、「帚で叩きますよ」と言った。伯虎は、やむなく何度も許しを請うた。夫人は、追求を願わず、秋香に正殿で上の若奥様を待つように言いつけ、自分は、その他の侍婢と禅房に戻って休息した。伯虎は、秋香と2人だけになった機会をとらえ、しきりに彼女の天生の麗質を称え、さらに何度も彼女の身の上を尋ねた。秋香は、相手になるのを拒もうとしたが、褒められてつよく矜持を感じた。伯虎が秋香を娶りたいと打ち明けると、彼女は、半信半疑になり、

55【唐伯虎点秋香】(明)

いっそのこと、相手にしない態度をとった。このとき、蕭夫人の大媳婦（長男の嫁）の馮彩蓮が正殿に到達した。彩蓮は、伯虎の年上のいとこで、伯虎が秋香の色香に迷っているのを見て、簡単に秋香の身の上を教えた。伯虎は、「解元の身分で彼女に求婚しているのではありません。身分の上下にかかわりなく、彼女に嫁に来てほしいのです」と打ち明けた。さらに「今秋、必ず結婚を成就させます」とも言った。彩蓮は、伯虎が平民の身分の秋香を娶ることができるとは信じなかった。そこで伯虎と3千両銀を賭けた。蕭夫人は、彩蓮が已に到着したのを知り、家人に命じて籠を担がせて廟を離れた。伯虎は、機に乗じて強く秋香の鸞帯を牽いた。秋香は、彼のこのような入れ込み方を見て、喜ぶと同時にまた嫌気がさし、別れ際に、伯虎に向かって再び眸を回して一笑した。伯虎は、彼女にぴったりくっついてゆくことを決めた。〇祝家の侍婢の陶陶がやってきて、伯虎に祝府に行くように請うた。唐興は、「伯虎は、已に離去した」と言い、しかも「今日、何事が起ったのかは、言えない」と言った。陶陶は、悦ばず、唐興と争いが起こり、憤然として離去した。〇【追舟】渡し場では、蕭夫人と家人が已に官船に乗り込んでいて、これから出発して蕪湖の相府に帰ろうとしていた。伯虎が追いかけてきて、一艘の画舫に乗り込み、船頭に官船にぴったりついてゆくように頼んだ。実はこの船頭は、子供の時から名もなく姓もなかった。伯虎が官船を追っているとわかると、すぐに船賃一両を要求した。船頭は、自ら「名もなく姓もない、若し伯虎が良い名前を付けてくれたら、割り引いてもよい」と言った。伯虎は、船頭が貪欲なのを見て、からかってやろうと言う気を起こし、「米田共」という名にするように勧めた。船頭は3字の含意（糞）が分からず、よろこんで受け入れた。この時、蕭夫人は、官船に出航を命じた。伯虎も米田共に出航させた。米田共は、舟をこぎながら、鹹水歌を唱った。伯虎は、はっとひらめき、米田共に歌を歌って秋香の注意を引くように頼んだ。しかし、一曲が終わっても、秋香は、まだ出てこなかった。伯虎は、米田共に口をつぐませ、思い切って自分が唱った。秋香は、果して歌声を聴いて、船艙から歩み出てきて、あとを続けて数句を唄った。しかし、伯虎が画舫にいるのを見ると、すぐに沈んだ表情になった。伯虎は、米

田共に官船に漕ぎ寄せさせ、秋香に向かって船に乗って追ってきたのは、偏に秋香を愛慕しているためだと説明し、さらに秋香に画舫に来るように請うた。秋香は、軽く伯虎の軽狂を責め、画舫に行くことを拒み、船艙に戻ってしまった。この時、彩蓮が画舫上に伯虎を発見し、伯虎が秋香を追っても必ず徒労に終わって効果がないだろうと言って嘲笑し、「先に3千両銀を差し出して負けを認めた方がよい」と言った。○【売身】夜が明けて、官船は、已に接岸した。岸の上には、蕭家の第2公子華武（又の名は二刁：家門は顕貴だが、生れつきの愚か者）及び家人が早くから蕭夫人を出迎えに待っていた。夫人、彩蓮、侍婢たちは、相継いで上陸した。秋香は、後ろの方を歩んでいた。伯虎もあとを追って上陸した。米田共は、船賃を追徴した。伯虎は、1文もなかったので、銭三爺から渡された紙扇を取り出して、米田共の画舫中の筆墨を借用し、扇上に幾筆か画き添え、米田共に質に入れて船賃に充てるようにさせた。伯虎は、秋香の後について、まっすぐに相府の門外に到達した。秋香は、相府に入り、やがて広告を手に持って出てきて、府外の墻上に貼った。実は相府は、1人の家僮を募集していたのだった。伯虎は、これを見て、すぐに門番にどうやって応募するのかを訊いた。門番は、「家僕になるには、身を売る必要がある」と言い、伯虎と韓寡婦に細かい手続きを進めさせた。韓寡婦は、伯虎に自分の姨甥になるように言いつけ、かれが屋敷に入って家僕になるように手配することを応諾した。秋香は、この情に狂った秀才が自分を追い求めるために遂に進んで身を売るに至ったのを見て、一再ならず伯虎に向かって眸を回らして一笑し、かれを言い知れず興奮させた。○【盤秋】相府では、彩蓮が伯虎から賭けた3千両銀を勝ち取るために、伯虎の秋香に対する接近を妨碍しようと決意していた。彼女は、秋香に、「この好色の遊び人は、ほかでもない杭州で非常に有名な解元、唐伯虎です」と告げ、さらにまた続けて、「かれが秋香に身分を明かさないのは、秋香をもてあそんで、自分に命がけで愛着させようとしているからです」と言った。秋香は、これを聴いて、もともと伯虎に対して抱いていたかすかな好感さえほとんど消滅しかかった。彼女たちは、既に伯虎が身分を偽わり、身を売って屋敷に入りこみ、家奴となったことを知っており、2人

は協議し、協力して伯虎を屋敷から追い出そうとはかった。しばらくして蕭夫人が堂中に入って坐に着き、家人たちに言いつけて、夜、翠楼に寿宴を設け、そこで長男と次男の学力を試験するように準備させた。○この時、伯虎は、相府に入ったばかりだったが、容貌が秀れていため、大勢の侍婢たちみんなから愛慕され、侍婢たちは、かれのために嫉妬しあうに至った。冬香が伯虎を案内して堂上に到り、蕭夫人に挨拶させた。夫人は、かれを華安と名付けた。夫人が去ってから、伯虎と彩蓮は、2人だけ堂中に残った。伯虎は「もし彩蓮が手引きをしてくれて、秋香の芳心を勝ち取ることができたなら、3千両の銀を贈りたい」と言った。彩蓮は、承諾したが、伯虎に対して自分にも優しくするように要求した。伯虎は、有頂天になり、片手を彩蓮の体にかけて、彼女に感謝した。豈にはからん、この時、大公子華文（又の名は大踱）と蕭夫人が堂上にやってきた。華文は、馬鹿正直な人間だった。彩蓮と伯虎の態度が昵懇なのを見て憤って、彩蓮に美少年と私通しているのではないかと問いただした。蕭夫人も憤りのあまり、暈倒しそうになった。寿宴の後、華安を駆逐することを決め韓寡婦を探してきて、彼を連れ帰らせるように家人に命じた。秋香も機に乗じて彼を一渡り嘲弄した。○【伴読】翠楼での寿宴では、蕭夫人が中央に坐り、華文、華武は、それぞれ分れて両側に坐った。秋香、伯虎及び侍婢たちは、両側に侍立した。華文、華武は、いかにして夫人が出題する上聯に対応すべきか、苦慮していた。2人は、又、争って秋香に墨をすらせた。夫人は、秋香に華文と華武のために別々に墨をするように命じた。伯虎は、機に乗じて華武の聯を添削し、上聯と対応させて、夫人を大いに悦ばせた。華文は、華安が華武の聯を添削したのを見て、やはり華安に添削を請うた。華安の添削を経て、華文も上聯に対応させ、亦た夫人と彩蓮を大喜びさせた。この時、1人の家人が知らせをもたらし、「韓寡婦が已に相府に到着し、華安に会いたいと言っている」と伝えた。夫人は、華安に応対を命じた。伯虎が去った後、夫人は、出題して華文、華武の文章の技量を試験した。2人は、筆が動かなかった。夫人に向かい、今しがたの対聯は、全て華安の添削によったものだ、と打ち明けた。夫人は、大いに怒り、家人に命じて華安を呼び寄せさせて叱責し

た。彩蓮と秋香は、叱責を後押しした。華安は、偽って「自分は、年少にして母を失ったがゆえに、母の情を思って、夫人が我が子の不才に心痛しないように、お2人の公子の対聯に添削をしたのです」と言った。夫人は、華安の言にに共感して許した上、又、出題して彼の文才を試験した。華安は、泰然自若として対応し、夫人にさらに彼の才能を尊重する気持ちを起こさせた。夫人は、華安を引き留めることを決め、彼に2人の公子を教導すること、及び秋香と共に夫人の左右に随伴することを命じた。彩蓮と秋香は、華安駆逐の計画が失敗したのを見て、ひどく不愉快だった。○【盤僕】祝府では、陶陶と繍鳳が已に半年も、伯虎と唐興の足跡が分からないので、2人とも相手への思がつのって病気になり、終日、薬を煎じては、白嘆していた。この日、唐興が祝家にやってきた。実は彼も陶陶を思って恋患いになったのだった。繍鳳から何度も問い詰められて、唐興は、終に6か月前の天后誕のあの日に、伯虎は、天后廟で1人の艶婢に出会い、それから半年の今まで音信が全くないことを説明した。○【問扇】この時、銭三爺と銭夫人が一本の扇子を持って繍鳳を訪ねて来た。実は、三爺は、従来から質屋を経営していた。蕪湖の支店で此の扇を手に入れ、確かに伯虎の手跡であることがわかり、祝府に来て、繍鳳に伯虎の行方を調べに来たのだった。繍鳳は、伯虎が蕪湖にいると推測し、陶陶を連れて探しに行くことにした。○【点秋香】伯虎は、独り百花亭を散歩した。伯虎は、自ら半年来、心情を傾けつくしてきたが、未だに秋香の芳心を勝ち取れないでいることを嘆いた。この時、秋香が又、やってきた。伯虎は、機に乗じて何度も付きまとったが、秋香は、それでも心を動かさなかった。伯虎は、施す術もなくなり、やむなく自分が解元の身分であることを明言したが、秋香は、無知を装い、「何を解元というのか、わかりません」と言い、伯虎をしばらく弄んだあと、離れていった。○侍婢たちが蕭夫人に随って百花亭にやってきた。夫人は、「祝府の繍鳳小姐が見えた」と言い、華安に注意して侍候するように頼んだ。しばらくすると、家人が繍鳳を案内してやってきた。伯虎は、茶を捧げて献上した。繍鳳は、伯虎の身分を見破ったが、顔に出さなかった。蕭夫人は、繍鳳の兄の祝枝山の文才が唐伯虎に並んで評判が高い、と讃嘆した。繍鳳は、

55【唐伯虎点秋香】(明)

この機を借りて、唐伯虎が己に死んだ、と言った。繡鳳と彩蓮は、更に故意に「伯虎が風流不羈で、到る処で、拈花惹草の劣行をしている」と述べ、華安に扮している伯虎を悔しがらせた。蕭夫人は、「伯虎が某府の艶婢の色香に迷い、何もかも惜しまず、祖宗を忘れて、姓も名も変え、身を売って屋敷に入ったものの、艶婢が心を動かさなかったため、最後に水火三斤を飲んで、自殺して身亡んだ」と説明した。彩蓮は、又、機に乗じて、伯虎をひとくさり呪い罵った。夫人は、しかし、才能の早折を憐れみ、伯虎の早逝に対して深く同情を表した。繡鳳は、夫人を拝辞し、夫人は、華安に客を送るように命じた。○一たび相府の門を出ると、繡鳳は、伯虎が艶婢に迷って、自分に冷淡になったことを責めた。伯虎は、繡鳳に向かって謝って、「自分が秋香を愛慕する情は、真実です」と言った。繡鳳は、怒を同情に変え、かれに秋香を勝ち取る妙計を教えた。繡鳳と陶陶が去った後、華安は、夫人に向かって、報告し、「祝府が年薪3百両銀で私を雇って家僕としたい、その上「祝府の奴婢の中から、妻を選んでよい、という話を持ってきました」と言った。夫人、華文、華武等は、みな華安を引き止めておきたいと思った。夫人は、そこで、華安に府中にとどまるように頼み、同様に彼に年薪3百両銀を支給し、すぐに衆婢の中から、気に入ったものを妻にすることに同意する旨、伝えた。彩蓮は、伯虎が秋香を娶ることを怕れ、秋香に「伯虎が詭計をめぐらして結婚を騙しとった」と言い、彼女に死を誓って夫人に反抗するように仕向けた。秋香は、反対しても効果がないと思い哭き出して部屋に走り帰った。伯虎は、追いついて、慰めた。秋香は、伯虎を好色の遊び人と思い、嫁に行きたくない、と言う。伯虎がいくら言っても、効き目はなかった。○この時、門外に人声がざわつくのが聞えた。実は祝繡鳳、陶陶、及び唐興等の人が家丁を連れて蕭府にやってきて、「伯虎に代わって秋香を迎えに来た」と言った。秋香は、依然、「伯虎のところに嫁に行く気はない」と頑張った。繡鳳は、彼女に向かって、説明して「今まで多勢の名門淑女が伯虎との結婚を望んできましたが、伯虎は全て断ってきました。伯虎が決して好色の徒ではないことがわかります。秋香に対してだけ、愛情を集中しているのです」と言った。秋香は、これを聴き、今までの嫌悪の情

をすべて捨てた。夫人も秋香を義女に立て、伯虎と相府の令嬢を結婚させる形にした。彩蓮は、伯虎の佳偶天成を見て、怒を喜に変え、繡鳳と華武の結婚を取り持った。全劇終束[55]。

【補】唐滌生作、1965年7月、仙鳳鳴劇団初演、任剣輝、白雪仙人主演。

56【百花贈剣】(明)

　田弘の娘、田翠雲は、太后に救われた恩に報いるために、安西王府に入って宮女となり、忠義を尽くして安西王及び百花公主に仕えた。○安西王と八臘は、十二路御史が探査にやってくると聞き、暗かに警戒していた。八臘は、更に手下に命じ、もし、見知らぬ人物が現れたら、すぐに殺害するように命じた。○安西王は、百花公主の終身の幸福を考えて、意中の人を探すように望んだが、ただ百花公主は、終日、軍務に専念し、配偶者を求める気はなかった。○鄒化は、朝廷から派遣されて安西王を征討に来た元帥で、十二路の御史を統括していた。江六雲は十二路御史の1人で、鄒化と丈舅の関係にあった。六雲は、命を受けて、安西王の府中に紛れ込み、軍情を探察した。○惜しげもなく名を海俊と改め、瘋癲を装い、大いに八臘を罵って、八臘の注意を引いた。八臘は、侮辱に堪えかね、海俊がスパイではないかと疑った。六雲を殺してしまおうと思っていたとき、安西王がやってきた。○安西王は、従来から才を重んじてきたが、海俊の気宇が非凡なのを見て、必ず大器になるだろうと感じ、海俊を釈放し、参軍に任じた。○八臘は、海俊を死地に追い込むため、宴を設けて海俊を酔いつぶし、百花宮の中に送り込んで、百花亭内で寝入らせた。○百花宮の百花亭は、実は、百花公主の閨閣だった。従来から男子は、何人たりとも入ることを許さず、違反すれば、斬首されることになっていた。○江花右は、本の名を江湘卿と言った。鄒化の妻であり、また六雲の姉であった。花右は、5年前に路すがら衡山を通りかかったとき、百花公主にスパイと疑われて逮捕され、それから鄒化及び六雲との聯繋を失ってしまった。後に公主が花右を調べて無実とわかり、公主から更にその才華を認められて、公主の左右に随従することを許され、百花と情誼の上で姉妹のような関係になった。○花右は、百花亭に闖入してきた人物がいることを発見し、査問の結果、海俊がまさ

56【百花贈剣】(明)　　　　　　　　　　　　　　　377

しく自分の同母弟の六雲であることを知った。両人が、互いに近況を述べあっ
ている時、百花公主が兵士を操練しにやってくる物音が聞こえてきた。そこで
海俊を麒麟石の後に隠れさせた。〇百花公主は、兵士を操練し終わった後、花
右の顔色が変わっていることに気が付き、きっとわけがあると思い、花右に探
りを入れた。赫然として石の後に人がいることを発見し、すぐに出てくるよう
に命じた。〇百花公主は、海俊が美男子であり、又、文武双全であることに気
が付いて、誤って百花宮に闖入した罪を許した。人から疑われないよう、花右
に急いで海俊を連れて離れさせたが、心の中では海俊を止めおきたいと思って
いた。花右は、公主の心意を知り、海俊には、口実を設けて引き留め、自分
は、先に離れ去った。〇公主は、海俊がまだ外で徘徊しているのを知らず、愛
慕の心情を強く訴え、また思わず、海俊の姓名を称えた。海俊は、瞬間、身を
現し、公主の心情を聴いた、と言い、公主を不思議がらせた。〇海俊は、公主
と鴛鴦の仲になることを誓った。百花公主も海俊に惚れ込んで、百花亭で鴛鴦
宝剣を贈った。〇安西王は、百花公主が前例を破って海俊に百花亭に入ること
を許したことを知り、百花公主がきっと海俊を気に入っているものと推察し、
両人の結婚を命じた。八臘は、依然として海俊を恨んでおり、極力、結婚に反
対した。しかし、安西王は、取り合わなかった。〇田翠雲は、安西王府の外に
いる兄の田連御と暗かに消息を通じ合っていて、新来の海俊が百花公主と結婚
したことを告げた。〇田連御は、安西王及び百花公主の手下であり、朝廷の動
向を探るために、偽って鄒化の営下に身を寄せた。鄒化は、連御を派遣して六
雲に従わせ、六雲の挙動を探らせた。〇海俊は、百花公主と結婚してから、軍
営に来て鄒化に会い、自分は、公主の愛情に報いるために、これ以上の密偵は
できない、と言った。鄒化は、ひどく不機嫌になった。海俊は、鄒化に「安西
府に攻め入るとき、公主に１本の活路を開けておいてほしい」と懇願した。鄒
化は、倂って「公主が逃げやすいように、百花宮の南面には兵を配置しないで
おく」と言った。実は、鄒化は、反間の計を使おうと思い、すぐに田連御に百
花宮の南面に大軍を駐留させるように告げた。〇花右が軍営にきて、夫と会っ
た。鄒化は、花右の腰間に百花公主の令箭があるのを見て、花右を酔い潰し、

令箭を偸み取った。○田連御は、海俊について百花亭に来た後、すぐに百花公主に秘密の情報を報告した。かれは暗かに短冊を茶椀のなかに入れ、公主に「海俊は、本名江六雲、花右の弟で、やはり朝廷十二路御史の１人であり、公主と結婚したのは、ただ軍情を探るためである」と知らせた。短冊には、又た「百花宮の南には、鄒化の大軍が駐屯する手筈になっている」と書いてあった。○百花公主は、何度も海俊を査問した。海俊は、やむなく、本当の身分を打ち明け、さらに鄒化が攻めてきたとき、南方に逃走するように求めた。公主は、大いに怒り、「海俊は、只だ愛情を騙取しただけでなく、故意に自分を死地に追い込もうとしている」とも言った。○八臘は、海俊を追いかけて殺そうとした。公主は、海俊が殺されるのを見るに忍びず、八臘を阻止し、海俊を逃した。○鄒化は、花右の令箭を偸んで手に入れたことで、安西王府、及び百花宮を攻め落とすことができた。百花公主には反撃する力がなく、自殺しようとしたとき、田連御は、田翠雲に百花公主と衣服を取り替えさせ、自ら公主を案内して百花宮から脱出させた。鄒化は、宮に入り、翠雲を逮捕し、彼女を百花公主だ、と思ったが、後になって、はじめて公主が已に逃亡したことを知った。鄒化は、安西王と八臘を虜にした。○花右は、鄒化が彼女から偸んだ令箭を使うことで、容易に安西王府と百花宮を攻略できたことについて、鄒化が夫妻の情を利用して、自分を不義の立場に陥れたことをとがめた。○鄒化は、堂を開き、安西王及び八臘を審問し、さらに安西王に逼り、手紙を書かせて百花公主に投降を促させた。○鄒化が安西王及び八臘を斬殺しようとしたとき、六雲が進み出て。鄒化に安西王及び八臘の命を救うように求めた。鄒化は、応じなかった。六雲は、命乞いが通じないのをみて、公主から贈られた宝剣で公主に殉じて自殺しようとし、鄒化に阻止された。○百花公主は、田連御と共に江湖の義士をかき集め、鄒化に挑戦した。鄒化は、安西王の命を質にとって投降を逼った。百花公主は、やむなく剣を棄てて投降した公主は、六雲が虚偽の結婚によって自分たちを敵に売ったとして、言葉激しく六雲を叱責した。安西王が公主に向かって、六雲が公主に殉じて自刎しようとしたことを告げると、公主は、結局、六雲を許した。○鄒化は、この時、突然、安西王に上座に着くこと

56【百花贈剣】(明)・57【碧血写春秋】(明)　　　　　　379

を求め、自分は、王を殺害したいとは思っていない、只だ互いに殺し合いを起
こさないように安西王に謀叛の心を棄ててもらいたいだけだ、と言った。安西
王は、遂に鄒化の求めに応じた。百花公主と六雲は、再び白頭までの愛を約
し、花右も亦た鄒化と夫婦の縁を復した。これにて全劇は、終結[56]。

【補】唐滌生編、1958年10月、麗声劇団初演、何非凡、呉君麗主演。

57【碧血写春秋】(明)

　明の皇帝は暗愚で、酒色に耽り、朝政を疎かにしていた。西宮の国丈賈氏
は、機に乗じて権力を私物化し、政敵を排除し、外族と結んで、皇位簒奪を
謀った。賈妃は、色香によって主を惑わし、讒言によって忠良の臣を殺害し
た。少なからぬ賢臣が、辜（つみ）もないのに殺害された。しかし、また多くの貞忠の
士、民族英雄があって、権勢を懼れぬばかりか、犠牲を惜しまず、ひそかに奸
党の陰謀を阻止し、家を保ち国を衛った。鍾家の双子の兄弟が、奸を除き、国
に殉じた栄光の一生の壮烈な事績は、千秋の賛頌に値するものである。国丈
は、遼王と密かに明室の江山を奪おうと謀っていたが、早くも鍾家の長子、孝
全と未婚妻の陸紫瑛、その兄の陸剣英等の英雄が一班の義士と協力して、ひそ
かに陰謀を破壊した。国丈は、鍾家の老元帥、于君が「愚忠の欺くべき」を知
るのみで、概してその子の「後生の畏るべき」を知らなかった。あるとき、老
師は、病重く休養し、長子、孝全に命じ、代って辺関の軍政を掌らせた。国丈
は、孝全を幼稚にして無能と思い、西遼王と共謀して兵を挙げて関を破ろうと
した。孝全の双子の弟の孝義は、従来から武を習っていることで知られ、江湖
の豪傑と結義して、朝廷を保衛してきた。かれは、本来、孝全とこの夜、会う
約束をし、機密の錦嚢一個を上呈するつもりだった。しかし、家に帰ってか
ら、始めて孝全が已に軍を率いて出発したことを知った。陸紫瑛は、初めて孝
義に会い、孝全だと思い、一時、かれが戦に怯えて家に帰ってきたと誤解した
が、後に鍾于君の幼女、慕蘭の説明を受けて、紫瑛は、初めて孝義が孝全の双
子の弟だと知った。孝義、慕蘭、紫瑛3人は、錦嚢を開けてみて、悪人が孝全
を罠にはめて殺そうとしていることを知った。3人は、連夜、路を急ぎ、孝全
を助けて危地から離脱させることにした。孝全、剣英は、兵力を率いて遼軍と

戦ったが、かなわず、軍士は、遼人の突撃に遇って散り散りになった。孝全、剣英の2人は、誘導されて1つの三叉路に到達した。孝全、剣英は、小路には伏兵があるかもしれないと考え、大路を進もうとしたとき、すでに大路には、伏していた遼兵が突出してきた。孝全、剣英は、幾重にも包囲された。情勢危急の時、慕蘭、紫瑛がかけつけ、力を合わせて敵を撃退した。西遼王は、大いに驚き、国丈が事を行うに力を尽くさなかったことをとがめ、孝全を殺害して除くことを誓った。国丈は、皇上に讒言し、いい加減な罪名を孝全にかぶせ、然る後に、かれを斬刑に処そうとたくらんだ。孝全は、突然、すぐに都に帰るよう、遅れないように、という皇上の詔書を受け取った。衆人は、均しく事があまりにも突然であり、偽りがあると感じた。慕蘭は、烏鴉が飛び過ぎて行くのをふと目にし、不祥の予兆を感じ取った。孝全は、従来から忠君愛国の人であり、各人が言うことに理があることを知っていたが、聖命に違反抵抗することを願わず、京に帰り聖鑑を求めることにした。慕蘭は、孝全の今回の上京は、九死一生と感じた。紫瑛は、先ず急いで帥府に帰り、于君に一切を説明した上、于君が金鑾に行って聖上に会い、権奸を暴いて、孝全の生命を保つように切望した。孝全は、京に戻り朝廷に参上した。衆人に向かって「旨を奉じて殿に上った、本もと自分は敵に対して功あり、理として奨賞を受けるべきであると思っている」と言った。誰か料らん、奸臣が讒言し、君王は、昏庸で、これを誤信し、孝全を君命に違背したと責め、官職を罷免した。父も亦た保奏したが、効がなかった。国丈は、聖旨を携えて、鍾府にやってきて、于君が殿上で皇上に対して、家に帰って孝全の首を取ってくることに同意した、と力説した。国丈は、旨を奉じて事を行うと宣言し、手下に速かに孝全を斬るように命じた。各人は、救おうとしても方法もなく、孝全は、終に国丈の手の下で死んだ。衆人は、哀慟して已まなかった。この時、孝義が家に帰ってきて、痛ましくも孝全が惨死したを知った。かれは怒って、国丈を国を売って栄を求め、忠賢に対して毒手を用いる、と罵った。国丈は、大いに怒り、手下に命じて孝義を拿捕させようとした。孝義は、しかし、敵に通じる国丈の書函を手に執り、即座に刀を振り上げて国丈を斬殺した。全劇終結[57]。

【補】1966年、香港頌新声劇団初演、林家声、陳好逑、李奇峰、任冰児等主演。

58【英雄掌上野薔薇】(明)

写真74　大雄鳳劇団戯単：【英雄掌上野薔薇】

寶氏兄妹は、京で店舗を開いた。兄の名は「皮海」、剣を売る商売、妹の名「眉」、人は、「薔薇」と呼んだ。容貌は、美しかった。実は兄妹は、窃盗によって生活していたのだった。薔薇は、容色を武器にして、客が気を取られている間に、佩剣を偸み去ったあと、皮海に渡して外装を仕立て直して売りに出した。かれらは、3年前に宝剣1柄を得た。その剣には「この剣を得たものは、誰でも必ず天子に成る」と刻してあった。薔薇は、亦た太子朱二奎と互に情愛を生じ、この宝剣を太子に贈った。二奎は、この後、列国を周遊し、薔薇と別れて、已に3年がたっていた。薔薇は、盗んだばかりの3本の剣を皮海に手渡し、その中の1本は、太師公子の持っていたものだ、と言った。皮海は、一たび、太師にかれらが剣の盗人だということを見破られたら、必ず面倒なことになる、と心配した。○薔薇は、酒簾に戻って酒を売った。門外から剣を佩びた1人の中年の男が入ってきた。実は、朱允文だった。少し前に、即位して建文帝となっていた。身をもって民情を視察するために、今晩、微服して出巡した。酒簾の外にやってくると、侍従を退かせ、独り街辺に坐して、満開の薔薇の花を観賞した。薔薇は、允文の剣に吸い寄せられ、進んでかれに寄り添い、機を見てかれの佩剣を解き、剣を地上に転がさせた。薔薇は、酒を持って出て来て、又、故意に着ていた雪襦を地上に落とし、襦を拾う時になって、剣を雪襦の内に包み込んだ。この一切は、とっくに允文に見られていたが、彼は、顔色を変えず、詐って「酒が淡い」と言って、薔薇

に片づけるように求めた。荼薇は「時刻は、もう遅いから」と言って、允文に
家に帰るように求めた。允文は、彼女が剣を偸んだことを見破り、彼女に1千
両銀を要求し、さらに又、「官に知らせて逮捕させる」と言った。怯えた荼薇
は、地上に跪づいて謝った。允文は、荼薇が一かどの人材とみて、諒した上
で、引き立ててやることを願った。荼薇は、大いに喜び、すぐに酒を持ってき
て恩に謝した。○皮海は、酒簾にやってきて、荼薇が佩剣の客人と対飲してい
るのを見て喜び、佩剣がまた手に入ると思った。この時、太師、軍校、及び刀
斧手が酒席にやってきて、一目、皮海を見るなり、太師は、逮捕するよう命
じ、さらに皮海が剣を盗み、天下の兵器を搜集、網羅して、謀反を起こす意図
をもっており、罪として斬に処すべきであると宣告し、即刻その場で刑を執行
しようとした。○荼薇は、これを見て、進み出て兄を救おうとしたが、允文に
阻止された。皮海は、無実を叫び、太師に哀願して釈放を求めた。太師は、応
じなかった。荼薇は、飛び出し、怒って太師が兄に無実の罪を着せている、と
問責した。又、「われこそは、盗剣の賊、綽名"野荼薇"という者、爾来、死
んでも身を屈したことはない」と言った。一語が畢るや、太師、及び一衆の随
員は、跪づいた。荼薇と皮海は、驚喜交々集まり、太師は、善を虐げ悪を怕れ
てきたが、今、筋が通らないと知って許しをもとめたものと思った。允文が現
れ、各人に身を起こすように指示した。荼薇と皮海は、ここで初めて眼前の人
が皇上であることを知った。允文は「荼薇と皮海は只だ小賊に過ぎない。陰謀
謀反を仕出かすことなどあるまい」と言った。太師と随員が離去した後、荼薇
と皮海は、允文に向かって跪き、許しを求め、さらに引き立てを請うた。允文
は、かれら兄妹が心から悪を改めて生まれ変わることを誓ったのを見て、かれ
らを連れて宮殿に帰った。○兄妹が允文に随って離去した後、朱二奎が3年前
にかれに剣を贈った荼薇を訪ねにやってきた。二奎は、江山及び美人を奪取し
て、一生の夢をかなえることを心に誓った。二奎は、荼薇が酒簾に居らず、已
に当今の天子に随って宮に帰ったことを隣人から聞いて、大いに怒り、ひどく
允文及び太后を恨み、すぐに宮殿に帰って、帝位及び美人を争奪することにし
た。○金鑾殿の上では、大臣、方孝儒、及び梁宗節等が、潘太后と共に建文帝

58【英雄掌上野茶薇】(明)   383

の登殿をお待ちしていた。実は、昔、韋妃と潘后が寵を争い、潘后は、冷遇されて辛酸をなめつくした。今や、潘后が手に兵権を握り、先帝の崩御の後、強行して允文を帝に立て、自分は、簾を垂れて政を聴くに至った。○允文が登殿した。潘太后は、二奎が已に京に返ってきたことを告げた。允文は、帝位を二奎に禅譲しようと思ったが、潘后は、極力反対した。又、「已に金殿の両旁に侍衛を伏兵として配置してある。允文が杯を擲げるのを合図に跳び出して、二奎を斬殺する手はずになっている」と言った。允文は、二奎を殺すことに反対し、二奎を遠方に放逐することを提案した。潘后は、提案に同意したが、「若し二奎が放逐を受け入れなかったら、自分が侍衛に号令して二奎を斬殺させる」と宣言した。○允文が登殿し、潘太后は、その脇に坐し、その一挙一動を監視した。方孝儒は「実は、竇兄妹は、名将竇光の子孫です」と奏上した。允文は、竇眉を徳寿女官に封じ、又、竇皮海を御史に封じた。朱二奎は、蟒袍を着こみ、剣を佩びて、金殿に突入してきて、更に高声で允文を怒鳴りつけ、着ている龍袍を渡すように要求した。茶薇と皮海は、二奎をなだめた。潘太后は、暗に允文に杯を擲げて号令するように指示した。允文は、形勢が厳しいのを探知して、二奎の生命を守るために、強いて憤怒を装い、永遠に二奎を放逐するという聖旨を下した。二奎は「若し茶薇を得られるなら、放逐に同意する」と宣言した。茶薇は、二奎と一緒に放逐されることを願った。しかし、允文は、二奎の要求を拒絶した。二奎は、辱を受けるに耐えられず、放逐に同意した。但だ、允文に宝剣を返すよう要求した。允文は、宝剣を返した。二奎は、大声で1回、狂ったように大笑いしたあと、「いつの日にか、必ずこの恩義を還す」と宣言し、それから、殿を離れた。○允文は、「二奎に随って茶薇を放逐するのを許さなかったのは、二奎が温柔の郷に溺れ、奮発の心を喪失して、永く即位して皇帝になる日を失うのを恐れたからだ」と打ち明けた。允文は、又「潘太后が百年帰老の後は、すぐに二奎に禅位すべきものと思う」と言った。○朱二奎は、部下数百騎を率いて、燕国に進攻した。二奎の部隊は、兵は微弱で将も寡かったが、二奎は、驍勇で、勢いは破竹のごとく、燕国の王城の外に殺到した。燕国の郡主、馬玉娥は、城を出て二奎と対陣した。二奎

は、剣を抜き、宝剣は果然、玉娥の銀鎗を切断した。二奎は、得意になって我を忘れ、勝に乗じて追撃しようとして、却って気が付かぬ間に玉娥が使う細索に縛られてしまい、身動きが取れなくなった。二奎は、捕虜になるに堪えられず、突進して死のうとしたが、玉娥に阻まれた。玉娥は、二奎の蓋世の英雄ぶりを見て、にわかに愛慕の心を生じ、手下に命じて二奎を釈放させた。○二奎は「自分は本と大明の皇位継承者であったが、皇叔の奪位に遭ったために、到る処、流浪してきた」と説明した。玉娥は、二奎を駙馬に招くことを願い、さらに二奎を復国させるために、二奎に兵をに貸すように父王を説得することを応諾した。二奎は、欣然、燕国の入り婿になることを承諾した。○二奎は、燕国の入り婿になった後、さらに位に登って燕王となった。やがて、軍を指揮して南下し、人を殺すこと無数、州郡を席巻して、まっすぐに金陵に到達した。皇城は、燕兵に陥落させられ、允文は、玉泉寺に身を隠した。この日、二奎は、密報を受けて、部将の李広と陳其を率いて、玉泉寺に至り、允文を探した。二奎は、仏殿に入ると、部下に向かって「もし明臣を見つけたら、すぐに皆殺しにせよ、只だ皇帝の玉璽を献上する者だけは、命を助けよ」と言いつけた。李広等は、先後して方孝儒、梁宗節等、多くの大臣を殺した。○竇皮海は、玉璽を捧げてやってきて、殺されるのを免れた。かれは玉璽を二奎に献上し、さらに允文に対して、決して恩を仇で報いないように勧めた。二奎は、皮海の言うことを聴かず、令を下して允文に仏殿で罪を問うと伝えさせた。允文は、上殿した。二奎は、刀を挙げて斬ろうとした。允文は、「身の死するを怕れないが、只だ、あの昔、虎を放って山に帰し、百姓に難に遇わせたことを悔やむ」と言った。二奎は、金刀を抛り出し、允文に自ら生命を断つように命じた。允文が刀を挙げた時、二奎は、又、金刀を奪い取り、允文に茶薇の行方を問いただした。二奎は、允文の生命を使って、茶薇を脅して、現れさせようとしたのである。○二奎と部下が離れ去った後、允文は、すべての思いが冷めきってしまい、甘んじて削髪して僧になることを願い、禅師に剃髪を請うた。この時、茶薇が仏殿に闖入して、禅師が剪を挙げるのを阻止し、さらに允文に勇気を振い起し、機をうかがって頽勢を挽回するように懇願した。允文は、自

ら狂瀾を挽回する力がないことを嘆いた。茶薇は、二奎に対して、自分を犠牲にして、急いで宝剣と玉璽を盗みに行こうとした。皮海と允文は、均しく茶薇に向かって、決して危険を冒さないように勧めた。しかし、彼女は、成功の日が絶命の時であることをわきまえ、允文に向かって「来世で再会したい」と言った後、皮海と共に二奎に会いに行った。〇竇氏兄妹が去った後、二奎は、取って返し、「金陵中を探したが、まだ茶薇が見つからない」と言い、允文を人質に利用して茶薇に逼って自分の懐に引き寄せようと決意し、遂に手下に命じて、允文を連行して宮殿に連れ戻させた。〇寝宮の内で、玉娥は、二奎が暴戻な性格で、自分と小児を冷遇することを嘆き、二奎に嫁いで、彼に随って金陵にやってきたことを深く後悔した。二奎は、寝宮に返ってきたが、玉娥には見向きもせず、口には「江山美人」及び「茶薇」の六字を忘れなかった。玉娥は、二奎の忘恩負義を責めたが、二奎は、反って玉娥に子供を連れて燕国に帰るように言った。彼女は、子供を抱き上げ、経堂にお参りして線香をあげたい、と言った。〇皮海は、雪褸を持って茶薇と一緒に寝宮の外にやってきた。2人は、二奎の軍隊を解散させるために、先ず彼の宝剣と冷箭を盗み取る計略を協議した。二奎は、佳人を見て喜び、すぐに懐の中に抱擁した。茶薇は、わざと媚態を呈した。皮海が入ってきて、わざと雪褸を床上に置き、二奎の宝剣を覆った。二奎は、茶薇と対飲した。茶薇は、いつわって「酒の後で身体が暖くなった」と言い、着ていた雪褸を皮海に持って行かせた。皮海は、機に乗じて雪褸で宝剣を包んで持って行き、さらに宝剣を宮外の樹下に放り擲げた。茶薇は、又、詐って少し寒くてたまらないと言い、皮海に向かって雪褸を着用のため卓上に置くように言った。皮海は、重ねて同じ技を使って二奎の令箭を偸み去った。皮海が離去した後、茶薇は、二奎が気が付かない間に、酒の中にしびれ薬を入れ、それから、二奎に酒を献じた。二奎は、玉璽を身体に縛り付けて、茶薇と何回も痛飲した。二奎は、殆んど酔態を呈し、茶薇を抱いて寝帳に入った。〇二奎は、帳の中で、宮外に擂鼓の声が響くのを聞いて驚いた。茶薇が身を献じて詭計を覆い隠したものと疑い、怒って彼女を帳外に蹴り出し、自分は匕首を持って緊しく追ってきて、彼女が恩を仇で報いたのではないか、と

言って責めた。荼薇は、二奎に玉璽を渡すように求めた。二奎は、大いに怒り、先ず允文を殺そうと思い、部下に命じて允文を連れてこさせた。二奎の手下が允文を連行して寝宮の外まで来ると、皮海が手下を殺し、さらに允文に内に入って二奎に会うように言った。二奎は、刀を執ろうとしたが、手脚に力が入らないことに気が付いた。荼薇は、酒の中にしびれ薬を入れたと打ち明けた。さらに允文に登殿して重ねて朝政を掌るように催促した。皮海も亦た入ってきて、消息を知らせて、「すでに偸んだ令箭を使って、二奎の大軍を解散させた」と言った。允文が離去しようとしたとき、二奎は、箭で允文の背部を射て命中させた。皮海は、急いで允文を扶けて離れさせた。○荼薇は、二奎から玉璽を奪取しようとして、2人は、もみ合いになった。二奎は、薬力が次第に散じ、允文を探して、龍袍を奪取しに行こうとし、あわてて、玉璽を地上に落とした。荼薇は、かれにぴったりくっついていった。この時、玉娥が寝宮に戻ってきて、地上に玉璽が落ちているのを見た。又、擂鼓の音が近づくのを聴き、二奎の大勢が已に去ったと推量した。玉娥は、玉璽を拾い上げると、進んで二奎の後を追った。○允文は、二奎の寝宮から歩いて金川門の前に到達したが、皮海と離れ離れになった。その時、勤皇の軍士が二奎の残党を厳しく掃討し、局勢は、混乱した。允文は、自分には国を守る力がなく、自分があのとき二奎にあいまいな態度をとる誤りを犯し、今日、民衆に塗炭の苦しみをなめさせ、黎民に背く結果になったことを慨嘆し、心中、剃髪して僧になる方がよいと思った。百感交々集まる中、允文は、急に背部に劇痛を感じ、はじめて箭に当たっていることを知り、自分が死ぬことは疑いないと推測した。荼薇も金川門の前に到着した。地上の血痕をたどって允文を探しあてた。彼女は允文の箭傷が深くないのを見て、彼を扶けて金川門の前の石屋まで歩かせて、少し休ませた。皮海がやってきて「已に金川門の外に八百の士兵を伏せてある、ここは、朱二奎が逃げる時、必ず通るところ、二奎は、已に網中の魚となったと思う」と言った。荼薇は、曽て二奎と一夕の情縁があることを思ったが、国家のために、二奎を殺して国の禍を除かなければならない立場にあり、心の中は、非常に矛盾していた。○二奎は、逃げて寝宮を離れ、血路を切り開いて金川門

の前に至ったが、已に疲れて力尽きていた。金川門を過ぎようとしたとき、皮海に大声で止められた。二奎は、荼薇がその傍に坐しているのを見て、一緒に燕国に帰って再び情縁を続ける気はないか、と尋ねた。荼薇は、冷笑して、「あなたは、金川門で自殺して天下の黎民に謝罪すべきだ」と言った。二奎は、狂笑し、荼薇が2人の曽ての一夕の風流を念わないことを責め、刀を挙げて荼薇を斬ろうとした。皮海は、双刀で二奎を受け止め、2人は一度、大いに戦ったが、二奎は、敵わず、地に倒れた。二奎は、荼薇に憐憫を求め、情によって荼薇を動かそうとし、眼前の枕辺の愛人を釈放するように懇願した。荼薇の心が軟化して、如何に取捨すべきか迷っているとき、門外から一陣の歌声が伝わってきた。皮海は、「天下の百姓は、ずっと二奎を恨んできた。今、旧い歌謡に託して民の怨を述べ表しているのだ」と言った。荼薇は、これを聴いて、憐憫の心をしまい込み、心を鬼にして、二奎に自刎して謝罪することを求めた。二奎も亦た運命の逃れ難いことを知り、刀を挙げたとき、亦た玉娥が大声で止めた。二奎は、玉娥が身に鎧を着て突進してきたのを見て、喜び望外に出る思いで、救星が降臨したと思った。しかし豈に図らんや、玉娥は、手下に命じて一副の棺木を献呈させた。しかも彼女の子供は、喪服をまとっていた。二奎は、これを見て愕然とし、わけを問いただした。玉娥は、二奎の忘情背義を責め、又た「今日は、親らの手であなたを埋葬したい」と言った。二奎は、死を怕れ、荼薇の衣を牽いて、釈放して生きる路を与えてくれるよう懇願した。荼薇は、玉璽を返還して民の憤を息めるように求めた。玉娥は、懐中から玉璽を取り出して、地上に抛り出した。二奎は、玉璽を拾い上げ、一時、無限の感慨に浸った。〇允文と潘太后がやってきた。二奎は、允文に玉璽を献上し、許しを求めた。允文は、二奎を許し、一死を免じて、宮中にとどまるのを許そうとした。二奎は、允文から許されるのを拒絶し、自ら、「今や、一死を逃れ難いことを知った。只だ死ぬ前に荼薇に会って、一言、別れを告げたい」、と言った。荼薇は、二奎に頬ずりし、無限の情愛を込めたが、突然、二奎の腰間の匕首を抜き取ると、自殺して情に殉じた。衆人は、これを見て感慨に堪えなかった。二奎は、玉娥に子供をよろしくと頼んだあと、やはり刀を引いて自刎

した。允文は、人に命じて、二奎と荼薇を金川橋の東に合葬させた。衆人は、均しく「英雄の掌上に野荼薇あり」と謡い頌えた。全劇完結[58]。

【補】唐滌生作、1956年1月、仙鳳鳴劇団初演、任剣輝、白雪仙主演。

59【一柱擎天双虎将】(明)

姜元龍は、黄花山に拠って寇と成った。韓忠燕は、旨を奉じて掃討に赴いたが、2人は狸狸として互いに相手の武技に感嘆し、陣前で義兄弟の契りを結んだ。韓は、朝廷に戻り、皇帝に会い、力めて姜を推薦して、朝廷に仕官させた。蔡丞相は、娘を王に献じ、常に酒色を用いて君を惑わした。正宮にこれを指弾され、正宮に怨みを抱いた。蔡は、朝廷を奪おうと謀ったが、韓氏の忠に阻まれた。そこで姜と結託し、韓を疎んじさせて自分の味方にしようとした。姜は、蔡の陰謀を知り、屢々怒ってこれを斥けたため、蔡の怒りを買った。周廷光は、蔡妃と私通していた。妃は、淫蕩の性質で、機に乗じて私通の相手を部屋に泊まらせ、太后に見つかった。周は、太后を刺殺した上、姜を誣告して罪に陥れ、これを利用して障碍を除こうとした。英宗皇帝は、是非を弁ぜず、正宮は、良く調べるように力を尽くして勧告したが、効き目がなかっ

写真75　彩佳紅劇団戯告:【一柱擎天双虎将】

写真76　正宮皇后

写真77　元龍、正宮を奉じて、緑林に還る

た。姜元龍は、憤然として逮捕を拒絶し、突進して皇宮を脱出した。蔡は、機に乗じて位を奪った。姜元龍は、正宮を掩護して逃亡させ、再び緑林に帰った。燕もまた帝を護って出走した。4人は再会し、英宗は、誤りを認め、龍、燕と共に復国の大計を協議した。龍は、芸人の女子に身をやつし、殿前に邀えられて剣を舞い、機を伺って蔡を刺殺した。燕は、英宗と共に義士を率いて皇城に攻め入り、終に奸党を殲滅して、再び朝綱を整えた[59]。

【補】作者未詳、1961年、香港映画、麦炳栄、鄧碧雲主演。粤劇は、これ以前に成立。

60【萍踪俠影酔芙蓉】(明)

大明の使節、雲靖は、命を奉じて瓦剌(オイラート)に使いし、瓦剌の漢人丞相、張宗周に陥れられて拘留され、放逐されて漠北の荒野に至り、羊を牧すること20年に及んだ。20年後、瓦剌は大明と和睦し、雲靖は、大明の故土に回帰することができた。しかし、雲靖は、張宗周の"復国"の大秘密を知ったため、その手下に雁門関の下で殺された。雲靖の孫女、雲蕾は、張宗周の子、張丹楓と初めて会い、自らの目で、この惨劇を目撃した。ここにおいて、雲蕾は、祖先たちの深仇を背負い、張丹楓との間に、愛情と怨恨、情愛と報仇の板挟みの苦悩を展開することになる。人の肺腑を奥底から涌き立たせるような感動的な故事である[60]。

【補】梁羽生作、武俠小説、1950年代、粤劇上演。

61【帝女花】(清)

明朝の末年、崇禎帝が政を掌ったが、内憂外患の苦境に悩みぬいていた。帝には娘が2人いた。長女が長平公主、次女が昭仁公主である。崇禎帝、及び昭仁公主は、常に長平の結婚問題について、心を痛めていた。長平公主は、自ら才の高いことを恃み、駙馬にできるほどの才能のある若い男を

写真78　明の崇禎帝の宮殿

選ぶのが大変だったからである。○大臣の周鍾は、周世顕を連れてきて公主に謁見させた。世顕は、言葉と誠意をもって長平公主の心を動かした。長平は、羞恥を含み、詩一首を吟じて情意を伝えた。詩に云う、「双樹は樟を含みて鳳楼を傍にす、千年合抱して未だ曽て休まず、但だ連理の青蔥在るを得れば、人間に向かいて白頭を露わさず」。衆人は、意を解し、周鍾は、その場ですぐに世顕を祝賀した。この時、狂風が激しく起こり、彩灯の明かりを消してしまった。世顕は詩一首を吟じ心の内を表明した。詩に云う、「合抱の連枝は鳳楼に倚る、人間の風雨は幾時に休まん、世に在りて願わくは鴛鴦の鳥と作らん、死に到るも花の如く也た並頭ならんことを」。長平は、深く世顕の熱誠に動かされ、彼に対して讚賞して已まなかった。○崇禎皇帝は、殿中に在って、過去に文を重んじ武を軽んじたために、今や国勢の危機が旦夕に迫るに至ったことを慨嘆した。彼は、長平が世顕に身をゆだねることを願っているのを知り、すぐに世顕に駙馬の封を賜った。２人が尚、未だ結婚していない間に、李闖は、已に賊兵を率いて、皇城を攻め破った。后

写真79　崇禎帝、一族を殺す

写真80　長平公主を絞殺

写真81　皇后を殺す

写真82　公主、尼庵に入る

61【帝女花】(清)

写真83　公主、尼僧姿で出る

写真84　世顕、公主を訪ねる

妃や公主が賊兵から汚辱されないように、崇禎帝は、先ず皇后及び妃子に死を賜った。さらに長平公主を召して昇殿させた。崇禎は、従来から長平を非常に可愛いがってきた。何度か思案考慮を重ねた末、終に紅羅を抛げつけ、長平に自ら命を絶つように命じた。長平は、国に殉ずることを決心したが、駙馬は、緊しく紅羅を引いて放さず、依依として離れなかった。○崇禎は、世顕を駆逐して殿を離れさせた後、長平を殺しにかかった。彼は先ず誤って昭仁公主を殺し、次に剣で長平公主の腕を刺して傷つけ、長平がこれで死んだと思った。○長平は、大臣、周鍾に救われた。世顕は、宮女の告知を得て、周鍾が長平の遺骸を抱いて逃げたと思い、周鍾を探して公主の遺骸をもらい受けようと決意した。○皇城が攻め陥されてから10日が経ち、長平は、已に周鍾父子及び娘瑞蘭の注意を尽くした看護の下で、次第に回復した。周宝倫と周鍾は、明の太子が已に清人の俘虜になったことを知り、遂に相談して公主を清帝に献じて、厚賞にあずかろうとした。父子2人が密謀していた時、図らずも長平及び瑞蘭の耳に入ってしまった。長平は、自殺して国に殉じようとしたが、瑞蘭に阻止された。瑞蘭は、仮にそ

の場をしのぐ策を思いつき、周鍾父子が外出しているときに、移花接木の計を用い、詐って「長平公主は、売られることに甘んぜず、顔を傷つけて自殺した」と言った。長平は、実は、維摩庵に身を隠し、瑞蘭が秘かに面倒を見ていたのだった。○世顕は、この時、周家を訪問し、公主の遺骸を取り戻そうとした。彼は、公主が生きていたのに、却って又、自殺してしまったことを知り、自らも自殺して愛情に殉じようとしたが、周鍾に阻止され、家門から追い出された。瑞蘭は、世顕を慰め、かれと公主は、もし真に縁があれば、再会できる日がくると暗示した。世顕は、やむなく独りで離去した。○１年このかた、長平は、維摩庵の中で暮らした。名を慧清と変えていた。もと居た老住持が死去した後、新住持は、長平の本当の身分を知らず、常に冷遇した。この日、雪がやんでから、長平は、外に出て山柴を拾って庵に帰ってきた。○この時、世顕は、ちょ

写真85　公主、還俗して、世顕と結婚

写真86　周世顕は、公主の上奏文を清廷でよみあげる

うど庵の外を通りかかり、道姑の容貌が長平に似ているのを見て、近づいて問いただした。長平は、世顕と分かったが、しかし、心の中には、すでに俗念はなく、世顕と再会することを願わなかった。そのため、本来の身分を明かす気にはならなかった。何度か哀願を受けたが、長平は、世顕に動かされなかった。世顕が自殺しようとするに及んで、長平は、やっと身分を明かした。○こ

61【帝女花】(清)

の時、周鍾が家丁を連れて世顕のあとを追って道観にやってきた。長平は、や
むなく暫らく彼らを避け、世顕とは、夜中の二更に紫玉山房で会う約束をし
た。○周鍾は、世顕が公主となお連絡があることを知り、遂に世顕に諂いの語
を呈し、公主と駙馬を清帝に献上して、俸禄をかちとろうと望んだ。世顕は、
条件を並べて出した後に、周鍾に対して、公主に入朝して清帝に身を寄せるよ
う、力を尽くして説得することに同意した。○世顕、周鍾及び十二宮娥は、紫
玉山房に行き、入って長平に会った。長平は、世顕が本当に清に降る気持ちに
なっていると誤解し悲痛のあまり息も絶えそうになった。○周鍾と宮娥が席を
外したあと、長平は、世顕が彼女を売りに出したと痛烈に叱責し、釵を抜い
て、自ら両目を刺そうとした。世顕は、公主に向かい、清に投降すると見せか
け、交換に清帝に太子を釈放させ、崇禎の屍骸を厚く皇陵に葬らせる計略を打
ち明けた。長平は、誤って世顕をとがめたことに気づいたが、たとえ清帝が弟
を釈放し父を葬ることに同意したとしても、自分は決して清朝に身を屈するこ
とはしない、と表明した。2 人は、計が成った後、一緒に含樟樹の下で国に殉
じることを互いに約束した。長平は、涙ながらに上表を書き、世顕に持って行
かせて清帝に呈上させた。○周世顕は、長平公主の表章を持って朝に上った。
清帝は、世顕が長平を頌揚するのに不満で、世顕を殺害すると脅した。世顕
は、身を以て殉ずるを怕れず、と声明し、殿上にて表章を朗読することを、強
く主張した。周鍾、及び宝倫は、均しく表章の内容を知らず、清帝の怒りに触
れて、かれらの烏紗と生命が保てなくなることがないように、ひたすら世顕に
言を慎しむように勧めた。世顕は、長平の表章を朗読した。朝中の遺臣は、公
主が太子を釈放することと、厚く崇禎帝を葬ることを要求していることを知っ
た。清帝は、表を聴くと、大いに怒り、表章を引き裂こうとしたが、朝臣がこ
れを見てひそかにざわつくのを見ると、群臣の機嫌を取るため、心中に一計が
浮かび、詐って公主のあらゆる要求に応ずる、と称した。世顕は、遂に旨を伝
えて長平に昇殿を請うた。○長平は、再度、足を昔日の明宮に踏み入れた。一
時に百感が交々雑じり合い、なお、あの時の血痕が地上に黄色の斑紋を残して
いるのが見えるような気がした。彼女は、大難の後に宮殿に帰ってきて、あた

かも世を隔てた大昔のように感じ、思わず無限の感触を込めて詩一首を吟じた。詩に云う、「珠冠は猶お殮時の妝に似たり、万春亭畔に海棠病む、怕らくは乾清に到りて血跡を尋ぬれば、風雨年を経るも尚お黄を帯びたるならん」。吟じ終って宮に入り清帝に拝謁した。長平は、強く涙をこらえ、愁を転じて笑を見せた。清帝、及び百官は、長平の嫣然たる一笑を見て、重荷から解放されたように感じた。清帝は、更に彼女を終身撫育することに同意した。○其の実、清帝は、あらたに婚を賜うことで「仁政」の美名を博ち取り、前朝の遺臣に清廷への忠誠を尽くさせようとした。かれは、公主と世顕が均しく已に入朝したのを見て、前約に違反し、太子を釈放し、厚く崇禎を葬ることを承知しなかった。長平は、朝にあって痛哭し、遺臣を触発して清帝に対して怨恨を発生させた。清帝は、約束を実践することを逼られた。○世顕と長平は、清帝の許可を得て、御花園の含樟樹の旁で結婚の拝堂をし、その後、2人そろって樹下に服毒して国に殉じた。○ 周鍾、宝倫、及び清帝は、この時、一双の新人を祝賀しに花園にやってきて、はじめて2人が已に死んだことを知った。この時、天上から、金童及び玉女が天庭に返るのを迎えに来た天人の歌声が伝わってきた。衆人は、はじめて実は公主と駙馬がもとは玉女と金童だったことを覚った。周鍾と宝倫は、自ら恥じてやまず、請うて官を罷め、故郷に帰って行った。全劇完結[61]。

【補】梁金棠編。1934年、散天花劇団初演、楚宝、林少梅主演。唐滌生改編、1957年、仙鳳鳴劇団初演、任剣輝、白雪仙主演。

62【九環刀濺情仇血】(清)

　○明朝の末年、李闖の兵が北京を破り、明の思宗（崇禎）は、煤山で自縊した。呉三桂は、清兵を関内にひき入れ、李闖は、敗れて死んだが、死ぬときに宝を隠した地図を武当山の大俠、血掌神剣、凌梓雲に渡して囲を突破して脱出させた。梓雲は、八大門派の少林、武当、峨眉、崆峒、天仙、崑崙、青城、終南、及び天下の緑林豪傑に連絡を着けて盟約を結び、福王（明永暦帝）と響応して蜂起して清に抵抗した。江湖に奔走するのに、地図は、携帯に不便なので、遂に「南嶽双俠の一」、奪命無常、苗金覇に渡して代りに保存させた。時

62【九環刀濺情仇血】(清)

を隔てること3年、群雄は、日を択んで兵を起こした。梓雲は、愛弟子の閃電金刀、雷経緯に命じて苗家に赴かせ、図を取り戻して宝を掘り出し、軍餉の用の当てようとした。○経緯は、師父の命を奉じ、昼夜兼行で南嶽の苗家に地図を取りに道を急いだ。途中、呉三桂の侍衛長で、「南嶽双俠の二」の催魂使者、雷万嗔と激闘を起こした。万嗔は、技に遜り敗れて逃げたが、経緯も亦た万嗔の、7日で断魂する毒針を受けて負傷した。幸いに奔命無常の子、千里追風、苗継業に遇い、療治してもらった。2人は、八拝の交を行い、義兄弟の契りを結び、共に南嶽に赴いた。○奪命無常、苗金覇は、心に大慾を抱いていて、宝図を自分のものにしようとして、経緯がやってきたのを聞くと、妻の南嶽飛蛍、陸彩虹、義女の凌波仙子、苗秀嫻に壮丁を率いて三重の大門を厳守させ、経緯の武芸を試した。経緯は、武芸は高く胆は大きく、手に金刀を掌り、勇敢に三門に闖入した。金覇は、明らさまに大門派を敵に回す気はなかったが、しかし又、坐して宝図を失うことにも甘んじなかった。一瞬、霊感がひらめき、美人の妙計を使い、義女の秀嫻を経緯と結婚させ、緯を長く温柔の郷内に閉じ込め、翁婿の情に籍りて、緯に逼って図を献じ宝を譲らせようと考えた。そこで惜しげもなく20年も温存してきた九環宝刀を秀嫻に贈り、嫁入り道具にさせた。苗継業は、暗かに秀嫻を恋して已に久しかったので、この知らせを聞いて落ち込み、大いに新房を騒がせて、経緯の義を欠く行為を責めようとした。○洞房は、春暖かったが、経緯は、心に自分が背負った仕事のことを思い、心の中は、憂いに満ち、坐るも臥すも落ち着かなかった。秀嫻は、夫を悦ばせようとして、思い切って嫁入り道具の九環宝刀を英雄に贈った。経緯は一目、宝刀を見るなり、その場で大声を発し、房中で昏絶してしまった。秀嫻は、急いで救い醒まさせ、故を問うた。経緯はまるで狂った虎のようになり秀嫻を殺そうとして追いまわした。秀嫻は、涙を含んで尋ねた。経緯も亦た女を殺すことには逡巡し、凄然として詳しく往事を語った。実は、経緯の生母は、20年前の一代俠女、金鈎嫦娥、趙芷明であった。一夕、仇家と悪闘して、身に重傷を負い、武当山下に逃げて、たまたま血掌神剣、凌梓雲に遇った。この時、経緯は、幼い嬰児に過ぎず、まだ母の懐の中で熟睡していた。芷明は、梓雲に会っ

て、一代の大俠とわかり、経緯を託し、僅かに―九環刀―児―姓雷等の八字を口に出しただけで、すぐに息が絶えて絶命した。その後、経緯は、成長し、自分の生い立ちを知り、苦心して母を殺した仇を探してきたが、見つかっていなかった。九環刀を見て、嬌妻が仇人の娘、岳丈が実は母を殺した兇徒とわかって驚いた、というのである。秀嫻は、これを知り、断腸の思いで、血の涙を流して、苦渋のうちに経緯に向かって「もう敵討ちを辞めて欲しいと勧め、冤と冤とが相報ずれば、血債はいつまでも終わらない」と訴えた。2人が話をしているとき、新房を騒がせにきた継業が窓外で、窃み聴き、金覇を引き出して経緯と対質させた。金覇は、自分が経緯の母を殺した仇人である、と打ち明けたが、しかし自分は、元兇ではなく、主謀者は、別にいると言い、明日の晩、寿誕の宴席で、主謀者を名指しし、この業の深い事件を終わらせる、と約束した。○寿酌の宴が開かれ、群雄が雲集した。経緯は、刀一振りを持っただけで会に赴き、昂然として懼れなかった。金覇は、元兇を引き出した。それは、明らかに催魂使者、雷万嗔だった。経緯は、仇人と顔を合わせると、近づいて戦を挑んだ。すると意外にも、萬嗔は、悲しみを込めた声で「我が児」と叫んでやまなかった。経緯は、わけが分からず、困惑するばかりだった。金覇が遂に笑いながら、そのわけを話した。実は、20数年前、金覇と万嗔と共に江湖の巨盗で、2人は、協力すること、20年、形影のごとく離れず、故に南嶽双兇の名が起こった。後に万嗔は、呉三桂に奔り、三桂は、彼を重用した。後に三桂は、清兵を引いて関に入らせたが、この話は、事前に万嗔の妻、金鈎嫦娥の耳に入り、彼女は、万嗔に紂を助けて虐を為さしめないよう何度も忠告したが、万嗔は、聴かなかった。金鈎嫦娥は、憤って嬰児を抱いて家出した。万嗔は、事が洩れるのを恐れ、伝令を江湖に飛ばして緊急命令を発し、苗金覇に金鈎嫦娥を捕らえさせて殺させ、口を封じた。経緯は、これを聞いて、呆然とし、晴天に霹靂を聞くが如く、木鶏のように口をきけなかった。万嗔は、更に三桂がこの図をほしがっていると付言し、経緯に献出を逼った。そうすれば、金覇と雷父子の3人は、蔵宝の半数を得ることができ、さらに功名にも望みがある、と言う。もし経緯が従わなければ、父子翁婿の情は、一刀の下に断つ、とも

62【九環刀濺情仇血】(清)

言った。三鼓時分、灯は滅し人はいなくなった。経緯は、生父が禽獣に類する人物であるのを見て、悲憤いう方なく、房中を奔り帰り、門を閉じて痛哭した。金覇は、経緯が父子の情を念じ、私かに宝図を萬嗔に献上するのを恐れた。そこで、いっそ根こそぎに、経緯を葬り去って快感を味わうのを望み、秀嫻に図を取り、夫を殺すように逼った。秀嫻は、ひどい威圧に押され、無理に負義の人となり、暗かに匕首を隠し、機を待って経緯を殺し、金覇廿年の養育の恩に酬いることに同意した。○玉漏が人をせかすように滴り、三鼓の一瞬が目前に迫った。経緯は、悲痛な決意をもって、父の刀の下で死ぬ覚悟を固め、決して図を献じて私欲に供することはしない、と決めた。身支度をして戦に備え、手紙を秀嫻に残して別れを告げようとして、手紙を書いているとき、秀嫻が潜かに至り、その状を見て深く感動し、経緯を殺すに忍びず、反って経緯に向かい板挟みを避けるために自分を殺すように頼んだ。経緯は、大義を以て説得し、秀嫻も終に醒悟し、夫妻、手を携え、三重の壮門を突破して、瓦となって生きながらえるよりは、寧ろ玉となって砕けることを期した。○金覇は、秀嫻が己に叛いたことを知り、赫然として激怒し、経緯と萬嗔を殺して恨を晴らすことを誓った。経緯と秀嫻は、継業と彩虹が一方の網を開けてくれたのにもかかわらず、奈何せん、金覇が堂前に鎮坐しているため、門を飛び渡ることができず、苦戦に陥った。秀嫻と経緯は、倶に相手にかなわなくなり、急迫の間に、経緯は、趺いて宝図を落とした。金覇と万嗔は、ともに先を争って奪い取ろうとした。万嗔は、急に悪念をきざし、金覇の背後から、猛列に毒手を下した。金覇は、驚いたが、よけきれず、怒って万嗔を刺した。一組の古い仲間は、互にもつれ合って死に至り、共に絶命する結果となった。死ぬ時、猶おにらみ合い、獰笑して止まず、互いに宝図の片方を握り、恨を含んで死んでいった。幸いに彩虹は、深く大義を理解し、過去の仇を捨て去り、経緯と秀嫻を釈放しただけでなく、児の継業とともに、南嶺の群雄を率い、抗清の義挙に参加し、共に明室の江山を保全した[62]。

【補】作者未詳、武俠小説、粤劇初演時期、劇団未詳。

63【金鏢黄天霸】(清)

　　康熙年間、揚州悪虎村に“南方四霸”と称せられた４人の俠義の士が集まった。それぞれ、賀天保、濮天雕、武天虬及び黄天霸である。かれらは、俠を行い義を重んじ山林に集居して、窮苦の百姓から愛され尊崇され、又、官府と富豪から憎み恨まれた。新任揚州知府施士倫は、賀天保を捕らえて殺した。怨み骨髄に徹した黄天霸は、鳳凰山寨の張七父女と共に月の明るい夜に乗じて、施士倫を刺殺しに行った。しかし、官兵の守衛は、堅固で、黄は、張氏父女を助けて、自分は、却って官兵に拿獲された。施士倫は、天霸の孝悌を知り、病中の父親を見舞おうとする天霸を故意に釈放して家に帰らせた[63]。

　　【補】1960年、凌雲、陳悼生、導演の香港映画の粤劇版。濮天雕（張続成 演）、武天虬（宋文華 演）、黄天霸（王群 演）、施士倫（仁祥 演）、張七父女（劉貴、陳永霞 演）

64【龍鳳奇縁】(清)

　　清朝の乾隆年間、乾隆帝に皇太子に立てられた十五皇子、隅琰は、民間に真の愛を探しに行った。各地を游行し人生の練磨を経験したいという。口実を設けて軍機大臣、楊美波の娘で、勝手気ままで刁蛮な楊蘭児との婚期を引き伸ばした。権臣、和坤生は、権力が保てなくなるのを怕れ、この間、各方面の勢力を集めて隅琰に害を加えようと企図した。隅琰が江南に下った消息は、楊蘭児に知られた。楊蘭児は、夫君を探しに行くという名目でこっそりあとを付けた。陰に陽に顔を合わせ見つからないようにして、隅琰が途中で落とした小印を拾ったところ、身につけたその小印には銭通‘皇太子’とあった。隅琰は江南第一の富豪、石運開の独り娘、石双双に出会い、一目で気に入った。隅琰は、真の愛を追求するため、‘龍十五’の身分を使い、手段を尽くして石双双に接近することにした。しかし、同様に石双双を追求する蘇州知府の子、朱大昌の妨害に遭った。朱大昌は、一度、賊を捕まえたことがあり、その時に同時に、龍十五が乱賊であると誣告して龍十五を死地に導こうとした。幸いに双双が自己の名節によって龍十五の潔白を保証した。児女の私情は一箇の乱の字である。石双双と家丁龍十五とは、情は深く意は濃かった。偽皇太子銭通は、情

を移して別に石双双を恋していた。軍機大臣の女児蘭児は、偽皇子銭通を熱愛した。朱大人の児子、朱大昌は、蘭児を追求し始めた。これは、いずれかの月老が乱れた操作で赤糸を牽きだした結果なのであろう。龍十五は、一度、にせの銀子を調べて行く過程で、和坤にその行踪を発見された。偽皇子銭通は、却って彼の身代わりに罪を着る羔羊になった。龍十五は、双双を得るために、朱大昌と妻を奪う腕比べをした。勝ったけれども、朱家の権力の反駁を受けた。このため、龍十五は、双双を連れて、駆け落ちして京に帰った。帰京のあと、双双は、十五に科挙の試験で功名をかちとるように激励したが、はからずも龍十五はこっそり紫禁城に帰ってしまった。双双は、彼の代わりに試験を受け、高位合格して状元になった。隅琰は、双双の事を乾隆帝に報告した。以後、これが乾隆帝にとっても頭痛の種となった。……[64]

【補】劉海波指導演の電視劇、(張鉄林、黄奕主演)を粤劇化。70年代か。

65【胡蝶杯】(清)

　江夏県令の田雲山の子、田玉川は、伝家の宝、蝴蝶杯を携えて、亀山に行って漫遊した。両湖総督、魯志紅の子、世寛が、無理に胡彦の魚を買おうとして、犬に胡の手を咬ませた。胡は、筋が通らないと叱責し、又、鞭打ちに遭った。玉川は、これを見て心穏やかならず、世寛を打ち世寛は傷を負って逃げ去った。胡彦は、家に帰ってから傷のせいで死亡した。盧林は、手下を派遣して玉川を逮捕させた。幸いに胡の娘、鳳嬌に遇って救われ、舟の中に身を隠した。2人は、患難の中で出会い、互に終身の結婚を約束した。玉川は、蝴蝶杯を聘礼として贈った。鳳嬌は、杯を持ち、衙門に投じて告訴状を出し、玉川の父、雲山に遇うことができた。魯志紅は、玉川を捕らえようとして果たさず、竟に五堂集まって雲山を審理した。雲山は、滔々として弁論し、鳳嬌は、公堂に押しかけ、父のために冤(うらみ)を述べた。魯は、言葉に窮した。雲山に子の玉川を逮捕するように言って事件を暫定的に結審させた。布政使、董温は、鳳嬌の智勇を称え、義女として迎えた。魯志紅は、旨を奉じて南征し、挫折を受けた。雷金州(田玉川の変名)が将となったおかげで、敗戦を勝利に転じ、大いに敵軍を破った。凱旋してきて、魯は、無理に女児鳳蓮を玉川に娶せ

400　第4章　粤劇100種梗概／65【胡蝶杯】(清)・66【清官斬節婦】(清)・67【艶陽長照牡丹紅】(清)

た。花燭の夜、玉川は、鳳蓮に本当は妻がいることを告げた。鳳蓮は、打とう
としたが、打つに忍びず、玉川を逃がした。次の日、魯志紅は、人を派遣して
事件の審理を催した。雲山は、子の玉川を縛って堂に上った。7堂会審の時、
魯志紅は、方めて雷金州が田玉川であることを知った。殺すか赦すか定めがた
く、婿と認めようとしたとき、胡鳳嬌が突然、公堂にやってきて玉川を夫と認
めた。魯は、差じて怒り、田、胡を離れさせようと逼った。董温は、義に仗っ
て裁判に口を出し、田は、双鳳を収めた。鳳嬌を妻とし、鳳蓮を妾とした[65]。
【補】梁垣三編劇。【売怪魚龜山起禍】、別名【胡蝶杯】。1960年、広東粤劇院一
　団、初演。

66【清官斬節婦】(清)

　江秀は、文俊卿に嫁入りして、懐胎六か月で、子を産んだ。家姑(しうとめ)は、江秀を
不貞と誤解し、子の俊卿に迫って妻を離縁させた。江秀は、その後は文家の柴
房に住み、俊卿と会うことができなかった。家姑は、更に俊卿に上京して科挙
を受けに行かせ、江秀を追い出した。盗寇が県城を乱し、俊卿の兄嫂は、母を
棄てて逃げ出した。江秀は、旧悪を念わず、俊卿の母の面倒を見た。俊卿は、
高位で合格した後、帰京して任官する知らせを故郷に寄せた。兄嫂は、叱責を
受けるのを恐れ、空を飛ぶ鼠というあだ名の兇悪漢を雇って母を殺させ、江秀
に罪を転嫁した。江秀は、死刑の判決を受けた。帰郷したばかりの俊卿も亦た
無策で、手を束ねているばかりだった。最後に兄嫂は、空飛ぶ鼠を殺して口を
封じようとしたが、果さず、反って空飛ぶ鼠に殺された。刑の執行の日、忽ち
雷電が交互に閃き元凶の空飛ぶ鼠が突然、犯人に名乗り出て、江秀は、終に深
い冤罪を雪ぐことができた[66]。

67【艶陽長照牡丹紅】(清)

　時は、ちょうど除夕、長安市の成親王の門外の市集では、多くの花売り娘が
鮮花を並べて売っていた。その中で沈菊香と翠環は、仲の良い花売り娘同士
だった。貧乏挙人の李翰宜もここで、店を開いて、春節用の賀詞の揮毫と人相
見(睇相：広東語：看相)を営んでいた。翰宜は、菊香が亭亭(すらり)として抜き出てい
るのを目にして、思わず菊香に声をかけ、人相を見させた。2人は、話をはじ

67【艶陽長照牡丹紅】(清)

めると、よく話があった。翰宜は、菊香の容貌が非凡なのを見て、「今晩から、すぐに幸運が始まって盛りになるが、まもなく、悪運がめぐってくる、それからまた不運から幸運に転じるだろう」と、断定した。翰宜は、又、「自分の運命もちょうど菊香と全く同じだ」と言った。菊香は、翰宜がわざとからかっていると思い、意にかけなかった。翰宜は「自分は、すでに挙人に合格しているが、会試を受けてさらなる昇進の道を求めるお金がないのだ」と打ち明けた。菊香は、翰宜に同情して、「若し私に能力があったら、きっと出資して翰宜を助けたでしょう」と言った。又、けっして気を落とさないようにと勧めた。2人が互に励まし合っているとき、ちょうど翰宜に春節の揮毫を頼みに来た人が現れた。翰宜は、すぐに仕事を終えて再会できると思い、菊香に向かって「ちょっと待っていてくれ」と言った。〇長安を鎮守する成親王、桂守陵には、桂艶裳という名の妹がいた。強度の近視で、眼鏡をかけて市場に花を買いにやってきた。菊香は、手っ取り早くお金を儲けて翰宜を助けようと思い、心に一計が浮かび、彼女の眼鏡をはずすように勧め、枯枝を艶裳に売りつけた。親王の随従、呉中庸は、艶裳が騙されるのを見て、近づいて菊香を責めて罵った。艶裳は、威嚇して菊香を逮捕すると言った。騒ぎの最中、成親王、桂守陵が路すがら市場を通りかかり、菊香の姿色が優れているのを見て、急に情愛が起こり、すぐに娶ろうと思った。しかし、又、菊香は、身分が低く、挙止が粗野なのが気になり、人に譏笑されるのを怕れた。随従の呉中庸は、計を献じ、親王に向かって「出資して先ず菊香を教坊に入らせて、礼儀及び歌舞を習わせ、その名を成すのを待って娶るように」と言った。菊香は、この建議を聴き、いつの日にか名を成せば、翰宜に読書と上京受験を援助できると思いつめ、そこで暫時、承諾した。守陵は、彼女に、「牡丹紅」の名を与えた。又、自分の尊貴の身分を以てして、教坊に出入りする不便を考え、艶裳に命じて「牡丹紅」の一挙一動を監視させた。〇呉中庸の姨媽の李三娘は、教坊の主事であった。この時、菊香を教坊に連れにやってきた。菊香は、詐って姉妹から銭を借りている、と言い、守陵にその借金を返すためのお金をくれるように要求した。実は、ひそかに花売娘の翠環に銭を翰宜に転送するように頼み、さら

に又、花売娘たちに自分が教坊に入った事を決して吹聴しないように、と頼んだ。守陵、菊香、及び衆人が離れ去った後、翰宜が市場に引き返し、菊香を探そうとした。翠環は、詐って、「菊香は、已に舅父に随って過年のために故郷に帰った」と言い、並びに銭を翰宜に手わたした。翰宜は、翠環が気前よく金を贈ってくれたと思い、彼女に向かって一再ならず礼を言い、いずれの日か貴顕の位を得た時には、必ずすべての花売り娘に謝礼をすると約束した。しかし、翰宜がもっとも気にかかっていたのは、やはり菊香のことだった。○菊香は、教坊に入って、習芸すること1年、已に評判の高い歌姫になっていた。「牡丹紅」の名も、亦た足もないのに独り歩きして広まった。歌を売り物にするほか、菊香は、毎日、教坊で、詞を作ることに心を寄せ、翰宜のことを思いやった。翰宜は、菊香の援助を得て、この時、やはり已に長安の名士になっていた。○教坊主事、李三娘、及び桂艶裳が菊香の部屋へやってきて、「親王がすぐに菊香を娶りに来る」という。菊香は、親王の恩恵を利用して翰宜を育てたのであるから、将来は親王に嫁入りして恩に報いなければならないことを自覚していた。しかし、翰宜を捨てきることはできなかった。矛盾の中で、菊香は、ただ口実を設けて結婚を引き伸ばすことしかできなかった。○艶裳が菊香に向かって、「自分は、当今の才子、李翰宜を好きになった。もうすぐ、かれをここに連れてきて会うことにしている。以後、教坊を利用して翰宜と会う場所にしたいから」と言った。たまたま艶裳の眼鏡が少し破損した。菊香に修復を頼んで、艶裳は、すぐに翰宜を連れて外出した。菊香は、翰宜と別れて1年になる。今、かれが読書を棄てて、教坊でお金を浪費していると聞き、どうしても少し腹だたしくなってきた。そこで故意に修復したばかりの眼鏡をかけ、又、頬に大墨を塗って、翰宜に菊香と察知させないようにして、翰宜の心を探ってみることにした。○艶裳が翰宜を連れて菊香の部屋にやってきた。しかし、すぐに、親王の伝令を受けて王府に戻って行った。翰宜と菊香が残って対面した。菊香は、故意に翰宜に対して冷くした。翰宜も眼前の名歌姫「牡丹紅」が菊香であるとはわからなかった。菊香は、翰宜がもとは占い師だったのが、女の貢のお蔭で名士になった、と指摘した。翰宜は、牡丹紅が人に玩弄さ

67【艶陽長照牡丹紅】（清）　　　403

れる身の上だ、と嘲笑した。しばらくして、翰宜は、終に牡丹紅が実は菊香だ
と見破った。彼女があの日、別れの挨拶もせずに去ったのは、実は虚栄を貪っ
て教坊に身を投じたのだ、と責めた。菊香は、無実の非難に耐えきれず、終に
「教坊に身を投じたのは、銭を稼いでひそかに翰宜を救うためだった」と言っ
た。翰宜は、悲咽して誤りを認め、２人は、それまでの誤解を氷解した。○外
から「親王がお見えになる」と言う人の声が伝わってきた。菊香は、大いに驚
き、急いで翰宜に卓の下に身を隠させた。李三娘、呉中庸、艶裳、及び親王桂
守陵がやってきて、菊香を嫁に迎え取ろうとした。艶裳は、眼鏡をはずしたた
め、誤って湯を卓下に注いだ、翰宜は、湯を避けようとしてやむなく身を現し
た。翰宜は、きっぱりと「菊香とは、早くから言い交した仲である」と言った。
親王は、これを聴いて、大いに怒り、人に命じて翰宜を別墅の柴房に監禁
させた。菊香と結婚して、３日たったら、釈放することに同意した。○翰宜
は、親王別墅の柴房に監禁されてから、外で、自分が第１名解元に合格したと
いう知らせを伝える声を聞いた。艶裳は、酒菜を携えて翰宜を尋ねて来て、彼
に対して大いに好意を示したが、菊香が已に門外を徘徊していることを知らな
かった。翰宜は、菊香が門外に居るのを見て、顔色一つ変えず、一計を案じ
て、「若し艶裳が花容美貌を損じたくなかったら、眼鏡をはずすべきです」と
言った。艶裳は、これを本当と思い、眼鏡をはずした。菊香は、その機に乗じ
て、柴房に入り、艶裳の後に坐った。翰宜が、又、「酒を飲みたい」と言うと、
艶裳は、すぐに酒を取りに外へ出た。翰宜と菊香は、この機に乗じて別墅から
逃げた。菊香は、慌てて雪褄を落とした。親王と呉中庸は柴房に来て、翰宜の
姿が見えなくなっていることを知り、又た菊香の雪褄を見て、菊香が翰宜を連
れて逃走したことを知った。守陵は、七竅から煙が出るほど怒り、人に命じて
すぐに菊香と翰宜を追捕させた。○親王府では、守陵が幾度も戯弄を受けて、
怒りのあまり病になった。呉中庸が「菊香と翰宜は、已に逮捕した」と報告し
た。菊香がやってきて、親王に「すぐに結婚するから、早く翰宜を釈放してほ
しい」と請うた。彼女は、又た、守陵に「翰宜に一官半職を与えて、遠くへ去
らせてほしい」と求めた。実は、守陵は、如何に翰宜に対処するか、考えてい

たところだった。彼は、翰宜が己に高位で解元に合格していることを知っており、公然と害を加える気にはなれなかった。菊香の話を聴いて、すぐに「借刀殺人」の計を思いつき、翰宜を蘇州黄泥涌に派遣して府尹に任命し、ひそかに蘇州巡按、謝宝童に託して翰宜を処分させることを決定した。鷹揚な態度を示す為に、守陵は、さらに菊香に翰宜を蘇州まで送って行き、その後、長安に帰ってきて、自分と結婚することを許可した。実は、謝宝童は、かつて守陵の門生であり、爾来ずっと彼の命令に服従してきたのだった。守陵は手紙を一通、書いて、宝童に事を行うように言いつけようとしたが、自ら文盲であることに気が付き、やむなく呉中庸に執筆させた。中庸は、実はまた文墨に通じていなかったが、守陵の叱責を怕れ、字を識っているふりをした。守陵は、口述して言った。「宝童手足よ、見るが如し。新科の解元、李翰宜は、乃ち手足の情敵なり。我のために好く好く待して刻薄を為せ。放縦ならしむる能わず。派して蘇州黄泥涌に往かしめ、其れをして苦を受けしめ命を致さしめよ。牡丹紅は、乃ち是れ小王の愛侶なり。萬に解元と同行せしむる勿れ。帰返せしめて便ち結婚せん。急切の至りに勝えず。桂守陵、書す」と。しかし呉中庸は「敵」、「刻薄」、「放縦」、「侶」、及「萬勿」等の字を書くことができず、只だ円圏によってこの5個の字を代替させた。「女」の字を用いて「侶」の字の代わりにし、円圏を用いて「万勿」の両字の代わりにした。守陵は、中庸の筆の誤りを知らず、人に命じて急いで手紙を持って行かせ、さらに翰宜と菊香を護送して謝宝童に会いに蘇州に往かせた。菊香は、守陵の手紙の内容を知らなかったが、守陵、中庸の2人が好意を抱いていない、と見て、翰宜が蘇州に到着したあと、きっと「凶事が多く吉事は少い」と推測した。○姑蘇の巡按府では、家人が桂守陵親王からの書函がもたらされた、と知らせてきた。宝童は、急いで封を切った。菊香が守陵の義女であり、翰宜は守陵の結義兄弟であると思った。又た、守陵がかれに翰宜と菊香のために婚礼を主宰してくれるように頼んできた、と思った。○菊香は、巡按府門外に到着して、気が重く、翰宜が大難の場に臨んでいると感じ、思わず焦慮すること限りなく、戦々兢々として門番に姓名を告げた。門番がこれを奥に伝え、謝宝がすぐに衆人を率いて迎えに出

67【艶陽長照牡丹紅】(清)　　　　　　405

てきた。この時、衙差が翰宜を府前に連行した。2人は、結局、魔手から逃れ
難いことを知り、同生共死を約束した。2人は、跪いて謝大人に会見を求め
た。宝童は、急いで2人を立ち上がらせ、大いに好意を示した。菊香は、宝童
が彼女を郡主と呼ぶのを聴き、翰宜は、宝童が彼を親王の「手足」と呼ぶのを
聞いた。宝童は、権貴にとりいるのを忘れず、菊香と義理の姉弟となることを
求めた。菊香は、わけがわからず、やむなく曖昧に応答した。彼女は、宝童の
誤解を避けるため、自己及び翰宜の身の上を正直に打ち明けたが、豈に料らん
や、宝童は、気にも留めず、彼女に親王の書函を見せた。翰宜と菊香は、書函
を読み畢り、はじめて守陵が、胸襟広闊で、わざわざ彼らを結婚させようとし
ていることを知った。2人は、ずっと守陵を誤解していた、と感じた。○宝童
は「翰宜に委任して姑蘇府台の空缺を補塡させる」と言い、又、翰宜と菊香に
対して、すぐに府内で結婚することを求め、さらに自ら主婚人を担当した。
「有情の人、眷属と成る」を得て、望外の喜となった。○守陵が王府の房間の
内にいると、しばらくして、菊香と翰宜が華服を着て手を携え、堂上に来て守
陵に拝謁した。守陵は、翰宜を見て驚き、怒りのあまり顔は紅くほてり、耳は
熱くなった。かれは、翰宜が、「已に命を承けて菊香と結婚しました」と言う
のを聴き、又、菊香と宝童が互いに姉弟と称しているのを聴いて、急に光火の
ごとく、宝童に「何ゆえに書函の指示を執行しなかったのか」と質問した。菊
香は、大声で書函を朗読し、「宝童は、已に命令を執行しました」と弁明した。
守陵は、自己の本意が中庸によって全く面目の異なる文に書き換えられたこと
を聴き、思わず大いに怒り、中庸を殺そうとした。翰宜及び菊香は、守陵に向
かって恩を謝し、以後は彼を義父として尊びたいと願った。艶裳は、翰宜に嫁
入りして妾になりたいと願い、守陵は、遂に翰宜の舅台となった。この結果に
対して、守陵は、奈何ともするなく、ただ従来、読書に励まず、今や、遂に文
盲となり、他人のために嫁いり衣裳を作る羽目になって、自ら求めて苦杯をな
めるに至ったことを怨むだけだった。全劇完結[67]。

【補】唐滌生作。1954年2月、新艶陽劇団初演、黄千歳、芳艶芬主演。

68【光緒皇帝夜祭珍妃】(清)

　ある日の朝、宮女、春艶と侍監、李蓮英は、慈禧太后が目を覚まさないうちに、いかに老仏爺に対して、本心を抑えて迎合し、歓心を買うか、について相談していた。○慈禧は、目を覚まし、2人は、慈禧に髪を梳ったり、洗ったりしながら、たえずその美貌を賛美し続け、彼女は、すっかり上機嫌になった。○晋豊は、もと慈禧の姪女であるが、この時、人参茶を献じて太后の愛顧をかち取ろうとしていた。彼女は、侍監が慈禧のために髪を梳いているのを見て、盛んに慈禧が凡間の仙女だ、と称賛した。慈禧は、大いに悦び、光緒が后妃を選ぶ時、晋豊を皇后にするよう命じることに同意した。晋豊が退出すると、慈禧は、光緒に来るように伝えさせ、かれに「已に十七歳、結婚すべき年齢になっている」と、言った。光緒は、「珍児が好きだから、皇后にしたい」と打ち明けた。慈禧は、光緒をひとしきり叱ったあと、晋豊を皇后に選ぶように命令した。珍児は、ただ、妃にとどめられた。○光緒の大婚の後、已に1年が過ぎた。晋豊の宮中では、皇后は「1年以来、光緒は、常に珍妃と生活を共にし、自分を顧みない」と嘆いた。李蓮英、春艶は、皇后に一計を献上して、「光緒帝が見えたときに皇后が、荷池で沐浴されれば、きっと光緒を引き付けることができます」といった。○光緒と珍妃は、腕をとりあって一緒に御花園を遊覧した。珍妃は、屢々、光緒に政務に勤め国勢を挽回救済するように勧めた。光緒は、珍妃に琵琶を弾奏するように求めた、豈に料らんや、弦が切れた。珍妃は、驚き恐れた。怕れたのは、不祥の兆だからである。○光緒と珍妃が荷池を散歩しているとき、晋豊皇后がちょうど沐浴しているのが目に入ったが、光緒は少しも心を動かさなかった。珍妃と共に離去しようとしたところへ、慈禧の車がやってくるのにぶつかった。晋豊は、沐浴も光緒の関心を引かなかったことを恨み、珍妃に怒りを遷し、憤って彼女を打った。光緒は、晋豊を打って報復した。慈禧は、晋豊をひいきにして、李蓮英に命じて珍妃を平手打ちにさせた。光緒は、懸命に珍妃を守ろうとしたが、効はなく、自ら嘆き自ら怨み、悲しみ極って血を吐いた。○大将軍、左宗棠が奏上し、慈禧に頤和園を建設するのをやめて、その国資を軍艦の建造にあてるように、力説した。

68【光緒皇帝夜祭珍妃】(清)

又、慈禧に義和団がむやみに外国人を仇敵として殺すのを止めさせるように求めた。慈禧は、諫言を拒み、左宗棠を激しくしかりつけて却けた。○光緒は、珍妃の宮中に行き珍妃を慰問した。傀儡天子の身に過ぎぬこと、国勢が日に危ういにも拘わらず、太后に制約されて、乾坤を転換させる力がないことを自ら嘆いた。珍妃は、左宗棠の忠肝義胆を知り、光緒に彼と共に良策をはかるように促した。光緒は、侍監の王商を召し出し、左宗棠の下に遣わして、宮中に招かせた。○左宗棠は、光緒に向かい、袁世凱に命じて秘密に詔書を持って京城から出て、義軍を招集し、入京して皇帝に忠勤させ、慈禧に逼って政を彼に返還させるように建議した。光緒は、袁世凱を召して彼の願望を訊いた。袁は、「たとえ粉身砕骨するとも、必ず光緒の密令を執行する」と誓った。○袁世凱は、光緒の密詔を受け取ると、すぐに頤和園に往き、慈禧に拝謁して、慈禧の厚賞をかち取ろうとした。慈禧は、密詔に目を通し、怒り極まって、宮人に命じて光緒を招き詰問した。○光緒、晋豊、珍妃等が来た。慈禧は、光緒が不孝にも、政変を発動して、母親を駆逐しようとしたことを責めた。慈禧は、さらに光緒に主謀者はだれか、と追及した。珍妃は、光緒を救おうと思い、自分が主謀者であることを告白した。慈禧は、光緒帝の位を廃することを決定し、瀛台に監禁した。珍妃は、冷宮内に監禁された。○衆人が去った後、左宗棠は、袁世凱を「主人を売って栄達を求めた」と言って責めた。○珍妃は、冷宮に監禁され、終日、愁眉を展けなかった。光緒に侍奉できない以上、かれを助けて再び国勢を振るわせることもできないことを自ら嘆いた。○晋豊皇后は、冷宮に来て、珍妃を訪ねた。皇后は、ずっと珍妃が光緒を奪ったことを恨んでいた。今、珍妃がかなり前から妊娠していて、もうじき皇嗣を産み落とす時期にきていることを聞き、特に消息を探りにやってきたのだった。皇后は、皇嗣のおかげで珍妃が再度、寵を得るようになることをひたすら恐れ、機に乗じて珍妃を慰問して籠絡を図ったのであった。○左宗棠は、慈禧の命を奉じ、毒酒を珍妃に賜り、腹中の子を殺害させようとした。宗棠は、光緒に忠義の心を抱き、珍妃を害するに忍びなかったが、やむなく命に従って事を行うしかなかった。珍妃は、慈禧が酒によって死を賜うものと思い、思案する余裕もなく、酒

を取って飲もうとしたが、左宗棠は、良心の呵責を受けて、これを阻止した。
○珍妃は、突然、腹痛が起きて倒れ、すぐに女児を出産した。李蓮英と春艶が
やってきた。蓮英は、珍妃が手に女児を抱いているのを見て、宗棠が太后の命
令に違反し抵抗したと責めた。左宗棠は、怒って蓮英と春艶を打った。蓮英
は、羞恥が怒りに変わりいきなり珍妃の手中の女児を奪い取り、荒々しく扼殺
した。珍妃は、悲しみのあまり、暈倒した。宗棠、蓮英、春艶は、死んだ嬰児
を抱えて離去した。○光緒は、瀛台に軟禁されたが、この夜、太監に変装し、
冷宮に珍妃を訪ねた。2人は、久しぶりに再会し、互いに離れている悲しみを
訴えた。珍妃は、光緒を傷心させないため女児を生んだこと、その子が李蓮英
に殺害されたことを口に出さなかった。光緒は、珍妃に一曲の琵琶の弾奏を求
めた。しかし、残念なことに、弦が切れた。2人はひたすら大難がやってくる
ことを恐れた。○侍監の王商が、「八国連合軍が京城を包囲し形勢が危急を告
げている」と報告してきた。光緒は、すぐに瀛台に戻った。やがて、慈禧太后
と李蓮英が冷宮にやってきた。慈禧は、珍妃に自尽を命じた。珍妃は、同意
し、唯だ最後に光緒に一目会いたい、と求めた。慈禧は、偽って、光緒は、已
に皇城を離れて禍を避けたと言い、李蓮英等の人に命じて珍妃を井戸に突き落
として、殺害した。○慈禧は、光緒に来るように伝え、皇室に従って京城を離
れて禍を避けるように言い、さらに「珍妃、その他の妃嬪は、とっくに出発し
た」と言った。光緒は、これを真に受け、慈禧に従って皇城を離れた。○八国
連合軍が撤退した後、清室は北京の皇城に戻った。この晩、李蓮英と春艶は、
珍妃の鬼魂が仇を討ちに来るのを恐れ、宮外の井戸の旁で珍妃を祭った。光緒
がやってきて、哭して珍妃を祭った。かれは、慈禧の残酷を恨み、また、位は
貴く天子となったが、傀儡と同じ身の上であり、花を護る力もなく、また国を
救う力もないことを自ら恨んだ[68]。

【補】李少芸編劇、1950年5月初演、新馬師曽、余麗珍主演。

69【情侠鬧璇宮】(明清間)

　君子国の中大将、楚覇天は、戦を好み兵を窮め、功は高く主を恐れさせた。
適々南を平定して凱旋した。国主は、功臣の機嫌を取るため、親しく自ら郊外

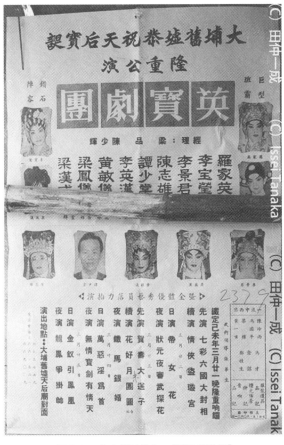

写真87　英宝劇団戯告：【情俠鬧璇宮】

十里に出て迎えた。覇天は、心に野望を抱き、竟に国王に逼って王爵を賜り、復た瓊花公主と成婚することを要求した。公主は、この人物を厭い、故意に避けて会わなかった。瓊花公主は、侍婢春花を連れて郊外に游玩したが、豈に料らんや、中途で賊人に遇った。幸いに俠士、張剣秋に救われた。両人は、一見で気に入り、互に愛慕した。覇天は、宮主に遇えず、四方を探し求めて、この情景を目撃し、心中、嫉妬を禁じ得なかった。そこで故意に口に出して、剣秋を凌辱した。剣秋は、心に宮主を思い、この夜、家僕、傻福を連れて、宮闈に潜入し顔を合わせた。英雄と美人、喁喁の細語の中で、宮主は已に芳心を寄せて将来を約束した。この時、覇天は、剣秋の踪跡を発見し、宮に入って捕らえようとして捜索した。幸いに春花が剣秋を案内して危機を脱せしめた。しかし、覇天の執念はやまず、あまねく手下を配置して剣秋を捕捉し、王府密室に監禁した。剣秋の生命を質にとって、宮主に結婚を迫り、10日を期限として、婚礼を挙行すると脅した。剣秋は、幸いにも山中の義士らに助け出され、美人に扮して宮闈に潜入し、宮主の真意を探った。

宮主の真情に変わりがないことを知って喜び、正体を現し、さらに「焦るに及ばない、自分には覇天を捕らえる方策がある」と言って慰めた。翌日、大婚の期、覇天は、宮主と拝堂したが、宮主が何故か顔がひどく腫れているのに気づいた。羅巾を取り除けてみると、実は、傻福が宮主に扮していたのだった。覇天と国王、衆人が、いぶかしく思っているところへ、山中の義士は、已に王府を占領しており、婚宴の席上、楚覇天を降伏させた。国王は、再び軍権を掌握し、張剣秋と公主は結婚した[69]。

【補】1967年、林家声、呉君麗初演。

70【玉龍宝剣定江山】(明清間)

　柳襄卿は、前朝元帥の子であったが、成長の途中で暮らし向きが衰落し、異郷に流浪し、家伝の宝剣を売って生活を維持した。後に当朝の太師の娘、金映雪小姐に認められて、推薦されて官となり、さらに夫婦となった。後に太師が朝権を奪う陰謀を企てた。映雪は、夫婿に加担させないために、いつわって結婚の継続を拒否した。襄卿は、悄然として去った。後に丫鬟の秋蝶と参軍の柳橘が大師の陰謀を襄卿に知らせた。襄卿は、賢妻の助を知り、夫婦の仲をもどした。この劇、完結[70]。

【補】作者、初演時期、初演劇団、初演俳優、いずれも未詳。

71【一剣定江山】(明清間)

　江湖中の第一大教が、朝廷に代わって天下を得ようとし、この目的から一場の江湖の風雲を巻き起こした。しかし、未だかつてこの世に姿を見せたことがなかった芙蓉山荘が、この第一大教の天星を消滅させた。この教派が朝代を改変しようとしたとき、唐小玉と周家の次女、周如冰の両人が一緒に剣に仗って江湖に立ち、朝廷を守り、天下を安定させた。しかし、周如冰は、最後の生死の関頭に在って、唐小玉を救うために、自らを犠牲にし、香消え玉損じて死んだ。唐小玉は、周如冰の亡骸を抱いて、この時から江湖に隠れた。これから、江湖中の十三大高手の全部が消滅した。ある人の伝説によると、周如冰は、死んでおらず、唐小玉に救われて生き延びた、と言い、また、ある人は、唐小玉も死んだ、と言う。しかし、結局、どうなったのか、これは、この天下第一の

剣客が世人に残した永遠の謎である……[71]。
【補】江子凡作の武俠小説を粤劇化した。初演時期、初演劇団、未詳。

72 【香羅塚】(明清間)

　将軍趙仕珍は粗野な性格であった。息子の喜郎は、生まれつき腕白で、愛妻林茹香も彼に対して手をつかねるだけで策がなかった。幸いに老師、陸世科の教導が功を奏し、喜郎は、特に宴を設け、師恩に感謝した。仕珍は、長年、出征して戦場で戦い、妻とは、一緒にいることが少なかった。茹香は、仕珍のために香羅帯を織ったが、息

写真88　昇平劇団戯告：【玉龍宝剣定江山】

子に奪われ、世科に渡された。世科は、茹香が不貞と誤解し、遂に趙府から追い出した。仕珍は、賊に遇って失踪し、茹香は、夫を殺して姦通した罪で訴えられた。乳母の三娘は、喜郎を連れて、路上で世科に遇い、再審を求めた。世科は、新科巡按に抜擢されていたが、旧日の誤解を引きずって、でたらめに茹香を死罪と判決した。茹香は、獄を逃れて生き延びた。後に世科は、仕珍と再会し、はじめて昔の誤判に気が付いた。茹香の沈深の冤は雪がれ、終に姿を現わして夫と団円することができた[72]。

【補】盧雨岐、唐滌生編。1957年12月、羅君郎、呉君麗初演。

73 【搶新娘】(明清間)

　桂南屏は、父承勲に従って再び南通に返った。父は、実は欽差で、微服して事件を探査し、併せて姻戚の余友才を訪ねた。というのは、両家は、曽て指腹縁婚を約束した間柄だったからである。父が去った後、南屏は、独り花市に遊んだ。一女が遊び人に戯れられているのに出会い、遂に遊び人を懲らしめ、美女を救った。女は、南屏の俠義に感謝し、挙句の果てに一目惚れして、姓名を尋ねた。南屏は、偽名を告げた。女の名は、余潔貞、実は南屏の未婚妻であったが、南屏は、知らなかった。南屏が去ろうとすると、女は引き留め、南屏に後園を訪ねてくれるように頼んだ。南屏は、花市を当てもなく歩いていると、ふと助けを求める声が聞こえてきた。見ると土豪の手下が女、子供と貧者を追ってきて、意のままに鞭打っている。南屏は、その状に忍びず、近寄ってわけを聴いた。富紳の余友才が貸した金を取りたてに来て、うまくいかず、さらに追及して殴っているのだという。南屏は、義憤のあまり、手下を撃退し、さらに友才をひどく殴った上、余に迫って借金証文を焚かせた。衆は、その義に感嘆した。余は、頭を抱えてこそこそ逃げた。ある日、承勲は、子を連れて余府に年賀に行った。友才は、2人に会って、その子が自分に迫って証文を焚かせた人物であることを知って、すぐに怒って婚約を破棄し、歓ばずして解散した。太保の楚鉄豪は、花市で余女に戯れた遊び人である。女の艶を見て、余紳の娘であることを知り、遽ちに往って求婚した。余は、その財勢を尊び、遂に婚を許した。黄昏の後、余府の後園に、南屏が女を訪ねに来た。その妹の潔冰は、南屏の英俊を睹て、心窃かに愛慕の情を寄せた。挑発する言葉をかけ、姉に追い出された。南屏は、潔貞と会い、共に心中を訴えた。友才は、これを見て、南屏を追い出そうとした。潔貞は、父に、「南屏は、自分を救ってくれた人である」と告げ、大保に嫁することを拒否した。さらに「南屏でなければ、嫁入りしない」という決意を示した。余は、南屏が貧しいことにつけこんで、聘金を要求し、もし大保の半分を聘金として収めれば、南屏に結婚を許す、と言った。南屏は、難色を示したが、結局、3日内に納めることに同意して別れ

73【搶新娘】(明清間)・74【俏潘安】(明清間) 413

た。期限が来ると、大保鉄豪と南屏は、共に彩轎を遣わして迎え娶りにきた。
つまり南屏も亦た約束通り聘を納めたからである。大保は、婚を争った。余
は、已に両家の聘礼を受け取っていたから、如何に対応すべきか、わからず、
困惑していた。争っている間に、僕が盗難を報せてきた。南屏は、父と共に愴
惶として逃げ去った。南屏の聘礼は、尽く余府から盗んできたものだったから
である。余は、潔貞に迫って轎に上らせた。潔貞姉妹は、暗かに相談して、
「接木移花（替え玉）の計」を使い、妹が姉に代わって嫁すことにした。新房で
は、潔貞が介添に扮し、妹が新婦となった南屏は、忽ち新娘を盗んで逃げ
た。新郎は、酔を帯びて至り、洞房の妻を失ったことを知り、貞娘に問いただ
し、その秘密を知って、潔貞に洞房を迫った。危殆の中、南屏は、中途で盗み
間違えたことを知り、潔冰を背負って引き返した。大保は、仇人と顔を合わ
せ、官に訴えた。官は、禺昧で、堂上に混乱を招いた。承勲は、欽差の身分を
面に露わし、大保の民を虐げた罪を暴露した。南屏は、潔貞と遂に成婚に至っ
た[73]。

【補】 葉紹徳編、1968年1月、家宝劇団初演、林家声、李宝瑩主演。

74【俏潘安】(明清間)

　楚雲原は、もと姓は雲、名は小蟬といい、でたらめな結婚話に不満で、家を
出た。男装して、名を楚雲と改め、師を求めて武芸を学びながら、数年来、江
湖に流浪してきた。同道の人々は、楚雲がりりしく美しいことから、俏潘安と
いうあだ名をつけた。楚雲は、男に劣らず、胸に大志を懐いていた。路すがら
広州を通りかかり、銭瓊珠父女が開設する宿屋でしばらく休憩した。ふと見る
と店中に「李広長生祿位」が安置してある。李広は、実は楚雲が顔を合わせた
ことのない未婚夫である。楚雲は、そこで店主に李広との関係を問いただし
た。実は店主父女は、以前、街頭生活者に落ちぶれていたが、李広が人を介し
てお金を贈って助け、さらに宿屋を開店させて、父女に生活が成り立つように
させたのだ、という。楚雲は、李広に対して、心中、その行為を尊敬し、急に
好感を覚えた。一方また、瓊珠もひそかに楚雲の風采を愛慕した。楚雲が外出
すると、金持の遊蕩児の劉彪が李広の名を騙って、銭瓊珠父女に屋敷に来るよ

うに求めさせた。楚雲が帰って来ると、銭父が負傷して帰ってきて、李広が人面獣心で、詭計を用いて女児をかどわかした、と罵った。楚雲は、大いに怒り、すぐに救いに行った。この時、李広は、友人と店中にやってきて銭父にあいさつした。銭父は、李広とは顔を合わせたことがなく、又も誤解を生じ、幾たびか説明されて、李広は、やっと事情を理解し、急いで劉府に押しかけ、楚雲と力を合わせて瓊珠を救い出した。楚雲は、武芸に秀で胆力も大きく、劉彪の手下を息もつけぬくらいに打ちのめした。時に李広もやってきて、両人は誤解して手合わせをしたが、幸いに瓊珠が進み出て説明した。李広は、眼前の人が未婚妻の雲小鸞であることを知らなかったが、楚雲は、未婚の夫の、りりしい英雄ぶりを見た。2人は、遂に義兄弟の契りを結んだ。瓊珠は、深く楚雲を愛し、恩人の李広に媒酌を頼んだ。楚雲は、国家多難のとき、男児は、国を先にし家を後にすべきだ、と言って辞退した。李広は、代って責任を引き受け、凱旋して帰ってきてから、婚礼を挙行することにした。李広は、衆人と共に軍に参加した。当時、胡兵は、勢力が大きく、辺関の統帥は、守るのに及及としていた。混戦の中で、幸いにも李広、楚雲が駆けつけ、胡兵を撃退した。総兵の雲璧人は、楚雲が妹によく似ていると思い、心中に狐疑していた。楚雲が勝って帰り、瓊珠と新婚の夜、その母、雲夫人に来てもらって真相を調べてもらった。雲夫人は、鬧新房にかこつけて、暗かに楚雲に家に帰り、母と会うように勧めた。さらに瓊珠を引き取って義女とした。楚雲は、一計を案じ、瓊珠を酔いつぶし、夜に乗じて、母の家に逃げ帰った。瓊珠は、酔いから覚めて、夫君の姿が見えなくなったので、雲家に行き、義母を訪ねて後ろ盾を求めた。ここではじめて楚雲が実は女の身であることを知った。この時、小鸞の兄、雲璧人もまた李広を連れて雲家に到着し、楚雲と面会して、一対の鴛侶、天成の佳偶となった[74]。

【補】葉紹徳編、1983年4月、雛鳳鳴劇団初演、龍剣笙、梅雪詩主演。大埔頭での上演は1983年11月、初演に近い上演だったことがわかる。

75【万悪淫為首】(明清間)

　黄伯忠は、曽仁窮と互いに莫逆の交の間柄で、曽て腹を指さして子孫の結婚

75【万悪淫為首】(明清間)　　　　　415

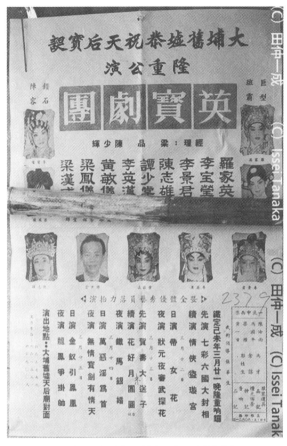

写真89　英宝劇団戯告：【万悪淫為首】

の約束をするほどの仲だった。その後、黄は、京師に赴き、曽は、後、果して先後して両女を生んだ。長女を楚雲、次女を霜雲と名付けた。楚雲は、伯忠の子の子年と婚約し、次女は、深閨に在って婚家の決まるのを待っていた。豈に料らん、仁窮は、にわかに後悔して貪って利を図り、楚雲の嫁ぎ先を変えて張大川の妻とした。張は、財産もあり権勢もあったからである。惟だ楚雲は、賢淑であり、またひとかどの烈女でもあった。二夫に嫁せずの気概を持ち、厳親の命に強いられて、身を屈して仮に従ったものの、心の底では、これに甘んぜず、洞房に及んで、酒によって大川を酔いつぶし、逃走して跡をくらました。この時、霜雲は、機に乗じて大川と苟（かりそめ）に情交した。大川が醒めると、頭から冷水を浴びせられたように我に返り、楚雲の行方を追及した。大川の心中には、ただ楚雲だけがあって、霜雲は、彼の欲するところではなかったからである。伯忠が家を離れてから後、家の中に残されたのは、ただ継室の陳氏、及び長子の子年、次子の子良、及び教頭森だけになった。予想もしなかったことだが、干いた柴に烈火が燃え着いたよう

に、教頭森は、竟に陳氏と姦通するに至った。これが遂に子良に見つかって、潜かに兄に告げられた。しかし、「家の醜は、外に出して伝えてはならない」という言葉どおり、これを忍んだ。継いで警告の法を思いつき、書き置きを家の中に残し、継母に慎ませようとした。豈にはからんや、これによって終身の大禍をもたらすもとになった。姦夫と淫婦は、はかりごとを立てて彼らを陥れ危害を加えようとした。幸いに子良は、早めに逃げ出したが、子年は、毒薬で盲目にされ、街頭にさまよって乞食となり、種々の非人の悲惨を嘗めつくした。楚雲は、逃げ出した後、未婚夫の子年を探し、苦衷を訴えようとしたが、然し、人海茫々、且つ幼少から家規に拘束されて、実は未婚夫の本当の顔を見られないできた。偶々、狂風暴雨の中、窮街陋巷で、1人の少年の乞丐が、衣衫、尽く湿れているのを見て、同情したところ、思わぬことに、この人物が自分の未婚の夫婿だった。一場の家庭の大変化である。幾ばくの時を経て、黄伯忠が京より返ると、家庭は、元通りながら、人物は全く変わってしまっていた。伯忠は、その事情が分かると、即ぐに曽仁窮を探して追究し、官司に訴えた。時に張大川は、当地の高級官吏になっていた。禍変の主役の一味、曽仁窮、教頭森、陳氏、楚雲等が、期せずして、冤家が一堂に集まった。幾度かの尋問を経て、冤に苦しんだ者は、冤を晴らすことができ、悪を為したものは、法に伏した。全劇は遂に完結した[75]。

【補】何覚声原作、新馬師曽改編。1950年代香港鴻福劇団初演、新馬師曽、羅麗娟等主演。

76【鸞鳳還巣】(明清間)

侍郎、沈琦には2女があり、長女の麗雲は、美しく聡明だった。しかし、常に継母、及び容貌奇醜の同父異母の妹、綺雲から虐待を受けていた。沈琦は、故友の子、易文韶を麗雲の夫婿に招こうとした。綺雲は、麗雲の名をかたって、文韶に近づいたが、文韶は、醜さに驚き、挨拶もせずに別れた。貌の醜い富家の子、胡百楽は、麗雲の艶名を慕い、沈琦が詔を奉じて出征しているすきに、文韶の名をかたって娶りに迎えに来た。麗雲は、百楽が文韶であると思い、その醜さをみて書き置きを残して家出した。綺雲は、内情がわからぬまま

姉に代わって出嫁した。麗雲は、女の身で男に扮装して逃亡し、文韶と偶然出会い、親友となった。乱事が平定し、麗雲は、家に帰り、一家団円した。麗雲は、家に戻る前に偽って1人の妹がいると言い、文韶に家に来て結婚を申し込んでくれるように頼んだ。文韶が再び沈家を訪問すると、真相が明らかになり、文韶は、麗雲と結婚することになって喜んだ[76]。

【補】作者、初演時期、初演劇団、いずれも未詳。

77【穿金宝扇】(明清間)

姑蘇城では、呂家の老爺、呂剛がその身、礼部尚書に居りながら、妻が早く亡くなり、膝下には義女の昭華がいるだけだった。この晩、ちょうど元宵にあたり、呂家の後苑では、呂剛の遠縁の張耀泉が如何にして昭華に接近するかに苦慮していた。実は彼は、ずっとひそかに昭華を恋していたのだが、

写真90　雛鳳鳴劇団戯告：【穿金宝扇】

つねに彼女から拒絶されてきたのだった。呂家の侍婢、如煙がやってきて、耀泉が小姐を恋慕し、彼女に冷たいのを恨んだ。実は如煙と耀泉は、早くから親密な関係になっていたのだった。如煙は、さらに耀泉に早く結婚しくれるように催促していた。又、「もし裏切ったら、必ず手ひどい復讐をする」と警告していた。○昭華は、表妹の李桂英と共に、後苑にやってきた。桂英の父親、李班侯は、呂剛の妻舅だったが、子女がいなかったので、幼時から桂英を育て、自分の男の子のように養育したため、桂英は性格が活発で、あちこち遊びに行くのを好み、他人をからかったりするようになった。桂英は、皇上が早くから「穿金宝扇」を李家に賜ったことを知り、これを結納にして昭華、及び郭家の息子、郭炎章の婚事を取り持とうと考えた。彼女は、冗談に、「もし自分が男だったら、必ず婚事をひっくり返して、自分が昭華を娶っただろう」と言った。○実は、15年前、聖上は、郭、呂両家の婚事を取り持ったが、その後、呂剛は、扶搖のように上昇し、功を累ねて官は、礼部尚書まで昇進した。しか

し、郭家の方は老爺が死んでから後、家運は中途から落ちてしまった。この時、郭炎章は、同窓の黄麟書と一緒に呂府の門外に到着した。炎章は、もともと、呂家に身を寄せ、宝扇を携えてきて証拠にし、昭華と結婚したいと望んできたが、しかし、人情なるものは、淡薄であることを怕れ、呂家の人々に会うのも愧ずかしく、躊躇して屋敷に入りかねていた。麟書は、県令の身の上で、自分は、先に仕事で衙門に戻った。麟書は、別れる前に、炎章に向かって、炎章の母親に首尾を報告する便宜の為に自分に消息を伝えるのを忘れないようにと、委嘱した。○屋敷の中では、昭華が詩を題し終わって、精いっぱいの気持ちを込めて吟誦しはじめた。詩に云う、「穿金の宝扇に両情関わる、心は明月に随いて江南を照らす、扇を合わさんとするも如今消息なし、怕るるは、桃花の落ちて欄に満つるを見るを」と。豈に料らん、その時、一陣の大風が詩箋を捲きあげ、垣根を越えて屋敷の外に吹き落とした。屋敷の外にいた炎章は、遺（おと）しものを拾って物議をかもすのを怕れ、拾わないでいた。屋敷の内の昭華は、心の中で、夜が闌け人が寝静まっているから、屋敷の外に出ても人に見られる心配はない、と思い、門を開けて出ようとしたところ、ちょうど身をこごめて詩箋を拾おうとした炎章と、ばったり顔を合わせた。両人は、大いに驚き、昭華は、あわてて門を閉めた。炎章は、さっと横道に身を隠した。昭華は、榻（こしかけ）の上に立って牆外の動静を眺めようとした。府外の炎章は、牆内のその人が未婚妻の昭華かもしれないと疑い、亦た石の上に立って、屋敷の内の様子を見極めようとした。豈に料らん、2人が首を出したとき、再び顔を合わせた。昭華は、驚いて書卓の上に転げ落ち、炎章は、驚いて地上に転んだ。すぐに詩箋を拾い上げて朗読し、牆内のかの人が果して昭華であり、しかも彼女が宝扇の縁を今も忘れていないことを知って喜んだ。そこで炭枝を取り出し箋上に詩一首を和した後、詩箋を元の場所に置いて、自分は、柳蔭の下の石榥の上に坐って様子を見た。○桂英は、お茶を持って書斎にきて、昭華に出した。昭華は、桂英に門外に行って詩箋を拾ってくるように頼んだ。昭華は、箋上に和詩があるのに気が付いた。詩句に云う、「穿金の宝扇は三生に証たり、落拓して徒らに悲しむ扇を合わすことの難きを、扇を合わすの人来りて消息を伝う、郭氏炎章

77【穿金宝扇】(明清間)　　　　　419

は此の間に到れり」。昭華は、門外の瀟洒な男が未婚夫の郭炎章であるのを
知って喜び、再び桂英に屋敷の外に出て探してきてくれるように頼んだ。炎章
は、桂英に向かって宝扇を取り出して見せた。桂英は、すぐに眼前の人が確か
に表姐の未婚夫であることを知って、案内して屋敷の中に入れた。〇昭華は、
炎章とついに顔を合わせた。たがいに目と目を合わせ、2 人は、ともに恥ずか
しがって言葉を発することができなかった。桂英は、先に席をはずし、2 人に
心置きなく話ができるように計らった。炎章は、昭華が自分が落拓して青衫の
身であることを嫌っていないことに感激した。昭華は、「草木にも盛衰があり
ます」と言い、さらに「発奮して勉強すれば、いつの日か科挙に合格できる」
と言って激励した。2 人の情愛が深まり、昭華は炎章に体をくっつけた。豈に
料らん、この時、呂剛、李班侯、張耀泉、及び侍婢が後苑にやってきた。呂剛
は、昭華が見知らぬ男と接近しているのを見て怒り責めた。昭華は、弁明して
「この人は、見知らぬ人ではありません。宝扇を携帯して訪ねてきた郭炎章で
す」と言った。呂剛は、炎章が貧乏書生の身であるのを見て、快々として歓ば
ず、言葉じりを把えて炎章が裏門から屋敷に入り、私かに昭華と会ったことを
咎めた。炎章は、自ら呂剛が自分を嫌悪しているのを知り、返す言葉がなく、
辞去しようとした。呂剛は、炎章に百両の黄金を送り、帰郷させることを願っ
た。班侯は、口を出して、呂剛を諌め、昭華の亡くなった母が死ぬ前に呂剛に
「郭家とは、必ず憂患を共にしなくてはなりません」と遺嘱した、と言った。
昭華は、跪坐して呂剛に向かい、炎章を駆逐しないでほしい、と懇願した。炎
章は、黄金を辞退し、宝扇を開き、皇上の御印を展示した。呂剛は、拒否しよ
うにも口実がなく、昭華に命じて先ず宝扇を受領させ、又、炎章に暫らく呂府
の書房に住むことを許した。唯だ昭華と接近するのを厳禁した。耀泉は、炎章
が呂府に住むことができたことをねたみ、しぶしぶ炎章を書房に案内して行っ
た。炎章は、心の中で速く一封の手紙をしたため麟書に持たせて消息を母に伝
えさせたいと算段していた。桂英は、心の中で、今夜、炎章に変装して蘭閨に
行き、昭華をからかおうという計画を立てていた。〇昭華は、蘭閨で睡に入っ
ていた。暗闇の中に、桂英は、男装し部屋に入った。昭華は、炎章がきたのだ

と思い、厳父から咎められないように早く出てゆくように促した。桂英は、婚事の先行きが見えない故、昭華に愛を示してくれるように求めた。示してくれなければ、退去しない、といった。昭華は、ひどくいぶかしく思いながらも、結局「我愛你」三字を口にした。桂英は、そこで蘭閨から出た。豈に料らん、呂剛は、この時、客を送って後苑を通り過ぎた。部屋の内から対話が聞え、一瞬、一人の男の影が昭華の寝室から走り出て、瞬く間にその影が消えたのを見た。しかもつい今しがた、炎章が窓門から攀じ登って部屋に入るのを目撃していた。遂に今しがた見たのは、炎章が私かに昭華に会った場面だと判断した。呂剛は、その夜すぐに家審を開き、家法によって炎章を処罰することを決意した。○呂剛は堂に登り、家僕に命じて炎章を堂に呼び出した。呂剛は、かれを見ると大いに怒り、炎章に二更時分の行跡を質問した。炎章は、偸かに蘭閨に闖入したことを否認した。呂剛は、信ぜず、侍婢に命じて昭華を堂に呼び出した。班侯は、炎章を隅に引張って行き、真相を隠蔽しているのではないか、と尋ねた。炎章は、「恨みの呪いを発するを願う」と言った。班侯は、遂に炎章を信じた。○昭華が堂に出た。先ほど私かに炎章と会った一事が厳父に暴かれることを心配し、暗かに炎章に眼で合図した。炎章は、しかし、全くそれを理解できず、茫然とした表情のままだった。昭華は、事態が深刻なのを知らず、あっさり炎章がさきほど蘭閨を訪問したことを承認した。炎章は、高声で、事実ではない、と叫んだ。呂剛と班侯は、均しく厳しい言葉で痛罵した。班侯は更に炎章が「恩を仇で報いた」と叱責した。昭華は、それでもなお事情に気が付かず、反って炎章に誤りを認めるように促した。炎章は、誓って、誤りを認めなかった。呂剛は、怒って2人が家規に違反したことを叱斥し、人に命じて棒で炎章を打たせた。炎章は、昭華を怨んだ。昭華は、逆に炎章が過ちを認める勇気がないと咎めた。2人は、互いに譲らず、呂剛は、命を下して炎章を駆逐して屋敷から離れさせた。炎章は、無実を訴える道もなく、昭華と呂剛が共謀して罠を仕掛け、彼の名声をけがしたのは、実は自分の貧寒を嫌って、これを口実に婚約を解銷したのだ、と誤解した。炎章は、憤って屋敷を離れた。心の中に先ず手紙を書いて麟書に知らせ、その後、京華に上ることにした。○炎

77【穿金宝扇】(明清間)   421

章が去ってから、昭華は、父が富を重んじ貧を嫌って炎章に度を過ぎた苛刻な
仕打ちをしたことをとがめ呂剛に対して怨みの言葉を噴出させた。呂剛は、激
怒し、父女の情を断絶し、すぐに家を離れるように求めた。班侯は、昭華を李
家に連れ帰って暫らく住まわせた。〇桂英が李家に戻ってきた。呂家で家庭騒
動が起きているのを知らなかったが、呂剛に自分が男に扮して、勝手に昭華の
蘭閨に闖入したことを知られることがあれば、その時には必ず厳父から苛責さ
れるだろう、と心配した。自分が李家に売られる前には、九元坊に居住してい
たことを思い出し、こっそり九元坊に戻り生みの母親を訪ねに行くことを決意
した。桂英が中に入り荷物を整理していた時、班侯が昭華を連れて屋敷に戻っ
てきて、桂英に対し、昭華に挨拶するように命じてから、部屋に帰って行っ
た。昭華は、桂英に向かい炎章が偸かに蘭閨に闖入し、父親に家から追い出さ
れた一件を語った。桂英は、哭きながら、跪いて謝り、自分が一時の頑皮（いたずら）か
ら、男に扮して蘭閨に闖入したことを打ち明けた。昭華は、恍然として大いに
悟り、炎章を誤解して、無実の罪を負わせ、更に風雪を犯して単身上京させる
に至ったことに気が付いた。彼女は、自ら炎章を追いかけて、かれに説明して
謝ることに決めた。昭華が去ってから、桂英もこっそり李家を離れた。〇炎章
は、独り大雪寒風の中を道を急いだ。石亭に入って暫らく風雪を避け、紙傘を
開いて頭にかぶり睡に入った。昭華は、雪を踏んで追いかけてきて、足跡をた
どって石亭の畔まで歩いて来て、石亭に入り一休みしようとしたところ、豈に
料らん、炎章が転がって、知らぬ間に紙傘が昭華にぶつかり、彼女を地上につ
まずかせて転倒させ意識不明にさせた。炎章が女を助け起こしてみると、昭華
であることが分かった。昭華は、意識をとりもどした。炎章は、彼女が繍閣に
情人を隠し、禍を自分に転嫁したと責めた。昭華は、誤りを認め、炎章に赦し
を求めた。昭華が蘭閨に闖入したのは別人であることを告げようとしたとき、
耀泉があとを追ってきて、炎章に向かい、偽って蘭閨に闖入したのは、自分だ
と言い、更に偸みだした穿金宝扇を示して、昭華が誓いのしるしにこの扇を
贈ってくれたのだと言った。昭華は、弁明に窮し、炎章は、怒りを抑えきれ
ず、身を翻して去っていった。昭華は、近寄って炎章を引き留めようとした

が、あわてて、滑って転び、地上に昏倒した。耀泉は、炎章が離れ去ったのを目で確認し、昭華が昏倒しているの見て、近づいてその身体に触れようとしたとき、如煙が追ってきて、背部を狂ったように刀で何回も刺した。耀泉は、やがて死に、如煙は、あわてて奔って逃げた。このとき呂府の家丁呂安が命を奉じて昭華の後を追ってきた。殺人事件が発生しているのを見て驚いて、屋敷に戻って呂剛と班侯を連れてきた。呂剛は、昭華が耀泉を殺害した犯人と見立て、親ら彼女を縛って衙門に行き罪を処理させた。○県衙では、県令の黄麟書が今しがた炎章の第2の手紙を受け取り、昭華が炎章を不義の罪に陥れ、そのため炎章は、冤を抱いて旅に出たことを知った。昭華を男を手玉に執る「禍水の紅顔」として、痛く恨んだ。呂剛は、県衙に来て事件を申告した。麟書に昭華が耀泉を殺害したと指弾した。麟書は、彼女に厳しい詞で逼った。昭華は、殺人を否認した。麟書は、命令を下し拷問しようとしたが、班侯が勧めて止めさせた。「呂安の供述から兇案発生の前に石亭中に一書生が袖を払って去ったことがわかる」と言い、又た「昭華は、原来、炎章を追いかけてきたのであり、それ故に殺人者は、炎章であるかもしれない」と言った。麟書は、言を聞き、衙差に炎章を逮捕して衙門に連れ戻し審問するように命じた。昭華は、この命令を聞いて制止した。彼女は、再度、炎章を巻き添えにさせないために、殺人を自白した。麟書は、彼女を顔に入れ墨して従軍に処すると判決し、暫らく牢に収監した。○炎章は、石亭で昭華が贈った寒衣と旅費を得てから、科場で目的を達し、3年来、功を累ねて、官は太守に昇進した。昭華は、2名の解差によって辺関に向けて充軍のために護送された。途中、太守府を通った。府内の炎章は、「姑蘇の女犯が押解され、途中、府外を通り、薑湯一碗を求めています」という門番の通報を聞いた。炎章は、これに先立ち、已に麟書の書信を受け取っていて、昭華が已に流刑の旅に出たことを知っていた。そのため門外の女犯は、昭華であると推察した。炎章は、石亭で衣と金の施しを受けた恩義に報いるため、門番に命じて女犯を府に入れ、寒衣と黄金を受け取らせた。昭華は、太守の好意を辞退した。府に入っても、面を外に向けて跪き、太守と対話した。昭華は「顔に入れ墨の判決を受けて、顔容を毀損していますから、

袖で顔を覆わなくてはなりません」と言った。炎章は、はっきり「自分が炎章である」と言った。昭華は、喜び望外に出たが、炎章に蛇蝎の性根と叱責された。昭華は「私の冤罪を拭い去ってくれるのは、桂英だけです」と言った。○この時、家人が「郭老夫人と郭小姐が太守府に到着しました」と伝えてきた。炎章は、はじめて郭小姐とは桂英のことで、実は自分と離れ離れになり、李家に売られた幼妹であることを知った。桂英が登場し、炎章と昭華に自分が3年前に思慮を欠いて禍を引き起こしたことを許してくれるように求めた。やがて、呂剛、麟書及び班侯もまた太守府に到着した。麟書は「宝扇が証拠となって、婢女の如煙が特に昭華を追いかけていた張耀泉を嫉妬から殺害したことが分かった」と言い、彼女の無実を晴らすことを宣告した。麟書は昭華に彼が草率な判決をしたことに赦しを求め、呂剛もまた昭華にあの日の禺行に対して赦しを求めた。班侯もまた呂剛に代わって恕を求めた。昭華は、終に桂英、麟書、父親及び炎章を許した。各人は、穿金宝扇が昭華のために冤情を晴らしたことを称賛し、更に昭華、炎章は、再度、前縁を続けることになった。全劇完結[77]。

【補】唐滌生作、1956年12月、仙鳳鳴劇団、任剣輝、白雪仙主演。

78【紅菱巧破無頭案】(明清間)

　　秦三峰は、蘇家の門外で、情婦の楊柳嬌(蘇家の寡婦)が来るのを待っていた。彼は、県知事が転任するのに従って臨安に行かねばならないため、楊柳嬌に別れを告げに来たのだった。楊柳嬌は、かれに一緒に臨安に連れてゆくように要求した。又、かれが重病の妻にばかり気を使って自分に冷淡なのを恨んだ。秦三峰は、楊柳嬌の美色と彼女の首飾珠宝を手放し難く、心に一計を案じて、妻を殺害して楊氏を連れて臨安に赴任することを決意した。楊柳嬌と暗くなってから会う約束をし、さらに彼女に普段着一着、鞋一足及び襪一足を用意するように言いつけた。その後、三峰は、離れ去った。そこへちょうど、蘇玉桂(楊柳嬌の亡夫の妹)が門から出てきた。実は愛人の柳子卿を出迎えようとしたのだが、図らずも柳嬌と三峰の対話を耳にして、柳嬌に見つかった。楊柳嬌は、蘇玉桂が故意に盗み聞きしたと叱責したが、蘇玉桂は、楊柳嬌が婦道を守

らないと非難した。蘇玉桂の未婚夫の柳子卿は、科挙を受けて落第して帰ってきて、蘇玉桂を訪ねてきた。両人は、互に離れ離れになって相手を思う苦しさを訴えた。子卿は、さらに恩師の左維明が推薦してくれて臨安に幕僚として赴任することになったので、お別れのあいさつに来たのだ、と言った。子卿は、早く玉桂と結婚したいと望んだ。玉桂もまた嫁入りに同意した。実は、楊柳嬌は、ずっと門に倚って玉桂と子卿の話を盗み聞きしていたが、この時、

写真91　大雄威劇団戯告：【紅菱巧破無頭案】

玉桂に見つかった。楊柳嬌は、心中ずっと何か口実を見つけて玉桂を脅し、姦通の秘密を守らせようと思っていた。又、柳子卿が貧困の出で、おまけに落第してきたのを見て、故意に柳子卿と蘇玉桂の婚事を妨げた。柳子卿は、ひどく憤激し、楊柳嬌と口論になった。そこへたまたま、張忠と王横という2人の官差が、橋頭を通りかかり、3人が口喧嘩しているのが目に入った。柳嬌は、大声で「たとえ子卿に殺されても、彼が玉桂と結婚するのには、絶対に反対する」と叫んだ。蘇玉桂は、両人の口喧嘩をなだめ、楊氏に謝った。楊氏は、怒

78【紅菱巧破無頭案】(明清間)

気がやや収まり、やっと玉桂に子卿と連れ立って小橋の対岸に遊覧に行くのを許した。しかし、柳嬌は、相変わらず子卿を恨み、機会を狙って彼に対処することを決意した。○夜に入り、秦三峰は、彼の妻を殺した後、その首を切って、衙門内の白楊樹の下に埋めた。かれは、楊柳嬌を探しに行き、彼女の衣服、鞋、襪を妻の身体のものと取り換え、妻の屍体を橋の旁に埋めた。また凶器を草叢の中に擲げこんだ。小姑が嫂を殺した情況を作り上げた。屍を埋める時、楊柳嬌は、慌てて、橋の旁に新しく造った一足の繡花鞋を落とした。臨安府の県令、左維明が路すがら橋の旁を通った。家僕の左魚が橋がこわれているのをみて、維明に轎から下りて歩行して橋を渡るように求めた。維明は、橋畔で一足の新しい花鞋を発見し、路を通った者が気がつかぬ間に落としたものと思い、落とした者が取りに戻ってきて拾うのに便利なように、花鞋をもとの場所に戻しておいた。○時刻を知らせる太鼓を打つ役目のものが、橋畔で首のない女の屍体を発見した。衙差の張忠、王横、及び蘇州県令の史孟松が調べに行った。孟松は、蘇家の小婢小曼、及び両名の官差を審問し、蘇玉桂が兄嫂を殺したと判断し、各人に先行して両旁に伏せさせ、犯人の出現を待った。孟松は一足の花鞋を拾い、これを保存した。ちょうどそこへ蘇玉桂と柳子卿が遊覧から帰ってきた。2人は歩きながら話をし、子卿は玉桂を臨安に連れてゆくことに同意した。柳子卿は、乾柴を拾って衣服を乾そうして、思いがけず兇刀を拾った。玉桂は、包袱を持って家門から歩み出た。孟松の手下が躍り出て、2人を逮捕した。孟松は、又、柳子卿が白玉1件、及び黄金五両を身につけていたことを発見し、2人が犯人であると認定し、遂に両人を衙門に連行した。刑を用いて両人に自白を迫り、後日の天明、五鼓時分に、斬に処すと定めた。○左維明は、臨安に往く途中、路すがら一小酒楼に通りかかり、客商が無頭事件を談論しているのが耳に入った。兇手が門生の柳子卿であることを知り、すぐに馬に騎って蘇州に駆け戻った。蘇州の県衙では、県令の史孟松が玉桂、子卿を衙門の外の法場に引き出した。五鼓が已に到り、孟松が斬簽を抛げ出だし、刀斧手が刀を挙げて鳴炮を待っているとき、維明が馬に鞭打って法場に到達した。子卿は、恩師がやってきたのを見て、冤枉と連呼した。彼は、維明に向か

い、あの晩、懐中に持っていた白玉、及び黄金は、維明が彼に贈ったもので、贓物ではない、と陳述した。玉桂は、又、事件が起こったときは、自分と子卿はちょうど蘇堤の破廟で雪を避けていた、と言い、さらにこれは、廟祝から証言を得ることができる、と言った。〇維明は、自分が已に官として臨安に封ぜられており、蘇州の兇案には、手を突っ込みにくいことを知っていたが、官たるものは、民の為に命を請うべきことに思い至り、遂に人に命じて犯人を衙門に連れ戻させ、公堂を開き再度、事案を審理した。史孟松は、「越衙審犯」すべきではないと指摘した。維明は、女屍の人頭が未だ探し出せていない以上、蘇、柳2人が犯人とは断定しがたい、と考え、令を伝えて堂を開き、再度審理を行った。〇維明は、子卿に何故に捕られた時、手に兇刀を持っていたのか、と問うた。子卿は、殺人事件が発生しているのを知らず、好奇心から兇器を執った、と言った。玉桂は、酉の時、たまたま両人の衙差を見かけた。酉時一刻に、廟に入って雪を避け、そのまま初更が過ぎるに至って後、廟を離れた、と弁明した。張忠、王横及び廟祝は、均しく玉桂の言うことに誤りはないと証言した。維明は、孟松に向かって3つの疑問点を指摘した。両犯人が一刻の時間内に、殺人、分屍、及び埋屍することは難しい。兇案の現場で拾得した花鞋の底には塵一つついておらず、死者が履いていたものとは思えない。子卿の身から押収した白玉及び黄金は、確かに維明が贈ったもので、子卿に財物を取る意図がなかったことは明らかである。維明は、手下に命じ両名の犯人を収監させ、情を査察するのを待って、再審することにした。〇その時、鳴炮が3たび響き、斬首の時辰が已に到来したことを告げた。都堂大人楊崧は、史孟松が、「詳文」を呈上して案を銷す手続きをする様子を見せないので、衙門にやってきて査問した。楊崧は維明が権限を越えて審案しているのを責め、10日以内に、真相を査明するように命令した。又、令を頒って、「仮に若し真犯人を逮捕できなかった場合には、玉桂及び子卿は元通りに斬に処する、維明は、官位を降格させる、史孟松も斬首する」と言った。楊崧は、維明に令箭を授与し、事件捜査の便宜をはかった。維明は、各人に命令し、外に向かっては、2人の犯人は、已に斬に処せられたと宣揚させた。〇左維明と左魚は、一晩深夜、衙

78【紅菱巧破無頭案】(明清間)

舎の旁の駅館の門外の石凳の上で、一緒に酒を飲んだ。維明は、幾杯かの酒を飲んで、次第に酔いが回ってきた。その時、突然、風が起り雲が湧き、驟かにざんばら髪の頭に七孔から流血を流している1人の女鬼が白楊樹の後にさっと姿を現したのが維明の目に入った。左魚は、驚いて駅館に逃げ帰った。○維明は、妖怪が出没すると思い、近づいて剣を抜き斬り殺そうとしたが、女鬼は、瞬間、白楊樹の後に消えた。狂風が過ぎ去った後、維明は、自分の剣が衙舎の内の白楊樹に突き刺さっているのに気が付いた。樹の下を見下ろすと、泥土が鬆んで浮いているのがわかった。人に命じて発掘させたところ、人の首を探しあてることができて喜んだ。○維明は、人に命じて蘇玉桂を連れてこさせて話をし、彼女に首を鑑定させた。玉桂は、首の口中に、幾顆かの金歯があることを根拠にして、この首は、彼女の兄嫁、楊柳嬌のものではないと断定した。維明は、案中に案ありと疑い、何食わぬ顔で秦三峰を蘇州に呼び戻すことにした。彼は、左魚に命じて手紙を秦三峰に届けにいかせた。又、人に命じて人頭を注意深く再び白楊樹の下に埋めさせた。○左魚は、命を奉じて手紙を秦三峰に届けた。封を切ってみると、維明が俸給を3倍にし、官位を3階級上げるという手厚い条件で、彼を蘇州に呼び戻すつもりであることが分かった。又、左魚の口から、柳子卿と蘇桂玉が已に斬刑に処せられたことを聞き知り、楊柳嬌と一緒に蘇州に帰ることを決意した。楊柳嬌は、初めは三峰に同行することに同意しなかったが、秦三峰が1人で暮らせば、好き勝手に多数の女と浮気をするに違いないと思い至り、最後にやはり、左魚と共にすぐに旅立つことに同意した。○秦三峰は、蘇州の県衙に到着し、左維明に拝謁した。維明は、どうしても彼の妻に会いたいという。三峰は、楊柳嬌を連れてきて会わせた。楊柳嬌は、維明が年わかく英俊なのを見て、彼に向かって、屢々色目を使った。維明は、心得て、彼女に格別の好意を示した。蘇玉桂は、屏風の後に隠れ、三峰の妻が実は彼女の兄嫁であることを見て、鬼魂が出現したと思い、驚愕のあまりめまいがして卒倒し、その場で三峰の妻の真相を指摘することができなかった。左維明は、10日の期限がもうじき来るのを見て、花鞋を利用して楊柳嬌の身分を調べることにした。○2号衙舎の内で、楊柳嬌は、春心が動き、居ても

立ってもいられなくなった。この時刻、かの年若く、りりしく、又、位高く権も重い左維明大人のことが気にかかり、かれと花月の縁を結びたいと切望した。○秦三峰は、衙舎にやってきて、柳嬌に「今しがた白楊樹に行って人頭を調べてみたが、埋めた手は動いておらず、事件の真相は、まだ発覚していないことがわかったので、安心するように」と告げた。柳嬌は、左維明が門外で部下に灯を持つように命じている声を聞いて、三峰を促して家を離れさせ、自分は、八角亭に走って行って欄干に身を寄せて、左大人を待った。○維明は、柳嬌を見かけ、わざと彼女に秦三峰と以前に居住していたのは、どの衙舎かと尋ねてみた。柳嬌は、当然、知らず、誤って4号衙舎と言った。維明はさらに又「九曲蓮池」がどこにあるか知っているかどうか、尋ねたが、これも知らなかった。維明は、これによって彼女が衙舎の周囲について全く知らない、と断定した。維明は、彼女を誘って一緒に酒を飲んだ。彼女は、維明に妻がいるかどうか、尋ねた。維明は、「妻は已に死んだが、亡妻の臨終の嘱咐を遵守し、目下、妻と同様に刺繍にたけた女を探している、それによって続弦の望をかなえたい」と言った。彼は、又、妻はとても美しい花鞋を刺繍して作った、と言い、又、柳嬌には、その腕を証明できるような刺繍した花鞋をお持ちか否か、と聞いた。柳嬌は、事情を知らぬままに、果然、花鞋を取り出した。維明は、その花鞋を手に執って屍体の旁で拾得した別の片方と比べてみて、正しく1対であることに気が付き、楊柳嬌は、きっと事件に関係があると断定した。○10日の限期が已に来ていた。玉桂と子卿は、劊子手によって公堂に連行された。2人は、冤案が翻えし難く、災難から逃れがたいことを嘆いた。都堂大人楊崧がやってきた。再度、左維明に真相を洗い出せたか否かを問いただした。維明は、玉桂に尋ねた。玉桂は、あの日見た秦三峰の妻とは、実は自分の嫂であると言った。維明は、楊柳嬌及び秦三峰を審問し、口内の金歯を鑑別の証拠とした。又、玉桂及び子の公卿に柳嬌の身分を証言させた。さらに柳嬌の身から花鞋を捜し出した。維明は、又、手下に命じ人頭を捧げ持たせ、被害者が正しく秦三峰の妻であることを実証した。三峰は、仕方なく自分が妻を殺したこと、及び首を白楊樹の下に埋めたことを自供した。左維明は、次の判決を下した。

「柳子卿と蘇玉桂は、無罪釈放し、並びに2人を促して婚事を遂げさせる。楊柳嬌は、情を知りながら報ぜざりしに因り、終身、配流して永久に還郷させない、秦三峰は斬首とする」と。全劇終結[78)]。

【補】唐滌生作、1957年11月、錦添花劇団初演。陳錦棠、鳳凰女主演。

79【桂枝告状】(別名【販馬記】)(明清間)

　馬商の李奇には一女一子があった、長女は、名を桂枝と言い、幼子は、名を保童と言った。李保童は、ずっと継母の楊三春が田旺と姦通していて、父親が西陝に馬を買いにゆくたびにその隙に乗じて田旺と逢引していることを知っていた。この日、三春は、田旺と偸かに情事にふけっていた時、保童に現場を見られた。保童は、このため怒って田旺を叱責したが、却って田旺に打たれて、地上に躓き倒れた。この時、桂枝が婢女の春花を連れてやってきた。桂枝は、急いで弟に近づいて保護し、三春に許しを求めた。桂枝は、機を見て保童に向かって現在の苦況を説明し、精いっぱい我慢し譲歩するようにさせた。〇保童は、家に戻り、田旺が刀を磨いているのをみて、悪意を感じ取り、すぐに家を離れて逃げ出した。桂枝は、保童を探し出せず、三春に尋ねたところ、却って彼女から打たれ罵られた。春花は、こっそり桂枝に「田旺と三春が共謀して姉弟両人を殺そうとしている」と告げ、桂枝になるべく早く家を離れるように勧めた。〇桂枝は、単身、李家から逃げ出し、躓いて劉志善夫婦の門外に倒れた。両老は、彼女を救って屋内に運び入れ、彼女の寂しい境遇を知って、彼女を娘として養うことを願った。〇趙寵と妹趙連珠は、やはり継母に家から追い出された。趙寵は、単身、旅をし、表伯の劉志善の家に行って暫らく住み、その後、再び老丫鬟の家に身を寄せて養われている連珠と再会したいと希望した。桂枝は、趙寵が劉家の門外で、あたりを見回しており、又着ているものも粗末なのを見て、悪事を企てていると思った。趙寵は、落ちぶれているとはいっても、文人の尊厳を減じてはおらず、桂枝に素性を疑われて、離れ去ろうとした。桂枝は、彼が一角[かど]の人材であることに気が付き、自分が今しがた口にしたことが間違っていた、と分かって、急いで近づいて引き留めた。〇劉志善夫婦が出て来て、熱心に趙寵を誘い府内に暫らく住まわせた。桂枝は、趙寵に

譏笑されるのを怕れ、劉氏夫婦に自分の身の上を趙寵に知らせないようにと頼んだ。趙寵が桂枝の名字を訊いた時、劉氏夫婦も「知らない」と答えた。劉夫人は笑って趙寵に「当面は、桂枝を【表妹】と呼びなさい、あとで、結婚したら【愛妹】と呼びなさい、あなたが役人になったら、【夫人】と呼ばなくてはなりません」と言った。○三春と田旺は、家で情事をたのしんでいたが、突然、李奇が帰ってくることを思い出し、春花が李氏姉弟の失踪の真相を漏らすかもしれないと心配になった。田旺は、そこで春花を恐嚇し、李奇をだまして李氏姉弟は已に死んだ、と言うように逼った。従わなければ、殺すとも言った。春花は、本心では、うそをつきたくはなかったが、三春が菜刀を振りまわすのを見て驚き、やむなく同意した。○李奇が帰ってきた。息子も娘も姿が見えないので、三春に問いただした。三春と田旺は、李奇に、「両姉弟は、数か月前に外に遊びに行き、2人とも潭中に転げ落ち、屍骸も上がっていない」と答えた。李奇は、半信半疑で、春花に問いただした。春花は、あいまいな答えをし、姉弟は、病死したと言った。李奇は、更に隠し事があると感じ、春花を拷問した。春花は、言えば言うほど、でたらめを言った。李奇は、ちらりと田旺が背後で不審な動きをしていることを見て、隠していることがあると分かった。彼は、春花に命じて部屋に返し、「夜になったら、また問いただすから、早く就寝してはいけない」と云いつけた。○春花は、真相を李奇に告げたら、三春と田旺が報復のために自分を殺すだろう、と思って怖くなり、やむなく、自分で首を吊って自殺した。衆人がやってきて春花が已に死んでいることを発見した。三春は、鑼鼓を叩き、地保を驚かして駆けつけさせた。李奇は、田旺に屍体を下ろすように頼んだ。田旺は、それに従った。その後、県官の胡敬がやってきた。田旺は、李奇に罪をかぶせ、「春花を犯そうとして果たさず、死に追いやった」と言い、「李奇は、春花に対して邪心を起こし、それゆえ「早く寝るな」と言ったのだ」と言い、更に「李奇は悪事を働いたあとのこととて気持ちが上の空になり、春花の屍体を下ろす気になれず、田旺に代わってくれるように求めたのだ」とも言った。三春も亦た詐って「李奇は、ずっと春花を妾に納れようと思っていた」と言った。李奇は、弁明のしようもなかった。し

かし、胡敬は、彼が白髪蒼々、年令も老鏡にあるのを見て、かれが犯人とは、あまり信じなかった。田旺は、これを見て、すぐにこっそり胡敬に賄賂を贈った。胡敬は、直ちに人に命じて李奇を収監させた。○桂枝は、趙寵と結婚した後、趙寵は、上京して考試に赴いた。幸いに連珠が家の中で桂枝に陪伴したので、家境は清貧だったが、姑嫂は、一緒に楽しく暮らした。唯だ独り桂枝は、父や弟を思い出すたびに、心中、ふと悲傷を感じるのだった。○連珠は、桂枝を容貌秀麗と称賛し、更に「桂枝と同様の美貌の男と巡り合って、きっと、夫を慕っているでしょう」などと言った。桂枝は、連珠に向かって「自分には1人の弟がいて、顔かたちは、自分とそっくり、しかし惜しいことに生死不明です。そうでなければ、あなたとの結婚を取り持つのに」と告げた。桂枝も亦た連珠の容貌が春花とそっくりなのを見て、急に感情に触れるところがあり、自分が継母に追い出された身の上を告げた。連珠も亦た「自分の身の上も桂枝とよく似ている」と言い、桂枝の境遇に深く同情した。○2人は、門外で人声がざわめくのを聞いた。実は、趙寵が高位第18名で進士に合格して、襄城県正堂に任ぜられ、家族を連れて県府に転居しようとして、侍衛、轎伕に囲まれて帰ってきたのだった。桂枝は、未だ故郷の消息を得られないので、本心では今の家を離れたくなかった。この時、桂枝が父や弟の消息を探りに派遣してあった五叔が帰ってきて、「桂枝の従前の馬頭村の房宅は、重門を深く鎖し、周囲は、人気のない荒蕪となっている」と言った。桂枝は、ひどく失望し、やむなくは、衆人に従って轎に乗って離れ去った。○李奇は、監獄の内に在って、監守に賄賂を贈る金がないため、常に虐待に遭い、痛み極って哀哭呻吟していた。監獄は、県衙の花園と隣り合っていた。連珠は、1人の老囚人の叫び声を聞きつけ、急に憐憫の心が起こり、桂枝に告げた。桂枝は、遂に連珠と一緒に監倉に行って調べてみた。○桂枝は、禁子を喚んで査問し、ここに1人の老囚人がいて、ずっと前に前任県官から五刑の虐待を受けていることを知った。桂枝は、自ら話を聞くために、監守に囚人を連れてくるように命じた。老囚人は、進み出て桂枝に叩頭した。桂枝は、一瞬、天が旋り地が転じるのを感じ、心中、この事件にはきっとわけがあるに違いない、と確信した。桂枝は監守に

下がるように命じ、老囚人に向かってわけを尋ね、はじめてこの人が原と褒城に住んで馬を販売し、名を李奇ということを知った。彼女は、心中、ひそかに驚き慌て、連珠に先に回避するように言いつけた。桂枝は、さらに詳しく問い続け、父親が冤罪を蒙って入獄したことを知った。近づいて名乗ろうとしたが、監守が傍にいるために躊躇した。彼女は、最後に父親に一錠の白銀を贈り、監守に厚遇するように言いつけた。○連珠は、桂枝が涙をこらえているのを見て、已にその真の原因がわかっていた。そこで桂枝に趙寵を訪ねて協力させ、再審させるように提案した。しかし、桂枝は、趙寵が官になってから、いつも官場の規矩を口にするばかりで、進んで協力する気にはならないだろう、と思った。連珠は、趙寵が以前から口先ばかりで気が弱いが、若し桂枝が夫妻2人だけの時に、妻として要求すれば、趙寵はきっと愛妻の要求に応ずるだろうと考えた。○趙寵が帰ってきた。桂枝が眼に涙を浮かべているのを見て、わけを尋ねた。桂枝は、「自分が衙門の大法を犯し、趙寵の不在に乗じて、監倉の禁門を開けさせた」と言った。趙寵は、これを聞いて、激怒して大いにヒステリーを起こした。桂枝は、機を見て「若し趙寵が自分の父親が監倉内にいるのを見たら、監門を開けないでいられるか、否か」と問うた。この問いかけを聞いて、趙寵は、さらに冷や汗が出るほど恐れた。これが原因で官を失うのを心配したからである。最後に桂枝は、哭きながら、今しがた獄中で目にした冤を蒙り苦を受けている父親の情況を説明した。さらに初めて趙寵に自分の身の上を話し、父親を助けて冤を雪いでくれるように依頼した。趙寵は、いそいで何度も愛妻を慰めた。この時、1人の家丁が窓口にやってきて盆栽を置いた。趙寵は彼に李奇の自供書を呈上するように命じた。○趙寵は李奇の自供書を読みあげた。桂枝は、父親が秋審後に処決されると聞いて、驚いて昏倒した。趙寵は、桂枝が意識を取り戻すのを待って、先ず訴状を書いて、明日になったら新按院大人に冤を上申するように提案した。桂枝は、そこで墨を磨って酒を注ぎ、趙寵に訴状を書いてもらった。趙寵は、この時にはじめて愛妻の姓が李で名が桂枝であることを知った。○趙寵は、桂枝に明日は男装して、自分と一緒に按院に紛れ込み、大人の前に訴状を手渡すように提案した。桂枝は、この時

79【桂枝告状】(明清間)　　　　　　　　433

になって気持ちがすこし安らいだ。すると趙寵は、いつわって「状紙を書き間
違えた」と言った。焦った桂枝は、どこを書き間違ったのか、と問いただし
た。趙寵は、ふざけて「告訴人の姓名を【桂枝香】と書くべきだった」と言っ
た。桂枝は、からかわれていると知り、心機一転して、「自分は、告訴する仕
方を知らないから、訴状をもらっても使い方がわからない」と言った。趙寵
は、そこで桂枝の前に跪き告訴の模範を示した上、大声で「青天老爺冤枉」と
叫んで見せた。この時、桂枝は、大声で「趙寵を連行して収監せよ」と命令し
た。言い終わると、一笑して離去した。趙寵は、この時、初めて、逆に妻にか
らかわれたことを知った。しかし、嬌妻が眸を回して一笑したの見て、悪い気
は、しなかった。○趙寵は、胡敬と共に衙堂に上り、新按院大人に拝謁した。
２人は、それぞれ思惑を抱いていた。趙寵は、桂枝がまだ到着してこないこと
を見て、気持ちが落ち着かなかった。胡敬は、按院大人が仕事に廉潔である
ことを恐れた。按院大人とは、実は保童だった。あの日、彼は、家を離れてか
ら、善意の人の援助を得て、曲折を経て按院大人にまで昇任していた。今や、
彼は、高官の身になったが、昔日の親情を忘れてはいなかった。○趙寵は、桂
枝のことが心配になって、先に申し出て退出した。衙堂の門外ですでに男装し
ている桂枝に遇った。桂枝は、公堂まで来たものの、ひどくおびえていた。幾
度も告発状を取り下げようと思ったが、老父の惨状に思い至り勇気を奮い起こ
して堂に入り告訴状を提出するしかなかった。保童は、状紙を受け取って読み
始め、告訴人が姉であることを知ったが、公堂という場所に妨げられて名乗る
ことはできなかった。保童は、告訴人が犯人の息子なのか、それとも娘なの
か、と尋ねた。桂枝は、「自分は息子の保童だ」と言った。保童は、さらに
「何故に訴状には告訴人を桂枝と書いてあるのか」と尋ねた。桂枝は、一瞬、
慌てて、でたらめな発言を繰り返し、再び度を失って地上に躓いて転び、女の
身分が露見してしまった。保童は、すぐに近づいて桂枝を助け起こし、部下に
命じて門を閉めさせ、彼女を連れて内堂に入った。趙寵は、これを見て、思わ
ず大いに驚き色を失った。○趙寵は、外で待つこと、久しく、なお桂枝が出て
来る気配が見えなかった。ちょうどそこへ胡敬が通りかかった。趙寵は、胡敬

に事情を尋ねた。胡敬は、嬉しそうな笑い顔で「按院大人は、まだ独身だ。一目桂枝を見るなり、彼女をずるずる引っ張って内堂に連れ込んだ。趙寵が夫人を献上したことは明らかだ。きっとすぐ昇官発財を得られるだろう」と言った。趙寵は、大いに驚き、たとえ官職や生命を放り出しても、どうしても堂内に入って、どうなっているのかを結果を知りたいと決意した。この時、門外が、騒がしくなった。○趙寵は、公堂に入ったが、威厳のある保童に面と向かうと、口ごもってしまい、言葉を口に出して話をすることができなかった。保童は、趙寵が桂枝の夫であることを知り、一語も発せず、彼を内堂に引き入れた。趙寵は生来、気が小さく、保童のこの無言の挙動に、彼は気を失うほど怖がった。趙寵は、内堂で桂枝に会った。桂枝は、彼に保童が自分の弟だと説明した。さら保童に彼を安心させるように頼んだ。この時、趙寵は、やっと気持ちが落ち着いた。○保童は、桂枝と趙寵を内廂に入らせてお茶で一休みさせ、さらに人に命じて李奇を連れてこさせた。また彼に向って身分を明かした。李奇には、「苦尽きて甘来たった」のである。しかしなお、心中、桂枝を気に掛けていた。桂枝は、この時、近づいて父親を抱擁しながら、かれのために案を翻すことを承諾した。趙寵も亦た、近づいて岳丈に挨拶した。一家団聚の時、保童は、姦夫淫婦を逮捕することを誓い、原案を再審することにした。○趙寵は、家中に在って往事を追憶し少なからぬ感慨があるにしても、亦た一切が次第に佳境に入ろうとしていることを喜んだ。彼は、家丁に命じて灯を張り綵を結ばせ、一百盞の春灯を掛け、一百盆の芍薬を並べさせて、巡按大人保童の来訪を歓迎した。連珠は、わざと兄が区々たる七品の県令に過ぎないことを恐れず、上司の面前で奢侈を極めて派手にふるまうのを嘲笑した。この言葉に心配した趙寵は、あわてて人に命じて装飾を撤去させた。連珠は、これを見て、すぐに言い継いで「灯や花を飾り立てたのは、巡按舅台に自分の愛妻の情の切なることを知ってもらうためのもの」と言った。趙寵は、聴いて、やっと安心した。又、内に入って盆栽を取り出して並べ直し、自分の文人の本色をちょっと見せびらかそうと思い至った。○連珠は、わざと愁い顔を見せて桂枝が忘れっぽくて信用できないと恨んだ。桂枝は、彼女の心意を理解し、必ず彼女と保童

の婚事を取り持つと保証した。趙寵は、盆栽を捧げて出て来て、ふと桂枝のこの言を聞き、大いに驚き、手中の盆栽を投げ出して落とし破損させた。さらにあわてて桂枝に向かい、李家に身分違いを嫌われないように、保童に結婚の提案をしないように勧めた。言い争っている間に、保童と李奇がやってきた。趙寵の家臣が一人一人、前に出て李奇に叩頭の礼をした。監守は、李奇を見て、慌てて、頭を擡げようとしなかった。李奇も亦た機に乗じて監守を叱り、今後は再び犯人を虐待しないように、多く善を行い福を積むようにすべきことを諭した。○桂枝は、保童に連珠に向かって結婚を申し込むよう提案した。保童は、尊卑の別を感じて気に染まぬ態度をした。桂枝は、ちょっと歓ばない感情を見せた。保童と父親に訴えて、「あの日、連珠が善心から囚犯を気遣ったために、今日李家の各人は初めて団円を得たのです」と言った。桂枝は更に保童に報徳の心がないと責めた。保童は、聴き終り、急いで連珠に跪き感謝の言葉を述べ、さらに彼女に結婚を申入れた。○保童は、春花が已に死んでいるため、三春と田旺が人を殺して禍を転嫁したことを証言する人がいないことを心配し、父のために原案を覆すのがむつかしいことを危んだ。連珠は、一瞬、霊感がひらめき原案を破る妙計があると言って、先に中に入って身を隠した。保童は、衙差に命じて胡敬、三春、及び田旺を按院府第の後園に連れてこさせ再審した。3 人は、春花が已に死んでいて、「死人に口なし」と思い、指控に対して誓いを立てて否認した。保童は、令を下し三春に拷問を加えた。三春は傷を受け、又、春花の亡霊が樹下に在って彼女に命を償うように求めるのを見て、大いに驚いて自供した。趙寵は、大声で令を下し 3 人を斬首とした。並びに連珠が亡霊に扮してたくみに原案を覆したことに感謝した。○李奇は、何度もの波瀾を経て、終に 1 対の子女と再会し、更に賢慧の媳婦と清廉な女婿を得て、一家は、大団円となった。全劇は完結[79]。

【補】唐滌生編、1956年 2 月、栄華劇団初演。任剣輝、白雪仙主演。

80【戦秋江】(明清間)

　雲氏一族と方氏一族は、長年、反目し、抗争を続けてきた。雲氏の武将、雲漢章は、作戦に失敗して敗北し、族長の雲大豪の命により、捕縛、監禁の罰に

処せられる。そこへ、敵側の副将、方紫苑が使節として現れ、碧沙灘で和睦交渉を行うよう申し入れてきた。交渉は、実現したが、会談は、決裂し、両族は、再度、秋江で対戦する。雲大豪は、雲漢章に出陣を命じ、方氏側からは方紫苑が出陣して、双方、激闘する。2人は、接近格闘するうちに、互いに相手の風姿に惹かれ、矛を収め、和睦に至る[80]。

写真92　英宝劇団、羅家英、李宝瑩、【戦秋江】

【補】作者未詳．1970年代．英宝劇団初演、羅家英、李宝瑩主演。

81【征袍還金粉】(明清間)

　司馬仲賢は、柳孟雄の妹、如霜と相愛の仲だった。出征の前夕、互いに征袍と鳳簫を贈り合って、私かに結婚の約束を交わした。豈に料らん、その残障の長兄、伯陵も亦た如霜に執心していて、継母に取り持ちを逼った。李媚珠はもともと暗かに仲賢に恋していて、故意に鴛鴦を引き裂いた。如霜は、司馬家の大恩に報いるために、やむなく、伯陵に降嫁した。仲賢が孟雄と共に休暇で家に帰ったところ、伯陵が如霜と拝堂して結婚したのを見て驚いた。哀しいかな、恋人は、長嫂（あによめ）に変じた。遂に袍を還して愛を絶った。更に如霜と駆け落ちすることを拒否した。事は、伯陵に察知され、怒って如霜を責めたが、却って譏諷に遭い、憤りのあまり家を離れて飛び出した。その後、夫人は子を憶って病となった。伯陵は、落ちぶれて街を歩きながら乞食をしていた。しかし、再び家に帰ることは拒否した。時に仲賢は、侯に封ぜられて栄帰した。継母ははじめて自分が長房の子を溺愛して、親生の子を冷遇した過ちを悟った。伯陵も亦た世態の炎涼を経験して、弟と前嫌を氷解することを願い、如霜を弟の仲賢に帰した。一家団円[81]。

写真93　如霜と仲賢

81【征袍還金粉】(明清間)・82【金釵引鳳凰】(明清間)・83【花落江南廿四橋】(明清間)　437

【補】作者、初演時期、初演劇団、未詳。1950-60年代。

82【金釵引鳳凰】(明清間)

韓老師は、娘の玉鳳のために婿を選ぶにあたり、学生の秦家凰と趙剣青を選択した。凰、青が来訪した。玉鳳は、婢女の小鳳に扮し、婢女の小凰の方が玉鳳に扮した。両人は、一緒に出迎えた。剣青は、小鳳に対して一目で心を寄せ、両人は「春風一度玉門関」の交わりを交わした。玉鳳は、老父の学生、秦家凰に心を寄せたが、定情の鳳釵を間違って家凰の同窓、剣青に渡し、鴛鴦の配偶を狂わせた。韓老師は、娘のために日を選んで結婚させたが、新婚の夜、玉鳳は、鴛鴦の配が間違っていることを発見して、大いに嬌嗔を発した。剣青は、間違いのまま結婚しようと妄想したが、玉鳳は、傷心を抱いて離去し、真の愛を求めた。玉鳳は、夜に乗じて逃走して家凰を探した。剣青が追ってきて、とどまった。小鳳は、珠胎、暗かに結び妊娠した。玉鳳は、宿屋で小鳳と再会した。小鳳は、分娩を控え、玉鳳は、旁で世話をした。たまたま剣青も亦た、同一の宿屋に投宿した。夜、賊に劫され、剣青は、誤って盗賊を殺し、切り取った賊の首を持って逃去し行方不明となった。剣青の母は、無頭の死体が剣青であると思い、玉鳳を犯人として訴えた。この時、家凰は、已に高位で科挙に合格し、派遣されて無頭(くびなし)事件を再審した。玉鳳を救うにも証拠がないのに苦しんだが、幸いに剣青が駆けつけ、玉鳳の疑いが晴れて潔白が証明された。玉鳳と家凰は、ともに好き配偶を得た[82]。

【補】孫嘯鳴編。1959年2月、大龍鳳劇団初演、麦炳栄、鳳凰女主演。(区文鳳
『綜述』)

83【花落江南廿四橋】(明清間)

衛花愁は、弟の玉成には内緒で、歌姫となって生計を立てた。楊天保は、妹の月娥には内緒で、盗賊を生業としていた。玉成と月娥が婚約を結ぶ日、花愁と天保は、嫖客の魯尚風によって身分を暴露された。玉成は、羞じ憤って遠くへ去った。花愁と天保は、同病相い憐れみ、結婚して夫婦となった。月娥は、結婚の事で偽ったという理由で、花愁を恨んだ。これが悪霸の毛寿に利用され、毛は、誣告して花愁を不貞と言って軽蔑した。天保は、これを信じて真実

438 第4章 粤劇100種梗概／83【花落江南廿四橋】(明清間)・84【状元夜審武探花】(明清間)

と思い、憤然として家を離れた。寿は、これに乗じて月娥を汚辱しようとした。花愁は、月娥を救うために寿を殺した。月娥は、重傷が治らず、臨終の時、書を残して兄の天保に与え一切を説明した。しかし、遺書は、隣家の少女、小菱に拾われた。花愁は、殺人の罪に問われ、刑の執行の日に、ちょうど天保と王成が、駕を護るのに功があったために王に封ぜられて故郷に帰ってきた。冤案は、再審を受けることになり、花愁は、小菱が折よく提出した遺書によって、終に冤罪が雪がれ、夫、弟と団円した[83]。

【補】香港映画は、温詩啓編劇:1960年8月、羅剣郎、鄧碧雲主演。粤劇は、これより前に成立。

84【状元夜審武探花】(明清間)

　冀州学院の掌教、羅広持は、高齢となって病がちになったため、娘の羅鳳薇の為に婿を選び、心配ごとをなくそうとした。○鳳薇は、冀州の才女であったから、婿を狙うものは、少なくなかったが、陳雁生、馮国華、賈従善が尤も強く執心した。鳳父女は、陳、馮2人については、どちらかを取捨することができず、遂に文による婿選びを決めた。しかし、陳、馮2人の学問は、甲乙つけがたかったため、広持は、元の考えを改め、誰でも錦を着て帰ってきたものに、娘を結婚させると言った。○3か月後、冀州学院には、3つの朗報が入った。馮国華が状元に合格、武状元に賈従善、武探花に陳雁生という次第だった。皆な堂に登り、師に拝謁した。陳が先に帰って来たので、遂に陳に娘を結婚させた。広持は、結婚を丁重に進め、家伝の青銅古剣を婿に賜った。馮、賈は、後れて帰ってきて、女が已に先に結婚したことを知ったが、どうにもならなかった。○この夕、冀州学院に殺人事件が発生した。死者の身体の上に青銅剣が残っていた。衆は、古銅剣が陳の物と知り、遂に陳を獄に入れ、皇帝の判断を待った。○開審の日、勅命により馮が主審となった。馮は、陳が冤罪であることがとわかっていたが、証拠がそろっているため、遂に流刑と判決した。陳は、馮が嫉妬の恨みによって自分を陥れたと誤解し、報復を誓った。○賈従善は、陳が辺疆に流刑となったので、鳳薇と結婚しようとした。馮は、彼女が悪人と結婚するのを望まず、官を棄てて女を連れて野に逃げた。○陳は、護送

される途中、たまたま梁斉の戦が起こった。斉の主帥、陳桑尚は、陳生の叔父だった。叔姪は、再会し、護送役人を殺し、ともに戦場に出て戦った。陳は、出世して、官は、元帥に至り、爵を襲いだ。〇兵は、揚州を下した。馮と女は、斉兵の捕虜となり、軍営に連れていかれた。陳は権勢を盾にして報復し、馮が妻を奪ったことを責め、むやみに殴ったり蹴ったりした。この事が斉の宮主の耳に入った。宮主は、賢く聡明だった。老宮女に命じて、女の身体を調べさせたところ、白璧に瑕がないことがわかった。「有情の人は終に成眷属となる」結末となった。〇梁軍は、節節に敗退し、従善を献じて和議を図った。時に従善は、金瘡が迸り裂けて、死が迫る中で、冀州学院で人を殺して禍を陳に転嫁したことを自白した。事件の真相は、遂に明らかになった[84]。

【補】作者、初演時期、初演劇団、未詳、羅家英、李宝瑩か。

85 【旗開得勝凱旋還】(明清間)

　尚書の子、葉抱香は、民女の戴金環と相恋の仲だった、しかし、戴父は、葉尚書を奸臣とみて、2人の結婚を許さなかった。この時、太子、文陵が金環を宮に入れて妃としようとした。しかし、抱香と金環は、已に暗かに愛を誓い、さらに桃花は、子を結んでいた。これによって、次々に騒動が起こり、笑いが連発する[85]。

【補】徐若呆編、1940年代、黄超武、梁齢玲主演。正月賀歳の戯曲。

86 【双珠鳳】(明清間)

　吏部天官、霍天栄の娘、霍定金は、尼庵で洛陽才子、文必正と邂逅し、互に愛慕の情を生じた。定金は、珍珠鳳を落とし、必正に拾われた。文必正は、身を売って霍府に入り、奴僕となった。花を送る機会に乗じて、霍定金の繍楼で私かに会い、共に鴛鴦の盟を約した。翌日、事が泄れ、霍天栄は、娘に他家への結婚を逼った。霍定金は、楼を焚いて出奔した。霍天栄は、怒を文必正に移し、急いで書面を洛陽の県令に送り文は、あやうく獄中で毒殺されそうになった。霍定金は、途中で、劉丞相に会い、引き取られた。洛陽に行って文必正を尋ねたが、誤って必正が死んだという話を聞き、悲嘆のあまり、生きる望みを失う。文必正は、科挙に上位で合格し、劉丞相が熱心に取り持って、霍定金と

440　第4章　粤劇100種梗概／86【双珠鳳】(明清間)・87【珍珠塔】(明清間)・88【全家福】(明清間)

文必正の2人は、終に眷属となった[86]。

【補】唐滌生編、1957年1月、麗声劇団初演、麦炳栄、呉君麗主演。もと、紹興文戯に由来する。

87【珍珠塔】(明清間)

　富家の子、方卿とその父は、悪人に陥れられ、財産は奪われた。母子は、苦労しながら墳墓と屋敷を守ったが、生活するのも事欠く有様だった。郷試の年になり、方卿は、母と別れて襄陽の姑母、方氏の家に身を寄せ、上京して会試に赴くための資金を求めて、お金を貸してくれるように頼んだが、あに計らん、姑母は、弱者を見下す人で、お金を貸してくれず、逆に何やかやと難癖をつけて、方卿を追い出した。幸い、従妹の陳翠娥が話を聞いて、方家の昔の恩義を念い、侍女の秋頻に命じて方卿を呼び寄せさせて面会し、暗かに珍珠塔（宝石細工）を菓子の中に隠して方卿に贈った。しかし、珍珠塔は、途中で、不幸にも強徒に強奪され、質屋に持っていかれた。この盗難事件は、捜査が難航したが、培徳が強徒を捕らえたために、事件は、解決した。方卿は、盗難に遭った後、楊生兄妹の資金援助を得て、上京して試に応じ、一挙にして名を成し、首席を獲得した。楊生は、妹を娶わせようとしたが、方卿は、応じなかった。落第したふりをして、姑母の家に行き、再び翠娥と会った。翠娥は、前と変わらず、礼義正しく応対し、さらに慰めてくれた。姑丈の培徳は、方の才志を愛し、翠娥を妻として娶ることを許した。方氏は、方卿が已に官を得たと聞くや、以前の傲慢ぶりから手のひらを返し、卑屈な態度で方卿にへつらった[87]。

【補】粤劇編者未詳、初演劇団未詳。

88【全家福】(明清間)

　劉全定は、母、妻、児、女等と別れて、上京して会試に赴いた。継母の姚氏は、実の子の全義を愛し、全定を憎んだ。全定が家を離れるのに乗じて、家人を買収し、中途で全定を謀殺するよう頼んだ。幸いに家人劉成が駆けつけ、全定を救い、上京させた。劉成は、帰宅してから、偽って全定が死んだと伝えた。全定の妻、黄氏は知らせを聞いて、生きる望みを無くすほど悲しみ、児女の金童、玉女を連れて黄土崗に行って弔い祭った。全義は、兄弟の情が深く、嫂に

付いて一緒に墓地に行った。祭奠の間に、黄氏は、意識を失った。そこへ山中から猛虎が走り出てきて、全義を銜えて行った。姚氏は、黄氏が二叔を謀殺したと誣告して役所に訴えた。黄氏は、死罪となった。金童兄妹は、母に代わって死ぬことを求めたが、許されず、都に訴えに出た。全義は、虎に銜えられたが、幸い、老隠士に救われた。老隠士は、全義に武芸を教え、武技が完成すると、山を下って、国の為に尽くすよう命じた。武状元に合格した。全定もまた、文状元に合格した。兄弟は、祖先に挨拶するため、帰郷した。中途で、金童兄妹が行列を阻んで告訴した。全定は、告状を見て、初めて、妻が冤罪で拘禁されていることを知った。全義は、自分が嫂に殺されたわけでなはないことから、一緒に故郷に駆け戻り、この事件を審理した。案情は、明白となった。全義は、帰宅して、大義をもって母を責めた。姚氏もまた前非を悟り、非を改め、全定を自分が生んだ子と同様に扱う事を誓った。一家7人は、みな、賢人となった[88]。

【補】雍正道光年間の作、江湖十八本の第七本に当たる。粤劇最古の演目。別名を【七賢人】と言う。官話上演。1958年香港で映画化。1997年、葉紹徳が香港返還の祝賀演目として、改編。89参照。

89【全家福（新編）】(別名【七賢眷】)(明清間)

○姚氏は、夫の死後、すべての資産を生みの子の全義のものにしたい、と思い、全定を陥れるための策を、あれこれと練っていたところだった。○全義がやってきて母親に挨拶し、兄の全定が旅装を整えて科挙受験のために上京しようとしていることを告げた。話をしているうちに、全義は、自分も兄と一緒に上京したい、と打ち明けた。全定は、文挙を目指し、全義は、武挙を目指していたのだった。○姚氏は、全定が上京すると聞き、心に一計が浮かび、上京の途中で、かれを殺害しようと思いついた。それ故に全義が全定と一緒に上京することを許さず、更に全義に来年になってから受けるようにと命じた。全義は母に従順で、母が兄を殺そうとしていることを知らず、やむなくこれに従った。○全定が旅装を整えると、妻の王氏、金童、玉女がやってきた。全定は、姚氏に出発の挨拶をし「兄弟は、一緒に受験はしないもの」という言葉があるので全義には、「次のチャンスに試験を受けさせればよい」と言ってなだめた。

全定は、又、妻の王氏に注意深く姚氏の面倒を見るように言いつけた。○全定
は、出発し、王氏、子の金童、及び女の玉女が送って行った。全義は、全定一
家の水入らずの話を妨げないように、故意に家にとどまった。姚氏は、全義に
書房に戻って兵書の勉強をするように言いつけた。○全義が広間を離れると、
姚氏は、「兄弟は一緒に受験しないもの」という全定の言葉を思い出し、兄弟
を弟と誤解してひどく憤り、全定殺害の決心をさらにつのらせた。彼女は、す
ぐに僕人劉唐に全定を殺しに行くように命じた。全定の忠僕、劉程は、これを
知り、すぐに主人を助けに駆け付けた。○全定の一家は、別れがたく、全定
は、再三、妻によく姚氏と児女の面倒を見るように言いつけた、金童及び、玉
女は、王氏を慰め、さらに全定に家族を気に掛けることなく安心して出発する
ようにと伝えた。王氏と子女の3人は全定が遠く去るのを見送った後、家に
帰った。○全定が路すがら山崖を通っているとき、突然、2人の人影が目に
入った。よく見ると、劉唐とわかった。全定は劉唐が刀を振り上げて向かって
くるのを見てひどく驚き慌てた。危急が迫る中、劉程が駆けつけて来て、劉唐
を殺し、地上には、劉唐の血痕が残された。○劉程は、姚氏が毒手を施して、
全定を殺害しようとしたことを打ち明けた。全定は、憤り、家に戻って姚氏に
質問しようとしたが、劉程は、すぐに阻止した。彼は、姚氏がさらに全定に害
を加えることを恐れ、引き続き上京して試験を受けに行くことを勧めた上で、
自分は、家に戻って、偽って全定が已に死んだと報告した。○王氏は、全定が
死んだという知らせを聞いて驚き、すぐに金童、玉女を連れて亡夫を弔いに
行った。全義も亦た亡兄を弔いに同行した。○全定が殺された場所に到達した
とき、王氏は息絶えんばかりに悲痛して、夫に殉ずる決意をしたが、全義がす
ぐになだめて思いとどまらせ、母子3人の面倒を見ることを応諾した。王氏
は、感激してやまず、金童、玉女とともに跪き叩頭して謝意を表した。○突
然、叢林の中から1頭の猛虎が跳び出して、王氏に襲い掛かろうとした。全義
は、すぐに徒手で猛虎と格闘した。気が付かぬうちに崖の縁まで移動してき
た。全義と猛虎は、一瞬、姿が見えなくなった。王氏、金童、玉女は、これを
見て、全義と虎が崖から墜落して死んだと思った。禍は、続けて起こるものだ

89【全家福(新編)】(明清間)

ということを深く感じて、悲慟してやまず、やむなく家に戻り、姚氏に報告した。○姚氏は、全定が已に死んで、劉家の財産を独占できるようになったことを暗に喜びながら、兄の弔いを済ませて帰ってくる全義を家の中で、待っていた。○王氏が金童、玉女を連れて、戻ってきた。彼女は、息子や娘が年が若すぎて、事を深く考えないことを恐れ、かれらを先に部屋に返した。姚氏は、心にもなく王氏を慰め、又、全義がなぜまだ家に帰ってこないのか尋ねた。王氏は、言葉を濁した。姚氏がさらに追及した挙句、王氏は、やっと全義が死んだことを告げた。○姚氏は、全義が已に死んだと聞いて、最初は信じなかったが、その後、悲痛してやまず、更に王氏が夫の弟を誘惑しようとして果さず、手に掛けて殺した、と誣告した。○知県が査問にやってきた。姚氏は、暗かに賄賂を贈り、知県は、事情も調べずに王氏を死罪にして、府の役所に移送した。○姚氏は、王氏が逮捕されたのを見て、すぐに金童、玉女を家から追い出した。両兄妹は、母親が役人に連れていかれたあと、すぐに四方に母親の行く方を探し求めた。○金童、玉女は、到るところ母親の消息を尋ねた。飢餓に堪え、山に攀じ水を渡ったが、遂に飢えと寒さに耐えかね雪の上に気を失って倒れてしまった。○王氏は、収監されたが、幸いに獄中の監守、劉炳が面倒をみてくれた。王氏は、児女が追い出されたと聞き、劉炳に探して保護してくれるように頼んだ。実は、劉炳は、ずいぶん前に、全定から命を救ってもらう恩を受けていたのだった。全定が惨死し、妻が監禁され、児女が放逐されるのを聞いて、恩に酬いることを決めた。それゆえに艱苦を懼れず、外出して金童と玉女を探し求めた。劉炳は、ちょうどうまく雪地上に、両人の小童が気絶して倒れているのを発見して、呼び覚ましたところ、まさしく金童、玉女とわかった。すぐに彼らを監房に連れてゆき、王氏と会わせることにした。○劉炳は、金童、玉女を獄中に連れてゆき、劉の妻は、王氏を連れてきて、両兄妹と会わせた。母子3人は、顔を合わせ、恍として隔世の如く、相擁して痛哭した。王氏はみんなに自分は既に死刑の判決を受けていることを伝え、劉炳に自分の死後、金童、玉女の面倒を見てくれるように頼んだ。○ちょうど、母子3人が離れていたときのつらさを訴えていた時、知府が帰って来た。劉炳は、すぐに王

氏を獄中に戻させ、金童、玉女にも離れるように勧めた。金童は、劉炳に王氏を危険から離脱させてほしいと懇願した。劉炳は、金童に知府の衛門に行って鼓を撃って無実を訴え、さらに母に代わって罪を受けることを要求させることにした。○劉炳は、金童を連れて知府の衛門の前に到り、彼に鼓を撃たせ、自分は、一旁に身を隠して、ひそかに成り行きを観察した。○知府は、名を黄英才と言った清廉な役人で、鼓声を聞くと、すぐに令を発して堂に昇り、審理を開き、金童を堂上に連れてこさせた。英才は、金童が年少なのを見て、かれが一時の遊び心で鼓を撃ったと思い、威厳を以て警告したが、あにはからん、金童は、「代父鳴冤、還母清白（父に代って冤を鳴らし、母を清白の身に戻す）」八字を唱えて、引かなかった。○英才は、事が重大であると知り金童に事情を陳述させた。金童は、父親が上京の途中、賊に殺され、冤情が覆されていないこと、母子3人と全義が山上に到着して父を弔っていた時、おなかが空いたので、お供えの饅頭を食べたいと言ったのに、全義が許さなかったので、憤怒のあまり、全義を山崖から突き落とした、故に全義を殺したのは母親ではない、と陳述し、英才に母を潔白の身に戻してほしいと懇願した。○英才は、これを聴いた後、すぐに金童が自首したのは、一片の孝心から出たもので、母に替わって罪名を背負うことを願っているのだ、と理解した。しかし、金童は、全義は、自分が殺した、とあくまで主張しているため、英才は、仕方なく、王氏を呼び出して金童と対質させた。あにはからん、2人は、共に自分が殺人の凶手だという。英才も亦た深く母子2人に同情したが、唯だ已に罪が決まっていて、鉄案は翻し難く、やむなく生死牌を書いて、2人のうち、いずれが生、いずれが死かを決定してもらうほかはなかった。○金童は、実は、生字牌を引き当てたのだが、自分で死字牌に換えようとした。王氏は生字牌を引き当てたが、心中心配でたまらなかった。金童を見て、すぐに死字牌をとりかえそうとしたが、金童は、死字牌を握りしめて手離さなかった。○英才は、金童が死字を引いたのを見て、すぐに王氏を無罪と判決し釈放した。金童が丁と成っておらず、斬刑を受けさせることができないという前例があることを理由に、英才は、彼を「充軍3年」と判決した。英才は、又、金童の父の冤情が解決してい

89【全家福（新編）】（明清間）

ないことを心配し、代って訴状を書いて、大小を問わず、官員に出あったなら、「大官には告するを要す、小官には訴えるを要す」と指示した。英才は、又、劉炳に金童を辺関まで送って行かせ、護送の最中、常に保護を加えるように命じた。○王氏は、判決を知ると、すぐに金童を送りに駆けつけ、飯菜を携えてきて、自ら食べさせた。母子の別れの苦は、聞く者の心をつらい思いにさせた。劉炳は、王氏に、自分が必ず注意深く金童の世話をする、と約束した。この後、母子は離れがたい思いの中で、別れた。○一方、全定は、上京して試験を受け状元を得た。また、全義は、あの日、神虎と格闘したが、山崖からの墜落にも命を喪わなかっただけでなく、更にその神虎から武功を授与された。後に全定と共に乱を平らげるのに功を立て、位は、王侯に列せられた。2人は、皇上の恩准を獲て郷に帰った。○全定、全義は、帰郷の路上、金童の馬を攔んでの直訴に出会った。2人は、状詞を読んだ時、自分の境遇と同じだと気づいた。問い糺した結果、告状人は、正しく金童だった。又、別離の後、王氏、金童、玉女が姚氏の虐待に遭ったことを知った。全義は自分の親母の所為を軽蔑し、すぐに金童を釈放し、家に戻らせて母親と団聚させた。○全定は、劉炳が王氏、金童、玉女を保護してくれたことに感謝し、彼に厚賞を与えた。全定及び全義兄弟2人は、すぐに出発して家に帰った。○王氏と玉女は、金童が家に帰ってきたのを見、又、全定と全義が死んでいないと聞いて、喜びに堪えず、すぐに晴れ着に着替えて、全定兄弟の帰宅を待った。○姚氏は、全定が死んでいないと聞いて、心中に彼が帰宅して、自分の悪行を追究することを恐れ、更に生みの子の全義が全定の死に対して生命を償ったことを恨んだ。しかし姚氏は、やがて全義が死んでいないことを知り、驚喜してやまず、すぐに全義に会いに駆けつけた。○全定は、姚氏を見て、馬を下りて迎えようとした。あにはからん、全義が自分の馬を駆り立て、馬は、すんでのところで、姚氏を突き倒さんばかりになった。姚氏は、全義の名を呼んだが、全義は、振り向きもせずに去った。忠僕の劉程は、これを見て、姚氏には、これに相応する罪があるとし、冷笑した。○全定、全義、王氏、金童、玉女は、団聚した。全定は、席上に姚氏が見えないのをいぶかった。劉程は、姚氏が後堂で念仏懺悔していると

告げた。全定は、すぐに劉程に言いつけて姚氏に出て来るように求めさせた。○姚氏が後堂にやってきた。近寄って全義を呼んだが、全義は、相手にしなかった、姚氏は、又全定と王氏を呼んだが、皆、応答しなかった。姚氏は、金童と玉女に近づこうとしたが、あにはからん、2人に責められた。全定と王氏は、姚氏を恨んでいたが、子女が祖母を責めるのを准さず、遂に制止した。劉程は、姚氏が冷遇されるに忍びず、姚氏に一計を献上し彼女に壁に頭を打ち付けて自殺するふりをさせた。姚氏は、言うとおりにした。果して衆人になだめられ、制止された。姚氏は、全定一家が既往を咎めないのを知って、自分も亦た前非を悟った。全定、全義、王氏、金童、玉女、劉程及び姚氏の7人の劉家の賢十、及び家眷は、終に団聚し、共に栄華を亨けることができた。「七賢眷」は、伝えられて佳話となった。全劇終結[89]。

【補】1997年に香港返還を祝賀して葉紹徳が改作した新編演目。筋を合理化したが、人情・条理に反する箇所も少なからず、含まれている。登場人物全員（7人）が妥協して全体がまとまるという話で、香港が英国統治から中国統治へ円滑に移行することを念願した作ともいえる。

90【花染状元紅】(明清間)

名妓、花艶紅は、名士、茹鳳声と、互いに一目でほれ込み、婚約の信物（しるし）を送り合った。鳳声の庶母四姐は、この事に不満で、女児の明月に命じて偽って鳳声の筆跡を真似て、手紙の返事を出させ、艶紅と絶縁させた。艶紅は、鳳声を無情と誤解し、心も気持ちも冷え切ってしまい、髪を切らないままで尼寺に姿をくらました。鳳声もこれによって相手を思うあまり、病気になった。四姐は、信心深い人物で、終日、神佛を参拝に出かけていた。ある日、水月庵で、了縁の署名のある詩画を目にし、賛嘆して已まなかった。又、その人が嬌容艶麗なのを見て、口実を設けて家に呼び、息子の嫁にしようとした。了縁は、鳳声と相見え、初めは驚いたが、やがて悲痛のあまり、息も絶え絶えになった。四姐は、了縁が艶紅であることを知り、その真情に打れ、遂に両人を眷属とさせた[90]。

【補】1937年覚先声劇団初演。薛覚先、唐雪卿、廖俠懐等主演。風行数十年、

90【花染状元紅】(明清間)・91【一代天嬌】(明清間)　　　　447

薛派伝統劇目となる。1954年薛氏香港上演。

91【一代天嬌】(明清間)

　山中で1人の少女が籠の中に閉じ込められていた。実は、彼女の師傅が彼女を其の中に閉じ込めたのだった。後に師傅が死ぬときになって、はじめて彼女を釈放し、彼女の身の上を語った。彼女の師傅は、少女に告げて言った。「そなたはもともと大貴の家の出である。後に嶺南王の迫害を受け、一家皆殺しに遭った。私はそなたを救い出し武功を授けた。籠の中に閉じ込めてそなたの心志を鍛錬した」と。師傅が死んでから、彼女は、上か下まで武装した。すばらしく美しい姿だった。手中に一本の短刀を持つだけだった。自分の身の上を調べるため、彼女はまず、自分の旧宅を訪ねた。建物はすべて破れ、垣根は、断たれていて、結果として只だ1人の老僕人の智慧の足りない子を探し当てただけだった。この発達障害の少年はどうしても少女に随行して仇を探したいと言い張った。その上、もしあなたが死んだら、その死骸を自分が引き取ってあげる、と言った。少女は、この障害少年を扱いかねて、同行を許すほかなかった。かくして1人の少女と1人の障害少年は、一緒に江湖に闖入することになった。かれらは、一路、多くの腕の立つ豪傑と会って戦った。その中で、最も有名なのは、傳紅雪だった。その結果、少女は、天下第一の快刀、傅紅雪の片手を切り落とした。しかし、自分も重傷を負った。ちょうどその時、武当山の張三豊が現れて、彼女を助けてくれて傷を治してくれた。それに少女を訓戒して、嶺南王には【龍頭断魂斬】と呼ぶ天下無敵の武器がある、と言った。三豊老祖は、彼女に一つの護身の銅銭を贈った。路上で少女は、さらに1人の英俊な少年侠士に遇い、その助けで彼女は、2人の強敵を打ち負かした。しかし、彼女は最後まで自分の身分を明かさなかった。最後に、少女は、終に嶺南王府を探し当てた。一場の苦戦ののち"嶺南王"が終に出てきた。彼は、この旅の間、ずっとひそかに少年侠士を助けてきた。実は少年侠士は、彼女の一家を滅ぼした老王爺の息子だった。老王爺は、小王爺に少女を殺すように命じていた。しかし、小王爺は、思わずひそかにこの少女を好きになっていた。彼は、彼女に向かって、「もしあなたがわたしのところに嫁にきてくれたら、わ

448　第4章　粤劇100種梗概／91【一代天嬌】(明清間)·92【紅了桜桃砕了心】(近代)

れわれは、すぐに天下を統一できる」と言った。しかし、個性の強烈な少女は、応諾しなかった。2人は、生死をかけて闘わざるを得なかった。障害少年が女主人を救うために死んだ。龍頭断魂斬威力がすごかったからである。少女もまた重傷を負った。幸い胸のところに張三豊が贈ってくれた保命の金銭があり、龍頭断魂斬の致命の一撃を妨げ、また一剣を反撃する機会を与えてくれた。少女は、反撃して小王爺を刺し殺した[91]。

【補】台湾武侠映画、鮑学礼導演。

92【紅了桜桃砕了心】(近代)

蕭亜梓は、早く妻を喪い、一子、懐雅と一女、桃紅を養育していた。一家3人は、湘湖郷の地で楽器店を経営していた。女児桃紅は、歌唱を売る商売と檻を売る商売を兼職していた。亜梓と桃紅は、懐雅が富家孔氏の子、孔桂芬を救い、その後、懐雅が更に桂芬の妹艶芬を娶って妻としたのを聞いて喜んだ。亜梓、桃紅及び懐雅は、姻戚関係に頼って、将来、良い暮らしができると思った。○桃紅は、容貌は美しく、心立ても善良であったが、家境が貧困だったため、大礼をわきまえず、そのため挙止言行は、甚だ粗鄙に育ったのだった。名楽師の趙珠璣は、早く妻を喪い、一子を養育していた。たまたま桃紅に遇い、彼女の店で一枝の玉簫を買おうとした。2人は、これによって知り合った。桃紅は、珠璣を立派な人だと思い、その上に幾分か仰慕の心も加わった。珠璣も亦た桃紅が率直でやんちゃっぽく、一般の手の込んだ俗っぽい化粧をしていないのが気に入った。珠璣は、玉簫を買おうとしたが、財布を取りに家に帰る必要があった。桃紅にすぐに帰ってきて支払うと約束した。○懐雅は、妻を連れて衣錦還郷した。桂芬に同行した懐雅は、急に羽振りが良くなって、非常に得意だったが、思わず成り上がり者のがさつさを露呈した。蕭氏一家は、みな一緒に集まることができて、父女2人は、懐雅が身に錦衣をまとい、あたかも富戸のように見えたので、望外の喜びを味わった。○桂芬は、桃紅に対してやはり好感を持った。亜梓は、機に乗じて後押しして、結婚話にもちこもうとした。桃紅は、真剣に考えて、「若し孔桂芬に嫁入りすれば、貧乏暮らしに耐える必要がなくなる」と思い、結婚話に反対しなかった。○懐雅は、外に出て商

92【紅了桜桃砕了心】(近代)

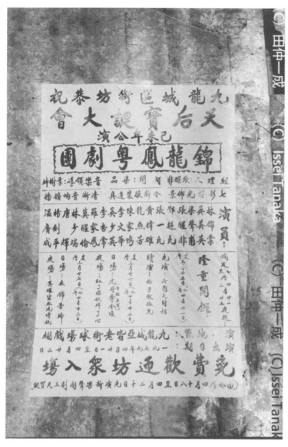

写真94　錦龍鳳劇団戯告：【紅了桃紅未砕了心】

売をしようとして、桂芬に1万元を出資して担保にしてくれるように求めた。桂芬は、本心では承諾したくなかったが、親密の度を加える機会でもあると思い、応諾した。○艶娥と艶城は、孔家の五女と六女だった。2人は、蕭氏兄妹が成りあがって孔家に入ることに、極めて不満だった。彼女らは、懐雅と桃紅の態度と行為が悪劣で、実際に孔門に入って親戚になる資格はない、と語っていた。桂芬は、偶然に路すがら通りかかり、これを聞きつけて、道理無きにあらずと感じた。その時、桃紅は、孔家に嫁入りして已に1年たったが、終始、昔日の「大妹頭」のままで、田舎者の本性を脱しきれなかった。彼女は、常にいたるところで唾や痰を吐き、挙止は粗野で、そのために桂芬は、屢々人から譏笑された。○艶芳がやってきて、桂芬に向かい、地に跪いて哭いて訴え、「懐雅が商売に失敗し、巨額の負債を負い、已に引っ張られて牢屋に入っている」と言った。艶芬は、桂芬に1万元を貸してくれて懐雅を贖い戻せるようにしてほしい、と懇願した。桂芬は、懐雅に対して次第に痛恨の気持を抱き始め、応諾したくなかったが、妹の気の毒な様子

を見て、心に忍びず、人に命じて桃紅に首飾盒を持って会いに来させた。桂芬は、銀両を取り出して艶芬に渡したが、口の中では、絶えず懐雅を呪い罵り続けた。桃紅は、桂芬が兄を責罵するのに不満を覚え、更に桂芬が兄妹２人の窮困を嫌っていることに不満を抱き、口に出して逆らった。桂芬も亦た負けておらず、彼女と口げんかになった。桃紅は、怒りのあまり、着ていた錦衣を脱ぎ捨て、今後は、桂芬の世話にはならないという意地を示した。桂芬は、怒り極まり、掌で桃紅の胸倉を摑んだ。桃紅は、絶えず彼に突き当たり、何度も兄の名を呼び叫んだため、桂芬は、火に油を注いだようになって、さらに桃紅を打った。〇懐雅と艶芬が帰ってきた。懐雅は、桂芬に謝意を表さないばかりか、かえって、桂芬の忘恩負義を責めた。桃紅と艶芬は、罵り合いの中で、ただひたすら兄の肩を持ち、夫を無視した。懐雅と桂芬は、ともに妻の心中には、ただ外の家の人がいるだけであることを感じ、自分の肉親の妹は、無視されているのがわかって、去り状を書いて離婚することに決めた。離縁状を書き終わり、２人は、交換しようとしたとき、桃紅と艶芬は、離縁状を引き裂いた。懐雅と桂芬は、怒って、再び離縁状を書いた。桃紅と艶芬は、満面に涙を流したが、後悔は先に立たなかった。〇この時、蕭亜梓と孔老夫人が一緒にやってきて、４人が已に離婚したことを知った。孔老夫人は、ずっと蕭家兄妹が自分の児女の結婚相手としての資格がないと思って嫌ってきたので、すぐに艶城と艶娥に命じて元宝渓銭を撒き、この２人の「冤鬼」を追い出した。桃紅は、もともと未練があったが、自尊心が極度に傷つけられていたので、父親にも一緒に離去するよう要求した。誰か料らん、亜梓は、富貴をむさぼって、離れようとしなかった。桂芬は、彼を孔府にとどまらせることを承認した。しかし、桃紅が自分の生んだ娘の小紅を連れてゆくことは、許さなかった。桃紅は、ひどく悲憤し、離去する前、「他日、必ず人より抜きんでて、孔家から見くびられないようにする」と宣言した。〇趙珠璣は、湖湘地区を隈なく歩き回ったが、心目の中にものになると思える人材を探し出せなかった。がっかりしているときに、ちょうど別れて１年になる蕭桃紅と再会した。桃紅は、この時、已に元の姿にもどり、相変わらず身に襤褸を纏った売唱女だった。〇珠璣

は、桃紅が未だ彫琢を経ていない璞玉と認定した。彼は、一旦、桃紅が楽を学び終えたならば、必ず万人を迷わす歌手になるであろう、と深く信じた。珠璣は、桃紅に近づいて曲を唱うように要求し、桃紅の声線が俗でないことを発見した。ただ未だ修養を経ていないため、全面的に天賦の条件を発揮し得ていない、と判じた。〇珠璣は、ついでに桃紅に詩書礼楽、所作表情をも教える、と表明した。さらに一両年を出でずに、彼女を歌台の紅星に仕立て上げる、と言った。桃紅は、喜びに堪えず、急いで珠璣に向かって叩頭して拝跪した。〇珠璣は、桃紅に芸を習うのに便利なように彼と起居を共にすることを要求した。それゆえに桃紅に、雲英は未だ嫁せざるや否や、と尋ねた。桃紅は、名利を求めるために、故意に真相を隠蔽し、珠璣に自分は、相変わらず未婚の娘だと告げ、更に冗談ながら「名を為すことが出来さえすれば、身を任せてもよい」と言った。〇懐雅がやってきて、桃紅に「阿桂」のことを話した。桃紅は、急いでかれに「余計なことをしゃべるな」と指示し、珠璣は自ら桃紅を訓練する大計を懐雅に告げた。懐雅は、若し桃紅が名を成したら、自分は飢餓に苦しまなくても済む、と思い、急いで珠璣に向かって何度も叩頭した。桃紅は、ひたすら名を成した後に、孔家に報復し、恥辱をぬぐい去りたい、と思っていた。これらの一切については、珠璣は、当然、知らされていなかった。〇桃紅は、１年の時間を経過して、已に珠璣に教育されて逸材となった。この日、珠璣は、桃紅の成名及び婚事が目前に迫ったことを慶祝するために、府内に宴席を設けて股商巨賈を款待した。珠璣は、四方に赴き各家の門に伺い招待状を発して客を集めた。懐雅と侍婢は、園内で一切をとりそろえ、賓客を招いて、桃紅の演唱を鑑賞させた。艶芳は、たまたま路を通りかかり、懐雅に再会した。２人は、互に離愁と別緒を訴え、再び前縁を続けることにした。懐雅は、艶芳に「桂芬と桃紅は、已に復縁の望みはないので、桃紅の近況を桂芬に知らせないでほしい」と告げた。艶芳は、口では承諾したが、すぐに家に帰り、桂芬に報告した。〇珠璣は、気遣いが度を過ぎて労が重なり疾となった。唯だ桃紅の今日の成就を見、今夜、彼女と結婚することを思い至って、やや慰めを得ていた。瓊楼の内、賓客は、大勢一堂に集まり、桃紅の風采を一目見よ

うとした。桃紅は、綽約たる風姿で場内に到り、人々を款待し、一同を感動させた。○艶芳は、桂芬を連れてやってきた。桃紅は、相変わらず、心に怨を抱き、詐って桂芬を知らないと言い、彼を腹立たしい気分にさせた。桂芬は、低い声で気を鎮め、桃紅に家に戻って復縁するよう求めたが、桃紅の冷ややかな譏諷に遭った。桂芬は、艶芳と懐雅が已に以前のように仲良くしているのを見て、悲しみ、桃紅に向かってかれらの女児、小紅を抱いてくると言った。桃紅は、むかし孔家を追い出された時、桂芬が鉄石のように冷酷で彼女に小紅を一目も会わせなかったことを思い出した。今や自分は、已に一朝にして名を成した。桂芬は、小紅を利用して彼女の心を動かそうとしている。桃紅は、怒火を抑えきれず、3回、掌で桂芬を摑み、あの年、桂芬から受けた罵倒に報復した。桂芬は、ぼんやりとし、一瞬、桃紅の眼前に跪坐して、苦苦として哀しみながら、彼女に家に帰るように求めた。この時、珠璣は、ちょうど廊下にやってきたばかりだったが、この情景を見て、桃紅の過去について悟る所があり、嫉妬が急に起って、暈倒しそうになった。心に傷を負い、暗い気持で部屋に帰るしかなかった。○桂芬がたとえ苦苦として赦しを求めても、桃紅は、依然として復縁を認めなかった。亜梓がやってきて、怒って桃紅の忘恩負義を叱責した。さらに懐雅と桃紅が離去してから後も、桂芬は、彼に対して慇懃に孝を尽くし、小紅に対しても亦た愛護を加えてくれた、目的は、桃紅が早く孔家に戻ってくれることを希望することにあった、と訴えた。桃紅は、これを聞いて、稍、感動を覚えた。それに父命には抗し難かったので、明日朝早く孔家が迎えに来ることに同意した。桃紅は、心情紊乱し、如何に珠璣に説明すべきかが判らなかった。○珠璣は、新房内にいて、桃紅が洞房にやってくるのを待った。彼は、喃喃と独り言を言い、今しがた見た景象が只だ幻覚であったことを切望し、桃紅が既婚婦人であったことを信じたくなかった。しかし、彼は、息子の「細珠」を見た時、更に父の責任を尽くしてこなかったことを悟り、深く良心の呵責を感じた。○桃紅が、房に入ると、珠璣が、死灰のような顔をしているのを見て、ひどく驚いた。もともと真相を話そうと準備していたのだが、「むにゃむにゃ」と意味不明のせりふに替わってしまった。珠璣は、これを見

92【紅了桜桃砕了心】(近代)

て、直截に桃紅に向かって結婚しているか否か、を尋ねた。桃紅は、珠璣がま
だ事情を知らないと思い、なお相変わらず真相を隠蔽した。実は珠璣は、図らず
も、あの時、桂芬が桃紅に与えた離縁状を拾っていたのだった。桃紅は、真相
を告白する外はなかった。そこでさらに、「あの日、もし珠璣に自分が既婚だ
と言ったら、きっと心を尽くして教えてはくれなかったでしょう」と言った。
○桃紅は、珠璣に、前夫桂芬に随いて帰る、と告げた。珠璣は、さらに心痛と
抑圧を覚えた。桃紅は、ひどく良心の咎めを感じ、身につけた首飾を珠璣に
贈って補償とした。珠璣は、これを見て、狂ったように首飾を地上に擲げつけ
て、「自分の心血は、根本において、金銭で量れるものではない」と言った。
○桃紅は、珠璣に広大な恩情を負っていることを自覚していた。珠璣が身心に
傷を受けていることを目の辺にして、心に問うて愧ずる所があり、唯だ彼の身
辺に留まり、その恩恵に報いるほかはなかった。しかし、珠璣は、已に心も意
も冷えきり、身も心も深い打撃を受けて、言語もしゃべれなくなった。彼は、
書房に戻ると、一封の書信を桃紅に書いて心意を説明しようとした。○懐雅が
やってきて、やはり珠璣が何ゆえに筆を口の代わりにしようとしたか、理解で
きなかった。やがて、珠璣は、意識朦朧となり、信箋を取り出した。口に吐血
して止まなかった。蕭氏兄妹は、急いで近づいて扶け起こした。桃紅は、珠璣
の信箋を読もうとしたが、紙上には一つの文字もなく、唯だ桜桃のような紅い
鮮血があるだけだった。○珠璣は気息奄奄として一息をつき、臨終前に只だ手
振りによって、桃紅に「児子細珠の面倒をみて、彼が一頭地を抜く日がくるよ
うにさせてほしい」と頼んだ。桃紅は、珠璣に「細珠が名を成さぬうちは、永
久に孔家に帰らず、珠璣の扶植の恩に報いる」と答えた。珠璣は、終に恨を含
んで逝世した。○桃紅は、外出し奔走して珠璣のために身後の事を処理した。
桂芬がやってきて、桃紅を迎えて家に帰らせようとして、死去した珠璣を見
て、始めてこの巨変が起こったことを覚り驚いた。如何ともしがたい、と深く
感じた。懐雅は、細珠を見て、かれが利口な性質で早く名を成すことを待ち望
むだけだった。○瞬く間に16年が過ぎた。細珠は、楽府に行って学芸を学んで
已に3年になる。今日は、卒業して帰ってくる日で、桃紅は、細珠の小姑媽の

身分で、かれのために宴を設けるつもりで、広く親戚友人を招き細珠の弾奏技量をよく聴いてもらうことにしていた。細珠は、已に18歳になっていたが、相変らず平々凡々とした様子だった。芸を学ぶこと３年、依然として進歩しなかった。懐雅は、細珠を気落ちさせることを恐れ、かれを助けて天を欺いて海を渡らせるつもりになった。○桃紅は、細珠が帰ってきたのを見て喜んだ。急いで彼に『錦城春』を弾奏するように求めた。細珠は、桃紅が気が付かないのに乗じて、桜桃の樹の後に隠れていた懐雅に彼に代わって弾奏させた。桃紅は、騙されて、細珠が已に学んで成果を得たものと思った。豈に料らん、懐雅は用事ができてこの場を離れた。桃紅は、再度、弾奏を求めた。細珠は、いいかげんに弾奏する外はなかった。桃紅は、大いに心痛した。彼女は、自分の十数年の心血が流水にと共に流れ去った、と思い至った。すぐに憤怒して細珠を打ち罵った。細珠は、桃紅に反駁し、何のために自分に音楽を学習させるのか、と問うた。また彼女が何故に父親を死に追いやった上、さらに息子まで手をゆるめないのか、と問うた。桃紅は、怒りを抑えきれず、挙と鞭で責め打とうとしたが、一たび珠璣が死ぬ前に孤児を託したことを思い起こすと、手を下すに忍びなかった。彼女は、誰が毎回、窓外の桜桃が赤くなる日の感慨を理解してくれるだろうか、と思った。細珠は桃紅がこれほど憤怒し悲傷するのを見て、急いで跪づき、誤りを認めて、謝った。桃紅は、あらゆる思いが冷え切ってしまった。部屋に帰り手紙を書いて細珠に向かって「桜桃の故事」を説明した。○桂芬、懐雅と艶芬がやってきた。事情の経過を知ると、細珠が愚であり鈍であって、桃紅を苦しめた、と叱責した。細珠は「自分は決して愚鈍ではないが、只だ小姑媽の監督が厳しすぎ、音楽に対して興味を無くしたばかりでなく、恐怖するまでになっただけだ」と言った。桂芬は、一瞬閃き、女児の小紅を連れてきて細珠を引導しようと考えた。また細珠の学が成った日が、自分と桃紅が復縁する日になることを希望した。○小紅がやってきた、細珠と年齢が近いことから、存外に気が合い、細珠は、急に心情の緊張が軽く鬆み、小紅と懐を開いて唱和した。桂芬は、大いに喜んだ。細珠に見込みがあると認め、急いで懐雅に桃紅の部屋に入って彼女を呼び出させ、この情景をよく見させて、

これからは心の大石を棄て、安心して再び孔家に入るように切望した。○懐雅が部屋に入ると、桃紅が自殺して死んでいるのを発見した。彼は屍体を抱いて出て来た。一同は、大いに悲痛した。細珠と小紅が、桃紅が手に執る信箋を見ると、そこには1字もなく、只だ片片たる桜桃のような血点があるだけで、皆ひどく戸惑い理解できなかった。桂芬はここで2人に向かい往事を訴え、この点点たる血紅は、桃紅の心血だと説明した。彼は、自分が昔、一時の意気にかられて、桃紅と離婚したことを想い起こし、2倍もの懊悔を感じて唏嘘した。全劇結束[92]。

【補】唐滌生編。1953年12月、鴻運劇団初演、陳錦棠、白雪仙主演。

93【龍鳳呈祥】(近代)

　礦業大王、張百貴は、病が重くなり、臨終前に、息子の振華の未婚妻に一目会いたいと希望した。振華は、そこで酒店に駆け付けて未婚妻の盧莎莉を探した。しかし、莎莉は、あいにく外出していた。振華は、一瞬、機転がひらめき、酒店の女職員舒小玲に未婚妻の役をして老父の心願をかなえてくれるように頼んだ。いかで知らん、百貴は、小玲と会ってから、病状が突然好転し、小玲は、ひき続き振華の未婚妻の役を演じ続ける羽目になった。百貴は、更に特に小玲の為に盛大な宴会を挙行し、賓客に向かって息子と彼女との結婚を宣言した。宴会の晩、小玲は、この時に欠席した。百貴は小玲を探しに行き、事情の真相を知り得たが、咎めなかっただけでなく、反って友人に向かって小玲がもうすぐ振華と結婚すると宣言した。振華の真正の未婚妻である莎莉は、振華の結婚話を聞いて、張家にやってきて、百貴に巨額の賠償を求めた。振華は、莎莉の本性を見抜き、彼女と別れることを決意した。最後に、振華と小玲は、嘘から出たまことになって、ふたりとも愛河に堕ち入って愛し合った[93]。

【補】1948年香港電影。

94【青衫客】(近代)

　洪廖は、当地のボスで、この地域の一切を掌握していた。多くの村民が一種の急病に罹り、続々と当地の洪廖医館に行って助を求めた。腹黒い洪廖医館は機に乗じて薬価を値上げし村民が血と汗で稼いだ銭を窄取した。その上、毒に

も薬にもならない薬を作って、さらに多くの収入が得られるように仕組んだ。
1人の良心的な医者が老百姓のために危険を恐れずに難を救おうとした。彼
は、急病を治療し、村人を中毒症状と診断して、洪廖薬館の仕業と疑った。こ
の事が洪廖の手下に知られ、手下は、残酷にも医者を山崖から突き落とした。
幸いにこの良心的な医者は、山の中に薬草を採集にきた1人の俠士に救われ、
山中で傷の治療を受けた。医者は、当地の老百姓の境遇を俠士に告げた。彼
は、ひどく憤り、村民のために正義を遂行することを決意した。ある日、俠士
は、熬薬を煎じていた。俠士は、村にやってきて老百姓のために病を治した。
薬が届き病が収まると、村民たちから"青衫客"と呼ばれた。みんな噂を聞い
て遠くからやってきた。彼は、村民の心中の英雄となった。この事が洪廖に知
られ、洪は、憤ってやまず、自ら、人馬を率いて襲撃に行った。誰か知らん、
"青衫客"は、医術が抜群であるのみならず、同時に武功も蓋世の腕前で、敵
うものがいなかった。洪廖は、やむなく江湖の高手、竇裵飛に助を求めた。同
時に村中の百姓全部を捕まえて、青衫客を連れてこさせた。"青衫客"は、竇
裵飛と対戦中に重傷を負って、連行された。洪廖の娘は、真相を知って、父親
の行為を恥ずかしく思い、"青衫客"を救出し、山中に連れて行って傷を治療
した……[94]。

【補】炎良、百川、鄭徳貴等編于。1970年中国の武俠映画。粤劇は、60年代。

95【胡不帰】(近代)

　文萍生は、幼少から父を喪い、母親文方氏が独力で撫養して成人となった。
文方氏は、姪女の可卿を萍生と結婚させようと思った。しかし、萍生は、趙攣
娘に情愛を寄せていた。文方氏は、可卿に萍生の孝心を利用して、彼に可卿と
の婚事に同意させると約束した。○萍生は、攣娘を連れて家に帰り、文方氏に
会わせた。心の中で、母親になるべく早く結婚したいという彼らの希望に同意
してもらおうと思っていた。攣娘は、父親が遠くに行き、継母に追い出されて
家を離れていた。それ故に文方氏から白眼視されていたが、萍生が懸命に要
求したため、文方氏は、かれらの結婚を許さざるを得なかった。○攣娘は、新
婚まもなく病に臥した。方三郎は、可卿の兄である。ずっと暗かに攣娘を恋慕

していたが、今や、萍生が鸞娘と結婚したのを知り、心中、怒りに堪えず、遂に可卿と計略を立て、医者1人を買収し、偽って鸞娘が不治の伝染病である肺病にかかっているゆえに、隔離して休養する必要がある、と言わせ、夫婦2人を別居させて、兄妹に乗ずる隙を与えるように企てた。〇方文氏は、もともと、萍生が結婚後、只だ妻ばかりを気遣って、自分への孝養を怠っていることに不満であり、また鸞娘が終日、病床を離れず、病を治すのに金銭を浪費することを嫌っていた。〇文萍生が房中に来て妻を慰め、「母親の気まぐれな喜怒を気にせずに病を治すことに専念するように」と勧めた。〇文方氏は、医者を連れて部屋に入り、鸞娘の病を診断させた。医者は、已に三郎と可卿にひそかに買収されていて、いつわって鸞娘が肺病にかかっている、と称し、文方氏に彼女を隔離するように言いつけた。〇文方氏は、鸞娘にすぐに1人で庭の離れに引っ越して住むように命じた。萍生が懇願しても無駄だった。夫婦2人は哭いて別れのつらさを訴えた。文方氏は、萍生が病にかかり、文家の香灯の継続に影響が出ないようにするためと称して、萍生に鸞娘の病が癒える前に彼女と会うことを禁じた。〇鸞娘は、独り庭の離れに住み、常に萍生を思っていた。三郎は、機に乗じて鸞娘を訪ねてゆき、彼女の気持を誘引しようとしたが、却って厳しい言葉で叱責され罵られた。三郎は只だ、すごすごと離れ去るよりほかはなかった。〇萍生は、母親をだまして、偸かに離れに往き、鸞娘と互いに離情を訴えた。〇文方氏は、2人が偸かに会っているところを見破り、2人を叱責し罵って、無理やり萍生を家に連れ帰った。〇文方氏は、もともと萍生と鸞娘が結婚して後、早く子を産んで、文家の後継に憂いがないようにしてほしいと希望していた。惜しむらくは、鸞娘が肺病に罹ったので、やむなく三郎及び可卿の提案を受け入れ、萍生に鸞娘と離婚するように逼った。〇ちょうどこの時、萍生には、兵を率いて出征する日が迫っていた。文方氏は、萍生に先ず鸞娘と離婚するように命じた。萍生は、戦事が終結するのを待って、それから考えることにしたい、と懇願した。文方氏は、応諾するふりをして萍生をだまし、鸞娘に離婚を逼ることを決意した。〇萍生は偸かに鸞娘に会って別れを告げた。心中、既に妻に離婚を逼る母親の本意を知っていたが、鸞娘には打ち

明けず、つらい涙を忍ぶだけだった。○文方氏は、離れにやってきて、罧娘に行李をまとめさせた。いつわって家に戻るのを許すふりをして、萍生を欺いた。萍生が離去してから、文方氏は、罧娘に家から離れさせた。その上で、萍生が別の女を娶り、文家の香灯を継続させるのに都合がよいようにという口実で、罧娘を離婚させた。罧娘は、いかんともしがたく、文家から離れることに同意する外はなかった。○萍生は、戦場で勇を奮るって敵を殺し、兵を率いて凱旋してきた。○萍生は、家に帰り、母親が可卿を妻にするように望んでいることを知った。さらに罧娘が已に家から追い出されたことを知り、肝腸が断たれるような思いで、慣って家を離れ、罧娘の行方を探し求めた。○萍生は、路上で哭きながら罧娘の名を呼んだ。すると偶然、丫鬟の春桃に遇った。春桃は、罧娘が已に死んだことを告げ、萍生を墳前に連れて行った。萍生は、哭祭を行った。碑上に「愛女罧娘墓」と刻してあるのを見て、慣り、剣を抜いて「女」の字を「妻」の字に改めた。○実は、罧娘は、死んではいなかった。只だ夭亡に仮託して、萍生が別に後妻を娶ることを希望したのだった。彼女は、旁に身を隠していたが、萍生の愛情が深く渝らないのを見て、深く感動し、出て来て萍生に向かい一切を打ち明けた。○この時、文方氏、可卿、及び三郎があとを追ってやってきた。文方氏は、罧娘が文家の繁栄のために夭亡を仮託したことを知り、又、萍生、罧娘の2人が果して、真心から相愛しているのを見、同時に罧娘の病がすでに癒えていることを知って、2人が再び夫妻の情を続けることを許した。三郎及び可卿は、正直に医者を買収して罧娘を陥れた経過を自白して、各人の赦しを得た。前の事は言わないことにし、一家は団聚した。全劇完結[95]。

【補】馮志芬編、1939年12月、覚先声男女劇団初演。薛覚先、上海妹主演。徳富蘆花の『不如帰』の翻案。

96【花好月円】(近代)

　朱静波は、潘仲年と愛人同士だった。富家の子、何風は恋人羅綺紋がいたのに、相変わらず静波にまつわりいついていた。静波は卒業後、仲年と結婚するつもりだった。惜しむらくは、彼女の家族は、潘家の貧寒を嫌い、結婚に反対

96【花好月円】(近代)・97【十二美人楼】(近代)・98【喋血劫花】(近代)　　　459

した。静波は、家人の妨害にかまわず、仲年と同居した。この時、何風は、権
勢を利用し仲年を外地に転任させ、これに乗じて静波に接近した。さらに夫婦
仲に介入し挑発して、静波に仲年が浮気をしていると信じ込ませた。仲年は、
家に帰り、何風と静波が異常に親密なのを見て、憤って離れ去った。静波は、
偶然、何風の陰謀を知ったが、仲年は、すでに行方が分からなかった。何風
は、再度、静波の拒絶に遭い、遂に妻の綺紋の下に帰った。婚後、何風は、酒
と女に溺れ、綺紋の心を傷つけ尽くした。綺紋は、彼を棄てて去り、仲年に
遇った。2人は、互に助け合い、感情は、日に深まった。仲年と綺紋が結婚す
る当日、何風がやってきて仲年が妻を奪ったと指弾した。静波がかけつけ、何
風の奸険を暴露した。何風は、恥ずかしさを怒りに替え、綺紋を打って傷つけ
た。綺紋は、不治の重傷を負い、何風は、逮捕された。仲年と静波は、以前の
誤解がすべて解け、旧縁を復した[96]。

【補】香港電影《花好月円》新聯影業公司、1956年出品。この映画は、舞台劇
　　《選女婿》からの改編。呉回執導、張活游、紫羅蓮、梁醒波、譚蘭卿、半日
　　安、劉克宣等領銜主演。

97【十二美人楼】(近代)

　　富翁の金大千は、一妻二妾を擁していたが、まだ満足せず、情婦の曼娜を納
めて三番目の妾にしようと企図した。大千は、口実として、家中に只だ妻と妾
2人がいるだけ、四女、四媳を加えても、尚お、妾侍1人が欠員である。3人
目を納れて、初めて十二美人の数がそろい、新建の"十二美人楼"に対応でき
ることになる、と言った[97]。

【補】《十二美人楼》は、1948年上映の香港映画、兪亮導演。呉楚帆、張活游、
　　紫羅蓮等主演。

98【喋血劫花】(近代)

　　もと人を殺して逃げた犯人、曽長福は、再度自由の身を得たが、やっと新鮮
な空気を吸ったばかりなのに、意外にも、後ろから追尾してきた李国柱に一
路、追いかけられていた。実は、李は、牢番を買収して、故意に牢から曽を釈
放させて殺そうとしたのだった。幸いに曽は腕が立ったので、逃げおおせた。

460 第4章 粤劇100種梗概／98【喋血劫花】(近代)・99【花開富貴】(近代)・100【程大嫂】(近代)

曽は、山路から下りてきて、身を隠しに富家の別荘に入った。この別荘には、只一組の新婚夫婦が住んでいただけだった。この日、念祖と佩雯の夫婦は、昨夜、大きな宴があり、賓客は、念祖を自分の代わりに勤務に行かせた。佩雯が残されて独り空閨を守っていた……[98]。

【補】張開導演の香港映画。1996年台湾映画。

99【花開富貴】(近代)

ある家庭で、当たりくじの宝籤が行く方不明になった。幸い、みんなで探して、見つかった。家中が大喜びで新年を迎えた。これに別の挿話が加演される。ある富裕な家の息子がこれも富裕な家の娘と恋愛していたが、男の方が偶然、路上で春節用の祝詞を書いて売る少女と知り合い、三角関係になった話である[99]。

【補】1937年2月13日、香港、初演：湯暁丹、編劇：蔣愛民／李滌煩。員：酈山笑 陳雲裳 黄寿年 胡美倫 朱普泉 伊秋水 陶桃艶 鄭宝燕 梁若呆 葉全華 羅慕蘭 何大傻 朱頂：制作人：趙樹燊：制作／髪行公司：大観声片有限公司。

100【程大嫂】(近代)

李翠紅は、子供の時に孔家に売られて奴婢になった。成長してから、孔家の長男に犯されて妊娠してから、棄てられた。賑房の程大哥は、同情し、2百両銀で翠紅を買い取って妻とした。翠紅は、子を連れて程家に嫁入りし、程大嫂となった。程大嫂は、程の母から白眼視され、数々のひどい仕打ち受けた。程大哥が病死すると、舅の老父は、程大嫂を樵夫の阿牛に売った。阿牛は、程大嫂を大事にし、互いに一時期、安寧な日を送った。しかし、孔家は、かれらが世間の慣習に従わないなどと、いろいろと文句をつけてきた。阿牛は、耐えるにも耐えられなくなって、舅の老父を殺した後、遠くへ逃げ去った。程大嫂は、罪もないのに囚われた。出獄した時、世間から「不祥人」とみなされ、それからは、乞食をして日を送り、衰弱して死んでいった[100]。

【補】唐滌生が魯迅の小説『祝福』から取材し、同名の越劇を改編して作劇。1954年、香港、新艶陽劇団初演。陳錦棠、芳艶芬主演。

注 1 - 5　　　　　　　　　　461

注）頁の柱の表記においては、前頁の注を（　）に入れて示す。

1）『粤劇大辞典』111頁。【宝蓮灯】華山聖母与書生劉彦昌成婚。触犯天条。被凶残暴戻的兄長二郎神問罪。劉彦昌幸得侍女霊芝相助、逃出虎口、但恩愛夫妻、従此仙凡隔別。聖母生下児子沈香、二郎神欲加害。危急中、聖母修下血書、托付霊芝送下凡間、交与劉彦昌。二郎神陰謀未遂、怒将聖母圧在華山下。劉彦昌遵血書嘱附、迎娶王桂英為妻、撫養沈香、期望他長大后、上山救母。十四年後、沈香与異母弟秋児、同在学堂読書。秦太師之子秦官宝倚仗勢、段打同学、沈香兄弟加以勧阻、秦官宝又追打他們、失足触石身亡。秦太師逼劉彦昌綁子償命、王桂英深明大義、寧愿譲親生児投案、放沈香逃走。秦太師越権又枉法、下令当堂打死秋児。霊芸及時赶到、救出劉彦昌父子、後沈香得霊芝及霹靂大仙指点、煉成武功、闘敗二郎神、劈開華山、救出聖母。

2）【百度】【盤龍令】這是一箇真武朝聖的世界。六大世家精英輩出、伶仃洋里妖獣出没。硝芒群山隐蔵着黒暗勢力、武京皇朝武者雲集。而真武朝聖的至高境界、就是伝説中神龍統領的聖地。鳳芷楼是鳳家庄庶出的七小姐、九陰之女。難修武学、成為世家茶余飯后的笑柄。一日、鳳芷楼跌落救命懸崖、与龍之長子殤邂逅。為挽回顔面、她懇求殤与其訂立虚仮婚約。却不知殤的驚人身份、鳳家庄大婚、譲她的命運発生了翻天覆地的変化。接踵而来的是黒龍止的陰謀挑唆、真武聖女離洛的傲慢挑釁、武京皇朝太子的款款深情、朝聖武者的步步相逼、寵物混宝的不離不棄。她凭借堅韌不拔的個性、歷経磨難、終成為解救蒼生的真武戦神。嫁与殤、成為聖地龍后。

3）【百度】【柳毅伝書】劇情簡介。唐代、秀才柳毅、進京赴試、途経涇河岸辺。遇嫁夫不良、終日雪野牧羊的洞庭龍君之女三娘。柳毅聞言不平、乃仗義伝書洞庭、三娘之叔銭塘君聞訊大怒、発兵涇河救三娘。三娘之叔銭塘君欲為侄女招贅柳毅為婿、柳毅堅拒。洞庭惜別、柳毅与三娘黯然而別。銭塘君後命三娘扮作漁家之女、幷托人上柳家提親。洞房花燭夜、三娘幾番逗弄、柳毅始明真相、有情人終諧美眷。

4）『粤劇大辞典』88頁、【白蛇伝】白蛇（白素貞）与青蛇（小青）因向往人間、私下凡塵、在西湖邂逅許仙、並以傘為媒、与許仙結為夫婦。金山寺住持、法海、要把白素貞与許仙的姻縁拆散、設下図套、使白素貞在端午節、飲下雄黄酒、現出白蛇原形、許仙被吓昏倒。為救丈夫、白素貞冒険上山、採摘霊芝、救回許仙性命。法海又把許仙騙上金山、白素貞為奪回丈夫、水淹金山。但腹中存孕、而力竭戦敗。路過西湖断橋、産下児子、取名仕林之後、被圧在雷峰塔下。十八年後、仕林長大、中了状元、知道母親被圧在雷峰塔下、前往奠祭、把塔推倒。終于一家団聚。

5）陳守仁『初探』115頁以下。【九天玄女】艾敬郎是一名書生、住在福建西湖荷亭畔的九天玄女廟。毎天与玄女像作伴描画。一日、忽然起一場大火、把廟宇焼毀。玄女像亦無故失去。艾敬郎決心売画籌銭重建廟宇。同宗兄弟艾屏綱得悉敬郎心願、希望為他謀得一官半職。打算趁佳節領敬郎拝訪他的同僚。敬郎在荷亭畔売画一会。閨秀小姐、冷霜蟬、曽向玄女祈癒病而得願、亦趁端午佳節、与婢女冷艶、到荷亭玄女祠旧址進香以謝恩。艾敬郎与冷霜蟬首次碰面、便発覚両人似曽相識。敬郎更感霜蟬貌与玄女像一般模様。正当二人想交談之際、屏綱来至、要他同去拝訪同僚、敬郎唯有離去。閩王与侍監禄如等人到来、被冷霜蟬的美色所迷、対她打個主意。艾敬郎与冷霜蟬同住在桂枝里。中間隔一条小河。二人雖均有愛慕之情、但至今仍未交談半句、只能彼此珠簾半捲而憑欄偸望而已。霜蟬的

母親舒氏得悉珠簾対望一事。但以艾敬郎為売画郎、無出頭之日、不希望女兒嫁他。霜蟬悄悄摘下一串荔枝、擲過対楼給他。敬郎回到房中、驚見有荔枝、即時恍然大悟、忙想写下詩句、準備贈与霜蟬。剛巧屏綱到来、告訴敬郎已向閩王提出封他為画官。屏綱離去後、敬郎把詩箋縛在絳桃上擲過対楼。霜蟬拾起絳桃欲看時、冷艷到来説起、夫人已知二人相恋之事而加以反対。霜蟬聴後、熱情冷却、読到敬郎箋上的一句「身無彩鳳双飛翼」、只有暗然写下「心有靈犀一点通」、並包着荔枝擲給敬郎、然後放下珠簾、低声啜泣。敬郎不解珠簾何故放下。二人在後門相見、互訴衷情、霜蟬亦把自己的苦衷告知。敬郎大受苦。敬郎与霜蟬二人的恩師、帰太爺告知舒氏、霜蟬姓名已在閩王選宮女的「群芳簿」上。若今晚仍未找到配偶、明天将要入宮。舒氏始終愛女心切、捨不得女兒入宮、又見霜蟬確鍾情於敬郎、是以答允二人婚事。敬郎迎娶霜蟬時、禄如帯領軍校及州官、到来搶新娘。霜蟬被州官及禄如軍校帯走。敬郎悲極、欲一死殉情、被衆人攔止。霜蟬雖被挾持到閩王府、但誓不肯換上宮装。屏綱陪伴敬郎上殿、閩王故意善待敬郎、封他県令、又命敬郎在殿内任選美女。敬郎懇求閩王准許霜蟬随他帰去。閩王謂；是否帰去、当由霜蟬自決。而霜蟬礙於閩王要脅、竟叫敬郎独自帰去。屏綱為保敬郎性命、把他強拉離殿。帰太爺唾罵閩王奪人所愛、閩王恼羞成怒、狠把大爺刺死。霜蟬悲痛欲絶、請閩王准她再見敬郎、方允下嫁。閩王恐怕霜蟬有変、命禄如在焙茶井、点起熊熊烈火、打算若然生変、便以烈火燒死霜蟬及敬郎二人。閩王准許霜蟬在焙茶井旁与敬郎見面。二人知有縁無份、臨別依依。閩王到来、命二人分開、驚見二人互替拭涙、含笑投火。這時天上伝来仙女声、原来霜蟬是九天玄女、今孽滿帰天。敬郎、霜蟬在火中化為一対鴛鴦、飛至半天、這時狂風大作、鴛鴦被大風吹散、各飛東西。敬郎在風雲中、不斷呼喚霜蟬。原来敬郎本是風月仙子、敬郎到達広寒宮、向嫦娥仙子查問玄女的去向。嫦娥叫敬郎到華陽仙山找華陽仙翁。敬郎到華陽仙山。敬郎喜見霜蟬。玄女憶起往事、心為之動。却火帝不准二人在天庭結合。衆仙女同情二人、並代他們懇求火帝。火帝心動、封風月仙子為九華仙子、使玄女和九華在巫山成婚、幸福永享、全劇終結。）

6) 『大埔頭太平清醮』(1983年) 戯単【跨鳳乗龍】秦穆公幼女、弄玉、天生麗質、冰雪聡明、自少愛好音律。春日暢游華山、忽聞簫声。疑是天籟、与蕭史相会、蕭史乃晋世子、因避禍流落秦邦、被藩主公孫博明所救、屈作琴僮、掩埋身世。弄玉一見蕭史、情根深種、不顧一切束縛、願与蕭史華山終老。翌年弄玉与蕭史回宮、賀歳。夫婦同穿粗衣布服、飽受宮中姉妹多人取笑。而弄玉並不介意。適覆使官過秦訪世子、衆人方知蕭史乃晋国王儲、乃前倨後恭、蕭史弄玉夫婦不究既往、拝辞穆公、双双回晋邦。

7) 陳守仁『概説』235頁【梟雄虎将美人威】大梁国老王駕崩、兄弟争位、老将趙継光帯同三世子、到岐山。乞銀屏郡主以兵力援助大王子登基。奈郡主対二王子文勇一往情深。全力支持二王子。当時、郡主随身虎将衛干城、早料文勇為人険詐残暴、力勧郡主、不可廃長立幼。郡主素知干城対己傾心愛慕、以為干城因妬生恨、諸多攔阻、乃不顧一切、匡扶文勇登位。文勇本非心愛郡主、不過籍郡主之力、以登帝位。即位後、原形畢露、大殺功臣、賜封愛侶謝双娥為貴妃。金殿上、対郡主諸番凌辱、並将郡主押入天牢。双娥誠恐郡主報復、于文勇酔中、写下聖旨、着其兄謝嵩解散干城兵権、並将郡主賜死。干城聞訊、怒不可遏、憤然執双娥而罵。文勇酒醒後、自知理屈、更怯干城勇、乃委過于謝嵩。干城怒而殺之。並質問主謀、双娥驚震不已、文勇幾番求情、双娥亦連声謝罪。干城碍于君王

情面、乃将双娥申斥一番。文勇為平干城怒、知干城暗恋郡主、乃以郡主妻之。賜干城為郡馬、賜邑岐山、干城暗喜、心願能償、乃謝而去。郡主与干城婚後、不覚三年、漸感干城真心相愛、暗恨文勇辣手無情。当時文勇横于暴政、民心大変、外寇入侵。双娥為挽垂危、無奈、与柳六任、同到岐山、厚顔請郡主発兵援助。郡主当時心中愛恨交織、不允発兵、双娥無奈、臨行謂：寧割半壁江山与遼王、尚可偏安自保、尤勝在此求全受辱。双娥与六任去後、干城対郡主進言。今国家有傾覆之痛、対此不能坐視。乃請郡主発兵、先平外侮、後殺暴君、以安天下。文勇当時、民心尽失、兵敗如山倒。逃出皇城、与六任有若驚弓之鳥。途中恰与郡主大軍相遇。文勇一見郡主、以為、生機有望、乃動以柔情、哀々求救。適干城平遼返。睹状大怒、乃責文勇多行暴政、弄至軍民皆反、外寇叛変。並責郡主不応再受甜言所騙。文勇当時、只有向干城与郡主謝罪。干城対文勇称；欲使軍民齐心禦悔、除非借下人頭一用。文勇自愧、有負于国、対郡主有負于情、乃跪郡主跟前請死。郡主挙剣両次、殺不下手。干城睹状、要求文勇自尽。文勇就自刎而終。

8) 『打鼓嶺坪輋平源天后宝誕特刊』(2001年) 戯単【虎将奪金粉】燕武駕崩、西宮専権、陥害正宮、困禁冷宮、放火焼死。可幸尚書葉正卿忠心為国、以子代替太子死、掩人耳目。将太子撫育成人、易名葉抱香。同時御史戴余、亦知太子被人救出、但不知落在何方。二十年来、西妃自為太后、垂簾聴政、更冊立己子文陵為儲帝。戴余有女名金環、貌美如花。与抱香情根早種、文陵亦愛金環、久有立貴人之心。時正胡人犯燕、抱香身為将軍、奉令剿之、来向金環辞別、更擬求婚。但金環已胎含荳蔻矣。戴余未知抱香為当今太子、対金環癡恋、力加反対、且誤会正卿奉承太后、更為不歯。抱香剿胡有功、文陵亦掃胡奏凱、太后大加賞贈、文陵提出納金環作貴人、抱香亦請娶金環為妻、結果文陵情場勝利、但為儲妃王者香所妬、無何、胡兵再犯、文陵再執戈抵抗、恐金環与抱香情根未断、特派戴余看管、不料、勝利帰来、金環瓜熟蒂落、審問情夫、方知抱香孽種、立即捉拿抱香、但戴余知夜雨瞞、対正卿言明内裏、正卿表白抱香原是太子、乃与抱香逃亡、求諸侯幇助復位。

9) 『泰亨郷太平清醮特刊』(1985年) 戯単【双龍丹鳳覇皇都】鳳怜為報母仇、(王合；衍字)忍痛絶情郎趙金龍、而改嫁於殿下容玉龍。只想候機行弒太后。太后当年為斉国皇后、因害其母、下令将嬰勒死。幸而宮女姚彩霞携鳳怜離開了禁宮。相依為命。故鳳知悉、為了報仇、攬至満城風雨。金龍為了深愛鳳怜、回国帯了十万雄兵、臨北于斉、奪回鳳怜。後得太監容進講明一切、原来玉龍乃鳳怜之弟、亦容遂帯出宮廷。此劇告終。

10) 『大埔旧墟慶祝天后宝誕特刊』(1979年) 戯単【状元夜審武探花】冀州学院掌教羅広持、因車邁多病、欲為其女羅鳳薇択配、以了心事。鳳薇為冀州才女、鵠者大不乏人。以陳雁生、馮国華、賈従善、鵠之尤甚。鳳父女対陳、馮二人、莫可取捨、遂以文論婚。因陳、馮二人、学問不相伯仲。持便改原意、謂；誰衣錦回来、以女婚之。三月後、冀州学院三喜臨門。馮国華中状元、武状元賈従善、武探花陳雁生、皆堂々謁師。因陳先至、遂婚女。持乃鄭重其事、以家伝青銅古剣賜婿。馮、賈後至、知女已先婚、莫可奈何。三月後、冀州学院発生命案、死者身上、遺有青銅剣、衆知古銅剣為陳之物、遂将陳入獄、候旨判断。開審之日、旨命馮為主審、馮明知陳冤、因証拠齐全、遂判充軍。陳誤馮因嫉恨而陥己、誓報之。賈従善以陳充軍辺疆、欲婚女。馮因不欲女配壊人、棄官偕女、逃於野。陳押解途中、値梁斉之戦、斉主帥陳桑尚乃雁生之叔。叔姪重逢、殺解差、随同出戦。官至元帥襲爵。兵下揚州、馮与女為斉兵所擄、押至行轅。陳乃仗勢報復。責馮奪其婦、横加拳脚。

事洩於齊宮主、宮主賢且慧、命老宮驗女、知白璧無瑕。遂使有情人終成眷属。梁師節節
敗退、乃献従善以図和。時従善金瘡並裂、垂死間、自承冀州学院殺人嫁禍、案遂白。

11) 陳守仁『概説』195頁【鳴金鼓胡笳声】趙王駕崩、齊国乗機興兵攻打、趙国勢危殆。
朝中群臣均議論紛紛、儲君長安君年幼、暫由翠碧公主摂政。為振国勢、翠碧設聚英台招
納賢士。○翠碧公主為抗齊国、已派司馬馬行田出使秦国、欲説服秦荘王派兵相助。某
日、探報告知翠碧公主；馬行田带同秦使落霞王妃回国商議。翠碧聞訊、不禁大喜。率領
文武百官在聚英台前相迎。○秦使落霞王妃到来、態度气焰嚣張、頗令翠碧不満。翠碧本
以為秦国顧念兄弟結盟之情。誰知、秦荘王竟開列三個条件、以威脅趙国。秦国所列三個
条件為：（一）趙国須献上十乗珠宝、（二）割讓三座名城、及（三）為免趙国公主中途反
悔、故須趙儲君入質秦国。翠碧聞言、怒不可遏。她愛弟情深、甘願献出珠宝、名城、但
絶不容許長安君入質秦国。她与落霞因此反目、落霞含恨離趙返秦。○文武百官見借兵失
敗、紛紛上前遊説翠碧接受儲君入質秦国。但遭翠碧断然拒絶。翠碧更声言；若有人重提
此事、定斬不饒。馬行田見事情有変、又不敢犯上進言。在情急下、決定引薦亡友之子夏
青雲、希望可另尋抗齊之策。翠碧願招賢士以解国危、允許馬行田的引薦。馬行田即時回
家、带着義子夏青雲及親生子馬如龍一同往聚英台、拝謁翠碧公主。○夏青雲文武双全、
惜天性傲骨、不喜功名。唯欲馬行田撫育之恩、兄弟結義之情、加上知悉国勢正危、無奈、
応允随義父及義弟到聚英台。夏青雲為布衣之士、不能随便見駕。故馬行田請求翠碧先賜
小職。翠碧答允。封夏青雲為「執戟郎」。馬行田告知青雲被委「執戟郎」一職、青雲嫌職
位低微、不禁仰天狂笑。更在台前、引吭高歌、及弾剣佩剣和唱、拒絶接納此職。○翠碧
聞台前竟有人引吭高歌、怨声四揚、便宜召見馬行田查問。馬行田説；他的義子為村野之士。
不明大礼、胆敢以才華自負、口出狂言、請公主恕罪。翠碧覚得夏青雲名口出大言、必有
大用。且体念馬行田為国功高、故而破例擢昇夏青雲為「都騎尉」。馬行田大喜、即到台前、
欲引領青雲見駕。但青雲仍嫌職位不够尊貴、再次舞剣高歌、更揚言「志未完、人已倦、
心已倦、故郷応帰転」。如龍見義兄態度傲慢、便上前軽責。翠碧在聚英台上、又聞青雲怨
唱、便再次召見馬行田查詢原因。○馬行田急忙請罪、怪責青雲生来傲骨、自恃文韜武略、
不識好歹、不知進退、又未経世故、不知天外有天。翠碧聞言、細想如今正值国家用人之
際、自当不拘常節、乃擢昇青雲為「参偏将」。○馬行田急忙将喜訊、告知青雲、如龍聴聞
也十分羨慕。誰知：青雲竟不屑一顧、三度弾剣狂歌。翠碧聞言、大怒、責問青雲為何有
此態度。青雲答弁：他哭是為山陵之将崩、他空有救国之心、而未得投明主、他笑是公主
空有招賢之名、而無納士之意、有識之士、当不会為一官半職而留。所以狂歌相対。翠碧
聴後、親自上前、向青雲徵詢富国強兵的高見。這時青雲明白翠碧真有招賢之心、答応入
朝効命。翠碧大喜、即時加封青雲為驃騎上将軍。並与他商討国策。○青雲請翠碧安排長
安君入質秦国、以借秦兵対抗齊国。否則趙国必被齊国吞併。翠碧允之。便宜長安君上殿、
長安君表示自己雖年少、尚知以国為重。故願出質秦国、以解趙危。趙国文武百官一致表
示精忠報国。翠碧於是放下心頭大石、準備答允秦国借兵条件。○馬如龍因随父及義兄入
見翠碧公主、得封為「左先鋒」、在誓師出発之夕、如龍因得意忘形而擺出官威、招致父親
薄責。○翠碧亦到城門、等候夏青雲率衆出発、言語間表示芳心黙許。她備剣琴、相贈青
雲以表痴心。却被馬行田及馬如龍乗機窺見。○青雲祭祖回来、即趕到城門、準備調動三
軍。他得知翠碧、行田、如龍相候多時、而行田、如龍更在言語中、暗示為他及翠碧做媒、

令公主脑腼不已。翠碧把剑、琴相贈、以示「仗剑滅敵、唯琴寄意」青雲当然明白弦外之音。行田更請二人握手为盟、先訂婚約。青雲将自己原有的佩剑贈与如龍、望他如己一様为国効力。青雲、如龍及衆軍士高歌一曲、以壮声威。○秦荘王为合兵之事、親率落霞及傅太夫到趙国。他見翠碧容貌出衆、驚为天人、更有急色之態。却被落霞及傅太夫勧止。青雲欲問両国合兵出発之期、却秦荘王怒斥他身分不配。如龍見秦荘王態度囂張、言語之間、与他発生衝突。青雲亦上前対抗。但終被其他人勧止。翠碧接待秦王、各人回趙邦賓館休息。経此一事、翠碧更向青雲表明心跡。謂:「願化陌頭相思鳥、方証地久天長縁」。○経過半年戦事、秦国与趙国聯兵、已将斉兵撃退。但秦兵仍留守趙国辺境、未有回師之意。某日、翠碧正準備設宴款待秦王、以促他早日釈放長安君回国。誰料、秦荘王的来信使翠碧憂心不已、便宜召馬行田到聚英台商議。○馬行田到達聚英台、知悉翠碧接獲秦荘王一信;謂:趙国求助於秦軍抗斉、曽約三章。今斉兵已退、秦荘王願取消三約。但長安君仍須为秦国入質。生死存亡在於秦荘王一念;秦荘王対翠碧心生愛意、欲与趙国結为秦晋之邦。以秦国軍力、趙弱難抗、故寄語翠碧接受婚約为要。○馬行田亦知翠碧無可選択。但他提醒翠碧要慎重処理此事。因青雲与她已暗訂婚盟。唯恐她答応下嫁秦荘王、而令青雲頓失常性、致延誤国事。翠碧唯有暗自思量対策。○不久、秦荘王帯同侍衛到聚英台、与翠碧賞弄飲酒。席間、荘王漸露急色之相。但翠碧無奈礙於権勢、只有強従。更借弾奏琵琶一曲、以抒己怨。○当二人対飲時、青雲趕来。欲問翠碧为何夜宴秦荘王而忘記国恥。馬行田即上前欲打発青雲回去。青雲欲強闖入聚英台向翠碧追問。秦荘王見興緻被青雲打断、大表不悦。○翠碧心内早有計画、故一見青雲来、便作負情、並三貶青雲官職。青雲不知内裏、心内極度受創。秦荘王亦以为翠碧真的応下嫁、満心歓喜、翠碧为找機会向青雲表白、故命他準備儀仗隊相送翠碧出嫁。青雲聞言、飽受刺激、帯恨離去。○当荘王満心歓喜時、身为三朝元老的傅太夫聞訊亦趕来相勧。謂:女色殺人、勧荘王不要迷恋美色而耽誤国事。秦荘王聞諌勃然大怒、尽忘傅太夫一向忠心保主、下令把他処決。○落霞王妃驚聞荘王下令斬殺傅太夫、立刻到聚英台前保奏。她向荘王力陳利害、請他憐念老臣忠言諌主、但秦荘王不加理会。落霞見荘王已有新歓、更以为翠碧横刀奪愛、心有不忿。秦荘王在色迷心竅下、也不理会落霞多番請求。揚言若有人再敢保奏、亦一同処斬。落霞見苦諌無効、心感已失寵愛、唯有帯恨回国。○在漫天風雪之下、青雲帯着破砕的心情、率領儀仗隊在長亭準備送翠碧遠去秦邦就親。○翠碧乗香車到来、她眼望国土、内心凄然。而青雲則冷言譏諷、翠碧唯有告知真相、並交出秦荘王信件。青雲読信後、恍然大悟、深悔誤会翠碧負情、求她原諒。翠碧臨行、謹嘱青雲継続守土護主。可惜青雲已心砕、鬪志全失、翠碧以琴寄意、唯琴弦突然断裂、使二人更添傷心。○青雲目送翠碧遠別趙境、心痛之余、又遭行田、如龍、大義責難。但「琴絃縦可続、情亡志不生」、他的頽廃使二人心痛。不惜以割断情誼以要脅青雲再振雄心。○長安君亦因翠碧赴秦、致得被釈放、回趙国。他得知青雲喪失鬪志、出言斥之。責青雲被各人多番厳詞指責、終决定振志領兵伐秦把翠碧営救。○落霞帯着被棄心情経趙境回国。偶遇長安君、馬行田及如龍等人。行田将秦荘王書信交与落霞、她才知奪人愛者、原是秦荘王、而非翠碧。遂决意回秦営救翠碧。○落霞因被荘王所棄、心中不忿、她更不欲助紂为虐。故設計欲救翠碧。○秦荘王来至趙秦辺界、欲接翠碧回秦。忽聞探報、謂:秦妃山前罵戦、指明与趙公主対陣。翠碧聞訊、亦願出戦秦妃。其実落霞此挙是为救翠碧、她詐敗逃亡、原以为翠碧追来。但翠碧没有会意、

而与莊王回営。○青雲趕来、独力奮戦秦莊王。翠碧与落霞亦趕来観戦。青雲戦至筋披力尽、曽両次被打敗。翠碧以琵琶弾出定情曲、把青雲雄心重振、他終於力挫秦莊王。莊王答応秦趙両国言好、不再興兵。青雲得以与翠碧成親。秦莊王亦重回落霞懐抱。全劇大団円結局。

12）【百度】【刁蛮元帥莽将軍】劇情簡介。嘯天快将出戦、翠君与金蘭姐妹月娥餞別嘯天、嘯天愛的是翠君、為怕月娥糾纏、把月娥灌酔後離去；友文龍趁機占有月娥、翠君与月娥皆誤会是嘯天所為。嘯天与表弟尚義奉命、分別迎娶翠君和月娥、月娥在新房内産下一児。嘯天質問子従何来、翠君反唇相譏。両人怒気冲天。尚母一口咬定月娥有辱門楣、把月娥母子赶走。文龍原来是楚邦太子、拝翠君為元帥攻打応国、翠君与嘯天陣上交鋒、嘯天一敗涂地。翠君重提旧事、請来月娥等人、嘯天寧死不認。文龍及時出現、揭開疑団。尚義亦表明因戦傷已不能人道、与月娥只是仮鳳虚鳳。文龍得月娥答允婚事、即日退兵。嘯天気憤難消。翠君唯有請辞元帥之職、帰家作妻子去。

13）『大埔旧墟慶祝天后宝誕特刊』（1980年）戯単【連城璧】公元前285年、趙恵文王14年、文十蘭相如、背負一囊書冊、経蒼松小径、往趙京邯鄲、冀仲抱負。蓋是時、趙弱秦強、相如決意為国効効力。夫人折柳相送、並勉励相如。要与蒼松勁秀、不畏雨打風摧。分袂之時、遇廉上将軍廉頗破斉後、与夫人衣錦還郷。相如不及避之、為将兵責。欲加拷打、相如理直気壮、声聞于廉頗。頗怒斥、相如更暁以大義、無法入罪、無奈赦之。相如譏其祇知武略、不精文韜。廉頗生平好勝、以相如大言冒上、乃将相如一囊書冊投之濁流、得意而去。越二年、相如在京仍鬱不得志、為内侍繆賢舎人。一日、秦昭王遣使胡傷来趙、欲以十五城帰還趙国換取和氏之璧。趙王明知秦王換城是仮、誆璧是真、不知所措。繆賢乃薦相如上朝、決策進退。相如力説利害、願護璧入秦。倘秦有詐、誓完璧帰朝。廉頗鄙相如一介書生、豈能理直秦王；力言不惜一切以武力与秦周旋。但相如力陳対策、理屈廉頗。趙王乃命相如護璧入秦、廉頗倖倖不服。相如護璧入秦、早置生死於度外、帰与夫人生離死別。夫人不欲以夫婦私情而誤相如救亡之責、強忍辛酸、反勉相如大義犠牲。相如更覚堅強自信、臨行前自知九死一生、乃以夫人銀釵、刺於児臂、以勉児子長成、継承父志、為国為民。昂然而去。夫人亦凛然惜別。相如献璧入秦、秦王宴之章台、言不及換城。相如知秦王無心換城、乃設計取回璧玉、倚柱怒髪冲冠。曰；寡君得王手書、以十五城換取此璧、我国君臣皆謂；秦国自負其強、誆璧是真換城是仮、但微臣不以為然、秦曰、布衣之交、尚不相欺、況秦王乎。命秦護璧入秦、今大王坐而受璧、言不及換城、故臣取回此璧、若強相迫、臣立与璧倶砕柱中。言畢、欲抱璧触柱而死。秦王恐失宝璧、急止之。相如請秦王斎戒五天、邀列国使臣、来観献璧之礼、然後献上。秦王無奈允之、五天後、秦王再使相如献璧、相如已暗使人将璧送回趙国。秦王大怒、命人将相如投入油鼎。相如面不改容、視死如帰。秦王恐列国説其無行、且殺一相如、亦難得回宝璧、赦相如回国。

14）『粤劇大辞典』85-86頁【漢武帝夢会衛夫人】。平陽公主自丈夫曹寿（曹参之孫）死後、即失歓于竇太后、隠居霸陵海陽。時平陽公主的老婢女衛媼、育有女児紫卿、賢慧端荘、貌可傾国。児子衛青、勇猛過人、衛媼死後、紫卿為平陽府歌姫、衛青為馭奴。姐弟相依為命。衛青与公主相恋、公主以青微賤、如提携、必遭非議。暗請東方朔在家中教以兵書。但苦無提示引之機縁。衛青亦厭悪為胭脂奴、時萌去志、其妹留之。嘱衛青莫負公主之恩。建元二年、武帝祭祀畢、路過霸陵、憶愛妹、遂至平陽公主家。平陽公主献紫卿

注(11-14)14-15　　　　467

于帝、紫卿受封為衛夫人。却遭陳皇后陥害。衛青得武帝垂青、出征西域、凱旋、立下戰功、時衛夫人正有孕在身、衛青被竇太后封為西域侯。武帝誤以為夫人已死、鬱々寡歡。東方朔謂、有計可召衛夫人鬼魂来夢会、実則衛夫人隠匿朔家、已産下麟児、帝与衛夫人重逢、却被陳皇后覚察、欲擒衛夫人治罪。時衛青兵権在握、毅然露出真面目、陳皇后方知受騙、然已無力反抗、武帝欲将陳皇后処死、幸衛夫人求情、改為終身幽禁。衛夫人執掌昭陽、漢宮陰霾消散、従此花好月円。

15)　陳守仁『概説』75頁。【枇杷山上英雄血】山海関主帥、関大明寿辰之日、関府闔府上下歡天喜地舗排酒席、以歡待到賀的親朋。関大明的姨甥女趙冰霞、及世姪女程小菊聯同大明第三女静宜先向大明祝賀。並等候因公幹外出的長子文虎。及次子文挙回家団聚。文挙為人忠孝、常対其兄文虎忍譲。適値父親生辰、文挙帯備賀儀回家、代兄向父祝寿。各人在言談間、談及文虎性格剛腹、常令父母失望、但弟妹仍対他十分尊重。小菊与文虎相恋、常対他多番勧導。冰霞雖文挙有意、可惜文挙却未有求鳳之心。○文虎被擢昇威勇将軍、即回家向各人炫耀、並揚言自己有蓋世才華、而非靠父蔭。大明不満文虎気燄囂張、当場将文虎教訓、各人亦規勧文虎千万勿意気用事。○正当攘攘之際、忽有大将報急、説匈奴王正領兵攻打山海関。請大明出兵対抗。文虎為逞英雄、即請纓単騎出陣、但各人均勧文虎不要軽挙妄動。然而文虎意決、更声明若戰敗、今後誓不回家。○文虎匆々出発応戰、各人勧阻無効。文挙提出回京求朝廷派遣援兵、以解危急。○匈奴王挙兵南下、他素聞山海関守将関家父子一向驕勇善戰、遂佈下火陣、以謀勝利。○文虎自恃武芸超人、単騎帯兵与匈奴軍隊対陣。但匈奴王用火攻猛虎林。令文虎全軍尽没、文虎僥倖殺出猛虎林、並脱去盔甲詐死、更借機逃亡。○大明及文挙帯救兵趕超至、殺死了匈奴王及撃退敵兵。他們眼見文虎遺物、以為他已為国殉難。在悲痛之余、大明決定将小菊下嫁文挙、使她終身有託。文挙原不願奪兄所愛、但遵従父命、答応迎娶小菊。○一年後、正值文挙及小菊為新生児子弥月宴客。冰霞及衆親友相継到賀。当堂前賓客満盈時、冰霞却在花園中、自怨自艾。文挙見状、上前慰問、才知冰霞対心痴心不息、文挙欲加以安慰、反令冰霞一時感触、傷心不已、払袖離去。○文挙無奈、呆在園中思索、忽見有一黒影闖入花園。細看下、才知是文虎。文虎説、当日在猛虎林誤中匈奴王陥穽、而逼得棄甲詐死逃亡、今日回家欲想帯走心愛的小菊離開避世。文挙聞言驚震、不敢向文虎明言真相。剛巧大明、関母、静宜及冰霞来到花園、見文虎仍然生還、各人均大喜不已。唯大明責罵文虎恩生性囂張、而令猛虎林一役全軍覆滅。文虎受責、漸已按不住怒気。○正値父子争執時、欽差前来、宣読皇帝聖旨、謂：「関文虎陣上身亡、関文挙勦滅匈奴有功、特将関文虎原有威勇将軍之職、改由関文挙昇任、以勉励関文挙尽忠報国」。文虎聞旨、更覚気憤、加上欽差出言相戯、文虎欲離家、却被各人勧阻。冰霞出言語帯相関、令文虎疑惑、静宜即勧冰霞不要無事生非。○文虎久坐不安、要求与小菊一見、各人唯有依従。小菊抱着剛満月的嬰児、来見文虎。文虎仍不以為意、但聴到小菊称呼他為大伯時、不禁気得目瞪口呆。○文虎追問各人、為何自己心愛竟許婚其弟、各人均無詞以対。小菊向文虎解釈、説；他的父親誤以為他已殉国、為恐小菊日後身無所託、故安排婚事、原非小菊所願。文虎聞言、大怒、欲挙拳揮打父母及文挙、被各人勧阻。文虎提出要文挙譲出官印及小菊為条件、方肯罷休。各人聞言驚愕、文挙表白官印職位可譲、但小菊已為己妻、更生一子、絶無転譲之理。○文虎坦告各人：他在過去一年、已淪為劫富済貧的江湖大盗、更有数百手足追随。他許以

一晩為限、如文挙翌日不将小菊交出、他便回来拆毀家園、以息心頭憤恨。○文虎離去後、関家上下各人商議対策。関母請大明与文挙先回軍営等候、留下她応付文虎。她相信文虎体念親情、息事寧人。○翌日、関家上下均為担心文虎重来而提心吊胆。関母命婢女恵蘭将祖先霊牌列於堂前卓上、準備借列祖遺訓教誨文虎。○午時時分、文虎帯刀盛怒回家、関母見状、即上前相勧、更細数関家各祖如何以「孝悌」伝世、希望文虎醒悟。不要做出有違義理之事。但文虎不聴勧告、以脚踢毀祖先霊牌後、衝入後堂、找尋小菊、関母見勧阻不来、唯有速去軍営找大明及文挙回家応付。○文虎終在後堂找到小菊。逼她随他離家。但小菊再次表明他倆已成嫂名分、決不能違道相陥。文虎聞言頓感絶望、竟然大発狂性斗殺小菊。冰霞及静宜見状、即上前阻擋、及暁以大義。文虎不為所動。拼命欲斬殺小菊。正当危急時、大明、関母、及文挙赶回家中阻止文虎。○文虎既受各人所阻、決定約文挙往枇杷山上決闘、以了断恩怨。文挙亦痛恨文虎無理無義、決定赴約。関家各人均力勧無効。○小菊帯着小児赶往枇杷山、欲阻止文虎、文挙両兄弟決闘。○文虎、文挙在枇杷山上決一生死、打得難解難分、而関家上下赶往找尋。可惜未見二人蹤影。○正当二人打得天昏地暗時、忽有大将来報、謂：匈奴大将帯一班残兵、混入関前、要為匈奴王雪恨報仇。声明誓将文挙殺死。文虎聞言、即与文挙合力出戦匈奴残兵。在戦陣中、文虎為救文挙、不幸身中槍傷。○各人赶来時、已見文虎奄奄一息、文虎懺悔自己品性剛腹、每令父母失望、縦有弟恭妹敬、也不懂珍惜。亦因好勝邀功、而貽誤軍事。他本欲争回所愛、却錯在不惜違背人倫道義、自不応為世所容。文虎又謂、自己如今為救弟而殉身、総算死得光明磊落、無愧於関家祖先。○文虎死後、各人帯着沈痛心情、回家団聚。全劇結束。

16) 陳守仁『概説』203頁。【無情宝剣有情天】韋重輝与呂悼慈自小于紅梅谷紫竹林中長大、彼此都以蕭郎、琴娘互称、不知自已身世。一日、両人郊游比試、互訂白頭。怎料、琴娘父親派僕人胡道従接回琴娘返家、更将她下嫁冀王項擎天。琴娘不允、命従叔送上絶情書給冀王、另一封給蕭郎表明愛意、无奈従叔陰差陽錯、誤送絶情信給蕭郎、使之妒恨琴娘、更被冀王羞辱。桂玉嬪知悉責之、便道出其身世、重輝原是韋氏（元来、韓信一族）世子、当年被呂懐良（元来、呂后一族）誣害韋氏一族。重輝誓報血海深仇、怎料、夜探呂家、行刺呂懐良、却遇琴娘、驚覚呂懐良乃琴娘之父、両人不知如何面対……悼慈向重輝解釈当日匆々離去、已道説従帯信向他表明未忘紅梅紫竹之盟、重輝冷言嘲諷悼慈、貪慕虚栄、及累他給冀王侮辱。道従聞言、忙向重輝解釈経過、更把仍未交与冀王的信交与重輝、重輝読信後、恍然大悟、与悼慈和好如初。二人随即発現情人竟是世仇。頓時陥入痛苦与矛盾之中。悼慈原是奉父之命、来暗殺重輝、重輝固是為暗殺呂懐良而来的、二人都不忍殺死対方。正紛纏間、道従建議悼慈回家、期望以父女親情、打動其父、使他改変初衷。二人唯有含涙告別。玉嬪痛斥重輝只顧児女私情、把国仇家恨全抛脳後。重輝終感家仇比情重、決意領兵攻打呂営。重輝過呂営、得悉悼慈因未能完遂任務、将被治罪、懐良与冀王恐重輝、冀王謂重輝：若願写降書、便不単可保悼慈性命、更能与她相依到老。重輝一時、心意未決、悼慈勧他拒絶投降、寧願自己犠牲。重輝不忍看着悼慈受害、遂簽降書。重輝欲携悼慈離去之際、懐良阻擋、更説以後須脱離父女関係、悼慈離去之心已決、随重輝同離去。冀王此時現出本性、打算奪得呂氏兵権、増加兵力、謀朝篡位、就命懐良交出兵権。懐良才知引狼入室、無奈、従之。桂玉嬪厳責重輝、愧対祖宗族人、謂、絶不可饒恕。重輝自知死罪難免。拝托道従照顧悼慈、悼慈則願代重輝受刑。此時、部将報上

注(15-16)16-20　　　　　　　　　　469

消息、謂、冀王已帯兵、闖進韋氏軍営。玉嬙馬上領兵、出戦冀王。重輝懇求両位元老譲
他前去剿除敵人。二人答允譲他戦場将功贖罪。冀王佈下陥窪、誘韋氏兵将進入髑髏谷、
然後在四囲縦火、図一挙殲滅韋族。重輝与悼慈、被困火焰之中、心想雖必死無疑、但亦
慶幸死能同穴。未幾、二人不支摹倒。忽然天降甘雨、山火尽熄。道従到来、発現二人、
仍有気息、喚醒過来、二人死裏逃生。懐良、玉嬙起来、懐良痛恨冀王、遂率領呂氏軍隊
営救韋家子弟、懐良自背後刺死冀王。玉嬙受傷、心知命不久、寄望重輝悼慈二人以後情
比金堅、也明白呂、韋両家応化解前仇、平息干戈、更譲重輝与悼慈結合。玉嬙感死而無
憾、随即気絶。全劇終結。

17)　網井囲北帝誕祭祀、1979年彩龍鳳劇団、戯単【一曲鳳求鳳】司馬相如、成都人也。性
疏狂、精音律、常以才人自負。卓王孫附庸風雅。悦之。曽邀為座上客、而相如恥托豪門。
偶于簾下見文君、意動。乃午夜琴挑之。双双逃返成都。病貧、復返臨邛、設酒席帘、文
君且当炉売酒。臨邛雅士、争相驚艶、其門如市。王孫大恨、辱之。相如一怒、赴京。曽
以長門賦、為陳皇后。重得武帝歓心。復為常侍、後得以巴蜀檄、名重一時、十六年未返。
文君乃賦白頭吟、譏之。相如感動而帰。○白頭吟：皚如山上雪、皎若雲間月。聞君有両
意、故来相決絶、今日斗酒会、明日溝水頭、躞蹀御溝上、溝水東西流、凄凄復凄凄、嫁
娶不須啼、願得一心人、白頭不相離、竹竿何嫋嫋、魚尾何簁簁、男児重意気、何用銭刀
為。

18)　秀茂坪大聖誕祭祀、1978年永光明劇団、戯単【英雄児女保江山】漢将武烈、兵敗遭
貶、惨憺経営廿載、身成一方土覇。有子家孝、妻青梅、乃武烈所最愛、一生精神心血、
尽托二人。匈奴入寇、漢朝駕崩、太子元君与楚郡王、汝南王蕭仲賢、郡主蕭環佩、易服
逃亡。環佩与家孝、本有情、遂投常家避禍。誰想、武烈敵視朝廷、私販軍火与匈奴、賭
元君自投羅網、擒之献敵。要迫環佩与家孝成親。花燭之夜、環佩舌燦蓮花、勉家孝存忠、
青梅深明大義、逼子提師擒叛父、救駕勤王。家孝終為所動、勇戦匈奴、救回太子、武烈
被捕、金鑾殿上、家孝証父奸、武烈被判斬首。武烈願以命換子富貴、朝廷上、大罵奸臣
無道、慷慨赴死。誰想、仲賢、楚王、因念昔日被辱之恨、以莫須有罪名、判家孝充軍、
環佩痛心老父無義、毅然断父女親情、棄捨繁栄富貴、随家孝遠走天涯。断頭台下、武烈
候命待斬、適家孝充軍路過、環佩、青梅又来生祭、悲歌遠播。幸元君聞訊深感家孝救駕
之功、親来恩赦。楚王亦覚難以権勢迫愛、仗義還妻、武烈又蒙寵幸、得免死罪。一頁人
間惨劇、終以喜劇収場。

19)　『粤劇大辞典』123頁。【昭君出塞】漢元帝応匈奴呼韓邪単于求親之請、遣王昭君出塞
遠嫁、昭君辞朝上路、憤君主昏庸、痛郷邦難返、馬上琵琶、長歌当哭。傾訴悲憤。到達
漢胡分界之地時、昭君毅然投崖而死。

20)　大埔旧墟天后誕祭祀、1979年、英宝劇団、戯単【龍鳳争掛帥】漢顕帝時、兵部尚書維
国之子、雲龍平南奏凱、封為平南侯、更賜衣錦還郷、逢官下馬、逢民下拝。御賜上方宝
剣、雲龍之侍従、上官夢亦封為都騎侍衛、吏部尚書司徒衛君、亦有女文鳳、平西凱旋、
顕帝亦照封雲龍一般封賞文鳳、並免死金牌。封文鳳侍婢司徒美為護侯侍衛。御賜衣錦還
郷。雲龍、文鳳、先後奉旨還郷、豈料、冤家窄、道左相逢、互不相譲、互持官威、遂致
鬧返金鑾。顕帝難為左右袒、遂心生一計、先封文鳳為御妹、後封雲龍為一字並肩王、並
御賜両人金殿成婚。雲龍文鳳、不知内裏乾坤、欣然行礼。洞房之夜、真相畢露、雲龍文

鳳、互相指責騙婚、大鬧新房。顯帝急來排解、不准婚變。雲龍文鳳、無奈、分床而睡、但二人心中实早已互相愛慕、不過、好勝心重、不願低頭而已。北狄又犯漢境、雲龍文鳳凰、較場大爭掛帥。比武決勝、但又不分勝負、顯帝乃命抽簽取決、文鳳抽得主帥、登壇点將。雲龍不願受命、文鳳乃罰雲龍。單騎破敵、誤中伏兵、維国、上官夢甚来助戰、三人亦不能突破重圍、維国迫雲龍写書求援、雲龍無奈、單脚写書、飛箭乞救、文鳳接箭、乃率女兒兵解圍、並破北狄。心中悔懊、乃劳尽讓雲龍。于是全劇結束。

21）【百度】【飛上枝上変鳳凰】、主要内容。漢朝年間、布行太子爺張俊誠継承家業、不料、被三位奸商擠閲。无奈之下、他找来下人小養、把她培養成万人矚目的大家閨秀、欲挑起奸商之間的爭鬪。不想、這期間両人産生了真情、張俊誠最終放棄報仇、獲得了真愛。

22）陳守仁『概説』247頁。【春花笑六郎】葉秋萍原是宰相的女児、因父被誣、全家抄斬、秋萍走脱。在江湖混跡。成為緑林女首領。她才・貌・武功俱全。因伺機報父仇、化名春嬌、在孟懷穆的帥府内、易容仮扮嬌痴侍婢。元帥府内家将、焦大用一向愛慕秋萍。但秋萍傾心於懷穆第六子孟益。然而孟益不知秋萍的真正容貌、並嫌她棒貌醜醜、又加以嘲弄。焦大用向春嬌求婚。但春嬌只是戯弄他而已。春嬌乘機向孟益人献慇懃。孟益对她多番嘲笑。又叫她早日与焦大用成親。春嬌自言有「三不嫁」。即「非蓋英雄」不嫁、「非系出名門」不嫁、及「非英俊瀟洒」不嫁。春嬌更坦言情鍾孟益。孟益又云：匹配者必須系出名門、並才貌双全。這時匈奴入寇、孟益請纓、春嬌断言、孟益必然戰敗。孟益遂与她打賭。若孟益戰勝、春嬌須与大用成婚。若然戰敗、孟益則须娶春嬌為妻。匈奴駐大軍於紅梅谷、令軍隊四面埋伏。焦大用担当引路、依一樵夫示唆、引孟益所率先鋒部隊前身、岂料、中伏。全軍潰散。危急之際、一名女将殺出、撃退匈奴兵将、並救出大用及孟益。原来這女将軍正是葉秋萍。孟益見她相貌艶麗、頓生傾慕之情、即時向她求婚。秋萍侍婢紅梨説；小姐有「三不嫁」、孟益自誇符合這三条件、秋萍則逐一反駁、令孟益悲羞不已。秋萍不留姓名、只給孟益一方羅帕、並印上唇脂。之後、策馬離去。孟益被逼与春嬌拝堂後、秋萍在新房内等候孟益到来洞房。孟益以為所娶的傻婢春嬌。極之忿。心生一計、叫大用仮扮他入新房、並教他先灌酔春嬌、然後洞房。大用素来痴情於春嬌、喜得機会、乃馬上行事。岂料、秋萍洞悉孟益移花接木、先行灌酔大用。時近清晨、孟益折返新房、欲窺究竟。秋萍在鏡中、看到孟益、仮装不知、独自梳妝。一会、她突然掉頭過来、嚇得孟益大驚。孟益見眼前人似相識、不弁是春嬌、抑或秋萍。他向她弁称：所愛的是秋萍。這時秋萍表露身分、説自己既是春嬌、也是秋萍。可惜已与大用有一夕之情。孟益大怒、掌摑大用。大用把孟懷穆請来、秋萍説昨夜未与大用共枕。懷穆請孟益及秋萍再行拝堂、日後、再思良策、為秋萍雪父仇。全劇終結。

23）『粵劇大辞典』64-65頁、【一把存忠剣】。王莽篡奪皇位、逼帝飲鴆、並殺死大臣呉国、大夫馬成不満姦党除害忠良、認呉妻作義姐、收養其幼子呉漢。呉漢長成、某日、于山中狩猟、救了公主王蘭英、而被招為駙馬。漢宗室劉秀入城、暗訪馬成、密議復漢大計。並擬回玉璽。不料、被馬成之子家駒窺破、盜璽向朝廷邀功。其妹家鳳深明大義、殺了家駒、奪回玉璽。此事被呉漢発現、降罪馬成。後、呉母痛説陳情、拿出当年王莽殺其父之剣、交与呉漢、訓子殺妻、扶漢。護劉秀反出皇城。呉漢持剣闖経堂、欲殺公主而不忍。公主為成全丈夫報父仇、興漢業、抜剣自殺。最後、呉漢与劉秀等人、殺開血路、闖出潼関。

24）陳守仁『概説』97頁。【洛神】梨香苑内、甄宓擁著四王子曹植所贈的金帶枕、向宮女

注(20-24)24-25　　　　　　　　471

梨奴攄訴説她与曹植青梅竹馬之往事。時二人正值適婚年齡、且情投意合、甄宓希望可以早日与曹植成婚。曹植到来、与甄宓互訴衷情。正当此際、大臣陳矯的女児陳徳珠、奉父親之命、尋找曹植。陳徳珠一向暗恋曹植、她見曹植与甄宓二人言笑親密、不禁黙然垂涙。陳矯到来、安慰女児、説魏王曹操将於銅雀台論婚、因甄宓乃被擄回来的女子、不能登儲后之位、到時魏王必立徳珠為曹植之妻子。○曹植一向備受曹操寵愛、自知将継承王位。是以満心歓喜到銅雀台。以為：父王将把甄宓許配給他。当他得悉曹操命他迎娶徳珠、頓感晴天霹靂、幾欲暈倒。与此同時、曹丕凱旋回帰、曹操為奬励他的軍功、許他挑選妻子。曹丕知甄宓為曹植的愛人、却故意横刀奪愛、請求父王准与甄宓成婚。曹操准許、並命四人即時挙行大婚。在挙国歓騰慶祝銅雀台双喜之際、一対情人、却遭拆散、痛苦非常。○曹丕著甄宓与他対飲、及砕杯以表忠心、甄宓含涙依言而行。曹丕大喜、他一向知曹操疼惜曹植而少関心自己、亦恐曹植継承王位、故十分痛恨曹植。曹丕随即向她吐露自己一直伺機把曹植殺害、好自己可登上王位。宓妃聞言大驚、乗着曹丕入睡、写了一封信警告曹植。○宓妃籍拝祭花神、約曹植到梨香苑、把曹丕的奸計告知曹植、並著她趕快離京。正当此際、曹丕籍賞梨花、与父王、母后、二弟、三弟到梨香苑。宓妃怕引起誤会、慌忙躲於樹後、惜被曹丕察覚、強拉出来審問。曹操有感曹植、宓妃叔嫂幽会、有辱家門、把曹植貶去臨淄、改立曹丕為嗣。○曹操死、曹丕継位魏王、不久簒漢称帝、是為魏文帝。曹操被追尊武帝、王后被封為太后。曹丕為剷除異己、不惜誅殺元老功臣、及二弟曹熊。曹植遠封臨淄、然而曹丕仍深深不安、以十二金牌、欲召曹植回京、唯曹植始終置之不理。曹丕以骨肉団円為藉口、逼宓妃去信曹植著她回京。宓妃悉知曹丕奸計、堅決不写。太后念子心切、傷痛之下、跪求宓妃、宓妃不忍、唯有提筆写信。○曹植接到宓妃的信、書云：婉貞百拝於子建之前、自君別後、依然故我、望勿以蒲枝為念、新君雖痛改前非、懐念手足憐弟寂寞、要帰藩承命、排紛解難、保平安。婉貞謫筆。然而陳矯一聴、却指出信中語帯双関、応読作「新君雖痛改、全非懐念手足、憐弟棄、莫要帰藩承命、排紛解、難保平安。」曹植大驚、但仍堅持回京。只盼能見宓妃。到京後、曹植与宓妃見面、二人心内雖念往日情、却只以叔嫂相称、宓妃把曹丕銅雀台設文壇以陷害曹植的奸計、謂深憂曹植之文思、今非昔比。然而曹植認為、只要能感受到宓妃的「浅笑横波」、有信心自己的文采糸毫不減。銅雀台上、曹丕命曹植以「兄弟」為題、在七歩内賦詩一首、詩曰「煮豆燃豆萁、豆在釜中泣、本是同根生、相煎何太急」詩作贏得各人讚賞。曹丕也誠心折服。無奈之下、賜封曹植為安郷侯、讓他返臨淄。宓妃恐曹丕以後仍欲殺害曹植。乃命陳矯用刀把宮中宝鼎的両耳与一隻脚斬去、以示独脚不能站穏、比喩曹丕一人難治天下、故不応兄弟相残。正当曹丕覚悟前非之際、宓妃借口欲登高遠眺、然後縦身投下洛水自尽。○曹植路過洛水江辺、又見陳矯痛哭、問起原委、才知宓妃已投河自尽、登時傷心欲絶。他抱泅著宓妃所贈的金帯枕悲泣、不覚睡著。夜半、曹植聴見、洛水波濤汹湧、原来宓妃已成「洛川神女」、回返人間、只為再見曹植最後一面。

25）　1979年網井囲北帝誕祭祀、彩龍鳳劇団、戲単【珠連合璧劍為媒】群雄並起、割拠称雄。而天下三分、東齊、西梁、南魏。勢成鼎足。惟東齊最強、其宮主公孫玉鳳、好勝貪功、更有大将姜無畏相助如虎添翼。常懐侵略之心、隣邦南魏、久被所欺。南魏主帥上官勇、率領兵抵抗、竟中伏被擒。上官勇有子智華、時為南魏将軍、病父被俘、欲領兵救父。奈何強弱懸殊、与其叔上官賢相議、向西梁借兵救父、忽接其父来函、云：東齊宮主、欲

得雌雄宝剣、倘献剣、便可釈放回邦。上官家累代将帥、功勲煊赫、嘗得先王賞賜雄剣一把、而雌剣則西梁所有、暗思己国与西梁曽訂攻守同盟、如唇歯相依、故向南魏王請命、出使西梁、借兵借剣、以贖父帰。王喜其孝、命其叔与之出使、先向西梁借兵、西梁王恐触東斉之怒、且其子司馬龍飛曽聘王鳳為偶、既有婚約、更不願借兵開罪東斉、而雌剣則為鎮国之宝、亦不允借。上官賢与智華皆失望。上官賢主張入宮偸剣、智華無奈従之。某夜、西梁二宮主鳳屏、偕妹鳳儀、同在閨中、言及智華借兵借剣事、皆為父兄所拒、屏表同情。将寝、忽見簾前黒影、知有賊、但自恃曽習武芸、故不懼。果智華借叔同来偸剣、屏問原委、大表同情、且一見傾心、鳳儀知其意、引線穿針、上官賢亦暗示華追求之、卒贈剣約婚。龍飛聞声、亦興愛屋及鳥之念、願同往東斉、並欲問佳期、及至、智華献出雌雄宝剣贖父、但王鳳見華英俊、頓興見異思遷之念、恃勢迫婚、方允釈放其父、智華拒之、並陳経過、因借雌剣而与鳳屏宮主訂婚、望同成命。王鳳妬極、声言；如不屈服、則殺其父、上官賢大驚、示意智華佯允之、再作良謀。智華無奈如命、龍飛以智華奪愛、且負其妹鳳屏、払袖而去。声言、報復、含怒回国。是時、姜無畏袖手傍観、心生妬怒、因其亦暗恋王鳳而玉鳳固不知也。龍飛回国後、告知鳳屏、力言；智華悔約寒盟、与玉鳳訂婚。屏聞之傷感、龍飛恨玉鳳変志、尽傾全国之師問罪、屏亦随軍前往、質問智華。玉鳳聞訊、自恃兵多将勇、殊不恐懼、命無畏提師応戦、無畏陽奉陰違、玉鳳亦不疑、且命智華親往敵営、向鳳屏還剣絶愛、華欲解釈、欣然而去。上官賢随往、及相見、屏力数其薄倖負心、不聴解釈、上官賢代其説項、屏亦不聴、智華力言為保父命仮作応承、尚未成婚、龍飛疑信参半、暫按兵不動、静観其変。玉鳳意故戯弄鳳屏、択吉成親、並請龍飛見礼、龍飛不願往、智華勧其忍忍、並設法移花接木之計。無畏以玉鳳移情智華、欲除情敵、後経解釈、還鄙玉鳳濫愛玩情、暗生叛変之心、竟私放上官勇回国、着其興兵、与西梁合同破東斉。洞房之夕、玉鳳大酔、智華以龍飛戴張冠、代替洞房、以表愛屏之心、並成全龍飛心願。

26）　陳守仁『概説』257頁。【燕帰人未帰】西梁王子、魏剣魂、憤胡兵入境、保得半壁江山、遂領兵偸襲胡兵、中伏受傷、逃匿於双燕村、部将四散、剣魂被村女白梨香所救、治療剣魂傷、遂生情愫、共訂白頭。棲留三月、春風一度、梨香荳蔲含胎、剣魂誓無異志、祇偽称将軍、不敢告知身世、梨香之兄志成、亦不知也。一日、剣魂教訓梨香読書習礼、妄愛郎憐。忽有部将尋蹤而至。暗告王子、西梁王有書、命剣魂在東斉借兵復国、与東斉珊瑚宮主聯婚。剣魂不満、故久留於村中。密談時、志成聞之、大傷。俟部将去後、揭穿剣魂身分、剣魂謂恐胡兵絹捕、故偽称将軍、嘱志成不可告知梨香、且言；往斉国借兵談婚、志成問；如何安置其妹。剣魂直言；不愛宮主、但為復国、不能不往、並言；宮主未見王子、請志成仮扮王子、己則護駕相随。志成大喜、允諾。剣魂与梨香別、且与志成偕行。梨香亦知愛国、含涙泣問帰期。剣魂謂；明春燕子重帰之日、便可帰来。珍重而別。及至斉国、斉将蔡雄風、手握兵権、痴恋珊瑚宮主、宮主亦仮以詞色而敷衍利用。及見王子、貌醜才疏、而侍従将華英俊、頓生疑念、席間効仮王子、志成本村夫、遂告事敗。珊瑚工於心計、卒揭穿真相。向剣魂追婚。剣魂自承有妻、且有孕、珊瑚云；非聯婚、不能借兵。剣魂本不願、志成勧以復国為重、卒允婚姻。求見梨香最後一面。珊瑚允之。査知梨香居処。乃私訪梨香、詐称西梁宮主、追問梨香産下是男、是女。梨香不知其詐、以王姑事之。直言已為王子産嬌児。珊瑚為斬草除根、奪夫騙子之計、偽言；霧水之縁、又王決不承認、故其子亦私生子而已、若為其前程計、則交姑母収養。俟機可継西梁大統、梨

香被騙、将子交与珊瑚。劍魂与志成、返回村中。不忍以断腸消息相告。梨香相対凄涼。
梨香依珊瑚所嘱、詐説愛児経已夭折、令劍魂十分痛心。未幾、軍校来催促劍魂回営。梨
香与劍魂再度含涙告別。梨香不知愛郎被逼与東斉公主成婚、嘱付劍魂於明春燕重来時回
家与她団聚。蔡雄風受珊瑚公主所命、以為梨香為通敵奸細、往殺梨香、梨香求婚、並訴
説公主剛々到訪、並取去孩子、雄風恍然大悟、遂不殺梨香、帯她回営、準備設法揭穿珊
瑚奸計。珊瑚侍女惜花、受珊瑚之命、要把梨香児子殺死。惜花不忍、把嬰児放在路辺、
志成折返欲送点金銭給梨香、但遍尋不獲、見路上棄嬰、遂抱回家中撫養。西梁及東斉両
国国王合兵大破匈奴。雄風有功、被賜在殿上与西梁女子成婚。劍魂同時被逼履行諾言、
与珊瑚公主在殿上拝堂。未幾、劍魂知悉雄風帯来的西梁女子原乃梨香、梨香遂在殿上訴
説珊瑚騙児奪夫之経過。東斉王不信、偏護女児、幸得惜花上殿、証実梨香所説属実、最
後志成把拾取的棄嬰送到殿上。珊瑚無法自円其説。梨香与劍魂及愛子得以団聚。珊瑚承認
過錯、願与雄風成婚、東斉王亦賜惜花為志成妻子、三対新人在殿上拝堂、全劇告終。

27) 『粤劇大辞典』139頁。【蓋世英雄覇楚國】高雄夫簒奪皇位、殺北斉君、夏雲龍与德林
偕太子高天任、投奔北魏国河関賀氏兄妹、天任与賀彩鳳完婚。雲龍更将妹夏雲湘給賀飛
龍続弦。雲龍求彩鳳借兵復国。並以死強脅而取得兵符、但尚欠飛龍掌管的軍械庫鑰匙、
德林献計、值飛龍与雲湘華燭夜、唆使小明大鬧新房、騙取軍械庫鑰匙、譲雲龍領兵救国。
雲龍得賀家兄妹相助、率兵攻北斉、雄夫不敵、大敗而逃。賀父因北河関私下発兵、獲罪。
飛龍、彩鳳兄妹、為救父、与雲龍兄妹、争鬧于堂前。雄夫以夏母性命、逼雲龍退兵。夏
母勉児誅奸而自尽。天任得復国。更献城池于北魏、以為賀家抵罪。

28) 陳守仁『概説』211頁。【桃花湖畔鳳朝鳳】南屏国尚書朱天賜有二女、長為丹鳳、文武
全才、次為彩鸞、放蕩不羈。東斉王子任金城、及王姑任宝瓊、往南屏国求婚。路経桃花
湖畔、彩鸞躱在桃林、暗観金城、不禁心生愛慕。西蜀王子、林甘屏、及北冑王子、柳錦
亭、亦往南屏国求婚、継続趕路、金城及宝瓊則湖畔休息。丹鳳因打猟而湖畔、責備彩鸞
不応四処流連、彩鸞忍気回家。丹鳳以銀鏢猟得麻鷹、欲上前拾取之際、被金城阻止、原
来金城同時以金鏢擊中麻鷹、遂与丹鳳争執起来。二人不敢把本来身分相告、丹鳳自認村
女、金城則自認東斉国王子之侍衛。丹鳳為金城所動、二人化敵意為愛慕、把金、銀鏢交
換互贈、以暗訂終身。原来丹鳳本是先帝与宮女所生、一直寄養於尚書府。這時天賜為丹
鳳带来喜訊、丹鳳今日已成儲君、不日将被擁立為女王。天賜呈上東斉、西蜀、及北冑向
儲君丹鳳的国書、太后静儀知找尋金城而至、知道丹鳳為普通村女、反対金城与她接近、
丹鳳極為不満、与宝瓊発生口角。金城左右為難、被宝瓊強行拉走。天賜接到東斉、西蜀、
及北冑向儲君丹鳳求婚的国書。太后静儀知悉北冑王子是她的姨甥、早生偏幇之意。但天
賜因知西蜀国強兵壮、主張南屏応与西蜀聯婚。丹鳳到御園、被天賜及静儀問及択夫意願。
丹鳳原已許身於桃花湖畔所邂逅的東斉侍衛。心中自然反対択夫的安排。天賜及静儀分別
勧説丹鳳西蜀及北冑王子為王夫、丹鳳只有向両方敷衍而已。衆人離開御園後、金城及宝
瓊拝上御園。丹鳳以為金城当日偽称身為侍衛、是存心欺騙。加上対宝瓊仍懷怨懟。要把
二人戯弄。乃否認曾在桃林邂逅金城、反責金城信口雌黄。金城、宝瓊離去後、丹鳳見金
城未忘当日互訂終身一事、便写詩一首、相約金城於三更見面、並命彩鸞把詩遞給金城。
彩鸞偷看詩句、知丹鳳属意於金城、彩鸞自那天於桃花湖畔暗窺金城後、早対他暗恋。她
見詩箋上並無署名、遂擅把詩中「三更」改為「二更」、擬由自己赴約。時届二更、金城持

銀鏢到御園赴約。彩鸞熱情地邀他対飲。結果彩鸞酔倒。北胄王子·柳錦亭剛到来、金城怕惹誤会、匆匆離去。慌忙中、遺下丹鳳送給他的銀鏢。彩鸞酔眼昏花、誤把錦亭当為金城、向他投懐送抱。錦亭見飛来艶福、与彩鸞春宵一度後、偸偸離去。到了三更、丹鳳到来赴約、不見金城。静儀、天賜尋至、再追問丹鳳的決定。丹鳳説；欲選金城。豈料、二人錯聴是「錦亭」、及「甘展」(広東語、第1音類似金)、各自喜極離去。丹鳳再召宝瓊前来、宣告已決定択金城為夫。丹鳳登基後、三位王子各自以為自己即受封王夫、争論不休、丹鳳主意已決、遂正式下旨封金城為王夫。這時彩鸞持銀鏢衝上金殿、指称金城与她曽春宵一度、而以金城的銀鏢為証。金城百辞難弁。丹鳳大怒、収回以金城為夫的主意。金城亦怨恨丹鳳忘却前約、憤言回国起兵、在沙場一雪此恨。丹鳳余怒未息、嘱甘展及錦亭回国起兵、在沙場一較高下、承諾戦勝南屏者便可為王夫。甘展及錦亭決定聯兵対抗丹鳳。他們知道丹鳳率領的南屏軍隊実力不弱、乃設下伏兵、挟撃丹鳳、丹鳳果然中計、大敗而逃。却遇上金城及宝瓊所領大軍、丹鳳再戦金城、又敗、逃返宮中。丹鳳負傷回宮。她心想先質問金城何以負情、然後自刎。金城搜索丹鳳而至、丹鳳責他忘情、金城否認負心、追問之下、才知原来詩上三更改為二更。金城堅決否認与彩鸞曽有一夕之情、在丹鳳追問之下、彩鸞坦白招認当日遥詩之前、把三更改為二更。擬先向金城示愛、唯她酒酔之後、却不知与誰共度春宵。金城猛然記起当天与彩鸞飲酒後、在離去時正見錦亭前来、錦亭此時亦不能否認、只有真招曽与彩鸞共度春宵。於是由天賜決定；金城与丹鳳、彩鸞与錦亭双双結成夫婦、全劇以大団円結局。

29) 【百度】【隋宮十載菱花夢】陳朝将亡。楽昌公主将菱花鏡打破、与駙馬徐德賢各執一半、為日後相見之信物。後楽昌公主誤以為德賢已陣亡、遂与児子小徳、僕人存義同帰新朝将領楊越。十年后、德賢流落街頭収買旧鏡、小徳偸取楽昌公主之破鏡出売、因而使楽昌公主与德賢夫妻破鏡重円。楽昌公主雖懐念旧愛、然亦難捨新歓之情、遂以剪刀自尽。該劇1950年由香港錦添花劇団首演、陳錦棠、上海妹、半日安、衛少芳主演。劇中主題曲《隋宮十載菱花夢》成為流行曲目之一。

30) 『赤柱区街坊会慶祝天后宝誕暨坊衆春節聯歓粤劇大会特刊』(1979年農曆三月) 彩紅佳劇団、戲単【春風吹渡玉門関】唐德宗時、左丞相容光之子、容可法、与退休侍郎沈漢孫女沈秋嫻暗恋、二人春風壹度、嫻已荳蔲胎含、一日正約可法商量、法亦允回家稟父、迎娶過門。法去後、沈漢匆匆返家告嫻、謂；德宗宣召上朝、乃為皇姪李浩慕嫻艶美、已聖上為媒、冊為皇妃、自以為有女得配皇親、一門光栄顕耀為幸、嫻聞言不勝驚駭、迫将与可法私恋事説出、沈聴説、嫻未嫁先孕、幾乎気倒。嫻仍請向浩取消婚議、俾能嫁入容家。沈認為難事。一則浩慕嫻已久、且経自己親口許婚、就算敢冒欺君之罪、嫻亦難為容家婦也。嫻愕然問故、沈再謂、德宗同時已封可法為駙馬、容光亦答允迎宮主李冰妍与可法成親、嫻如晴天霹靂、但終未信可法是慕栄華、而負己者、要親往一面、尋求解決。李浩親送氷妍至相府、但可法不允成親、且避去。容光又不敢直言原誘、只得砌詞請浩与妍先後堂稍息、再找法出責罵、勢難許其無媒苟合殉恋嫻而負皇恩。但法以情至誠、実不能因貪利禄而負知己。父子正争論間、報嫻到訪、光謂；嫻来意不問而知、唯是眼前事実、万難更改、念在世誼交好、姑許其再見一面、更着趁此決絶。言罷、自行回避。嫻入、法不待問声、先作解釈、謂；断不因虚栄而相棄、且願同私奔以避困境。嫻以個郎情重、感激零涕、但二人正欲逃走、光已率家丁把守攔截、業已料二人有此一挙、附範在先也。法与

嫻再哀求、光不許、二人欺君逆旨、当禍及全家、倘不顧年邁高堂、預先取老命、再私奔。言罷、遁劍与法、以死相迫。法自難此千鈞圧力、進退為難。光知其尚存孝心、復施狡計。勸其暫返書房、待与間商得両全之計、再行責知。法已神智模糊、亦任家人扶入。時沈漢亦趕到、光即将斥責、且同向嫻痛陳利害、軟硬兼施、確使嫻無由抗弁。更在両位高年勸求下、只嘆紅顏薄命、答允与法決絶。法復出、光又砌詞謂；嫻本有心做皇妃、沈漢亦承認。責法不応誤其前途。法不信、問嫻、嫻迫不已、仮做絶情、光与沈更従傍慫慂、勸法痴心、両得其所、法以嫻性情驟変、判若両人、始信父言非偽。時冰妍再命人催速成親、法悟嫻変心、斥其負義、嫻把心一横、反唇相稽、語多刻薄。使法更難、使在光催迫之下、答応与公主成親、倖然而去。光命嫻父女閃避一傍、請出法与冰妍偕同成親。嫻眼見心愛人拜堂成親、当傷心欲絶。奈怕浩発覚、噤不敢声、匆匆寒暑而去。法与冰妍成親後、絶無好感、妍更刁蛮成性、妄恃宮主権威。此時身已懐孕、因德宗曾許其姑子帰宗、他日産下麟児、可継承皇業、性情更転驕誇、連家翁看不起眼。法以其目無尊長、欲儆之、誤推妍跌倒。腹痛不已、光恐影響胎児、忙着法覓太医、太医替妍診脈、断必小産。妍一驚、幸太医験熟、乃直告期望、請設法用薬安胎。医曰；不可。只能魚目混珠之計、瞞住各人。連法亦不許入房、急向外覓一嬰孩、偽称早産、則大唐基業仍在掌中也。妍認為良策、乃依命行事。嫻因有孕、未能立即入宮、幸沈漢偽称其有病、向李浩請把婚期推延数日、希望瞞過、及嫻瓜熟蒂、沈亦不便使人知、一切自行打理、見嫻誕一男、喜悅萬分、継又念此児身世而傷感、以本身嬌肉貴、無端、竟成孽種、留之撫養、事洩、不免禍及滿門。乃乗嫻閉目養神、抱出門外棄之。誰知、竟遇太医、查問嬰児来歴、沈要事実難瞞、念亦与太医相熟、迫把実事相告、医正中下懐、亦把公主魚目混珠相告、願把嬰児交妍撫養。沈喜此一点正是容家血脈、此挙更令其父子団円、自不無允。二人相約互守秘密、太医乃抱嬰而去。嫻醒来、追問所生、沈為使其息心入宮、乃謂；嬰児夭亡以対、嫻正悲傷、而李浩久候数日、未得嫻婚、不耐再等、親鸞駕、接嫻入宮、沈欲再延百日、浩不許可、且欲向嫻親近、嫻婉拒、且直言破甌之身、未堪侍奉。浩驚怒、追問誰是情夫、声言；必殺之以洩憤。嫻不欲牽累竹法、矢口不供。浩以其父女串同欺、更覚難為、既以嫻敗絮之身、当難共成佳偶。但由皇上訂婚、且此行声明接其完婚者、若為其不貞而殺之、事揚出外、便令名声有損、惟不懲処、不難洩憤。思量之下、終要嫻名為王妃、実為奴婢、父女同入宮中、務令其飽受磨折、且令保守秘密、倘有洩露、父女倶亡。嫻為老身安、自無不允。歳月如流、転眼六載、冰妍亦将妍子養大、改名敏、可法亦不知是真是仮。仮弄真也。以敏児聡明怜悧、日為講武修文、容光七十壽辰、德宗念其勤労為国、特命李浩夫婦前往祝寿。沈漢亦随行、光以千歳王妃到賀、照例命法敬酒。法見嫻故尷尬、嫻亦圧制不来。竟失手打砕玉杯、浩以失儀、怒殴之。幸冰妍得勸止。然浩対嫻之残暴、已尽入法眼底也。敏児亦自誇武芸、邀嫻比剣。嫻因来前、得沈相告、敏児実乃所生、面対親生、当籍勢親近、怎料、却被彼敏児刺傷頸部、又遭浩斥責、光以場面難堪、乃請浩到後堂再飲。着沈為嫻敷傷。各人去後、法偸出欲慰嫻、但想起六年前、対己絶寡信、還有怨憤於心、要辱嫻洩憤。語刻薄、使沈忍無可忍、乃将嫻之遭遇、敏児亦是其親生、一切経過、対法講白。法如夢初醒、方欲慰嫻、但冰妍李浩等、已窃聴清楚、行出、将嫻等執罪、浩更知嫻情夫是法、欲対二人共死、妍阻止、嫻死、当可再立王妃、法死、則再難招駙馬、主張把嫻父女逐出関外、永不与法相見、法堅反抗、但嫻認為、去則反得自由、留則足以誤法、遂勸

法将愛己之心、移向敏児。但要求最後把敏児一吻、父女便遠飄関外、但妍不許、隔敏児。将嬋父女駆逐。敏児雖年幼、但天賦情感、知嬋是自己生母、乃私請法、携同遠走尋之、法亦不願再受妍気、乃同敏児出走。嬋与沈飄泊関外、終被彼法尋到、正慶骨肉団叙。却聞胡人作反。李浩与妍提師出戦、被困虎狼谷。法念嬋懐同仇、応抛私怨而為国退敵。乃与嬋等召集民兵、共同衛国。終能団結一致、解囲殲敵。李浩感其忠心相救、且妍已陣上殉国、着嬋与法復合、令其骨肉団円。

31) 陳守仁『概説』119頁。【紫釵記】霍小玉一向愛慕長安才子李益的文才、希望在是夜元宵佳節、能如鮑四娘所言、一睹夢中人的風采。○李益、崔允明、韋夏卿三位科挙秀才趁元宵外出観灯。李益曽聴鮑四娘説道長安有位才貌双全的霍小玉、対他的文才一向傾慕。所以希望能於是夜邂逅。正当此際、盧大尉与女児盧燕貞一行到来。突然一陣風把燕貞絳紗吹去、李益把絳紗拾回給她。燕貞対李益鍾情、囑父親打探他的身分。盧大尉便向允明詢問、得知秀才乃是李益、便吩咐随従伝語礼部。凡中式之士先要拝謁大尉府堂、方准註選、希望籍此招攬李益為婿。○此時、霍小玉与婢女浣紗経過。小玉不慎掉下紫釵。李益拾起紫釵。正在玩時、浣紗上前問李益曽否見紫釵一枝。李益故意説、曽見釵落在一巷内。待浣紗前去尋釵後、李益便上前結識此位紫衣美人。二人互道姓名後、驚覚対方正是自己的夢中人。○李益深感小玉有縁、向她求婚。小玉則坦言：自己本為霍家千金、洛陽郡主、但現已淪落為一名歌妓、自覚配不起李益。○李益愛意甚堅。倉卒間、找不到媒人、寧願親自上門下聘。剛巧碰到霍老夫人在拝月敲経、李益向她表明対小玉堅決的愛意。霍老夫人亦為李益的真誠所動、容許二人当夜成婚。○第二天清晨、小玉一時感懐身世、凄然落涙。李益為表示自己並非薄倖郎、以紫釵刺指、滴血和墨、書写盟心之句、願与小玉「生則同衾、死則同穴」。忽然得来喜訊、李益高中第一名進士、欽点状元。李益正与岳家拝謝神恩、所以以拒絶即時到大尉府堂拝謁。此挙触怒了盧大尉。他為洩心頭憤、決定派李益到塞外任参軍。○李益起程往塞外任参軍。小玉、浣紗、允明、夏卿同送別李益。李益与小玉依依惜別。想到不知帰期何日、二人均感極度傷悲。随行之前、李益向小玉保証自己一定不会辜負她的恩情。並希望小玉能屋及鳥、代他照料好友允明与夏卿。○李益一去三年。音訊全無。小玉思念心切、染上重病、経済又陥入困境。唯有典売家中首飾、小玉依李益之言、対落第及久病的允明多加照顧。小玉為使允明能有銭、置装登堂、見大尉。忍痛吩咐侯夏卿把作訂情信物的紫釵典売。○原来三年来盧大尉把李益寄返的書函暗中没収。現在召他回長安。但不許他回家。要先来拝府。李益尚在途中、大尉為施計招李益為婿、請了允明与夏卿到府為媒。二人到来、当知道事情原委、允明厳辞拒絶。大尉又以黄金千両及五品官位利誘、允明依然不為所動。更出言譏諷。大尉悩羞成怒。乱棒把允明打死。再警告夏卿不能泄露半句風声。○夏卿把紫釵送往大尉府上。大尉知道此物来歴、馬上願以九万貫銭購買。大尉亦命人稍後仮扮鮑四娘的姐姐鮑三娘到来把釵献上。○李益回来。対允明的死及大尉的奸計、全不知情。唯対不許他回家、大惑不解。此時、仮冒的鮑三娘到大尉府、仮装知悉燕貞将出閣、献上紫釵一枝。並偽称小玉已於上月改嫁。故売去旧物。大尉責小玉無情。勧李益続娶他的女児燕貞。李益心如絞砕、準備吞釵自尽。○大尉怒不可遏。揚言：要誣告李益的詩句中有叛国之意、要向皇上稟奏。李益恐連累家人、忙哀求大尉。大尉以此逼李益答応与燕貞成婚。李益無奈就範。○夏卿回見小玉、並説大尉女児将嫁李益。紫釵乃大尉買給女児作上頭用。小玉聞言、悲痛吐血。○豪傑装扮的黄

注（30-31）31-32　　　　　　　　477

衫客、到崇敬寺欲飲酒賞花。碰巧夏卿在西軒宴請李益。黃衫客唯有到南軒飲酒、寺中法師約略把李益与小玉之事告知黃衫客、二人同感李益薄倖、更激起了黃衫客鋤強扶弱之心。○小玉与浣紗同到崇敬寺、巧遇黃衫客。小玉滿臉病容、不停流淚。黃衫客遂上前問個究竟、小玉本不欲提傷心事。但見黃衫客気宇非凡、兼且記得昨夜夢中曾見一穿黃衣者、所以以向他細訴自己与李益的故事。黃衫客聴罷、痛罵李益無情。他贈小玉一錠金。答応是夜到訪小玉、再商量良策。○西軒內、大尉的侍従奉命対李益与夏卿嚴密看守、不許他們談論任何有関小玉的消息。夏卿唯有以詩寄意、試向李益透露小玉的消息。○黃衫客到來、邀李益到外飲酒。衆侍衛欲上前阻止、均懼黃衫客勇猛、而不敢有所動。李益与黃衫客素不相識、本想推辭、却被黃衫客強拉而去。○黃衫客把李益帶到小玉家中、讓二人重聚。小玉臥病在床。見李益回來、恍如隔世。小玉怨恨李益一去三年、音訊全無。更痛斥他另娶大尉之女。李益遂把自己受大尉要脅及吞釵拒婚之事告知小玉、並拿出紫釵作証。二人和好如初、但好景不常、大尉家僕王哨兒領人搶李益回大尉府。又說盧大尉命令李益即時与燕貞成婚。王哨兒更摘去小玉的紫釵。○黃衫客酒醒後、知悉此突變、告訴小玉既然李益没有負心、小玉才是状元妻。他嘱小玉戴鳳冠、披瑕珮、到大尉府拠理爭夫。黃衫客說罷離去。○大尉府中、李益被逼与燕貞成婚。李益不従。大尉又以叛国罪名要脅。○小玉戴鳳冠、穿瑕珮、与浣紗到大尉府門前。王哨兒入堂報訊、謂：小玉以洛陽郡主霍王女、七品孺人状元妻的身分、請求拜見大尉。大尉明白朝廷有例、不可打穿紫綬之人、他打算不讓小玉進門、而虛動拜堂鼓楽以逼她闖席。到時可以此為罪名打碎她的鳳冠、及脱去她的紫綬、並将她打死。○小玉果然闖進府內、她環視衆人。衆軍校、俱不忍打她。小玉直斥大尉恃勢凌人、大尉一怒之下、要誣告李益叛国罪名。小玉恐怕李益被誅九族。立即脱鳳冠与李益同跪下向大尉求情。○黃衫客登堂、衆侍衛認得他乃四王爺。連忙下跪。黃衫客問大尉李益及小玉所犯何罪。大尉說李益題反唐、黃衫客追問大尉既知李益有被誅九族之罪、為何仍要把女児嫁他。大尉無言以対。黃衫客指斥大尉圧逼李益抛棄妻子、又把允明打死。夏卿亦挺身作証。○大尉見事機敗露、忙跪下求情。黃衫客秉公行事。罷免大尉官職。更親自為媒、讓李益与小玉再続紫釵緣。全劇終結。

【補】唐滌生編、1958年6月、麗声劇団初演。何非凡、吳君麗主演。

32)　陳守仁『概説』151頁。【白免記】沙陀村李家三姐、李三娘、一日、到園中遊玩。不料、疾風驟起、把她手上的糸巾吹到正在醋睡的馬伕劉智遠的面上、将他弄醒。三娘対他本有愛意。這時借意向他表達真情。智遠感身世卑微、佯作不懂三娘的意思。三娘決意拉智遠到她父母面前提親。両人正拉扯之際、三娘的長兄李洪一及妻子大嫂到來。他們向來嫌貧重富、所以不許智遠与三娘成親、並責怪及追打智遠。剛巧三娘的父親李大公及二子李洪信経過、便加以制止。大公感三娘与智遠是真心相愛、且覚得智遠樣貌非凡、将来必定能出人頭地、故不受洪一与大嫂唆擺、決定讓両人成親、並許智遠入贅李家。○三娘与智遠成親一個月後、父母因病先後逝世。李洪一及妻子誣告智遠剋死父母、逼智遠写休書及離開三娘。智遠起初不肯写休書。後来経不起洪一夫婦的再三嘲諷及相逼、終於写下休書。就在智遠快要印上手指模之際。三娘又來。立即撕毁休書、並責怪洪一夫婦無情無義。同時亦表示自己已懷智遠骨肉、更有権利分享父母的遺産。洪一夫婦為怕事情鬧大、心生一計、答応將相伝有妖怪作祟的六十畝瓜田分給三娘与智遠。○智遠得知、瓜田有妖怪出没、任何人、一入瓜田、必招殺身之禍。智遠却決定去瓜田斬除瓜精。他到達瓜園、遇見

瓜精、並展開激戰。智遠不敵、但無意中、於黃石嶺發現一把龍泉宝劍、又於黃沙井發現教授陣法的天書、他憑着天書及宝劍、終把瓜精打敗。○三娘入瓜田、找到智遠。得知他平安無恙、十分安慰。○智遠雖戰勝瓜精、但感到日後仍将被洪一等人加害。同時覚悟天賜天書和宝劍、乃示意他向軍事發展。故決定前去投軍。立下誓言謂「不發跡不回」、並着三娘他朝產後必定把嬰兒撫養成人、以留劉門血脈。三娘哭着答応。智遠便立即登程。○智遠離開後、洪一夫婦逼三娘「每日担水三百担、夜夜推磨到天明」、並要她与火公搬到磨房生活。○三娘臨盆在即、李大嫂竟不施援手、不肯帮她借取盆和剪刀。三娘唯有独力接生嬰兒、並用口咬斷嬰兒的臍帶。故把孩子取名「咬臍郎」。李大嫂恐怕三娘藉子奪產、与洪一計画将孩子殺死。洪信得知夫婦的奸計、連夜抱着咬臍郎離家往汾陽找尋智遠。他一路上歷尽風雪、為乞乳活兒、把双膝跪至紅腫。幾経辛苦、終於找到智遠。原来智遠這時已当了将軍、洪信把咬臍郎交給智遠、又告知三娘苦況。智遠聞言非常憤怒、但因誓言未達、只能請洪信従軍、与他一起殺敵、希望能早日一戰功成、便可回郷与三娘団聚。○三娘、十五年来、仍是每日担水磨米。一日、她倦極而在井辺打瞌睡。這時、十五歲的咬臍郎剛巧在遠処打獵。因追着白兔、不経不覚来到三娘身辺、驚醒了三娘。咬臍郎不知三娘是生母、一心向她詢問白兔蹤跡。言談間、咬臍郎得知三娘凄涼景況、便仗義答応為她尋找丈夫和兒子的下落。三娘跪下向眼前小哥道謝、咬臍郎頓感一陣暈眩。○咬臍郎回到家裏、向智遠稟明遇上的不幸婦人。其時、智遠已被擁立為王。他認定那婦人便是三娘。即親自前去沙陀村尋找三娘。○智遠与三娘重聚、三娘十分高興。並得知当日找尋白兔的小兒郎、正是兒子咬臍郎。智遠把黃金印交給三娘、謂；先回王府、取珠冠玉珮、即将遣人用宝馬香車来接三娘。○洪一夫婦明白智遠如今發跡回来、且已貴為裙王。智遠即下令、将二人斬首治罪。三娘重兄妹情、加以勧止。最後洪一夫婦被罰財産充公、落得一無所有。○咬臍郎与三娘相認。智遠、三娘、洪信一家団円。全劇結束。

33) 陳守仁『概説』279頁。【李後主】南唐中主李璟第六子、李煜登位為帝（後被称為後主）。是夜、剛即位的後主、既未因登基而高興、反独自回憶昔日喪妻及家中的不幸遭遇、及憂心強隣宋国虎視眈々。○国老陳喬覲見、謂；他的甥女生性聡穎、如後主能立為后、想必会助他図強振作、後主雖与她早生情愫。但自感福薄、怕有負紅顔、未敢軽談続弦。他対陳喬所言只是支吾以対、推搪了事。○陳喬的甥女深夜入宮、与後主相会。並好言勉励他励精図治。後主遂被她誠意所動、視她為紅顔知己、遂立她為皇后、人称小周后。○大婚之日、杭州節度使、林仁肇回朝、向後主及小周后恭賀、並匯報長江防務妥当。○大臣徐鉉出使宋国独回、稟報説後主之弟鄭王已降宋。宋使亦至、並咄咄逼人、要後主早日帰降入宋。後主驚慌失措、小周后与各大臣皆勧後主勿軽易答允、宋使暫退。○後宮内、徐鉉稟報後主、謂鄭王只是詐降、並呈上一密函、信中説道；南唐大将林仁肇已叛変、後主信以為真、尽削林仁肇兵権。然而密函一事、其実是宋主的離間毒計、最終害得林仁肇以死明志。南唐頓失名将忠臣、軍心不振。○宋将曹彬得南唐叛将皇甫継勲引領、率兵渡江偸襲。南唐官兵雖力戰、然終因腹背受敵、全軍尽没。宋軍乗勢直逼南唐京城金陵。○是日七夕、適逢後主生辰、小周后命梨園子弟重響笙歌、為後主慶賀。宮中上下歓娯之際、国老急報江防失守、宋軍旦夕便会兵臨城下。後主震驚、徐鉉勧後主忍辱帰降、図謀後計。但小周后則鼓励後主親自督師、負隅頑抗。○後主接納小周后的建議、親自督師。南唐軍民苦守金陵連月、終不敵宋軍、城破。○城破之際、後主自感有負千先帝所託、及軍民厚

望。於後宮欲自焚殉国、小周后亦願相随。宋将曹彬、及時趕到、帝、后自尽不果、後主不忍臣民再受戦火之苦、願親呈降表入宋。○一衆臣民送別、後主与小周后揮涙回首。在教坊歌姫的送別笙歌中帝、后与随行官員黙然上路、去国帰降。全劇終結。

34）『粤劇大辞典』91頁。【劉金定】宋太祖、趙匡胤、兵下南唐、為南唐守将余洪所困。詔救兵解囲。劉金定乃宋将、高君保之未婚妻、領兵破囲。力斬四門、大破南唐兵馬。金定、戦後、患病。高君保夜探営房、各表衷腸。此事為趙得悉。怒責君保有犯軍規。後見二人情意綿々、又思劉金定解寿州之困有功、乃命二人成婚。

35）陳守仁『概説』133頁。【双仙拝月亭】宋代、蒙古兵入寇、攻略中都、皇帝被逼遷都。蒋世隆与妹瑞蓮在逃避戦乱。途中瑞蓮告知兄長、她已与秦侍郎的儿子興福私訂終身。唯怕戦乱所阻、難成連理。時値黄昏、兄妹二人擬在駅舘度宿。○秦興福到来、乗瑞蓮不在、告知世隆、謂；秦家慘遭奸臣讒言、陥害被誅、自己也追捕、並嘱世隆保守秘密。興福怕連累瑞蓮、遂独自匿居在「蘭園」。並答応乱平之日与瑞蓮成親。秦興福其前後離去。世隆、瑞蓮亦進入駅舘投宿。○兵部尚書王鎮、為免賊兵禍及家人、帯同夫人及女児瑞蘭、逃難。途経駅舘。王鎮急往軍営、臨行前嘱瑞蘭須守身如玉、以保家声。王鎮与養子六児先行上路。宋兵及番兵殺至駅舘、蒋世隆与瑞蓮失散、王夫人与瑞蘭失散。○瑞蘭、世隆分別尋找母親及妹妹、剛巧碰在一起、二人互訴身世、一併同行。以夫妻相称、籍此避免在関津路口惹上官非。二人情愫漸生、相試探。瑞蘭把金釵放在地上、仮意説；遺失金釵、請世隆代為找尋。世隆拾得金釵、瑞蘭以之相贈、互訂婚盟。其後二人継続趕路前去。○王夫人、瑞蓮分別找尋女児及兄長、巧遇一起、互訴身世、二人認作母女、並同行上路。○秦興福隠居於「蘭園」、盼望世隆、瑞蓮早日前来相聚。乃派家丁張千出外打探世隆、瑞蓮的下落。世隆与瑞蘭到来「蘭園」。興福吩咐家丁打掃房間。瑞蘭以二人名分未定、不能与世隆同宿一房。興福自薦為媒、説服瑞蘭与世隆即時拝堂、並暫住於西楼。○尚書王鎮剛成功遊説番兵和議、与六児途経「蘭園」、欲借宿、並上表向宋帝邀功。興福安置他們於東楼暫住。○此晩、六児看見西楼裏有男女人影。十分好奇、他猜想西楼裏必是無媒苟合的男女。○翌日早上、瑞蘭巧遇六児及王鎮。王鎮得知瑞蘭昨晩在西楼度宿、勃然大怒。他正欲責打瑞蘭、世隆上前阻止。王鎮怒斥瑞蘭未有父母之命、媒酌之言、而与人私訂終身。更嫌世隆寒酸、命瑞蘭隋他回府。○興福趕来、力証他是媒人、唯王鎮未能息怒、堅決逼瑞蘭隋他回府。瑞蘭進退両難、苦不堪言。又経六児苦言相勧、最後還是従嚴父之命。世隆悲極吐血。興福急慌去延請大夫。王鎮命世隆勿将此事張揚、抛下黄金、之後離去。○世隆生無可恋、遂抱石投江。適値王夫人的姐姐卞夫人及儿子卞柳堂途経此処、命船家救起世隆。卞夫人的亡夫在生時、原是当地知県。唯一向被王鎮所軽視。世隆感卞氏救命之恩、認下卞老夫人為母、改姓卞、取名双卿。興福亦為避禍緝捕、改名徐慶福、二人相約於三年後、於科場奪魁。興福為免王鎮日後加害世隆、決意修書一封、寄与王鎮、仮説、世隆已投江自尽。另一方面、世隆亦聞瑞蘭已殉情而死。○王鎮因議和有功、官拝丞相。這時正是放榜之期、王鎮擬在三元中為瑞蘭及瑞蓮挑選女婿。○卞柳堂、秦興福、及蒋世隆高中三元游街。王鎮在街上観榜、知中状元者是卞双卿、竟出身於自己一向軽視的卞家、王鎮雖知難為、仍決定向卞氏提親。○在王鎮的相府裏、瑞蓮与瑞蘭以姐妹互称。一晩、新月高掛、瑞蘭在園中亭裏拝月、把与蒋世隆的離合経過告訴瑞蓮。瑞蓮始知瑞蘭即自己嫂嫂、並誤以為兄長已死、悲哀不已。瑞蓮亦坦告与興福相恋、及失散的経過。今在金榜

480　　　　　　第4章　粤劇100種梗概／注35-36

上、不見其名。恐怕興福已逢不幸。二人相約「從一而終」、誓不另嫁。○王鎮及夫人来到
園裏、欲説服瑞蘭、瑞蓮二人与状元、榜眼配婚。二人均堅拒。○王夫人苦勸之下、瑞蘭
仮意答応婚事。但請求准她在成婚前、先去玄妙観拜祭世隆的亡魂。心中決意到時以身殉
愛。○王夫人受王鎮所託、到来卞府親、双卿（則世隆）、慶福（即興福）均不願意別
娶。卞夫人受姉妹親情所動、亦勸世隆、興福答応迎娶宰相千金。世隆念及卞夫人養育三
年之恩。但又不能忘懐旧愛、託詞成婚前先去玄妙観附薦瑞蘭亡魂、実存心殉愛。○在玄
妙観裏、住持在「拜月亭」側為相国千金設壇附薦亡霊、瑞蓮及瑞蘭到来亭畔、二人欲先
祭愛人的亡魂、再行殉愛。之後、瑞蓮讓瑞蘭在亭畔独祭亡魂。○興福及世隆、此時到来、
二人也決意殉愛。其後、興福讓世隆在拜月亭畔独祭亡魂。○適値瑞蘭於拜月亭裏拜月、
世隆以為是道士招魂有術、瑞蘭魂魄現身於亭中、二人瞬時相認。這時観内人声嘈雑、瑞
蘭知王鎮到来。与世隆合計応付。瑞蘭先躲起来、世隆扮作一副寒酸相、王鎮不知世隆是
状元郎、欲棒打他。這時卞夫人、卞柳堂、及興福等人到来、証実世隆便是双卿。王鎮唯
有承認当年糊塗、准許瑞蘭与世隆拜堂成婚。瑞蓮亦与興福成親、全劇団円結局。

36）　陳守仁『初探』19頁。【胭脂巷口故人来】在胭脂巷口有一所歌楼、名叫同春坊、沈玉
芙是其中一位歌姫。這天正与其她歌女談起即将奉詔入宮献芸而感惆悵萬分。她們有感
「伴君如伴虎」、又埋怨楽府的司楽総管左口魚献媚於当今皇上而逼她們入宮。儘管玉芙的
哥哥沈桐軒是楽府有名的楽師、也曽為她們向左口魚求情、但左口魚不為所動。○左口魚
到来同春坊。怪責歌女們並为他苦口苦面。玉芙質問他何以坊内只有一歌女顧竹卿倖免入
宮。其実左口魚一面暗恋竹卿、不逼她入宮是有私下的打算。○楽師沈桐軒一向喜与竹卿
研習曲芸。這時携手来到同春坊、左口魚見状、十分妬忌。告戒桐軒与竹卿保持距離。玉
芙請桐軒為她向左口魚求情寛免入宮、竹卿亦懇求寛免玉芙。豈料、左口魚乗機要脅竹卿下
嫁。謂：竹卿：若不答応、也須被献入宮。她見形勢不利、仮装答応婚事。左口魚喜出望
外。這時太監和興到来宣旨、命玉芙及歌女們立即起程入宮。桐軒無奈、唯有送行。○衆
人離去後、竹卿乃対口魚変臉反口、拒絶下嫁。口魚大怒、取皮鞭打竹卿、她被打得傷痕
遍体。但始終不肯屈服。口魚無奈、悻然離去。○桐復返、安慰竹卿、並決意向丞相宋仲
文挙法口魚的悪行。他知朱仲文五女宋玉蘭一向嫉悪口魚如仇、決定先找她、再向丞告状。
竹卿記起以前在相府献芸時、曽見宋小姐、並認識她的侍婢春鶯。桐軒、竹卿擬扮成兄妹、
借機混入相府接近玉蘭。豈料、二人的計策竟被口魚偸、他就盤算如何対付他們。○在相
府裏、春鶯与他丫鬟談及玉蘭為人、端荘厳粛、雖有学問、出嫁無期。春鶯又説、剛才遇
上胭脂巷的歌女顧竹卿、並答応引她入府拝候小姐。○宋玉蘭到来園裏、巧弟弟宋文敏、離
書斎往胭脂巷消遣。玉蘭薄責文敏、嘱他勤于書巻。但許他外出両個時辰、文敏遂喜極離
家○春鶯領着竹卿入園、竹卿叫救命、春鶯乃向玉蘭報訊謂；胭脂巷歌女被楽府司総管左
口魚毒打受創。欲在相府花園暫避。玉蘭質問竹卿何以知悉相府有願鋤強扶弱的五小姐。
竹卿答謂：一切皆是她的哥哥教她。而哥哥是一個才華蓋世的人。玉蘭好奇、乃命春鶯領
桐軒園。桐軒到来、玉蘭故意嘲諷桐軒測試他的才華。桐華応対得体。博得玉蘭好感。玉
蘭感桐軒学問不凡。其時宋丞相到園中、見玉蘭与陌生的男女対話。頓感愕然。宋文敏這
時也自外返家。乃悄悄地竄入園中。玉蘭向父親解釈：因歌女被打而欲主持公道、才有准
許陌生人入園、仲文得聞竹卿之冤情、乃命伝左口魚到来質詢。左口魚立時下跪、叩頭認
錯。仲文下令向口魚用刑。口魚忍痛求饒。仲文心軟、釈放口魚、並命他十五日後回相府

注(35-36)36　　　　　　　　　　481

領取撤職文書。口魚悻悻然離去。心裏痛恨玉蘭、発誓伺機報復。○玉蘭請仲文提携桐軒、仲文乃聘桐軒為文敏的老師。請他下榻西廂。原來竹卿暗恋桐軒、這時見他已被招攬、生怕愛郎一朝被玉蘭搶去。玉蘭満以為竹卿傷感是由於兄妹二人情深、乃准許竹卿每天到相府探望桐軒。○文敏洞悉玉蘭対桐軒有好感。桐軒回到西廂。見文敏偷懶入睡。乃叫醒、並一再嘱文敏発奮読書。這時、玉蘭来到西廂門外、欲見桐軒。却又害羞致裏足不前。她深知自己情竇初開、対桐軒懷有愛意。思前想後、終於走進西廂。玉蘭見文敏及桐軒、謂:欲観桐軒如何教学。豈料、桐軒見玉蘭在旁、根本心不在焉、致錯漏百出。文敏見桐軒無心教学。乃籍詞外出、好待玉蘭与桐軒独処談心。○桐軒先感謝玉蘭賞識及引薦、既欲剖白愛意、却又難啓歯。唯託辞謂:今晩花好月円。玉蘭会意、請桐軒不妨真言心底話。桐軒遂表白愛意。玉蘭也坦告情懷、二人情不自禁、遂入房内纏綿一番。原來竹卿一直躱在暗角、看見一切、不禁萬念俱灰、既痛恨玉蘭把桐軒搶走、也痛恨桐軒負心。○時值左口魚到相府領取撤職之期、巧遇竹卿。埋怨他累她落得丟掉官職。竹卿坦言她痛恨玉蘭搶去桐軒。左口魚対於玉蘭仍然懷恨、乃答応設計在相国大寿之日、為竹卿向玉蘭報復。○相国宋仲文七十大寿之日、相府設宴。左口魚到府祝寿。原來口魚早前向政楽司孔仕和告状、謂:相国縦容千金宋玉蘭勾引楽府楽師沈桐軒、有辱楽府声誉、請孔仕和到相府査証。○在府堂上、口魚声言控告相国、「縦容千金、苟合楽師、摧残楽府、賞罰不明」、並謂相国公子充当淫媒、穿針引線、使千金与楽師沈桐軒在西廂共度一宵。仲文聴言大怒、質問文敏口魚所言是否真確、文敏否認充当淫媒、却説桐軒与玉蘭確在西廂共度一宵、仲文命人速叫玉蘭上堂。○這時玉蘭和桐軒正往寿宴途中、玉蘭把自己所有首飾珠宝包好、交給桐軒。嘱他在今夕寿宴後、即起程赴考。並盼望他名登金榜後、回来将她迎娶。二人入堂。仲文責問二人曽是否在西廂苟合。桐軒否認。玉蘭則理直気壮地承認一切。仲文怒不可遏、責怪玉蘭情鍾布衣。仲文駆趕桐軒。玉蘭求情無効。向父親力陳桐軒他日必名題雁塔。否則願挖双目、並不怕与父親撃掌打賭、仲文痛心愛女挑戦他的尊厳、忍痛与玉蘭断絶父女関係。並以撃掌為証。玉蘭帯着侍婢珍珠離開相府。○竹卿来到桐軒在胭脂巷的居所、桐軒自外返家、竹卿躱在屏風後面、見他把懷中珠宝放在包袱裏。之後、把包袱放在床上。竹卿詢問桐軒把她如何安置、桐軒坦言与她一直只是師生之情、並無愛恋成分。且今已与玉蘭私訂終生。竹卿聞言、心灰意冷。且変得半瘋似狂。這時桐軒聞外面文敏叫声、乃出外一看。竹卿乗機打開包袱、以石仔換珠宝。之後、従窗門逃去。○文敏到来、下跪懇求切勿与玉蘭私奔。他又求切勿応試、以使他有名登金榜的機会。桐軒被文敏所感動、乃写下書函、之後取包袱隻身離去。○珍珠陪伴玉蘭到来、只見房裏空無一人、独留桐軒書函一封。玉蘭読信、知悉桐軒遠天涯、並声言:他日金榜掛名時、才回家消孽債。玉蘭雖感孤単、仍喜盼桐軒他日衣錦還郷。玉蘭与珍珠正欲離去。巧遇口魚、他謂:今仇已報、願安排玉蘭暫居胭脂巷、並照顧生活。作為補償自己的不是。玉蘭見目下無家可帰、答応接受口魚的安排。○六年已過。這天是三年一届的放榜日。玉蘭従小楼下来、左口魚到来。玉蘭謂:昨夜夢見桐軒頭上簪花、身披大掛、手上拈丹桂、後有七彩鑾輿跟随。口魚聴此、狠心打断玉蘭、並厳詞指玉蘭酔心幻想。玉蘭髣髴聴不到口魚所言、仍沈醉在独白当中。口魚再潑冷水、断言桐軒必名落孫山。玉蘭不服、願以終身幸福賭注、謂:今科状元、若非桐軒、她寧願下嫁口魚。口魚大喜、並嘱玉蘭須守承諾。玉蘭心神不定、回房補妝。○胭脂巷口来了一個叫化子、不外是沈桐軒。他追憶前塵、自怨辜負了娥眉青盼、悲極吐血、

頃刻暈倒地上。○珍珠路過巷口、見有人躺在地上、呼喚玉蘭到来、叫花亦聞声而至。玉蘭従頭上、取下僅余的珠釵、叫珍珠贈給叫化。叫化子上前向玉蘭道謝。玉蘭一看、驚見眼前人不只似曾相識、竟是愛郎沈桐軒。玉蘭頓感一陣暈眩。○玉蘭悲覚六年来企盼全帰泡影。自愧有眼無珠。今後再無面見人。桐軒自弁、謂;当日遠走天涯、是期望玉蘭与父親修補関係。今天雖然落難、仍不後悔為愛玉蘭所作犠牲。玉蘭聽到、愛恨交集、与他相擁而泣。○各人突聞遠処鳴鑼喝道、知是今科状元遊街。瞬間状元麗影已到。驚見今科状元竟是玉蘭六弟宋文敏。文敏下馬与玉蘭相叙。玉蘭突然衝動、対桐軒拳打脚踢。並怒責他必是自暴自棄、甘心作賤、否則断無可能文敏高中、而桐軒身為老師竟落榜第而還;文敏見此、坦告玉蘭当日桐軒答応不往応試。他才得以平歩青雲。玉蘭仍不願原諒桐軒、亦責他何以不利用她所贈的珠宝奮発図強。○原来玉蘭父親宋仲文及早已淪為叫化婆的竹卿也在人群当中。仲文趨前掌摑玉蘭、責她辜負期望。並抛下匕首、請玉蘭履行諾言、以刀挖目。桐軒阻止玉蘭挖目。叫魚代玉蘭向仲文求恕諒。仲文願意原諒玉蘭、謂;只要她桐軒斬断恩情、便可随她回府。桐軒懇求玉蘭再続情緣。但玉蘭仍痛恨他、決定随父回家。○這時竹卿良心発現、上前坦告玉蘭当天因愛成恨、以石頭換了珠宝、図向桐軒報復。六年来、她千金散尽、淪落街頭。自知是作孽的報応。今懇請各人寛恕。玉蘭頓悉一直錯怪桐軒、二人再相擁而泣。○這時、衆人又聞鳴鑼喝道、説是貴妃駕到。原来、桐軒妹妹玉芙、六年前被左叫魚無情献入宮闈、漸得皇寵、三年前被封貴妃。仁宗皇帝閲桐軒文卷、十分賞識。今封桐軒為翰林主事、仲文遂許桐軒与玉蘭成婚。衆人原諒竹卿、左叫魚也願娶她為妻。全劇終結。

37) 陳守仁『初探』95頁。【蝶影紅梨記】山東才子、趙汝州、与汴京紫玉楼名妓謝素秋相互傾慕、雖未曾見面、三年来互酬詩篇。汝州蘭兄銭済之、任雍正丘県令、答応汝州、安排二人見面於普雲寺。銭、趙二人既到普雲寺、突然汝州家婢報訊謂;舅父病倒、汝州前去探病、素秋這時到赴寺。銭済之謂;汝州剛去探病、馬上便回。這時紫玉楼侍婢到来伝話、謂;素秋好友、沈永新有事促素秋回楼。汝州返到普雲寺時、素秋已去。汝州家婢再来、謂舅父病危、強拉汝州回家。素秋趕路回寺。済之謂;汝州又已被強拉去回家。鴇母到来、促素秋前去相府伺候相爺。強行把素秋帯走。汝州回寺、済之謂;素秋已到相府。但她答応黄昏前必回寺践約。済之、其後、返回衙門。汝州唯有独坐寺中、等候素秋。○在相府裏、好色的相爺王黼命老儒劉公道安排十二位美女、伴他賞灯。王黼欲得到紫玉楼的謝素秋、及酔月楼的馮飛燕為妾。唯二人力拒不嫁。王黼已拘禁飛燕、飛燕私下告知公道、謂;已決意晩上服毒自殺。暫且詐称答応下嫁、王黼大喜。○王黼的下属梁師成一向為王黼与金邦通信訊息。這時、他伝達金邦主意、若王黼降金後、欲仍居相位、必須献上一百二十名家妓、更須有一位具天姿国色之家妓為侍女的「班頭」。王黼決定拘禁素秋充当「班頭」。○素秋及沈永新已到相府門前、永新促請素秋代她求情後、先行離去。素秋入府拝見王黼、奉酒給王黼後、便欲告辞離開、好往普雲寺見汝州。家僕攔阻素秋去路、素秋懇求相爺放她離開、弾奏琵琶一曲、王黼仍不為所動。○汝州在普雲寺聞説素秋被相爺召到府中、乃前来打探。門子到堂中通報、王黼却促們子駆逐汝州。素秋撲向大門、被家僕攔住、不能出去。汝州在門外打賞了門子、得与素秋隔着大門互訴衷腸、二人相思三載、今於咫尺間仍不能相会、不禁凄然涙灑。素秋知道可能今生已無緣与趙郎相見、請汝州臨行前高叫她名三次、王黼一再命門子駆趕汝州、汝州高叫三声「素秋」、凄惶離去。○王黼

注(36-37)37   483

告知素秋、謂：以她充当侍女班頭、献往金邦。素秋懇請劉公道設法救她、公道想起飛燕声言、服毒自殺。乃計画把素秋与飛燕接木移花、以助素秋脱離虎口。○汝州往衙門欲告状、却不受理。就回到相府、得門子相告、素秋被押往金邦、在最後一輛車上。汝州決定、在金水崖辺埋伏、伺候营救素秋。○梁師成帯領車隊、到金水崖辺、趙汝州従旁走出、不断呼喚素秋。師成欲殺汝州、却見一女屍従最後一車両跌出、原来劉公道早已把服毒身亡的馮飛燕屍体放在車上、代替素秋。自己与素秋連夜逃亡。汝州見屍体、以為是素秋、悲慟不已、師成把屍体忽々埋葬、之後離去。這時、公道及素秋、遙望金水崖辺、見汝州為素秋之死悲慟吐血、素秋欲上前相認、公道怕行蹤敗露、加以阻止。二人決定前往錢済之府中、暫避風声。○在錢済之府中、済之読畢汝州的来信、知悉素秋已死、並汝州将到府暫住。素秋帯公道到錢府見済之、経解釈後、素秋知悉汝州将到錢府、以為可以相見、済之却請素秋、切勿与汝州相認、好使汝州勤奮読書、考得功名。素秋雖極感失望、最後答応済之三個条件：不能見汝州。自鎖家門内。縱使偶与汝州碰面、也只能扮作王太守之女児。済之乃安排素秋及公道住在錢府隔籬的王太守之故居、名為紅梨苑。汝州到府、為素秋之死、悲嘆不已。済之勧汝州苦読応試、考得功名。○一夜、素秋聴聞汝州帯酔在園裏散歩。酔倒於古亭之外。素秋情不自禁、入園中凝望汝州、公道却力勧素秋離開、免被汝州発現。素秋在不願意下、被公道拉回自己後園。其時、一隻大紅胡蝶飛近汝州、在他面前飛繞、汝州酒意漸消、奇怪地凝視紅蝶、並懐疑紅蝶是否素秋冤魂化身、汝州欲把雪褸披在紅蝶上、紅蝶却飛到隔籬。汝州見牆高不可攀、乃推門而過、紅蝶引領汝州至紅梨苑中渓畔、剛巧素秋一身鮮紅立於渓畔、汝州不自覚地在她裙下尋蝶、紅蝶早已失去蹤影。素秋見意中人既到、歓喜莫名、汝州説：他在找尋紅蝶、而紅蝶可能是他愛人素秋之鬼魂。素秋暗示自己一身紅衣正是蝶霊。汝州却不能立時会意、其時、公道站在小楼上、素秋一見公道、対汝州態度故作転熱為淡、汝州会意、知道眼前人可能是素秋転世。素秋却不敢再加暗示。汝州告知眼前人、謂：自己竟与意中人素未謀面、而意中人已香消玉墳殂。素秋見他如此痴情、不禁落涙。安慰汝州、謂：若是有情、与意中人必有見面之日。汝州従懐中取出素秋所贈詩箋誦読、誰料、眼前女子竟也能背誦。汝州問她従何知此詩篇、她却説：只是猜想。她答応汝州、一会即到書斎探訪他。○素秋懇求公道准她到書斎去、好讓她慰解汝州単思之苦、她答応這是与汝州会面的最後一次、並説天明前必回来。公道無奈允許。○三更時份、素秋仍扮作太守女紅蓮、持紅梨花到汝州書斎赴約、素秋以紅梨花相贈、並説「梨花」是「別離之花」、因泣血而染紅。以之暗示二人情尽。二人情意正濃、却聴鶏啼、素秋忍痛別汝州回到王府。○済之乗機催促汝州起程、前往汴京準備考試。汝州高歌一闋、哭悼紅梨。之後登程、小楼上素秋一直暗中窺視汝州、她見意中人已去、禁不住喚着汝州、並悲極吐血。她不願留住於傷心之地、想起金蘭姉妹沈永新、便決定到沈永新家投靠。○素秋及公道投靠沈永新已有両個月、公道謂：宋、金已達和議、待汝州高中後、她定必守得雲開月明。永新到来、素秋向她表達感激之情、一語未終、素秋聴見外面人声鼎沸、才知相府派人前来拘捕。她知悉被金蘭出売、悲痛暈倒、被挟返相府。○王黼既搶素秋回府、今夕設宴納她為妾。探子報上、謂：新帝已登基、命新科状元趙汝州出任開封簽判。正稽査王黼賄賂金邦一案。汝州到相府、王黼却説願献上素秋、並請他先賞歌舞。這時、素秋帯領衆歌姫登堂、表演扇舞。故意在汝州身旁遺下一枝紅梨花、使汝州想起当日在錢家書斎与紅蓮相合之旧事。汝州凝望歌女、頓察是紅蓮現身、大驚高呼有鬼。

済之及公道詳加解釈、汝州喜見紅蓮即素秋。有情人終於会面之一天。汝州命人鎖王繡、衆人喜見悪有悪報。全劇告終。

【補】楊捷作、1958年12月、余麗珍、羅劍郎、秦小梨、林家声主演。

38) 『粤劇大辞典』82-83頁。【風火送慈雲】宋神宗時期、西宮国舅、龐雲彪強搶秀才之女、玉蘭為妻。玉蘭不依、被雲彪賜死。東宮国舅、陸鳳陽目撃此事、上前干渉。恰遇東西両宮路経、悉知縁由、西宮龐妃有意袒弟、要与東宮陸后面訴神宗。時開封府尹、包貴、散賬回朝。玉蘭父攔路告状。包貴答允乘弁此案。陸后与龐妃姐弟、糾纏進宮。神宗寵龐妃、欲不了之。値包貴上朝復命。陳奏王昭父女惨事。神宗順水推舟、令包貴審理。雲彪為滅口、在公堂痛打王昭、陸鳳陽怒而摔死雲彪、王昭也傷重而亡。龐妃大怒、欲斬鳳陽、包貴不畏権勢、放走鳳陽。龐妃父女欲害包貴、向神宗進讒。包貴憤神宗之昏庸、痛斥奸臣罪悪後、服毒而死。龐妃父女乘機誣奏陸后、陸国丈大怒、挙笏誤打神宗、陸后父女獲罪。身懐六甲的陸后、被出鎮冷宮。産子慈雲、龐妃派何勇火焼冷宮。何勇為人忠良、向陸后陳明各節、陸后自知難脱、遂遣下血書、将子托付何勇。自尽而亡。何勇、無奈、縦火焼宮。在風高火烈之中、唯慈雲幸而免于難。

［補］この劇は小説『慈雲復国』に見える。京劇に連台戯『龍鳳帕』がある。潮劇『慈雲走国』、40年代上演。

39) 陳守仁『概説』243頁。【蛮漢刁妻】。天宝、本為名将之裔、因家道零落、逼得要売家伝宝剣換取盤費上京赴考。黎徳如外出替雇主追債、遇上天宝。同情其窮状、贈与元宝、忽有山賊竄出、把銀両搶去。二人同前去追趕山賊。時値春分、朝臣、葛大雄的女児、静娘与侍婢、小蘭郊外撲蝶。天宝、徳如未能擒獲山賊、天宝唯有売宝剣。静娘聴到売剣叫声、遂吩咐小蘭帯天宝到来呈剣細看。静娘対天宝一見傾心、奉上銀両、却把剣贈還。大雄到来、知悉対天宝傾慕。大雄亦賞識天宝胆識過人、遂招為婿。並任他為先鋒。大雄校場点将、陸志剛撃敗衆将、認為天下無敵、態度傲慢、天宝到来、不服志剛、二人遂簽立生死状、連番激戦後、志剛不敵、被天宝刺死。衆将誠心折服。徳如亦転投天宝帳下。天宝与静娘成婚後、天宝領兵征戦已有両多年、令派徳如向大雄呈上文書、打算班師回帰、大雄不忍夫妻聚少離多、遂答允請求。徳如剛出営房、無意聴到大雄与人密謀篡位、更有意命天宝弑君。徳如把消息告知静娘、静娘正感驚惶失措之際、侍婢小蘭情急智生、建議静娘装刁蛮淫蕩、更扮作与徳如私通。静娘、徳如本不允、但為解燃眉之急、唯有依計行事。天宝一心回来覓妻子、誰知静娘不瞅不睬、令他大為困惑、天宝以為静娘因他長期遠征、夫妻聚少離多、所以不快、是以多番嘗試逗她高興。然而静娘一直板起臉孔、此時、帳内的徳如連声咳嗽、天宝大怒、把他拉出痛毆一頓。静娘継而多番侮辱天宝、更出言相激逼他写休書休天宝悲憤交雑、写下休書、策馬絶塵而去。天宝一去、静娘心如刀割、失声痛哭。大雄与衆将趕来、怒斥静娘及徳如有辱家門、他痛打徳如後、把静娘、徳如、小蘭三人駆逐離家。天宝策馬遠去。静娘、小蘭、徳如在後追趕、希望把事件真相告訴天宝、然而天宝深信静娘与徳如有私情、罵静娘「賤婦」、之後、騎馬遠去。静娘傷心欲絶、打算一死了之。徳如、小蘭制止。徳如提議一起回到他的故郷会稽、再謀打算。宋帝与皇后同到山野狩猟、大雄早已部署伏兵、之後伺機放火焼営。宋帝及皇后慌忙逃命、近身侍衛衛頑強抵抗、仍不敵大雄伏兵。千鈞一髪之際、天宝路過、奮力把大雄及部下打退、救回宋帝及皇后両命。宋帝有感天宝護駕有功、封他為「威雄王」、賜他先行衣錦還郷到会稽。然

注(37-39)39-40　　　　　　　　　485

後入京伴駕。德如、静娘、小蘭回到会稽後、却苦無生計。逼得往街上叫売。静娘与衆樵婦往山上採柴。天宝衣錦還郷、一行路過会稽、剛巧静娘担柴阻路、侍衛以阻擋王爺去路為罪名、要重打四十板、静娘大叫饒命、被天宝聴見、並下令立即釈放樵婦。静娘上前多謝王爺、天宝驚覚樵婦竟是静娘、立刻怒火沖天、要她下跪。静娘認為她与天宝有夫婦恩情、不願下跪。天宝想起当日静娘対他不忠、如今厚顔無恥地要求復合、盛怒之下、掌摑静娘、德如、小蘭二人到来、制止天宝。天宝見德如為静娘求情、更加深誤会。命人重打德如四十板。静娘与小蘭同指責天宝以怨報德、静娘呼冤、説事情真相、及自己的一片苦心唯有天知地知。天宝冷言説道；若静娘想再続前縁、除非「満山積雪尽溶」、「一輪紅日照山上」、及「枯樹花朵森放」。奇跡突然出現、衆人看到天宝所言一一実現、均感詫異。天宝此際、才覚悟可能作怪賢妻。皇上侍衛捕獲大雄、指他火焼営帳、以図弑君簒位。静娘終於沈冤得雪、天宝亦自覚慙愧、向静娘認錯。静娘亦為父親向皇上求情、宋帝感她孝順、赦免大雄死罪。全劇結束。

40)　陳守仁『概説』139頁。【獅吼記】宋帝於五鳳楼前設宴慶賀新年、衡陽郡主桂老夫人陪伴、皇后到来。黄州太守陳季常則与妻子玉娥前来。大学士蘇東坡亦随後而到。宋帝伝諭歌舞、季常見毎個宮女都貌美如花、不禁目瞪口呆。玉娥見状、立起醋意、並加以示警。当宮女離開時、最後一個宮女竟向季常抛媚眼、令季常意乱情迷、欲跟着她去。却被玉娥喝止。○東坡素知季常懼於玉娥、並替季常不値。故趁玉娥正須前去陪伴桂老夫人与皇后、約季常出外尋香訪艶。季常大喜。怎料、玉娥在旁聴到、即怒喝季常、又怪責東坡。東坡即指責玉娥、有違婦道。玉娥大怒、即向宋帝投訴、要求懲罰東坡。皇后与桂老夫人亦仗護玉娥。宋帝無奈只有軽罰東坡。東坡因此対王娥更添怨恨。○宋帝想起曾命礼部往黄州挑選美女、故向東坡査問進展。東坡告之、美女已選回京師、唯礙於皇后善妬、未能献入宮廷、宋帝不禁一嘆、唯有徐図後計。此時皇后亦遣一宮女（不算美女）来、請宋帝往相陪、宋帝本不願意、但怕皇后不悦、唯有応允。却不禁揺頭嘆息。○東坡要離開時、遇見他的嬸母三娘、她説她的女児蘇琴操在黄州被選入宮廷、琴操不從、易服混作宮女、入宮尋找東坡以謀対策。東坡一見琴操、便認出是剛才対季常抛媚眼的宮女。霊機一触、正好趁此機会、将她介紹与季常作妾、以報対玉娥之怨。琴操雖誓不入宮、却願為季常之妾。○季常的老僕柳襄受了東坡所託、帯同請帖来找季常、説；東坡約他到蘭亭賞春、而且琴操将在席間奉陪。玉娥剛巧在房中偸聴到老僕説話、即呼喚季常、問琴操是何人。季常佯説；玉娥聴錯「陳慥」為「琴操」、而「陳慥」正是季常的別名。玉娥雖不相信、准許他赴約。但声明；若席上有女子相伴、必対他厳施閨訓。季常遞上青藜杖、揚言若有美相伴、甘受青藜杖棒打。玉娥亦給他遞上雨傘、顕露対他的関懐。玉娥見季常離去後、便喚出老僕柳襄、便命他跟蹤季常、若見席間有美相伴、便立刻向她回報。○東坡与琴操已先到蘭亭、東坡嘱琴操必須取得季常腰間所佩戴的碧玉錢、以証她為有主之花。之後、東坡先行回避。○東坡離去後、忽然下起雨来。季常撑着雨傘而来。琴操見季常、便故意走到山石上被雨淋湿。季常見眼前美女、欲与她共用一傘、但一想到青藜杖之誓言、便即離開。然而他不忍琴操站在雨中、便借了雨傘給她、自己則被雨淋。琴操不忍、上前与他共用一傘。季常一見琴操、驚其艶色。即露出貪色之相、琴操便吐露願為夫子妾之意。季常聞言大喜。欲贈雨傘作訂情信物。琴操拒絶雨傘、着季常贈以碧玉錢。○東坡折返、佯責季常引誘他的堂妹、季常揚言対琴操有真情、並応允另謀金屋給琴操。○柳襄跟蹤季常、見季常果然

有美女相伴、且将碧玉銭相贈、即向季常喚一声。季常大驚、則得知原来玉娥命他跟蹤而来、即用花銀相贈、着他保守秘密。自己則与東坡及琴操四処遊覧。琴操無意中遺下素巾於椅上。○這時、玉娥亦跟蹤柳襄而来、発現一方女子的素巾、即要柳襄説出実情。玉娥聞言、怒気冲冲地回府。○季常回府、玉娥即問、季常剛才在蘭亭席上相伴的女子是何人。季常佯説、女子只因避雨而来、二人互不相識。玉娥強忍時怒気、着季常交還碧玉銭、季常聞言大驚、佯説自己不小心把碧玉銭掉失了。玉娥即時持青藜杖怒打。季情求情。玉娥乃罰他跪于柳池辺静思已過。○東坡到府、従後門進内、即発覚季常跪在柳池辺。東坡建議季常用玉娥嫁夫六年無所出為由、理直気壮地納妾。季常大喜。東坡告之、「黄州郷例、立有七出之条、其中有云、凡女子嫁夫、五年若無所出、得納偏房、倘若抗夫納妾、得而休之」。季常聴此大喜。玉娥則早於房内聴東坡之言、並且已懐対策。○季常入内、向玉娥揚言：要納琴操為妾。玉娥大怒、並要求季常写下休書。季常終于写了休書。○玉娥揚言、要到刑部告発季常和東坡、東坡和季常十分驚訝。玉娥即指出郷例規定、若「夫無叔伯子姪」、始可休「五年無所出」的妻子。今季常共有八位兄弟、且子姪成群、故玉娥未有犯七出之条。○玉娥向刑部撃鼓、刑部尚書桂玉書審訊。東坡訴説、玉娥濫用私刑、罰季常頂灯跪池、故替他呼冤。原来桂玉書也是怕妻之人。多年来亦飽受妻子衡陽郡主。故対季常多方維護。玉娥見状即発難、揚言、要闖進二堂求姑母作主。○玉書的妻子衡陽郡主桂老夫人、這時出来。喝止玉書。玉娥向桂老夫人投訴、老夫人即罰玉書跪下思過。玉娥亦要季常効法玉書以跪下。○東坡見状、十分憤怒、上金鑾殿求聖上作主。宋帝亦是畏妻之人。故亦深明季常苦況、即伝季常上殿。○季常上殿、向宋帝述説、玉娥如何対他虐待、及琴操如何温柔体貼。宋帝着季常伝琴操上殿。琴操聞得宣召、担心被宋帝選入宮中、故心存防範。宋帝問她是否願嫁畏妻如虎的季常為妾。她答、甘願作妾。宋帝感二人意決、故恩准季常納琴操為偏房、並命玉娥上殿観礼。○玉娥上殿、宋帝、玉書、東坡、琴操和季常即同声指責玉娥。玉娥傷心大哭、揚言、寧願死於夫前、不願見夫棄己納妾。宋帝乃伝諭遞上砒霜。命玉娥同意納妾、或以死明志。衆人即加以相勧。独東坡一人仍冷言嘲諷刺。玉娥萬念倶灰、搶去砒霜、並一飲而尽。季常想不到妻子竟為他身殉。即上前擁着玉娥。玉娥以為自己命不久矣、着季常要独愛琴操一人、切勿再三心両意。琴操聞言、対此収場深感後悔。○皇后与桂老夫人前来、先責宋帝、再責琴操。琴操内疚下道出因怕被選入宮、才想到嫁給季常為妾之計。季常感自己罪無可恕。求賜砒霜、与玉娥一同死去。皇后告知衆人她早前已把砒霜換作白醋、故玉娥剛才只是「呷醋」、自不会死。○宋帝罪己錯判風流案。故対玉娥作補償。並恕琴操無罪、准她回郷。蘇東坡的嬸母三娘上殿、欲領回琴操時、告知東坡、琴操非她親生、故亦非東坡的堂妹。她為免東坡孤苦伶仃、今撮合東坡及琴操婚事。季常与玉娥亦復合団円、全劇結束。

41）　1979年、茶果嶺天后誕祭祀、英宝劇団、戯単【狄青与襄陽公主】北宋時、遼兵犯境、楊宗保領守辺関、力拒北方侵略。奈、軍糧不継、屢使人回朝催糧、但却遭奸太師龐洪暗将文書押下。其勢甚危。不得已、乃命大将劉慶殺出重囲、回朝告急。詎料、奸太師乗機用計、力鳶狄青領軍往援宗保、遭暗応。大軍出発、焦廷貴身為先鋒之職、逢山開路、遇水搭橋、不覚来至火叉崗。因為地勢不熟、便向当地居民問路。誰知、中了龐洪預布之計。使狄青大軍錯走向単単国、攻下三関。単単国襄陽宮主、領兵迎戦。対陣中、狄青方知鋳成大錯、欲向宮主請罪。宮主見此宋将武芸高強、況且風姿凜凜、心儀甚矣。乃用計智擒

注(40-41)41-44　　　　　　　　487

狄青、押返単単国、求婚。経単単国王准許、二人並結連枝。婚後、夫妻恩愛、一日甚一
日。焦廷貴従京師帯来家書、方知母親被禁囹圄、狄青悲痛不已、乃与廷貴合謀、向宮主
騙回宝馬金槍、乗夜出関、与衆将会。令先伐西遼、然後救母。宮主発覚、即領小隊兵馬、
飛騎追趕、一追一逃、大演馬上功架。此場追夫唱做打、是経過精心設計。

42)　『大埔旧墟恭祝天后宝誕公演覚新声劇団特刊』1980年農暦三月、戯単【林冲】宋徽宗
　　時、八十萬教頭、林冲、忠義勇武。一日、帯同家眷、到東岳廟進香還願。在途中結義花
　　和尚魯智深、互相欽慕之際、侍婢錦児慌忙奔報。謂：主母張貞娘在廟中遭奸徒侮辱。冲
　　大驚、急欲趕救。却見花花公子、高朋、与師爺陸謙、追着貞娘而来。深憤極、揪住高朋
　　便打。謙忙阻勧、智深義憤填膺、不能作罷。冲乃謂：朋是上司高大尉義子、不看僧面看
　　仏面。反勧深住手、深無奈、将朋懲一番、才喝逐使去。高朋受傷回家、向義父訴苦。大
　　尉高俅権傾朝野、欺圧群衆、早以部属林冲不肯趨附自己、而心懐忌恨。更被陸謙刁悪挑
　　唆、乃与佈下陰謀、排除異己。冲与深志気相投、初逢如故、乃携返家中、結為兄弟。歓
　　宴間、忽聴有人沿門叫売刀。冲乃命錦児喚売刀人入内、欣賞之間、又報高朋与陸謙登門
　　拝訪、冲無奈見盲。深为恥与奸貪聚会、先行辞去。朋与謙見冲、佯為東岳廟誤会而謝過、
　　継謂：大尉聞得其購行宝刀、命携刀過府、以便欣賞。冲雖不感興趣、但以服従、乃軍人
　　天職、不聴貞娘相勧止而赴。由此、便中奸謀、被陸謙騙入白虎堂、被校尉拿下。高俅立
　　即昇堂、厳刑拷問、迫冲供認蓄意行刺罪名。冲至此方知中了借刀殺人之計。当堂揭穿奸
　　貪面目、高俅被罵得啞口無言。命朋与謙跪下大刑迫供、冲被打得血肉模糊、更恐妻子被
　　累受苦、乃忍痛簽供認罪。高俅便命、将冲解往開封府、問成謀刺朝臣之罪、将冲発配滄
　　州。

43)　出典は、前注と同じ。【続林冲】林冲起解、貞娘与錦児在柳亭餞別、生拆鴛鴦、悲凄
　　無限、冲更念一去之後、帰期莫卜、為免累妻房孤苦、故而写定休書、叫貞娘収受。貞娘
　　固然不依、誓死守貞。乃父張勇以解差催速起程、遂勧貞娘収下休書、好令冲安心就道。
　　貞娘無奈、但咬破指頭、塗改将休書字句、変成「生死同衾」、才与冲哭別。○高俅為着斬
　　草除根、復命陸謙吩咐解差、在途中将冲殺害。至野猪林、解差方欲下手、誰料、魯智深
　　知林冲被刺死、早以暗随保護。突然閃出、救了林冲、重把解差懲罰。勧冲同返汴京、殲
　　仇雪恨、但冲不欲妄為、要先到滄州投案、再図懲奸雪恥。深以其不失英雄心志、只好親
　　送冲到滄州。○貞娘憶夫成病、錦児侍奉慰解、陸謙与高朋闖闈房、威迫結合。張勇阻擋
　　不住、与錦児衛護、同遭惨死。貞娘驚悲暈厥、乃被朋虜回府中。○林冲抵滄州、被派看
　　守大軍草料場。風雪夜、惆悵思郷、以酒消愁。不覚朦朧睡着、夢見不甘火焰所辱、闖死
　　府堂。驚醒沈思之際、草料場却被狂風吹塌。只得暫進古廟中、暫避風雪、誰知、高俅聞
　　報、冲在野猪林被智深所救、又命朋与謙帯悪奴到滄州、図謀殺冲以除心腹之患。○朋与
　　謙来到草料場、放火。企図活活焼死林冲、正見火焰熊熊、得意揚揚之際、驀見林冲出現、
　　仇人相見、份外眼明、経過幾番搏斗、魯智深亦来趕、殲殺悪奴。冲抓得高朋与陸謙、智
　　深告以貞娘与家眷同遭迫害惨死、冲憤恨已極、揮刀殺奸復仇、終以家破人亡、国不成国、
　　乃与魯智深投奔梁山而去。

44)　陳守仁『概説』187頁、【鳳閣恩仇未了情】南宋与金邦南北対峙期間、狄親王所治国土
　　与金邦相隣、為息戦火、狄親王派遣妹妹紅鸞郡主在金邦為人質。十多年後、郡主入質期
　　満、即将返回宋土。○一班流寇知悉護送南朝郡主返国的官船将於稍後停泊河辺、乃商量

在両旁埋伏、待入夜後、洗劫官船。〇紅鸞郡主在金邦為質期満、由耶律将軍以官船護送返中原。二人一向両情相悦、唱起一曲『胡地蛮歌』、互訴離情。原来君雄自幼与家人失散、流落番邦、孤苦伶仃、毎遇失意、必唱此曲遣愁。船遇風浪、二人見一女子在海中飄浮、郡主命人救起女子、並把自己斗篷給女子穿上。未幾、船遇賊人洗劫、耶律将軍与郡主及被救起的女子、各自逃亡而失散。〇狄親王手下官員劉汝南、本奉命接待郡主、却在岸辺久候而不見官船。唯見在海中浮沈、乃叫船家把她救起、汝南見她穿郡主斗篷而上有玉珮、身上並有書函一封、以為她是郡主。遂接她回狄親王府。〇耶律君雄遍尋郡主不見、決定化名陸君雄、到中原、訪査郡主下落。〇平民倪思安手執女児遺書、知道女児倪秀鈿因自己反対她与愛人成親而情困投海、在岸辺哀傷不已。他見有一女子在海飄浮、以為是秀鈿、乃叫人救起、却発覚不是自己女児。女子患失憶症、前事尽忘。思安以為親生女児已死、遂帯此失憶女子回家、当是自己女子。〇劉汝南報告王爺、已接得郡主、並呈上郡主所携書函。由於書函是以番文写成、王爺無法明白。〇在尚精忠家中、精忠的妻子、夏氏正在等候児子全孝回家。全孝高中文状元而回。喜告母親他与一民女相愛。〇倪思安与夏氏早年相約子女通婚。乃帯失憶郡主紅鸞往尚府、以她冒充自己女児来説親。夏氏嫌思安家貧、又厭棄女児腹大便便、与思安為婚事争執不已。全孝到来調停、思安及紅鸞得許暫居尚府。〇当日、耶律君雄化名為陸君雄、混入中原、輾転赴考、並中了武状元。他得尚精忠賞識。這天由精忠帯返尚府暫住。〇在尚府花園、君雄巧遇紅鸞。但紅鸞失憶、未能与他相認、反責他是狂蜂浪蝶、君雄百辞莫弁。尚府各人及思安以為君雄調戯紅鸞、把他駆逐府外。君雄悻然離去。誓言：一朝将報此時屈辱。〇親王駕臨尚府。找人翻訳郡主携回宋土的番書。尚精忠、夏氏、及尚全孝等人不懂番文、乃請倪思安相助、思安貪財、仮意通暁、却被王爺猜穿。為求拖延時間、免被王爺処分、思安叫女児仮扮男装、読信。紅鸞見番文、失憶症稍癒、果然読通内容。王爺大喜、要封紅鸞為郡馬、並命夏氏為媒。〇原来当日秀鈿被救上岸、及送抵王府後、一直被王爺作親妹紅鸞郡主。今天、強被配婚於已失憶的真正紅鸞郡主、在洞房夜、秀鈿在新房内、自嘆与愛人（即尚全孝）失散、更被誤認身分。〇此時紅鸞仍然失憶、她怕被識穿本為女扮男装、在倪思安及夏氏的建議下、擬落瀉薬於酒中、使郡主腹瀉不能洞房。〇尚全孝到来鬧新房、見新房内的郡主原来即自己失散的愛人、二人喜得重聚。秀鈿突感腹痛、産下孩子。為怕王爺降罪、倪思安建議夏氏認孩子為自己所生。未幾、紅鸞亦腹痛、又産下孩子、思安又叫夏氏認作親生。此時、嬰孩的哭声驚動了王爺、到来新房、与尚精忠一起、質問夏氏何以誕下孖胎。夏氏無辞以対。王爺下令連夜開堂審訊。〇王爺任命君雄主審。在公堂上、夏氏説孩子是思安教她生出、各人遂以為思安即夏氏的姦夫、君雄仍痛恨尚府各人曾把他羞辱及駆逐、並懐疑思安何以暫居尚府而夏氏竟能為他産下孖胎、乃下令向思安及夏氏用刑。〇秀鈿及紅鸞、此時来到公堂、二人認回自己孩子、紅鸞仍然失憶、未能与君雄相認。君雄的番将身分也被識穿。〇王爺到来、知悉一切、要殺君雄。君雄絶望之際、唱出『胡地蛮歌』。郡主聴到、聯想起往事、失憶痊癒、即為君雄向兄王求情、王爺饒了君雄死罪、但要把他逐回胡邦。君雄無奈、以随身玉珮贈紅鸞作紀念、思安見玉珮、知君雄本是自己失散的児子。王爺知悉原来君雄是漢人、乃恩准他留中原与郡主成婚。全劇結束。

45）　陳守仁『初探』73頁。【牡丹亭驚夢】麗娘与春香到牡丹亭游園、麗娘看見花児盛開及蝶児飛舞、十分開心之際、却悲従中来。祈願自己死後能葬於此。春香悄悄離去、麗娘遂

在牡丹亭上倚机而睡。○麗娘夢中竟見一書生持柳枝趨近。先是十分愕然及矜持。其後両
人互生情愫。書生自称叫柳夢梅、把麗娘帯入花間路、二人並歓好於湖山石畔旁。此時花
神出現、預言両人三年後、才能再続情縁。○麗娘為落花驚閃而醒。発覚原来剛才一切乃
南柯夢。春香到来、発覚麗娘手脚冰冷。○春香急扶麗娘回房、麗娘病情悪化。危殆時、
自画下芳容、又画上柳枝及題詩句於丹青上以為記。詩云:「遠観自在若飛仙、近睹分明似
儼然、他年得傍蟬宮客、不在梅辺在柳辺」。○麗娘終病重而死。其父杜宝依她遺願将她葬
於梅花樹下。並建一所梅花庵供奉麗娘霊位、命麗娘之老師陳最良及石道姑和妙傅三人打
理。杜宝、其後与家人赴淮陽出任新職。○三年後、陳最良、石道姑与小道姑韶陽女(又
名妙傅)仍住於梅花観、料理麗娘的霊位。一日、秀才柳夢梅路過此地、欲避風雪、請求
梅花観借宿一宵。韶陽女見夢梅年少英俊、大献慇懃。○陳最良到来、先欲駆逐夢梅。夢
梅多番奉承最良、終被准許於南楼居住。夢梅独処観内、麗娘鬼魂到来、引領他拾獲丹青。
夢梅乃把丹青帯返南楼参拝。○柳夢梅把画巻帯往南楼、打開細看、発覚画中女子面貌清
秀、並似曽相識、及至読到題詩、更覚有弦外之音。夢梅漸感与画中女子曽有奇縁。対她
漸生愛念。遂把丹青掛在床辺、盼望能与她在夢中相見。○夢梅剛入睡、麗娘鬼魂来到南
楼門外。聴見夢梅在夢中叫喚「姐姐、姐姐」、遂敲門。夢梅聴到敲門及女子叫門声音、以
為是小道姑妙傅、開門一看、不見人影、麗娘却閃身入門、夢梅関門欲睡之際、聴到女子
声音、才知有一女子已到房来、頓感詫異。麗娘説自己未嫁也無室。因愛夢梅瀟洒、特来
相見。她又説自己来自画中、夢梅取丹青一看、喜見画中人也即眼前人。欲邀她共枕鴛鴦。
麗娘揺頭飲泣。述説自己身世及因游園驚夢中而死、令父母悲痛。夢梅又憶起曽在夢中会
一佳人、麗娘即道自己正是那佳人。夢梅謂、要与麗娘家人説親。麗娘対自己処境、仍是
支吾以対。並以灯謎引導夢梅明白她的境況、灯謎云:「灯已滅、縁已絶、待挙君来臨繡
穴、如今仍是半明滅」。夢梅模不着頭脳之際、又聴到陳最良在門外敲門、夢梅怕最良見女
子在房中、引起誤会、麗娘則叫他放心開門。○陳最良到房中、夢梅見他果然看不見麗娘。
大惑不解。最良質問夢梅、是否与女子私会。夢梅否認。麗娘見最良従懐中取出一方古玉
掛於灯後、遂化清煙閃回画中。最良走近画巻、才知此画正是麗娘的丹青。這時石道姑及
小道姑妙傅到来、最良道出杜家小姐麗娘三年前已死去一事、令夢梅不寒而慄。○衆人離
去後、麗娘鬼魂折返、夢梅嚇得蹲地掩面。他唸着剛才灯謎、頓悉眼前女子是夜鬼回衙、
驚魂稍定。夢梅想到麗娘是為他而死、也欲殉情、好使二人長相廝守。麗娘阻止夢梅殉情、
又嘱他在明日辰時前、破棺助她回生、二人便可続情縁。○時値麗娘死去三年忌辰、紅日
漸上、石道姑与妙傅到麗娘墓前拝祭。柳夢梅聴麗娘囑咐到、来掘墓。終於辰牌前把麗娘
起死回生。○石道姑建議柳夢梅与麗娘成親後、先到杭州稍避、免夢梅有掘墓破棺之嫌。
石道姑与妙傅為免惹禍、也逃難杜府。最良到来、欲拝祭麗娘死忌、見墳墓已開、以為是
夢梅開棺盗宝及把麗娘屍首丟到塘中、遂到淮陽向杜宝告発。○夢梅与麗娘成親後、住在
杭州、夢梅已上京赴試回来、時常掛慮放榜之期。麗娘心中知道夢梅必可高中、遂叫夢梅
到淮陽探望她的父母、並向他們報告麗娘回生及二人成婚。麗娘並説她的父母定会慇懃款
待夢梅。○其時李全作乱、杜宝怕夫人受驚、亦知她一直念女成病、乃遣人護送她回南安
休養。杜夫人、春香及家僕行至杭州蘇堤一民居外、夫人感身体不適、春香遂拍門欲借茶
一杯。原来這民居正是麗娘与夢梅的居所。春香見女子貌如麗娘、嚇得大叫有鬼。夫人走
前、看見麗娘、也以為麗娘鬼魂出現、大驚失色。剛巧石道姑到来、遂向夫人及春香交代

麗娘回生的経過。麗娘也坦言為報柳郎救命之恩、已与他結為夫婦。夫人聞言、大感不悦。正在責備麗娘之際、聞説柳夢梅高中状元。乃化怒為喜、夫人囑麗娘馬上趕路往淮陽拝見厳父。自己随後也回淮陽。○李全乱事平息、杜宝与官員在淮陽平章府内慶功之際、陳最良到来、述説麗娘棺被掘開、屍首被丟落蓮塘及沖出洞庭湖之経過、而掘墳棄屍者便是書生柳夢梅。這時夢梅已到平章府外。他一心以為杜家上下必盛情接待、向門子道明自己是杜家新姑爺、姓柳、名夢梅。○杜宝聞最良所言而盛怒、又聽門子杜安報訊謂：門外有書生自称杜家女婿求見、並自称柳夢梅。杜宝及陳最良聞訊、立時震怒萬分。○杜宝叫陳最良暫回避一旁。又叫門子帯夢梅入堂。他暫屏怒気、謂：麗娘已死去三年、問夢梅可曽認識麗娘。夢梅不知内裏、説自己与麗娘「共枕同床」。又以麗娘自画丹青及下葬時口銜之紋銀為証。杜宝以為人贓並獲、即叫最良上前指証夢梅掘墳、棄屍及盗宝之罪。夢梅不否認最良之指控、又詳述開棺救麗娘起死回生的経過。夢梅説：為麗娘「寛衣解帯」、与麗娘「入芙蓉帳、游巫山」又説麗娘「幾次索郎擁抱」。令杜宝更為気結。○杜宝不信麗娘回生、以為夢梅被鬼迷。乃命人把他吊在天窓之下、自己用柳枝拷打以及以水相噴、図使他返回原形。○苗舜賓奉皇命、尋找新科状元柳夢梅、至平章府。夢梅在天窓前大叫自己是柳夢梅。舜賓乃入府、向杜宝出示登科記。証実夢梅確是新科状元。夢梅被釈、換過状元袍。杜宝仍不肯認他為婿。苗舜賓乃帯夢梅上朝面聖。杜宝仍以為夢梅丟屍盗宝、決定上殿奏知皇上。○金鑾殿上、杜宝与夢梅対麗娘是鬼是人、各執一詞。請求宋帝主審此案。殿上夢梅欲向杜宝削好、却遭冷言相対。夢梅一怒之下、説：除非「銀漢同浮双月亮」、否則不会再拝杜宝為岳丈。○為了弁別麗娘是人還是鬼、宋帝命御閣禅師到御道両旁、看麗娘能否安然上殿。麗娘初略帯驚怯、但其後仍能鎮定地歩上金階向宋帝請安。杜宝雖見此、仍認為麗娘為花妖作祟。夢梅出言維護麗娘。与杜宝再起争執。麗娘見状、明白丈夫与父親的争執、全因自己回生而起、傷痛地請求宋帝賜她一死。○宋帝再想到験証人鬼的方法。命人給麗娘照鏡、看会否妖形畢現。麗娘依言、鏡中只見她嬌麗的容貌、並無妖様。宋帝又命宮娥向麗娘灑上鬼怪害怕的蒲葉、也不見麗娘有何異様。衆人此時亦見麗娘在花蔭中投射在地上的影子。宋帝遂宣佈麗娘再生為人。賜封她為淮陰公主、並承認她与夢梅的婚姻。○衆人歓欣之際、杜宝本也上前相認、却放不下自尊心、唯有仍旧板起臉孔。麗娘瞥見父親偷偷垂淚。連忙叫夢梅上前向岳丈請安。杜宝却賭気地説：仍未有見兩個月亮。夢梅知杜宝対自己的妄言、仍未息怒、一臉難堪。麗娘上前、与夢梅耳語一会、夢梅再上前向杜宝請安、並説、見到兩個月亮、一個在天之涯、一個在水中央。杜宝聞言転怒為喜、与女児与女婿一家団円。全劇結束。

46） 陳守仁『概説』167頁。【再生紅梅記】賈似道乗画舫往西湖欣賞美景、並携同三十六名姫妾伴行。太学生裴禹是山西人、他因游湖偶見賈似道随員中的李慧娘、愛慕她的容貌而乗小舟追蹤数日。某日、画舫泊岸、賈似道上岸狩猟、慧娘奉命置酒船頭。忽見裴禹在岸辺橋上、抱琴眺望、裴禹上前懇求一見、以慰痴心。慧娘経不起痴纏、上岸許裴生一見。裴禹欲贈琴作訂情信物、慧娘婉謝、並告知裴禹她已是官家妾、裴禹失意萬分、砕琴離去。○慧娘目送裴禹瀟洒背影、不自覚道出「美哉少年」之語。適逢賈似道狩猟畢回船、聞語大怒。上前怒斥慧娘、慧娘不願委曲求全、在言語間、三番四次衝撞。使賈似道怒不可遏、当時即棒打慧娘、致她傷重身亡。賈似道並命人割下慧娘頭顱、藏於錦盒、以儆效尤。○賈似道嫌姫妾数目不足三十六。他的姪児瑩中説：繡谷有女名盧昭容、貌美如慧娘、建議

似道納她為妾。賈似道聞言、即命瑩中帶金銀珠宝前往繡谷下聘。○繡谷之内、正是退隠泉林的盧桐与女児昭容的居処。盧桐曾官居総兵、為国效忠三十年、惜因賈似道当権、不肯同流合汚、逼得退隠、与女昭容売酒為生。○裏禹自離西湖後、一直思念慧娘、偶然行至繡谷、見紅梅盛放、欲折一枝回家供奉案頭、以解相思。他正欲折梅、一不小心、跌進盧家。剛遇上正回家的盧昭容。裏禹欲想回避、已来不及。裏禹見昭容貌似慧娘、心中大喜、但昭容忽見有陌生人闖進、誤以為裏禹是踰牆浪子、正欲請出父親盧桐、好待他把裏禹鎮上杭州府。但她細看裏禹容貌俊俏、不禁芳心暗許。昭容追問之下、得知裏禹誤認她画舫上的佳人。乃准他折梅、還他心願。○両人在言語之間、互生情愫、盧桐剛好看見愛女与才子眉目伝情、便允許二人婚事。○正当喜事盈門之際、瑩中携同金銀珠宝到来、謂；賈太師欲下聘昭容為妾。盧桐託辞謂；昭容伴膝終身不嫁。昭容也謂；自己体弱多病、非福沢之相。但賈瑩中対二人説話充耳不聞、放下聘物、便離去。無意之間、乍見裏禹一面。○盧桐与昭容無計以対、裏禹献計。着昭容仮作瘋癲、鬧府乱堂。籍使似道打消收她為妾之念頭。裏禹並決定先行入相府以作内応。○在太師府裏、家僕麟児奉太師命到繡谷迎娶昭容。但見昭容挙動瘋癲、唯有空轎而回。○賈似道聞訊、心中不悦。瑩中則懐疑昭容装瘋、命麟児再領花轎前往繡谷。先把她迎回相府、再細察她是否佯狂。○裏禹到太師府拝門求見。並道出遅遅不来拝謝太師。是因三月前、其兄名落孫山、在長安借酒澆愁、貪花弄月、性転瘋狂、墜崖而死。故裏禹為守三月而遅来太師府。似道惜才、允他留府作客。○花轎回府、盧昭容仮装瘋癲。与父盧桐在太師府内大鬧一番、昭容言詞中、斥責似道不忠不義、似道被気得暴跳如雷。但又恐昭容真是瘋女、故三番四次相試以察看她是否果真瘋癲、昭容憑機警避禍測試、似道願放她離去。裏禹送她出相府門、但臨別之時、她忍不住流露真情、与裏禹細語情話。盧桐帶她離開賈府、他唯恐被似道識破昭容装瘋、速帶她直往揚州。○原来剛才瑩中一直在旁留心査察細節、他懐疑何以昭容突然瘋癲病発、又想起繡谷下聘時、彷彿曾見裏禹一面、他推測両者甚有関連、便提議似道先殺裏禹、後再捕捉昭容。○似道愛妾呉絳仙為悼慧娘、故身穿紅衣捧冥鏹、到紅梅閣拝祭。正値悼亡時、裏禹亦因好奇上前向絳仙査問。他得知紅梅閣蔵棺一事、正欲追問詳細、絳仙却怕招人話柄、急急離去。裏禹心内不禁驚疑、立転書斎、不一会、即朦朧入睡。○忽然風沙四起、原来慧娘的魂魄帰来、欲見裏禹。裏禹終得知慧娘已死、並解釈因愛慧娘容貌而将情託於昭容、慧娘得知裏禹対自己情深一片、芳心暗喜。並坦言；此来是因得知似道派人半夜前来暗殺裏禹、願挺身助他脱険。○三更時分、瑩中手持利剣、来到書斎、欲殺裏禹、俱為慧娘鬼魂所阻。慧娘並欲帶裏禹逃離太師府。○似道前来、瑩中告知有紅衣婦人前来相助、並把裏禹帶走。麟児告知似道、謂；剛才曾見絳仙与裏禹細語。似道大怒、命人拉絳仙到半間堂審問。○半間堂上、似道欲審問絳仙為何偸放裏禹、却遭慧娘鬼魂所阻。慧娘謂；放裏禹者是她、而非是絳仙、着似道把絳仙釈放。似道見慧娘鬼魂、大驚失色。願以四十九天羅天大醮超度亡魂。慧娘不納、命似道進入半間堂内面壁思過、不許偸頭。似道不敢不從。慧娘趁似道低首時、帶裏禹離府遠去。○麟児回報、謂；昭容原是仮装瘋癲、早已随女避難揚州。似道即決定親到揚州、欲奪昭容回府作妾。○盧桐父女到達揚州、投靠右丞相江萬里、得知新帝即位。已下聖旨、緝捕似道。江、盧二人並訂下捕捉似道的計策。○揚州江府内、盧桐正為昭容病危憂心。又怕她一旦夭亡、即無法引似道自投羅網。○在逃亡路上、慧娘曾寄語裏禹帶她魂魄去揚州、找盧桐父女、両人則有再続情緣的希望。

並約定「三笑、三哭」為回生之証。裴禹到揚州之時、正值昭容逝去、慧娘借屍還魂重返陽世。並向盧桐説明情況。盧桐在喪女悲痛之時、欣聞慧娘認他義父、並答应侍奉余生。○賈似道率衆趕到揚州江府、欲強奪昭容。正好中了江、盧早訂正之計。江丞相宣読新帝聖旨、責似道「官居左相、不明朝綱、不救襄陽、擁姬妾、旦夕荒淫、通敵国、存心叛乱」。似道及爪牙一衆終於伏法。唯独絳仙、因慧娘求情獲免罪。裴禹及慧娘終可有情人成眷属。全劇結束。

47) 『粤劇大辞典』92頁。【朱弁回朝】南宋新科状元、朱弁、出使金邦、欲迎還二帝、收復国土、金兀术威逼利誘、却難使朱弁投降。金又用公主逼婚、亦被朱弁所拒。兀术将朱弁因于冷山、公主本是宋国忠良之後、捨生忘死、偷繪金邦兵馬地図、計助朱弁回朝、高義是朱弁忠僕、随少主出使、与公主巧妙配合、助朱弁擺脱了兀术迫害。回朝途中、朱弁与公主依依相別、碍于名分、有情人不能成婚。只能結為兄妹。朱弁回到宋京臨安、百姓歡欣、以為可以收復国土、誰料、奸臣当道、朱弁反被罷官駆逐。又、聽公主投江身亡、只有臨江吊祭、公主幸得漁翁救助、保存性命、公主後与朱弁相遇、両人見面、恍如隔世重逢、最終朱弁与公主聯袂闖蕩江湖、聯絡義民抗敵。

48) 『粤劇大辞典』145-146頁。【辭郎州】宋臣、張弘范奉命到潮州、訪尋張達領兵勤王。張達初不允、其妻陳璧娘曉以大義将其勧服。張達率領潮州義士、出兵崖門、衆鄉親送別之際、張達以箭射樹、以明志。璧娘断髮勉軍、夫妻倆為雷俊、藥珠軍前主婚。張達走後、璧娘久候張達音信。憂心如焚、孟忠帰来傳書、原来張達大軍被困于海上。璧娘急集合衆女、前往救援。張弘范在元軍入粤之前、投敵。張達与元兵海戰、不敵、墜海被擒。雷俊得璧娘船隊所救。璧娘率兵偷襲敵営。叛将。張弘范以張達威逼、璧娘投降。張達自知傷重不起、以死義勉璧娘、璧娘掩護衆人逃逸、孤身断後、終因敵衆我寡、難以取勝、遂横剣自刎、壮烈殉国。

49) 【百度】【孟麗君】麗君為了逃婚、于是出走上京。其間、孟竟高中状元、并被梁若甫招為女婿。幸而、孟的新婚夫人原是她昔日的閨中密友蘇映雪。結果、二人合力泡制一出虚鸞假鳳的好戯。後来、皇帝懷疑孟的身分、于是設計将孟留在天香館留宿、然後命朱普泉所飾演的太監去查明真相。最後、太監取回孟的鞋子、揭穿孟女扮男装。孟本犯了欺君之罪、应当被処斬、但皇帝却愛孟的姿色、不単止不将她処斬、而且更納她為妃嬪。太后知之、保護麗君、使她与、元来的未婚夫或親、阻止風流天子野望。

50) 『大埔旧墟天后宝誕公演粤劇特刊』、1979年、戯単【鉄馬銀婚】元末明初、群雄角逐、朱元璋搞竿起義、推翻元朝、攻入金陵。北漢王陳友涼割拠一方、欲利用子女婚姻与姑蘇王張士成身結、準備夾攻金陵、奪取天下。大臣命胡藍前往姑蘇、邀請殿下張仁前来就親、並約請合兵之事。不料、反被朱元璋将計就計、派大将華雲龍假扮張士成前来詐婚。北漢元帥張定辺、将指事告知北漢公主銀屏、銀屏上殿抗婚。但為華雲豐儀所懾、反為愛上華雲龍、張定辺雖覚可疑、但獲於雲龍能言善弁、結果北漢王作主結成夫婦。婚後、銀屏雲龍夫婦恩愛逾常、雲龍以姐雲鳳、随来保護雲龍、見雲龍迷恋銀屏、遅遅未作誘敵之計、乃進言催促雲龍、早誘北漢王到黎山、一挙殲滅。雲龍恐傷及公主、故唯々請之。公主見雲龍愁愁不楽、知雲龍為合兵事而費心思、乃請北漢王到黎山、与張士成商議。北漢王兵到黎山、劉伯温早命雲龍帯領常遇春等大将、囲困黎山、張定辺救護陳友涼、但難逃劉伯温所布之天羅地網、結果陳友涼被殺。銀屏正在営中巡視、定辺帰報消息、説云；雲龍果

注(46-50)50-51　　　　　　　493

為奸細、並告之友涼已被斬首、銀屏悲痛欲絶、決領兵倡乱、以報父仇。兵攻金陵、雲龍出面迎敵、但心中実愛銀屏、只有任由銀屏衝殺、不加反抗、銀屏疼父之仇、但心中亦実不忍殺雲龍、正躊躇間、雲鳳恐愛弟有傷、飛馬衝前。斬傷銀屏。銀屏受傷落荒而逃、雲龍睹此情形、心中更加不安、乃追踪尋找銀屏、銀屏負傷、逃至破廟之中、正懊悔之間、雲龍追至、相見之下、銀屏新仇旧恨翻上心頭、決先斬雲龍以報父仇、然後自刎純殉愛。雲龍乞求銀屏原諒、雲龍与銀屏互訴衷情、相擁一起、並欲放棄国事、天涯遠去。此時、張定辺追至、欲殺雲龍。瞬間、雲鳳及胡藍押着定辺公子張王琦到来、阻止定辺。定辺欲自刎、雲龍勧止、並請定辺父子改為大明効力。衆人相約協力、削平群雄、統一江山。使黎民不再受兵災之苦、全劇結束。

51)　陳守仁『概説』81頁。【梁祝恨史】在祝家裏、年届十八的祝英台好読書、更因仰慕杭州名儒孟老師的学問、極想到他的書院求学。唯祝家老爺以英台為大家閨秀、理応三歩不出閨門。這天英台与侍婢人心又在談論此事。人心建議英台嘗試女扮男装、看看老爺是否因此准許她去杭州読書。○英台的嫂嫂引領表弟馬文才到訪英台。文才欲娶英台、祝嫂嫂慕文才是太守的公子、極欲撮合二人婚事。但英台見文才行為猥瑣、及才疏学淺、対他十分冷淡、並借故回避。○其時祝老爺及夫人到来、祝嫂嫂代文才向祝老爺提親、老爺同意婚事。但祝夫人以英台好学不願早婚、請老爺把婚議擱置。夫人知英台因心願未遂、抑鬱成病、一再懇求老爺批准英台赴杭州求学。唯祝嫂嫂加以反対。○人心謂：有占卜先生在祝家莊門経過。祝老爺乃命人心引先生入堂、請他占卜英台赴杭州是吉是凶。其実此占卜先生是英台仮扮。祝家上下各人却未能分弁、占卜過後、英台除下仮鬚、祝家上下才知先生原是英台仮扮。英台証明她改扮男装、毫無破綻、借此懇求父親准她扮男装赴杭州読書。祝老爺見英台有如此苦心、不再反対。但要求英台答応三個条件。若母親抱病、須立即返家伺候。不能放蕩以玷辱門庭、必須携帯紅羅於身。倘貞節不保、須自行了断以保祝家名声。英台答応三約。遂収拾行装準備啓程。祝嫂嫂存心挖苦英台、送她猩帯一条、請英台以此警惕保存貞節。○梁山伯与侍僕士九在赴杭州途中、在路傍小亭中休息。英台及人心已改扮男装、剛到小亭。人心欲把馬繩縛好、与士九発生碰撞、一時争吵起来。○山伯、英台分別叫士九与人心向対方致歉。前歉既釈、山伯与英台互通姓名、更知二人同往杭州求学於孟継軻老師。四人結伴同行。山伯、英台言談投契、結為八拝之交。因山伯年十九、比英台長一歳、故山伯為兄、英台為弟。○転瞬間、山伯和英台已同窓三載、士九見人心及英台十指纖纖、腰肢細細、一向懐疑他們本是女児。一天、士九在英台行李中発現那条猩帯、更確信人心及英台均是女子、士九故意借打油詩句、向人心示愛、並加以試探。人心却矢口否認本是女子。○人心発覚失去猩帯、遂出外找尋。士九見山伯前来、向山伯出示猩帯、並謂：他一向懐疑英台及人心本是女子、山伯也有懐疑、二人決定設計借機試探英台及人心。○英台到来、士九交還猩帯、以看英台会否承認女子身分。英台早有準備、謂：猩帯是母親所贈、嘱她睹物思人、勿忘母命。並否認是女子。○山伯仍然懐疑英台的真正性別、乃対英台説：若英台是女子、他定必向她提親、籍以窺看英台反応。英台心知自己三年来一直傾慕山伯、却不便直言。害羞之心又令她一再否認本是女子。○山伯仍未心息、遂在晩上邀英台遊泳、英台託詞有些微傷風、推辞不去。山伯見技窮、唯有叫英台上床就寝。英台含羞、堅持在床上両人被舗中間放一碗水。三更時分・英台未能入睡。独自起来、欲向山伯訴説衷情、唯山伯仍呼呼大睡。英台欲靠近山伯加以親近。但一

想到兄嫂所送猆带、猛然醒悟応保貞節、乃回床安寝。〇翌日早上、孟老師的妻子交与英台一封家書、信中謂：英台母親因念英台成病、促英台馬上回家。英台、人心連忙収拾行李、山伯及士九則準備送両人一程。〇送別路上、士九与人心同行、二人三年結伴。已生感情。士九仍不時試探人心。人心始終否認真正性別。之後、二人往路辺涼亭稍歇。〇山伯与英台同行。英台見一対胡蝶在飛舞、英台以双蝶比喩她們二人。山伯則被離愁所纏、就不会意。〇二人見河中有一小舟、又見舟子無法把船開動。英台靈機一触、謂；舟子愚笨、不懂乗風駛劃。以之比喩山伯的愚曚。山伯依然不明所以。只叫英台別後強飯加衣、及保重身体。〇二人進入一間廟宇、内有月老神像、手持紅一縷、英台祈求月老撮合与山伯的姻縁。山伯仍蒙在鼓裏、説英台才貌双全、不必担心将来無淑女相配。〇二人経過一口井、不約而同望向井裏、英台又暗示自己是女子。山伯没有会意。他們又経過乱葬崗、見一墳塚葬了夫妻二人。英台説、盼望一天能与山伯同葬鴛鴦塚。山伯則反駁、謂；兄弟絶無同葬鴛鴦塚之理。〇英台技窮、但心生一計、她対山伯訛称、家有未嫁之妹妹、願意充当月老、促成妹妹下嫁山伯。英台更給山伯一隻玉胡蝶作訂情信物。並嘱他於学期結束後、尽快趕来下聘。〇四人已抵渡頭、相約三個月後、在祝家莊再会。〇馬文才与家僕趕赴祝家莊。文才帶備聘礼多種、為将与英台成親、喜不自勝。〇山伯与士九也在趕路往祝家下聘礼；二人見前路分三叉、不禁躊躇莫展。士九見馬文才、遂向他問路。文才嫌士九無礼、故意指点士九相反方向。〇山伯、士九走了好一段路。得樵女相告、才知応往東辺行、二人始知被剛才的公子愚弄。遂馬上登程、加快趕路。〇在祝家莊裏、英台父親答応了馬家婚事。英台雖反対、仍堅持婚事。令英台積怨成病。這晩、人心在花園裏為英台準備香燭拝月、盼望山伯早日到来下聘。〇祝老爺及夫人来到園中。英台一再懇求父親推翻婚約。人心也直言英台已与山伯私訂白頭。祝老爺聽此大怒、謂；私訂白頭是玷辱家門。〇翌日早上、山伯及士九抵達祝家莊門外、人心把他們迎入後庭、再請英台到来相見。山伯以為眼前人是祝賢弟的妹妹。英台則坦言自己並無妹妹。只是女扮男装、以便求学。山伯以為英台将与自己成親、雖怪責英台改装戯弄、也難掩興奮的心情。英台悲咽、説父親已為她安排下嫁馬家。明天要過門。英台怨山伯遅来三日。山伯則怨英台違承諾言、悲痛之余、交還玉胡蝶。英台請山伯保存玉胡蝶作紀念、並請山伯到楼上小飲、共話衷情。二人慨嘆、雖情投意合、也曾訂白頭、最終仍眷属難成、不禁怨天尤人。〇英台的兄嫂、馬文才、祝老爺、及祝夫人前来、叫英台勿再与山伯痴纏、衆人又奚落山伯一番、並逼英台奉上礼餅給山伯品嘗。山伯手執龍鳳餅、悲極吐血、最終由士九攙扶離開。英台欲以身殉、却被馬文才及人心攔止。祝老爺見英台対山伯如此痴情、也以死相脅、英台被逼答応明天就親。〇山伯一病不起、英年早逝、更被草草埋葬。這天士九在山伯墳前上香及哭祭。英台的出嫁行列途経山伯墳墓、英台身穿孝服、下轎拝祭山伯。英台正在哭祭祀山伯、山伯的魂魄徐々出現、怪責她無殉愛的勇気、魂魄又瞬間消失。令英台不弁是山伯幽魂現眼、還是她心中幻想。〇英台継続哭祭、並奠酒三杯及献上麦飯与紙銭、她悲哀自責、矢誓願化作胡蝶、伴山伯的孤墳。其時突然風雲変色、雷電大作、把墳墓劈開、英台馬上跳入墓穴裏、墳墓随即閣上。衆人大驚。来不及英台。一刻間、見胡蝶一双在墳頭飛舞、士九用手撫摸胡蝶、心知山伯、英台已化蝶、従此一対一双永不分離。〇祝家上下聞訊而至、馬文才聽説英台跳落山伯墓穴、持鋤頭到来掘塚。突然天上雲散、露出月殿、衆人擡頭、看見山伯与英台変成胡蝶、在月殿中、与十仙女載歌載舞。全劇至此終結。

52) 陳守仁『概説』181頁。【十年一覚揚州夢】程母向倩雯埋怨、説因她的姐姐麗雯昔日孤
芳自賞、錯過了很多嫁入豪門的機会、現在双目失明、再没有王孫貴族垂青。宋文華一向
追随藩王魏忠賢、今、奉命率領軍隊押送貢品、路過揚州、順道程家探訪。程母得知文華
当了将軍、欲将倩雯嫁給文華。唯文華一向愛慕麗雯、縦然知道她不幸双目失明、仍願意
応允程母所求、以重金礼聘麗雯。怎料、麗雯当面拒絶婚事。麗雯告知文華、她的心上人
亦是一位双目失明人士。她知道倩雯喜歡文華、於是撮合二人婚事。○柳玉龍原是一名俠
士。專殺貪官、唯遭仇家下毒、以致双目失明、隠居揚州。他自従認識了麗雯後、毎晩必
由他的弟弟玉虎攙扶往楽府与麗雯相会。但程母及倩雯均不知道玉龍与麗雯経常約会。○
玉虎得知魏忠賢護持的貢品中有天仙雪蓮、可医好玉龍双眼。於是決定当晩往魏忠賢軍営
中盗取雪蓮。○玉龍与麗雯相会、互相感懐身世、並私訂終身。麗雯以一対金釵為訂情信
物、一枝相贈玉龍、自己則保留另一枝。而玉龍則贈以金鏢、以作訂情信物。○玉虎盗取
了天山雪蓮、被魏忠賢官兵追捕。匆忙中、玉龍把一枝雪蓮交給玉龍、又把另一枝給与麗
雯、之後逃去。○文華因保護貢品不力而被緝捕。唯有帯麗雯、倩雯、及程母逃走。玉龍
不幸与麗雯失散。他亦決定先用天山雪蓮医好双眼、然後改名換姓、修文棄武、希望考取
功名為国效労。○離開揚州三年、麗雯已用天山雪蓮把双眼医好、常対金釵憶念玉龍。程
母不堪貧貧、見麗雯常手拈金釵、欲搶奪来変売。却不慎跌倒。麗雯説金釵乃她与玉龍的
訂情信物、不能変売。程母十分憤怒、倩雯及文華出来相勧。反被程母辱罵。争執間、程
母更叫文華当賊寇以解困難。文華憤然離去。○原来文華果然一怒下往搶劫、並将財物交
給倩雯、之後逃去。官差到来、見贓物在此、誤以為倩雯是盗賊、而把她逮捕。程母与麗
雯分頭設法営救倩雯。○藩王魏忠賢出巡時、巧遇麗雯、得知麗雯為名満揚州的才女、欲
借她的才貌以助他叛国計画。故把麗雯認作乾女、並着她易名為鳳萍郡主。並恩准她带同
家人住進王府。程母欲救倩雯不遂、十分焦急。回家喜知麗雯已貴為郡主。乃請她速往衙
門営救倩雯。○這時、玉龍亦已医好双眼、他考得功名、並当了知府。為官一向公正厳明。
一天、廉御史到訪。告知他暗中調査魏忠賢叛国的陰謀。着他協助。玉龍答允。忽然、伝
来堂鼓響声、玉龍便即開堂審理倩雯搶劫一案。玉龍以為証拠確鑿、先判倩雯收監、再候
発落。其後程母与鳳萍郡主（即麗雯）先後趕到、麗雯与玉龍不知対方本来身分、在公堂
上針鋒相対、互不相譲。○魏忠賢知道麗雯到了衙門、亦来探究竟。他発覚玉龍為官剛正、
決定招為心腹、並着玉龍立即随他乗官船上京。玉龍因受廉御史所託、便仮意答允、以便
暗中蒐集魏忠賢的叛国罪証。○文華為逃命而四海為家。某日、他欲渡江時、巧遇玉虎。
原来玉虎亦淪為盗賊。專劫富済貧。是次欲打劫文華、遭文華奮力反抗、二人対打間、也
覚対方武芸非凡、互相欣賞、後結義為兄弟、並相約当晩合力打劫一艘泊岸的官船。○深
夜、文華与玉虎分頭伺機劫船、巧遇麗雯和文華各人才知彼此近況。麗雯願助文華洗脱罪
名、並託他尋找玉龍下落。○玉虎亦於官船遇上玉龍、玉龍告知近況、着他協助搜集魏忠
賢罪証。並託他尋找麗雯消息。○文華曽見玉虎保存麗雯的訂情金釵、以為他就是麗雯的
情人。玉虎告知他的兄長才是麗雯朝思暮想的人。玉虎与文華決定約玉龍及麗雯到楽府相
会。○玉龍与麗雯在旧地重逢。二人赫然発現対方就是当日対簿公堂的郡主和知府。両人
喜知対方亦已双目復明。麗雯更告知玉龍、魏忠賢決意逼她入宮作妃蠟。○魏忠賢得知麗
雯私会情人而趕来、並逼麗雯随他回府。此時、廉御史已掌握魏忠賢叛国罪証、与程母、
倩雯、文華、玉虎趕来、捉拿魏忠賢。文華因立了大功、得以復職将軍、程母見玉龍和文

華都做了官。而又与麗雯、倩雯情投意合、故准許両对情人成眷属、全劇終結。

53) 『大埔頭太平清醮特刊』、1983年11月、雛鳳鳴劇団、戯単【英烈劍中劍】明中葉、君昏民困、権臣孟奎私通倭寇、元老苟儒探知、孟路過淮南、擬師專諸聶政故志、謀刺孟奎。滙南水泊隱居、龍家国老、孫児家烈（弟）、家節（姉）、祖孫三人、均抗元死節。国老感悟、忠于一君一姓家天下、弄到龍家死相繼之非、日夕課孫練武、不問世事。対苟儒苟煜叔姪登門求見、求借龍家独門劍中劍、謀刺孟奎一事。堅決拒絶。苟儒力陳殺孟、乃為民除害、並非忠于一姓家天下。国老凜于大義、命家烈仗剣出擊、臨行囑附；不成功便成仁。家烈上路、則与暗相愛恋之村女襄如玉話別、贈以玉佩、諱言使命、並託姉家節照顧如玉。家節以弟隻身行事、誠恐有失、又将照顧任務托付乳娘、已易釵而弁、跟踪策応。投店巧遇如玉、発生誤会、打将起来。原来如玉兄襄陵也是地下分子。如玉驚悉愛人肩負重任、乃亦随同家節、上路聯手鋤奸。孟奎酷愛宝剣、此時進軍滙南、有号称無敵之司徒偉英衛侍。家烈営前売剣、幾次瞞過偉英、得以接近孟奎。雖然使出独門劍器、仍不敵偉英勇武、反被擊墮懸崖。孟奎搜索多時、発現刺客已死、面目模糊、乃高掛人頭懸賞、招人弁認。一面設伏以誘同謀。家節与如玉、打探家烈消息時、遺下玉佩、泄露了行踪。司徒偉英与孟奎合計試探龍国老。家節与如玉帰家報凶訊、龍国老冷静応付孟奎。家烈後帰家団聚、衆再謀誅奸之計。国老率衆人尋得桟道、突発奇兵、連場大戦、令孟奎敗走江辺、遂伏誅于家烈剣下。

54) 【百度】【刁蛮公主莽将軍】前朝公主司徒静被大将軍司徒青云夫婦収養、倍受寵愛。司徒静天性活潑開朗、冰雪聰明。她最喜歡外面的自由世界、毎扮成男子、游走于市井小巷中、加上她以少俠自居、我行我素、天馬行空、又喜悪作劇、所以三教九流的朋友送她親昵綽号"小龍蝦"。継位不久的年軽皇帝朱允雖少年英武、大智大慧、却有些愁眉不展。朱允雖為皇帝、却大権旁落、内憂外患使宫中的他十分不在。于是他想方設法出宫査民心、訪民情、同時也譲自己享受些自由時光。司徒静在市井朋友万人敵的勧説下、決定打劫斉国公的不義之財。不料找錯了人、奪了白雲飛的訂親鐲子。朱允出宫后遇見了善心大発的司徒静、他対這箇仗義疏財頗受市井百姓喜愛的"小龍蝦"極有好感。朱允念念不忘"小龍蝦"、屢次出宫尋找。之後他和司徒静、白雲飛再度相遇、三人惺惺相惜、司徒静提議三人結成兄弟。大将軍司徒青雲和宰相文章両家水火不容、偏偏司徒剣南和文章的二女児文薔深深相愛。司徒静被哥哥与文薔的真情感動、決定幇助成全他們。朱允和白雲飛在幇助司徒剣南和文薔的過程中、発現了司徒静的女児之身、両人也都在心里喜歡上了司徒静。朱允為了司徒静、執意不立文媚児為皇后、白雲飛為了司徒静、決意中止和安寧公主的婚約。司徒静珍視与朱允、白雲飛的友情、決定誰也不嫁。同時覚得白雲飛和安寧公主是很好的一対、她想尽辦法成全二人、可二人在一起就是生気打鬧、全不符司徒静原先的設計。最後経歴種種磨難、司徒静与朱允在一起。従此、刁蛮公主正式歩入学率宫中、宮中于是大乱、寂寞的皇宫従充満歓声笑語。

55) 陳守仁『初探』65頁。【唐伯虎点秋香】○【初遇】祝繡鳳是才子祝枝山的妹妹、也有才名。她一向暗恋杭州才子唐伯虎。這天、繡鳳命侍婢陶陶往門外打聴唐伯虎的行縦。一会、唐伯虎与家僕唐興到祝家探訪繡鳳。陶陶喜与唐興相聚、二人外出、親熱一番。繡鳳与伯虎即席写信及読信、互訴思慕対方之情。繡鳳欲与伯虎相訂白頭約。伯虎則借故回避。時値天后誕、伯虎与唐興離開祝家、到外面去趁熱鬧。適逢相府蕭夫人与侍婢春香、夏香、

秋香、及冬香携帯紅盒及香燭、往天后廟上香。伯虎被秋香容貌吸引、目不転睛、盯着她。
伯虎一不小心、碰跌了秋香的紅盒。被春香等三人侍婢痛罵了幾分。夫人及秋香等衆人動
身入廟、伯虎仍然凝望着秋香、使秋香対他生了一点好奇心。臨走時対他回眸一笑。她們
入廟後、伯虎正欲跟随前去、却遇錢三爺請求伯虎馬上往祝府為他写扇、伯虎接過扇子、
答応三天之内写好、便与唐興入廟去。○【寺会】伯虎嘱唐興切勿泄漏今天追随秋香一事。
之後、追入廟去。他見到天竺寺的住持法師、訛称自己在杭州尋親不遇、正設法謀取盤川
回郷。法師鑑於廟内解籤及廟祝已回家、着伯虎権充廟祝、以賺点解籤錢作盤川。蕭夫人
在禅房休息、命秋香到大雄宝殿為她求籤。秋香見廟祝是剛才廟外凝望她的浪子、本不願
去、但無奈領命。秋香請伯虎解籤。伯虎詐称;籤文四句是「八月十五桂花香、桂花無主
姐無郎、自有南宮攀桂手、折得秋香圧枕旁」。並説秋香今年一定紅鸞照。其時蕭夫人従
禅房走到正殿、問秋香求得何籤。秋香故意高声伝語、謂、解籤先生説、「夫人不応単在繡
閣懐春、及今年一定成就美満姻縁」、令夫人感到莫名其妙。春香、夏香、及冬香等也責
問廟祝、又説要拿掃把打他。伯虎唯有声声求饒。夫人不願追究、命秋香在正殿等候大少
奶、自己与其他侍婢返回禅房休息。伯虎把握与秋香独処機会。盛讚她天生麗質、並多番
追問她的身世。秋香欲拒還迎、却十分矜持。伯虎坦言欲娶秋香、她則半信半疑。索性不
瞅不睬。這時蕭夫人的大媳婦馮彩蓮到達正殿、彩蓮是伯虎表姉、見伯虎色迷秋香、乃簡
述秋香身世。伯虎坦言;不願以解元身分追求她、而盼望她不論身分下嫁於他。並声言;
今秋必成好事。彩蓮不信伯虎能以平民身分娶得秋香、乃与伯虎打賭三千両銀。蕭夫人知
彩蓮已到、乃命家人起轎離廟。伯虎乗機緊牽秋香鸞帯、秋香見他如此痴情、既喜歡又覚
討厭、臨行時、向伯虎再回眸一笑、伯虎乃決定緊緊追随前去。祝家小姐的陶陶到来、請
伯虎前去祝府。唐興謂;伯虎已離走、却説;不能泄露 今天発生何事。陶陶不悦、与唐興
起了争執、憤然離去。○【追舟】在渡頭裏、蕭夫人及家人已登上官船、準備啓程回蕪湖
相府。伯虎追趕前来、登上一艘画舫、叫船家緊随官船。原来這船家、自幼無名無姓、他
知伯虎意在追縱官船、即索船資一両。船家自言;無名無姓、若伯虎能替他起一個好名、
即給伯虎折扣。伯虎見船家唯利是図、乃存心作弄、遊説他以「米田共」為名。船家不懂
三字含意（糞）、欣然接受。這時、蕭夫人号令官船啓航、伯虎也叫米田共啓航。米田共
一辺撑船、一辺唱鹹水歌、伯虎霊機一触、乃請米田共唱歌以引秋香注意。一曲既畢、秋
香還是没有出来。伯虎乃叫米田共収口、索性自己唱。秋香果然聴到歌声、由船艙走出
来。接唱了幾句。但一見伯虎在画舫上、即臉色一沈、伯虎叫米田共撑近官船。向秋香道
明乗船追随、全為愛慕秋香、並請秋香到画舫上。秋香薄責伯虎軽狂、不肯到画舫上、並
返回船艙裏。這時彩蓮発現伯虎画舫上、便嘲笑伯虎追求秋香定必徒労無功。叫他;倒不
如先奉上三千両銀認輸了事。○【売身】天亮、官船已靠岸、岸上蕭家二公子華武（又名
二刁;雖家門顕貴、生得傻戇）及家人早在等候迎接蕭夫人。夫人、彩蓮、衆侍婢相継登
岸。秋香走在後頭。伯虎也跟随登岸。米田共却追収船資。伯虎身無分文。乃取出錢三爺
給他的紙扇、借用米田共画舫中的筆墨、扇上画了幾筆、促米田共拿去典当作為船資。伯
虎緊随秋香、直至相府門外。秋香進了相府、一会拿着街招出来、在府外墻上張貼。原来
相府欲請一家僮、伯虎見此、馬上問門子如何応徴。門子説;做家僕、必要売身、乃叫伯
虎与韓寡婦安排細節。韓寡婦吩咐伯虎認作她的姨甥、答応為他打点入府為僕。秋香見這
個痴情秀才為追求自己竟肯売身、一再向伯虎回眸一笑、令他興奮莫名。○【盤秋】在相

府内、彩蓮為求贏取伯虎三千両銀、決意破壞伯虎対秋香的追求。她告知秋香、謂：這個登徒浪子並非誰人、而是杭州頗負盛名的解元唐伯虎。又謂：他之所以不向秋香表明身分、全為玩弄秋香、使她死心貼地愛上他。秋香聽此、原対伯虎的些微好感也消失殆尽。她們既知伯虎詐作売身入府為奴、二人協議合力把伯虎趕出相府。一会蕭夫人到堂中坐下、吩咐各家人準備晚上於翠楼設壽宴及測試大、二公子文才両事。時伯虎剛入相府、因相貌俊秀、備受衆侍婢愛慕。侍婢更有因他而爭風呷醋。冬香引伯虎到堂上、拜見蕭夫人。夫人為他起名華安。夫人去後、伯虎与彩蓮独処堂中。伯虎謂：若得彩蓮為他穿針引線、贏取秋香芳心、他願以三千両銀相贈。彩蓮答応、但仍要伯虎慇懃対她。伯虎得意忘形、一手搭着彩蓮、一辺向她道謝。豈料、這時大公子華文（又名大賢）及蕭夫人来到堂上、華文為人戇直、見彩蓮及伯虎態度親昵。憤而質問彩蓮是否私通美少年。蕭夫人也気極、差点暈倒。決定壽宴後、驅逐華安。命家人找韓寡婦到来帯走他、秋香也趁機嘲弄一番。○【伴読】在翠楼壽宴上、蕭夫人坐在中央、華文、華武分別坐在両辺。秋香、伯虎及衆侍婢則侍立両旁。華文、華武正苦思如何対通夫人所出的上聯、二人又爭着要秋香磨墨。夫人乃命秋香分別為華文及華武磨墨。伯虎乘機提点華武、令他対通了上聯、使夫人大悦。華文見華安提点華武、也請華安為他磨墨。経華安提点、華文也対通了、亦令夫人及彩蓮大喜。這時、有人通報、韓寡婦已到相府、欲見華安、夫人乃命華安前去。伯虎去後、夫人出題測試華文、華武的文章工夫、二人無法動筆。乃向夫人坦謂剛才対聯全賴華安提点。夫人大怒、命人伝華安到来責問。彩蓮及秋香則加以推波助瀾。華安訛称：自己年少喪母、念母之情促使他提点両位公子、免使夫人因兒子不才而心痛。夫人同情華安而加以原諒、又出題測試他的文才。華安応対自如。使夫人更生憐才之心。夫人決定挽留華安、命他教導両位公子、及与秋香一起、陪伴夫人左右。彩蓮及秋香見驅逐華安計策失敗、十分不快。○【盤僕】在祝府裏、陶陶及繡鳳已有半年、未見伯虎及唐興蹤影、二人単思成疾、終日煮藥及自嘆。這天、唐興到来祝家、原来他也因想念陶陶致単思成疾、在繡鳳多番追問下、唐興終於道明六個月前天后誕那天、伯虎在天竺廟遇上一個艷婢、之後半年来音訊全無。○【問扇】這時、錢三爺与錢夫人拿着一把扇来找繡鳳。原来三爺一向経営当舖、他在蕪湖的支店收得此扇、見確是伯虎手跡。乃前来祝府向繡鳳查問伯虎行蹤。繡鳳推想伯虎身在蕪湖、決定帯同陶陶前去尋訪。○【点秋香】伯虎独自踱歩百花亭、伯虎自嘆半年来雖絞尽心思、仍未能贏得秋香芳心。這時秋香又到来、伯虎乘機多番痴纏、秋香還是未為所動。伯虎無計、唯有明言自己解元身分。秋香却詐傻扮懵、謂：不知何謂解元。並把伯虎捉弄一番、之後離去。衆侍婢陪伴蕭夫人到来百花亭。夫人説祝府繡鳳小姐到来、請華安小心侍候。一会、家人領祝繡鳳到来、伯虎奉茶給她。繡鳳識破伯虎身分、却不動声色。蕭夫人讚繡鳳哥哥祝枝山的文才与唐伯虎齐名、繡鳳借機述説、唐伯虎已死。繡鳳及彩蓮更故意講述伯虎風流不羈、到処拈花惹草的劣行。令仮扮華安的伯虎牙切齒。繡鳳向蕭夫人交代伯虎因色迷某府艷婢、不惜忘祖忘宗、改姓換名、売身入府、却因艷婢不為所動、最後喝水火三斤、自殺身亡。彩蓮又乘機、呪罵伯虎一番。夫人却因憐才早折。対伯虎早逝甚表同情。繡鳳拝辞夫人、夫人命華安送客。一出相府門、繡鳳則責伯虎色迷艷婢、把她冷落。伯虎向繡鳳致歉。又謂：自己愛慕秋香情真、令繡鳳改怒為憐。並教他贏取秋香的妙計。繡鳳及陶陶去後、華安報上、対夫人説、祝府願以年薪三百両銀雇他為僕、並答応讓他在祝府侍奴婢中、挑選妻子。夫人、華文、華武等、均極想挽留華安、夫人乃請華

注(55)55-56　　　　　　　499

安留在府中、答応同様給他年薪三百両銀、及准他馬上在衆婢中挑選合意者為妻。彩蓮怕伯虎娶得秋香、謂；伯虎運用詭計、騙婚。叫她向夫人誓死反抗。秋香反対無効、哭了起来、奔回房去。伯虎追至、欲加安慰、秋香以伯虎為風流浪蝶、故不願下嫁。伯虎則百辞莫弁。此時門外人声嘈雑、原来祝繡鳳、陶陶及唐興等人領来家丁到蕭府、謂；是代表伯虎下聘秋香。秋香本仍堅持不肯下嫁伯虎。繡鳳向她解釈説；曽有多位名門淑女欲与伯虎成婚。伯虎一一回避、可見伯虎並非風流成性、而是対秋香、情有独鍾。秋香聴此、尽釈前嫌、夫人也立秋香為女、使伯虎与相府千金成親。彩蓮見伯虎佳偶天成、転怒為喜、並撮合繡鳳与華武的婚事、全劇結束。

56)　　陳守仁『概説』163頁。【百花亭贈剣】田弘的女児田翠雲為報答太后相救之恩、在安西王府当宮女、忠心侍奉安西王及百花公主。安西王与八臘開知十二路御史到来查探、暗加提防。八臘更命手下、倘見陌生人前来、即加殺害。○安西王為了百花公主的終身幸福着想、希望她早日找到意中人。唯是百花公主終日専注軍務、無心求偶。○鄒化是朝廷派来征討安西王的元帥。統領十二路御史。六雲是十二路御史之一、与鄒化更是丈舅関係。六雲奉命混入安西王府中、探察軍情。不惜改名為海俊、更装瘋扮傻、大罵八臘、以引八臘的注意。八臘不堪受辱、並懐疑海俊是奸細。正想殺掉六雲之際、安西王到来。安西王一向重才、他見海俊気宇不凡、覚得他必成大器、故釈放海俊、並任他為参軍。○八臘為了置海俊於死地、設宴将海俊灌酔、然後把他送入百花宮裏、並趴酔於百花亭内、百花宮的百花亭原是百花公主的閨閣、一向不許任何男子進入。違者、便要斬首。○江花右、本名江湘卿、是鄒化的妻子、也即六雲的姐姐。花右因五年前路過衡山、被百花公主誤為奸細逮捕、自此与鄒化及六雲失去聯繋。後公主查知花右無辜、公主更賞識她的才華、便許花右跟随左右、与百花情若姐妹。○花右発現有人擅闖百花亭、查問下才知海俊正是她的胞弟六雲。両人正互道近況時、聞百花公主即将前来操練兵士、遂叫海俊蔵於麒麟石後。○百花公主在操練兵士完畢後、察覚花右的神色有異、知道必有内情。向花右相試。赫然発現石後有人、即命他現身。○百花公主発覚海俊是一位美男児、又文武双全、便饒恕他誤闖百花宮之罪。她為免人疑、叫花右急速帯海俊離開。但心裏却想海俊留下。花右知暁公主的心意、叫海俊借詞留下、自己先行離去。公主不知海俊仍在外面徘徊、把愛慕心声尽訴、也不自覚地叫海俊的名字、海俊瞬間現身、並説已聴見公主心声。使公主尷尬不已。○海俊誓言与公主共効鴛鴦、百花公主也鍾情於海俊。在百花亭相贈鴛鴦宝剣。安西王知悉百花公主破例允許海俊進入百花亭、猜想百花公主必然鍾愛海俊、遂命両人成婚。八臘仍恨海俊、対婚事力加反対。但安西王不納。○田翠雲与身処安西王府外的哥哥田連御暗通消息、告知他新来的海俊将与百花公主成親。○田連御是安西王及百花公主的手下。為了查探朝廷動向、仮意投到鄒化営下。鄒化派連御追随六雲、籍以刺探六雲的挙動。○海俊与百花公主成親後、到軍営見鄒化、説他為了答謝公主的痴情、不能再暗通消息。鄒化頗為不悦、海俊懇求鄒化、在攻打安西府時、放公主一条生路、鄒化詐説；将不在百花宮南面駐兵、好譲公主逃脱。其実、鄒化欲施反間之計、並馬上告訴田連御即在百花宮南面駐紮重兵。○花右到軍営、与夫相見。鄒化見花右腰間有百花公主的令箭、遂灌酔花右、並偸取令箭。○田連御跟随海俊到百花亭後、立即向百花公主告密。他暗蔵字条於茶杯内、告知公主海俊本名江六雲、是花右的弟郎、也是朝廷十二路御史之一、与公主成親、只是為了刺探軍情、字条又説百花宮南将有鄒化的重兵駐守。○百花公主多番套問海俊、海俊

不得已透露真正身分。並請她在鄒化進兵時、必須往南方逃走。公主大怒、以為海俊不只騙情、也有意把她置之死地。○八臘追殺海俊、公主不忍見海俊遇害、阻止八臘、並放走海俊。○鄒化偷得花右的令箭、得以攻陷安西王府及百花宮、百花公主無力還擊、公主正想輕生之際、田連御叫田翠雲与百花公主調換衣服、由田連御接応公主逃出百花宮。鄒化入宮。逮捕翠雲、以為她是百花公主。過後、才知公主経已逃脱。鄒化並捕獲安西王及八臘。○花右因偷了她的令箭、才得以順利攻陷安西王府及百花宮。怪責鄒化利用夫妻情、陷她於不義。○鄒化開堂審問安西王及八臘、並逼安西王修書促百花公主投降。○鄒化正下令斬殺安西王及八臘之際、六雲進見。求鄒化放安西王及八臘一条生路。鄒化不肯、六雲見求情無效、欲引公主所贈宝劍殉情。却被鄒化阻止。○百花公主与田連御会合江湖義士向鄒化挑戰、鄒化以安西王的性命相逼、百花公主唯有棄劍投降。公主以為六雲騙婚及出売她們。嚴詞斥責六雲。安西王告訴公主六雲曾試図自刎殉情、公主遂原諒六雲。○鄒化此時、突然請安西王上座、並表明自己無意加害、只望安西王放棄謀叛之心、以免自相殘殺。安西王遂答応鄒化所求。百花公主得与六雲再訂白頭、花右亦与鄒化和好如初、全劇終結。

57)『大埔旧墟天后宝誕特刊』、1980年、覚新声劇団、戯単【碧血写春秋】明帝昏庸、耽於色酒、疏於朝政、於是西宮国丈、乘機弄権、排除異己、勾結外族、欲謀篡位。而賈妃則狐媚惑主、讒害忠良。不少賢臣、無辜被害。惟亦有不少貞忠之士、民族英雄、匪但不懼権勢、不惜犠牲、暗中破壊奸党陰謀、保家衛国。鍾家一双攣生兄弟、一生事績、壮烈除奸、光栄殉国、値得千秋賛頌也。　国丈与遼王密謀明室江山。早為鍾家長子孝全与未婚妻陸紫瑛、其兄陸剣英等英雄聯結一班義士、暗中破壊。国丈祇知鍾老元帥于君、愚忠可欺、概不知其子之後生可畏也。一次老師病重休養、命長子孝全代掌辺関軍政。国丈以為孝全幼稚無能、約西遼王挙兵攻関。孝全攣生弟孝義、一向籍習武為名、与江湖豪傑結義、保衛朝廷。他本約孝全是夜相見、奉上機密錦嚢一個、但回家、始発現孝全已領軍出発。陸紫瑛初見孝義、以為是孝全、一度誤会他怯戰返家、後経鍾于君幼女慕蘭解釈、紫瑛才知孝義是孝全攣生弟弟。孝義、慕蘭、紫瑛三人、遂打開錦嚢、発現錦嚢密告有奸人暗算孝全。三人決定連夜趕路以助孝全脱離険境。孝全、剣英帯兵力戰遼軍、但不敵。軍士更被遼兵衝散。二人被引到一三岔口、孝全、剣英以為、小路会有伏兵、正打算走大路時、早在大路埋伏的遼兵殺出。孝全、剣英被重々包囲、情勢危急之際、慕蘭、紫瑛趕到、合力撃退敵人。西遼王大為驚、怪責国丈弁事不力、誓要剷除孝全。国丈盤算向皇上進讒、妄加罪名於孝全。然後、将他問斬。孝全突然接到皇上的詔書、命他即時返京、不得延誤。衆人均感事出突然、唯恐有詐。慕蘭驟見烏鴉飛過、感到有不祥予兆。孝全一向忠君愛国、明知各人所言有理。但他因不願違抗聖命、決定回京請求聖鑑。慕蘭有感孝全此去九死一生、紫瑛決定先趕回帥府向于君講明一切、希望于君到金鑾面聖、揭発権奸、以保孝全性命。孝全回京上朝、帰来而向衆人云：奉旨上殿、本以為自己対敵有功、理応受到奨賞、誰料、奸臣進讒、君王昏庸誤信、竟責孝全違君命、是以罷免官職、其父亦奏無効。国丈領着聖旨、到来鍾府、更力陳于君曾在殿上答允皇上回家取孝全的人頭。国丈揚言奉行行事、命人速斬孝全。各人欲救無従、孝全終死在国丈手下、衆人哀慟不已。此時、孝義回家来、痛知孝全慘死。他怒罵国丈売国求栄、乃対忠賢施以毒手、国丈大怒、命人把孝義擒拿。孝義却手執国丈通敵書函、並立即提刀殺死国丈、全劇結束。

注(56-57)58   501

58)　陳守仁『初探』9頁。【英雄掌上野茶薇】竇氏兄妹在京設舖、兄名「皮海」、売剣為業、
妹名「眉」、人称「茶薇」、樣貌娟好。原來兄妹依靠偸窃為生、茶薇恃両分姿色、常乗客
人不察時、盗走其佩剣、之後、交竇皮海改頭換面而出売。他們三年前、　曽得宝剣一柄、
剣上刻字「誰得此剣、必成天子」。茶薇亦与太子朱二奎互生情愫、故把宝剣贈給太子。二
奎、之後、周遊列国、与茶薇分別已有三年。茶薇把三柄剛才盗得的剣交給皮海。謂其中
一把原是太師公子所有。皮海担心一旦被太師識穿是他們偸剣、必会惹禍。○茶薇回到酒
簾売酒、門外來了一位佩剣的中年男子。原來朱允文、不久前、即位為建文帝、為体察民
情、今晩微服出巡。他來到酒簾外、遣退侍従、独自坐在街辺、欣賞盛放的茶薇花。茶薇
被允文的剣吸引、主動向他搭訕、借機解下他的佩剣、使剣跌在地上。茶薇端酒出來、又
故意把所穿雪襖遺在地上、待拾襖時把剣包裹在雪襖内。這一切早給允文看見。他却不動
声色、詐謂：酒淡、請茶薇収回、茶薇謂：時候不早、請允文回家。允文識穿他偸剣、要
她付他一千両銀、又謂：要報官把她逮捕、嚇得茶薇下跪道歉。允文見茶薇一表人材、願
原諒她、及加以提携。茶薇大喜、馬上端酒謝恩。○皮海到來酒簾、喜見茶薇与佩剣客人
対飲、以為佩剣又将到手。這時、太師、軍校、及刀斧手来到酒席、一見皮海、太師命人
拿下、並宣布皮海盗剣、及搜羅天下兵器、意欲謀反。罪当処斬。立即就地執行。茶薇見
此、欲上前営救哥哥。却被允文阻止。皮海弁称冤枉、哀求太師放過。太師不肯。茶薇衝
出、怒責太師冤枉哥哥。又謂：自己才是盗剣賊、綽号「野茶薇」、一向寧死不屈。一語既
畢、見太師及一衆随員跪下。茶薇及皮海驚喜交集、以為太師欺善怕悪、今知理虧而求他
們恕諒。允文出來、叫各人起來、茶薇及皮海才知眼前人竟是皇上。允文謂：茶薇及皮海
只属小賊、当不致陰謀叛国。太師及随員離去後、茶薇及皮海向允文下跪、請求知罪、及
加以提携。允文見他們兄妹誠心答応改悪自新、乃領他們返回宮殿。兄妹随従允文離去後、
朱二奎到来尋找三年前向他贈剣的茶薇。二奎矢誓奪取江山及美人、以円他一生人的夢想。
二奎不見茶薇在酒簾裏、並得麟居告知茶薇已随当今天子回宮。二奎大怒、更痛恨允文及
太后、決定馬上回宮、争奪帝位及美人。○在金鑾殿上、大臣方孝儒及梁宗節等、与潘太
后恭候建文帝登殿。原來当年韋妃与潘后争寵、致潘后受尽冷落。今天潘后手握兵権、故
於先帝駕崩後、強行立允文為帝、自己垂簾聴政。○允文到来、潘太后告知二奎経已返京、
允文欲把帝位禅譲二奎。但潘后極力反対。又謂：已在金殿両旁埋伏侍衛、待允文擲杯為
号令、即衝出把二奎斬殺。允文反対殺死二奎、建議把二奎放逐遠方。潘后答応建議、但
声言：若二奎不肯接受放逐、則她仍会号令侍衛斬殺二奎。○允文登殿、潘太后坐在一旁、
監視他一挙一動。方孝儒奏称：原来竇兄妹是名将竇光的後人、允文乃将竇眉封為德寿女
官、又把竇皮海封為御史。朱二奎穿蟒袍及佩剣衝上金殿、更高声喝罵允文、要求允文把
身上龍袍交出。茶薇及皮海規勧二奎。潘太后則暗示允文擲杯号令、允文探知形勢嚴峻、
為保全二奎性命、強装憤怒、下旨永遠放逐二奎。二奎声言：若他能得到茶薇、即同意放
逐。茶薇願与二奎一起放逐。但允文却拒絶二奎要求。二奎不堪受辱、答応放逐。但要求
允文交還宝剣、允文還宝剣。二奎狂笑一番、声言：他朝必把恩義帰還。之後、離殿。允
文坦言不許茶薇随二奎放逐、是恐怕二奎耽於温柔郷、喪心奮発、則永無登極為皇之日。
允文又説潘太后百年帰老後、即当禅位与二奎。○朱二奎領部下数百騎、進攻燕国、二奎
部隊雖是兵微将寡、但二奎驍勇、勢如破竹、已殺到燕国王城外。燕国郡主馬玉娥出城与
二奎対陣、二奎則抜剣、宝剣果然削断玉娥的銀鎗、二奎得意忘形、欲乗勝追撃、却冷不

防玉娥施展絪索把他縛着、且動彈不得。二奎不堪被擒、欲闖死、但被玉娥阻止。玉娥看見二奎英雄蓋世、頓生愛慕之心、命手下釋放二奎。二奎道出自己本為大明儲君、因遭皇叔奪位、而到處流浪。玉娥願把二奎招為駙馬、答応説服父王借兵給二奎復国。二奎欣然承諾入贅燕国。〇二奎入贅燕国後、登位為燕王。不久、揮軍南下、殺人無数、席卷州郡、直達金陵。皇城被燕兵所陷、允文匿居玉泉寺。這天、二奎接到密報、率領部将李広及陳其、到玉泉寺找尋允文。二奎進入仏殿、吩咐部下；倘見明臣即逐一殺死。只有献上皇帝玉璽者才獲倖免。李広等先後殺死了方孝儒、梁宗節等、多位大臣。〇竇皮海捧玉璽到来、得免被殺。他把玉璽献給二奎、並欲勧二奎切勿向允文恩将報仇。二奎不聴皮海所言、下令伝允文仏殿問罪。允文上殿、二奎舉刀欲斬。允文謂；不怕身死、只悔当日放虎帰山、令百姓遇難。二奎抛下金刀、命允文自行了断生命。允文舉刀之際、二奎又奪去金刀、向允文追問茶薇的下落。二奎欲以允文生命要脅茶薇現身。〇二奎及部下離去後、允文万念俱灰、甘願削髪為僧、請禅師削髪。這時茶薇闖入仏殿、阻止禅師提剪。並懇求允文振作、及伺機収拾残局。允文自嘆無法力挽狂瀾。茶薇向二奎犠牲自己、趁着盗去宝剣及玉璽。皮海及允文均勧茶薇切莫犯険。但茶薇為報允文知遇之恩、並為解救萬民、決意犠牲。她探知成功之日是絶命之時。遂向允文祝願来世再見。之後、与皮海同去見二奎。竇氏兄妹去後、二奎折返、謂遍尋金陵、仍不獲茶薇。決意利用允文為人質逼使茶薇向他投懷、遂命手下把允文押返宮殿。〇在寝宮裏、玉娥慨嘆二奎暴戻成性、且冷待她及小児。深後悔嫁給二奎、及随他到来金陵。二奎回到寝宮。対玉娥不瞅不睬、口裏不忘「江山美人」及「茶薇」六字。玉娥責備二奎忘恩負義、二奎反叫她带孩子返回燕国。她抱起孩子、謂、要往径堂焼香。〇皮海拿着雪褸、与茶薇来到寝宮外、二人商議設法先盗取二奎的宝剣及冷箭、好把他的軍隊解散。茶薇進入寝宮、二奎喜見佳人、馬上擁懷裏、茶薇故作嬌嗔。皮海進来、借意把雪褸放在床上、蓋着二奎的宝剣、二奎与茶薇対飲美酒、茶薇詐謂、酒後身暖、叫皮海把雪褸拿走。皮海乗機把雪褸包着宝剣拿下。並把宝剣擲到宮外的樹下、茶薇又詐説、不勝微寒、叫皮海把雪褸放在卓上備用。皮海重施故技把二奎的令箭偸去。皮海離去後、茶薇乗二奎不察、在酒中落迷薬、之後、向二奎献酒。二奎把玉璽繋在身上、並与茶薇痛飲幾回、二奎略呈醉態、擁着茶薇到寝帳裏。〇二奎在帳裏、驚聞宮外擂鼓声響、懐疑茶薇献身掩飾詭計、怒把她踢出帳外、自己持匕首緊追来、責問她是否恩将仇報。茶薇請二奎交玉璽。二奎大怒、欲先殺允文、乃命人押允文到来、二奎的手下押允文到寝宮外、皮海殺死手下、再叫允文入内見二奎。二奎欲抬刀、却発覚手脚無力、茶薇坦言在酒中落了迷薬、並催促允文登殿重掌朝政。皮海亦進来。報訊、謂；経已用偸来的令箭把二奎大軍解散、允文正欲離去、二奎以箭射中允文背部、皮海急扶允文離去。〇茶薇欲向二奎奪取玉璽、二人糾纏起来、二奎薬力漸散、決定前去找允文、奪取龍袍。慌忙間、把玉璽遺在地上。茶薇緊随他去。這時玉娥回到寝宮、見地上遺下玉璽、又聴擂鼓声近、猜想二奎大勢已去、玉娥抬起玉璽、上前追蹤二奎。〇允文自二奎寝宮走至金川門前、已与皮海失散。其時勤皇軍士痛剿二奎残部。局勢混乱。允文慨嘆、自己無力守国、自己錯過当年姑息二奎、致今天生霊塗炭、辜負黎民。心想不如削髪為僧。百感交集之中、允文頓感背部劇痛、才知原来早已中箭、猜測自己必死無疑。茶薇也来到金川門前。循地上血跡找到允文。她見允文箭傷不深、乃扶他到金川門前石屋稍息。皮海到来、謂；已在金川門外埋伏八百士兵、而此処也是二奎逃命必経之路。料二奎已成網中之魚。茶薇既念曽与二

注(58)58-61　　　　　　503

奎有一夕情縁、但為了国家、她必須殺死二奎以除国禍、心裏非常矛盾。○二奎逃離寝宮、殺出血路来至金川門前、自己亦已筋疲力尽。他正欲走過金川門、却被皮海喝止。二奎見荼薇坐在一旁、問她是否願随他返回燕国再続情縁。荼薇冷笑、謂；二奎応該於金川門自殺以謝天下黎民。二奎狂笑、責荼薇竟不念二人曽一夕風流、並挙刀欲斬荼薇。皮海以双刀力擋二奎、二人大戦一回、二奎不敵、倒地。二奎請荼薇憐憫、並欲以情打動荼薇。懇請她放過眼前的枕辺情郎。正当荼薇心軟、不知如何取捨之際、門外伝来一陣歌声、皮海謂；天下百姓一直痛恨二奎。今籍旧歌謡抒発民怨。荼薇聴言、尽收憐憫、狠心請求二奎自刎謝罪。二奎亦知劫数難逃、挙刀之際、亦玉娥喝止。二奎見玉娥身披戎装殺至、喜出望外。以為是救星降臨。豈料、玉娥命手下呈上一副棺木、而她的孩子披麻帯孝。二奎見此愕然、追問究竟。玉娥責二奎忘情背義、又謂；今天願親手把他埋葬。二奎怕死、牽衣懇求荼薇放他生路。荼薇請他交回玉璽以息民憤。玉娥在懐中取出玉璽、抛在地上。二奎拾起玉璽、一時無限感慨。○允文及潘太后到来、二奎向允文献上玉璽求情、允文原諒二奎。願免他一死、並准他留在宮中。二奎拒絶允文所許、謂；自知今天難逃一死、只望死前与荼薇一叙、荼薇捧着二奎面頬、憐愛無限。她突然抜去二奎腰間匕首、自殺殉身。衆人見此不勝感慨。二奎遺願玉娥善待孩児、之後、也引刀自刎。允文命人把二奎及荼薇合葬於金川橋東。衆人均謡頌「英雄掌上野荼薇」、全劇完結。

59)　『赤柱天后誕特刊』、1979年、戯単【一柱擎天双虎将】姜元龍拠黄花山為寇、韓忠燕奉旨剿征剿、二人狸狸相惜、乃陣前結義。回朝面聖、由韓力保姜、乃為官於朝。蔡丞相献女為王、常以酒色惑君、為正官指摘。由是結怨。蔡欲謀朝、碍於韓氏之忠、乃欲勾結姜、使疏韓而為己助。姜知蔡、屢怒斥之、因触蔡怒。周廷光私通蔡妃、妃素淫蕩、乘機止其佞、為正宮所見。周乃謀殺后、而誣陥落於姜、藉以消除障碍。英宗皇帝不辨是非、正宮力勧細査不果、龍憤然拒捕、殺出皇宮。蔡即乘機奪位、龍掩護正宮逃逸、重返緑林；燕亦護帝出走。後四人重逢、英宗認錯、与龍、燕共商復国大計。龍扮作売芸女子、獲邀到殿前舞剣、伺機行刺蔡。燕与英宗則率義士攻入皇城、終殲滅奸党、重整朝綱。

60)　【百度】【萍踪俠影酔芙蓉】本劇講述大明使節雲靖（曹培昌 飾）奉命出使瓦剌、遭到瓦剌的漢人丞相張宗周（達式常 飾）陥害而被扣留幷放逐到漠北苦地牧羊。二十年後、瓦剌与大明修好、雲靖得以回帰大明故土。因為雲靖知道張宗周"復国"的大秘密、而被他的手下殺死在雁門関下、雲靖的孫女雲蕾（范冰冰 飾）和張宗周的児子張丹楓（黄海冰 飾）初次相遇幷親眼目睹了這一惨劇。于是、雲蕾背負着祖輩的深仇与張丹楓之間展開一段愛恨情仇、感人肺腑盪気回腸的故事。

61)　陳守仁『概説』103頁。【帝女花】明朝末年、崇禎帝掌政、但飽受内憂外患困擾。他有女二人、長平公主為長女、次女是昭仁公主。崇禎及昭仁常為長平終身大事費心。長平公主則自恃才高、因而無法選得才郎為駙馬。○大臣周鍾引領周世顕謁見公主、世顕以言詞及誠意打動長平芳心。長平衿羞、吟詩一首表達情意、詩云；「双樹含樟傍鳳楼、千年合抱未曽休、但得連理青葱在、不向人間露白頭」。衆人会意、周鍾連忙祝賀世顕。当時狂風大作、打熄彩灯。世顕吟詩一首、表明心跡。詩云；「合抱連枝倚鳳楼、人間風雨幾時休、在世願作鴛鴦鳥、到死如花也並頭」。長平深被世顕熱誠所動、対他讃賞不已。○崇禎皇在殿中慨嘆過去因重文軽武、致令今天国勢危在旦夕、他得知長平願委身於世顕、即把世顕賜封駙馬。二人尚未成親、李闖已率領賊兵、攻破皇城。為免后、妃及公主受賊兵汚辱、崇

禎帝先賜死皇后及妃子、再召長平公主上殿。崇禎一向疼惜長平、幾経折騰後、終於抛下紅羅、叫長平自打了断。長平決心殉国、駙馬却緊拉紅羅不放、並依依不捨。○崇禎駆逐世顕離殿、之後、追殺長平。他先誤殺昭仁公主、再用剣刺傷長平的手臂、以為長平就此死去。○長平為大臣周鍾所救、世顕得宮女告知、以為周鍾把長平屍首抱走、決定找周鍾乞取公主屍骸。○皇城被攻陷後十日、長平已在周鍾父子及女児瑞蘭的悉心照料下、漸漸康復。周宝倫及周鍾知悉明太子已被清人俘虜、遂商議把公主献給清帝、求取厚賞。父子二人密謀時、被長平及瑞蘭無意中聴到。長平欲自殺殉身、但被瑞蘭阻止、瑞蘭想出権宜之策、乗周鍾父子外出、用移花接木之計、詐説長平公主不甘被出売、毀容自殺。長平実則匿居於維摩庵裏、由瑞蘭暗中加以照料。○世顕此時、到訪周家、欲取回公主屍首。他得悉公主本来在世、却又自殺死去、世顕欲自殺殉情、却周鍾阻止、及逐離家門。瑞蘭安慰世顕、暗示他与公主、倘真有縁、仍将有相聚的一天。世顕無奈地独自離去。○一年以来、長平棲身於維摩庵裏、化名慧清。原来的老住持死去後、新住持不知長平真正身分、常加薄待。這天雪停後、長平出外拾取山柴回庵。○這時世顕巧経庵外、見道姑貌似長平、上前追問。長平雖見世顕、但心裏已無俗念、不願与世顕復合。乃不肯承認原来身分。幾経哀求、長平仍不為世顕所動、直至世顕欲以身殉、長平才与他相認。○此時周鍾与家丁追蹤世顕而到来道観。長平只有暫避、約世顕晩上二更在紫玉山房相会。○周鍾知世顕与公主仍有聯繋、遂奉承世顕、仍望能把公主及駙馬献給清帝、以博取俸禄。世顕在列出条件後、答応周鍾、尽力遊説公主入朝投靠清帝。○世顕、周鍾及十二宮娥往紫玉山房、進見長平。長平誤会世顕真意降清、悲痛欲絶。○周鍾与宮娥退下後、長平痛斥世顕把她出売、抜出髪釵、欲自刺双目、世顕向公主坦告仮意投清之計、以換取清帝釈放太子及崇禎屍骸厚葬於皇陵、長平発覚錯怪世顕、但表明即使清帝答応釈弟葬父、她亦絶不会投靠清朝。二人遂相約在計成之後、双双於含樟樹下殉国。長平含涙写表、由世顕帯呈清帝。○周世顕帯長平公主表章上朝、清帝不満世顕頌揚長平、威脅殺害世顕、世顕声言不怕身殉、並堅持在朝上朗読表章、周鍾及宝倫均不知表章内容、但力勧世顕慎言、以免触怒清帝、致他們烏紗以至性命不保。世顕朗読長平表章、朝中遺臣知悉公主要求釈放太子及厚葬崇禎。清帝聴表、大怒。並欲撕毀表章、朝臣見此暗起鼓噪、清帝為取悦群臣、心生一計、詐称答応公主所有要求、世顕遂伝旨告請長平上殿。○長平再度踏足昔日的明宮、一時百感交雑、彷彿仍見当年血跡在地上留下黄色斑紋。她感劫後回宮、彷如隔世、不覚無限感触地吟詩一首、詩云:「珠冠猶似殮時妝、万春亭畔病海棠、怕到乾清尋血跡、風雨経年尚帯黄」。吟罷入宮拝謁清帝、長平強忍涙水、且転愁為笑、清帝及百官見長平嫣然一笑、如釈重負、清帝更答応把她終身撫育。○其実清帝欲借重新賜婚以博取「仁政」之美誉、使前朝遺臣効忠清廷。他見公主及世顕均已入朝、竟違反承諾、不肯釈放太子、及厚葬崇禎。長平在朝上痛哭、触発遺臣対清帝発生怨懟。清帝被逼実践諾言。○世顕及長平得清帝所准在御花園含樟樹旁拝堂、之後、双双在樹下服毒殉国。○周鍾、宝倫及清帝此時到花園祝賀一双新人、才知二人已死。這時天上伝来歌声、迎接金童及玉女返回天庭。衆人才醒覚原来公主及駙馬本是玉女及金童。周鍾及宝倫自漸不已、請求罷官回郷。全劇在此告終。

62)　　赤柱街坊会『慶祝天后宝誕祭祀特刊』、1979年農暦3月22日、戯単【九環刀濺情仇血】○明朝末年、李自強兵破北京、明思宗（崇禎）煤山自縊、呉三桂引兵入関、李闖敗亡。将蔵宝地図交武当大俠血掌神剣凌梓雲、突囲而出、梓雲声絡八大門派、少林、武当、峨

眉、崆峒、天仙、崑崙、青城、終南、及天下緑林豪傑声盟響応福王〔明永暦帝〕起程抵清。奔走江湖、宝図未便携帯、遂交南嶽双俠之一、奪命無常苗金霸代為保存、時隔三年、群雄択日起兵、梓雲命愛徒閃電金刀雷経緯前赴苗家、索図掘宝、以作軍餉之用。○経緯奉師父命後、兼程趕赴南嶽苗家取図。途次、遇呉三桂侍衛長、南嶽双俠之二催魂使者雷萬嗔発生激闘、万嗔技遜敗逃、経緯亦遭萬嗔七日断魂毒針所傷、幸逢奔命無常之子、千里追風、苗継業代為療治、二人竟成八拝之交、結為兄弟、同赴南嶽而去。○奪命無常苗金霸心存大慾、欲拠宝図為己有、聞経緯至、遂使妻南嶽飛蛍陸彩虹義女凌波仙子苗秀嫺率壮丁拒守三重大門、以試経緯武芸、経緯芸高胆大、手掌金刀、勇闖三門。金霸不敢明与大門派為敵、又不甘坐失宝図。霊機一触、巧施美人妙計、使義女秀嫺与経緯婚、欲使緯長困温柔郷内、籍翁婿之情、逼緯献図譲宝。不惜将封存廿年之九環宝刀、贈嫺作為嫁粧。継業暗恋秀嫺已久、聞訊気結、準備大閙新房、責経緯無義焉。○洞房春暖、経緯心想正事、満懐愁緒、坐臥不寧。秀嫺為取悦楼個郎、慨将粧嫁之九環宝刀贈英雄。経緯一見宝刀、当堂大叫一声、昏絶房中。嫺急救醒問故、経緯猶如瘋虎、追殺秀嫺、嫺含涙相詢、緯亦未慣摧花、凄然詳訴往事。原来緯生母竟是廿年前一代俠女、名喚金鈎嫦娥趙芷明、一夕、仇家悪闘、身負重傷、逃至武当山下、巧遇血掌神剣凌梓雲、時経緯僅是嬰孩、尚在母懐中熟睡、芷明見梓雲後、知是一代大俠、遂将経緯負託、僅能説出―九環刀―児―姓雷等八字、即気絶身死。及後、経緯長成、知悉身世、苦尋殺母仇人、未獲。及睹九環刀後、驚覚嬌妻竟是仇人之女、岳丈原是殺母兇徒、嫺獲悉後、肝腸寸断、泣血陳詞、苦勧緯勿再生仇殺、冤冤相報、血債何期始了。二人言語、竟遭来閙新房之継業在窓外、窃聴。更引出金霸与経緯対質。金霸坦承是殺経緯母仇人、但非元兇、主使者另有其人。相約明夜壽誕宴中、指出主謀之人。已了此冤業。○寿誕宴開、群雄雲集、経緯単刀赴会、昂然不懼。金霸引出元兇、赫然是催魂使者雷萬嗔、経緯与仇人見面、上前搦戦。詎知、万嗔悲呼我児不已、緯莫名其妙。金霸遂笑言其故、原来廿多年前、霸与萬同是江湖巨盗、二人合夥廿載、形影不離、故有南嶽双兇之名。後萬嗔奔呉三桂、桂以重用、後桂引清兵入関。事前為万嗔妻金鈎嫦娥所聞、苦勧万嗔勿助紂為虐。万嗔不聴、金鈎嫦娥憤而抱児女出走。嗔恐事洩、飛伝江湖急令、使金霸獲金鈎嫦娥、殺之滅口。経緯聞説之下、恍如晴天霹靂、呆若木鶏。万嗔更付言、三桂欲得此図、逼緯献出、則金霸与父子三人、可得蔵宝之半数、且功名在望。如緯不従、則父子翁婿之情、一刀斬断。三鼓時分、灯滅人亡、緯見生父如同禽獣、悲憤莫名、奔回房中、掩門痛哭。金霸恐緯念父子之情、私将宝図献嗔、更欲斬草除根、務去緯而後快、逼嫺取図殺夫。秀嫺在淫威之下、強作負義之人、暗蔵匕首、俟機殺緯、以酬金霸廿載養育之恩。○玉漏催人、三鼓瞬時即将至、緯痛下決心、拼死父刀下、決不献図苟私、束装待戦、留書与秀嫺別賦、書写間、秀嫺潜至、見状深為感動、不忍殺緯、反諭緯殺己、免難為左右。緯暁以大義、嫺終醒悟、夫妻携手、殺出三重壮門、寧為玉砕、不作瓦存。○金霸知悉秀嫺叛己、赫然震怒、誓殺緯嗔洩恨、経緯秀嫺雖継業彩虹一面網開、奈何金霸坐鎮堂前、無能飛渡、一場悪戦、嫺与緯、俱不敵、急急間、緯跌下宝図。金霸万嗔同撲前搶奪。万嗔悪念頓生、竟在金霸背後、猛施毒手、金霸驚覚無及、怒刺万嗔、一双老鴛伴、互纏至死、同帰於尽。死時猶相視、獰笑不止。合握一半宝図、含恨而終。幸彩虹深明大義、捐棄前仇、不但釈経緯秀嫺、且与児継業、率領南嶙群雄、参加抗清義挙、共保明室江山焉。

第4章　粤劇100種梗概／注63-67

63) 【百度】【金鏢黃天霸】康熙年間、揚州悪虎村聚集着四位被人称作“南方四霸”侠義之士、分別是：賀天保、濮天雕（張続成 飾）、武天虬（宋文華 飾）和黃天霸（王群 飾）。他們行侠仗義、嘯聚山林、為窮苦百姓所愛戴、又為官府富豪所憎恨。新任揚州知府施士倫（仁祥 飾）捕殺賀天保、懐恨在心的黃天霸与鳳凰山寨的張七父女（劉貴 & 陳永霞 飾）同趁月夜行刺施士倫。然官兵守衛嚴密、黃幫助張氏父女、自己却為官兵拿獲。施士倫知暁天霸孝悌、故意放其回家中探望病中的父親。

64) 【百度】【龍鳳奇緣】乾隆年間、嘉慶身為皇子、文武全才、他為尋求真愛、微服出行江南、既了解民情、又尋得江南美女石双双、本劇造就了一箇動人的愛情故事……清朝乾隆年間、被乾隆立為皇太子的十五皇子隅琰為到民間找尋真愛。以游走民間、歷練人生的籍口、推遅与任性刁蛮的軍機大臣楊美波之女楊養兒的婚期。権臣和坤生怕権位不保、期間集各方力量企図加害隅琰。隅琰下江南的消息被楊養兒知道、楊養兒以找尋夫君為名偷偷跟去、陰差陽錯的認定撿了隅琰途中遺落貼身小印的窮小子錢通是‘皇太子’。隅琰遇上了江南首富石運開的独生女石双双、并対她一見種情。琰為求真愛、決定以‘龍十五’的身份、想尽辦法接近石双双。但遇到同樣追求石双双的蘇州知府之子朱大昌的阻撓。朱大冒在一次抓賊的同時、誣陷龍十五是乱賊、想置龍十五于死地、幸得双双以自己已名節来保住龍十五的清白、兒女私情統一箇乱字、石双双和家丁龍十五情深意濃、‘皇太子’錢通移情別恋石双双、軍機大臣的女兒養兒摯愛着假皇子錢通、朱大人的兒子朱大昌追求起養兒来了、這是哪箇月老攏乱了紅線牽出来的結果呢。龍十五在一次查假銀子的過程中被和坤発現了他的行踪、仮皇子錢通却成了他代罪羔羊。龍十五為了双双与朱大昌比試奪妻、雖然贏了、但被朱家以権力駁回、為此龍十五帯着双双私奔回京。回京後双双鼓励十五考取功名、不料十五却偷偷返回紫禁城。双双代其考試、并高中了状元。琰把双双的事告訴乾隆以後、這下可連乾隆都頭疼了……

65) 【百度】【胡蝶杯】江夏県令田雲山之子田玉川、携伝家宝蝴蝶杯、往游亀山；遇両湖総督魯志紅之子世寛、強買胡彦之魚、犬咬胡手、胡斥以無理、又遭鞭打。玉川抱不平、打傷世寛而去。世寛、胡彦帰家皆亡。盧林派人捉拿玉川、幸遇胡女鳳嬌所救、蔵于舟中。患難相遇、互訂終身、玉川以蝴蝶杯為聘。鳳嬌持杯投衙告状、得見雲山夫婦。魯志紅捕玉川不獲、竟仮石堂会審雲山。雲山侃侃申弁、鳳嬌闖上公堂、代父申冤。魯詞窮、限雲山輯子帰案。布政使董温喜鳳嬌智勇、収為義女。魯志紅奉旨南征受挫、得雷金州（田玉川易名）為将、転敗為勝、大破敵軍。凱旋帰来、魯強将女児鳳蓮許之。花燭夜、玉川実告鳳蓮。鳳蓮欲打不忍、放走玉川。次日魯志紅派人催索、雲山綁子上堂。七堂会審之時、魯志紅方知雷金州即田玉川、殺赦両難、意欲認親、胡鳳嬌突至公堂認夫、魯羞怒、逼田、胡離異。董温仗義執言、田納双鳳、鳳嬌為妻、鳳蓮為妾。

66) 【百度】【清官斬節婦】江秀姑嫁与文俊卿、懐胎六月産子、家姑誤会秀不貞、迫子卿休妻。秀従此居于文家柴房、不得与卿見面。家姑更趁卿上京赴考逐秀。盗寇乱城、卿兄嫂棄母逃命、秀却不念旧悪、照顧卿母。卿高中後、即将回郷任官之消息伝来。兄嫂恐受責、竟買凶飛天老鼠殺母、嫁禍于秀。秀被判死刑、剛回郷的卿亦束手無策。最後兄嫂欲殺鼠滅口不果、反為鼠所殺。行刑之日、忽雷電交加、元凶鼠突来投案、秀終沈冤得雪。

67) 陳守仁『概説』65頁。【艶陽長照牡丹紅】時值除夕、長安市成親王門外市集裏、有不少売花女擺売鮮花。当中沈菊香与翠環是相熟的売花女。窮挙人李翰宜也在此処擺檔売揮

注(63-67)67   507

春睇相（広東語；看相）。翰宜看見菊香亭亭玉立、禁不住与菊香搭訕。叫她看相。二人
傾談起来、十分投契、翰宜看到菊香相貌不凡、断定她今晩則開始紅運当頭、但不久之
後、将行悪運、之後又会否極泰来。翰宜又説自己運程恰巧与菊香一模一様、菊香以為翰
宜有意開玩笑、不以為意。翰宜坦言自己已中挙人、可惜無銭再赴試、以致進身之路、菊
香同情翰宜、説；若自己有能力、定必出資襄助翰宜。又勧他切莫気餒、二人互相她励之
際、剛巧有人找翰宜写揮春、翰宜叫菊香等他一会、以為一息間仍可見面。○鎮守長安的
成親王桂守陵有妹、名桂艷裳、深度近視、戴着眼鏡来到市集買花、菊香賺快銭幇助翰
宜、心生一計、遊説她脱去眼鏡、再以枯枝咒給艷裳。親王随從呉中庸見艷裳被騙、前来
責罵菊香。艷裳威嚇説要逮捕菊香。擾攘之際、成親王桂守陵路経市集、見菊香頗有姿色、
頓生愛意、欲即時迎娶。却又嫌菊香身分寒微、及挙止粗魯、怕被人譏笑。随從呉中庸献
計、謂親王出資先送菊香入教坊、習礼儀及歌舞、可待她成名後才迎娶。菊香聴此建議、
一心想着他朝成名、可以襄助翰宜読書及赴考、乃暫時答応。守陵為她起名、「牡丹紅」。
又因自己尊貴身分、不便出入教坊、乃命艷裳監視「牡丹紅」一挙一動。○呉中庸的姨媽
李三娘是教坊主事。這時到来带菊香到教坊去。菊香詐謂欠姉妹銭、要守陵給她一些銭来
還債。実則暗地吩咐売花女翠環把銭転送翰宜。又叫各売花女切勿張揚她進教坊一事。守
陵、菊香、及衆人離去後、翰宜折返市集、欲找菊香。翠環詐説；菊香已随舅父回郷過年、
並把銭交給翰宜。翰宜以為；翠環慷慨贈資、向她一再道謝。並承諾他朝顕貴、必定酬謝
所有売花女郎。然而翰宜最掛念的、仍是菊香。○菊香進入教坊、習芸一年、已経成為一
名紅歌姫。牡丹紅一名、亦不脛而走。除売唱外、菊香毎天在教坊裏、寄情於写詞、並時
刻掛念翰宜。翰宜得菊香助、這時也已成為長安名士。○教坊主事、李三娘、及桂艷裳来
到菊香房間、説；親王即将到来迎娶菊香。菊香自知曾利用親王恩恵来栽培翰宜。将来難
免下嫁親王為報答。但捨不得翰宜、矛盾之際、菊香只能借故拖延婚事。○艷裳対菊香説、
自己喜歓当今才子李翰宜。一会、将带他来相見、以後好利用教坊作与翰宜会面之地。剛
巧艷裳眼鏡些微破損、請菊香代為修復。艷裳随即外出带翰宜到来。菊香与翰宜分別一
年。今聞；他竟抛低書巻、到教坊花銭。不免有点生気。她故意戴起那剛修復的眼鏡、又
在面頰貼上大墨、欲使翰宜不察她是菊香、以便試探翰宜。○艷裳带翰宜到菊香房間、之
後、被親王伝令回府。留下翰宜与菊香相対。菊香故意対翰宜冷淡、翰宜也不知眼前的名
歌姫「牡丹紅」就是菊香。菊香指翰宜原是睇相先生、因得女子接済、才成名士。翰宜則
嘲笑牡丹紅任人玩弄。一会、翰宜終識破牡丹紅原是菊香。則責她当日不辞而別、原来是
貪慕虚栄投身教坊。菊香不甘委屈、終道出；投身教坊是為賺銭暗裏接済翰宜的真相。翰
宜悲咽認錯、二人氷釈前嫌。○外面伝来人声、謂；親王将到、菊香大驚、速叫翰宜蔵身
卓下。李三娘、呉中庸、艷裳及親王桂守陵到来、欲迎娶菊香。艷裳因除下了眼鏡、誤把
滾水倒到卓下、翰宜被逼現身。翰宜直言与菊香早已両情相悦。親王聴後、大怒、命人把
翰宜囚禁於別墅的柴房、並答応与菊香結婚三天後、即釈放他。○翰宜被囚禁在親王別墅
的柴房裏、聴聞外面伝訊謂；自己中了第一名解元、艷裳带備酒菜来探望翰宜。並対他大
献慇懃、却不知菊香已在門外徘徊。翰宜見到菊香在門外、不動声色、心生一計、他説；
若艷裳想不損花容美貌、必須除下眼鏡。艷裳信以為真、脱去眼鏡。菊香乗機、走進柴房、
坐到艷裳後面、翰宜又説想喝酒、艷裳馬上出外取酒。翰宜与菊香乗機逃離別墅。菊香在
慌忙間却遺下雪褸。親王与呉中庸到柴房、見失去翰宜蹤影、又見菊香雪褸、知道菊香带

翰宜逃走。守陵被気得七竅生煙、命人馬上追捕菊香与翰宜。○在親王府裏、守陵因連番受戲弄、気極生病、呉中庸報告訊謂：菊香及翰宜已被捕獲。菊香到来、請親王与她馬上成婚、以便早日釈放翰宜。她又請守陵封翰宜一官半職、使他遠去。其実、守陵正盤算着如何対付翰宜。他知悉翰宜已高中解元、故不敢公開加害。聴到菊香的話、立時想出一条「借刀殺人」之計。他決定派翰宜到蘇州黄泥涌任府尹。暗中蘇州巡按謝宝童対付翰宜。為了表示大方、守陵更准許菊香送翰宜往蘇州。之後、便帰来長安与他成婚。原来謝宝童曾是守陵門生、一向対他唯命是従。守陵擬修書一封、吩咐宝童行事。自知文盲、唯有叫呉中庸執筆。中庸其実也不通文墨、為怕守陵責備、冒充識字。守陵口述謂；宝童手足如見。新科解元李翰宜、乃手足之情敵、与我好好待为刻薄。不能放縦。派往蘇州黄泥涌、使其受苦致命。牡丹紅乃是小王愛侶、萬勿与解元同行。帰返便結婚。不勝急切之至、桂守陵書。然呉中庸写不出「敵」、「刻薄」、「放縦」、「侶」、及「萬勿」等字、只以円圏代替前面五個字、用「女」字代替「侶」字、及用円圏代替「萬勿」両字。守陵不知中庸筆誤、命人趕快帯信、及押解翰宜及菊香往蘇州見謝宝童。菊香未知守陵信裏内容、只見守陵、中庸二人不懷好意、猜想翰宜到蘇州後、定必凶多吉少。○在姑蘇巡按府裏、家人報訊謂、桂守陵親王有書函带到、宝童連忙拆開、以為菊香是守陵的乾女児、翰宜是守陵的結義兄弟。又以為守陵囑咐他為翰宜及菊香主持婚礼。○菊香抵達巡按府門外、心情沈重、深感翰宜将大難臨頭、不禁焦慮万分、她戦兢地向門子道出姓名、門子伝話、謝宝即率領衆人出来相迎。這時衙差押感翰宜到府前、二人知道始終難逃魔掌、相約同生共死。二人下跪求見謝大人、宝童連忙叫二人起来、並大献慇懃。菊香聴到宝童称她郡主、翰宜聴到宝童称呼他為親王的「手足」。宝童不忘攀附権貴、請求与菊香結為姐弟、菊香不明原委、只有支吾以対。她為免宝童誤会、坦告自己及翰宜身世、豈料、宝童仍不介意、並給她看親王書函、翰宜及菊香読畢書函、才知守陵胸襟広闊、並有意成全他們、二人深感過去一直錯怪守陵。○宝童謂：委任翰宜塡補姑蘇府台的空缺、又請翰宜与菊香立即在府内成婚。並親自担任主婚人。有情人得成眷属、喜出望外。○守陵在王府房間内、一会、菊香与翰宜華服携手到堂上拝見守陵、守陵驚見翰宜、気得面紅耳熱、他聴到翰宜説、已承他命与菊香結婚、又聴見菊香与宝童以姐弟相称、頓時光火質問宝童何以不執行書函的指示、菊香大声朗読書函、弁称：宝童已執行命令、守陵聴到自己本意被中庸改得面目全非、不禁大怒、欲殺中庸、翰宜及菊香向守陵謝恩、並願以後尊他為乾爹。艶裳願嫁翰宜為妾、守陵遂成翰宜舅台。対此結果、守陵無可奈何、只怨従未勤力読書、今朝竟成文盲、致令為他人作嫁衣裳、及自討苦吃、全劇告終。

68)　陳守仁『概説』45頁。【光緒皇帝夜祭珍妃】一天早上、宮女春艶与侍監李蓮英趁慈禧太后未醒、商量如何向老仏爺曲意逢迎以博歓心。○慈禧醒来、二人一替慈禧梳洗、一辺不断賛美、令她心花怒放。○晋豊本是慈禧姪女、這時捧上参茶、欲博取太后偏寵。她見侍監正為慈禧梳頭、便盛賛慈禧是凡間仙女。慈禧大悦、答応光緒選后宮之時、命他選晋豊為皇后。晋豊退下、慈禧伝光緒到来、謂他已届十七歳、応婚之年、光緒坦言喜歓珍児、欲立她為后。慈禧対光緒訓斥一番、命令他選晋豊為后、珍児只為妃。○光緒大婚後已過一年、在晋豊宮中、皇后自嘆；一年以来、光緒常与珍妃一起、把自己冷落。李蓮英、春艶向皇后献計、謂；皇后若乗光緒到来時、在荷池出浴、必可吸引光緒。○光緒与珍妃把臂同游御花園、珍妃屢勧光緒勤政以挽救国勢、光緒請珍妃為他弾奏琵琶、豈料、弦断、

珍妃驚恐、怕是不祥之兆。〇光緒及珍妃步軽荷池。見晋豊皇后在沐浴、光緒一点也不心
動、正欲与珍妃離去。却遇慈禧駕到、晋豊怨沐浴未得光緒垂青、遷怒於珍妃、並憤而打
他。光緒則打晋豊報復、慈禧偏袒晋豊、命李蓮英向珍妃施以掌嘴。光緒力保珍妃無効。
自嘆自怨、悲極吐血。〇大将軍左宗棠奏上、力勧慈禧停建頤和園、改以国資営建軍艦。
又請慈禧停止縱容義和団仇殺外国人、慈禧拒諫、並対左宗棠厳厲訓斥。〇光緒到珍妃宮
中慰問珍妃。自嘆身当愧儡天子、国勢雖日危、自己却受制於太后、無力扭転乾坤。珍妃
知左宗棠忠肝義胆、促光緒与他謀図良策、光緒乃遣侍監王商召左宗棠到来。〇左宗棠建
議光緒命袁世凱秘密帯密詔書出京城、以召集義軍、入京勤皇。逼慈禧還政於他。光緒召袁
世凱到来。問他意願。袁矢誓即使粉身砕骨、也必執行光緒密令。〇袁世凱接過光緒密詔、
逕往頤和園覲慈禧、図籍博取慈禧厚賞。慈禧閱過密詔、怒極、促宮人召光緒前来責問。
〇光緒、晋豊、珍妃等来、慈禧責光緒不孝、竟欲発動政変、駆逐母親、慈禧追問光緒誰
是主謀、珍妃欲救光緒、承認自己是主謀人。慈禧決定廃光緒帝位、並囚之於瀛台。珍妃
則被囚於冷宮内。〇衆人去後、左宗棠責袁世凱売主求栄。〇珍妃被囚於冷宮、終日愁眉
不展、自嘆既不能侍奉光緒、也不能助他重振国勢。〇晋豊皇后到冷宮、探訪珍妃、皇后
一向恨她奪去光緒。今聞珍妃懐孕多時、快要産下龍裔、特別前来打探消息。皇后唯恐龍
裔助珍妃再次得寵、乗機対珍妃加以安慰、以示籠絡。〇左宗棠奉慈禧命、賜毒酒給珍妃、
以殺害她腹中所懐。宗棠雖忠心於光緒、不忍加害珍妃、無奈只能従命行事。珍妃以為慈
禧籍酒賜死、不仮思索、取酒欲飲、左宗棠受良心駆使加以阻止。〇珍妃突然腹痛難支、
随即産下女児。李蓮英及春艶到来、蓮英見珍妃手抱女嬰、責宗棠違抗太后命令。左宗棠
怒打蓮英及春艶、蓮英惱羞成怒、搶過珍妃手中女嬰、很毒地把她扼殺。珍妃悲極、暈倒。
宗棠、蓮英、及春艶抱死嬰離去。〇光緒被軟禁於瀛台、這夜扮作太監、到冷宮探訪珍
妃、二人久別重逢、互訴離愁別緒、珍妃為免光緒傷心、不敢道明産下女児、及女嬰被李
蓮英殺害、光緒請珍妃為他弾奏一曲琵琶、可惜再度弦斷、二人唯恐大難将至。〇侍監王
商報上、謂：八国聯軍囲困京城、形勢危急。光緒馬上返回瀛台、未幾、慈禧太后与李蓮
英到冷宮、慈禧命珍妃自尽、珍妃答応、唯求見光緒最後一面、慈禧仮説、光緒已離皇城
避禍。命李蓮英等人把珍妃擠進井辺裏、加以殺害。〇慈禧伝光緒到来、叫他傷皇室離京
城避禍。並謂：珍妃其他妃嬪早已登程、光緒信以為真、随慈禧離開皇城。〇八国聯軍退
兵後、清室返回北京皇城、這晚李蓮英及春艶因懼怕珍妃鬼魂報仇、在宮外井旁拝祭珍妃。
光緒到来、哭祭珍妃。他既怨慈禧心很也自怨雖貴為天子、却如傀儡。既無力護花也無力
救国。

69) 『大埔旧墟慶祝天后宝誕特刊』1979年戯単【情俠鬧璇宮】。君子国中大将、楚覇天、黷
武窮兵、功高震主、適值平南凱旋、国主為討好功臣、親自郊迎十里。覇天心存大慾、竟
逼国王賜王爵、復要求与瓊花公主成婚。公主厭其人、故避而不面。瓊花公主与侍婢春花
郊外游玩、豈料、中途遇到賊人、幸得俠士張剣秋解救。両人一見鍾情、互相愛慕。覇天
因不見宮主、乃四処尋覓、目睹当時情景、心中不禁生妬。乃故意出言、将剣秋凌辱、剣
秋心念宮主、是夜、与家僕傻福、偸入宮闈相見、英雄美人、喁喁細語、宮主已芳心黙許。
当時覇天発覚剣秋踪跡、乃入宮捜捕、幸得春花帯領剣秋脱険。然而覇天死心不息、満佈
爪牙捕捉剣秋、囚于王府密室。以剣秋生命脅宮主婚事、以十日為期、便挙行婚礼。剣秋
幸得山中各義士相救。扮美潛入宮闈。将宮主相試、喜宮主真情不二、乃揭破廬山。並安

慰不用着急、自有弁法、将覇天劫搶。翌日大婚之期、覇天与宮主拝堂、発覚宮主何故変成如斯臃腫、及後、揭開羅巾、原来宮主乃是傻福所扮。覇天与国王衆人大表詫異。此時、山中義士已占領府、婚변上降伏楚覇天、国王重掌軍権、張剣秋与公主成婚。

70)　『泰亨太平清醮特韓刊』、1985年、戲単【玉龍宝剣定江山】柳襄卿乃前朝元帥之子、因家道中落、流浪異郷、売家伝宝剣維持生活、後由当朝太師之女金映雪小姐賞識、引薦為官、並結成夫婦。後太師謀朝、映雪为夫婿、仮意拒婚。使襄卿悄然而去。後来得秋蝶丫鬟、及参軍柳橘吾知此事、襄卿知悉賢妻之助、和好如初。此劇告終。

71)　【百度】【一剣定江山】江湖中的第一大教欲想取代朝廷得天下、従而引発一場江湖風雲、然而、一箇従未出現的芙蓉山荘却消滅了第一大教天星教、在它即将改朝換代的時、唐小玉与周家二小姐周如冰两人一起仗剣江湖、保住了朝廷、安定了天下。但周如冰却在最後生死関頭為救唐小玉而香消玉損、唐小玉带上周如冰的軀体従此帰隠江湖、従此、江湖中的十三大高手全部消失、有人伝説周如冰不曽死、被唐小玉救活。也有人説唐小玉也死了、但究竟如何、這箇天下第一的剣客留給世人的永遠是箇謎……

72)　【百度】【香羅塚】将軍趙仕珍性格魯莽、有子喜郎生性頑皮、愛妻林茹香对他束手无策、幸得老師陸世科教導有方、特設宴酬謝師恩。仕長年征戦沙場、与妻聚少離多、香为珍織香羅带、却被児子錯拿給科、令科誤会香不貞、遂離開趙府。珍遇賊失踪、香被控殺夫通奸。乳娘三娘携郎、于路上遇科求他翻案。科被擢為新科巡按、却因旧日誤会。胡乱判香死罪、香逃獄偸生。後科重遇珍、方知当日錯判。香沈冤得雪、終可現身与夫団聚。

73)　陳守仁『概説』227頁。【搶新娘】桂南屏随父承勲重返南通、父本欽差、微服訪案。並覓姻親余友才、蓋両家曽는指腹緣婚也。父去後、屏独游花市、遇一女被其且戲之。遂懲狂救美、女謝屏俠義、竟一見鍾情、問姓名、屏以偽名告之、女名余潔貞、本屏未婚妻、而屏不知也。臨行、女留住、嘱屏往後園相訪。屏流連花市、忽聞救声、見土豪爪牙逐婦孺、貧者出、任意鞭撻。屏風不忍、上前問故、緣富紳余友才追討欠債、不遂、故殴之。屏激於義憤、擊退爪牙、並痛殴友才、迫余焚券、衆感其義。余抱頭鼠鼠而遁。一日、承勲偕子至余府拝年、及相見、友才知其子為迫己焚券之人、一怒退婚。不歓而散。大保楚鉄豪、即花市調戲余女之狂且也。見女艶、査知余紳之女、逕往求婚、余慕其財勢、遂許婚。黄昏後、余府後園、屏来訪女。其妹潔冰、睹屏英俊、心窃慕之、出語挑情、被姐所逐。屏与貞相見、共訴衷曲、友才見状、欲逐南屏、潔貞乃告父、屏為救己之人、拒嫁大保。示意、非屏不嫁。余欺屏貧、勒索聘金、倘能以大保之半為聘、即許婚屏、屏有難色。卒允於三日内納而別。及期、大保鉄豪、与南屏均遣彩轎迎娶、蓋屏亦如約納聘。大保争婚、余已尽収两家聘礼、不知如何応付、争持間、僕報失窃、屏借父愴惶逃去。因屏之聘礼、尽在余府盗来者、余乃迫貞上轎、潔貞姐妹暗商、遂接木移花、妹代姐娶。新房内、貞扮喜娘、妹為新婦、屏忽盗新娘而去、新郎带酔至、知洞房失妻、追問貞娘、乃発現其密、迫貞洞房。危殆中、屏於中途発現錯盗、背冰復返。大保将仇人見面、訴於官。官太糊塗、致堂上混乱、承勲以欽差身分出面、暴露大保虐民之罪、屏与貞遂成婚。

74)　『大埔頭郷太平清醮特刊』、1983年11月、戲単【俏藩安】楚雲原本姓雲、名小聾、因不満盲婚啞嫁、故而離家出走、改扮男装。尋師学芸。数年来浪跡江湖、同道中人、因楚雲生得俊俏、故有綽号、俏潘安。楚雲胸懐大志、不譲鬚眉、路過杭州、在錢瓊珠父女開設的客店稍歇、忽見店中安有李広長生祿位、李広原是楚雲従未謀面的未婚夫。楚雲乃追問

注(69-74)74-77　　　　　　　　　　511

店主与李広関係、原来店主父女于前落泊街頭、李広使人送銀相済、並開設客店讓父女謀生。楚雲対李広、心敬其行、頓生好感、而另一方面、瓊珠亦暗慕楚雲風采。一日、楚雲外出、花花太歳、劉彪冒李広之名、使人請錢瓊珠父女過府。楚雲回来、見錢父負傷而回、並大罵李広人面獣心、用詭計欺騙其女児、楚雲大怒、立往相救。此時、李広与友好到店中向錢父問好、錢父与李広素未謀面、又生誤会、幾経解釈、李広得明原委、連忙趕到劉府、与楚雲合力拯救瓊珠。楚雲芸高胆大、打得劉彪爪牙喘不過来。時李広亦至、両人誤会交手、幸瓊珠上前解釈、李広不知眼前人就是未婚妻妻小鸞、楚雲乍睹未婚夫郎英雄俊俏、遂与楚雲結為兄弟。瓊珠深愛楚雲、請恩公李広為媒。楚雲托国家多難、男児応先国後家。李広乃代作主、等待奏凱帰来、挙行婚礼。李広与衆人一同参軍。当時胡兵、勢大、辺関統帥苦苦支撐、混戦中、幸得李広、楚雲趕到、殺退胡兵。総兵楚璧人、覚楚雲甚似其妹、心有狐疑、当楚雲得勝而回、与瓊珠新婚之夜、乃通知其母雲夫人前来査個真相、雲夫人藉鬧新房、暗勧楚雲回家認母、並収瓊珠為義女、楚雲深生一計、灌酔瓊珠、乗夜逃返母家。瓊珠一覚醒来、不見夫郎蹤影、乃往雲家找義母作主、方知楚雲原是女児身。此時、小鸞兄長雲璧人亦帯同李広到雲家、与楚雲相認、一対鴛侶、佳偶天成。

75)　『大埔旧墟慶祝天后宝誕特刊』、1979年4月、戯単【万悪淫為首】黄伯忠、与曽仁窮彼此莫逆交、曽指腹為婚。迫後、黄赴京師、而曽後、果先生両女、長名楚雲、次名霜雲、楚雲許字於伯忠之子、子年、次女則仍待字深閨。豈料、仁窮貪図利禄、遽爾反悔、転将楚雲配於張大川、張乃有財有勢也。惟楚雲賢淑、也一本烈女、不嫁二夫之旨。雖強厳親命、委曲暫従、心実不甘、及至洞房、以酒灌酔大川、逃走無踪。時霜雲乗機与大川苟合、迫大川醒、一頭霧水、於是追求楚雲下落。蓋大川心中祇有楚雲、霜雲非他所欲也。伯忠自離家後、家中祇有継母陳氏、及長子、子年、与次子、子良、及教頭森而已。所謂：干柴烈火、教頭森竟与陳氏偸歓。遂為子良発覚、潜告於兄。然而家醜不出外伝、忍之。継思警告之法、乃留書家中、欲継母有所警惕。豈知：因此貽成終身大禍。姦夫淫婦、擬設計把他們陥害、幸子良及早逃出、而子年已被害盲、至流落街頭乞食、且受尽種々非人生活。楚雲逃出後、即找尋未婚夫、子年、欲訴苦衷、然人海茫々、且自小格於家規、実未見未婚夫之廬山、偶在狂風暴雨中、窮街陋巷、睹一少年乞丐、衣衫尽湿、憐之。不意、此即己之未婚夫婿。一場家庭大変、経過幾許時候、黄伯忠自京返、以家庭依旧、以人物全非、及獲悉其情、即找曽仁窮追究。控之官司。時張大川是当地高級官吏、一班発動禍変主角、如曽仁窮、教頭森、陳氏、楚雲等、不期、冤家相聚一堂、経過幾番鞫訊之下、含冤者得以伸冤、為悪者得以伏法。『万悪淫為首』遂完結了。

76)　【百度】【鸞鳳還巣】：侍郎沈琦有二女、長女麗云美而慧、却常遭継母及相貌奇醜的同父異母妹綺云欺負。琦欲招故友之子易文韶為麗夫婿、綺却冒麗之名親近韶、韶被吓得不辞而別。貌醜的富家之子胡百楽慕麗艶名、趁琦奉詔出征、冒韶之名前来迎親、麗以為楽是韶、留書出走、綺却不知就里代姉出嫁。麗女扮男装逃亡、与韶偶遇、結成好友。乱事平定、麗返家団聚、行前訛称家有一妹、嘱韶前来提親。韶再訪沈家、真相大白、喜与麗成美眷。

77)　陳守仁『初探』79頁。【穿金宝扇】在姑蘇城裏、呂家老爺呂剛身居礼部尚書、他妻子早喪、育有義女、名昭華。這晩正值元宵、在呂家後苑裏、呂剛的遠親張耀泉苦思如何接近昭華、原来他雖一直暗恋昭華、却總被她拒絶。呂家侍婢如煙到来、埋怨耀泉恋慕小姐

而疎遠她。原来如煙及耀泉早有親密関係、如煙更催促他早日与她成婚、又警告謂；若他負心、她必辣手報復。〇昭華与表妹李桂英、同到後苑、桂英父親李班侯是呂剛的妻舅、由於無児無女、他自幼収養桂英、並把她如児子般教養、致桂英性格活発、並喜歡到処遊玩、及作弄他人。桂知道皇上早賜「穿金宝扇、作信物以撮合昭華及郭家少爺郭炎章的婚事。她打趣説、若她是男児、必推翻婚事、自己迎娶昭華。〇原来十五年前、聖上為媒撮合郭、呂両家婚事後、呂剛扶揺直上、累功官昇礼部尚書、但郭家則自老爺死後、家道中落、這時郭炎章与同窓黄麟書抵達呂府門外、炎章原擬投靠呂家、並帯同宝扇作証、望能与昭華成親、但他怕人情淡薄、及見愧対呂家各人、乃躊躇不敢進府。麟書身為県令、自己先回衙門弁公。麟書臨行前、叮囑炎章、勿忘向他通伝消息、好待他向炎章母親稟告。〇在府内、昭華題詩既畢、満懐心事地吟誦起来。詩云；「穿金宝扇両情関、心随明月照江南、合扇如今無消息、怕見桃花落満欄」。豈料、其時一陣大風把詩箋捲過囲牆吹落到府外府外炎章怕拾遺物議、不敢検拾。府内昭華、心想夜闌人静、出府当不致被人看見、乃開門欲出、却与剛躬身欲拾詩箋的炎章打正照面。両人大驚、昭華慌忙閉門、炎章則閃入横街。昭華站在櫈上欲眺望牆外動静、府外炎章懐疑牆内伊人即未婚妻昭華、亦站到石上、欲観府内究竟。豈料、二人探首之際、再打照面、昭華嚇得撲在書卓上、炎章嚇得跌在地上。随即拾起詩箋朗読、喜知悉牆内伊人果是昭華、且並未忘懐宝扇之縁、乃取炭枝在箋上和詩一首。之後、把詩箋放回原処、自己坐在柳蔭下的石櫈上察看。〇桂英端茶到書斎給昭華。昭華請桂英代她到門外検回詩箋。昭華発現箋上有和詩、句云；「穿金宝扇証三生、落拓徒悲合扇難、合扇人来伝消息、郭氏炎章到此間」。昭華喜知原来門外瀟洒漢子竟是未婚夫郭炎章、乃再請桂英出府尋找。炎章向桂英出示宝扇、桂英頓悉眼前人確是表姐的未婚夫、便引他入府。〇昭華与炎章竟相見、四目交投、両人竟靦腆無語。桂英先行回避、譲二人尽情談心。炎章感激昭華不嫌他落拓青衫、昭華謂；草木也有盛衰、並勉励他発奮攻読、他朝必能名登金榜。二人情到濃時、昭華偎近炎章。豈料、這時呂剛、李班侯、張耀泉及侍婢来到後苑。呂剛怒責昭華与陌生男子親近。昭華弁称；此人並非陌生、乃是携帯宝扇到訪的郭炎章。呂剛見炎章一身寒酸、怏々不歓、籍詞責炎章由後門入府、私会昭華。炎章自知呂剛嫌棄、無言以対、即欲告辞。呂剛謂；願送炎章百両黄金、促他回郷。班侯出言、規勧呂剛、謂；昭華亡母死前遺嘱呂剛須与郭家同憂共患。昭華下跪向呂剛懇求、請他勿駆逐炎章。炎章婉拒黄金。並張開宝扇、展視皇上御印。呂剛推搪無詞、命昭華先収起宝扇、又准炎章暫居呂府書房、唯厳禁他与昭華接近。耀泉妬忌炎章得居呂府、悻悻引領炎章書房去。炎章心裏盤算速修書一封帯給麟書以通伝消息。桂英則心裏盤算今夜扮作炎章到蘭閨作弄昭華。〇昭華在蘭閨入睡。黒暗中、桂英穿起男装入房、昭華以為炎章到来、促他離去。免招厳父怪責。桂英謂；婚事未明、請昭華示愛、否則不去。昭華尷尬萬分、終説出「我愛你」三字。桂英遂歩出蘭閨。豈料、呂剛這時送客経過後苑、在窓内已聞房内対話、他驟眼間見一男子身影從昭華寝室衝出、転瞬間、失去蹤影。但剛巧察見炎章自窓門攀爬進房、遂以為剛才是炎章私会昭華。呂剛決定連夜召開家審、以家法把炎章厳懲。〇呂剛登堂、命家僕叫炎章上堂。呂剛見他大怒、質問炎章二更時分的行蹤。炎章否認曽偸闖蘭閨、呂剛不信、命侍婢叫昭華上堂。班侯拉炎章一旁、問他有否隠瞞真相。炎章謂；願発毒誓。班侯遂相信他。謂；願発毒誓、班侯遂相信炎章。〇昭華上堂、担心剛才私会炎章一事被厳父掲発、暗向炎章伝眼色。炎章却毫不会意。且一臉茫然、昭

華不知事態嚴重、坦白承認炎章剛才曾訪蘭閨、炎章高呼冤枉。呂剛及班侯均嚴詞痛罵。班侯更斥炎章恩将仇報。○昭華仍不知情、反促炎章認錯、炎章誓不認錯。呂剛怒斥二人觸犯家規、命人棒打炎章。炎章埋怨昭華、昭華反怪炎章無認錯的勇気、二人各執一辞。呂剛下令駆逐炎章離府、炎章有冤無路訴、誤会昭華与呂剛合謀設局、把他名声汚玷。実則是嫌他貧寒、籍此解除婚約。炎章憤而離府、心想先修書知会麟書、然後、乞上京華。○炎章去後、昭華怪嚴父因重富嫌貧而対炎章過分苛刻、対呂剛噴出怨言。呂剛大怒、要与她断絶父女情、叫她馬上離家。班侯乃叫昭華与他同李家暫住。○桂英回到李家、雖不知呂家已生家変、却担心最終会呂剛認出自己仮扮男装、擅闖昭華蘭閨。到時必被父苛責。想起自己未売入李家前、曽在九元坊居住、決定偸偸回去九元坊找尋親生母親。桂英進内収拾行装、這時班侯引領昭華回府、命桂英好好招呼昭華。之後、回房。昭華向桂英訴説：炎章偸闖蘭閨、被父親駆逐離家一事。桂英哭着並下跪致歉。坦言自己一時頑皮、扮男装闖蘭閨。昭華恍然大悟。頓知錯怪炎章、累他蒙冤受屈、更要冒風雪隻身上京。她決定上路追趕炎章、並向他解釈。昭華既去、桂英也静悄悄地離開李家。○炎章独自在大雪寒風中趕路、走入石亭暫避風雪、張開紙傘蓋頭入睡。昭華踏雪趕来、循脚印走到石亭畔、擬入石亭稍歇。豈料、炎章転身、無意把紙傘打到昭華、令她跌倒在地上暈倒。炎章扶起女子、発覚此人是昭華。昭華醒来、炎章責她窩蔵情人於繡閣、却嫁禍於他。昭華認錯、請求炎章原諒。昭華正欲告知闖蘭閨者別有其人時、耀泉追蹤趕至、対炎章詐称夜進蘭閨者正是自己、更出示偸来的穿金宝扇、詐謂昭華以扇相贈作訂情信物、昭華欲弁無従。炎章怒不可遏、転身便走。昭華欲上前拉着炎章、却不慎滑倒、昏跌地上。耀泉目送炎章離去、昭華昏倒、正欲上前親近昭華之際、如煙追至、並向他背部狂刺幾刀、耀泉頃刻間死去。如煙慌忙奔逃。這時呂府家丁呂安奉命追蹤昭華而至。他驚見発生命案。回府引領呂剛及班侯前来。呂剛直指昭華殺死耀泉、親縛她上衙門治罪。○在県衙裏、県令黄麟書剛接到炎章的第二封信、知悉昭華陥炎章於不義、使他含冤上路。痛恨昭華竟是禍水紅顔。呂剛到県衙投案。向麟書指正昭華殺害耀泉。麟書乃対她嚴詞相逼、昭華拒認殺人。麟書下令用刑。班侯勧止。謂：従呂安口中得知兇案発生前石亭中有一書生払袖而行、又謂：昭華原欲追趕炎章、故殺人者可能是炎章。麟書聞言、命衙差緝捕炎章、回衙審問。昭華聞令喝止。她為免再度連累炎章、竟招認殺人、麟書乃判她刺面従軍。暫収監牢。○炎章自従在石亭得昭華相贈的寒衣及盤川後、科場得意、三年来累功官昇太守。昭華由両名解差押解往辺関充軍。途経太守府。府内炎章、聞門子報訊謂：姑蘇女犯押解、途経府外、並求薑湯一碗。炎章日前已収麟書信函、昭華経已起解、因而料到門外女犯便是昭華。炎章為報石亭贈衣施金的恩、命門子帯女犯入府領取寒衣及黄金。昭華婉拒太守美意。雖然入府、面朝外跪、与太守対話。昭華謂：因被判刺面而損毀顔容、故須以袖掩面。炎章直言自己便是炎章、昭華喜出望外、却被炎章斥責蛇蝎心腸、昭華説：只有桂英才能為她洗脱冤情。○這時、家人報訊謂：郭老夫人与郭小姐到府。炎章才知郭小姐就是桂英、本是自己失散及被売入李家的幼妹、桂英上場、請求炎章及昭華原諒自己三年前無心闖禍。不一会、呂剛、麟書及班侯亦到府。麟書謂：因有宝扇作証物、已査悉婢女如煙因妬殺害張耀泉、他特意追蹤昭華。宣布她含冤得雪。麟書請求昭華原諒：他草率判案、呂剛也請昭華原諒：他当日糊塗。班侯也代呂剛求恕。昭華終於原諒桂英、麟書、父親及炎章：各人讚頌穿金宝扇為昭華洗脱冤情、更為昭華、炎章重続前縁。全劇完結。

78) 陳守仁『概説』125頁。【紅菱巧破無頭案】秦三峰在蘇家門外、等候情婦楊柳嬌（蘇家
的寡婦）到来、由於他須跟随県太爺調任臨安。故前来与楊柳嬌話別。楊柳嬌要求随他到
臨安。又埋怨他只関心他病重的妻子而冷落她。秦三峰捨不得楊柳嬌的美色、及她的首飾
珠宝、心生一計、決意把妻子殺害而带着楊氏赴任臨安。約定楊柳嬌入黒時再見面。並吩
咐她準備一套常穿的衣服、一対鞋和一対襪。之後、三峰離去。剛巧、蘇玉桂（楊柳嬌的
亡夫的妹）出門、原想迎候愛郎柳子卿。無意中聴到嬌和三峰的対話、被柳嬌発覚。楊
柳嬌斥責蘇玉桂故意偸聴、而蘇玉桂斥責楊柳嬌不守婦道。蘇玉桂的未婚夫柳子卿応考落
第回来、探訪蘇玉桂、両人互訴相思離情。子卿並説她的恩師左維明引薦她到臨安出任幕
僚。此刻前来与她話別。子卿盼望不久即可与玉桂成婚。玉桂亦答応下嫁。原来楊柳嬌一
直倚門偸聴玉桂与子卿的説話。這時、被玉桂発覚、楊柳嬌一心想籍故要脅玉桂、逼她為
姦情保守秘密。又見柳子卿家貧並落第、故阻撓柳子卿与蘇玉桂的婚事。柳子卿十分憤怒、
与楊柳嬌争論起来、剛巧両位官差張忠及王横経過橋頭、見到三人吵架。柳嬌高叫：即使
子卿要殺死她、她亦必定反対他与玉桂的婚事。蘇玉桂勧阻両人争吵、並向楊氏賠情、楊
氏怒気稍息、才允許玉桂与子卿到小橋对岸去游玩。但柳嬌仍恨子卿、決定找機会对付他。
○入夜、秦三峰殺了他的妻子後、将她的人頭割下、葬在衙門内白楊樹下。他往找楊柳嬌、
将她的衣服、鞋、襪換在他妻子身上、把妻子屍体葬在橋旁。並把凶刀擲到草叢中。布局
成小姑殺嫂的情況。埋屍時、楊柳嬌匆忙間、在橋旁遺下她新造的一隻繡花鞋。臨安府県
令左維明路過橋旁、家僕左魚見橋破欄、請維明下轎歩行過橋。維明在橋畔発現一隻斬新
的花鞋、以為是過路者無意中遺下、又将花鞋放回原処以便遺下者回来拾取。○打更佬在
橋畔発現無頭女屍、衙差張忠、王横及蘇州県令史孟松在查看。孟松審問蘇家小婢小曼及
両名官差、以為蘇玉桂殺了她嫂嫂、便着各人先行埋伏両旁、待兇手出現。孟松拾到一隻花
鞋、並収起来。剛好蘇玉桂及柳子卿游玩回来、二人一行一辺説話、子卿答応把玉桂带
往臨安。柳子卿欲拾乾柴焙乾衣服、無意中更拾得兇刀、玉桂拿了包袱従家門走出。孟松
手下撲出、逮捕二人、孟松又発現柳子卿身上有白玉一件、及黄金五両。認定二人便是兇
手、遂将両人押返衙門、用刑逼令両人認罪、並定：在後日天明、五鼓時分、処斬。○左
維明往臨安途中路過一小酒楼、聴見客商談論無頭兇案、得知兇手為門生柳子卿、遂立即
騎馬趕回蘇州。在蘇州県衙裏、県令史孟松把玉桂、子卿押到衙外法場、五鼓已到、孟松
抛下斬籤、刀斧手挙刀等候鳴炮之際、維明策馬抵達法場、子卿見恩師到来、連呼冤枉。
他向維明陳述当晩懐中白玉及黄金乃維明贈他、並非贓物。玉桂又説案発時、她与子卿正
在蘇堤破廟避雪、並謂可以向廟祝查証。○維明知自己官封臨安、不便揷手蘇州兇案。但
想到為官須為民請命。遂命人把犯人押回衙門開堂重審冤案。史孟松指他不応「越衙審
犯」。維明認為女屍人頭尚未尋獲、難以断定蘇、柳二人是兇手、故伝令開堂再審。○維明
問子卿何以被捕時拿兇刀。子卿未曽発生血案、好奇之下執兇刀。玉桂弁説酉時遇見
両位衙差、酉時一刻、入廟避雪、直至初更過後、離廟。張忠、王横及廟祝均証実玉桂所
言無誤。維明向孟松指出三個疑点。両犯人於一刻時間内難以殺人、分屍、及埋屍；在兇
案現場拾得的花鞋底一塵不染、不似死者曽経穿着。従子卿身上搜出的白玉及黄金確是維
明所贈、足見子卿未有謀財。維明命手下把両名犯人収監、以待偵訊後、再審。○其時、
鳴炮三響、表示斬首時辰已到、都堂大人楊崧不見史孟松、呈上「詳文」銷案、来到衙門
查問。楊崧責怪維明越衙審案、命令十日内、查明真相。又頒令謂；仮若未能緝捕真兇手、

玉桂及子卿仍須処斬、維明将被貶官、史孟松也須斬首。楊崧授令箭給維明以便他査案。維明命令各人向外宣揚兩個犯人経已処斬。○左維明及左魚、一晩深夜、在衙舎旁的駅舘門外石凳上、一起喝酒、維明喝了幾杯酒、漸有醉意。其時突然風起雲湧、維明驟見一披頭散髪及七孔流血的女鬼在白楊樹後閃出、左魚嚇得逃返駅舘。維明以為妖怪出沒、上前抜劍欲撲殺、但女鬼瞬間消失在白楊樹後。狂風過後、維明発覚自己劍劈在衙舎内的白楊樹上。俯視樹脚、発覚泥土鬆浮。命人発掘、喜見尋得人頭。維明命人帯蘇玉桂到来問話。叫她察看人頭。玉桂憑人頭口中、幾顆金牙、断定人頭並非她的嫂嫂楊柳嬌、維明懐疑案中有案、決定不動声色把秦三峰調返蘇州、他命左魚帯信給秦三峰。又命人把人頭小心重埋在白楊樹下。○左魚奉命帯信到来給秦三峰。他拆開封信、知悉維明欲以加薪三倍、及官陞三級的優厚条件把他調返蘇州。又左魚口中得知柳子卿及蘇桂玉已処斬、決定与楊柳嬌回蘇州。楊柳嬌初不肯答応随三峰同行。但想到怕秦三峰拈花惹草、最後還是答応与左魚立刻起程。○秦三峰到蘇州県衙、拝見左維明。維明堅持要見他的妻子、三峰乃帯楊柳嬌相見。楊柳嬌見維明年青英俊、便向他屢抛媚眼、維明会意、対她亦份外慇懃。蘇玉桂躱在屏風後、見到三峰妻子竟是她的嫂嫂、以為鬼魂出現、驚忙過度而暈倒。不能当時指証三峰妻子的真相。左維明見限期快満、決定利用花鞋査明楊柳嬌的身分。○在二号衙舎内、楊柳嬌春心動、坐立不安、時刻、掛念那年青英俊、又位高権重的左維明大人、盼望能与他結花月縁。○秦三峰到衙舎、告訴柳嬌他剛到白楊樹査看人頭、発覚它原封不動、証明案情真相未被発現、叫柳嬌安心。柳嬌聴到左維明在門外叫人掌灯、促三峰離家、自己走上八角亭倚欄等候左大人。○在二号衙舎内、維明見到柳嬌、故意問她与秦三峰以前居住在哪間衙舎、柳嬌当然不知。誤説四号衙舎。維明又問她知否「九曲蓮池」在何処。她也不知。維明因而断定她対衙舎周囲十分陌生。維明叫她一起飲酒、她査問維明有否妻子、維明説：妻子已死、為遵守亡妻死時的嘱咐、他現正在物色一位与她妻子一様擅於刺繡的女子、以完続弦之望。他又謂；他妻子曽一隻很好的花鞋、又問柳嬌有没有繡好的花鞋 以証実她的手工。柳嬌不知就裏、果然拿花鞋出来、維明拿着那隻花鞋与在屍体旁拾得的另一隻相比、発覚正是一対、断定楊柳嬌必与兇案有関。○十日限期已到、玉桂及子卿被劊子手押上公堂、二人嘆冤案難翻、難逃一劫。都堂大人楊崧到来、再次追問左維明是否已査出真相。維明審問玉桂。玉桂説当日所見秦三峰妻子実即她的嫂。維明審問楊柳嬌及秦三峰、以口内金牙作為鑑別憑証。又讓玉桂及子卿指証柳嬌身份。並在柳嬌身上搜出花鞋。維明又命手下捧上人頭、証実遇害者正是秦三峰的妻子、三峰唯有供認是自己殺了妻子、及将人頭埋在白楊樹下。左維明判柳子卿与蘇玉桂無罪釈放、並促成二人的婚事。楊柳嬌因知情不報而終身発配永不還郷、而秦三峰則判斬首。全劇終結。

79) 　陳守仁『初探』47頁。【販馬記】(【桂枝告状】) 馬商李奇育有一女一子、長女名桂枝、幼子名保童。李保童一直知道後母楊三春与田旺有姦情、毎趁父親到西陝販馬便与田旺幽会。這天三春与田旺偸情時、被保童碰個正着、保童是以怒斥田旺、却被田旺打至跌倒地上。此時桂枝与婢女春花到来、桂枝連忙上前保護弟弟、並懇求三春原諒。桂枝趁機向保童解釈現在的苦況。並着他多作忍譲。○保童回家、発覚田旺正在磨刀、並不懐好意。是以馬上離家出走。桂枝找不到保童、向三春詢問、却反被她打罵。春花暗地裏告訴桂枝；田旺与三春合謀殺死她姉弟両人、勧桂枝儘快離去。○桂枝隻身逃出李家、跌倒劉志善夫婦的門外。両老把她救進屋内、得悉她的凄涼境況、願意収養她為女児。○趙寵与妹趙連

珠也是被後母趕離家門。趙寵孤身上路、希望引表伯劉志善家暫住、日後再与寄養在老丫鬟的連珠重聚。桂枝見趙寵在劉家門外東張西望、又衣着寒微、以為他立心不良。趙寵雖然落難、却仍不減文人尊嚴。他正想離去、桂枝頓覚他一表人材、知自己剛才口出狂言、連忙上前挽留。〇留志善夫婦出来、熱情地邀請趙寵在府內暫住。桂枝怕被趙寵譏笑、叮囑劉氏夫婦別把自己的身世告訴趙寵。趙寵問及桂枝的名字時、劉氏夫婦也說；不知道。劉夫人笑謂趙寵；暫且把桂枝叫作「表妹」、日後、結了婚則可称她為「愛妹」、至做官後、則応称她為「夫人」。〇三春与田旺在家風流快活、突然想起李奇将回来。怕春花会泄洩李氏姉弟失蹤的真相。田旺是以恐嚇春花、逼她欺騙李奇謂李氏姉弟已死、否則把她殺害。春花本不願意說謊、但驚見三春揮動菜刀、唯有答応。〇李奇回来、不見一対兒女、向三春查問。三春与田旺告訴李奇、両姉弟於数月前出外游玩、二人跌進潭中、屍骸也不能尋回。李奇半信半疑、向春花查問、春花支吾以対。說姉弟病死。李奇更察別有內情、向春花拷問、春花愈說愈乱。李奇瞥見田旺在背後指手画脚。知道衆人有所隱瞞。他命春花回房、並暗示晚上会再向她查問、着她不要早睡。〇春花恐怕把真相告訴李奇後、三春与田旺会殺她報復。唯有自己吊頸自盡。衆人来到發見春花已死、三春敲鑼驚動地保到来。李奇央求田旺把屍体放下。田旺依言、其後、県官胡敬到来。田旺冤枉李奇因姦不遂而逼死春花、更說因李奇対春花起了歪心。所以着她別要早睡。田旺又說；李奇因為作賊心虛、不敢放下春花的屍体、要田旺代労。三春亦詐称李奇一向有意納春花為妾。李奇百辞莫弁。但胡敬見他白髮蒼々、年紀老邁、故亦不大相信他是兇手。田旺有見及此。馬上暗中賄賂胡敬。胡敬随即命人将李奇收監。〇桂枝与趙寵成婚後、趙寵上京赴考試。幸得連珠在家中陪伴、雖然家境清貧、但姑嫂相処愉快、唯独她每次想起父親与弟弟時、心中頓感悲傷。〇連珠称讚桂枝容貌秀麗、更說若她遇上有男子如桂枝般的容貌、她一定会対他傾倒。桂枝告訴連珠自己有一名弟弟、長相跟自己一模一様。可惜生死未明、否則一定会替二人做媒。桂枝亦見連珠相貌与春花相似、一時感触。把自己被後母趕走的身世相告。連珠亦謂；她的身世与桂枝甚為相似、是以十分同情桂枝的遭遇。〇二人聽聞門外人声嘈雑、原来趙寵高中十八名進士、被委任為襄城県正堂。由侍衛、轎伕簇擁回来。準備携家眷移居県府。桂枝未有故郷的消息。本不願離去。此時桂枝派去打探父、弟消息的五叔回来、說桂枝從前在馬頭村的房宅重門深鎖、周囲冷落荒蕪。桂枝甚為失望。無奈地随衆人上轎離去。〇李奇在監獄內、因没有銭賄賂禁子、是以常遭受虐打、痛極哀哭呻吟。監獄比隣県衙的花園、連珠聽到一個老犯人的喊声、頓起憐憫之心、並告知桂枝。桂枝遂与連珠到監倉查看。〇桂枝喚禁子来查問、得悉此処有一名老犯人。早前曾被前任県官五刑拷打。桂枝命禁子把犯人帶上、讓她親自問話。老犯人上前向桂枝叩頭、桂枝即覚一陣天旋地転、心知事件必有內情、桂枝命禁子退下。向老犯人查問細節。才知道此人原住襄城販馬、名為李奇。她心內暗自驚慌、吩咐連珠先行回避。桂枝再細問下去、得知父親蒙冤入獄、正欲上前相認、却礙於禁子在場。她最後賞給父親一錠白銀。並吩咐禁子把他善待。〇連珠看到桂枝強忍淚水、已明白個中原因。便建議桂枝找趙寵協助翻案。但桂枝怕趙寵当官後満口官場規矩、未楽意幫助。連珠則認為趙寵一向口硬心軟、若桂枝待夫妻二人独処時、低声相求、趙寵定必答応愛妻所求。〇趙寵回来、見桂枝眼泛淚光、向她詢問原委。桂枝說自己犯了衙門大法、趁趙寵不在、把監倉禁門開放。趙寵聞言、激得大發脾気。桂枝乘機問；若趙寵看到自己的父親在監倉內、会否把監門開放。此說更把趙寵嚇得冒汗、怕会

因此而丟官。最後桂枝哭着説出剛才在獄中看到父親蒙冤受苦的情況。並首次向趙寵交代自己的身世。希望他幇助父親雪冤。趙寵連忙多番安慰愛妻。此時一名家丁経過窓口把盆栽放下、趙寵命他把李奇的招詳呈上。○趙寵把李奇的招詳読出、桂枝聴到父親将秋審後処決。嚇得暈倒。趙寵待桂枝醒来、提議先写一状紙、待明日向新按院大人申冤。桂枝於是磨墨斟酒、由趙寵写下状紙。而趙寵此刻才知道愛妻姓李名桂枝。○趙寵建議桂枝明日作男装打扮、与他同混進按院。在大人跟前遁状。桂枝此時心下稍慰。趙寵便詐説状紙写錯了。害得桂枝焦急、並追問錯在何處。趙寵俏皮地説；告状人姓名応写「桂枝香」。桂枝知被戲弄、心念一転、説自己不懂告状、因此得物無所用。趙寵是以跪在桂枝跟前示範告状、並大叫「青天老爺冤枉」此時桂枝喝令把趙寵帯去収監、説罷、一笑離去。趙寵此際才知道反遭妻子作弄、但看嬌妻回眸一笑、也感妙趣。○趙寵与胡敬同上衙堂、見新按院大人。二人各懐心事、趙寵見桂枝仍未到来、心神不寧。胡敬則怕按院大人作風廉潔。按院大人原来就是保童。当日他離家後、得善心人相助、輾転昇任按院大人。今時他雖然身為高官、仍不忘旧日親情。○趙寵惦念桂枝、先行告退。在衙堂門外遇到已作男装打扮的桂枝。桂枝来到公堂、甚為胆怯。幾度想打消告状。但念到老父的惨況、唯有鼓起勇気、進堂告状。保童接過状紙読出、已知道告状人是其姉、但礙於在公堂上、不便相認。保童問告状人究竟是犯人的児子還是女児。桂枝謂；自己便是保童、保童再問為何状紙写告状人是桂枝。桂枝一時心慌、胡言乱語、再嚇得跌倒地上。暴露了女児身分。保童立即上前扶起桂枝、並命人掩門、及把她帯進内堂。趙寵見此、不禁大驚失色。○趙寵在外等了良久、仍未見桂枝出来。恰巧胡敬経過、趙寵便向胡敬詢問、胡敬嬉皮笑臉地説：按院大人尚未成親、唯独一見桂枝便拖拖拉拉地帯入内堂、可見趙寵献上夫人。定必快将昇官発財。趙寵大驚、決意即使拼了官職和性命也一定要進堂内問個究竟。是以在門外喧嘩起来。○趙寵進堂、面対威嚴的保童、結結巴巴的説不出話来。保童得悉趙寵乃桂枝的丈夫、不発一語地把他拉入内堂。趙寵生性胆小、保童此挙把他嚇至魂不附体。趙寵在内堂見到桂枝、桂枝向他解釈保童便是她的弟郎。並叫保童向他請安。這時趙寵才心神稍定。○保童讓桂枝与趙寵進内廂用茶、再命人帯李奇上来、並向他表露身分。李奇苦尽甘来。但仍心念桂枝。桂枝此時上前擁着父親並答応為他翻案。趙寵亦上前向岳丈請安。一家団聚之時、保童誓言要緝拿姦夫淫婦、将冤案再審。○趙寵在家中追憶往事、雖有不少感慨、亦喜見一切漸入佳境。他命家丁張灯結綵、並掛上一百盞春灯。擺一百盆芍薬、以歡迎巡按大人保童到訪。連珠故意取笑長不怕自己区々一個七品県令、竟敢在上司面前窮奢極侈地炫耀。此説嚇得趙寵連忙命人把装飾拆除。連珠見状、随即補充説；擺放灯与花、可讓巡按舅台明白趙寵愛妻情切、趙寵聴後、才放心、又想起連内拿盆栽出来擺放、好売弄一下自己的文人本色。○連珠故意一臉愁容地抱怨桂枝善忘無信。桂枝明白她的心意。保証一定会撮合她与保童的婚事。趙寵捧着盆栽出来、忽聞桂枝此言、大驚至摔破手中盆栽。並連忙勧桂枝別向保童提親、省得招人家嫌棄。正値争拗間、保童与李奇到来、趙寵父臣逐一上前叩見李奇。禁子見到李奇、慌忙不敢擡頭、李奇亦乗機教訓禁子今後不要再欺凌犯人、応多行善積福。○桂枝建議保童向連珠提親、保童有感尊卑之別而見嫌。桂枝略帯不歓。告訴保童及父親、謂：当日正是因為連珠善心関懐囚犯、今日李家各人才得団円、桂枝更責保童未有報徳之心。保童聴罷、連忙跪下連珠道謝、並向她提親。○保童以春花已死、担心無人能指証三春及田旺殺人嫁禍。恐怕難為父親翻案。連珠霊機一触、説有妙計破案。

並先行入内回避。保童命衙差把胡敬、三春、及田旺、帶按院府第的後園重審。三人鑑於春花已死、以為死無対証、故対指控矢口否認。保童下令対三春用刑、三春受創、又見春花的鬼魂在樹下向她索命、乃大驚招供。趙寵喝令把三人斬首、並感謝連珠扮鬼妙破冤案。○李奇幾経波折、終於一対子女重逢、更得賢慧媳婦、及清廉女婿、一家快楽融融、全劇至此結束。

80) 【百度】【戰秋江】羅家英、李宝瑩主演の録画による。

81) 【百度】【征袍還金粉】「戲曲百科」、司馬仲賢与柳孟雄之妹如霜相愛、出征前夕、互贈征袍与鳳簫、私訂婚盟。豈料、其残障長兄伯陵亦鍾情如霜、逼継母撮合。李媚珠本暗恋仲賢、故意拆散鴛鴦。如霜為報司馬家大恩、無奈下嫁伯陵。仲賢偕孟雄休仮帰家、驚見伯陵与如霜拜堂成親、愛侶変長嫂、遂還袍絶愛、更堅拒与如霜私奔。事被伯陵察知、怒責如霜、却反遭譏諷、気得離家出走。其後、夫人憶子成病、伯陵潦倒行沿街乞討、但堅拒重返家門。時仲賢封侯栄帰、方悟自己溺愛長房児、薄待親生子之過。伯陵亦経歴世態炎涼、愿与弟冰釈前嫌、讓回如霜、一家団円。

82) 【百度】【金釵引鳳凰】韓老師為女玉鳳選婿、挑中学生秦家鳳和趙剣青。鳳、青来訪、鳳仮扮婢女；婢女小鳳則仮扮鳳、両人一起出迎。青対小鳳一見傾心、両人且春風一度；鳳種情老父学生鳳、却把定情鳳釵錯交鳳的同窓青、致錯配鴛鴦。韓且為女児摘日成親。新婚夜、鳳発現錯配鴛鴦、大発嬌嗔、青竟妄想将錯就錯。鳳傷心離去。為求真愛、鳳乗夜逃遁找鳳、青追尋而至、留下小鳳珠胎暗結。鳳在客桟重遇小鳳、小鳳臨盤、鳳在旁照料。適值青亦在同一客桟投宿、夜被賊劫、青誤殺盗賊、帶所砍下的賊的頭顱逃去無踪。青母以為無頭尸首是青、冤枉鳳人。時鳳已高中、被派重審無頭案。惜苦無証拠救鳳、幸青赶至還鳳清白、鳳与鳳得諧好事。

83) 【百度】【花落江南廿四橋】衛花愁瞞弟王成当歌姫為生、楊天保則瞞妹月娥以盗賊為業業成、娥訂婚之日、愁、保遭嫖客魯尚風揭穿身份、成羞憤遠走。愁、保同病相憐、結為夫婦、娥因婚事告吹怨恨愁、被悪霸毛寿利用誣蔑愁不貞、保信以為真、憤然離家、寿乗機汚辱娥、愁為救娥殺死寿、娥重傷不治、臨治時留書予兄解釈一切、但遺書被隣家少女小菱拾去、愁殺人罪成、行刑之日正值保、成因護駕有功封王還郷、冤案得以重審、愁凭菱及時交出的遺書、終沈冤得雪、与夫、弟団聚。

84) 『大埔旧墟天后宝誕祭祀』、1979年農暦3月22日、英宝劇団、戯単【状元夜審武探花】冀州学院掌教、羅広持、因年邁多病、欲為其女羅鳳薇択配、以了心事。○鳳薇為冀州才女、鵠者大不乏人、以陳雁生、馮国華、賈従善鵠之尤甚。鳳父女対陳、馮二人、莫可取捨、遂以文論婚。因陳、馮二人学問、不相伯仲、持改原意、謂誰人衣錦回来、以女婿之。○三月後、冀州学院三喜臨門、馮国華中状元、武状元賈従善、武探花陳雁生。皆登堂謁師。因陳至先至、遂婚女。持以鄭重其事、以家傳青銅古剣賜婿。馮、賈後至、知女已先婚、莫可奈何。○是夕、冀州学院発生命案、死者身上遺有青銅剣。衆知古銅剣為陳之物、遂将陳入獄、時候判断。○開審之日、旨命馮為主審、馮明知陳冤、因証拠不全、遂判充軍。陳誤会馮因嫉恨而陷己、誓報之。○賈従善以陳充軍辺疆、欲婚女、馮因不欲女配壊人、棄官偕女逃於野。○陳押解途中、值梁斉之戦、斉主帥陳桑尚乃羅生之叔、叔姪重逢、殺解差、随同出戦。官至元帥襲爵。○兵下揚州、馮与女為斉兵所虜、押至行轅、陳乃仗勢報復、責馮奪其婦、横加拳脚、事漏於斉宮主、宮主賢且慧、命老実験女、知白璧無瑕、

遂使有情人終成眷属。○梁師節節敗退、乃献従善以図和、時従善金瘡迸裂、垂死間、自承冀州学院殺人嫁禍、案遂白。

85) 【百度】【旗開得勝凱旋還】尚書之子葉抱香与民女戴金環相恋、但戴父以為葉尚書為奸臣、故不許二人結合。這時、太子文陵召金環入宮為妃。但抱香与金環已暗訂情愫、幷桃花結子。因而引発連串笑料。

86) 【百度】【双珠鳳】吏部天官霍天栄之女霍定金、在尼庵邂逅洛陽才子文必正、互生愛慕之情。她失落的珍珠鳳、恰為文所拾。文必正売身進霍府為奴、借送花之機、与霍定金繍楼私会、同訂鴛盟。翌日事泄、霍天栄逼女另嫁。霍定金焚楼出奔。霍天栄遷怒文必正、馳書洛陽令。文険被毒斃獄中。霍定金途中遇劉丞相収留、去洛陽訪文、誤聞文的死訊、痛不欲生。文必正金榜高中。劉丞相熱心成全、霍定金与文必正這対有情人終成眷属。

87) 『粵劇劇目綱要』65頁。【珍珠塔】富家子、方卿、及父、被奸人陥害、財産被奪、母子苦守墳堂、無以為生。大比之年、方卿別母投奔襄陽姑母方氏家、告貸、求取資助上京赴試。詎料、姑母為人勢力、不予借、反百般奚落、将方卿駆走。幸表妹陳翠娥聞訊、念方家当年恩恵、命秋頻邀方卿相会、暗以珍珠塔蔵于点心内贈方。途中不幸被強徒劫去、持往典質、為培徳獲強徒而破案。方卿遇盗後、得楊生妹妹資助、上京応試、一挙成名、独占鰲頭、楊生以妹許之。方卿不允、佯作不第、至姑母家、再晤翠娥、翠娥仍以礼相待、並慰之。姑丈培徳愛方才志、以翠娥許配之。及方氏聞方卿已得官、極尽前倨後窮之能事。

88) 『粵劇劇目綱要』5頁。【全家福】劉全定別母妻兒児女等、上京赴考。後母姚氏愛親生子全義、悪全定。乗全定離家時、買通家人、嘱在中途将全定謀殺。幸家人劉成趕至、救了全定、着即赴京。劉成返家、偽報全定死訊。定妻黄氏聞訊、痛不欲生。携帯児女金童、玉女、往黄土崗祭奠。全義兄弟情深、随嫂同往。祭奠間、黄氏暈去。山中走出猛虎把全義銜去。姚氏誣説謀害二叔、而告到官府。問成死罪。金童兄妹到官衙、求代兄死。不遂。便告往京師。全義被虎銜去、得老隠士拯救、並教以武芸、技成、命他下山、為国効力。得中武状元。全定亦得中文状元。兄弟回郷祭祖。中途遇金童兄妹攔馬告状。全定問状、始知妻被冤囚禁、全義知己並非姚所害。一同趕回、審明此案。案情大白、全義回家、向母責以大義、姚氏亦悟前非、立誓痛改。視全定如己生。一家七口均成賢人。

89) 陳守仁『概説』2-6頁。【全家福（新編）】○姚氏於丈夫死後、欲将所有産業帰其親子全義所有。正苦思計策陥害全定。○全義到来、向母親請安。並説兄長全定執拾行装、預備上京赴考。言語間、全義透露自己亦有意、与兄長一同上京。全定擬考文挙、全義則擬考武挙。○姚氏聴聞全定上京、心生一計、欲上京途中、将他殺害。故不准全義与全定一起上京、並嘱全義来年才再赴考。全義為孝順親娘、亦不知親娘有意殺害兄長、無奈允。○全定執拾了行装、与妻子王氏、金童、玉女到来、向姚氏辞行。全定安慰説「兄弟不同場」、著他来科才再赴試。全定又著妻子王氏小心照料姚氏。○全定起行、王氏、金童、及玉女送行。全義因怕阻礙全定一家話別、故留于府中。姚氏著全義返回書房勤読兵書。○全義離開大庁後、姚氏記憶及全定之語、誤解他説「兄弟不同場」、十分気憤、更増殺害全定之決心。她即命僕人劉唐往殺全定、全定忠僕劉程得知、即趕往救主。○全定一家難捨難離、全定再三嘱附妻子小心姚氏及一双児女。金童及玉女安慰王氏、並著全定不用気掛念、及安心上路。王氏及子女三人、見全定遠去後、便回府。○全定路経山崖、突見一人影、細看下、才知是劉唐、全定見劉唐挙刀相向、十分驚慌。危急之際、劉程趕来、殺死

劉唐。地上遺下了劉唐的血跡。〇劉程坦告是姚氏欲施毒手、殺害全定。全定気憤、欲回家質問姚氏。劉程即加以阻止。他为怕姚氏再加害全定。著他継続上京赴試。自己則回府仮伝全定已死。〇王氏驚聞全定死訊、即帯同金童、玉女往祭亡夫、全義亦同行悼亡兄。〇到達全定遇害之地、王氏悲痛欲絶、決意殉夫。全義即加以苦勧、並応允照顧他們母子人。王氏感激不已。即与金童、玉女跪下叩頭致謝。〇突然叢林中跳出一頭猛虎、欲撲向王氏、全義即徒手与老虎闘、不知不覚闘至崖辺、全義与老虎瞬間消失。王氏、金童、玉女見状、以為全義与虎墜崖而死。深感禍不単行、悲慟不已、唯有回府告知姚氏。〇姚氏一辺暗喜全定已死而可獨佔劉家財産、一辺在家中等候全義拝祭帰来。〇王氏帯著金童、玉女、回府。她因怕児女少不更事、故著他們先行回房。姚氏仮意安慰王氏、又問何以未見全義回返家中。王氏支吾以対。姚氏再三追問下、王氏才将全義死訊道出。〇姚氏聞得全義已死、先是不信、其後悲痛不已、更誣告王氏因誘二叔不遂、施以毒手。〇知県到来查問、姚氏暗中賄賂、知県即不問情由、将王氏移交府衙発落。〇姚氏見王氏被捕、即把金童、玉女趕出家門。両兄妹驚聞母親被衙差押走、即四処打聴母親下落。〇金童、玉女到処打聴母親消息、捱飢抵餓、攀山渉水、終抵受不了飢寒交逼、暈倒於雪地上。〇王氏被収監、幸得獄中禁子劉炳照顧。王氏得聞児女被逐、求劉炳代她找尋、並加照料。原来劉炳於多年前、曽受全定救命之恩。今聞全定慘死、妻被監禁、児女被逐、決定知恩図報。故不怕艱苦、外出找尋金童和玉女。劉炳剛巧於雪地上、見到両小童暈倒。叫醒二人後、得知正是金童和玉女、便把他們帯到監房、与王氏相会。〇劉炳将金童、玉女帯到獄中、劉妻把王氏帯来、与両兄妹相会。母子三人見面、恍如隔世、相擁痛哭。王氏相告各人、己被判死罪、並嘱附劉炳、於她死後、照料金童和玉女。〇正当母子三人訴説離情之際、知府回来、劉炳即著王氏回返獄中、並勧金童和玉女離開。金童苦求劉炳幇助王氏脱離険境。劉炳著他到知府衙撃鼓鳴冤、並要求代母受罪。〇劉炳帯金童到知府衙門前、教他撃鼓、自己則躲到一旁、暗地察看。〇知府名叫黄英才、为官清廉、聞鼓声、即令昇堂開審、並命人把金童帯到堂上。英才見金童年少、以为他一時貪玩撃鼓、故示之以威。豈料、金童道出「代父鳴冤、還母清白」八字。〇英才知事関重大、著金童把案情道出。金童述説父親上京途中、被賊人所殺、冤情未破。当他母子三人和全義到山上祭父時、他因肚餓、要喫饅頭、但全義不准、他憤怒于、将全義推下山崖、故殺全義者不是母親、冀英才還她清白。〇英才聴後、即明白金童自首是出於一片孝心、欲替母背負罪名。但金童堅持全義是他所殺。英才没法、只好命人帯出王氏与金童対質。怎料、二人都説自己是殺人凶手、英才亦十分憐惜母子二人、唯已定罪、鉄案難翻。只有写下生死牌、讓天決定二人哪一個生、哪一個死。〇金童原執得生字牌、但自己欲換了死字牌。王氏抽得生字牌、心中担憂不已、一見金童、即欲搶回死字牌。但金童却緊握著不放。〇英才見金童執得死字、即判王氏無罪釈放、而因金童未成丁、有例不能受斬刑。故英才判他充軍三年。英才又体念金童父冤情未破、故代写冤詞、著他遇上大小官員、便「大官要告、小官要訴」。英才又命劉炳把金童送往辺関、一路上加以照料。〇王氏得知判決、即趕往送金童。並帯了飯菜親自餵他。母子分離之苦、聞者心酸。劉炳答応王氏、自己必会小心照顧金童。之後、一双母子在難捨難離下分別。〇另一方面、全定上京考得状元。而全義当日与神虎搏闘、不但没有墜下山崖喪命、更得該神虎授与武功、後与全定平乱立功、位列王侯。二人獲皇上恩准回郷。〇全定、全義於回郷路上、遇金童攔馬告状、二人読状詞時、覚得与己境遇相

注(89)89-92   521

同。追問下、得知告状人正是金童。又得知別離後、王氏、金童和玉女遭逢姚氏惡待。全
義不齒自己親母之所為、即釋放了金童、送他回家与母親団聚。○全定感謝劉炳曾照顧王
氏、金童和玉女、对他賜以厚賞。全定及全義兄弟倆即起行回家。○王氏和玉女見金童回
家、又得聞全定和全義未死、高興不已。即更衣候全定兄弟回家。○姚氏聞得全定未死、
心內懼怕他回来、追究自己惡行、更恨親児全義賠了性命。但姚随後得知全義未死、驚喜
不已。即趕往見全義。○全定見到姚氏、欲下馬相迎、怎料、全義把他的馬趕走、馬児更
險些撞倒姚氏。姚氏呼喚全義、但他不顧而去。忠僕劉程見状、認為姚氏罪有応得、加以
奚落。○全定、全義、王氏、金童、玉女団聚。全定席上不見姚氏、劉程告知她在後堂念
仏懺悔。全定即吩咐劉程請她出来。○姚氏来到後堂、上前呼喚全義。全義不加理睬、她
又叫喚全定和王氏、皆没有回応。姚氏欲与金童和玉女親近、怎料、被二人責備。全定和
王氏雖恨姚氏、但不准子女責備祖母、遂加以制止。劉程不忍姚氏被冷待、向姚氏献計。
著她佯作撞墙自殺、姚氏按言行事、果被衆人勸止。姚氏全定一家既往不咎、自己亦覚悟
前非、全定、全義、王氏、金童、玉女、劉程及姚氏七位劉家賢士、及家眷終可団聚、共
享栄華。「七賢眷」伝為佳話。全劇告終。

90) 『粤劇大辞典』105頁。【花染状元紅】。名妓、花艶紅与名士、茹鳳声、一見鍾情、互送
訂情信物。鳳声庶母四姐不満此事、命女児明月偽冒鳳声筆跡、回書拒絶艶紅。艶紅誤信
鳳声無情、心灰意冷、乃带髪遁跡空門、而鳳声也因此相思成病。四姐終日求神拝佛、一
日、在水月庵看見署名了緣之詩画、賛嘆不已、又見其人嬌容艶麗、便借故請其回家、納
為児媳。了緣与鳳声相見、初感意外、継而悲痛欲絶。四姐知道、了緣則艶紅時、被她的
真情感動、遂使両人成眷属。

91) 【百度】【一代天嬌】1980年鮑学礼執導台湾電影。山中一箇少女在籠中、原来是她師傅
把她関在其中。後来師傅臨死時才放她出来、告訴她的身世。她師傅告訴少女説、你原是
大貴之家。後来受嶺南王迫害、全家被殺。我救你出来、授你武功。関入籠中以練你心志。
她師傅死後、女換了一身勁装好漂亮。手中只有一把短剣。為了查清身世、她先回老家、
看到的全是破屋断墻、結果只找到一箇老僕人的傻児子。這箇傻児子、一定要跟着少女找
仇人、還説。如果你死了還有我給你収尸呢。少女拿傻小子没法子。只好答応了。于是一
箇少女和一箇傻小子一起闖江湖了。他們一路之上遇到很多高手截殺、其中最有名的是付
紅雪。結果少女把天下第一快刀付紅雪一条手砍了。不過自己也受了重傷。好在武当張三
豊出現了。幫她治好了傷、幷告誡少女説、嶺南王有一種天下無敵的武器、叫「龍頭継魂
斬」、三豊老祖送她一箇護身銅銭。路上少女還遇到一箇英俊少侠助她打敗過二箇強敵、但
一直没告訴她身份。到了最后、少女終于找到了嶺南王府、一番悪戦后"嶺南王"終于出
来了。他就是一路上暗中幫助她的少侠。原来少侠是滅她全家的老王爺的児子、本来老王
爺要小王爺去殺少女了。可小王爺一路上却又不禁暗暗喜歡上了這箇少女。他对她説："如
果你愿意嫁給我、我們就能一統天下。"結果個性強硬的少女没有答応、二人不得不生死相
闘！。傻小子為了救女主人、死了。因為「龍頭断魂斬」太厲害了！　少女也重傷了。好
在胸口有張三豊送的保命金銭、擋住了「龍頭断魂斬」的致命一撃、也就有機会反手一剣、
殺死了小王爺。

92)　陳守仁『概説』57頁。【紅了桜桃砕了心】蕭亜梓早年喪妻、育有一子懐雅、及一女桃
紅。一家三口於湘湖郷間経営楽器店。女児桃紅則兼職売唱及売欖。亜梓与桃紅喜聞懐雅

曾営救一名富家子孔桂芬、其後懐雅更娶桂芬的妹艶芬為妻。亜梓、桃紅及懐雅籍着裙帯関係、将来能過些好日子。○桃紅雖相貌娟好、心地善良、然而因家境貧困、不識大礼、以致挙止言行甚粗鄙。名楽師趙珠璣早年喪偶、育有一子、剛巧遇到桃紅、欲買她店内一枝玉簫、二人因此而結識。桃紅見珠璣一表人材、更増幾分仰慕之心、珠璣亦喜歓桃紅率直嬌憨、不像一般造作的庸脂俗粉。珠璣欲買玉簫、須回家取銭袋、答応桃紅瞬間回来付款。○懐雅携妻衣錦還郷、桂芬亦同来。懐雅一朝発達、得意非凡。不期然露出暴発戸的囂張。蕭氏一家団聚、父女倆見懐雅身穿錦衣、儼如富戸一様、更是喜出望外。○桂芬対桃紅亦有好感、亜梓乗機推波助瀾、欲成其好事。桃紅一心想到若下嫁孔桂芬、日後不用再捱窮。対婚事亦不反対。懐雅将外出做生意、要求桂芬出資一萬元、作担保。桂芬本不允、然有感将親上加親、是以答応。○艶娥与艶城乃孔家的五女児与六女児。二人因蕭氏兄妹高攀孔家、極為不満。她們認為懐雅及桃紅態度及行為悪劣、実在不配孔門結為親家。桂芬偶然路過、聴到亦覚不無道理。其時桃紅嫁入孔家雖已一載、但始終不脱昔日「大妹頭」的郷愚本姓。她経常随地吐痰、挙止粗魯、使桂芬屢屢遭人譏笑。○艶芬到来、向桂芬跪地哭訴。説因懐雅生意失敗、欠下巨債、已被拉去坐牢。艶芬希望桂芬可惜一万元将懐雅贖回。桂芬対懐雅漸生痛恨。本不答允。但見妹妹的可憐模様、於心不忍。他命人叫桃紅帯同首飾盒出来相見。桂芬取出銀両交艶芬。嘴裏不停呪罵懐雅。桃紅不満桂芬責罵兄長。更不満桂芬嫌棄她兄妹倆窮困、而出言針対。桂芬亦不甘示弱、与她争吵。桃紅一怒之下、脱去身上的錦衣、以示今後不沾桂芬的庇護。桂芬怒極、掌摑桃紅、桃紅不停与他頂撞。多次呼喊其兄名字、使桂芬火上加油、再打桃紅。○懐雅与艶芬回来、懐雅不但不向桂芬表示謝意、反過来、責備桂芬忘恩負義。桃紅与桂芬在罵戦中、只偏幫兄長、忽略了丈夫。懐雅与桂芬同感妻子心中只有外家人。見自己的親妹被人薄待、決定要写休書離婚。休書写畢、二人正要交換時、桃紅与艶芬把休書撕毀。懐雅与桂芬不忿、再写休書、桃紅与艶芬涙流満面、後悔莫及。○此時、蕭亜梓与孔老夫人同到来、知道四人已離婚、孔老夫人一向嫌棄蕭家兄妹配不起自己的児女、馬上命艶城与艶娥撒元宝渓銭、送走這両隻「冤鬼」。桃紅原本仍有不捨之情、唯自尊心極度受創之下、要求父親与她離去。誰料、亜梓貪図富貴、不肯離開。桂芬応允譲他留在孔府。但不准桃紅帯走她所生的女児小紅。桃紅万分悲憤、離去前、揚言；他日必定要出人頭地、不被孔家小覰。○趙珠璣走遍湖湘地区、仍找不到心目中的可造之材。正自惆悵之際、再遇闊別一年的蕭桃紅。桃紅此時已打回原形、依旧是一名衣衫襤褸的売唱女。○珠璣認為桃紅乃一塊未経彫琢的璞玉。他深信一旦桃紅学有所成、必定成万人迷。珠璣上前要求桃紅唱曲、発現桃紅声線不俗。只是尚未経培訓、致未能全面発揮她的天賦条件。○珠璣表示、願教桃紅詩書礼楽、儀態表情。並説、不出一両年、可将她塑造成一名歌台紅星。桃紅喜不自勝。忙対珠璣叩頭拝跪。○珠璣要桃紅与他一同起居、以方便随他習芸。是以問桃紅是否雲英未嫁。桃紅為求名利、故意隠瞞真相、告訴珠璣自己仍是未嫁姑娘、更戯言笑説；只要能成名、願以身相委。○懐雅到来、向桃紅提起「阿桂」。桃紅忙示意他噤声。珠璣把自己訓練桃紅的大計、告知懐雅。懐雅想到若桃紅成名、自己再不用捱飢抵餓、忙向珠璣連番叩頭。桃紅一心想着成名之後、向孔家報復、一洗恥辱。這一切、珠璣当然被蒙在鼓裏。○桃紅経歴一年時間、已被珠璣改造成材。是日、珠璣為慶祝桃紅成名及婚事在即、在府内設宴款待殷商巨買。珠璣四出登門、発帖請客。懐雅与侍婢則在園内打点一切、並招呼賓客到来、欣賞桃紅的演

出。艶芳碰巧路過、重遇懐雅。二人互訴離愁別緒、決定重続前縁。懐雅告訴艶芬、桂芬
与桃紅已復合無望、所以別把桃紅的近況告知桂芬。艶芳雖嘴裏答応、却馬上回家向桂芬
報告。○珠璣因辛労過度、積労成疾。唯見到桃紅今日的成就、及想到今夜将与她成婚、
才覚覚寛慰。瓊楼内、賓客済済一堂、欲一睹桃紅風采。桃紅風姿綽約地到場、款待各人、
令衆生為之傾倒。○艶芳携桂芬到来。桃紅仍心懐怨恨、詐作不認識桂芬、令他大為気結。
桂芬低声下気、請求桃紅回家複合。却遭桃紅冷言譏諷。桂芬眼見艶芳与懐雅已和好如初、
悲感慼地対桃紅説要将他們的女児小紅抱来。桃紅想起当日被逐離孔家時、桂芬鉄石心腸
地不讓她看小紅一眼。如今自己一朝成名、桂芬却欲利用小紅来打動她。桃紅難抑怒火、
三番掌摑桂芬、以報復当年曽受桂芬打罵。桂芬愕愕、瞬即跪於桃紅眼前、苦苦哀求她回
家。此時珠璣剛到走廊、看到此情此景、対桃紅的過去已有所悟。他妬意頓生。幾乎暈倒。
只有負創、黯然回房。○桂芬縦苦苦求諒、但桃紅依然不允復合。亜梓到来、怒斥桃紅忘
恩負義、再訴説； 自懐雅与桃紅離去後、桂芬対他慇懃尽孝、対小紅亦愛護有加。目的是
希望桃紅早日回孔家。桃紅聞言、稍有感動、加上難抗父命、答允明早到来相接。桃紅心
情紊乱、不知如何向珠璣表白。○珠璣在新房内、等候桃紅到来洞房。他喃喃自語、渇望
剛才所見的景象只是幻覚。不願相信桃紅竟是已婚婦人。当他看着児子細珠、更覚未尽父
責、深感内疚。○桃紅進房、見珠璣面如死灰、大喫一驚、原本準備要説出真相、也変得
吞吞吐吐。珠璣見状、直言問桃紅是否已婚、桃紅以為珠璣仍不知情、遂継続隠瞞真相。
原来珠璣無意中拾得当年桂芬給桃紅的一紙休書。桃紅唯有説出真相。並説、如果当日告
訴珠璣自己已婚、必不会得到他悉心培植。○桃紅告知珠璣要跟前夫桂芬回去。珠璣更覚
心痛委屈。桃紅極感内疚、把身上的首飾送給珠璣作為補償。珠璣見状、瘋狂地把首飾擲
到地上。並説他的心血根本不能用金銭去衡量。○桃紅自知欠珠璣太多恩情、眼見珠璣身
心受創、問心有愧、唯有答応留在他身辺、以報答其恩惠。然而珠璣已心灰意冷、且身心
重創、致不能言語。他回到書房、欲写一封信向桃紅説明心意。○懐雅到来、也不明珠璣
為何要以筆代口、未幾、珠璣神智模糊、拿着信箋出来、更失声吐血不止。蕭氏兄妹忙上
前攙扶。桃紅欲読珠璣的信箋。只見紙上並無一字、唯有桜桃般紅的鮮血。○珠璣奄奄一
息。臨終前只能以手勢示意桃紅照顧児子細珠、使他有出人頭地之日。桃紅答允珠璣除非
細珠成名、否則她永不返回孔家、以報答珠璣扶植之恩。珠璣終含恨而逝。○桃紅外出替
珠璣打点身後事。桂芬到来、欲接桃紅回家、看到死去的珠璣、始驚覚有此巨変、深感無
奈、懐雅看着細珠、只盼望他乖巧生性、早日成名。○晃眼已過十六年、細珠到楽府学芸
已三年、今日将畢業帰来。桃紅身為細珠的小姑媽、打算為他設宴、広邀親朋細聴細珠弾
奏的造詣。細珠雖已十八歳、仍是一副傻乎乎的模様、学芸三年、依然没有進歩。懐雅生
怕細珠気壊桃紅、打算助他瞞天過海。○桃紅喜見細珠回来。忙要他弾奏『錦城春』、細珠
乗桃紅不為意、讓躲在桜桃樹後的懐雅代他弾奏。桃紅受騙、以為細珠已学有所成。豈料、
懐雅因事離開、桃紅却要細珠再弾一種新曲。細珠多番推搪、桃紅光火、命他立即弾奏。
細珠唯有敷衍乱弾。桃紅大為心痛。她想到自己十数年的心血付之流水。即憤怒打罵細珠。
細珠反駁桃紅因何要他学習音楽。又問她何以逼父親死、還不放過児子。桃紅怒不可遏、
欲挙鞭責打但一念珠璣死前託孤而不忍下手、她想有誰理解毎次窓外紅了桜桃的意義。細
珠見桃紅如此憤怒悲傷、忙跪下認錯道歉。桃紅萬念俱灰。回房写信向細珠解釈「桜桃的
故事」。○桂芬、懐雅与艶芬到来、知悉事情経過、斥責細珠又蠢又笨、害苦了桃紅。細珠

解釈自己並非愚笨、只是小姑媽管束太厳、令他対音楽不但全無興趣、甚至懼怕。桂芬霊機一触、打算帯女児小紅来到引導細珠、希望細珠学成之日、也是自己与桃紅復合之時。○小紅到来、因与細珠年齢相若、分外投契、細珠頓時心情軽鬆。与小紅開懐唱和。桂芬大喜。認為細珠有救、忙叫懐雅進房喚桃紅出来。讓她看到此情此景。希望她自此放下心頭大石、安心再進孔家。○懐雅進房、発現桃紅自殺而死、遂拖她的屍体出来、衆人大為悲痛。細珠与小紅看到桃紅手執信箋、上無一字、只有片片桜桃似的血点。大惑不解。桂芬遂向二人訴説往事、解釈此点血紅乃桃紅的心血。他想到自己昔日因一時意気、与桃紅離異、倍感懊悔与唏嘘。全劇結束。

93) 【百度】【龍鳳呈祥】猫眼電影。礦業大王張百貴病重。臨終前、他希望能見児子振華的未婚妻一面。振華於是趕往酒店尋找未婚妻盧莎莉、可是莎莉却剛巧外出。振華霊機一触、請求酒店女職員舒小玲冒充未婚妻、以還老父心願。怎知、百貴自与小玲会面、病情竟突然好転。小玲被迫継続扮演振華的未婚妻、而百貴更特地為小玲挙行了盛大宴会。向賓客宣佈児子与她的婚事。宴会当晩、小玲臨時欠席、百貴往找小玲、得知事情真相、不但没有怪責、反而向友人宣佈小玲快要与振華結婚。振華真正的未婚妻莎莉獲悉振華婚訊、竟前来張家、向百貴索取巨額賠償。振華看穿莎莉的真面目後、決意与她分手。最後、振華与小玲亦弄仮成真、双双墮入愛河。

94) 【百度】【青衫客】百度百科。洪廖為当地悪覇、掌握一切、村民都染上了一種急病、紛紛去当地的洪廖医館求助。黒心的洪廖医館趁機提高薬価。取老百姓的血汗銭。并開一些喫不死人又治不好病的薬、使他們能有更多的収入。一位好心的大夫、海報為老百姓排憂解難、医治急病。并断定他們是中毒症状、懐疑是洪廖薬館所為。此事被洪廖手下得知、狠心的把大夫推下山崖。幸運是那位好心的大夫被一位在山中采薬的侠士救起、并在山中療傷。大夫把当地老百姓的遭遇告訴了侠士。他很気憤并決定為老百姓声張正義。侠士来到村庄、為老百姓免費医治疾病、薬到病除。被百姓們称作"青衫客"。大家都聞訊而来。他成了百姓心中的英雄。此事被洪廖得知後気憤不已。親自帯領人馬前去打拼。誰知"青衫客"不但医術高超、同時武功蓋世、無人能敵。洪廖只好請出江湖高手裴飛求助。同時把村中百姓全部抓起来引他出来。"青衫客"在与裴飛交手中深受重傷、被関押起来。洪廖的女児得知真相後、為父親的所為感到慚愧和羞恥、救出"青衫客"帯他到山中療傷……。

95) 陳守仁『概説』25頁。【胡不帰】文萍生自幼喪父、由母親文方氏独力撫養成人。文方氏意欲姪女可卿与萍生成親。但萍生却鍾情於趙顰娘。文方氏答応可卿会利用萍生的孝心使他答応与可卿的婚事。○萍生帯顰娘回家見文方氏。意欲母親能答応他們早日成婚。顰娘父親遠行、被後母逐離家、故被文方氏所白眼。経萍生苦求、文方氏只有准許他們成親。○顰娘新婚不久即臥病。方三郎則可卿的哥哥、一向暗恋慕顰娘。今知萍生与顰娘成婚、心裏不忿。遂与可卿設計、買通一名医生、仮説顰娘患上高度伝染的肺癆病、須要隔離休養。企図使夫婦二人分開、以便兄妹有機可乗。○方文氏既不満萍生成婚後、只関心妻子、対自己疎加孝順、也討厭顰娘終日纏綿於病榻。浪費金銭治病。○文萍生到房中安慰妻子、叫她不要見怪母親喜怒無常、並要静心養病。○文方氏帯医生進房為顰娘断症、医生已為三郎及可卿暗中収買、乃詐称顰娘患上肺癆病、嘱文方氏把她隔離。○文方氏令顰娘即時独自搬往庭院居住、萍生懇求亦無効。夫婦二人哭訴別離。為免萍生染病影響文家的香灯継後、文方氏禁止萍生在顰娘病癒前与她相会。○顰娘独居庭院、常思念萍生、三郎乗機

注(92-95)95-100   525

探望鸞娘、欲挑動她的情懷。却被她嚴詞責罵。三郎只有悻悻然離去。○萍生瞞着母親、偷往庭院、与鸞娘互訴離情。○文方氏撞破二人偷会。責罵二人一番。強帶萍生回家。○文方氏原希望萍生与鸞娘婚後早日添丁、使文家後繼有人。惜鸞娘患上肺癆、唯有接受三郎及可卿的建議、逼令萍生与鸞娘離婚。○剛遇萍生帶兵出戰在即、文方氏命令萍生先与鸞娘結婚。萍生懇求待戰事完畢、再作打算。文方氏仮意答応、却決定瞞着萍生逼鸞娘離婚。○萍生偷会鸞娘辞別、心裏既知母親這令離婚的主意。却不敢向鸞娘直告。只有強忍酸淚。○文方氏到来庭院、叫鸞娘収拾行李、仮意説容許她搬回家裏、籍以瞞過萍生。萍生離去後、文方氏逼令鸞娘離家、並与萍生離婚。好待他能另娶、為文家繼後香灯。鸞娘在無可奈之下、只能答応離開文家。○萍生在戰場上奮勇殺敵、帶兵凱旋回来。○萍生回家、知悉母親意欲他娶可卿為妻、並知鸞娘已被逐離家。肝腸欲断、憤而離家訪尋鸞娘下落。○萍生在路上哭喚鸞娘。巧遇丫鬟春桃、春桃告知鸞娘已死、並帶萍生墳前哭祭。萍生見碑上刻着「愛女鸞娘墓」、憤拔劍把「女」字改写「妻」字。○其実鸞娘未死、只仮託夭亡、希望萍生另娶継室。她躲在一旁、見萍生情深不渝、深受感動。出来向萍生坦告萍生一切。○這時文方氏、可卿、及三郎追蹤而至。文方氏知鸞娘為成全文家而仮託夭亡、又見萍生、鸞娘二人果然真心相愛、同時知悉鸞娘経已病癒、乃准許二人再続夫妻之情。三郎及可卿坦白承認収買医生陥害鸞娘的経過、得到各人原諒。前事不提、一家団聚、全劇結束。

96)【百度】【花好月円】朱静波与潘仲年是一双璧人。富家子何風雖已有恋人羅綺紋、但仍対静波苦纏。静波打算畢業后与仲年結婚、惜她的家人嫌潘家貧寒、反対婚事。静波不理家人阻撓、与仲年同居。此時、何風利用権勢把仲年調往外地工作、藉此親近静波、并従中挑撥、令静波相信仲年対她不忠。仲年返港見何風与静波親密非常、憤而離去。静波偶然発現何風陰謀、但仲年已不知去向。何風再次遭静波拒愛、遂返回綺紋身辺。婚后何風花天酒地、傷尽綺紋的心。綺紋舍他而去、遇上仲年。二人互相扶持、感情日深。仲年、綺紋婚宴当日、何風到場指責仲年奪妻、静波赶至、揭露何風之奸険、何風悩羞成怒撃傷綺紋、綺紋傷重不治。何風被拘捕、仲年与静波前嫌尽釈、重修旧好。

97)【百度】【十二美人楼】是1948年上映的香港電影、由兪亮導演。吳楚帆、張活游、紫羅蓮等人主演。講述富翁金大千擁有一妻二妾、但仍不満足、企図納情婦曼娜为三姨太。大千借辞家中只得妻妾各一、連四女、四媳、尚欠妾侍一人、方能凑足十二美人、以配合新建的"十二美人楼"。

98)【百度】豆瓣【喋血劫花】本是殺人的逃犯曽長福、重獲自由之身。不想、適才呼吸到新鮮空気、却被尾随后的李国柱一路追殺、原来是李買通関節、故意従牢里放出曽来、幸曽手脚利落、才得幸幸逃脱。曽従山路下来、躱進一富家別墅、而此別墅只有一对新婚夫婦居住、就在這天、念祖和佩雯夫婦経昨夜大宴、賓客们念上班去了、留下佩独守空閨……。

99)【百度】【花開富貴】一個家庭在歳晩時遺失了中奨的彩票、幸而、他們最終把彩票尋回、一家人歓天喜地慶祝新歳。故事中挿了一条支線、講述一名富家公子本与一名千金小姐相恋、怎料、富家公子却偶然認識了一名写揮春的少女、以致弄出一段三角恋。

100)『粵劇大辞典』142-143頁。【程太嫂】李翠紅自小被売到孔家为奴。長大後、被孔家大少爺姦汚。懐孕後、遭棄。賬房程大哥不忍、以二百両銀娶翠紅为妻。翠紅帶児子嫁入

程家、成為程大嫂。程大嫂受盡程母的刻薄和白眼。程大哥病逝後、舅老父把程大嫂売給打柴的阿牛。阿牛善待程大嫂、彼此度過了一段安寧的日子。但孔家咄咄逼人、說他們傷風敗俗。阿牛忍無可忍、殺死舅老父後、落荒而逃。程大嫂無辜被囚。出獄時、還被視作「不祥人」、自此行乞度日、風燭殘年。

総　結　粤劇の特徴——侠艶

総　結　粤劇の特徴──俠艶　　　　　529

　最後に粤劇の特徴について中国演劇史の視点からの位置づけを試みて、総括とし
したい。
　粤劇は、江南から伝わった外江班と、広東本地人のよる演劇で、官僚サイドか
らは「土腔」と蔑称された本地班の2種類から成る。前者は「雅」、後者は「俗」
とみられていた。
　楊懋建『夢華瑣簿』は、両者を対比して、次のように言う。

　　広州の戯班は、外江班と本地班の二つに分かれている。外江班は、みな外
　　来の一流戯班であって、声色技芸、みなすばらしく、宴席の演奏において、
　　耳を傾け鑑賞するに足る（中略）本地班は、ただ武技に巧みなだけで、人の
　　動きで演劇を組み立てているに過ぎない。演ずる故事は、出典が不明で、字
　　句も文雅に欠け、内容も荒唐無稽である。（中略）しかし、その服飾は、豪
　　華であり、舞台に登場するたびに金翠が煌き、七宝の楼台のようで、近寄り
　　がたい迫力がある。都の劇場でも、華美の点で及ばないくらいである。概し
　　て言えば、外江班は、徽班に近く、本地班は、西班に近い[1]。
ここで「外江班は徽班に近い」といっているのは、外江班の8割は、安徽から
きた「徽班」であるから、「近い」のも当然で、むしろ安徽班そのものであると
いうべきであろう。これに対して本地班を「西班に近い」と言っているのは、
「西班」つまり、「秦腔」を指している。この劇種は、乾隆期以後、北京に入って
大流行したが、「猥褻」「淫猥」などの評を受けて弾圧された。粤劇本地班がこの
秦腔に比定されるような特徴、つまり、観客の官能に訴える面が強かったことが
わかる。しかし、前述したように、粤劇は、太平天国以後、一時、本地班が弾圧

───────────

1)　楊懋建『夢華瑣簿』広州楽部分為二、曰外江班、曰本地班。皆外来妙選、声色技芸、
　　並皆佳妙。（中略）本地班、工技撃、以人為戯、所演故事、類多不可究詰、言既無文、事
　　尤不経。（中略）然其服飾豪侈、毎登場、金翠迷離。如七宝楼台。令人不可逼視。京師歌
　　楼、無其華靡。大抵外江班近徽班、本地班近西班。

されて外江班が主流を占めたものの、その後、官僚勢力の衰退に伴って、外江班
は、衰退し、結局、庶民を顧客とする本地班に帰一する道をたどる。本地班こそ
が、粤劇を代表する劇種であり、その特徴は、そのまま、現在の粤劇の特徴と
なっている。その特徴とは、上述の楊懋建の言のように、華美で官能的というこ
とである。香港大学の黄兆漢教授は、その著『香港大学所蔵粤劇劇本目録』にお
いて、粤劇を次のように分類している（表28）。

これは、香港大学亜洲研究中心所蔵の粤劇
劇本202種について、分類したものであるが、
ここに見える7類のうち、最も特色のあるの
は、俠艶類である。これこそ、上記の『夢華
瑣簿』が本地班の特徴として挙げる「西班」
の官能的演出を指すものと考えられる。伝統
的な中国演劇の分類、例えば、呂天成の『曲
品』「南戯六門」では、忠孝類、節義類、功
名類、風情類、仙仏類、豪俠類とする。上表
と対比すると、忠烈節義は、節義類に、家庭

表28　黄目香港粤劇分類表

No.	分類	比率%
1	俠艶奇趣劇	35
2	現代劇	15
3	愛情故事	16
4	忠烈節義	12
5	家庭倫理	10
6	歴史及び神怪故事	8
7	社会風刺	4
	合計	100

倫理は、忠孝類に、愛情故事は、風情類に、歴史・神怪故事は、仙仏類にあたる
ことは明らかであるが、社会風刺や現代劇は、おそらく、功名類に当たるあろ
う。しかし俠艶奇趣劇は、何に当たるであろうか。消去法で行くと、豪俠類に当
たると見る他はない。

しかし、両者の間には大きな差がある。南戯6門で、豪俠類の比重は低く、忠
孝、節義、功名が大部分を占めていた。上記の粤劇では、豪俠類に当たる俠艶奇
趣劇は、35％にも達する大きな比重を占めている。武俠小説の世界が展開されて
いることは明白である。しかも、単なる俠客の世界ではなく、艶とあるので、女
俠、俠妓などが絡む話が多く、艶情つまり色情を交えているということである。
先の「西班」に近いという特色と重なる。粤劇独特の世界が、この俠艶奇趣類に
あることは、明らかであろう。香港人の趣味がここに現れているとも言えよう。
以下に、その具体例を示す。備考欄は、目録の劇目の下に注記された「俠艶奇

総　結　粤劇の特徴——侠艶　　　　531

「趣」のさらにより具体的な説明である。

表29　黄目侠艶類の粤劇劇目表

No.	黄目番号	劇目	劇団	設立	文武生	花旦	備考
1	1	一辺冰心在玉壺	覚先声	1931	薛覚先	嫦娥英	宮闈侠艶
2	2	一枝風流軍	新中華	1921	白玉棠	小蘇蘇	侠艶打闘
3	6	人細鬼大	綿鳳屏	1931		靚少鳳	奇情侠艶
4	8	三合明珠宝剣	覚先声	1931	薛覚先	小珊珊	侠艶諧趣
5	11	三戦黄婆洞	義擎天	1930	羅品超	靚少鳳	侠艶
6	20	孔雀屏	大羅天	1924	馬師曽	馮鏡華	武侠香艶
7	21	今宵重見月団円	新景象	1927	薛覚先	嫦娥英	侠盗艶情
8	27	打破情関	覚先声	1931	薛覚先	李翠芳	艶情打闘
9	29	平均春色	覚先声	1931	薛覚先	李艶秋	艶情
10	33	有幸不須媒	覚先声	1931	薛覚先	李艶秋	侠艶
11	40	快活冤家	覚先声	1931	薛覚先	李艶秋	武侠
12	43	杜鵑媒	覚先声	1931	薛覚先	李翠芳	侠艶
13	47	姉妹情波	新中華	1921	白玉棠	小蘇蘇	艶情打闘
14	48	並蒂蓮	大江南	1935	陳錦棠	李艶秋	侠艶奇情
15	52	明月之夜	覚先声	1931	薛覚先	李艶秋	侠艶
16	53	明月証前因	南国彩鳳	未詳	羅品超	李艶秋	侠艶奇情
17	54	明月香衿	覚先声	1931	薛覚先	小珊珊	宮闈哀艶打闘
18	55	芙蓉恨（上）	不明	未詳	不明	不明	侠艶諧趣
19	56	芙蓉恨（下）	不明	未詳	不明	靚少鳳	侠艶諧趣
20	61	金鈴力士	覚先声	1931	陳錦棠	蘇州女	侠義奇情
21	62	金胡蝶	不明	未詳		靚孖昭	侠義打闘哀艶
22	65	争得蛾眉匹馬還	義擎天	1930	羅品超	李艶秋	侠艶奇情諧趣
23	73	相思虎	覚先声	1931	陳錦棠	李翠芳	香艶打闘諧趣
24	76	風送彩鸞	賽羅天	未詳	何少光	靚雪秋	侠艶孝烈
25	82	浪漫女侠	譜斉天	未詳	黎少山	李艶秋	侠艶
26	86	真仮郎君	孔雀屏	1928	白玉堂	小珊珊	侠艶諧趣
27	87	真個両銷魂	新中華	1921	白玉堂	李翠芳	侠艶奇異情
28	89	恩愛敵人	新中華	1921	白玉堂	小蘇蘇	侠義艶情

29	93	脂粉羅漢	覚先声	1931	薛覚先	李艷秋	俠艷除奸諧趣
30	94	倒乱千金	大明星	未詳	黃玉麟	蘇州女	俠艷情妙
31	95	娘子関	覚先声	1931	薛覚先	小珊珊	俠艷奇情
32	97	情仇	覚先声	1931	薛覚先		俠艷奇情打鬪
33	110	温柔郷	孔雀屏	1928	白玉堂	小珊珊	武俠愛情
34	113	琴劍緣	天外天	未詳	薛覚先	濃艷香	俠艷奇異
35	122	無情了有情	義擎天	1930	千里駒	李艷秋	俠艷奇情
36	124	無処不消魂	唐天宝	1930	白玉堂	美中輝	俠艷除奸
37	126	腋庭春雷	覚先声	1931	薛覚先	小珊珊	艷情孝義奇趣
38	128	循環夫婿	覚先声	1931	薛覚先	李艷秋	艷情諧趣
39	131	新娘畢竟是紅娘	新春秋	1928	曾三多	陳非儂	香艷奇情諧趣
40	142	滴酒穿襲	覚先声	1931	薛覚先	小珊珊	俠艷奇情
41	143	漂白王孫	義擎天	1930	千里駒	李艷秋	武俠奇情
42	145	碧玉連環	日月星	1930	陳錦棠	何少珊	香艷詼諧
43	147	鵲星橋	義擎天	1930	千里駒	李艷秋	俠艷
44	148	悼得小姑帰	日月星	1930	曾三多	桂名揚	俠艷奇情
45	150	翡翠鴛鴦	覚先声	1931	薛覚先	李翠芳	俠艷恋愛奇情
46	152	雌雄太極鞭	覚先声	1931	薛覚先	小珊珊	俠艷奇趣
47	153	聞香不是花	覚先声	1931	薛覚先	嫦娥英	香艷打鬪諧趣
48	157	憐香刀染胭脂血	新景象	1929	薛覚先	黃小紅	俠艷奇異
49	161	駙馬冰人	日月星	1930	曾三多	桂名揚	香艷奇情
50	166	蝶迷花艷	覚先声	1931	薛覚先	李艷秋	打鬪香艷諧趣
51	167	胡蝶美人王	風雅男女	未詳	白駒栄	胡蝶影	奇情俠艷
52	169	銷魂宮裏月	孔雀屏	1928	白玉堂	小珊珊	宮闈俠艷忠義
53	172	緑牡丹	大江南	1935	陳錦棠	李艷秋	俠艷奇情
54	173	親王下珠江	覚先声	1931	薛覚先	嫦娥英	奇怪俠艷奇趣
55	174	燕趙佳人	大羅天	1924	曾三多	靚少鳳	打鬪艷情諧趣
56	180	錯折隔牆花	覚先声	1931	薛覚先	小珊珊	宮闈俠艷諧趣
57	186	双鳳朝陽	新景象	1929	薛覚先	黃小紅	俠艷
58	189	顛龍倒鳳	覚先声	1931	薛覚先	小珊珊	香艷奇情詼諧
59	191	嬴得青楼薄幸名	大羅天	1924	馬師曾	小鶯鶯	艷情諧趣

| 60 | 199 | 仮影 | 覚先声 | 1931 | 薛覚先 | 蘇州女 | 煙情艶 |
| 61 | 200 | 恋愛不忘忠孝 | 孔雀屏 | 1928 | 白玉堂 | 李玉倫 | 警世俠艶情 |

これを見ると、俠艶という語は、俠義艶情の略語で、男の俠義と女の艶情を指す
ものと見られる。俠義には、武俠という表現もあるから、武術に長じた俠士をさ
す。艶情の方は、香艶という表現もある。男を引き付ける魅力を持った美人の意
味である。この2人が主人公となる劇目が俠艶類であろう。これを見れば、粤劇
では、男の主人公は、武術に長じていなければならない。上の表では、打闘とい
う表現も出て来る。文武生という以上、武術は、必須である。もっぱら文に偏る
読書人は、粤劇の主人公たりえない。又、俠という以上は、権力に反抗する気
概、正義感が必要である。官僚志向は、全くない。他の地方劇と異なる粤劇の特
徴がここにあると言える。上記の黄兆漢の分類では、黄氏自身が劇本を読んで、
俠艶類かどうかを判定している。梁沛錦氏の場合は、劇目が11360種もあって、
この分類を施すことはしていないが、黄氏の示した分類項目間の比率は、この
11360種においてもほぼ妥当するという判断を示している（『粤劇劇目通検』序文）。
したがって、俠艶類が35％ということになれば、3500種にのぼることになる。劇
本を見ない限り、これを同定することはできないが、その一部、例えば、『俠』
の文字を持った劇目をこれに当たる、と判断して、表に示すと次のとおりである。

表30　梁目俠艶類劇目表

No.	梁目番号	劇目名	備考
1	530	大俠甘鳳池	
2	531	大俠記	
3	532	大俠涅峨眉	
4	756	女俠士	
5	757	女俠客夜殺非非僧	
6	758	女俠紅胡蝶	
7	759	女俠挾権奸	
8	1826	仗義居然嫂作妻	
9	1827	仗義復仇	
10	1828	仗義傀儡	
11	1829	仗義除奸雪恨	
12	1830	仗義証督衙	
13	1831	仗義贈袍	
14	1832	仗義還妻	
15	1896	四俠義	
16	3072	武松大闘飛雲浦	

17	3073	武松大鬧蜈蚣嶺		48	4347	俠女姻縁	
18	3074	武松大鬧獅子楼		49	4348	俠女流芳	
19	3075	武松再打蔣門神		50	4349	俠女救時危	
20	3076	武松打店		51	4350	俠女救危途	
21	3077	武松打虎		52	4351	俠女従軍	
22	3078	武松血濺鴛鴦楼		53	4352	俠女尋夫	
23	3079	武松殺嫂		54	4353	俠女報父仇	
24	3080	武松与武大郎		55	4354	俠女復仇記	
25	3081	武松酔打山門		56	4355	俠女復兒記	
26	3082	武松酔打青松寺		57	4356	俠女聯婚	
27	3083	武松酔打強道士		58	4357	俠女識英雄	
28	3084	武松酔打蔣門神		59	4358	俠女殲仇（会洞庭）	
29	3085	武松酔争快活林		60	4359	俠血涙	
30	3086	武松独臂檎方臘		61	4360	俠男児記	
31	3087	武松帰家		62	4361	俠児軽家産	
32	3131	東洋俠女		63	4362	俠児鵜□	
33	4192	紅俠		64	4363	俠児薄命仮無情	
34	4193	紅俠鬧清宮		65	4364	俠客名流	
45	4334	俠士劫贓官		66	4365	俠侶情縁	
36	4335	俠士救佳人		67	4366	俠骨蘭心	
37	4336	俠士破禅関		68	4367	俠奴紅涙	
38	4337	俠士尋仇捨身復国仇		69	4368	俠奴逢生	
39	4338	俠士尋仇捨身復国仇		70	4369	俠盗一枝梅	
40	4339	俠士結知交		71	4370	俠盗奇花戯玉郎	
41	4340	俠士補情天		72	4371	俠盗奇遇	
42	4341	俠士当災		73	4372	俠盗穿雲燕	
43	4342	俠士窮途		74	4373	俠盗花胡蝶	
44	4343	俠士識英雄		75	4374	俠盗救贓官	
45	4344	俠士還金		76	4375	俠盗遺刀	
46	4345	俠女定山河		77	4376	俠盗還珠	
47	4346	俠女奇縁		78	4377	俠盗羅宝漢	

79	4378	俠情記		97	7619	緑林寄跡	
80	4379	俠情妓女救家翁		98	7620	緑林盗国飼	
81	4380	俠義戒賭文明		99	7621	緑林結義	
82	4591	神童騎俠		100	7622	緑林豪俠	
83	4599	神鞭俠		101	9015	双俠士大鬧遼陽県	
84	5581	英義俠		102	9016	双俠士勇救寶娘	
85	6116	情俠一枝梅		103	9017	双俠女巧計盗奇珍	
86	6117	情俠弔香魂		104	9018	双俠女計伏魔王	
87	6118	情俠盗嬌心		105	9019	双俠女尋夫婿	
88	6119	情俠鬧璇宮		106	9020	双俠記	
89	6677	義俠存孤		107	9021	双俠盗同拯難婦	
90	6678	義俠劫贓官		108	9022	双俠盗扶危	
91	6679	義俠流氓女		109	9023	双俠復臨安	
92	6680	義俠雲天		110	9024	双俠義軍台躍馬	
93	6681	義俠傳書		111	9025	双俠除奸	
94	6682	義俠壇		112	9026	双俠隠淮山	
95	7617	緑林紅粉		113	9641	蘇俠士台湾乞師	
96	7618	緑林起義師					

俠という字を持つ劇目だけとっても、100種を越えていることが分かる。また、俠艶と併称されていた艶の方にも俠が波及して『女俠』という劇目も現れている。これが、香港粤劇の代表といってよいであろう。本文の梗概100種の中では、62【九環刀濺情仇血】などがその典型にあたるが、その他に『俠士』の登場する例は非常に多い。戯船時代以来の本地班の伝統が現代の香港粤劇の中に脈打っているといえる。

附　　録

附録 I　香港粤劇団上演表（1979-1988）

番号	場所	地図 位置番号	年	祭祀	月日	演目	劇団名	台柱俳優
1	大埔旧墟	19	1979	天后誕	三 / 廿一	情侠盗璇宮	英宝	羅家英、李宝瑩
					三 / 廿二	帝女花		
					三 / 廿二	状元夜審武探花		
					三 / 廿三	花好月団円		
					三 / 廿四	萬悪淫為首		
					三 / 廿四	無情宝剣有情天		
					三 / 廿五	金釵引鳳凰		
					三 / 廿五	龍鳳争掛帥		
2	赤柱	23	1979	天后誕	三 / 廿二	一柱擎天双虎将	彩紅佳	羽佳、南紅
					三 / 廿三	一把存忠剣		
					三 / 廿三	胡蝶杯		
					三 / 廿四	旗開得勝凱旋還		
					三 / 廿四	九環刀濺情仇血		
					三 / 廿五	胡不帰		
					三 / 廿五	春風吹渡玉門関		
					三 / 廿六	海棠紅涙		
					三 / 廿六	珠聯璧合剣為媒		
3	坪輋	21	2001	天后誕	三 / 廿一	碧血写春秋	烽芸	陳剣烽、岑翠紅
					三 / 廿二	燕帰人未帰		
					三 / 廿二	虎将奪金環		
					三 / 廿三	鳳閣恩仇未了情		
					三 / 廿三	獅吼記・醋娥伝		

					三 / 廿四	金釵引鳳凰		
					三 / 廿四	帝女花		
					三 / 廿五	双仙拜月亭		
					三 / 廿五	雷鳴金鼓胡笳声		
4	大埔旧墟	19	1980	天后誕	三 / 廿一	碧血写春秋	覚新声	林家声、吳美英
					三 / 廿二	花好月円		
					三 / 廿二	林冲		
					三 / 廿三	洛水神仙・七歩成詩		
					三 / 廿三	龍鳳争掛帥		
					三 / 廿四	火網梵宮十四年		
					三 / 廿四	搶新娘		
					三 / 廿五	龍鳳迎新歳		
					三 / 廿五	連城璧		
5	大埔頭	A	1983	建醮	十 / 廿五	俏潘安	雛鳳鳴	龍剣笙、梅雪詩
					十 / 廿六	金釵引鳳凰		
					十 / 廿六	英烈剣中剣		
					十 / 廿七	跨鳳乗龍		
					十 / 廿七	李後主		
					十 / 廿八	状元紅		
					十 / 廿八	紫釵記		
6	泰亨	B	1985	建醮	十 / 十九	玉龍宝剣定江山	昇平	呉千峯、謝雪心
					十 / 廿	鳳閣恩仇未了情	昇平	
					十 / 廿	紫釵記	昇平	
					十 / 廿一	双龍丹鳳覇皇都	昇平	
					十 / 廿一	洛神・七歩成詩	昇平	
					十 / 廿二	征袍還金粉	昇平	
					十 / 廿二	帝女花	昇平	

附録 I　香港粵劇団上演表（1979-1988）　　　541

					十 / 廿三	火網梵宮十四年		
					十 / 廿三	牡丹亭驚夢		
					十 / 廿四	旗開得勝凱旋還		
					十 / 廿四	雷鳴金鼓胡笳声		
7	石澳	31	2008	建醮	九 / 十一	鉄馬銀婚	新群英	陳劍烽、高麗
					九 / 十二	獅吼記	新群英	陳劍烽、高麗
					九 / 十二	雷鳴金鼓胡笳声		
					九 / 十三	双仙拝月亭・拝月記		
					九 / 十三	螺影紅梨記		
					九 / 十四	胭脂巷口故人来		
					九 / 十四	天圓□		
8	茶果嶺	26	1979	天后誕	三 / 廿二	碧血写春秋	覚新声	林家声、陳好逑
					三 / 廿三	火網梵宮十四年		
					三 / 廿三	連城璧		
					三 / 廿四	隋宮十載菱花夢		
					三 / 廿四	風雪闖三関		
					三 / 廿五	半璧山河」		
					三 / 廿五	林冲		
					三 / 廿六	搶新娘		
					三 / 廿六	韓信		
9	九龍城	33	1979	天后誕	三 / 廿五	捨子救孤児	錦龍鳳	林錦棠、呉美英
					三 / 廿六	虎将奪金環		
					三 / 廿六	紅了桜桃碎了心		
					三 / 廿七	衣錦栄帰		
					三 / 廿七	英雄碧血洗情仇		

10	赤柱	23	1979	北帝誕	三／初二	漢女精忠	大雄威	関海山、梁鳳儀
					三／初三	桂枝香	大雄威	
					三／初三	錦繡嫦娥	大雄威	
					三／初四	隋宮情涙	大雄威	
					三／初四	紅了桜桃砕了心	大雄威	
11	柴湾	46	1978	中元	七／廿三	鳳閣恩仇未了情	海安	不明
					七／廿四	双龍丹鳳覇皇都	海安	不明
					七／廿四	洛水神仙	海安	不明
					七／廿五	清官斬節婦	海安	不明
					七／廿五	刁蛮元帥荍将軍	海安	不明
					七／廿六	火網梵宮十四年	海安	不明
					七／廿六	十年一覚揚州夢	海安	不明
12	馬湾	29	1979	天后誕	三／廿	龍虎覇楚城	新大龍	麦炳英、羅艶卿
					三／廿一	蟾宮抱月還		
					三／廿一	梟雄虎将美人威		
					三／廿二	龍鳳喜相逢		
					三／廿二	燕帰人未帰		
					三／廿三	双龍丹鳳覇皇都		
					三／廿三	□剣□情糸		
					三／廿四	春花引鳳凰		
					三／廿四	紅菱冤		
13	石澳	31	1978	天后誕	八／廿三	情俠鬧璇宮	英宝	羅家英、李宝瑩
					八／廿四	香閨福禄寿		
					八／廿四	鉄雁還巣迎彩鳳		
					八／廿五	旗開得勝凱旋還		

附録 I　香港粤劇団上演表（1979-1988）

					八／廿五	狄青与襄陽宮主		
					八／廿六	鳳閣恩仇未了情		
					八／廿六	双龍丹鳳霸皇都		
					八／廿七	金釵引鳳凰		
					八／廿七	無情宝剣有情天		
14	秀茂坪	44	1978	大聖誕	八／十八	英雄児女保江山	永光明	羽佳、南紅
					八／十九	玉龍彩鳳		
					八／十九	珠聯璧合劍為媒		
					八／廿	火網梵宮十四年		
					八／廿	春風吹渡玉門関		
15	沙螺湾	7	1981	洪聖誕	七／廿	征袍還金粉	喜龍鳳	文千歲、鳳凰女
					七／廿一	雪蝶懷香		
					七／廿一	百戰栄帰迎彩鳳		
					七／廿二	双珠鳳		
					七／廿二	燕帰人未帰		
					七／廿三	双龍丹鳳霸皇都		
					七／廿三	風流天子		
					七／廿四	鸞鳳還巢		
					七／廿四	飛上枝頭変鳳凰		
16	南丫島索罟湾	32	1979	天后誕	四／十五	雷鳴金鼓胡笳声	文英	文千歲、呉美英
					四／十六	鳳閣恩仇未了情	文英	文千歲、呉美英
					四／十六	珠聯璧合劍為媒		

					四 / 十七	双龍丹鳳霸皇都		
					四 / 十七	洛神		
					四 / 十八	火網梵宮十四年		
					四 / 十八	烽火□天柱		
					四 / 十九	□□□		
					四 / 十九	薛丁山三休樊梨花		
17	屯門后角	20	1980	天后誕	三 / 廿	無情宝剣有情天	栄華	梁漢威、鍾麗容
					三 / 廿一	龍鳳喜相逢		
					三 / 廿一	双仙拜月亭		
					三 / 廿二	蟾宮抱月還		
					三 / 廿二	雷鳴金鼓胡笳声		
					三 / 廿三	虎将蛮花		
					三 / 廿三	梟雄虎将美人威		
					三 / 廿	跨鳳乗龍	雛鳳鳴	龍剣笙、梅雪詩
					三 / 廿一	双珠鳳		
					三 / 廿一	洛神		
					三 / 廿二	旗開得勝凱旋還		
					三 / 廿二	帝女花		
					三 / 廿三	金鳳迎春		
					三 / 廿三	百花贈剣		
					三 / 廿四	英雄灑涙戦袍紅		
					三 / 廿四	再生紅梅記		
18	大埔旧墟	19	1979	天后誕	四 / 初十	鉄馬銀婚	英宝	羅家英、李宝瑩
					四 / 十一	金釵引鳳凰		
					四 / 十一	梁祝恨史		
					四 / 十二	紅鸞喜		
					四 / 十二	柳毅伝書		

附録 I　香港粵劇団上演表（1979-1988）　　　　545

					四／十三	桂枝告状		
					四／十三	白蛇傳		
					四／十四	征袍還金粉		
					四／十四	洛神		
19	茶果嶺	26	1979	天后誕	三／廿七	鉄馬銀婚		
					三／廿八	龍鳳奇縁		
					三／廿八	狄青与襄陽宮主		
					三／廿九	程大嫂		
					三／廿九	盤龍令		
20	青衣	16	1979	真君誕	三／十三	春花笑六郎	声好	林家声、陳好逑
					三／十四	龍鳳喜相逢		
					三／十四	雷鳴金鼓胡笳声		
					三／十五	春花引鳳凰		
					三／十五	韓信		
					三／十六	漢武帝夢會衛夫人		
					三／十六	連城璧		
					四／初一	跨鳳乗龍	雛鳳鳴	龍劍笙、梅雪詩
					四／初二	双珠鳳		
					四／初二	牡丹亭驚夢		
					四／初三	紅了桜桃砕了心		
					四／初三	紫釵記		
					四／初四	胭脂涙灑戰袍紅		
					四／初四	帝女花		
					四／初五	双龍丹鳳覇皇都		
					四／初五	再生紅梅記		
21	汾流大澳	8	1980	金花誕	四／十七	辭郎州	大雄威	梁漢威、呉美英
					四／十八	桂枝告状		
					四／十八	紅菱巧破無頂案		

					四／十九	帝女花		
					四／十九	劉金定		
					四／廿	洛神		
					四／廿	烽火恩仇二十秋		
					四／廿一	衣錦榮帰		
					四／廿一	英雄掌上野薔薇		
22	大澳	8	1980	土地誕	一／卅	英雄碧血洗情仇	英宝	羅家英、李宝瑩
					二／初一	双龍丹鳳覇皇都		
					二／初一	戰秋江		
					二／初二	鉄馬銀婚		
					二／初二	南宋鴛鴦鏡		
					二／初三	春風得意		
					二／初三	無情宝剣有情天		
23	深水埗	52	1980	中元	七／十六	雷鳴金鼓胡笳声	彩龍鳳	梁漢威、南鳳
					七／十七	征袍還金粉		
					七／十七	双仙拝月亭		
					七／十八	桂枝告状		
					七／十八	梟雄虎将美人威		
24	西貢	35	1981	中元	七／初六	碧海情天並蒂花	彩龍鳳	羽佳、尹飛燕
					七／初七	艶陽長照牡丹紅		
					七／初七	司馬相如		
					七／初八	火網梵宮十四年		
					七／初八	九環刀濺情仇血		
25	西貢	35	1982	中元	七／初六	烽火姻縁	栄華	文千歳、鍾麗容

附録 I　香港粵劇団上演表（1979-1988）　　　　547

					七／初七	金戈鉄挑情閣		
					七／初七	双仙拝月亭・拝月記		
					七／初八	花開錦繡鳳和鳴		
					七／初八	萍踪俠影醉芙蓉		
26	鴨脷洲	6	1980	洪聖誕	二／十一	穿金宝扇	雛鳳鳴	龍劍笙、梅雪詩
					二／十二	魚腸劍		
					二／十二	百花贈劍		
					二／十三	胭脂巷口故人来		
					二／十三	帝女花		
					二／十四	宝劍重揮萬丈紅		
					二／十四	牡丹亭驚夢		
					二／十五	香羅塚		
					二／十五	再生紅梅記		
27	大澳	8	1980	洪聖誕	二／初十	箭上胭脂弓上坋	勝豊年	文千歲、梁少心
					二／十一	征袍還金粉		
					二／十一	燕帰人未帰		
					二／十二	胡不帰		
					二／十二	烽火擎天柱		
					二／十三	宝劍重揮萬丈紅		
					二／十三	帝女花		
					二／十四	桂枝告状		
					二／十四	痴鳳狂龍		
28	沙螺湾	7	1981	洪聖誕	七／廿	征袍還金粉	喜龍鳳	文千歲、鳳凰女
					七／廿一	雪蝶懐香		
					七／廿一	百戦栄帰迎彩鳳		
					七／廿二	双珠鳳		

					七／廿二	燕帰人未帰		
					七／廿三	双龍丹鳳覇皇都		
					七／廿三	風流天子		
					七／廿四	鸞鳳還巢		
					七／廿四	飛上枝頭変鳳凰		
29	茶果嶺	26	1980	天后誕	三／廿二	風流天子	彩龍鳳	文千歳、陳好逑
					三／廿三	虎将奪金環		
					三／廿三	梟雄虎将美人威		
					三／廿四	程大嫂		
					三／廿四	血蝶情花		
					三／廿五	衣錦栄帰		
					三／廿五	征袍還金粉		
					三／廿六	梵宮翠□		
					三／廿六	巧破紅菱案		
30	大環山	48	1980	大聖陞殿	三／十八	辞郎洲	大雄威	梁漢威、南鳳
					三／十九	帝女花		
					三／十九	梟雄虎将美人威		
31	蒲台島	25	1980	天后誕	三／廿	碧血写春秋	翠紅	陳剣峯、岑翠紅
					三／廿一	旗開得勝凱旋還		
					三／廿一	獅吼記		
					三／廿二	金枝勅葉		
					三／廿二	盤龍令		
					三／廿三	双龍丹鳳覇皇都		
					三／廿三	白兎会		
32	南丫島索罟湾	32	1980	天后誕	四／十六	龍鳳双掛帥	文麗	文千歳、呉君麗
					四／十七	梟雄虎将美人威		

附録 I   香港粤劇団上演表（1979-1988）   549

				四／十七	花落江南廿四橋		
				四／十八	桂枝告状・販馬記		
				四／十八	雷鳴金鼓胡笳声		
				四／十九	龍鳳呈祥		
				四／十九	朱弁回朝		
33	茶果嶺	26	1980	天后誕	三／廿七	枇杷山上英雄涙	英宝	羅家英、李宝瑩
				三／廿八	隋宮十載菱花夢		
				三／廿八	戰秋江		
				三／廿九	烈女挽河山		
				三／廿九	南宋鴛鴦鏡		
34	Gau 西	9	1980	洪聖誕	二／初十	情俠鬧璇宮		
				二／十一	虎将丁妻		
				二／十一	双仙拜月亭		
				二／十二	龍鳳喜相逢		
				二／十二	戰秋江		
				二／十三	十二美人楼		
				二／十三	狄青与襄陽宮主		
35	沙螺湾	7	1980	洪聖誕	二／廿五	龍鳳双掛帥	千麗	文千歲、呉君麗
				二／廿六	梟雄虎将美人威		
				二／廿六	花落江南廿四橋		
				二／廿七	桂枝告状・販馬記		
				二／廿七	雷鳴金鼓胡笳声		
				二／廿八	龍鳳呈祥		
				二／廿八	朱弁回朝		
				二／廿九	征袍還金粉		

					二／廿九	獅吼記・醋娥伝		
36	金銭村	3	1980	福徳誕	一／十九	蓋世双雄覇楚城	彩龍鳳	文千歳、尹飛燕
					一／廿	旗開得勝凱旋還		
					一／廿	梟雄虎将美人威		
					一／廿一	蓮開並蒂		
					一／廿一	風流天子		
					一／廿二	銀増吐艷		
					一／廿二	巧破紅菱案		
37	河上郷	5	1980	洪聖誕	二／初十	一柱擎天双虎将	彩龍鳳	羽佳、南鳳
					二／十一	虎将奪奇花		
					二／十一	胡蝶杯		
					二／十二	衣錦栄帰		
					二／十二	一曲鳳求凰		
					二／十三	彩鳳戲金龍		
					二／十三	英雄児女保江山		
38	古洞	10	1980	観音誕	二／十八	雷鳴金鼓胡笳声	鴻運	陳剣峯、岑翠紅
					二／十九	双龍丹鳳覇皇都		
					二／十九	征袍還金粉		
					二／廿	火網梵宮十四年		
					二／廿	燕帰人未帰		
39	牛池湾	12	1980	三山国王誕	二／廿三	痴鳳狂龍	菁長春	何玉笙、梁娟娟
					二／廿四	隋宮十載菱花夢		
					二／廿四	枇杷山上英雄涙		
					二／廿五	戎馬干戈万里情		

附録 I　香港粤劇団上演表（1979-1988）　　　　　551

					二／廿五	燕帰人未帰		
					二／廿六	花好月円		
					二／廿六	梟雄虎将美人威		
40	東湧	18	1980	楊侯王誕	八／十六	韓信	声好	林家声、陳好逑
					八／十七	一剣定江山	声好	林家声、陳好逑
					八／十七	春花笑六郎	声好	林家声、陳好逑
					八／十八	搶新娘	声好	林家声、陳好逑
					八／十八	連城璧		
					八／十九	情酔蛮将軍		
					八／十九	花朵状元紅		
					八／廿	□□□□□		
					八／廿	龍鳳争掛帥		
41	石歩囲	2	1980	花灯會	一／十四	蓋世双雄覇楚城	彩龍鳳	文千歳、尹飛燕
					一／十五	血蝶情花		
					一／十五	風流天子		
					一／十六	啼笑姻縁		
					一／十六	征袍還金粉		
					一／十七	双喜臨門		
					一／十七	羅成三気尉遅恭		
42	網井囲	13	1980	北帝誕	三／初一	一柱擎天双虎将	彩龍鳳	羽佳、陳好逑
					三／初二	金碧輝皇		
					三／初二	英雄児女保江山		
					三／初三	玉龍彩鳳渡春宵		
					三／初三	胡蝶杯		
					三／初四	虎将奪金環		
					三／初四	一曲鳳求凰		
					三／初五	衣錦栄帰		
					三／初五	珠聯璧合剣為媒		

43	長洲	14	1980	北帝誕	二／廿八	戰秋江	英宝	羅家英、李宝瑩
					二／廿九	帝女花		
					二／廿九	金枝玉葉滿華堂		
					三／初一	程大嫂		
					三／初一	枇杷山上逞英雄		
					三／初二	昭君出塞		
					三／初二	南宋鴛鴦珮		
					三／初三	隋宮鏡花緣		
					三／初三	狄青与襄陽宮主		
44	九龍城	33	1980	天后誕	三／廿五	碧血写春秋	彩龍鳳	林錦棠、尹飛燕
					三／廿六	彩鳳戲金龍		
					三／廿六	梟雄虎将美人威		
					三／廿七	程大嫂		
					三／廿七	雷鳴金鼓胡笳声		
45	香港仔	27	1980	天后誕	三／廿一	跨鳳乘龍	雛鳳鳴	龍劍笙、梅雪詩
					三／廿二	鳳閣恩仇未了情	雛鳳鳴	龍劍笙、梅雪詩
					三／廿二	牡丹亭驚夢		
					三／廿三	紅了桜桃砕了心		
					三／廿三	紫釵記		
					三／廿四	怒打隋楊広		
					三／廿四	再生紅梅記		
					三／廿五	宝剣重揮万丈紅		
					三／廿五	帝女花		
46	林村	C	1981	建醮	十一／初二	九天玄女	雛鳳鳴	龍劍笙、梅雪詩
					十一／初三	宝剣重揮万丈紅	雛鳳鳴	龍劍笙、梅雪詩
					十一／初三	牡丹亭驚夢		

附録 I　　香港粤劇団上演表　(1979-1988)　　　　553

					十一／初四	跨鳳乘龍		
					十一／初四	帝女花		
					十一／初五	魚腸剣		
					十一／初五	英烈剣中剣		
					十一／初六	鳳閣恩仇未了情		
					十一／初六	柳毅伝書		
					十一／初七	花街節婦		
					十一／初七	再生紅梅記		
47	筲箕湾	50	1982	譚公誕	四／初七	九天玄女	雛鳳鳴	龍剣笙、梅雪詩
					四／初八	宝剣重揮万丈紅		
					四／初八	帝女花		
					四／初九	紅了桜桃砕了心		
					四／初九	辞郎洲		
					四／初十	魚腸剣		
					四／初十	紫釵記		
					四／十一	金釵引鳳凰		
					四／十一	再生紅梅記		
48	南丫島索罟湾	32	1982	天后誕	四／十五	一柱擎天双虎将	慶豊年	羽佳、呉美英
					四／十六	征袍還金粉		
					四／十六	春風吹渡玉門関		
					四／十七	燕帰人未帰		
					四／十七	一剣能消天下仇		
					四／十八	珍珠塔		
					四／十八	南国佳人□□□		
					四／十九	江南才女気清官		
					四／十九	珠聯璧合剣為媒		

49	大澳	8	1982	金花誕	四／十五	龍鳳爭掛帥	勝豐年	文千歲、梁少心
					四／十六	鳳閣恩仇未了情		
					四／十六	烽火姻緣		
					四／十七	双龍丹鳳覇皇都		
					四／十七	梁祝恨史		
					四／十八	再生重温金粉夢		
					四／十八	牡丹亭驚夢		
50	大澳汾流	8	1982	天后誕	四／廿一	烽火擎天柱	勝豐年	文千歲、梁少心
					四／廿二	征袍還金粉		
					四／廿二	春花笑六郎		
					四／廿三	桂枝告狀・販馬記		
					四／廿三	乱世嫦娥		
					四／廿四	江南才女気清官		
					四／廿四	鉄馬銀婚		
51	青衣	34	1982	天后誕	四／初一	金枝玉葉満華堂	雛鳳鳴	龍劍笙、梅雪詩
					四／初二	宝劍重揮万丈紅		
					四／初二	英烈劍中劍		
					四／初三	三笑姻緣		
					四／初三	紫釵記		
					四／初四	金釵引鳳凰		
					四／初四	帝女花		
52	河上鄉	5	1983	洪聖誕	二／初十	金鏢黄金覇	彩龍鳳	林錦棠、南鳳
					二／十一	紅鸞喜		
					二／十一	征袍還金粉		
					二／十二	洛神		
					二／十二	血証嫁衣仇		
					二／十三	燕帰人未帰		

附録 I　　香港粵劇団上演表（1979-1988）　　　　　555

				二／十三	今宵重見鳳鳳帰		
53	元朗	28	1983	建醮	十一／初六	俏潘安	雛鳳鳴	龍劍笙、梅雪詩
				十一／初七	金釵引鳳凰		
				十一／初七	李後主		
				十一／初八	獅吼記		
				十一／初八	紫釵記		
				十一／初九	魚腸劍		
				十一／初九	再生紅梅記		
				十一／初十	双珠鳳		
				十一／初十	帝女花		
54	大澳宝珠潭	8	1985	龍舟祭祀	五／初三	無情宝劍有情天	漢麗	梁漢威、高麗
				五／初四	夜審武探花		
				五／初五	洛神		
				五／初五	獅吼記・醋娥伝		
				五／初六	隋宮十載菱花夢		
				六／初四	李後主	雛鳳鳴	龍劍笙、梅雪詩
				六／初五	火網梵宮十四年		
				六／初五	牡丹亭驚夢		
				六／初六	獅吼記		
				六／初六	帝女花		
				六／初七	香羅塚		
				六／初七	再生紅梅記		
				六／初八	金釵引鳳凰		
				六／初八	紫釵記		
55	大澳汾流	8	1985	天后誕	四／廿一	戦秋江	励群	羅家英、李宝瑩
				四／廿二	燕帰人未帰		
				四／廿二	洛神		
				四／廿三	双珠鳳		

					四／廿三	万世留芳続玉裔		
					四／廿四	宝剣重揮萬丈紅		
					四／廿四	梁祝恨史		
56	慈雲山	75	1987	太陰娘娘誕	一／十七	龍鳳争掛帥	彩龍鳳	黎家宝、梁娟娟
					一／十八	英雄碧血洗情仇		
57	龍躍頭	D	1983	建醮	十／廿三	王昭君	威宝	梁漢威、鄭輞宝
					十／廿四	双龍丹鳳覇皇都		
					十／廿四	金釵引鳳凰		
					十／廿五	旗開得勝凱旋還		
					十／廿五	香羅塚		
					十／廿六	征袍還金粉		
					十／廿六	一代天嬌		
58	廈村	E	1984	建醮	十一／十二	光緒皇夜祭珍妃	新馬	新馬師曽、南紅
					十一／十三	花街節婦		
					十一／十三	風流天子		
					十一／十四	魚腸剣		
					十一／十四	一把存忠剣		
					十一／十五	臥薪嘗胆		
					十一／十五	白蛇傳		
					十一／十六	双珠鳳		
					十一／十六	万悪淫為首		
					十一／十七	火網梵宮十四年		
					十一／十七	啼笑姻縁		
59	石歩囲	2	1984	花灯會	一／十四	珠聯璧合剣為媒	新佳英	羽佳、呉美英
					一／十五	金戈鉄馬驍情関		
					一／十五	三気錦毛鼠		

附録 I　香港粤劇団上演表（1979-1988）　　　　557

					一 / 十六	燕帰人未帰		
					一 / 十六	一曲鳳求凰		
					一 / 十七	金釵引鳳凰		
					一 / 十七	春風吹渡玉門関		
60	坪峯	21	1984	天后誕	三 / 廿一	一代天嬌	励声	阮兆輝、鄭幗宝
					三 / 廿二	情愛両双全		
					三 / 廿二	漢武帝夜夢衛夫人		
					三 / 廿三	清官錯判羅香案		
					三 / 廿三	昭君出塞		
					三 / 廿四	一柱擎天双虎将		
					三 / 廿四	金釵引鳳凰		
					三 / 廿五	花好月円		
					三 / 廿五	周瑜		
61	大埔旧墟	19	1984	天后誕	三 / 廿一	蓋世双雄覇楚城	彩龍鳳	林錦棠、梁少心
					三 / 廿二	重温金鳳縁		
					三 / 廿二	燕帰人未帰		
					三 / 廿三	鳳閣恩仇未了情		
					三 / 廿三	雷鳴金鼓胡笳声		
					三 / 廿四	錦繡江山		
					三 / 廿四	戎馬金戈萬里情		
					三 / 廿五	花好月円		
					三 / 廿五	双仙拝月亭		
62	田心村	F	1985	建醮	十 / 初十	雷鳴金鼓胡笳声	剣嘉	陳剣声、陳嘉鳴
					十 / 十一	征袍還金粉		
					十 / 十一	烽火擎天柱		
					十 / 十二	獅吼記		

					十／十二	碧血写春秋		
					十／十三	情天彩蝶（彩蝶情花）		
					十／十三	帝女花		
63	蓮花池	G	1987	建醮	十／十五	燕歸人未歸	勝豐年	文千歲、謝雪心
					十／十六	双龍丹鳳覇皇都		
					十／十六	征袍還金粉		
					十／十七	鳳閣恩仇未了情		
					十／十七	火網梵宮十四年		
					十／十八	漢武帝夢會衛夫人		
					十／十八	孟麗君		
64	屯門圍	K	1986	建醮	十一／廿三	戰秋江	英寶	羅家英、李寶瑩
					十一／廿四	鳳閣恩仇未了情		
					十一／廿四	鉄馬銀婚		
					十一／廿五	艷陽長照牡丹紅		
					十一／廿五	萬世留芳続玉喬		
					十一／廿六	燕歸人未歸		
					十一／廿六	枇杷山上英雄淚		
					十一／廿七	征袍還金粉		
					十一／廿七	白兔会		
65	汀角村	39	1988	元宵	一／十一	雷鳴金鼓胡笳声	彩龍鳳	吳千峰、尹飛燕
					一／十二	征袍還金粉		
					一／十二	鳳閣恩仇未了情		
					一／十三	艷陽長照牡丹紅		
					一／十三	帝女花		

附録 I　香港粤劇団上演表（1979-1988）　　　　559

66	蒲台島	25	1987	天后誕	三／廿	鉄馬銀婚	翠紅	梁漢威、岑翠紅
					三／廿一	花好月圓		
					三／廿一	胭脂巷口故人来		
					三／廿二	洛神		
					三／廿二	碧血写春秋		
					三／廿三	桂枝告状		
					三／廿三	桃花湖畔鳳朝凰		
					三／廿四	菱花恨史		
					三／廿四	痴鳳狂龍		
67	元崗	J	1986	建醮	十／廿一	玉龍宝剣定江山	昇平	呉千峰、謝雪心
					十／廿二	鳳閣恩仇未了情		
					十／廿二	蓋世双雄覇楚城		
					十／廿三	艶陽長照牡丹紅		
					十／廿三	帝女花		
					十／廿四	征袍還金粉		
					十／廿四	雷鳴金鼓胡笳声		
68	大囲		1987	建醮	十／初七	孟麗君	千鳳	呉千峰、謝雪心
					十／初八	白兔会		
					十／初八	帝女花		
					十／初九	鳳閣恩仇未了情		
					十／初九	情涙灑征袍		
					十／初十	洛神		
					十／初十	獅吼記・醋娥伝		
					十／十一	燕帰人未帰		
					十／十一	梁祝恨史		

69	長洲島	78	1983	建醮	四／初四	鳳閣恩仇未了情	新中華	陳玉郎、高麗
					四／初五	槍下美人恩		
					四／初五	剣底娥眉是我妻		
					四／初六	全家福		
					四／初六	刁蛮元帥莽将軍		
					四／初七	粉粱鉄将軍		
					四／初七	枇杷山上英雄血		
70	柴湾	46	1988	中元	七／初一	龍鳳争掛帥	梨声	黎家宝、王超群
					七／初二	花開富貴		
					七／初二	一曲琵琶動漢皇		
					七／初三	鳳閣恩仇未了情		
					七／初三	蓋世双雄覇楚城		
					七／初四	旗開得勝凱旋還		
					七／初四	雷鳴金鼓胡笳声		

（注）　本表に記載した粤劇団の上演記録は、筆者が港九新界での調査を行なった1978年から1988年まで、10年間の見聞に基いている。ここに記録されたものは僅か70公演であるが実際には毎年300日、一座平均7日として、年間40回以上の公演がある。10年間では400回に及ぶ。本表は、全公演の17.5％を示したにすぎないが、公演地点に関しては約70％をカバーしていると考える。

附録Ⅱ　香港粵劇上演回数順位表（1979-1988）

	劇名	回数	初演	劇団名	祭祀（A 神誕、B 季節、C 建醮、D 中元
1	帝女花	21	1957	英宝2、烽芸、昇平2、雛鳳豊年鳴8、勝豊年、大雄威2、剣嘉、彩龍鳳2、千鳳	大埔旧墟A、坪峯A、泰享C、屯門后角A、青衣A、汾流A、鴨脷洲A、大澳A、大環山A、長洲C、香港仔A、林村C、筲箕湾C、元朗C、宝珠潭A
2	征袍還金粉	19		昇平2、嘉龍鳳2、英宝2、彩龍鳳5、勝豊年3、千麗、鴻運、慶豊年、威宝、剣嘉	泰享C、沙螺湾A3、大埔旧墟A、深水歩D、大澳A、茶果嶺A、古洞A、石歩囲B、索罟湾A、汾流A、河上郷A、龍躍頭C、田心C、蓮花池C、屯子囲C、汀角B、元崗C
3	鳳閣恩仇未了情	16	1962	烽芸、昇平2、海安、英宝2、文英、雛鳳鳴2、勝豊年2、彩龍鳳2、千鳳、新中華、梨声	坪峯A、泰享C、柴湾D2、石澳A、大埔旧墟A、香港仔A、林村C、大澳A、大埔旧墟A、蓮花池C、屯子囲C、汀角B、元崗C、大囲C、長洲C
4	雷鳴金鼓胡笳声	16	1962	烽芸、昇平2、新群英、文英、栄華、声好、彩龍鳳4、文麗、千麗、鴻運、剣嘉、梨声	坪峯A、泰享C、石澳A、索罟湾A2、屯門后角A、青衣A、深水歩D、沙螺湾A、古侗A、九龍城A、大埔旧墟A、田心C、汀角B、元崗C、柴湾D
5	燕帰人未帰	15	1974	烽芸、勝豊年2、嘉龍鳳2、鴻運、普長春、慶豊年、彩龍鳳2、励群、新佳英、英宝、千鳳、新大龍	坪峯A、大澳A、沙螺湾A2、古洞A、牛池湾A、索罟湾A、河上郷A、汾流A、石歩囲B、大埔旧墟A、蓮花池C、屯子囲C、大囲C、馬湾A
6	双龍丹鳳覇皇都	14		昇平、海安、新大龍、英宝2、文英、雛鳳鳴、嘉龍鳳、翠紅、鴻運、勝豊年、威宝	泰享C、柴湾D、馬湾A、石澳A、沙螺湾A2、索罟湾A、青衣A、大澳A2、蒲台島A、古洞A、龍躍頭C、蓮花池C

7	洛神	12	1956	文英、雛鳳鳴、英宝、大雄威、彩龍鳳、漢麗、励群、翠紅、千鳳、昇平、覚新声、海安	索罟湾 A、屯門后角 A、大埔旧墟 A2、汾流 A2、河上鄉 A、宝珠潭 A、蒲台島 A、大囲 A、泰享 C、柴湾
8	金釵引鳳凰	11		英宝、烽霓、雛鳳鳴 5、威宝、新佳英、励声、彩龍鳳、鴻運	大埔旧墟 A、坪輋 A2、大埔頭 C、石澳 A、筲箕湾 C、青衣 A、元朗 C、宝珠潭 A、龍躍頭 C、石歩囲 B
9	火網梵宮十四年	11		覚新声 2、昇平、海安、永光明、文英、彩龍鳳、鴻運、雛鳳鳴、新馬、勝豊年	大埔旧墟 A、泰享 C、茶果嶺 A、柴湾 D、秀茂坪 A、索罟湾 A、西貢 D、古洞 A、宝珠潭 A、廈村 C、蓮花池 C
10	梟雄虎将美人威	10	1968	新大龍、栄華、彩龍鳳 4、大雄威、文麗、千麗、普長春	坪 CheA、大澳 A、沙螺湾 A2、古洞 A、牛池湾 A、索罟湾 A、河上鄉 A、汾流 A、石歩囲 B、大埔旧墟 A、蓮花池 C、屯子囲 C、大囲 C、馬湾 A
11	獅吼記・醋娥伝	9	1958	翠紅、新群英、雛鳳鳴 2、剣嘉、烽芸、千麗、漢麗、千鳳	蒲台島 A、石澳 A、元朗 C、宝珠潭 A、田心 C、坪輋 A、沙螺湾 A、宝珠潭 B、大囲 C
15	紫釵記	8	1957	雛鳳鳴 7、昇平	大埔頭 C、泰享 C、青衣 A 2、香港仔 A、筲箕湾 A、元朗 C、宝珠潭 A
12	桂枝告状	8		英宝、大雄威、彩龍鳳、勝豊年 2、翠紅、文麗、千麗	大埔旧墟 A、汾流 A2、深水歩 D、大澳 A、蒲台島 A、索罟湾 A、沙螺湾 A
13	旗開得勝凱旋還	8		彩紅佳、昇平、英宝、雛鳳鳴、翠紅、彩龍鳳、威宝、梨声	赤柱 A、泰享 C、石澳 A、屯門后角 A、蒲台島 A、金銭 B、龍躍頭 C、柴湾 D
14	龍鳳争掛帥	8		声好、勝豊年、彩龍鳳、梨声、英宝、覚新声、文麗、千麗	東湧 A、大澳 A、慈雲山 C、柴湾 D、大埔旧墟 A2、索罟湾 A、沙螺湾 A
16	再生紅梅記	7	1959	雛鳳鳴 7	屯門后角 A、青衣 A、香港仔 A、林村 C、筲箕湾 A、元朗 C、宝珠潭 A

附録 II　香港粤劇上演回数順位表（1979-1988）

22	牡丹亭驚夢	7	1956	雛鳳鳴 5、昇平、勝豊年	泰享 C、青衣 A、鴨脷洲 A、大澳 A、宝珠潭 A、香港仔 A、林村 C
17	双仙拝月亭	7	1958	栄華 2、彩龍鳳 2、英宝、新群英、烽芸	屯門后角 A、深水歩 D、滘西 A、大埔旧墟 A、西貢 D、石澳 A、坪 CheA
18	鉄馬銀婚	7	1974	新群英、英宝 4、翠紅、勝豊年	石澳 C、大埔旧墟 A、茶果嶺 A、大澳 A、屯門囲 C、蒲台島 A、汾流 A
19	碧血写春秋	7	1966	烽芸、覚新声 2、彩龍鳳、剣嘉、翠紅 2	坪 CheA、大埔旧墟 A、茶果嶺 A、九龍城 A、田心 C、蒲台島 A2
20	宝剣重揮萬丈紅	7		雛鳳鳴 5、勝豊年、激励群	鴨脷洲 A、大澳 A、香港仔 A、林村 C、筲箕湾 A、青衣 A、汾流 A
21	双珠鳳	6		嘉龍鳳 2、雛鳳鳴 2、励群、新馬	沙螺湾 A、屯門后角 A、青衣 A、元朗 C、汾流 A、廈村 C
23	珠聯璧合剣為媒	6		彩紅佳、永光明、文英、彩龍鳳、慶豊年、新佳英	赤柱 A、秀茂坪 A、索罟湾 A2、網井囲 A、石歩囲 B
24	戰秋江	6		英宝 5、励群	大澳 A、茶果嶺 A、滘西 A、長洲 C、汾流 A、屯門囲 C
25	風流天子	5		嘉龍鳳、彩龍鳳 3、新馬	沙螺湾 A2、茶果嶺 A、金銭村 B、石歩囲 B、廈村 C
26	一柱擎天双虎将	5		彩紅佳、彩龍鳳 2、慶豊年、励声	赤柱 A、河上郷 A、網井囲 A、索罟湾 A、坪夆 A
27	魚腸剣	5		雛鳳鳴 4、新馬	鴨脷洲 A、林村 C、筲箕湾 A、元朗 C、廈村 C
28	衣錦栄帰	5		錦龍鳳、大雄威、彩龍鳳 3	九龍城 A、汾流 A、河上郷 A、網井囲、茶果嶺 A
29	虎将奪金環	5		彩龍鳳 3、錦龍鳳、烽芸	河上郷 A、坪夆 A、九龍城 A、茶果嶺 A、網井囲 A
30	枇杷山上英雄涙	5	1954	新中華、英宝 3、普長春	長洲島 C、茶果嶺 A、牛池湾 A、屯門囲 C、長洲島 A
31	蓋世双雄覇楚城	5		彩龍鳳 3、昇平、梨声	金銭村 B、石歩囲 A、大埔旧墟 A、元崗 C、柴湾 D
32	紅了桜桃砕了心	5	1953	錦龍鳳、大雄威、雛鳳鳴 3	九龍城 A、赤柱 A、青衣 A

33	跨鳳乘龍	5		雛鳳鳴 5	香港仔 A、林村 C、大埔頭 C、屯門后角 A、青衣 A
34	無情宝劍有情天	5	1963	英宝 3、栄華、漢麗	大埔旧墟 A、石澳 A、屯門后角 A、大澳 A、宝珠潭 A
35	連城璧：司馬相如	5		覚新声 2、声好 2、西貢 D	大埔旧墟 A、茶果嶺 A、青衣 A、東湧 A
36	隋宮十載菱花夢	4	1950	覚新声、英宝、普長春、漢麗 B	茶果嶺 A2、牛池湾 A、宝珠潭 A
37	香羅塚：清官錯判香羅案	4		雛鳳鳴 2、威宝、励声	鴨脷洲 A、宝珠潭 A、龍躍頭 C、坪輋 A
38	艶陽長照牡丹紅	4		彩龍鳳 2、英宝、昇平	西貢 D、屯門囲 C、汀角村 B、元崗 C
39	狄青与襄陽宮主	4		英宝 4	石澳 C、茶果嶺 A、長洲島 A、Gau 西 A
40	花好月圓	4	1956	彩龍鳳、覚新声、普長春、英宝	大埔旧墟 A3、牛池湾 A
41	春風吹渡玉門関	4		慶豊年、新英宝、彩紅佳、永光明	索罟湾 A、石歩囲 B、赤柱 A、秀茂坪 A
42	程大嫂	4		英宝 2、彩龍鳳 2	茶果嶺 2、長洲島 A、九龍城
43	龍鳳喜相逢	4		新大龍、栄華、声好、英宝	馬湾 A、屯門后角 A、青衣 A、Gau 西 A
44	梁祝恨史	4		英宝、勝豊年、励群、千鳳	大埔旧墟 A、大澳 A、汾流 A、大囲 C
45	烽火擎天柱	4		勝豊年 2、剣嘉、文英	大澳 A、汾流 A、田心 C、索罟湾 A
46	一曲鳳求凰	3		彩龍鳳 2、新佳瑛	河上郷 A、石歩囲 B、網井囲 A
47	英雄児女保江山	3		永光明、彩龍鳳 2	秀茂坪 A、河上郷 A、網井囲 A
48	英雄碧血洗情仇	3		錦龍鳳、英宝、彩龍鳳	九龍城 A、大澳 A、慈雲山 A
49	英烈剣中剣	3		雛鳳鳴 3	大埔頭 C、林村 C、青衣 A
50	胭脂巷口故人来	3	1955	翠紅、新群英、雛鳳鳴	蒲台島 A、石澳 A、鴨脷洲 A
51	王昭君：昭君出塞	3		威宝、英宝、励声	龍躍頭 C、長洲島 A、坪輋 A
52	韓信	3		覚新声、声好 2	茶果嶺 A、青衣 A、東湧 A

附録Ⅱ　香港粵劇上演回数順位表（1979-1988）

53	漢武帝夢會衛夫人	3		声好、勝豊年、励声	青衣 A、蓮花池 C、坪峯 A
54	金枝玉葉満華堂	3		英宝、雛鳳鳴、翠紅	長洲島 A、青衣 A、蒲台島 A
55	胡蝶杯	3		彩紅佳、彩龍鳳 2	赤柱 A、河上郷 A、網井囲 A
56	情俠鬧璇宮	3		励声、英宝 2	坪 CheA、石澳 A、涇西 A
57	白兔会	3		翠紅、英宝、千鳳	蒲台島 A、屯子囲 C、大囲 C
58	辞郎州	3		大雄威 2、雛鳳鳴	汾流 A、大環山 A、筲箕湾 A
59	痴鳳狂龍	3		勝豊年、普長春、翠紅	大澳 A、牛池湾 A、蒲台島 A
60	南宋鴛鴦鏡	3		英宝 3	大澳 A、長洲島 A、茶果嶺 A
61	搶新娘	3		覚新声 2、声好	大埔旧墟 A、茶果嶺 A、東湧 A
62	春花笑六郎	3		声好 2、勝豊年	青衣 A、東湧 A、汾流 A
63	血蝶情花：情天彩蝶	3	1960	彩龍鳳 2、剣嘉	茶果嶺 A、石歩囲 B、田心 C
64	林冲：続林冲	3		覚新声 3	大埔旧墟 A、茶果嶺 A
65	李後主	3		雛鳳鳴 3	元朗 C、宝珠潭 A、大埔頭 C
66	花好月圓	3			大埔旧墟 A2、牛池湾 A
67	柳毅伝書	2		英宝、雛鳳鳴	大埔旧墟 A、林村 C
68	俏潘安	2		雛鳳鳴 2	大埔頭 C、元朗 C
69	刁蛮元帥莽将軍	2		海安、新中華	柴湾 D、長洲島 C
70	彩鳳戲金龍	2		彩龍鳳 2	河上郷 A、九龍城 A
71	一代天嬌	2		威鳳、励声	龍躍頭 C、坪峯 A
72	一把存忠剣	2		彩紅佳、新馬	赤柱 A、廈村 C
73	玉龍彩鳳渡春宵	2		永光明、彩龍鳳	秀茂坪 A、網井囲 A
74	玉龍宝剣定江山	2		昇平 2	泰享 C、元崗 C
75	九天玄女	2		雛鳳鳴 2	林村 C、筲箕湾 A
76	九環刀濺情仇血	2		彩紅佳、彩龍鳳	赤柱 A、西貢 D
77	江南才女気清官	2		慶豊年、勝豊年	索罟湾 A、汾流 A
78	胡不帰	2		彩紅佳、勝豊年	赤柱 A、大澳 A

79	戎馬干戈万里情	2		普長春、彩龍鳳	牛池湾 A、大埔旧墟 A
80	蟾宮抱月還	2		栄華 A、新大龍	屯門后角 A、馬湾 A
81	朱弁回朝	2		文麗、千麗	索罟湾 A、沙螺湾 A
82	巧破紅菱案	2		彩龍鳳 2	茶果嶺 A、金銭村 B
83	龍鳳呈祥	2		文麗、千麗	索罟湾 A、沙螺湾 A
84	萬悪淫為首	2		英宝、新馬	大埔旧墟 A、廈村 C
85	啼笑姻縁	2		彩龍鳳、新馬	石歩囲 A、廈村 C
86	烽火姻縁	2		栄華、勝豊年	西貢 B、大澳 A
87	白蛇傳	2		英宝、新馬	大埔旧墟 A、廈村 C
88	花落江南廿四橋	2		文麗、千麗	索罟湾 A、沙螺湾 A
89	花街節婦	2		雛鳳鳴、新馬	林村 C、廈村 C
90	百花贈剣	2		雛鳳鳴 2	屯門后角 A、鴨脷洲 A
91	春花引鳳凰	2		新大龍、声好	馬湾 A、青衣 A
92	花朵状元紅	2		声好、雛鳳鳴	東湧 A、大埔頭 C
93	盤龍令	2		英宝、翠紅	茶果嶺 A、蒲台島 A
94	萬世留芳統王喬	2		励群、英宝	汾流 A、屯門囲 C
95	孟麗君	2		勝豊年、千鳳	蓮花池 C、大囲 C
96	紅鸞喜	2		彩龍鳳、英宝	河上郷 A、大埔旧墟 A
97	金戈鉄馬挑（驍）情閣	2		栄華、新佳英	西貢 B、石歩囲 B
98	状元夜審武探花	2		英宝、漢麗	大埔旧墟 A、宝珠潭 A
99	雪蝶懐香	1		喜龍鳳	沙螺湾 A
100	鸞鳳還巣	1		喜龍鳳	沙螺湾 A
101	三笑姻縁	1		雛鳳鳴	青衣 A
102	烈女挽河山	1		英宝	茶果嶺 A
103	萍踪俠影酔芙蓉	1		栄華	西貢 B
104	胭脂涙灑戦袍紅	1		雛鳳鳴	青衣 A
105	十年一覚揚州夢	1		海安	柴湾 B
106	一曲琵琶動漢皇	1		梨声	柴湾 B
107	一剣定江山	1		声好	東湧 A
108	一剣能消天下仇	1		声好	索罟湾 A
109	穿金宝扇	1		雛鳳鳴	鴨脷洲 A
110	英雄灑涙戦袍紅	1		雛鳳鳴	屯門后角 A
111	英雄掌上野茶薇	1		大雄威	汾流 A

附録 II　香港粵劇上演回数順位表（1979-1988）　　　567

112	海棠紅涙	1		彩紅佳	赤柱 A
113	香閨福禄寿	1		英宝	石澳 A
114	臥薪嘗胆	1		新馬	廈村 C
115	桂枝香	1		大雄威	赤柱 A
116	漢女精忠	1		大雄威	赤柱 A
117	金鳳迎春	1		雛鳳鳴	屯門后角 A
118	錦繡江山	1		彩龍鳳	大埔旧墟 A
119	金碧輝皇	1		彩龍鳳	網井囲 A
120	銀増吐艶	1		彩龍鳳	金銭村 B
121	金鏢黄金覇	1		彩龍鳳	河上郷 A
122	剣底娥眉是我妻	1		新中華	長洲島 C
123	光緒皇夜祭珍妃	1		新馬	廈村 C
124	粉梁鉄将軍	1		新中華	長洲島 C
125	今宵重見鳳凰帰	1		彩龍鳳	河上郷 A
126	再生重温金粉夢	1		勝豊年	大澳 A
128	三気錦毛鼠	1	1982	新佳英	石歩囲 B
129	重温金鳳縁	1		彩龍鳳	大埔旧墟 A
130	十二美人楼	1	1948	英宝	涇西
131	周瑜	1		励声	坪峯 A
132	春風得意	1		英宝	大澳 A
133	情愛両双全	1		励声	坪峯 A
134	情酔蛮将軍	1		声好	東湧 A
135	情天彩蝶（彩蝶情花）	1		剣嘉	田心
136	情涙灑征袍	1		千鳳	大囲
137	清官斬節婦	1		海安	柴湾 B
138	隋宮鏡花縁	1		英宝	長洲島 A
139	隋宮情涙	1		大雄威	赤柱 A
140	捨子救孤児	1		錦龍鳳	九龍城 A
141	薛丁山三休樊梨花	1		文英	索罟湾 A
142	全家福	1		新中華	長洲島 C
143	箭上胭脂弓上坋	1		勝豊年	大澳 A
144	双喜臨門	1		彩龍鳳	石歩囲 B
145	血証嫁衣仇	1		彩龍鳳	河上郷 A

146	珍珠塔	1		慶豊年	索罟湾 A
147	鉄雁還巣迎彩鳳	1		英宝	石澳 A
148	天圓□	1		新群英	石澳 C
149	怒打隋楊廣	1		雛鳳鳴	香港仔 A
150	虎将蛮花	1		栄華	屯門后角 A
151	虎将刁妻	1		英宝	涇西
152	南国佳人朝漢帝	1		慶豊年	索罟湾 A
153	錦繍嫦娥	1		大雄威	赤柱 A
154	百戦栄帰迎彩鳳	1		喜龍鳳	沙螺湾 A
155	烽火恩仇二十秋	1		大雄威	汾流 A
156	蓮開並蒂	1		彩龍鳳	金銭村 B
157	花開錦繍鳳和鳴	1		栄華	西貢 B
158	花開富貴	1		梨声	柴湾 B
159	半璧山河	1		覚新声	茶果嶺 A
160	菱花恨史	1		翠紅	蒲台島 A
161	風雪閣三関	1		覚新声	茶果嶺 A
162	碧海情天並蒂花	1		彩龍鳳	西貢 B
163	梵宮翠□	1		彩龍鳳	茶果嶺 A
164	桃花湖畔鳳朝凰	1		翠紅	蒲台島 A
165	槍下美人恩	1		新中華	長洲島 C
166	蝶影紅梨記	1	1957	新群英	石澳 C
167	羅成三気尉遅恭	1		彩龍鳳	石歩囲 B
168	乱世嫦娥	1		勝豊年	汾流 A
169	龍鳳奇縁	1		英宝	茶果嶺 A
170	龍鳳迎新歳	1		覚新声	大埔旧墟 A
171	劉金定	1		大雄威	汾流 A
172	龍虎覇楚城	1		新大龍	馬湾 A
173	飛上枝頭変鳳凰	1		喜龍鳳	沙螺湾 A

（注）　本表は附録Ⅰに記載した1979年から1988年までの港九新界での粤劇団上演演目を上演頻度の順に排列したものである。この10年間で、どのような演目が流行したかを窺うことができる。特に上位30位までの演目が各地で頻繁に上演されていることがわかる。僻地では古い演目が上演されていることもわかる。

附録Ⅲ　麦嘯霞（1903-1941）『広東戯劇史略』 所載粤劇演目表（主演者別）

NO.		主演者	共演者	演目	作者	故事	梁目
	あ行						
1		亜鐸		磨鉄生光			梁目未載
2		王醒伯		此子何来問句妻			2367
	か行						
3		郭玉麒		一仇三怨			梁目未禄
4		郭玉麒		一声館			梁目未録
5		関影憐		蛋家妹売馬蹄			5505
6		貴妃文		香妃恨			4137
7		姜雲俠		戦死丹陽河			8657
8		姜魂俠		賊現官身			7219
9		金山七		七賢眷			226
10		同		刀山尋活路			234
11		金山貞		轅門罪子		楊家将	8754
12		同		太白和番			1131
13		金山炳		季札掛剣		春秋	3340
14		同		蔡中興建洛陽橋			梁目未載
15		金山茂		哭太廟靚			5129
16		同		北地王哭太廟			1867
17		同		俠児鷓鰈			4362
18		同		大鬧三門街			589
19		桂名揚	曽三多・謝醒儂	冰山火線			1059
20		同		桐宮双鳳			4986
21		同		一把檀香扇			38
22		同		未央宮			1532
23		同		滴血柴蒲関			梁目未載
24		同		天下英雄			985
25		同		魔殿陽光			9513

26	同		冷面皇夫			2432
27	同		禁城奪艶			7034
28	同		三取珍珠旗			360
29	同		活命琵琶			4488
30	同		火焼阿房宮		漢楚	973
31	同	小非非	緑牡丹			7616
32	同	小非非	活命琵琶			4488
33	同	廖俠懐	皇姑嫁何人			4324
34	同		馬超招親			4799
35	同		夢断胡笳月			7529
36	同	靚少鳳	慶鬧春宵			7851
37	同	靚少鳳	縮地減相思			8822
38	同		馬超招親		三国	4799
39	同	小非非・李海泉	吞金滅宋			2600
40	同		凄涼秦宮月			6018
41	同	靚少鳳	春満人間			3844
	桂花勤		売馬蹄			7984
	闕名		一笑釈兵戎			56
42	黄鶴声		熱血酒歌衫			7922
43	同		塞外美人魂			6657
44	同		侯門脂粉盗			4019
45	同		野龍			5894
46	同		金鎖繋紅糸			3461
47	同		舌剣破金城			2190
48	同		明洙艶俠			3577
49	同		傾国桃花			7192
50	同		文壇三怪傑			912
51	同	李艶秋	轟砕薄情天			9545
52	同	李艶秋	破砕旧江山			4763
53	同	李艶秋	十二美人台			140

附録Ⅲ　麦嘯霞（1903-1941）『広東戯劇史略』所載粤劇演目表（主演者別）　571

54		同	李艶秋	金粉葬花城			3385
55		同	李艶秋	虎面西施			3605
56		同		軍鎮蛾眉陣			3759
57		同		鉄血蛾眉			9576
58		同	李艶秋	虎爪薔薇			3591
59		同	李艶秋・麦炳栄	蓮花似六郎			8701
60		同	李艶秋	塞外美人魂			6657
61		同	李艶秋	逍遥太歳			7274
62		同		傾国桃花			7192
63		同	麦炳栄	五虎下南天		楊家将	1171
64		同	李艶秋	野王子			5879
65		同		銀蝶入璇宮			7651
66		同	李艶秋	柳絮美人心			3949
67		同	李艶秋	金鈴不護花			3413
68		同		狼馬惜残紅			5732
69		同	李艶秋	五彩玉観音			梁目未載
70		同		驚砕風流胆〔胆〕			9711
71		同		猛虎奪龍珠			6540
72		公脚孝		弁才釈妖			8294
73				琵琶行			6971
74		廓山笑		血濺璇宮			2291
75				白蓮教			1807
76			小蘇蘇	密餞胡椒			梁目未載
77			小蘇蘇	皓月泣残紅			6558
78			小蘇蘇	雲山珠海現銀龍			6187
79			小蘇蘇	石像圧情苗			1581
80			蘇州麗	満江紅			7819
81		黄小鳳		姑蘇台宴楽		呉越	3479
82			李艶秋	情央夜未央			6106
83			李艶秋	人魔動心魔			梁目未載

84			李艶秋	沈冤二十年			2820
85			李艶秋	痴虎奪驪珠			梁目未載
86			李艶秋	神秘夜香花			4580
87			李艶秋	狼心脂粉賊			5729
88			李艶秋	血灑自由神			梁目未載
89		黄超武	衛少芳	血濺姻縁石			2288
90		公爺創		与佛有縁			7182
91		同		売狗養親			7982
92		同		沙佗国借兵			2832
93		同		売狗養親			7982
94		胡蝶影	白駒栄・伊秋水	熱血灑皇宮			7920
95		同		情潮			6171
	さ行						
96		扎脚勝		八美観龍舟			291
97		同		劉金定斬四門		南唐	8155
98		同		十三妹大鬧能仁寺			157
99		子喉七		鍾無艶			8829
100		同		醜女洞房			8766
101		同		黒衣士			6581
102		同		十奏厳嵩			179
103		蛇王蘇		閨留学広			7693
104		蛇公礼		売絨線			7996
105		蛇仔秋		碧玉離生			7391
106		同		紅顔知己			4258
107		同		売花得美			7988
108		同	太子卓	蘆花余痛			9664
109		同		偸鶏得美			5846
110		同		扮猪食老虎			3284
111		同		老婆奴			2092
112		同		臨老入花叢			8745

附録Ⅲ　麦嘯霞（1903-1941）『広東戯劇史略』所載粤劇演目表（主演者別）　　573

113	謝醒儂		俠女姻縁		4347
114	同		月夜走金鏞		1248
115	同		三箭定天山	薛仁貴	467
116	同		血染銅宮		2243
117	上海妹		夜夜元宵		2891
118	周少保		打死山下虎		2112
119	周瑜利		二才子		101
120	同		山東響馬		838
121	同		平貴別窰		1547
122	朱次伯		宝玉哭霊	紅楼夢	9346
123	同	新丁香耀	五宝珠		1201
124	同	新丁香耀	芙蓉恨		4825
125	同		宝玉怨婚		9344
126	同	新丁香耀	画中縁		6205
127	小珊珊		萬花楼		8039
128	少新権		梵宮天子		5592
129	同		覇西羌		9533
130	同		麒麟戯鳳凰		梁目未載
131	同		剣気柔情		8134
132	小生聡		発瘋孖中状元		6199
133	小生沾		姑蘇台		3478
134			平貴回窰	薛家将	1548
135	小晴雯		梅釵浪擲		5612
136	同	豆皮梅	儉影摹形		5841
137	同		晴雯（帰天）	紅楼夢	6608
138	小蘇蘇	李海泉	天堂地獄水晶宮		1016
139	鍾卓芳		風雨良宵		4028
140	同		呉越春秋	呉越春秋	2769
141	同		姉妹花		3481
142	同		走南陽		2517
143	同		十載仮鬢眉		183

144	同		白蟒佔龍宮			1811
145	小丁香		穿花胡蝶			3712
146	同		一朶豔丁香			24
147	同		一個好尼姑			59
148	蕭麗湘		牡丹亭		牡丹亭	2603
149	同		桂枝写状			4931
150	同		牡丹亭		牡丹亭	2603
151	同		□砕霊芝			
152	同		鉄嘴妹			9608
153	同		烈女報夫仇			4722
154	蕭麗章		虎帳英雌			3609
155	同		秋水芙蓉			4112
156	同	小蘇蘇	凡鳥恨屠龍			802
157	同	張仙槎	緑水濺紅衣			7614
158	同		白玉妃			1742
159	同	白玉堂	緑野柔魂			7629
160	同		上元夫人			816
161	同		倒乱廬山			5086
162	同		重台別			4094
163	同		三剣俠			460
164	同		嬲縁			8881
165	同	白玉堂	夜渡蘆花			梁目未載
166	同		両朶梅花最可憐			3185
167	同		甘樹罩蝉娟			1923
168	同		鹿角掛情根			5285
169	同		林四娘			3248
170	同	廖俠懷	過江龍			8276
171	同		背解紅羅		背解紅羅	5934
172	同		三春攻城			梁目未載
173	同		綿裏針			7634
174	同	廖俠懷	艶僕香鬟			9775

附録Ⅲ　麦嘯霞（1903-1941）『広東戲劇史略』所載粤劇演目表（主演者別）　　575

175	同	廖俠懷	愛河神馬			7120
176	同		金糸胡蝶			梁目未載
177	同		穆桂英		楊家将	8546
178	同	廖俠懷	狗吻王頭			4300
179	同	靚少鳳	彭公案			6262
180	紫羅蘭		霍小玉			8396
181	新　華		蘇武牧羊			9634
182	同		李密陳情		隋唐	2565
183	新細倫		急先鋒			4016
184	同		粉菊花			4457
185	同		両個御林軍			3196
186	同		玉面参軍			1452
187	同		衆仙同詠大羅天			5861
188	同		一語破情関			78
189	新蛇仔秋		滴滴涙			7776
190	新　珠		華容道		三国	梁目未載
191	同		単刀會魯肅			6646
192	同	牡丹蘇	風流猛将			4058
193	新周瑜林		方世玉打擂台			889
194	新水蛇容		打雀遇鬼			2122
195	新靚就		懵将戲懵王			9412
196	同		摩登覇王			7848
197	同		離婚十八年			9170
198	同		大俠甘鳳池			530
199	同		日久見郎心			1376
200	同		百萬軍中尋馬利			1995
201	同		獅口蔵龍			7674
202	同		十萬九千七			186
203	同		海底覇王			5248
204	同		誰是姦夫			7838
205	同		生武松			1692

206	同		誰是姦夫			7838
207	同		海底霸王			5248
208	新靚卓		売臙脂			7995
209	新丁香耀	靚少鳳	龍鳳帕			8335
210	同		黛玉葬花		紅楼夢	8863
211	同		嫦娥奔月		嫦娥	7668
212	同	靚少鳳	金粉毒			3381
213	同	靚少鳳	珠崖劍影			5431
214	同	靚少鳳	蜘蛛網			7701
215	同		臨去秋波			8743
216	同	新周瑜林	仮王爺			5785
217	同	朱次伯	梅龍鎮			5616
218	同		女孝廉			743
219	同	新周瑜林・子喉七	長生殿		長生殿	3142
220	新　添		安重根行刺伊藤侯			1942
221	新白菜		太傅訪主			1136
222	同		百里奚會妻		百里奚會妻	1983
223	新馬師曽	蕭麗章	流星趕月			4469
224	同	蕭麗章	黄蕭養大反珠江			6394
225	同	蕭麗章	柴米夫妻			4424
226	水蛇容		瓦鬼還魂			1585
227	靚　栄		覇王別姫		楚漢	9530
228	同		夜戰大沽口			2959
229	同		岳武穆班師		岳飛	3546
230	同		沙陀班兵			2831
231	同		十載辛労蔵豔跡			181
232	声価羅		楽毅下斉城		戦国	8106
233	声架羅		十二金牌召岳飛		岳飛	139
234	生鬼容		失珠奇案			1678
235	同		祭瀘水			5675

附録Ⅲ　麦嘯霞（1903-1941）『広東戯劇史略』所載粤劇演目表（主演者別）　　577

236	靚元亨	蕭麗章	可憐閨裏月			1597
237	同		海盗名流			5251
238	同	一点紅	虎口情鴛			3586
239	同	揚州安	分飛燕			1307
240	同	揚州安	風花雪月			4072
241	同	蛇仔利	彭玉麟（故事）			6263
242	同	揚州安	双俠記			9020
243	同	揚州安	雪裏紅			5355
244	同	蕭麗章	可憐閨裏月			1597
245	同		董狐直筆		春秋	8008
246	同	蛇仔利	鳳陽奇案			7603
247	同	揚州安	亀山起禍			梁目未載
248	同		鳳儀亭		三国	7596
249	同		天仇記			994
250	同		沙三少			2824
251	同		刺臂従親		岳飛	3207
252	同		呂布窺粧		三国	2729
253	醒魂鐘		十萬磅			192
254	靚次伯	李翠芳	虎将拝陳橋		飛龍	3614
255	靚　就	小　紅	墜珠崖			7892
256	同	小　紅	西海沈珠			2058
257	同	小　紅	宏碧縁			2369
258	同		夜出虎牢関			2879
259	同		午夜盗璇宮			1278
260	同		難為相思（貓）			9331
261	同		怒呑十二城			4278
262	同		紫禁城搶婚			5942
263	靚少佳		轟炸萬重屍			9543
264	同	羅家権・小丁香・林超羣	十美繞宣王			176

265	同	林超羣	金粉英雄			3382
266	同		楊戩大戰馬騮王			7093
267	靚少華		赤幘客			2514
268	同		玉華買父			梁目未載
269	同		風流天子			4046
270	靚昭仔		孝子乱経堂			2485
271	同		情劫			6109
272	同		孝子乱経堂			2485
273	靚少鳳		沙漠水晶宮			2835
274	同		鳳兮無恙弄新声			7567
275	同		冷雪虐蘆花			2426
276	同		憔悴怨東君			梁目未載
277	同		紅顔血涙			4257
278	同		西廂待月			2062
279	同	陳非儂	危城鸚鰈			2168
280	同		冲天鳳			1955
281	同	新丁香耀	猿美人			梁目未載
282	同		毒牡丹			3055
283	同	鐘卓芳	一榜三状元			73
284	同	鐘卓芳	総是玉関情			8825
285	同		胡塵貂錦			5642
286	同	千里駒	棄官尋母		朱壽昌	6084
287	同	廖俠懐・鍾卓芳	総是玉関情			8825
288	同		走南陽			2517
289	同	千里駒	残霞漏月			6225
290	同	小丁香	仮神仙			5795
291	靚雪秋		斬龍遇仙（記）			5477
292	同		七擒孟獲		三国	227
293	同		七擒孟獲		三国	227
294	靚　仙		西河会			2043

附録Ⅲ　麦嘯霞（1903-1941）『広東戯劇史略』所載粤劇演目表（主演者別）　　579

295	靚　南		双人頭売武			8975
296	靚　耀		劉錫放子		沈香太子	8176
297	薛覚先		沈酔綺羅香			2822
298	同		瓊花伴紫薇			9417
299	同		天涯寄合歓			1027
300	同		花香趁馬蹄			4870
301	同	李翠芳	引情香			1122
302	同	李翠芳	活命花			4487
303	同		双鎗客			9108
304	同		相思虎			3966
305	同		金閨綺夢			3432
306	同	上海妹	鬼火烹鸞			5063
307	同	白駒栄	魂銷故国春			7379
308	同	謝醒儂	降伏美人心			7426
309	同	李翠芳	霊犀一点通			9729
310	同	上海妹	醋火劫冰心			7954
311	同	上海妹・白駒栄	香花忠魂			4132
312	同	上海妹	雪冷金蟬			5331
313	同	上海妹・唐雪卿	火城香陣			940
314	同	譚玉蘭	花魂春欲断			4890
315	同	上海妹・唐雪卿	攪砕西廂月			9734
316	同		賓虚			7246
317	同	白駒栄・千里駒	玉監金娥			1479
318	同	葉弗弱・嫦娥英	九頭獅子			247
319	同	李艶秋	紅炉火			4260
320	同	陳非儂	宝蟬進酒（宝蟾送酒）			9376
321	同	靚元亨	剣道迷花			8139

322	同		双娥弄蝶			9093
323	同		紅光光			4178
324	同		琴剣緑			6967
325	同		水氷心			梁目未載
326	同	李翠芳	愛情魔力			7132
327	同		無敵王孫			6492
328	同		白鷹			1816
329	同		小丈夫			846
330	同	謝醒儂	半辺菩薩			1421
331	同		生観音			1719
332	同		無定河辺骨			6477
333	同		催花驚蝶夢			7194
334	同		高峯奇俠盗			4627
335	同	上海妹・半日安	喜卜灯花			6272
336	同	上海妹	嫣然一笑			7662
337	同	譚玉蘭	旧月新人			9434
338	同		太子害太子			1124
339	同		両個林黛玉			3192
340	同		腋底春雷			7561
341	同	嫦娥英	可憐秋後扇			1594
342	同	廖俠懐	毒玫瑰			3057
343	同	千里駒	唉！儂錯了			5111
344	同	唐雪卿	風流大俠			4040
345	同	嫦娥英	鉄索情			梁目未載
346	同	蘇州麗	罵玉郎			梁目未載
347	同		荀灌娘			6294
348	同		花木蘭			4847
349	同		紫薇花対紫薇郎」			5948
350	同	陳非儂	棠棣飄零記			6572
351	同		檀郎薄倖是多情			8786

附録Ⅲ　麦嘯霞（1903-1941）『広東戲劇史略』所載粤劇演目表（主演者別）　　581

352	同		倒運医生			5088
353	同		何曽今夕洞房春			2693
354	同		恨不相逢未嫁時			4606
355	同		鴛侶分飛			8532
356	同	唐雪卿	滴酒穿煲			7775
357	同		英雄涙史			5574
358	同		万里琵琶関外月			8027
359	同	嫦娥英	戎服傳詩			1978
360	同		憨姑爺			?
361	同		換巣鸞鳳終偕老			7027
362	同		憐香刀染臙脂血			8377
363	同	千里駒	奇女子投江記			3098
364	同	千里駒	薄命元戎			9205
365	同	千里駒	不染鳳仙花			1143
366	同		冤枉大老爺			4552
367	同		誰是負心人			7840
368	同		女児香			744
369	同		惜花不護花			梁目未載
370	同		花市			4854
371	同		人間月姥			269
372	同		雌雄太極鞭			7724
373	同		月冷花香			1246
374	同		隔夜素馨			8928
375	同		文君悲白頭			898
376	同		明珠三合劍			3575
377	同		錯折隔牆花			8567
378	同		明月香衾			3565
379	同		喬小姐三気周瑜		三国	6502
380	同		金鋼鑽			3450
381	同	唐雪卿	念奴嬌			3353
382	同		粉面十三郎			4445

383	同		娘子関			5012
384	同		夜探嚴相府		嚴蘭貞	2939
385	同		銀灯照玉人			7653
386	同	謝醒儂	琁宮艷史			8408
387	同		薛仁貴			9228
388	同		花田錯			4857
389	同		雌雄太子			7723
390	同	陳非儂	綠林紅粉			7617
391	同		姑緣嫂劫			3477
392	同		玉梨魂			梁目未載
393	同		風流皇后			4071
394	同		血種情根			2270
395	同		姑緣嫂劫			3477
396	同	廖俠懷	子敵妻仇			496
397	同		梅知府			5599
398	同		有幸不須媒			2000
399	同		桃花扇		桃花扇	6952
400	同		為情顛倒			6406
401	同		心声淚影			935
402	同	嫦娥英	快活冤家			2976
403	同		十三么（多情偵探）			155
404	同		劫後桃花			2477
405	同		粉面十三郎			4445
406	同		海角沈香			5239
407	同		玉人無恙			1434
408	同		相思盒			3969
409	同		白金龍			1752
410	同	胡蝶影	夜盜美人帰			2933
411	同		銷魂柳			8115
412	同		華麗前因			7451
413	同		幽香冷処濃			4267

附録Ⅲ　麦嘯霞（1903-1941）『広東戯劇史略』所載粤劇演目表（主演者別）　　583

414	同		寸寸折心香		708
415	同		半生脂粉奴		1411
416	同		銅城金粉盗		7658
417	同		南宮歩歩嬌		3984
418	同		春思落誰多		3825
419	同	廖俠懐	春江花月夜		3808
420	同		沈酔綺羅香		2822
421	同		俏那陀		4382
422	同	上海妹	陌路蕭郎		7425
423	同		燕歌俠		8688
424	同		紅杏換荊州		4183
425	同		芳草夕陽紅		4818
426	同		紅粉換追風		4207
427	同		関山砕玉箏		9282
428	同	小珊珊	娘子関		5012
429	同	上海妹	品薀珠		梁目未載
430	同	唐雪卿	万里送春心		8029
431	同	上海妹	漢月照胡辺		7798
432	同		御夫術		5755
433	同		人間片刻春		270
434	同		刺愛		梁目未載
435	同		玉人無恙		1434
436	同		錦繍牢籠		8606
437	同	上海妹	七日皇帝		199
438	同	上海妹	仇火結情縁		1349
439	同		芙蓉帳裏度春宵		4825
440	同	嫦娥英	隔夜素馨		8928
441	同		臙脂将		6442
442	同		陣陣美人威		7895
443	同		相思涙		3970
444	同		半辺美人		1418

445		同	上海妹	王昭君		王昭君	1096
446		同	上海妹	西施		呉越	2047
447		同	上海妹	貂蟬		三国	6413
448		同		親王下珠江			8300
449		同	上海妹	張巡殺妾饗三軍	李少芸	唐故事	5398
450		同	唐雪卿	蕭郎君			梁目未載
451		同		紅粉金戈			4199
452		同		美人王			3658
453		同		大快活			516
454		同		咬砕寒関月			4386
455		同	謝醒儂・葉弗弱	平分春色			1540
456		同		蘆花涙			9663
457		同		含笑飲砒霜			2637
458		同		上苑売風流			818
459		同	上海妹・半日安	甜言蜜夢			5702
460		同		夜盗上元			梁目未載
461		同		薄倖恩人			9213
462		同	上海妹・新馬師曽	天豹図			1011
463		同		無償〔価〕春宵			6496
464		同		花落鉄蹄紅			4899
465		同		沙場月			2830
466		同		砕骨験相思			6981
467		同	上海妹	鉄騎紅粧			9610
468		同		天之驕士			981
469		同	廖俠懐	平安是福			1543
470		同		相思柳			3967
471		同		桃花紅			4946
472		同		武潘安			3093
473		同	上海妹	胡不帰		胡不帰	5632

附録Ⅲ　麦嘯霞（1903-1941）『広東戯劇史略』所載粤劇演目表（主演者別）　　585

474	同		還花債〔務〕		9395
475	同	上海妹	桃李争春		4936
476	同	鄭孟霞	浪蝶繞琁宮		5187
477	同	上海妹・半月安	冤枉相思		4554
478	同	上海妹	風送滕王閣		4084
479	同	李翠芳・葉弗弱	天魔豔跡		1046
480	同		黄天覇		6359
481	同		生骨大顕栄		1694
482	同		銷金窩		8111
483	同		傅粉何郎		6560
484	同		天上人間地	小珊珊	991
485	同		太平新景象		1128
486	同	嫦娥英	鉄索〔鎖〕情糸		9596
487	同		大義滅情		571
488	同		春恨秋怨		3826
489	同		司馬相如	李少芸	1522
490	同		荔紅驚豔		6286
491	同		雪映〔影〕寒梅		5361
492	同		双鳳朝陽		9068
493	同		双珠掛剣		9045
494	同		羅刹海市		9481
495	同		五色玫瑰		1160
496	同		世外桃源		1653
497	同		鳳帕龍涎		7572
498	同		女太保		738
499	同		同命鳥		2347
500	同		脂粉賊〔盗〕		6450
501	同		農家女		7224
502	同		新戦死		梁目未載

503	同		涙影		6006
504	同		九曲橋		240
505	同		刁蛮女		229
506	同		楊八妹取金刀		7055
507	同	上海妹	馬上錦衣回		4781
508	同	上海妹	冤枉相思		4554
509	同	上海妹	妻嬌郎更嬌		3017
510	同		玉帯換銀（簪）		1471
511	同		秋月驪歌		梁目未載
512	同		長歌入燕関		3157
513	同		離恨出生天		9165
514	同	上海妹・半月安	天河抱月帰		1006
515	同		狂龍酔落花		3515
516	同		蛮月笳声		梁目未載
517	同		秦雲隔楚雲〔山〕		4665
518	同		一絃琴		64
519	同	上海妹	怒砕党人牌		4291
520	仙花法		二度梅		116
521	千里駒		生死縁		1686
522	同		鳳嬌投水		7594
523	同		西蔵流星塔		2074
524	同		盗婦状元妻		?
525	同		花落春帰去		4896
526	同		三戦黄婆洞		469
527	同		香車行		4140
528	同	葉弗強	万劫紅蓮		8018
529	同		魑魅皇后		9613
530	同	薛覚先	一個女学生		57
531	同		范雎投秦		5516
532	同		薛蛟斬虎		9258

533	同		風捲女〔裏〕紅衣		4082
534	同		崔子弑斉君		5956
535	同		夜送寒衣		2945
536	同		蕩舟		8912
537	同		捨子奉姑		6340
538	同	小生聡	拉車被辱		3911
539	同		万劫紅蓮		8018
540	同	馬師曽	巾幗程嬰		824
541	同		梨園一笑		梁目未載
542	同		声声涙		8763
543	同	馬師曽	苦鳳鶯憐		5544
544	同	靚少鳳	苦獄両青蓮		5548
545	同	靚少鳳	柳為荊愁		梁目未載
546	同	靚少鳳	裙辺蝶		6937
547	同		蔡文姫		8769
548	同	廖俠懐	独占花魁	売油郎	梁目未載
549	同		難中縁		9323
550	同	白玉堂	旱天雷		2709
551	同	白駒栄	醋淹藍橋		7960
552	同	靚少鳳	残霞洞月		6225
553	同	白駒栄	離鸞影		9175
554	同		梅之涙		5594
555	同		生死縁		1686
556	同	白玉棠	剣底貞娘		8125
557	同	靚少鳳	万劫紅蓮	徐若呆	8018
558	同		盗婦状元妻		6055
559	同		雪冷征騎		5332
560	同		冷熱心肝		2430
561	同		順母橋		6562
562	同		破砕憐香夢		4762
563	同		暴風折寒梨		8202

564	同		夢断奈何橋			7527
565	同		無恨〔限〕琵琶			6478
566	同		飛燕入迷城			3886
567	同		雌虎戯玄壇			7721
568	同		法律与親情			3725
569	同		女蘇秦			800
570	同		千里携嬋			723
571	同		愛妻剣化呉宮去			7117
572	同		燕子楼	徐若呆		8680
573	同		文姫帰漢		漢故事	908
574	同	白玉棠	法律与親情			3725
575	同	白玉棠	冷熱心肝			2430
576	同	白玉棠	虎穴偸龍			3595
577	騒韻蘭		打破悶胡蘆			2120
578	曽三多		一戎衣			13
579	同		鄭荘公			9149
580	同		流沙井			4464
581	同		済癲和尚			8894
582	同		蘇秦戯張儀			9647
583	同		司馬光			1520
584	同		尚司徒寄妻托子			3558
585	同		覇象隠龍山			9536
586	同		粉砕姑蘇台			4454
587	同	林超羣	三十六迷宮			304
588	同	林超羣	威震火焔山			3894
589	同		嚇死秦始皇			8871
590	同		夜出虎狼関			2879
591	同		銅網陣			7661
592	蘇州妹	曽瑞英	桃花源			4956
593	蘇州妹	細　蓉	夜吊秋喜			2866
594	蘇州麗	靚少鳳	春蚕未了糸〔緑〕			3857

附録Ⅲ　麦嘯霞（1903-1941）『広東戯劇史略』所載粵劇演目表（主演者別）　　589

	た行				
595	大牛炳		王彦章撐渡	五代	1094
596	大　和		金糸胡蝶		3398
597	譚玉蘭		甜姐児		5703
598	譚笑鴻		侯爵夫人		?
599	譚蘭卿		董貴妃		8010
600	張淑勤		懶婆尋仔		4020
601	陳錦棠		毒霧罩梨花		3063
602	同		残花落地紅		6222
603	同		血債血償		2266
604	同		三十六路烽烟		306
605	同		五龍會		1196
606	同		緑牡丹	緑牡丹	7616
607	同	関影燐	紅俠		4192
608	同	関影燐	梁天来		5206
609	同		玉指□済山		梁目未載
610	同		烈血灑崖門		4737
611	同		仇深二萬年		1354
612	同		那陀		梁目未載
613	同		七十二銅城		梁目未載
614	同	廖俠懐	梁天来		5206
615	同		驪宮春花		9778
616	同	李翠芳	蛮宮富貴花〔女〕		9744
617	同	李翠芳	玉指挽山河		1459
618	同	李翠芳	直搗黄龍		3308
619	同	関影燐	三盗九龍杯		427
620	陳醒漢		胡蝶大王		梁目未載
621	陳皮梅		魂銷恨未消		7373
622	陳皮梅		脂粉客		6450
623	陳非儂	靓少鳳	白旋風		1786
624	同	薛覚先	妻良		3010

625		同	薛覚先	恨綺			4615
626		同		楽奏鈞天			8105
627		同		紅拂女			4190
628		同		男郡主			2746
629		同		紅玫瑰			4186
630		同		毒牡丹			3055
631		同		文太后			897
632		同		蛇頭苗			5917
633		同	廖俠懐	玉蟾蜍			1511
634		同		血濺金銭			梁目未載
635		同		恋愛与戦争			9688
636		同	靚少鳳	珍珠扇			4689
637	陳皮梅		譚蘭卿	鸞宮艶盗			9766
638	鄭君可			火焼大沙頭			957
639	鄭君可			虐婢報			4411
640	東　生			五郎救弟	楊家将		1191
641	東　生			羅成写書	羅家将		9475
642	豆皮桐			剃頭二借妻			3698
	は行						
643		白玉棠		興漢雌雄			8624
644		同		護花鈴			9500
645		同		錦毛鼠			8590
646		同	蕭麗章	快活将軍			2977
647		同	蕭麗章	猛獣皇宮			6545
648		同	蕭麗章	忍辱雪親仇			2451
649		同	蕭麗章・葉弗弱	肝胆照情深			4012
650		白玉堂	陳非農	海底針			5244
651		同	曽三多	魚腸剣	春秋		5683
652		同	衛少芳・曽三多・羅家権利	三虎奪花魁			367

附録Ⅲ　麦嘯霞（1903-1941）『広東戯劇史略』所載粤劇演目表（主演者別）　　591

653	同		孔明招親		三国	1217
654	同	陳非儂	慧剣続情糸			7883
655	同	陳非儂	心照姻縁			934
656	同	蕭麗章	宝剣留痕			9367
657	同		雷炸江湖月			梁目未載
658	同		鯨背飛星			9273
659	同		捨生三取義			梁目未載
660	同		涙滴月団圓			6003
661	同		女蘇秦			800
662	同		満営緑牡丹			7827
663	同		偉言驚烈女			5815
664	同		結髪征袍			6524
665	同	廖俠懐	紅白杜鵑			4170
666	同	蕭麗章	陸幽蘭			8497
667	同		佳城綺夢			3540
668	同		紫霞杯			5946
669	同		虎逐鯨呑			3622
670	同	蕭麗章	衝破紅鷥			1957
671	同	蕭麗章	魚腹鴛鴦			5682
672	同	蕭麗章	羅通掃北		羅家将	9482
673	同	蕭麗章	恩愛敵人			5127
674	同	陳非儂	孔雀開屏			1227
675	同	千里駒	鷗鴣王子			9625
676	同	謝醒儂	鉄面惜甘羅		包公	9581
677	同		臙脂虎			6436
678	同		東風入江南			3128
679	同		槍槍梅花血			7544
680	同		禅関萬歳灯			8734
681	同		忍辱雪親仇			2451
682	同		蟾光惹恨			9308

683	同		八百年前豔〔四〕屍案			286
684	同		肝胆照情深			4012
685	同		烈火罩孤城			4736
686	同	蕭麗章	剣気柔情			8134
687	同		燕帰人未帰			8689
688	同		搗乱温柔郷			7548
689	同		驚人臙脂虎			9701
690	同	蕭麗章・葉弗弱	火焼迷楼			971
691	同	蕭麗章・葉弗弱	酸酒湿花心			7434
692	同	衛少芳	含笑呑苦涙			2636
693	同		燕市鉄蹄紅			8683
694	同		水浸鳳陽城			1396
695	同		火山龍血			936
696	同	葉弗弱	神秘水晶宮			4578
697	同		天涯骨肉			1026
698	同	葉弗弱・謝醒儂	重建姑蘇台			4099
699	同	衛少芳	反五関			梁目未載
700	同		錦袈裟			8599
701	同		海角龍楼			5243
702	同	衛少芳・曽三多	摘纓会			梁目未載
703	同		呉三桂			2752
704	白駒栄	千里駒	珍珠塔		珍珠塔	4694
705	同	蘇州麗	香唾濺狼煙			4150
706	同		香汗染黄袍			4138
707	同		甘逹軍令慰阿嬌			1921
708	同	千里駒	泣荊花			3714
709	同	千里駒	胡蝶美人			梁目未載

710		同	千里駒	妻証夫凶			3013
711		同		金生挑盒			梁目未載
712		同	小丁香	一朶豔丁香			24
713		同	小丁香	神眼蛾眉			4587
714		同		龍潭虎穴			8345
715		同	千里駒	華麗縁			7452
716		同	千里駒	蘇小妹三難新郎			9630
717		同	千里駒	夜送寒衣			2945
718		同	千里駒	情鴦闘夕陽			6172
719		同	千里駒	狸猫換太子			5754
720		同	千里駒	銭牧斎与柳如是			8555
721		同	千里駒	金生挑盒			梁目未載
722		同	千里駒	咸醇王			3899
723		同	胡蝶影	情血灑皇宮			6107
724		白蛇満		金蓮戯叔		金瓶梅	3454
725		麦炳栄	黄鶴声	鉄血蛾眉			9576
726		馬師曽	陳非儂	春酒動芳心			3835
727		同	譚蘭卿	洪承疇			4501
728		同	譚蘭卿	荊棘幽蘭			6282
729		同	譚蘭卿	五陵鞭掛秦淮月			1198
730		同		宝鼎明珠			9363
731		同	譚蘭卿	難測婦人心			9336
732		同		趙子龍			7458
733		同		蕩寇			8914
734		同		雌雄花			7727
735		同		一封信			44
736		同		佛女児			2668
737		同		飛将軍			3874
738		同		返魂香			5173
739		同		慾魔			7794
740		同		乱世忠臣			7134

741	同		鉄鋳因縁			9612
742	同		烏猿壮士			5047
743	同		冷月孤墳			2420
744	同		北梅錯落楚江辺			1872
745	同		剣影雲霞			8138
746	同		呆佬拝壽			2717
747	同		情覚情孀			6180
748	同		一曲成名			17
749	同		罪在朕躬			7685
750	同		別妻殺妻			梁目未載
751	同		洞房之夜			4493
752	同		勢利圏			6989
753	同		誰是父			7836
754	同		天網			1036
755	同		龍虎鴛鴦			8322
756	同		詐顛納福			6080
757	同		義乞仔			梁目未載
758	同		無心恩愛			6473
759	同		蒙古王子			梁目未載
760	同		星月争光			4395
761	同		寒梅麗影			5972
762	同		清宮冷艶			6039
763	同		神経公爵			4593
764	同		一頭霧冰			0087
765	同		秘密之夜			4565
766	同		奶媽王			1724
767	同		錦衣賊			8591
768	同		臙脂虎			6436
769	同		弓縁			1204
770	同		走南陽			2517
771	同		魔宮			9504

附録Ⅲ　麦嘯霞（1903-1941）『広東戲劇史略』所載粤劇演目表（主演者別）　　595

772	同		男郡主		2750
773	同		二奶公		109
774	同		秘密之夜*		4565
775	同		花陣連環誘蝶兵		4900
776	同		歌断衡陽雁		7432
777	同		唐宮恨		4539
778	同	譚蘭卿	琯宮艶史		8408
779	同	譚蘭卿	門気姑爺		梁目未載
780	同		趙子龍		7458
781	同	騷韻蘭	腸断蕭郎一紙書		梁目未載
782	同	陳非儂	寒江関	李少芸	5964
783	同	陳非儂	轟天雷		9540
784	同		贏得青楼薄幸名		9413
785	同		女状師		752
786	同		孤寒種		3299
787	同	陳兆文	豔将軍		9772
788	同	陳非儂	原来我誤卿		4704
789	同		呆佬拝壽		2714
790	同	譚蘭卿	野花香		5889
791	同		碑裏碑		6985
792	同		傻大俠		梁目未載
793	同		佳偶兵戎		3541
794	同		粉墨状元		4459
795	同		有情太子無情棒		2002
796	同		彙鞭裙釵都是他		梁目未載
797	同		慈命強偸香		7502
798	同		天下第一英雄		489
799	同		鶏鳴開虎口		梁目未載
800	同		子母碑鶼鰈涙		489
801	同		難得好哥哥		9332
802	同		原来我誤卿		4904

803	同		慾念鬧情心			7787
804	同		董貴妃			8010
805	同		難測婦人心			9336
806	同	譚蘭卿	慈禧太后			7505
807	同		大老千			509
808	同	譚蘭卿	怕聽銷魂曲			3789
809	同	譚蘭卿	子孝妻賢			491
810	同	譚蘭卿	陳後主		陳後主	8477
811	同		情泛梵王宮			6114
812	同	譚蘭卿	男郡主			2750
813	同		秦檜		岳飛	4669
814	同	譚蘭卿	慈禧太后	李少芸		7505
815	同		難測婦人心* （805）			9336
816	同	譚蘭卿	慾念鬧情心			7784
817	同	譚蘭卿	蠻宮双鳳			9745
818	同		戀俠			梁目未載
819	同		班超		投筆記	4686
820	同	譚蘭卿	薄倖郎			9214
821	同	譚蘭卿	虎嘯枇杷巷			3624
822	同	譚蘭卿	刁蠻公主戀駙馬			232
823	同		烽火奇緣			5200
824	同		忍棄枕边人			2452
825	同		齐侯嫁妹			7291
826	白駒栄		幻熄情天			1302
827	半日安	薛覚先	帰来燕			9120
828	美人佳		殺子報			5738
829	陳皮梅		虎穴龍淵			梁目未載
830	馮敬文		碧月収棋			7385
831	同		玉玲瓏			梁目未載
832	馮顯栄		断腸知県			8964
833	風情錦		仏祖尋母			2679

附録Ⅲ　麦嘯霞（1903-1941）『広東戯劇史略』所載粤劇演目表（主演者別）　597

834		福　成		水淹七軍	徐若呆	1397
835		龐順堯		孤雁引仇		3302
836		鳳情杞		燕山外史		8681
	や行					
837		葉弗弱	新馬師曽	熱血灑傻瓜		7923
838		同		十万童屍		189
839		同		香陣困傻兵		4164
840		余秋耀		大鬧能仁寺		梁目未載
841		同		伏楚覇		2319
	ら行					
842		羅家権		龍虎渡姜公		8318
843		同		涙灑梅花		6002
844		駱錫源		午夜琴音		1279
845		同	林超羣	棄楚帰漢		梁目未載
846		同	林超羣	色胆佔皇姑		2171
847		同	鍾卓芳	地獄金亀		2136
848		李雪芳		仕林祭塔		1835
849		同		曹大家		5483
850		同		夕陽紅涙		731
851		李艶秋		十万横磨剣		193
852		同		天下第一関		984
853		同	黄鶴声	花香点点愁		4869
854		李海泉		冲破紅鸞		1957
855		同		美人香		3662
856		同		眼中血		5863
857		李自由		南国正芳春		3994
858		李雪芳		黒白美人蛇		6580
859		李飛鳳		花心蝶		4842
860		同				
861		廖俠懐		奈何天上月		3112
862		同		烽火靖狼煙		5292

863		同		三気樊梨花			梁目未載
864		同		三姨太的丈夫			379
865		同	蕭麗章	棒打薄情郎		三言	6333
866		同		今宵重見月団圓			1283
867		同		呂四娘			2732
868		同	唐雪卿	花染状元紅			4865
869		林超羣	駱錫源	双龍争豔			9094

（注）　本表によって、1920～30年代に上演された古典粤劇の演目名及びその主演者、共
演者名を知ることができる。梁沛錦氏は当然、この資料を見ているはずであるが、
本表に「梁目未載」と記した演目54種が梁氏の『粤劇戯目通検』では、記載されて
いない。原因は不明であるが、これらは劇本を確認できなかったのかも知れない。
しかし、これらの演目も古典として貴重であり、特に注記した次第である。

599

附録Ⅳ　広東の戯船について

　戯船については、当時の画像は残っていないが、昔の記憶をたどって描かれた憶述図が残っている。以下にこれを示す。

　図1の右は、Barbara Ward博士が、何彬友氏から聞き書きで書いた図である。

　左は、広東省粤劇研究室の劉国興氏が描いたものである。左右、各7部屋。船尾に祖師、華光大帝を祭る点、両者は一致している。

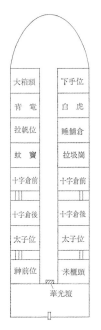

図1　戯船平面図

　図2Aは、香港市政局の顧鴻見氏の描いたもの、図1のものとほぼ同じである。図2Bは図2Aの対称型である。

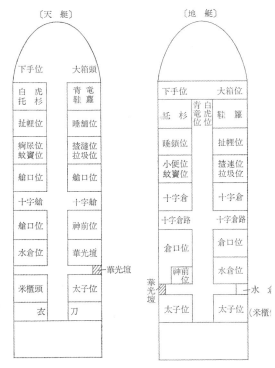

図2A　戯船平面図　　図2B　戯船平面図

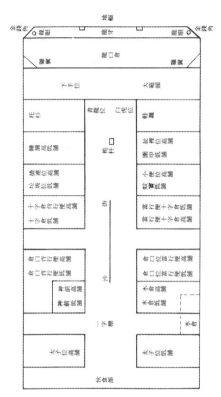

図3も図2の顧鴻見氏の描いたもの。前図より、詳しくなっているが構造は同じ。

図3 戯船平面図 『粤劇服飾』(香港三棟屋博物館展観図録、1989年) 64頁。

図4は広東省粤劇研究室の劉国興氏がさらに詳細に調査して描いたもの。

図4 戯船平面図

各部屋に3名が居住したことがわかる。片側7部屋、両側で14部屋、都3名居住であれば42名となる。さらに船首に3名が入るように記されるから、合計で45名となる。これに水手、雑役が数名加わると、50名規模に達する。これが粤劇班の標準であることがわかる。現在の戯班もほぼ同じである。

図1、2A、2Bを見ると、船尾に祖師、華光大帝を祭る、太子とあるのは、少年の陪神、田元帥、竇元帥の二人であろう。華光大帝は火神、田元帥、竇元帥は風神、火神である。船にとって船火事が最も恐ろしいからであろう。

これらを総合して、立体的に描かれたのが、図5である。

巨船と称してよいであろう。

図5　戯船絵図　陳建忠絵。『粤劇服飾』（香港三棟屋博物館展観。1989年）63頁

附　録

附録Ⅴ　【参考資料目録】

1　【戯単】

赤柱区街坊会有限公司『慶祝天后宝誕曁坊衆春節聯歓粤劇大会特刊』、赤柱区街
　　　坊会有限公司、1979年農暦3月、彩紅佳劇団戯単

大埔旧墟慶祝天后宝誕委員会『大埔旧墟慶祝天后宝誕公演粤劇特刊』、大埔旧墟
　　　慶祝天后宝誕委員会、1979年農暦3月、英宝劇団戯単

大埔旧墟慶祝天后宝誕委員会『大埔旧墟慶祝天后宝誕公演覚新声劇団特刊』、大
　　　埔旧墟慶祝天后宝誕委員会、1980年農暦3月、覚新声劇団戯単

箕筲湾天后譚公会『箕筲湾天后譚公会恭祝天后譚公誕特刊』、箕筲湾天后譚公会、
　　　1982年農暦4月、雛鳳鳴劇団戯単

大埔頭郷建醮委員会『大埔頭郷太平清醮特刊』、大埔頭郷建醮委員会、1983年農
　　　暦10月、雛鳳鳴劇団戯単

泰亨郷建醮委員会『泰亨郷太平清醮特刊』、泰亨郷建醮委員会、1985年農暦10月、
　　　昇平劇団戯単

沙田九約建醮会『沙田区九約十年一届乙丑太平清醮』、沙田九約建醮会、1985年
　　　農暦10月、雛鳳鳴劇団戯単

沙田田心村建醮委員会『沙田田心村十年一届丙寅年太平清醮』、沙田田心村建醮
　　　委員会、1986年農暦10月、剣嘉声劇団戯単

大囲村建醮委員会『新界沙田大囲村十年一届丁卯年太平清醮』、大囲村建醮委員
　　　会、1987年農暦1、羅1月、千鳳劇団戯単

打鼓嶺区平源演戯理事会『打鼓嶺区慶祝平源天后宝誕特刊』、打鼓嶺区平源・演
　　　戯理事会、2001年農暦3月、烽声粤劇団戯単

2　【粤劇動画】

『六国封相』動画、梁漢威（演）、田仲一成撮影、1979年、坪石三山国王誕、（公
　　　益財団法人）東洋文庫、図書・資料検索

『六国封相』動画、南紅（演）、1978年、田仲一成撮影、秀茂坪大聖誕、東洋文庫

附録V 【参考資料目録】

hppts;//www.toyo-bunko.or.jp、図書・資料検索

『春風吹渡玉門関』動画、羽佳、南紅（演）、1979年、田仲一成撮影、赤柱天后誕、東洋文庫 hppts;//www.toyo-bunko.or.jp、図書・資料検索

『雷鳴金鼓胡笳声』動画、謝雪心（演）、1987年、田仲一成撮影、三門仔春節、東洋文庫 hppts;//www.toyo-bunko.or.jp、図書・資料検索

『双仙拝月亭』動画、李宝瑩、羅家英（演）、1979年、田仲一成撮影、Gau 西洪聖誕、東洋文庫 hppts;//www.toyo-bunko.or.jp、図書・資料検索

『再生紅梅記』動画、梅雪詩、龍剣笙（演）、1979年、田仲一成撮影、筲箕湾譚公誕、東洋文庫 hppts;//www.toyo-bunko.or.jp、図書・資料検索

『獅吼記』動画、梅雪詩、龍剣笙（演）、1979年、田仲一成撮影、筲箕湾譚公誕、東洋文庫 hppts;//www.toyo-bunko.or.jp、図書・資料検索

『宝蓮灯』動画、李宝瑩、羅家英（演）、1978年、田仲一成撮影、石澳天后誕、東洋文庫 hppts;//www.toyo-bunko.or.jp、図書・資料検索

【太平清醮動画】

『龍躍頭太平清醮』動画、1982年、田仲一成撮影、龍躍頭、東洋文庫 hppts;//www.toyo-bunko.or.jp、図書・資料検索

『錦田太平清醮；八門功徳』動画、1985年、田仲一成撮影、錦田、東洋文庫 hppts;//www.toyo-bunko.or.jp、図書・資料検索

3 【写真】

『中国祭祀演劇写真資料庫 DataBase』、田仲一成撮影、1978～1993年、地方劇種別→粤劇、1351枚。劇団事項→戯班公告64枚。

4 【和文論著】(著者50音順別)

片山　剛『清代珠江デルタの図甲制の研究』、大阪大学出版会、2008年11月

田仲一成『中国祭祀演劇研究』、東京大学出版会、1981年3月

————『中国の宗族と演劇』東京大学出版会、1985年3月

————『中国郷村演劇研究』東京大学出版会、1985年3月

————「香港農村の祭祀芸能"売雑貨"とイスラム商人との関係について」、『創大学アジア研究』14、創価大アジア研究所、1993年3月）

————「華南同族村落における祭祀儀礼の展開——儀礼から演劇へ——」、大阪大学中国学会『中国研究集刊』、1991年

————「中国農村の災害駆逐、平安回復の祭祀——組織・儀礼・演劇——」、『日本学士院紀要』69巻2号、2015年2月

波多野太郎「粤劇管見」、『横浜市立大学紀要、人文科学、中国文学』、1970年。

5 【中文論著】(著者ピンイン順)

陳非儂「粤劇六十年」、『大成』第77期、1980年4月

陳守仁「儀式、信仰、演劇：神功粤劇在香港」、1996年

————『実地調査与戯曲研究』1997年

————「香港的神功粤劇：習俗与儀式」、『香港八和会館四十周年記念特刊』1993年11月

————『香港粤劇劇目初探索』、香港中文大学音楽系粤劇研究計画、2005年1月、

————『香港粤劇劇目概説1900-2002』、香港中文大学音楽系粤劇研究計画、2007年1月、

広東省繁栄粤劇基金会編『粤劇劇目綱要』、広州羊城晩報出版社、2007年1月

濠江聯合出版社編『粤曲之冠』(大衆印務書局、出版年月欠)

黄兆漢『香港大学亜洲研究中心所蔵粤劇劇本目録』、嶺南学院図書館、1997年10月

梁沛錦『粤劇劇目通検』、香港学津書店、1979年9月

————『粤劇研究通論』、香港龍門書店、1982年10月

————『粤劇劇目通検』、香港三聯書店、1985年2月

麦嘯霞「広東戯劇史略」、『広東文物』、1941年

区文鳳、葉玉燕「戦後香港粤劇発展回顧綜述」、『香港八和会館四十周年記念特刊』、1993年11月、「劇作家与劇目」

附録V　【参考資料目録】

区文鳳、鄧燕虹編『香港当代粵劇人名録』、香港中文大学音楽系粵劇研究計画、
　　　1999年5月

欧陽予倩「試談粵劇」、『中国戯劇研究資料』、北京、中国戯劇出版社、1950年

容世誠「香港東華医院《徴信録》演劇資料考析：一個戯曲市場的興起（1877～
　　　1911）」、『香港大学中文学報』第1巻第1期、2023年3月

田仲一成「宗祠戯劇在広東宗族裡産生与発展的過程」、『羅香林教授逝世十年記念
　　　論文集』PP.231-249。珠海学院中国文史研究所、信文豊出版有限公司、
　　　1992年12月

―――「神功粵劇演出史初探」、『粵劇国際研討会論文集』（上）、香輯港中文大
　　　学音楽系粵劇研究計画、2008年3月

―――「田都元帥考――其神格及其形象――」：『福建芸術』2010年6月

香港八和会館編輯委員会編『香港八和会館四十週年特刊（1953～1993）』、香港八
　　　和会館、1993年11月

粵劇大辞典編纂委員会編『粵劇大辞典』、広州出版社、2008年11月

中国地方戯曲集成編纂委員会編『中国地方戯曲集成・広東省巻』

中国戯曲志編纂委員会『中国戯曲志・広東省巻』

周丹杰、李継明「香港大学所蔵粵劇劇本文献概述」、『文化遺産』2015-4（中山
　　　大学非物質文化研究中心、2015年）

周仕深、鄭寧恩編『粵劇国際研討会論文集』（上）（下）、香港中文大学音楽系粵劇
　　　研究計画、2008年3月

【英文論著】

Barbara Ward：Regional Operas and Their Âudiences：Evidences from Hong Kong,
　　　Popular Cultures in Late Imperial China, Edited by David Johnson, Andrew
　　　J.Nathan, and Evelyn S. Rawski, University of California Press, 1984.

あとがき

　校正を終えるにあたり、1978年以来、現在まで、45年に及ぶ香港調査を回顧し、特に調査を始めた1980年前後のころにお世話になった方々について記しておく。

　まず、祭祀演劇としての粤劇について、ご教示をいただいたのは、当時、香港中文大学人類学系で教鞭をとられていた、Barbara Ward 教授である。教授は、Cambridge 大学の学生だった20歳台の頃から、香港をフイールドとされ、現地の人々との交流を通じて、香港新界の祭祀地点に精通しておられた。1979年農暦三月の天后誕辰に際して、私を香港東部西貢湾の離島、滘西島の祭祀場所に連れて行ってくださった。西貢から小型発動機船で約 2 時間かかる遠隔の離島であった。ここは、地形的に漁船が風を避けやすいところで、多くの漁船が常時停泊する場所である。海濱に洪聖大王を祀る廟が建てられ、季節ごとに祭祀が奉納されていたが、定期便のない不便な場所であり、通常の人には近寄りがたいところであった。この時、有名劇団が招かれて粤劇が奉献されていたが、陸上では見られなくなっていた徹夜の上演、所謂「天光戯」を見学することができた。昔は、主演俳優も徹夜上演を務めたと言うが、現在では、主演俳優は登場せず、修行中の若手の俳優が平服で演じるだけであったが、この習慣が離島になお残っていることに知ることができた。神がいます限り、観客の有無に関係なく演劇を演じなくてはならないという観念の反映である。私は眠い目を擦りながら、人気のない戯台の座席でこれを見学し、粤劇の長い祭祀伝統を身を以て体験し、言い知れぬ感動を覚えた。これひとえに Barbara 先生のおかげである。

　もう一つ、Barbara 先生からご教示をいただいたのは、戯船のことである。戯船については、本文でも述べたように清代初期の康熙時代から記録があるが、図像が残っておらず、その実際の形状や構造は不明のままであった。先生は、この戯船に乗った経験のある古老の粤劇俳優を捜し出し、その口述によって、戯船の

形状と構造を復元された。しかもその図を私に下賜されたのである。私はそれを自著『中国祭祀演劇研究』（東京大学出版会、1981年）に掲載させていただいた。その後まもなく、先生は急逝され、ご自身ではこの図を論文として発表されずに終わった。従って、私のこの本が先生の苦心の戯船復元図の唯一の公表の場となったのである。光栄これに過ぐるものはない。（附録Ⅳ参照）

　次にご教示を得たのは、粤劇研究の権威、梁沛錦教授である。その業績から受けた恩恵は前言に記したとおりであるが、一つ、忘れえないご教示がある。それは、香港の郷民の戯棚に対する考え方についてである。教授は、香港政庁の文化部門の顧問をしておられたが、政庁が郷民に対する福祉政策の一環として、村に固定した戯台の建設を郷民に提案したところ、郷民から意外な反対にあったということである。その理由は、戯棚は、祭祀の都度、神にささげるために建てるもので、神のいないときに建てる意味がないというのである。先の徹夜上演と符節を合する観念である。なお、付言すると、日本では、テレビが出現すると間もなく、村芝居が一斉に消滅した。これに対して、香港では、テレビが普及しても、村の祭祀演劇は、いささかも衰退していない。日本の村芝居がすでに娯楽化していたのに対し、香港の祭祀演劇は、娯楽ではなく神事であり続けたからである。梁沛錦教授の一言は、これらを一挙に説明する指摘だったのである。感謝に堪えないところである。なお、台湾や、ペナン、大陸などでは、常設舞台を持つ廟が多い。信仰心の点で香港に劣ると見ざるを得ない。

　次に同じく香港中文大学中文系の常宗豪教授の好意により、粤劇の古老俳優、陳非儂氏を訪問する機会を与えていただいたことがあり、多くの知見を得たことを記しておく。同氏はすでに引退して久しく、閑居の身であったが、若いころ、シンガポールで活躍したとのことで、シンガポールが粤劇俳優にとって、修行の場であったことを知り得た。陳氏は博学で、粤劇の故実に詳しく、この訪問の直後から、雑誌『大成』に芸談を連載しており、その一部を、本文に引用した。仲介の労を取っていただいた常宗豪教授に感謝している。

　次に太平清醮の調査については、香港中文大学人類学系の王崧興教授、譚汝謙教授のお世話になった。私は、香港調査を開始して２年間、全く新界村落の10年

１度の大規模祭祀『太平清醮』のことを知らないで過ごした。これを教えていただいたのが王崧興教授である。王教授は、1980年に学生を率いて、西貢の蠔涌村の太平清醮を人類学の角度から調査され、その記録を私に提供していただいた。私はこれを見て、その重要性を知り、自分でもこの祭祀の調査に着手した。最初に調査したのは、新界東部の龍躍頭村である。この時、３日間に及ぶ祭祀期間中、連日、黎明から車で私を現地まで送迎してくれたのが、譚汝謙教授である。教授の支援がなかったとしたら、この調査は不可能であったと思う。特にこの時の調査で、道士の曲芸である「打武」や、粵劇の開台戯「白虎」をはじめて見ることができ、粵劇の祭祀性を体得することができた。王氏、譚氏に深く感謝する所以である。

　次に粵劇音楽の専門家である香港中文大学音楽系の趙汝蘭教授、及び栄鴻曽教授から粵劇の基底をなす粵謳、南音、木魚書などについてご教示を得た。その後、栄教授は、Pittsburgh大学に転じられたが、そのもとに留学され、帰港されて師の後を継がれ香港中文大学音楽系教授に就任されたのが陳守仁教授である。私は、２代にわたり、香港中文大音楽系の学恩を受けたことになる。幸運と言うほかはない。

　次に、香港大学出身で、長くシンガポール大学教授を勤められた著名な粵劇研究者、容世誠教授とは、香港渡航直後の1979年以来、現在まで、45年に及ぶ親交があり、この間に多くの著書、論文の恵贈を受けて、少なからぬ裨益を受けてきた。この度も、校正中に、拙論を踏まえて展開した高論「東華医院《徴信録》演劇史料考析」を恵与されて、ご激励いただいた。また、本書執筆中に、粵劇劇目の梗概について、筆者が浅学ゆえに調べかねて困惑し、支援を求めた時も、躊躇なく進んで調査にご協力いただいた。永年の交友の恩恵である。

　なお、香港中文大学中文系の卒業生で、筆者が香港に初めて渡航した1978年に潮州語を教えてくれた温慧芝女史への言及も逸することができない。温女史には、出身地の香港石澳村の天后誕祭祀、及び太平清醮祭祀に関する情報を40年以上にわたり、提供していただいてきた。いわば筆者のために定点観測の役割を果たしていただいたのである。この間、香港社会は、中国復帰を挟んで大きな変化

があり、祭祀の形態も旧来とはかなり変化してきている。この変化についてその大要を知ることができたのは、すべて温女史のおかげである。本書の巻頭口絵には、流行順位の1位【帝女花】、3位【鳳閣恩仇未了情】、4位【雷鳴金鼓胡笳声】の舞台写真を掲載したが、いずれも温女史及び妹の慧玲女史が本書のために昨年11月の天后誕に撮影し恵与されたものである。姉妹の変らぬご支援に改めて感謝したい。

　以上、粵劇研究に関して、お世話になった方々の芳名を記し、その学恩について略記した。すでに鬼籍に入られた方を含めて、改めて、深く謝意を表する次第である。

　最後に本書の刊行をお引き受けくださった汲古書院の三井久人社長のご厚意に感謝申し上げる。同社のお世話によって刊行された著書は、これで3冊目になる。先代、坂本健彦社長以来の恩義に深く感謝申し上げる。編集長の小林詔子氏には前2著に引き続き、格別のお世話になった。とくに今回は、人名録、上演劇目表、配役表、旧目対照表などの付属表が多く、加えて100種に及ぶ梗概の和文と原文の分量は、膨大といってよく、その割り付けには困難を極めたに違いない。しかも各頁一行の遊びもない。辞書のような版面を初校から三校、念校まで、周到に点検され、些細なミスをも検出されて遺漏なきを期された小林さんの尽力にはただただ頭が下がるだけである。原稿提出から出版まで、2年を要したが、筆者にとってまことに稔り多き2年であった。このような経験はもう2度と体験できないであろう。また、編集の最終段階では、編集部の柴田聡子さん、雨宮明子さん、森田聖子さんの有益な助力を得た。併せ記して感謝の辞とする。

　　　　2025年（令和7年）1月15日

　　　　　　　　　　　　　　　　公益財団法人東洋文庫　研究員

　　　　　　　　　　　　　　　　　　田　仲　一　成

索　引

ア行

亜献（寝室）　9, 11
阿牛（劇中人物）　460
安西王（劇中人物）　376
イスラム商人（売雑貨唱詞）　63
衣錦還郷（上演地点・劇団）　222
衣錦還郷（提要）　233
韋剣芳（文武生）　146
韋重輝（劇中人物）　275
維雲龍（劇中人物）　279
維国（劇中人物）　279
一曲鳳求凰（梗概）　277
一君万民　17
一剣定江山（梗概）　410
一代天嬌（梗概）　447
一柱擎天双虎将（梗概）　388
一柱擎天双虎将（上演地点・劇団）　222
一柱擎天双虎将（提要）　233
一点号銀　120
一把存忠剣（梗概）　282
允明（劇中人物）　303
陰陽司（摩士街）　155
陰陽司（摩士街）開光写真　159
陰陽司（摩士街）写真　156
飲福（中堂）　12
羽佳（小伝）　196
羽佳（上演劇目表）　204
盂蘭盆（大順街）　168
瓜の精（劇中人物）　307

雲漢章（劇中人物）　435
雲靖（劇中人物）　389
雲楚雲〔小鸞〕（劇中人物）　413
雲大豪（劇中人物）　435
雲璧人（劇中人物）　414
雲蕾（劇中人物）　389
永年春戯班　115
英宗（劇中人物）　388
英雄祭祀　52
英雄児女保江山（梗概）　278
英雄掌上野荼薇（梗概）　381
英烈剣中剣（梗概）　367
咏太平班　133, 145
咏太平班上演劇目表　141
衛花愁（劇中人物）　437
衛干城（劇中人物）　255
衛玉成（劇中人物）　437
衛少芳（文武生）　146
衛青（劇中人物）　269
衛夫人（劇中人物）　270
易文韶（劇中人物）　416
粤劇上演（大順街）　172
謁祖演劇　27
捐款公示（摩士街）　160
胭脂巷口故人来（梗概）　315
袁世凱（劇中人物）　407
演劇奉納者公示（大順街）　172
燕帰人未帰（梗概）　290
燕帰人未帰（上演地点・劇団）　219
燕帰人未帰（提要）　223

艶娥〔孔姓〕（劇中人物）　449
艶城〔孔姓〕（劇中人物）　449
艶情　533
艶陽長照牡丹紅（梗概）　400
王玉蘭（劇中人物）　326
王桂英（劇中人物）　249
王氏（劇中人物）　441
王昭（劇中人物）　326
王昭君（劇中人物）　279
王瑞蘭（劇中人物）　311
王中王（文武生）　146
王鎮（劇中人物）　311
王夫人（劇中人物）　311
王繡（劇中人物）　322
王蘭英（劇中人物）　282
横江（合同）　132
恩歳貢謁祖演劇　27

カ行

火網梵宮十四年（上演地点・劇団）　220
火網梵宮十四年（提要）　225
加官送子　120
禾谷坪（合同）　132
伙食　120
何非凡（小伝）　196
何風（劇中人物）　458
花艶紅（劇中人物）　446
花開富貴（梗概）　460
花好月円（梗概）　458
花児（回民歌謡）　79
花染状元紅（梗概）　446

花面	115	海龍劇団（梁醒波、		莞城公園（合同）	133
花落江南廿四橋（梗概）		芳艶芬）	146	莞邑（東莞県）北柵郷	
	437	開台戯	124		119
科蘭大哥（売雑貨唱詞）	69	開台銀	118	乾柴	119
夏雲龍（劇中人物）	292	開箱茶銀	119	漢元帝（劇中人物）	279
夏卿（劇中人物）	303	開箱利市	119	漢武帝夢会衛夫人	
夏氏（劇中人物）	343	外海（合同・陳姓）	132	（梗概）	269
夏青雲（劇中人物）	260	外江班（広州）	26	関影憐（花旦）	146
夏母（劇中人物）	293	外江来（武生）	145	関徳興劇団（関徳興、	
荷池双影美（龍鳳粤劇団）		外江梨園会館（広州）	95	馬金娘）	147
	171	外江梨園（広州）捐款表		関文挙（劇中人物）	270
華安［唐伯虎］（劇中人物）			96	関文虎（劇中人物）	270
	373	艾敬郎（劇中人物）	252	盥洗（建醮）	18
華雲鳳（劇中人物）	357	蓋世英雄覇楚城（梗概）		盥洗（中堂）	10
華雲龍（劇中人物）	357		292	環球楽班	145
華光誕辰	104	蓋世英雄覇楚城		観音壇（摩士街）	
華山聖母（劇中人物）	249	（上演地点・劇団）	222	開光写真	158
華武（劇中人物）	372	蓋世英雄覇楚城（提要）		韓玉鳳（劇中人物）	437
華文（劇中人物）	373		234	韓忠燕（劇中人物）	388
華陽仙翁（劇中人物）	254	角色（竹枝詞）	112	韓老師（劇中人物）	437
廈村鄧氏世系図	37	角抵戯（粤劇）	108	顔色渓紙	119
廈村鄧氏太平清醮儀礼日		郭炎章（劇中人物）	417	祈安醮	34
程表	47	覚先声劇壇（薛覚先、		起慶擺席	120
廈村鄧氏太平清醮祭祀圏		上海妹）	146	旗開得勝凱旋還（梗概）	
図	36	覚先声班	145		439
廈村鄧氏太平清醮場地図		霍小玉（劇中人物）	302	旗開得勝凱旋還	
	46	霍定金（劇中人物）	439	（上演地点・劇団）	221
賈瑩中（劇中人物）	350	霍天栄（劇中人物）	439	旗開得勝凱旋還（提要）	
賈似道（劇中人物）	350	鶴洞（合同・呉姓）	131		228
賈従善（劇中人物）	258,	学費	118	旗幡（竹枝詞）	112
	438	楽昌公主（劇中人物）	296	徽班	529
賀彩鳳（劇中人物）	292	楽千秋班	145	義祠（英雄祠）	53
賀天保（劇中人物）	398	楽同春班	145	戯院	130
賀飛龍（劇中人物）	292	葛静娘（劇中人物）	329	戯捐	118
海珠戯院（合同）	131	葛大雄（劇中人物）	329	戯価	30, 119
海珠劇団（何非凡、		仮契約	123	戯橋紙	119
上海妹）	147	官田（合同）	132	戯金	22, 120
海俊［江六雲］（劇中人物）		官府伝喚	118	戯箱	120
	376	咸水	120	戯神の地方的分化表	151

ギ～コ　索引　613

戯船（広東高要県）　106
戯船（広東仏山鎮瓊花館）
　106
戯船（新会県）　103
戯船（嶺西信宜県）　107
戯船行動範囲表　131
戯台（宗祠）　31
戯碼　118
戯班顧客関係　126
戯班顧客関係細目事項
　127
戯服　120
戯棚（牛車水）写真　165
戯棚（大順街）　169
戯棚（摩士街）　155
魏剣魂（劇中人物）　290
魏忠賢（劇中人物）　364
吉慶公所　117
吉慶公所合同　117
吉佑（合同・梁＆左姓）
　131
腳香茶葉　119
九環刀濺情仇血（梗概）
　394
九叩礼（神誕）　15
九江西坊（合同）　131
九洲基（合同）　132
九天玄女（梗概）　252
久佑（合同・李姓）　133
旧四九（合同）　132
梟雄虎将美人威（梗概）
　255
梟雄虎将美人威
　（上演地点・劇団）220
梟雄虎将美人威（提要）
　225
牛車水（シンガポール）
　152
巨船（本地班戯船）　108

魚腸剣（上演地点・劇団）
　222
魚腸剣（提要）　233
杏市（合同）　131
京戯　26, 119, 133
侠艶類　530
姜元龍（劇中人物）　388
教頭森（劇中人物）　415
教坊李三娘（劇中人物）
　401
郷紳　124
興中華　145
鏡花艶影（女班）　146
玉娥（劇中人物）　331
玉皇登殿　217
玉皇登殿写真　217
玉女（劇中人物）　440, 441
玉鳳（劇中人物）　287
玉龍宝剣定江山（梗概）
　410
均安（合同）　131
金映雪（劇中人物）　410
金公主（劇中人物）　355
金甲（竹枝詞）　112
金兀术（劇中人物）　355
金釵引鳳凰（梗概）　437
金釵引鳳凰（上演地点・
　劇団）220
金釵引鳳凰（提要）　224
金釵引鳳凰
　（龍鳳粤劇団）　171
金山七（小武）　145
金山貞（武生）　145
金山茂（小武）　145
金大千（劇中人物）　459
金童（劇中人物）　441
金鏢黄天覇（梗概）　398
錦児（劇中人物）　339
錦添花　145

錦添花劇団（陳錦棠、
　譚玉真）　146
錦田鄧氏　6
銀屏郡主（劇中人物）　255
銀屏公主（劇中人物）　357
隅琰（劇中人物）　398
群龍劇団（廖金鷹、
　李翠芳）　146
兄嫂（劇中人物）　400
桂艶裳（劇中人物）　401
桂玉書（劇中人物）　337
桂玉嬋（劇中人物）　275
桂枝告状（梗概）　429
桂枝告状（上演地点・
　劇団）220
桂枝告状（提要）　227
桂守陵（劇中人物）　401
桂承勲（劇中人物）　412
桂南屏（劇中人物）　412
桂名揚（文武生）　145
啓壇（建）　19
継母姚氏（劇中人物）
　440, 441
瓊花公主（劇中人物）　409
警費　118
迎神排位　8
迎榜（建醮）　19
倪思安（劇中人物）　342
月娥（劇中人物）　265
建醮　34
建醮演劇　17
建醮祭祀　15
建醮祭文（沙田九約）　16
元君（劇中人物）　278
原定　119
戸名不変　88
古井（合同）　132
古朗（合同・姓伍）　131
呼韓邪単于（劇中人物）

279

姑丈倍徳（劇中人物） 440

姑母方氏（劇中人物） 440

虎将奪金環（梗概） 257

虎将奪金環（上演地点・
　劇団） 222

虎将奪金環（提要） 234

虎将刁妻（梗概） 329

孤魂台（大順街） 167

孤魂台（摩士街） 157

孤魂台（摩士街）写真
　　　　157

胡彦（劇中人物） 399

胡蝶杯（梗概） 399

胡百楽（劇中人物） 416

胡不帰（梗概） 456

胡鳳嬌（劇中人物） 399

跨鳳乗龍（梗概） 254

跨鳳乗龍（上演地点・
　劇団） 222

跨鳳乗龍（提要） 235

顧竹卿（劇中人物） 316

五崎沙（合同） 132

呉漢（劇中人物） 282

呉君麗（小伝） 198

呉君麗（上演劇目表） 207

呉絳仙（劇中人物） 353

呉三桂（劇中人物） 394

呉中庸（劇中人物） 401

呉美英（小伝） 199

呉母（劇中人物） 283

工銀 121

公益埠（合同） 132

公項銀 119

公項銭 119

公主刁蛮駙馬嬌
　（龍鳳粤劇団） 171

公所戯班関係 123

公所顧客関係 125

公爺到（武生） 145

勾臉（竹枝詞） 111

孔艶芬（劇中人物） 448

孔桂芬（劇中人物） 448

光緒皇帝夜祭珍妃（梗概）
　　　　406

光緒帝（劇中人物） 406

江花右（劇中人物） 376

江秀（劇中人物） 400

江六雲（劇中人物） 376

行朝 49

行李 120

咬臍郎（劇中人物） 308

洪天宝（劇中人物） 329

洪廖（劇中人物） 455

洪廖女（劇中人物） 456

皇后（劇中人物） 331

皇帝（劇中人物） 357

紅鸞郡主（劇中人物） 342

紅了桜桃砕了心（梗概）
　　　　448

紅了桜桃砕了心
　（上演地点・劇団） 222

紅了桜桃砕了心（提要）
　　　　235

紅了桜桃砕了心（文辞）
　　　　242

紅菱巧破無頭案（梗概）
　　　　423

香艶 533

香花山大賀寿 218

香花山大賀寿写真 218

香羅塚（梗概） 411

高君保（劇中人物） 311

高州府（売雑貨唱詞） 74

高大尉［俠］（劇中人物）
　　　　339

高天任（劇中人物） 292

高朋（劇中人物） 339

高麗（小伝） 199

黄岡渡（戸名不変） 88

黄冊編造（迎榜との関係）
　　　　92

黄衫客（劇中人物） 304

黄子年（劇中人物） 415

黄子良（劇中人物） 415

黄氏（劇中人物） 440

黄超武（文武生） 146

黄天覇（劇中人物） 398

黄伯忠（劇中人物） 414

黄目俠艶類粤劇目表
　　　　531

黄目香港粤劇分類表 530

黄麟書（劇中人物） 418

篁村（合同・張姓） 133

衡陽郡主（劇中人物） 331

豪俠類 530

サ行

叉点 118

左維明（劇中人物） 424

左口魚（劇中人物） 316

左宗棠（劇中人物） 406

沙冲（合同・伍姓） 132

沙亭（合同・屈姓） 131

沙田（合同） 132

沙頭（合同） 131

沙富（合同・張姓） 132

莎莉（劇中人物） 455

傻福（劇中人物） 409

再生紅梅記（梗概） 350

再生紅梅記（上演地点・
　劇団） 221

再生紅梅記（提要） 228

再定 119

西寧市（合同・陳姓） 132

柴水 120

彩鳳栄華双拝相

サイ〜シュク　索引　615

（龍鳳粵劇団）　171
細珠〔趙姓〕（劇中人物）
　　　453
祭英雄　49
祭白虎　214
蔡丞相（劇中人物）　388
蔡雄風（劇中人物）　291
紮脚勝（花旦、男）　145
紮脚文（花旦、男）　145
雑項　119
三界壇（牛車水）　164
三界壇（牛車水）写真
　　　164
三界千秋　119
三献（寝室）　9
三献（中堂）　11
三康の爵　15
三十六国（売雑貨唱詞）
　　　69
三娘（劇中人物）　411
珊瑚宮主（劇中人物）　291
散班　118
士九（劇中人物）　360
士農社会　17
史孟松（劇中人物）　425
司徒偉英（劇中人物）　367
司徒剣南（劇中人物）　369
司徒青雲（劇中人物）　368
司徒静（劇中人物）　368
司徒文鳳（劇中人物）　279
司馬（合同・尹姓）　133
司馬杆　119
司馬行田（劇中人物）　259
司馬相如（劇中人物）　277
司馬仲賢（劇中人物）　436
司馬伯陵（劇中人物）　436
志成（劇中人物）　290
私債　120
祀祖演劇（新年団拝）　21

施士倫（劇中人物）　398
師傅（劇中人物）　447
紫釵記（梗概）　302
紫釵記（上演地点・劇団）
　　　220
紫釵記（提要）　226
獅吼記（梗概）　331
獅吼記（醋娥伝）（提要）
　　　226
獅吼記・醋娥伝
　　（上演地点・劇団）220
賜酒（建醮）　18
慈雲（劇中人物）　328
慈禧太后（劇中人物）　406
辞郎州（梗概）　356
七賢眷［全家福］（梗概）
　　　441
七彩胡蝶夢
　　（龍鳳粵劇団）　171
日月星劇団（廖侠懐、
　　譚蘭卿）　146
シャーマニズム　60
謝雪心（小伝）　199
謝素秋（劇中人物）　322
謝双娥（劇中人物）　255
謝宝童（劇中人物）　404
蛇王蘇（花旦、男）　145
蛇公礼（武生）　145
上海妹（花旦）　146
主会　118
朱允（劇中人物）　368
朱允文（劇中人物）　381
朱元璋（劇中人物）　357
朱彩鸞（劇中人物）　293
朱二奎（劇中人物）　381
朱次伯（小武）　145
朱静波（劇中人物）　458
朱大昌（劇中人物）　398
朱丹鳳（劇中人物）　293

朱天賜（劇中人物）　293
朱弁（劇中人物）　355
朱弁回朝（梗概）　355
珠聯璧合剣為媒（梗概）
　　　287
珠聯璧合剣為媒
　　（写真49，50）　287
珠聯璧合剣為媒
　　（写真51，52）　288
珠聯璧合剣為媒
　　（上演地点・劇団）221
珠聯璧合剣為媒（提要）
　　　232
受胙（中堂）　12
収舟　121
収足　121
周康年班　145
周如冰（劇中人物）　410
周鍾（劇中人物）　390
周瑞蘭（劇中人物）　391
周世顕（劇中人物）　390
周廷光（劇中人物）　388
周宝倫（劇中人物）　391
周豊年班　145
周瑜利（小武）　145
秋香（劇中人物）　369
終演戯　124
酬神戯中心の演劇体制
　　　130
十二美人楼（梗概）　459
十年一覚揚州夢（梗概）
　　　364
十年例醮　34
什物　120
祝英台（劇中人物）　358
祝華年班　145
祝繍鳳（劇中人物）　369
祝千秋班　145
祝嫂嫂（劇中人物）　358

祝夫人（劇中人物）　359	小玲（劇中人物）　455	蕭夫人（劇中人物）　369
祝老爺（劇中人物）　358	小王爺（劇中人物）　447	鍾于君（劇中人物）　379
粛衣整冠（建醮）　18	少女（劇中人物）　447	鍾孝義（劇中人物）　379
粛衣整冠（中堂）　10	床舗　120	鍾孝全（劇中人物）　379
春艶（劇中人物）　406	尚義（劇中人物）　265	鍾慕蘭（劇中人物）　379
春花笑六郎（梗概）　281	尚精忠（劇中人物）　343	鍾麗容（小伝）　199
春嬌（劇中人物）　281	尚全孝（劇中人物）　343	醤塩糖　119
春香（劇中人物）　344	昌教（合同）　131	上官智華（劇中人物）　287
春秋祠祭儀式次第　8	俏潘安（梗概）　413	上官夢（劇中人物）　279
春秋祠祭儀礼配置図　7	昭君出塞（梗概）　279	上香（寝室）　9
春秋祠堂儀式　6	省城　121	上香（中堂）　10
春風吹渡玉門関（梗概）　297	勝寿年劇団（南洋文武生周少佳）　147	上沢（合同・陳姓）　132
荀儒（劇中人物）　367	勝寿年順　145	状元夜審武探花（梗概）　258, 438
順徳県大良堡龍氏進士表　32	勝利劇団（馬師曽、紅線女）　146	娘（劇中人物）　460
順徳大良堡龍氏世系図　29	勝利年　145	常家孝（劇中人物）　278
初献（寝室）　9	掌班　119	常武烈（劇中人物）　278
初献（中堂）　10	焦大用（劇中人物）　281	情侠闘璇宮（梗概）　408
如煙（劇中人物）　417	焦廷貴（劇中人物）　338	襄陽宮主（劇中人物）　339
茹母四姐（劇中人物）　446	葉秋萍（劇中人物）　281	岑翠紅（小伝）　199
茹鳳声（劇中人物）　446	葉紹徳（劇作家）　186	沈永新（劇中人物）　322
徐慶福〔秦興福〕（劇中人物）　314	葉弗弱（文武生）　146	沈漢（劇中人物）　297
徐鉉（劇中人物）　310	葉抱香（劇中人物）　257, 439	沈琦（劇中人物）　416
徐若呆（劇作家）　186	搶新娘（梗概）　412	沈綺雲（劇中人物）　416
徐人心（文武生）　146	蒋瑞蓮（劇中人物）　311	沈菊香（劇中人物）　400
徐徳賢（劇中人物）　296	蒋世隆（劇中人物）　311	沈玉芙（劇中人物）　315
小紅〔孔姓〕（劇中人物）　450	頌太平班　133, 145	沈香（劇中人物）　249
小周后（劇中人物）　309	頌太平班劇目表　138	沈秋嫻（劇中人物）　297
小姓雑居　59	障害少年（劇中人物）　447	沈桐軒（劇中人物）　316
小武　115	殤（劇中人物）　250	沈麗雲（劇中人物）　416
小鳳（劇中人物）　437	嘯天（劇中人物）　265	神位回送　12
小幽　49	蕭亜梓（劇中人物）　448	神誕祭祀　14
小幽（売雑貨・判官）写真　64	蕭懐雅（劇中人物）　448	神誕祝文（預晩暖寿）　14
小蘭（劇中人物）　280, 329	蕭環佩（劇中人物）　278	神棚（牛車水）　164
小欖（合同）　132	蕭史（劇中人物）　254	神棚（牛車水）写真　164
	蕭桃紅（劇中人物）　448	神棚（摩士街）　155
		晋豊（劇中人物）　406
		真武（劇中人物）　250
		秦家鳳（劇中人物）　437

シン～ソウ　索引　617

秦腔　529
秦興福（劇中人物）　311
秦三峰（劇中人物）　423
秦昭王（劇中人物）　267
秦荘王（劇中人物）　260
秦穆公（劇中人物）　254
進士謁祖演劇　27
進主入祀演劇　25
進庠謁祖演劇　27
寝室迎神賛礼　9
寝室賛礼　8
新華（武生）　145
新昌（合同・甄黄李3姓）　132
新大陸劇団（女班）　146
新年　119
新年及び年末　124
新馬師曽（小伝）　196
新馬師曽（文武生）　145
新白菜（武生）　145
新標（武生）　283
甄宓（劇中人物）　283
親耀（武生）　145
人心（劇中人物）　358
人名単　121
任金城（劇中人物）　293
任剣輝（小伝）　195
任剣輝（文武生）　146
陣亡将士　53
図甲制　86
図章　121
水藤岑屯（合同・何姓）　131
水夫　120
水陸道場　34
水楼（合同））　132
翠君（劇中人物）　265
翠碧公主（劇中人物）　259
隋宮十載菱花夢（梗概）

296
崇禎帝（劇中人物）　389
鄒化（劇中人物）　376
正宮（劇中人物）　388
正本　124
生油　119
西宮国賈妃の国丈　379
西班　529
声楽羅（武生）　145
征袍還金粉（梗概）　436
征袍還金粉（上演地点・劇団）　219
征袍還金粉（提要）　223
青菜　119
青衫客（劇中人物）　456
青衫客（梗概）　455
青梅（劇中人物）　278
斉班　8
清官斬節婦（梗概）　400
靚元亨（小武）　145
靚次伯（武生）　145
靚少佳（小武）　145
整本（粤劇）　109
整本戯（竹枝詞）　111
石渓（合同・秦姓）　131
石双双（劇中人物）　398
石道姑（劇中人物）　345
石龍太平社（合同・麦＆何姓）　133
石龍頭（合同・陳姓）　132
赤礴（合同・梁姓）　131
惜花（劇中人物）　292
折席銀　120
薛覚先（文武生）　146
千紫万紅（龍鳳粤劇団）　170
千里駒（花旦、男）　145
川心国（売雑貨唱詞）　69
仙花発（花旦、男）　145

穿金宝扇（梗概）　417
船艇　120
戦秋江（梗概）　435
戦秋江（上演地点・劇団）　221
戦秋江（提要）　232
銭瓊珠（劇中人物）　413
銭済之（劇中人物）　322
銭三爺（劇中人物）　370
銭通（劇中人物）　398
銭塘君（劇中人物）　251
全家福（梗概）　440
全家福（新編）（梗概）　441
全家福（龍鳳粤劇団）　171
祖産　28
曽三多（文武生）　145
曽仁窮（劇中人物）　414
曽楚雲（劇中人物）　415
曽霜雲（劇中人物）　415
曽長福（劇中人物）　459
楚岫雲（文武生）　146
楚鉄豪［太保］（劇中人物）　412
楚覇天（劇中人物）　408
蘇玉桂（劇中人物）　423
蘇琴操（劇中人物）　335
蘇州妹（花旦、女）　145
蘇州麗（花旦）　146
蘇州麗劇団（女班）　146
蘇村（合同）　131
蘇東坡（劇中人物）　331
双珠鳳（梗概）　439
双珠鳳（上演地点・劇団）　221
双珠鳳（提要）　232
双生貴子（龍鳳粤劇団）　171
双仙拝月亭（梗概）　311
双仙拝月亭（上演地点・

劇団） 221
双仙拝月亭（提要） 229
双龍丹鳳覇皇都（梗概）
258
双龍丹鳳覇皇都
（上演地点・劇団） 220
双龍丹鳳覇皇都（提要）
224
宋玉蘭（劇中人物） 316
宋神宗（劇中人物） 326
宋仲文（劇中人物） 316
宋帝（劇中人物） 331, 349
宋文華（劇中人物） 364
宋文敏（劇中人物） 317
宗祠儀礼における演劇 20
宗族村落 133
送神 8
曹植（劇中人物） 283
曹丕（劇中人物） 284
曹彬（劇中人物） 310
息子（劇中人物） 460
続林冲（梗概） 340
空を飛ぶ鼠（劇中人物）
400

タ行

打単 119
打面油 119
大囲神庁開基祖神位図
（含英雄） 57
大和（小武） 145
大岸（合同） 131
大江（合同） 132
大亨（合同） 133
大士王像（大順街） 167
大士王像（摩士街）
開光写真 158
大樹下天后廟英雄位牌板
写真 56

大樹下天后廟英雄祠位牌
板写真 56
大樹下天后廟付設英雄祠
図 55
大順街（ペナン） 165
大順街盂蘭盆会祭壇戯棚
配置図 167
大嫂（劇中人物） 306
大墩（合同・何姓） 131
大幽 49
太后（劇中人物） 357, 388
太師（劇中人物） 382
太平戯院（合同） 131
太平劇団 145
太平清醮 34
太平清醮縁首 39
太平清醮儀礼日程表 18
太平清醮功徳簿 44
太平清醮醮務会 38
太平清醮日程占卜表
（吉課表） 38
太平清醮棚廠 39
太平清醮用金龍 42
太平清醮用紙紮 41
太平清醮用棚廠電気設備
40
太平班 119
戴金環（劇中人物） 257,
439
台城（合同・伍姓） 132
台城（合同・呉＆譚姓）
132
卓王孫（劇中人物） 277
卓文君（劇中人物） 277
丹山鳳劇団（羽佳、
陳露薇） 147
淡水 119
譚蘭卿（花旦） 146
中華（売雑貨唱詞） 73

中試謁祖演劇 27
中宵 119
中堂賛礼 8, 10
沖霞（合同・麦姓） 131
忠孝節義 123
猪肉 119
刁蛮元帥莽将軍（梗概）
265
刁蛮元帥莽将軍写真 266
刁蛮公主莽将軍（梗概）
368
長洲島（売雑貨唱詞） 75
長平公主（劇中人物） 389
張王琦（劇中人物） 358
張河沙頭（合同・張＆何
姓） 133
張剣秋（劇中人物） 409
張弘范（劇中人物） 356
張三豊（劇中人物） 447
張士成（劇中人物） 357
張七（劇中人物） 398
張宗周（劇中人物） 389
張淑勲（花旦、女） 145
張俊誠（劇中人物） 280
張振華（劇中人物） 455
張大川（劇中人物） 415
張達（劇中人物） 356
張丹楓（劇中人物） 389
張定辺（劇中人物） 357
張貞娘（劇中人物） 339
張百貴（劇中人物） 455
張耀泉（劇中人物） 417
喋血劫花（梗概） 459
跳女加官 215
跳男加官 215
趙喜郎（劇中人物） 411
趙匡胤（劇中人物） 311
趙金龍（劇中人物） 258
趙剣青（劇中人物） 437

チョウ～バ　索引　619

趙仕珍（劇中人物）　411
趙芷明（劇中人物）　395
趙珠璣（劇中人物）　448
趙汝州（劇中人物）　322
趙寵（劇中人物）　429
趙冰霞（劇中人物）　270
趙鸞娘（劇中人物）　456
趙連珠（劇中人物）　429
潮境（合同・黄姓）　132
蝶影紅梨記（梗概）　322
珍珠塔（梗概）　440
珍妃（劇中人物）　406
陳雁生（劇中人物）　258,
　438
陳季常（劇中人物）　331
陳錦棠（小伝）　195
陳錦棠（文武生）　146
陳剣峰（小伝）　196
陳好逑（小伝）　197
陳好逑（上演劇目表）　209
陳皇后（劇中人物）　270,
　277
陳最良（劇中人物）　345
陳氏（劇中人物）　415
陳翠娥（劇中人物）　440
陳桑尚（劇中人物）　439
陳徳珠（劇中人物）　283
陳皮鴨（文武生）　146
陳璧娘（劇中人物）　356
陳辺（合同）　132
陳友涼（劇中人物）　357
定銀　118
帝女花（梗概）　389
帝女花（上演地点・劇団）
　219
帝女花（提要）　222
提田（合同）　131
程小菊（劇中人物）　270
程倩雯（劇中人物）　364

程大哥（劇中人物）　460
程大嫂（劇中人物）　460
程大嫂（梗概）　460
程母（劇中人物）　364
程麗雯（劇中人物）　364
鄭孟霞（文武生）　146
狄親王（劇中人物）　342
狄青（劇中人物）　338
狄青与襄陽公主（梗概）
　338
鉄馬銀婚（梗概）　357
鉄馬銀婚（上演地点・
　劇団）　221
鉄馬銀婚（提要）　230
天女散花（天鷹粤劇団）
　161
天地会　115
天妃小送子　217
天妃大送子　216
天鷹粤劇団公演写真　161
天鷹粤劇団広告（摩士街）
　160
田雲山（劇中人物）　399
田旺（劇中人物）　429
田玉川（劇中人物）　399
田師傅（粤班戯神）写真
　150
田翠雲（劇中人物）　376
田竇二将軍（贛粤系戯神）
　148
田連御（劇中人物）　377
杜杭（合同）　132
杜宝（劇中人物）　347
杜麗娘（劇中人物）　344
賭博　120
土戯　113
豆腐　119
東山（小武）　145
東坡安（武生）　145

東馬寧水口坊（合同）　131
東馬寧・水口坊（合同・
　甘＆黎＆陳姓）　131
唐興（劇中人物）　369
唐小玉（劇中人物）　410
唐滌生（劇作家）　186
唐滌生編劇劇目表　186
唐豕嗷（合同）　132
唐伯虎　369
唐伯虎点秋香（梗概）　369
唐伯虎点秋香
　（天鷹粤劇団）　161
套本　124
桃花湖畔鳳朝凰（梗概）
　293
陶陶（劇中人物）　369
登記銀　118
登殿銀　120
竇裘飛（劇中人物）　456
竇皮海（劇中人物）　381
竇眉［茶薇］（劇中人物）
　381
洞庭君三娘（劇中人物）
　251
道徳に憑りて俳優を
　鑒みる　15
徳孖（花旦、男）　145

ナ行
南紅（小伝）　198
南紅（上演劇目表）　211
南頭（売雑貨唱詞）　75
南鳳（小伝）　199
日演　24
年晩　119
念祖（劇中人物）　460

ハ行
馬滔　131

620　索引　バ～ホウ

馬玉娥（劇中人物）　383
馬師曽（文武生）　145
馬文才（劇中人物）　358
佩雯（劇中人物）　460
悖逆の戯　121
排壇　8
排班（中堂）　10
裴禹（劇中人物）　350
梅雪詩（小伝）　199
梅雪詩（上演劇目表）　213
売雑貨（広東歌謡）　64
売雑貨（江南歌謡）　80
白雲飛（劇中人物）　368
白玉堂（文武生）　145
白駒栄（文武生）　146
白蜆歩（合同・湯姓）　132
白沙（合同）　133
白蛇森（花旦、男）　145
白蛇伝（梗概）　251
白雪仙（小伝）　196
白兎会（梗概）　306
白廟（合同）　132
白米　119
白梨香（劇中人物）　290
麦炳栄（小伝）　196
麦炳栄（文武生）　146
駁盤船　120
八仙賀寿　120
八仙賀寿（龍鳳粤劇団）
　170
（八仙）小賀寿　215
八仙大賀寿　214
八堡（合同）　132
八臘（劇中人物）　376
反骨友（小武）　145
半日安（文武生）　146
潘一帆（劇作家）　186
潘太后（劇中人物）　382
潘仲年（劇中人物）　458

旛竿（大順街）　168
板凳　120
蛮漢刁妻（梗概）　329
盤龍令（梗概）　250
飛上枝頭変鳳凰（梗概）
　280
枇杷山上英雄血（梗概）
　270
枇杷山上英雄血
　（上演地点・劇団）222
枇杷山上英雄血（提要）
　234
百花公主（劇中人物）　376
百花贈剣（梗概）　376
苗金覇（劇中人物）　394
苗継業（劇中人物）　395
苗秀嫻（劇中人物）　395
敏児（劇中人物）　300
閩王（劇中人物）　252
夫役　120
赴演日期　120
傅紅雪（劇中人物）　447
普度棚（大順街）　167
武侠小説　530
武生謁祖演劇　27
武天虬（劇中人物）　398
風火送慈雲（梗概）　326
風流天子（梗概）　356
風流天子（上演地点・
　劇団）　222
風流天子（提要）　233
馮国華（劇中人物）　438
馮彩蓮（劇中人物）　371
馮村（合同・李呉林湯4
　姓）　133
馮飛燕（劇中人物）　322
粉城騒侠（天鷹粤劇団）
　161
焚幣（寝室）　9

焚幣（中堂）　12
分胙（建醮）　20
文俊卿（劇中人物）　400
文薔（劇中人物）　369
文千歳（小伝）　196
文千歳（上演劇目表）　205
文必正（劇中人物）　439
文萍生（劇中人物）　456
文母（劇中人物）　400
文方氏（劇中人物）　456
文勇（劇中人物）　255
文龍（劇中人物）　265
文陵（劇中人物）　257
北京（売雑貨唱詞）　73
平山（合同）　133
坪輋天后廟英雄祠図　54
屏山永寧村達徳公所写真
　58
萍踪侠影酔芙蓉（梗概）
　389
碧血写春秋（梗概）　379
碧血写春秋（上演地点・
　劇団）　221
碧血写春秋（提要）　231
碧血写春秋（天鷹粤劇団）
　161
別故　121
別途契約　123
卞双卿［蒋世隆］
　（劇中人物）　314
牡丹紅［沈菊香］
　（劇中人物）　401
牡丹亭驚夢（梗概）　344
牡丹亭驚夢（上演地点・
　劇団）　221
牡丹亭驚夢（提要）　229
茂荊堂　6
方可卿（劇中人物）　456
方卿（劇中人物）　440

方孝儒（劇中人物）　384
方三郎（劇中人物）　456
方紫苑（劇中人物）　436
包貴（劇中人物）　326
包弁　120
芳艶芬（小伝）　197
宝剣重揮万丈紅
　　（上演地点・劇団）221
宝剣重揮万丈紅（提要）
　　231
宝蓮燈（梗概）　249
放水灯　49
崩牙啓（小武）　145
崩牙昭（小武）　145
崩牙成（小武）　145
棚色銀　119
鳳凰女（小伝）　197
鳳閣恩仇未了情（梗概）
　　342
鳳閣恩仇未了情
　　（上演地点・劇団）219
鳳閣恩仇未了情（提要）
　　223
鳳閣恩仇未了情（文辞）
　　238
鳳閣恩仇未了情
　　（龍鳳粤劇団）171
鳳芷楼（劇中人物）　250
鳳屏公主（劇中人物）288
鳳怜（劇中人物）　258
龐雲彪（劇中人物）　326
龐洪（劇中人物）　338
龐順尭（文武生）　145
龐妃（劇中人物）　326
北柵（合同・陳姓）　133
濮天雕（劇中人物）398
本契約　123
本地班（竹枝詞）　110
香港（売雑貨唱詞）　75

香港祭祀粤劇上演日数表
　　175
香港地区粤劇上演地点分
　　布図　182
香港八郷太平清醮八郷英
　　雄祠（精忠祠神位板）
　　写真　58
香港粤劇戯班上演表　179
香港粤劇劇団主演配役表
　　183
香港粤劇上演回数順位表
　　219
香港粤劇分類別日数表
　　175
翻金斗（竹枝詞）　111

マ行

摩士（モスク）街
　　（シンガポール）152
摩士街盂蘭盆会祭壇戯棚
　　配置図　154
万悪淫為首（梗概）　414
万縁法会　34
曼娜（劇中人物）　459
無常使者（摩士街）　155
無常使者（摩士街）写真
　　156
無情宝剣有情天（梗概）
　　275
無情宝剣有情天
　　（上演地点・劇団）222
無情宝剣有情天（提要）
　　235
夢華瑣簿　529
名班（竹枝詞）　112
毛寿（劇中人物）　437
孟益（劇中人物）　281
孟奎（劇中人物）　367
孟麗君（劇中人物）　356

孟老師（劇中人物）　358
木偶劇団（手托公仔戯）43

ヤ行

夜演　24
耶律君雄（劇中人物）342
余家荘（合同・葉＆金姓）
　　133
余村江尾（合同）　132
余貞潔（劇中人物）　412
余麗珍（小伝）　196
姚彩霞（劇中人物）　258
容可法（劇中人物）　297
容光（劇中人物）　297
陽気注入（歌台）　51
陽気注入（金龍行香）　50
陽気注入（迎聖）　50
陽気注入（迎榜）　50
陽気注入（走文書）　51
陽気注入（打武）　50
陽気注入（扒船）　51
陽気注入（分灯）　50
陽気注入（木頭戯）　51
陽気注入（礼斗）　51
楊越（劇中人物）　296
楊箕（合同・楊姓）　131
楊月娥（劇中人物）　437
楊三春（劇中人物）　429
楊宗保（劇中人物）　338
楊崧（劇中人物）　428
楊天保（劇中人物）　437
楊柳嬌（劇中人物）　423
楊蘭児（劇中人物）　398

ラ行

羅艶卿（小伝）　198
羅家英（小伝）　196
羅家英（上演劇目表）206
羅家権（文武生）　145

索引　ラ〜リョ

羅綺紋（劇中人物）　458
羅広持（劇中人物）　438
羅品超（文武生）　146
羅鳳薇（劇中人物）　258,
　438
鑼鼓（竹枝詞）　112
雷金州［田玉川］
　（劇中人物）　399
雷経緯（劇中人物）　395
雷万嘖（劇中人物）　395
雷鳴金鼓胡笳声（梗概）
　259
雷鳴金鼓胡笳声
　（上演地点・劇団）219
雷鳴金鼓胡笳声（提要）
　223
洛神（梗概）　283
洛神（上演地点・劇団）
　220
洛神（提要）　224
洛神（天鷹粤劇団）　161
落霞王妃（劇中人物）　260
攬榜公（建醮）　20
鸞鳳還巣（梗概）　416
利市　119
李煜（劇中人物）　309
李益（劇中人物）　302
李海泉（文武生）　146
李翰宜（劇中人物）　400
李奇（劇中人物）　429
李桂英（劇中人物）　417
李桂枝（劇中人物）　429
李慧娘（劇中人物）　350
李広（劇中人物）　413
李洪一（劇中人物）　306
李洪信（劇中人物）　306
李後主（梗概）　309
李浩（劇中人物）　297
李三娘（劇中人物）　306

李少芸（劇作家）　186
李翠芳（花旦）　145
李大公（劇中人物）　306
李闖（劇中人物）　390
李班侯（劇中人物）　417
李媚珠（劇中人物）　436
李冰妍（劇中人物）　297
李保童（劇中人物）　429
李宝瑩（小伝）　198
李宝瑩（上演劇目表）　212
李蓮英（劇中人物）　406
梨園（職業劇団）　17
梨園楽班　145
六国大封相　215
六国封相（天鷹粤劇団）
　161
六国封相（龍鳳粤劇団）
　171
陸剣英（劇中人物）　379
陸謙（劇中人物）　339
陸后（劇中人物）　326
陸彩虹（劇中人物）　395
陸紫瑛（劇中人物）　379
陸世科（劇中人物）　411
陸飛鴻（文武生）　146
陸鳳陽（劇中人物）　326
柳毅（劇中人物）　250
柳毅伝書（梗概）　250
柳玉虎（劇中人物）　364
柳玉龍（劇中人物）　364
柳錦亭（劇中人物）　293
柳子卿（劇中人物）　423
柳如霜（劇中人物）　436
柳襄卿（劇中人物）　410
柳夢梅（劇中人物）　345
柳孟雄（劇中人物）　436
劉金定（劇中人物）　311
劉金定（梗概）　311
劉彦昌（劇中人物）　249

劉公道（劇中人物）　322
劉志善（劇中人物）　429
劉秀（劇中人物）　283
劉丞相（劇中人物）　439
劉成（劇中人物）　282
劉全義（劇中人物）　440,
　441
劉全定（劇中人物）　440,
　441
劉智遠（劇中人物）　306
劉程（劇中人物）　442
劉唐（劇中人物）　442
劉炳（劇中人物）　443
龍家節（劇中人物）　367
龍家烈（劇中人物）　367
龍銀　121
龍剣笙（小伝）　196
龍剣笙（上演劇目表）　206
龍国老（劇中人物）　367
龍山官田（合同）　131
龍畔（合同）　131
龍飛（劇中人物）　289
龍鳳粤劇団（ペナン）　169
龍鳳奇縁（梗概）　398
龍鳳喜迎春（龍鳳粤劇団）
　171
龍鳳争掛帥（梗概）　279
龍鳳争掛帥（上演地点・
　劇団）　221
龍鳳争掛帥（提要）　228
龍鳳争掛帥（天鷹粤劇団）
　161
龍鳳呈祥（梗概）　455
龍鳳班（羅家権、白玉堂、
　秦小梨）　146
呂安（劇中人物）　422
呂懐良（劇中人物）　275
呂玉郎（文武生）　146
呂剛（劇中人物）　417

呂昭華（劇中人物）　417
呂悼慈（劇中人物）　275
了縁［花艶紅］（劇中人物）
　　446
凌梓雲（劇中人物）　394
梁漢威（小伝）　196
梁漢威（上演劇目表）　207
梁鑒（劇中人物）　356
梁紅玉（天鷹粤劇団）　161
梁山伯（劇中人物）　360
梁祝恨史（梗概）　358
梁目俠艶類劇目表　533
林家声（小伝）　196
林家声（上演劇目表）　200
林仁肇（劇中人物）　310
林超群（文武生）　145

林冲（劇中人物）　339
林冲（梗概）　339
藺相如（劇中人物）　267
礼楽中堡（合同・区陳潘
　　3 姓）　132
冷霜蟬（劇中人物）　252
嶺南王［老王爺］
　　（劇中人物）　447
霊芝（劇中人物）　249
黎徳如（劇中人物）　329
廉御史（劇中人物）　366
廉頗（劇中人物）　267
連城璧（梗概）　267
連城璧（上演地点・劇団）
　　222
連城璧（提要）　235

魯志紅（劇中人物）　399
魯尚風（劇中人物）　437
魯世寛（劇中人物）　399
魯智深（劇中人物）　339
魯鳳蓮（劇中人物）　399
擄掠　119
盧海天（文武生）　146
盧昭容（劇中人物）　350
盧大尉（劇中人物）　302
盧桐（劇中人物）　352
弄玉（劇中人物）　254
楼江（合同）　132

ワ行
猥褻淫戯　113

著者略歴

田仲　一成（たなか　いっせい）

1932 年東京に生まれる。1955 年東京大学法学部卒業。1962 年同大学院人文科学研究科博士課程（中国語学・中国文学専攻）修了。北海道大学助手を経て、1968 ～ 72 年熊本大学法文学部講師、助教授。1972 ～ 93 年東京大学東洋文化研究所助教授、教授。1993 ～ 98 年金沢大学文学部教授。1998 ～ 2000 年 3 月桜花学園大学教授。2001 ～ 2019 年（公財）東洋文庫常務理事・図書部長・研究員。現在（公財）東洋文庫専任研究員。日本学士院会員、東京大学名誉教授、文学博士（東京大学）。

〔日文著書〕

『中国祭祀演劇研究』1981 年、『中国の宗族と演劇』1985 年、『中国郷村祭祀研究』1989 年、『中国巫系演劇研究』1993 年、『中国演劇史』1998 年、『中国鎮魂演劇研究』2016 年、（以上、東京大学出版会）。『明清の戯曲』2004 年（東京創文社）。『中国地方戯曲研究──元明南戯の東南沿海地区への伝播──』2006 年、『明代江南戯曲研究』2020 年（以上、汲古書院）。『中国演劇史論』2021 年、『東アジア祭祀芸能論』2023 年、『中国の秘密結社と演劇』2024 年（以上、知泉書館）。

〔中文著書〕

『古典南戯研究（中文）』2012 年（中国社会科学出版社）。

香港粵劇研究
──珠江デルタにおける祭祀演劇の伝承──

2025（令和 7）年 1 月 15 日　発行

著　者　田　仲　一　成
発行者　三　井　久　人
製版印刷　日本フィニッシュ
　　　　　富士リプロ㈱

発　行　所　汲　古　書　院
〒 101-0065　東京都千代田区西神田 2-4-3
電話 03(3265)9764　FAX 03(3222)1845

ISBN978-4-7629-6742-9　C3098
TANAKA Issei　©2025
KYUKO-SHOIN, CO., LTD. TOKYO.
＊本書の一部または全部および図表などの無断掲載を禁じます。